CW01267201

MALAKHIM

Marian Leis

Malakhim 1ª Edición.

Copyright © Marian Leis, 2022.
Copyright de la portada© Marian Leis, 2022.

Todos los derechos reservados.
ISBN: 9798863590707

Reservados todos los derechos. No se permite la reproducción total o parcial de esta obra, ni su incorporación a un sistema informático, ni su transmisión en cualquier forma o por cualquier medio (electrónico, mecánico, fotocopia, grabación u otros) sin autorización previa y por escrito de los titulares del copyright. La infracción de dichos derechos puede constituir un delito contra la propiedad intelectual.

*A mis ángeles y mis demonios.
A los primeros por darme fuerzas y
ayudarme a volar alto.
A los segundos porque del infierno
siempre se sale más fuerte y más sabio.*

INTRODUCCIÓN

La historia de Kaspar Malov

Kaspar Malov no era un gran soñador; ni literal ni figuradamente. No tenía grandes aspiraciones en la vida. Era un hombre con los pies en la tierra, humilde y poco o nada ambicioso. Y en cuanto a su capacidad onírica, *aquello* no era algo que le sucediese cada noche.

Y no era, ni por asomo, lo que se conoce como un onironauta.

Sin embargo, y contra todo pronóstico, su sueño de aquella madrugada de 1982 iba a cambiar el mundo.

Cuando despertó de golpe y desde el primer momento de la vigilia, las imágenes de la visión se sucedieron en su mente una y otra vez. Suspendido en el letargo, recordaba con total claridad el sonido amplificado de cada cosa del sueño y podía ver cada detalle de los objetos, los colores, los números, las imperfecciones, las frases escritas... No era solo que lo recordara todo con una nitidez aplastante, sino que *conocía* cada minucia como si fuese una antigua lección grabada a fuego en su memoria.

Aunque, en realidad, no había nada en él que se saliera de lo habitual. No era sino una sucesión de escenas cortas con imágenes y sonidos de cosas que cualquiera podría encontrarse en su rutina diaria.

La primera imagen que atraía su atención era la del pomo de una puerta: grande, redondo y lustroso, de latón, sin nada de particular. Al momento, aparecía su propia mano en el ángulo de visión y agarraba el pomo, temblando, y lo giraba; primero un chirrido de muelle, después un clic, clic y después un ruido algo más grave, como hueco, de la puerta al chocar contra el marco.

Y, de pronto, la escena cambiaba y se encontraba en una plaza en un día nublado. Estaba rodeado de edificios feos de hormigón, con las aceras mal cuidadas y nieve por todas partes. Muchísima nieve. Frente a él se alzaba un edificio de oficinas más alto que el resto de inmuebles. Un gran letrero en el que se leía IPSAT con llamativas letras rojas coronaba el tejado como un faro. Acababa de reparar en la presencia del letrero cuando le llegaron gritos infantiles y vio una escuela cercana.

Entonces, como si el alboroto de los chiquillos lo hubiese desorientado, volvía a cambiar el escenario.

Pese a estar en una sala diáfana, sintió una opresión claustrofóbica. Podía oler su propio miedo en el aire, como un murmullo, un ruido blanco que vibrase en su cabeza confundiéndose con el sonido de la ventilación. Zum... zum... zum... Le faltó el aliento. El despacho era amplio, con ventanales que cubrían toda la pared izquierda y la del fondo, ambas abiertas a un paisaje urbano desolador y frío. Una sala pulcra en exceso. Suelos, paredes y unos pocos muebles, todo absurdamente blanco. Silencio, mucho silencio. Allí, a veces, ocurrían cosas terribles.

A la izquierda, una mesa redonda con cuatro sillas, y al fondo, un escritorio enorme con papeles y cartas desperdigados sin orden aparente y un calendario electrónico que marcaba el 20 de octubre de 1984. Tras el mueble, un televisor encendido mostraba lo que parecía ser un noticiero, mucha gente que hablaba en un idioma que Kaspar no entendía, gente que contestaba a las preguntas de un periodista, micrófono en mano; la mayoría, mujeres muy alteradas. Detrás del gentío había un edificio en llamas rodeado de un patio de recreo... Lo que ardía era un colegio.

Y eso era todo.

El sueño tenía dos cosas que le impedían quitárselo de la cabeza: una era que podía recitar cada detalle como si lo viviese en tiempo real. Se ponía de pie, en el centro de su pequeña sala de estar, muy recto y barbilla en alto, como cuando iba a la escuela en Nóvgorod, y le iba cantando a su mujer las matrículas de los coches, los nombres bordados en la ropa de los niños, un número de teléfono apuntado en una libreta... Era capaz incluso de describir cada una de las caras que aparecían en el vídeo del incendio y habría podido reconocerlas de cruzarse con ellas por la calle. Todo, por nimio o difícil de recordar que fuera, estaba en su cabeza.

La segunda idea que lo hacía tan inquietante era su convicción de que aquellas cosas existían en alguna parte.

Kaspar pasó muchos días obsesionado con el asunto. No dejó de darle vueltas, se lo contó a su mujer hasta cansarla y fue anotando los datos que se le ocurrieron en un cuaderno, llamó a algunos números, buscó unos cuantos nombres... Pensaba en ello en el transporte público, antes de dormirse e incluso en su jornada laboral.

Sin embargo, la insistencia de su mujer de que esas ideas lo llevarían directo al psikhushka lo impulsaron a sentar la cabeza y ocuparse de los problemas inminentes, como ascender a contable senior en la fábrica, crear un hogar, tener hijos... Las circunstancias lo apremiaban a seguir con su vida humilde y alejada de ensoñaciones.

En la URSS de 1982, en pleno estancamiento, era mejor tener los pies en la tierra.

Poco a poco se fue relajando y con el paso de los días fue olvidándose del tema. Un par de meses más tarde, el cuaderno con todos los apuntes quedó olvidado en un cajón y se convirtió en una anécdota.

Pero los problemas no se alejaron con el olvido, sino que empeoraron. A raíz de aquel incidente no lograba dormir más de cuatro horas por noche. Los remedios caseros basados en vodka y Citramon lejos de añadirle horas al sueño solo conseguían hacer de la vigilia una pesadilla plagada de mareos y difusas escapadas a la botella.

Kaspar era un hombre joven que aún no había alcanzado la treintena. Los kilos que había engordado de un tiempo a esta parte empezaban a notarse, aunque él nunca hubiese sido muy atlético, y sus ojos azules, caídos por las comisuras, le daban un aire tristón que se había acentuado con el paso de los meses gracias a unas abotargadas ojeras.

Una noche, fue a un restaurante que solía frecuentar donde encontró a un viejo conocido, Dmitri, apostado cerca de la puerta, con los dos dedos juntos llevados al hombro, señal inequívoca de que quería compartir una botella de vodka. Acabó tan borracho que no tuvo ningún reparo en contarle que llevaba meses sin hacer el amor con su mujer. Kaspar, pese a su carácter reservado, se echó a llorar. Vivía semiinconsciente, deprimido, con accesos de mal humor y largas rachas de tristeza. Ahora tenía miedo: sospechaba que su esposa estaba pensando en abandonarlo. Su amigo Dmitri, casi tan borracho como él, no sabía qué tipo de consuelo podía ofrecerle. Con su aire bobalicón, se limitó a darle unas torpes palmadas en la espalda, lo que provocó en Kaspar unas fuertes arcadas.

No recordaba haber ido nunca al baño de aquel lugar, pero intuía que debieron ser al menos media docena las veces que se había pasado por allí. Solo en esa ocasión fue consciente del olor a letrina y de la inmundicia que lo rodeaba, incrementando hasta el extremo sus reflejos vomitivos. Se lavó la cara pensando que el agua era lo único aséptico que podría encontrar después de mirar con asco una mohosa pastilla de jabón. Cuando quiso salir del baño, no pudo: el pomo no quería girar del todo y atascaba la puerta. Después de tirar varias veces como un energúmeno y de pegar un par de gritos y una sarta de blasfemias, se quedó mirando el picaporte como si fuera la primera vez que veía uno.

El pomo.

Incluso se puso a su altura para mirarlo bien. Es seguro que si alguien hubiese entrado en aquel momento y hubiese abierto la dichosa puerta le habría roto la nariz a Kaspar. Pero eso no iba a pasar. Él sabía que no.

Ahí estaba el maldito pomo de su sueño y ahí estaba él mirándolo como si fuera lo más aterrador que hubiera visto en su vida. Una señal. Un presagio.

Se incorporó de golpe e hizo acopio de valor. El más grande que llegaría a hacer jamás. Estiró la mano y giró el picaporte. Los resortes y muelles del interior se le hicieron ensordecedores. Ni la música de fuera ni el jaleo hacían tanto ruido como aquello, que reproducía uno a uno, chasquidos tan familiares ya para él. Muelle, clic, clic, sonido hueco de la madera... Lo rodó del todo, hasta el máximo y tiró. La puerta se abrió ligera, como si nada.

Al volver a la mesa donde lo esperaba su amigo parecía mucho más viejo que al marchar y estaba más nervioso de lo que Dmitri lo había visto nunca. Arrancó un monólogo desordenado y confuso, como si estuviese solo, pensando en alto. La única pista que tenía Dmitri era que el insomnio de su amigo se debía a un preocupante sueño premonitorio sobre el pomo de un retrete. Borracho como una cuba, y convencido de que las palmaditas en la espalda no eran la mejor solución para el consuelo, le hizo una pregunta.

—¿Has ido a ese sitio... como se llame, que aparece en tu sueño?

—¿La plaza? No.

—¡Aja! —dijo Dmitri con emoción etílica, como si fuera la solución a un complicado rompecabezas.

Kaspar Malov se fue aquella noche a su casa con dos ideas bien claras. La primera era que no volvería a beber vodka en una temporada, y la segunda, por supuesto, que buscaría la empresa IPSAT por la mañana.

A partir de entonces volvió a dormir como un bebé, recuperó en parte su vida marital y no volvió a beber alcohol.

Una nublada tarde del 12 de abril de 1983, Kaspar llegó a la plaza nevada de su sueño. Cerca de allí se oía a los niños jugando en el colegio y, en frente, se alzaba el gran edificio, como una mole gris, coronado por el letrero rojo de IPSAT.

Para llegar hasta allí había tenido que hacer una ardua labor de detective, pedir un complicado permiso en su puesto de trabajo, coger dos trenes, un barco y llegar a la ciudad de Kuznitsa, una de las más frías y septentrionales del planeta.

Todo se sucedió con la misma sincronía que en el sueño, del mismo modo que cuando se encontró con el pomo de la puerta en aquel bar de mala muerte. Los niños no lo conocían de nada y pasaban a su lado dispuestos a seguir con sus vidas, mientras que él miraba sus caritas sonrientes como quien ve a un viejo amigo. Conocía al niño rubio, a la niña pecosa, la mamá enfadada, el coche que frenaba, las matrículas, las placas de las calles, los visillos de las ventanas... Paseaba por una acera congelada, casi solitaria, reconociendo coches y rostros, arbustos, chimeneas humeantes, el edificio...

Se trataba de un inmueble de oficinas sin nada de particular, tan solo le había llamado la atención el letrero con el nombre de la empresa, la «S» del centro, más destacable que las demás letras, en grandes luminiscentes rojos colocados sobre el tejado. Se asomó a la puerta y miró con curiosidad. Detrás de un mostrador, había una joven empleada algo marchita. No parecía un edificio alegre ni podría decirse por su aspecto en qué trabajaban allí. Tampoco lo ponía en ningún sitio. Las grandes oficinas suelen tener panfletos, carteles o letreritos y uno puede hacerse una idea general acerca de sus negocios. Kaspar no vio nada de eso; solo de cuando en cuando salía o entraba personal con aires ejecutivos.

A punto de marcharse, se dio la vuelta y se encontró con un hombre que lo observaba con interés. El tipo, cercano a los cincuenta, tenía buena planta, traje cruzado y la mirada más escrutadora y descarada que Kaspar hubiese visto nunca. Su cara era afilada y algo caballuna. Destacaba en su aspecto elegante una media melena negra y lisa suelta por los hombros, los labios finos estaban curvados y ligeramente abiertos en una «o» pensativa, y sus ojos, negros y agudos, lo miraban con el ceño fruncido, como si hubiera hecho algo grave. Kaspar se preguntaba si de veras lo estaba mirando a él y por qué. Echó una ojeada a su alrededor, pero por allí no había nadie más.

—Kaspar Malov —dijo el desconocido mientras se acercaba a estrecharle la mano con parsimonia—. Soy su nuevo jefe.

El hombre no le dio muchos detalles y ni siquiera dejó que Kaspar hablara demasiado mientras lo arrastraba al interior. IPSAT era una empresa próspera y necesitaba contables como él.

Contables, muchos contables.

Firmaron el acuerdo en el vestíbulo.

Al día siguiente, el contrato con su antigua empresa estaba finiquitado, formaba parte de la nueva plantilla y el sueldo acordado era muy lucrativo. Además, le cedieron un piso del gobierno y le prometieron una jubilación anticipada. Su mujer se mostró muy disgustada, pero accedió a mudarse.

Kaspar no tenía más compañeros en su planta que lo molestasen. De vez en cuando aparecían la arisca mujer de la limpieza y también la atractiva y estirada secretaria de su jefe. Gracias a Dios, nunca había sido muy hablador y se sentía a gusto con el puesto.

El único problema que se le presentaba casi a diario era con las cuentas. No solo eran extrañas e incongruentes, sino que además le levantaban fuertes dolores de cabeza y lo hacían perder la noción del tiempo. A menudo volvía tarde a casa después de haberse pasado de largo la hora de cierre y sin haber cuadrado la mitad de los balances del día. Aun así, nunca recibió quejas de sus superiores, a los que no conoció jamás, dicho sea de paso, exceptuando quizás, al misterioso hombre del traje negro que prefería, dijo, que le llamaran Sam a secas, y a su secretaria, una mujer silenciosa que nunca veía venir hasta que la tenía delante.

Las semanas pasaron y también los meses. Su mujer lo dejó, hastiada y deprimida por el lamentable frío y las duras condiciones de vida. La gota que colmó el vaso fueron los días sin fin en que llegaba tarde a casa, y tan cansado, que su vida matrimonial acabó por desintegrarse.

Llegado un punto en el verano de 1984, Kaspar solo vivía por y para el momento en que debía completarse su visión del 20 de octubre. Era como si ese punto de inflexión en su vida fuese un punto y final, como si de ahí en adelante ya no fuera a haber nada más. En ocasiones miraba su cuenta corriente, cada vez más abultada gracias a su magnífico sueldo y se preguntaba por qué no lo gastaba, qué estaba haciendo con su vida.

Todos los planes que había tenido con su esposa, antes y después de casarse; incluso el sueño de tener hijos, que nunca llevaron a cabo, al principio por falta de recursos y al final por falta de ganas. Se había convertido en un autómata: se levantaba, se iba a trabajar, se acostaba, se levantaba... Tan agotado estaba cuando su mujer dijo que se marchaba, que apenas le prestó atención y ni siquiera intentó detenerla. Lo vivía como una pesadilla ajena; ella lloraba y él, secuestrado por sí mismo, veía cómo se alejaba sin remedio.

Se marchó y Kaspar no tuvo lágrimas. Nada. La casa quedó más fría y más sucia, y la comida se convirtió en puros menús de restaurante.

Los meses de agosto y septiembre estuvo hecho un manojo de nervios. Tomaba notas sobre cualquier cosa que pudiera recordar acerca de la última parte del sueño, casi no podía dormir y no se concentraba en el trabajo. Pese al poco rendimiento, nunca tuvo quejas.

Llegó el 20 de octubre de 1984 y, sin saber muy bien por qué, Kaspar Malov se vistió para su propio funeral. No entendía cómo, pero algo le decía que cuando todo terminara su vida habría llegado a su fin.

Quizá fueron los meses de abandono, quizá el hecho de que todo lo que había intentado construir había desaparecido, quizá la idea de que la progresiva autodestrucción debía encontrar su cenit. Aunque su sueño no dijera nada de todo ello, temía que con la llegada del final de su visión se acabaran sus objetivos en la vida. Ya no le quedaba nada.

Fue al trabajo vestido con su mejor traje y corbata y se sentó en el despacho sin saber muy bien qué hacer. Sabía por intuición que todo debía suceder en aquellas oficinas, pero dónde no tenía ni idea. Nunca había visitado el edificio entero y, en realidad, seguía sin saber a qué se dedicaba la empresa. Quizás tuviera algo que ver con la minería, pues toda la ciudad giraba en torno a las minas. Aun así, no preguntaba, se limitaba a hacer las cuentas y al final de mes cobraba el cheque que le llevaba la secretaria de Sam. Nunca había investigado nada más. Iba del ascensor a su despacho por un largo pasillo en el que no se veía a ningún otro empleado. Todo eran puertas cerradas. Siempre. El misterioso Sam se había limitado a enseñarle su cubículo el primer día y a decirle cuánto iba a cobrar. Era curioso: ahora que lo pensaba, no recordaba que le hubieran dado un horario de trabajo y ni siquiera recordaba con exactitud la firma del contrato.

Se encontraba absorto en sus cábalas cuando sonó el teléfono. Era la secretaria estirada: Sam lo requería en su despacho. Tuvo que preguntarle dónde estaba tal despacho y se sintió ridículo al explicarle que él no había ido nunca.

—Al final del pasillo, por supuesto.

Las ocho y veinte de la mañana y se dirigía al despacho del jefe. Sabía de sobra lo que se iba a encontrar. La primera vez que visitaba otra estancia no podía ser una coincidencia. Por fuerza tenía que ser la habitación blanca de su sueño.

Aquel pasillo claustrofóbico, sin ventanas, apenas iluminado con algunas lámparas de pie en las esquinas, lo sobrecogió. Las paredes y el suelo eran de madera oscura, como si hubieran usado el mismo material en ambos revestimientos. Como en un ataúd. Había cuadros, quizá dos o tres, muy pequeños y muy alejados de los puntos de luz como para poder admirar nada que no fueran manchas borrosas.

Antes de llamar, la puerta se abrió y se encontró de frente a la secretaria. Era bastante joven y atractiva, con el pelo muy negro y largo, alisado como una tabla y recogido en una tirante coleta alta. Todo en ella, su postura, su mirada inexpresiva, incluso su traje negro, era frío e intimidante. En ocasiones así en que la tenía delante, se le hacía enorme, como si hubiese crecido al verla de cerca. En su bonita cara no había ningún gesto de serenidad o de alegría, sino una tensa y aséptica rectitud.

Kaspar pasó del oscuro pasillo al blanco níveo de la habitación. No sabía por qué, pero incluso con el cambio de luz la estancia inmaculada y minimalista no le ofrecía más calma que la oscuridad de donde provenía. Era el vivo ejemplo de que no siempre un espacio bien iluminado es acogedor.

Y era, por supuesto, el despacho que aparecía en su sueño.

—Hola Kaspar —lo saludó con confianza Sam. Estaba delante del escritorio junto a un archivador manipulando lo que parecía un mando a distancia—. Verás, me he comprado este televisor nuevo y no tengo mucha idea de cómo funciona. ¿Crees que puedes ayudarme?

Siempre había pensado que su jefe no tenía pinta de llamarse Sam, es decir, Sam era el típico nombre que se le daba a un americano rechoncho y no a un ejecutivo soviético con aire siniestro. La forma de tenderle el mando, tan inquieta y apremiante. Él lo aceptó y se fijó en que la secretaria seguía al fondo de la sala, apoyada en una pared.

—Bueno —dijo—, yo tampoco tengo mucha idea. ¿Qué quiere saber?

—Oh, nada importante. Dime cómo cambiar de canal y esas cosas. Lo que se te ocurra.

Y ahí estaba él, con su oportunidad de manipular un televisor en el que debía aparecer su futuro y convertirse en presente. Lo encendió.

—Pulsando los diferentes números aparecen los canales. Depende de cómo lo haya sintonizado, claro. ¿Lo ha sintonizado?

—Lo ha hecho el técnico —respondió el otro con sequedad.

—Ah, pues...

En ese momento estaba muy concentrado en mirar cada canal, cada imagen, y no se paró a pensar en que tenía delante a su jefe y a la secretaria. Le daba igual que le llamasen la atención; él sólo buscaba. Uno de los diales daba las noticias y lo dejó ahí con la esperanza de que dijeran algo sobre un incendio.

Pasó los siguientes cinco minutos explicando a su jefe cómo subir y bajar el volumen y las infinitas posibilidades del *mute*, tan funcional si llamaban por teléfono o si, como solía hacer él, se le antojaba leer un libro con las imágenes de fondo, que le proporcionaban cierta compañía. Ya no sabía que más añadir ni de qué seguir hablando.

—Bueno, gracias —dijo Sam—. Me has ayudado mucho. Si tengo otra duda, te llamaré.

—Gracias, señor. Cuando quiera, señor.

Volvió afligido a su despacho. Pasó toda la mañana sin hacer nada, deprimido y decepcionado. Había estado frente a ese televisor y no había encontrado ni siquiera un indicio de que hubiera habido un incendio en alguna parte. Se sentía hundido. ¿Qué clase de vida era esa en la que los sueños premonitorios se cumplían a medias? Durante dos años sufrió el devastador efecto de aquel sueño. Había llegado a odiarlo y a odiarse a sí mismo. Su mujer lo había abandonado, sus esperanzas se habían roto, su vida estaba en un callejón sin salida. Todo con lo que contaba el día anterior era con que se cumpliera el puñetero sueño y nada más. ¿Acaso era demasiado pedir que la vida terminase así? No es que planeara suicidarse, pero su vida carecía tanto de sentido que no esperaba otra cosa que morir.

El teléfono sonó de nuevo.

—Señor Malov —Era Sam—. ¿Puede venir a mi despacho?

La inflexión de la voz sonaba seria, más seria aún que de costumbre. Hasta entonces, había venido usando con él un tono distendido aunque altanero, sin embargo, en ese momento era sombrío incluso por teléfono.

La secretaria seguía en el mismo sitio, al fondo del despacho, y lo miraba inexpresiva. Sam estaba de espaldas al televisor encendido y tenía los ojos fijos en su empleado. Kaspar temblaba. Antes de preguntar qué quería, el hombre levantó una mano en la que tenía otro mando diferente al del televisor y apretó un botón. Junto al televisor, se puso en marcha un reproductor de vídeo y la imagen en la pantalla de unos dibujos animados desapareció para dar paso a un incendio.

Kaspar se acercó muy despacio mientras un escalofrío le recorría la espalda. Era un incendio a primera hora de la mañana, un reportaje de una cadena extranjera a juzgar por los titulares y las entrevistas que no entendía. Gente que lloraba y gente que pasaba de largo.

Era su incendio. Se lo conocía como la palma de la mano.

—Dígame qué ve.

La voz profunda y rota de Sam lo sobresaltó. Estaba tan ensimismado mirando la pantalla que se había olvidado por completo de dónde estaba.

—Pues... un incendio. Parece horrible, un colegio o algo así y...

—Ya sé lo que veo yo, Kaspar —le cortó Sam tajante—. Quiero

saber qué ves tú. Hay algún detalle en ese vídeo que lo hace especial. Tú y solo tú puedes decirme qué es lo que falla.

—¿Yo? —balbuceó Kaspar—. ¿Por qué yo?

—Has soñado con él.

—¿Cómo... cómo lo sabe? —Tenía los pelos de punta.

—Lo sé, solo lo sé. —El hombre estaba muy serio, casi parecía enfadado en contraposición al pobre Kaspar, que estaba muerto de miedo. Sam, con visible esfuerzo, suavizó el tono—. Sé que has soñado con esto; es difícil de explicar y entiendo que esto es muy raro, pero necesito que me digas lo que ves en él, si hay algo extraño, algo que no concuerda con lo que tú viste...

Sam se dio la vuelta, rebobinó la cinta hasta donde empezaba el reportaje y pulsó de nuevo el *play*. Las mismas imágenes, una detrás de la otra, las caras de los bomberos manchadas de hollín, las lágrimas, los rostros de gente preocupada, el cristal de una ventana que se rompía, las mangueras con agua. Todo era igual.

Echaron un buen rato rebobinando el vídeo y volviéndolo a pasar. Una fría capa de sudor impregnaba ya el cuerpo de Kaspar, pero no le importaba: aquello era fascinante y siniestro a la vez, casi como un trabajo de detective. Se imaginaba a Sam como su compañero investigador, tan interesado como él en desvelar el misterio. «¡Vamos, Kaspar, tú puedes!», pensaba. Incluso la secretaria se había quedado, aunque seguía sin decir una palabra y siempre apoyada contra la pared, al fondo de la sala.

—Creo que no tiene nada de especial. Es un vídeo y ya está, no creo que sea...

—Una vez más —insistía el otro muy serio y concentrado.

Kaspar no sabía lo que debía ver. Estaba claro que lo más importante estaba ahí y era haber encontrado el vídeo. No creía que tuviera más significado que las dos imágenes anteriores en su sueño, la del pomo y la de la plaza, salvo, quizá, que ambas escenas lo habían conducido adonde estaba sentado en ese preciso momento. Volvía a ver el fuego, una entrevista a los bomberos, después otra entrevista a una señora rodeada de más gente...

Y entonces lo vio.

—¡Para, para! ¡Rebobina!

Sam hizo caso y echó hacia atrás la película. Kaspar no lo podía creer, ¡su jefe llevaba razón! Algo era diferente de su sueño y él había estado tan ciego que no lo había visto.

—Es esa mujer. —Sam dio a la pausa y Kaspar se acercó a la pantalla pasando por detrás del escritorio para señalar a una mujer menuda, con una camiseta a rayas verdes y blancas que trataba de pasar entre la gente, con el ceño fruncido y los ojos semicerrados, absorta en algún dilema y sin darse cuenta de que tenía una cámara delante filmando—. Justo esta mujer de aquí, en mi sueño no era la misma, no tenía la misma cara.

—Entiendo...

—No era ella, seguro. Recuerdo a la mujer de mi sueño, de pelo moreno, más largo que el de la que sale aquí. La piel morena y mucho más guapa. ¡Dios mío, si lo estoy viendo! No sé cómo no he caído antes.

—¿Había algo más?

—Sí, recuerdo que llevaba la misma ropa que esta. Era una chica muy guapa y en la camiseta había una especie de grafiti. Ponía —apretó los párpados para ayudarse a recordar—... AP12. Y no es esta mujer, ¡ni por asomo! En la camiseta de esta no pone nada, solo hay un muñequito o un logotipo aquí arriba. ¡Increíble! —exclamó sonriendo a la pantalla. No advirtió el intercambio de miradas entre la secretaria y su jefe.

—¿También estaba embarazada? —preguntó Sam.

—¿Eh? —Miró el vídeo de nuevo—. Sí, sí... también. No me acordaba de ese detalle, pero sí. Todo era igual salvo que la chica del sueño era otra y tenía un dibujo en la camiseta. ¡Ah!, y en un momento del vídeo, quiero decir de mi sueño, miraba a la cámara y sonreía, era un poco misteriosa, pasaba por delante y se iba. Qué raro...

—Bien... Gracias Kaspar. Te diría que te lo llevases para echarle otro vistazo, ya sabes..., por si se te ocurre algo más. Pero creo que es un vídeo documental de un proyecto y no te lo puedo dejar.

—¿Qué cree que significa? —dijo animado.

—No lo sé —respondió el otro tajante mientras cogía la cinta y la examinaba. A Kaspar se le borró la sonrisa del rostro.

La poca amabilidad de su jefe se había esfumado dejando paso a una mirada apremiante que a todas luces quería decir que el empleado ya había hecho su trabajo y ahora sobraba.

—Si es tan amable, señor Malov —interrumpió la secretaria—, lo acompañaré a su despacho.

—Sí, claro, por supuesto. Supongo que hay que ponerse a trabajar.

—Sí.

—Entiendo.

La secretaria apenas lo guio hasta el pasillo y volvió a entrar en la estancia. Cerró la puerta tras él. Kaspar tuvo la tentación de acercarse a escuchar lo que estaban hablando, pero no quiso arriesgarse a que lo pillaran, así que volvió alicaído a su despacho.

No cabía duda de que la mañana había sido emocionante, pero el trato recibido al final le había dejado un mal sabor de boca con gusto a rechazo. Estaba claro que aquel era su jefe, que quizá no debía haberse tomado confianzas, ¡pero es que estaba tan emocionado!

Había tomado una decisión. Cuando saliera, y de camino a su casa, se pararía por la biblioteca para buscar todo lo que encontrase sobre los sueños y premoniciones. Quizá no volviese a pasarle nunca más, pero aquello le había dado una nueva meta.

Una razón de vivir.

***

—¿Qué crees que quiere decir? ¿Entiendes algo? —preguntó ella.

Él estaba repantingado en la silla, tirado de cualquier manera, como si se hubiera escurrido. La postura era más digna de un niño aburrido que de un serio y trajeado empresario. Se balanceaba de un lado a otro haciendo girar la silla sobre sí misma, mirando la pantalla pausada. Miraba a la mujer de la camiseta a rayas.

—¿Shamgo?

—¿De quién es este vídeo? —preguntó sin mirarla.

—Pues... ¿Lo has sacado de aquí? —dijo señalando un gran sobre marrón que había encima de la mesa. Extrajo un libreto y unos folios sueltos y los leyó—. Es de Buer. Me dijo que lo mandaría. Es sobre su proyecto... Qué gracioso —dijo con una media sonrisa—. Aquí lo llama «Proyecto de contención». Dice que ese lugar es el mejor sitio para hacerlo. Al parecer murieron 81 personas el 17 de diciembre del año pasado. Un colegio de primaria. Pone que ya ha comprado el solar pero que le faltan *subvenciones*... —recalcó la última palabra con sarcasmo—. Estoy por jurar que le prendió fuego él mismo.

—Hablamos hace tres meses y le dije que no le prometía nada. Demasiado riesgo. —Se enderezó en la silla—. Pero, visto lo visto, me parece que va a haber que financiarlo.

—¿Por qué? ¿Crees que tiene algo que ver con la visión de ese tipo? —Y le tendió los folios.

—No lo sé, puede que sí... Pero lo que no puedo hacer es ignorarlo. Quiere construir un hospital, pues que lo haga. —La chica se echó a reír con una risa impostada, pero él se mordía los labios con inquietud—. Ese chico es brillante Likho, siempre encuentra buenas ideas...

Se recostó sobre la mesa y escondió el rostro entre las manos. Ella se sentó delante.

—Es brillante y la idea parece buena, pero a veces sus *proyectos* llaman mucho la atención —terció.

—Lo que quieras, pero es bueno en su trabajo. Igualmente le ayudaré a construirlo. Eso sí, tendrá que ser bajo mis condiciones.

—¿Y crees que las va a respetar? —dijo socarrona.

—Más le vale.

Y ella, que no lo creía, volvió a reír cantarina.

—¿Y la visión? ¿Qué significa?

Sam la miró un momento con gesto serio y miró la pantalla unos segundos.

—¿Me creerías si te dijera que me gustaría llorar?

—¡Sam! —exclamó alarmada.

—Lo sé, perdona. Es que estoy demasiado acostumbrado a que todo nos vaya bien, a no tener que preocuparme por idioteces como esos... pactos —dijo con asco—, y ahora aparece de la nada un profeta o lo que quiera que sea ese inútil... Incluso a mí hay cosas que se me escapan de las manos, Likho. Me he esforzado mucho para llegar hasta aquí, para que todo funcione... y ahora resulta que me falta tiempo. —Se recostó en el asiento de nuevo y cerró flemático los ojos—. Sólo puedo prepararme y esperar.

—Perdona, pero no te estoy entendiendo. ¿Te importaría...?

—Da igual, Likho. Llama a Buer y dile que aceptamos su proyecto. Sé obediente y déjame pensar.

Ella asintió desencantada y salió de la habitación.

Era ya de noche y Shamgo seguía dando vueltas en su sillón, observando de hito en hito la imagen estática en la pantalla. Una ira ciega se acumulaba en su rostro cada vez que miraba a la mujer bajita y rechoncha, extraño espejismo de la otra que aparecía en el sueño de su empleado. ¿Por qué aquella mujer y no otra? Esta estaba embarazada, pero... ¿tenía algún sentido que lo estuviese la mujer del sueño?

Pero él ya sabía muy bien la respuesta. Lo estaba esperando. AP12... Una ira que iba en aumento junto con una profunda impotencia.

Quería gritar y con gusto habría tirado el televisor por la ventana. No le hacía falta esforzarse para verla reflejada en la mente de Kaspar Malov; una joven de bonita sonrisa burlona.

—Maldita zorra.

Jueves, 13 de marzo de 2008

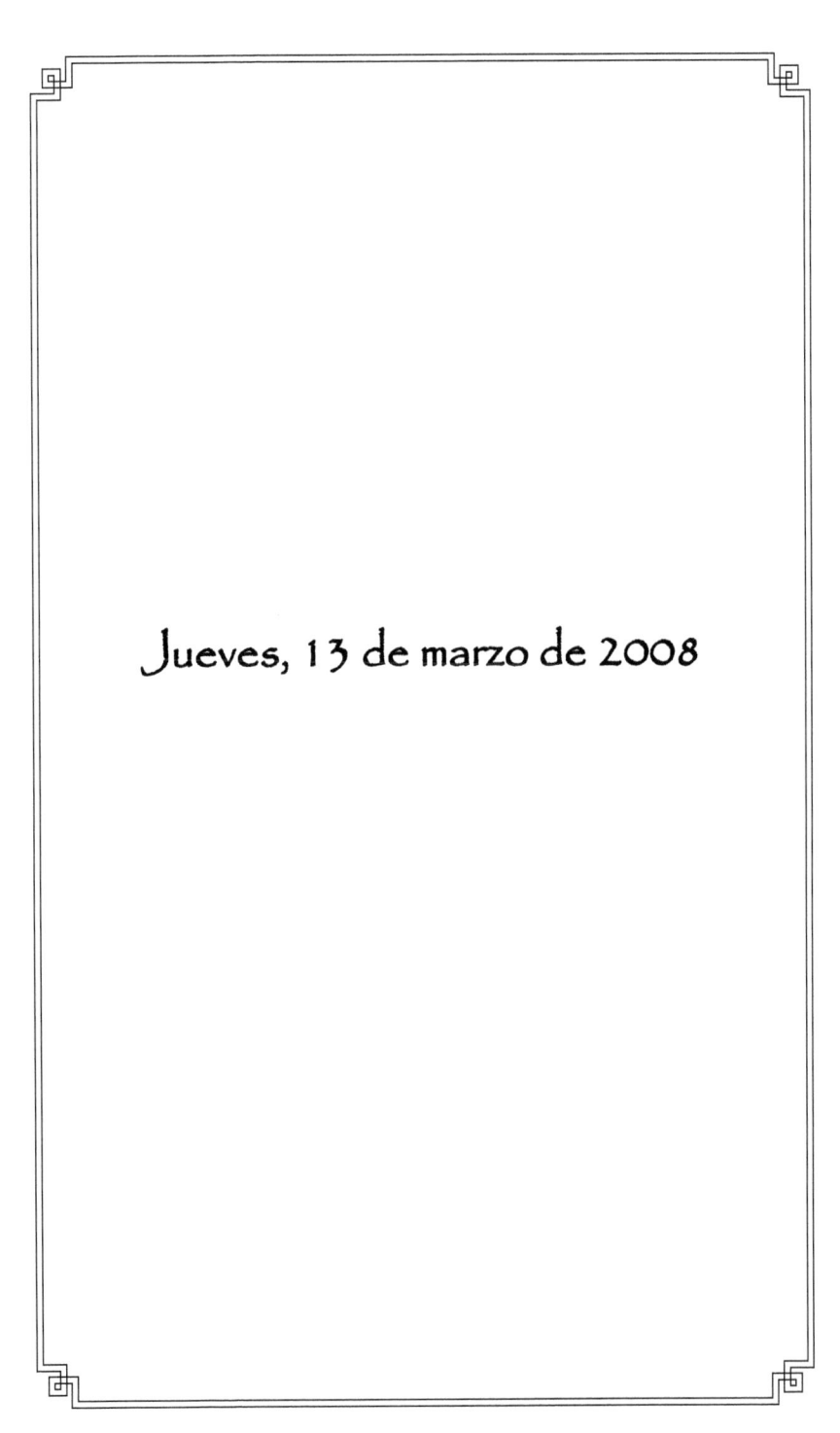

Capítulo 1

Eran las seis de la mañana y aún no había asomado el sol entre los edificios. La humedad teñía el enlosado de la calle, mientras el frío hacía estragos en el ánimo, se colaba a través del abrigo del desdichado transeúnte y le llegaba hasta los huesos.

Hans caminaba con desgana, con los pies pesados en dirección al hotel. Trataría de dormir un poco. Había pasado gran parte de la noche sentado en un banco, muerto de frío, con la cabeza embotada por el alcohol y pensamientos funestos, dejando que el tiempo pasara sin prestarle atención. Ahora, con las manos en los bolsillos, recapitulaba sobre todo lo ocurrido mientras dejaba atrás la céntrica Puerta del Sol madrileña, ascendía por una de sus calles laterales llena de tiendas cerradas y de algunos transportistas amodorrados que las abastecían. Recordaba, como en una ensoñación, lo fascinado que se había sentido el primer día que llegó a Madrid; la belleza de sus fachadas, la alegría de sus gentes, el apacible sol que aun haciendo frío iluminaba con gusto...

Ahora entornaba sus ojos castaños, dando la espalda a su memoria, con las ganas del que quiere llorar y no puede.

Habían pasado tres días desde que diese comienzo el esperado viaje de fin de curso. La idea de los responsables en el instituto de Ámsterdam era incentivar el intercambio cultural mandando a varios grupos, cada uno a un país distinto, para luego hacer proyectos y contrastar impresiones. Todo había sido por sorteo y, de los dos equipos formados en su clase, al de Hans le había tocado ir a España. Lo prefería a Grecia en cualquier caso porque le parecía demasiado decadente.

Así pues, llegó desde Holanda un grupo de quince alumnos y dos profesores; los primeros, dispuestos a pasarlo bien, y los segundos, a intentar impartir un poco de cultura a una algarabía de adolescentes

27

perturbados por las hormonas.

—Por favor, no hagas ninguna tontería —le había dicho su madre.

Hans no era un chico rebelde. Solía ser simpático y a veces incluso obediente. Sus profesores le decían que era muy listo y que, si quisiera, no tendría por qué conformarse con sacar una nota media en todas las asignaturas. Pero la primera idea que paseó por su mente cuando supo que se iba de viaje no fue la de estudiar historia de España o el arte barroco de Velázquez y Murillo, sino la de averiguar cómo meter el *whisky* de su madre en la maleta sin que ella se diese cuenta. La palabra «fiesta» rebotaba en su cabeza y en la de sus compañeros como una bola de billar, caramboleando arriba y abajo, pidiendo con frenesí mal disimulado que le diesen otro empujón.

Pero ahí estaba él ahora, tres días después, preocupado por problemas más importantes, sin acordarse de fiestas, chicas, borracheras y minucias. Ocurrió en un suspiro: las cosas se habían puesto muy feas y el mundo había dejado de tener sentido.

Sus quebraderos de cabeza se desataron el día anterior en una excursión. Teniendo en cuenta la maratón de la jornada cultural intensiva que los acechaba, uno de sus profesores tuvo una genial idea: acelerar las visitas haciendo uso de un autobús turístico. Recorrerían los principales puntos monumentales de Madrid en algo menos de tres horas, visitarían la ciudad más deprisa y ampliarían el tiempo libre que la tropa de chavales llevaba pidiendo a gritos desde hacía dos días. Más o menos, como cultura enlatada y metida con calzador.

El recorrido era interesante y esto Hans no lo habría discutido aunque se hubiera enterado de algo..., pero no le interesaba. Porque, seamos honestos, ¿qué adolescente presta verdadera atención a algo en una excursión que no sea al mero hecho de no estar en clase? Desde luego Frank, Bert y él, tenían en mente una misión más interesante y arriesgada desde el mismo instante en que se sentaron en el autobús.

La hazaña consistía en intentar colar bolitas de papel de un panfleto turístico entre los grandes pechos de Janna Dos Barbillas, que ese día se había puesto un escote desproporcionado. La broma colaba y no trascendía más allá de tirarles papelitos a las chicas, cosa que ellas recibían entre risitas y cuchicheos. Todo empeoró cuando uno de los proyectiles hizo diana en el escote y los chicos estallaron en risas mientras Janna lo buscaba sin resultado entre pliegues de licra y carne turgente. La muchacha se levantó y zurró sin miramientos al que tenía más a mano: Bert. Montaron tanto alboroto, que el profesor los castigó mandando a cada uno a un extremo del autobús. A Hans le tocó la peor parte. Tuvo que sentarse delante de su tutora y al lado de una japonesa que no paraba de hacer fotos y sonreírle con cara de mosquita muerta.

La excursión podía haber sido un desastre y hasta educativa de no ser por un detalle.

Acoplados a la espalda del asiento delantero, Hans tenía unos auriculares con una guía de la visita en ocho idiomas distintos. Resignado a tener que aprender algo sobre la ciudad o morir de aburrimiento, se puso los cascos con la versión inglesa. No prestaba mucha atención mientras una azafata con sinusitis hablaba sobre los Borbones y el Palacio Real, pero le pareció interesante algo sobre una antigua ejecución y subió el volumen. Fue en ese momento, al manipular el pequeño ordenador, cuando se dio cuenta de que estaba escuchando la guía en italiano.

El corazón le dio un vuelco. ¿Era posible que en la pantalla pusiera italiano y lo estuviera oyendo en inglés? No. No era eso. «Sabía» perfectamente que lo que oía era italiano.

Contra toda ley de la lógica aceptable en la que se dijese que un idioma que no se ha estudiado no se puede comprender, Hans entendía el italiano, incluso estaba seguro de poder hablarlo. Angustiado y excitado al mismo tiempo, toco el botón y cambió al japonés, y «claro», se dijo, «cómo no»; lo entendía también. Miró a la chica japonesa y le entraron ganas de charlar con ella para probar si de veras podía defenderse en la conversación, pero se contuvo. Aquello llamaría la atención de sus compañeros y profesores y no habría sabido qué contestar. Pasó el resto del viaje cambiando del japonés al ruso, francés, español, portugués... Todos los entendía como si fuese nativo. No sabía qué pensar y el miedo iba en aumento.

Estuvo toda la tarde apagado y ausente. Sus amigos lo veían

muy callado y él les decía a todos lo mismo: tenía un punzante dolor de cabeza y cansancio, mucho cansancio. Cuando el grupo salió por la noche, ni siquiera se molestó en intentar ligar con Stella, la chica que le gustaba. Tenía la cabeza llena de ideas disparatadas y todas lo llevaban a pensar en posesiones demoniacas o experimentos científicos de algún gobierno corrupto. A media noche, cogió de la fiesta lo que quedaba de la botella de *whisky* y se marchó sin decir nada a nadie.

Estuvo deambulando por ahí, pensando, bebiendo...

Cuando el alcohol se acabó estaba borracho, aunque no lo suficiente como para olvidar los problemas. Incluso cuando intentaba desviar su mente hacia otra cosa encontraba algo que lo devolvía a la extraña realidad; un cartel en un bar, una conversación ajena, un periódico abandonado en un banco... Todo le recordaba que en la Torre de Babel llamada mundo él podía entenderlos a todos. Se preguntaba quién podría entenderlo a él.

Había llegado a la Gran Vía, una calle de Madrid a imitación de Broadway, siempre atestada de coches y de multitudes cosmopolitas. Se había parado delante de un cine abandonado con indecibles ganas de llorar. «¿Cómo se lo diré a mamá?», se repetía una y otra vez.

Algo lo sacó de golpe de sus pensamientos.

Un coche se salió del asfalto y, dando vueltas de campana, se llevó a varios peatones por delante, a unos diez metros de donde se encontraba él. Fue tan violenta la acometida, que Hans apenas pudo reaccionar y retroceder dos pasos antes de que lo alcanzara, pero el impulso lo arrojó contra un cartel de cine y quedó inconsciente, atrapado entre los escombros.

Capítulo 2

Despertó sobresaltado.

Estaba helado de frío y en medio de un ruido estridente, que lo hacía sentir como si hubiera caído de golpe en el mundo; del calor protector del sueño, a la gélida realidad. La luz intensa de un fluorescente lo cegaba y le dificultaba abrir los ojos para ver dónde se hallaba. Parpadeó varias veces con fuerza y, al tratar de acostumbrarse al resplandor, se le saltaron un par de lágrimas. Intentó moverse para evitar el foco y se dio cuenta de que no podía girar el cuello.

Forcejeó un poco y tiró de las muñecas, pero vio que lo tenían amarrado con correas. Estaba inmovilizado en una camilla y con una especie de armazón en la cabeza que le impedía moverla a un lado y a otro. Recordó el coche aproximándose a él con violencia, el estruendo, la mole volando, el terror... y la certeza de que iba a morir. En su mente había sucedido todo despacio, a cámara lenta y en realidad estaba seguro de que apenas habían transcurrido un par de angustiosos segundos.

En una serie de televisión había visto que debía probar a mover los dedos de pies y manos; primero los unos y luego los otros. Se aplicó a la tarea y respiró un poco más tranquilo. No notaba ningún malestar intenso, sin embargo, le dolía la cabeza y el fluorescente del techo le atizaba nuevos pinchazos con su luz impertinente. ¿Tendría algo roto, alguna lesión interna? Lo atenazó la angustia y empezó a jadear.

Vio por el rabillo del ojo a personas con batas blancas que pasaban a su lado corriendo por un amplio pasillo. «Estoy en un hospital», se dijo.

En su campo de visión, apareció un tipo que se lo quedó mirando desde arriba, un hombre alto y corpulento. Tenía la cara surcada por algunas arrugas profundas y, aunque parecía mayor, estaba en buena forma. Le calculó unos cuarenta años. Se fijó en que tenía la piel gruesa y una perilla rojiza, el pelo largo pelirrojo recogido en una coleta, los ojos grises y muy abiertos. El hombre le dedicó una media sonrisa.

—Tranquilo, chico, estás en buenas manos —le dijo en un perfecto castellano.

Pese a sus palabras, no parecía muy interesado en calmarlo y, desde luego, no lo consiguió. Se quedó de pie a su lado mirándolo fijamente a los ojos, sin que el barullo de la sala lo inmutase. Se mantuvo así alrededor de un minuto antes de que Hans cayera en la cuenta de que aquello no era normal y se inquietara. No entendía qué quería ni qué hacía allí amedrentándolo de tal forma. Bastante tenía él con estar amarrado a una camilla para que ahora un tipo siniestro no parara de intimidarlo con la mirada. Alguien gritó y un tropel de médicos pasaron corriendo y arrastrando una camilla. Pero el hombre no se movió. Hans se dio cuenta entonces de que llevaba uniforme de policía.

—¿Dónde estoy? ¿Qué ha pasado?

El hombre no contestó.

¿Qué clase de policía apabulla a un enfermo indefenso en una camilla? ¿Estaría loco? Pero no quería saberlo. Con que el tipo se largara tenía bastante. Justo cuando estaba a punto de increparle, alguien lo interrumpió.

—Gul... —dijo una voz hastiada que sacó al policía de su extraño cometido—. Dime, ¿qué querías? Estoy ocupado.

—Te traigo el regalo de tu vida. —Y con una sonrisa, señaló a Hans como quien le señala a un pastor una cabra que se le hubiera perdido.

El otro hombre apareció en su campo de visión. Llevaba una bata de médico y era joven, de unos treinta y tantos años, atractivo, de aspecto cuidado y mirada afilada. Cuando se acercó, tenía una leve sonrisa en la comisura de los labios, pero a medida que observaba a Hans con más detalle, la sonrisa fue desapareciendo.

—No me jodas... —murmuró con cara de cabreo. —¿De dónde lo

has sacado?

—Ha habido un accidente en el centro hace un par de horas.

—Oh, sí..., el accidente.

El médico tenía la mirada perdida en el pecho de Hans y le costaba emitir cada palabra que decía. ¿Qué habrían visto en él? ¿De qué iba todo aquello?

El policía sonreía, muy satisfecho de sí mismo, como si de verdad hubiera acertado con un regalo en la mañana de Navidad. Al ver el ceño arrugado de su compañero y que apenas reaccionaba, el policía carraspeó.

—Había un tío —dijo rascándose la perilla—, un poli. Uno de esos con sentido del deber, ya sabes... Dijo que había tomado los datos y que quería que lo llevaran al Marañón para llevar el caso él mismo. Se me ha puesto un poco chulo, pero bueno. De todos modos, le he dicho al de la ambulancia que lo trajera aquí.

—¿Y dices que el policía le ha tomado los datos? —preguntó sorprendido el de la bata blanca.

—Los ha cogido —contestó encogiéndose de hombros— ¿y qué? Mañana ni se va a acordar, y si se acuerda, ya lo solucionaré. Por eso no te preocupes.

El médico volvió a mirar a Hans, que no perdía detalle de la conversación. Era inaudito que estuvieran hablando de todo aquello sin prestarle atención, como si fuera un mueble.

El médico apretó un poco una clavija del aparato que sujetaba su cabeza y le provocó un desagradable pellizco en una oreja. El chico soltó un quejido.

—Es increíble... —dijo el médico cabeceando—. Y está casi sin desarrollar... ¡Impresionante! —El del traje de policía rio mientras que a Hans se le pusieron los ojos como platos. Estuvo tentado de preguntar qué era tan impresionante pero el médico muy emocionado le cortó. —Voy a hacerle una radiografía.

El policía, extrañado, se volvió a mirarlo.

—¿Para qué?

—¡La voy a enmarcar! —El médico se puso en la cabecera de la camilla y empujó—. Pediré el quirófano tres, por si quieres verlo.

—Sí, claro, ahora voy —contestó riéndose.

Hans perdió de vista al policía mientras los focos de luz del pasillo se fueron sucediendo sobre su cabeza, uno tras otro. No entendía nada y estaba muerto de miedo. ¿Quirófano para él? ¿Por qué? ¿Qué se suponía que debía ver el tal Gul, un policía que allí no pintaba nada?

Pensó si todo aquello no sería producto de alguna conmoción cerebral.

—Oiga —apenas podía mover la mandíbula ni articular las palabras—, ¿a dónde me lleva?

Le supo raro hablar en español por primera vez en su vida y, dadas las circunstancias, agradeció la posibilidad extraordinaria de hacerse entender.

—No deberías hablar, querido.

—Me duele un poco la cabeza. ¿No me podría dar un calmante o algo así?

—No —zanjó con una sonrisa ácida.

Su respuesta fue tan seca que a Hans le entraron escalofríos. Estaba seguro de que aquel médico no era buena persona. Lo acometió un espasmo al que le siguió un temblor, incluso le castañearon los dientes, aunque no sentía nada de frío. La cabeza, fija como la tenía, lo forzaba a mirar al hombre, su cara, y aquellos malditos fluorescentes seguían lastimándole los ojos. El tipo sonreía con gesto de evidente satisfacción y Hans se revolvía por dentro.

Llegaron a una sala y le encargó a una enfermera unas radiografías de tórax.

—Mientras, iré a pedir el quirófano.

—¿Quirófano para qué? —estalló Hans alarmado—. ¿Qué me van a hacer? ¿Qué tengo?

La enfermera se acercó y le revolvió el pelo con cariño.

—Tranquilo —le dijo con suavidad—. Podrías hacerte daño. Deja que te hagamos las radiografías y veamos qué te pasa, ¿de acuerdo? Estate muy quieto ¿vale?

—Pero pero...

No pudo evitarlo y se le saltaron un par de lágrimas. El doctor había desaparecido y eso lo relajó un poco. Le resultó chocante la tranquilidad que sentía al lado de la enfermera en comparación con la tensión que el policía y el médico le habían generado.

La siguiente media hora la pasó con aquella mujer, ya madura, que le recordaba un poco a su madre, tan amable y comprensiva.

¡Sus padres! Debían avisar a sus padres.

La enfermera le limpió las lágrimas y le dijo que todo saldría bien. Lo mantuvo amarrado en la camilla mientras manipulaba un aparato que deslizaba con pericia por encima de su torso. Abandonaba la sala para manipular unos controles, pero le hablaba por un interfono y le decía que estuviese tranquilo.

—Dios mío... —murmuró muy bajito la mujer cuando volvió con las radiografías en la mano al cabo de un rato.

Miraba a Hans y miraba a las radiografías. Algo no debía de ir muy bien.

—¿Qué? ¿Qué me pasa? —preguntó ansioso—. ¿Qué tengo? ¿Es muy malo?

En ese momento entró de nuevo el médico de antes. Tenía el pelo castaño y ojos oscuros, y su mirada era tan fría que Hans había empezado a odiarlo.

El hombre tomó las radiografías de la mano de la enfermera y soltó un silbido.

—¡Preciosas! ¡Han quedado preciosas! —exclamó.

—¡Doctor! —se escandalizó la enfermera señalando a Hans

—¿Qué tengo? —insistió Hans.

—Ahora te lo enseño.

La mujer se quedó plantada en medio de la habitación mientras veía cómo se llevaban al chico. Si le hubiesen preguntado, no habría sabido contestar qué era lo que la había asombrado más, si la actitud desagradable del médico o las radiografías que había tomado. Hablaría bastantes días de aquello antes de que se le olvidara.

—Por favor... —imploró Hans mientras atravesaban pasillos y salas—. Por favor, explíqueme...

—Cállate ya.

—Pero...

No esperaba recibir un trato semejante por parte de nadie y, menos aún, de un médico.

Las lágrimas resbalaban por su cara enrojecida que, comprimida por aquel armazón, hacía que se acumulasen en el interior de sus orejas y en las cuencas de los ojos imprimiéndole una sensación más claustrofóbica aún.

Su respiración se aceleraba y la angustia le oprimía el pecho. Entraron en una sala con trazas de quirófano donde Hans distinguió a tres personas más; un hombre joven y una mujer muy delgada y alta y, entre ellas, el policía de la entrada, que se había cambiado de ropa y vestía una bata blanca. Ninguno tenía pinta de médico. O bien parecían muy jóvenes o bien su aspecto era demasiado rudo como para dar confianza.

No encajaban allí.

El tipo que había empujado la camilla se dirigió a una pantalla de luz y, con un ademán brusco, colocó las dos placas que le habían tomado. La mujer se acercó a Hans y fue quitándole las sujeciones que mantenían rígido el cuello. Lo hizo sin mediar palabra. La mujer tenía los dedos fríos y duros como garras, y eran tan huesudos, que cada vez que le tocaba para incorporarlo un poco se le clavaban en la carne.

Los tres hombres reunidos murmuraban en pequeño comité al fondo de la habitación: «Lo hemos pillado en el mejor momento», oyó Hans. Ya libre de ataduras, se frotó los ojos con ganas e intentó incorporarse, pero a mitad de camino las zarpas heladas de la mujer lo volvieron a tumbar con brusquedad.

—Levántate despacio si no quieres hacerte daño —le ordenó con sequedad—. Y quítate la ropa.

—¿Qué? ¿Por qué?

La mujer no contestó. Se limitó a mirarle fríamente con sus bonitos y aterradores ojos verdes. En otras circunstancias Hans la habría considerado guapa, demasiado delgada pero atractiva. Sin embargo, en ese momento, lo aterrorizaba.

—¿Pero qué me van a hacer? —preguntó con voz trémula—. ¿Quieren operarme? ¿De qué?

—Estás en un quirófano —dijo la chica estirando los labios en una mueca que hacía las veces de sonrisa—. Es obvio que te van a operar. Por favor —dijo como si la amabilidad le chirriase—, quítate la ropa.

Hans obedeció como un autómata. Se quedó desnudo en mitad de la sala, y se puso las manos en cruz sobre los genitales. Nadie lo miraba. Las personas se afanaban en preparativos, reuniendo bisturís, escalpelos, pinzas de distintos tamaños, cánulas y mil cosas más y colocándolo todo en un par de carritos.

Estaba siendo la peor experiencia de su vida.

Al cabo de unos minutos de estar allí de pie, desnudo e indefenso, la mujer le ofreció una especie de camisón que se ataba al cuello y a la parte baja de la espalda, dejando el trasero al aire.

No se sintió mejor que cuando no llevaba nada. La enfermera recogió su ropa y la metió en una bolsa de basura. Fue entonces cuando se fijó en las placas colgadas en la pantalla iluminada.

Él no había visto muchas radiografías y era la primera vez que le hacían una del tórax. Aun así, aunque no supiera interpretarlas, sí que podía ver una anomalía evidente. En aquella placa, y dentro de lo que entendía como normal en la radiografía de un tronco humano, había dos extrañas formas alargadas, dos masas blanquecinas con los bordes bien definidos que se reflejaban casi paralelas a lo largo de la columna, ligeramente inclinadas la una hacia la otra en su parte superior. Y eran muy grandes, de unos veinticinco centímetros de largo por casi diez de ancho, calculó.

—¿Tengo cáncer? —balbuceó.

Por un momento había olvidado a la gente que lo rodeaba. Pasó de tener pánico por las personas que había allí, a tenerlo por la enfermedad que presentía crecer en su interior. Era un miedo más terrible que ningún otro, imposible de parar y del que no podía huir por muy rápido que echara a correr. A los médicos podía darles esquinazo en cualquier momento, pero a su propio cuerpo no.

—Verás, Hans —dijo el primer doctor poniéndole una mano en el hombro—. La cosa está así: tienes dos tumores muy problemáticos que debemos quitarte cuanto antes. Si no lo hacemos, podrían extenderse al resto del cuerpo. Lo entiendes, ¿verdad?

Aquella forma de hablar no le pareció muy profesional, pero se consoló pensando que quizás el tipo solo quería ganarse su confianza. Aunque eso era lo de menos.

—¿Me curaré? —preguntó asustado—. Si me los quita, ¿me curaré?

El médico lo miró sin ninguna expresión en el rostro.

—Lo más probable es que no sirva de nada lo que yo haga. ¡Ojalá! —exclamó lacónico—, pero para eso te pondremos en tratamiento. Un tratamiento muy especial.

—¿Y en qué consiste? ¿De qué se trata?

—Estoy seguro de que tienes muchas ganas de saberlo. Ya te lo explicaremos... Ahora túmbate —lo apremió.

—¿Qué? ¿Ya me van a operar? ¿Aquí y ahora?

—¿Tú qué crees?

—Pero ¿y mis padres? ¿Han llamado a mis padres? ¡Ellos no saben lo que me van a hacer! —lo encaró histérico. Miraba a todos lados buscando la salida, se miraba el camisón, miraba el instrumental médico, los miraba a ellos tratando de encontrar compasión en sus expresiones. Nada.

—Tus padres ya están avisados —contestó resoplando—, pero esto es una operación de urgencia y no podemos esperarlos. ¿O es que quieres morirte antes de que lleguen?

Hans no supo qué contestar. Las palabras tan duras que recibía, la actitud de aquellas personas... Se volvió a los otros médicos que seguían ocupados colocando material. El policía que había conocido en la entrada estaba de brazos cruzados, al fondo de la habitación, y no le quitaba ojo.

A Hans le habían enseñado que se podía confiar en los médicos y en la policía, pero el sentido común le gritaba que aquellos tipos eran una manada de lobos hambrientos.

Y como cualquier ser humano atenazado por el miedo, no hizo caso del sentido común.

—No, claro que no. No me quiero morir.

—Buen chico. Ahora túmbate.

La camilla que estaban preparando tenía una abertura a la altura de la cabeza y se sintió confuso sobre cómo ponerse. Abrió la boca y antes de que pronunciara palabra, la mujer lo sacó de dudas:

—Túmbate boca arriba.

Apenas se hubo tendido, le inyectó una aguja en la vena, con tal violencia, que le provocó un respingo y soltó un chillido. Ella ni se inmutó. Acopló un tubo y lo conectó a una bolsa de suero. La delicadeza brillaba por su ausencia.

—Tranquilo —dijo el médico—, te presento a mi amigo, el doctor Eduard Crowe. Él será tu anestesista.

El tal Eduard Crowe debía rondar la edad del primer médico, pero tenía un aspecto bien distinto: era corpulento, con mucho músculo, el pelo rapado, y su cara, aunque ligeramente aniñada por los labios gruesos y los ojos claros, se veía más embrutecida. Hans habría dicho que era la de un luchador de boxeo con muy mal carácter.

—¿Cómo estás? —saludó Crowe en un tono desganado mientras se ponía una mascarilla.

—Y ella es Miah la enfermera, y mi colega —señaló al policía—, el doctor Marcus Gul. Yo soy Giovanni Buer —añadió con amabilidad impostada—. Ahora que ya sabes cómo nos llamamos y quiénes somos, podrás darnos las gracias cuando despiertes.

Aquella presentación le pareció a Hans un poco extraña pero no tenía más remedio que confiar, dejarse llevar y esperar que todo saliera bien.

En ese momento tenía a todos a su alrededor pendientes de él. Los ocho pares de ojos se alzaron sobre él imponentes.

—Bien —dijo el doctor Crowe encajándole una mascarilla—. Respira hondo..., muy bien, sigue respirando hondo. —El hombre se acercó con una jeringuilla y le inyectó un líquido en la vía que tenía acoplada en el brazo—. Ahora ve contando hacia atrás desde diez.

—Diez, nueve, ocho... siete... se... is... —Y perdió la consciencia.

***

Estaba en un coche, hablando con su padre y sin poder entender lo que decía. Las palabras salían de su boca, pero Hans no las comprendía, algo que se le antojó extraño, teniendo en cuenta que ya hablaba todos los idiomas. ¿Y cómo era que su padre seguía vivo, si había muerto cuando él tenía cuatro años? Sin embargo, ahí estaba, con aquella verborrea incomprensible.

Llegaron al camino de entrada que conducía a la casa de campo de sus abuelos. Su padre aparcaba y Hans se bajaba del coche. En ese punto, se decían adiós con la mano y su padre se marchaba.

Entonces se sucedía otra escena: estaba dentro de la casa con Stella, su amor platónico, y le reprochaba con tono zalamero que no se hubiera emborrachado con ella la noche anterior.

—Es que no pude. ¡Ahora sé hablar japonés!

Entonces Stella se encogía de hombros y empezaba a besarlo. Hans se tumbaba sobre ella en un sofá y mientras seguía besándola algo se le clavaba en el pecho.

—Normal —le decía ella—. Este sofá es muy incómodo para estar boca abajo.

—¿Tú crees?

—Seguro. Además, tienes algo metido en la garganta.

Aquella afirmación le parecía absurda y a la vez muy cierta. Trató de tragar, pero el fondo de la boca le quemaba. Poco a poco, la voz de Stella se perdía en un eco mientras ella le pedía que se quedase a su lado.

Oyó la voz de la enfermera Miah como si lo arrancara del sueño.

—¡Menos mal! Esto empezaba a darme mucho asco.

—Crowe —Hans reconoció la dura voz del policía—, te juro que como te vuelvas a pasar con los narcóticos, te inflo a hostias.

El mencionado Crowe se reía. Al chico lo inundó el olor aséptico y reconocible del quirófano. Tal y como le había dicho Stella en el sueño, tenía un tubo metido en la boca. No podía moverse, los músculos no le respondían ni veía nada: un par de esparadrapos mantenían pegados sus párpados. Por si fuera poco, estaba tumbado boca abajo y le costaba respirar.

—Pásame esas pinzas Miah. —Oyó a la enfermera coger algo—. Sujeta aquí, justo aquí, en el pliegue.

—Ya tiene la parte de atrás de las costillas hundidas. ¿Cuánto le habría quedado? —preguntó la chica.

—Hmmm... Una semana —dijo Crowe.

—Algo menos —convino Buer—, quizá cinco días.

—¿Tan poco? —preguntó Gul.

—Probablemente. Este señorito vive muy bien. Cuanto mejor viven, menos tiempo tardan... Miah, pásame el escalpelo a ver si... —Se oyó una especie de succión y Hans notó que le tiraban de las costillas desde dentro—. ¡Dios, quiero quitar esta mierda ya! —exclamó cuando le pasaron el instrumento.

¿Cinco días para qué? ¿Para morir? El olor a sangre y desinfectante, el vértigo... Debían haberle puesto unos cuantos cojines porque notaba la presión alrededor de la cara y por debajo del torso. No sentía dolor, aunque sí una desagradable molestia donde estaban interviniendo. Quiso saber si aquello era normal, pero le fue imposible decir nada.

—El cabrón es preguntón hasta cuando no puede hablar —gruñó la enfermera.

—Ya lo conoces... Tú déjalo y no le animes —contestó el cirujano; y añadió con tono feliz—: ¡Aquí lo tenemos!

—¡Qué asco! —exclamó la mujer.

—Toma Miah, tíralo por ahí. —Hubo un silencio provocado por las dudas de la ayudante para hacer lo que le ordenaban—. Ahora mismo eres enfermera; lo sabes, ¿no?

—Lo que tu digas... —contestó con un gruñido.

Oyó que Crowe y Gul se reían.

—Callaos, idiotas —los reprendió ella riéndose también—. ¡Qué asco!

Hans se preguntaba si lo que tenía en la espalda era tan espeluznante como para provocar semejante aversión en una enfermera.

—Pásame el hilo y la aguja.

Durante los siguientes diez minutos, a Hans se le desarrolló una claustrofobia nueva, la de estar atrapado en sí mismo. Notaba cada puntada del médico penetrar en la carne y salir el hilo al atravesarla, quemándolo, e incluso empezó a notar un escozor, primero en la piel y luego más profundo, que iba en aumento. Dolía. Debían estar terminando, así que se serenó y aguantó las puntadas que iban de arriba abajo de la espalda.

—Bien, listo. —Y se oyó el tijeretazo que cortaba el hilo de sutura—. Vamos con el otro lado.

«¡El otro lado! ¿Qué otro lado?».

La sensibilidad estaba volviendo y el dolor aumentaba. Demasiado horrible para ser real. Una vez más, intentó moverse y hablar, pero no pudo.

«Aguantaré un poco más, ni siquiera me duele tanto. Tranquilo».

Hans no podía ver lo que pasaba detrás de él, pero visto desde fuera todo tenía un aire irreal. Era una sala de quirófano y en él cuatro médicos sonrientes miraban impasibles, estáticos, el cuerpo medio mutilado del chico, con una herida aún sangrante en la espalda. Tenían los ojos extraños, negros insondables, de un intenso brillo. Estaban hipnotizados, muy quietos, igual que cuervos que esperan alrededor de un moribundo hasta que todo termina.

Buer tenía el bisturí en la mano, pero dejó de contemplar al chico tendido en la camilla y miró la herramienta como si la acabase de ver por primera vez, como un niño que descubriera un juguete nuevo. Alargó el brazo y clavó un poco la hoja en la marca de rotulador azul que indicaba dónde debía empezar la nueva incisión.

El pequeño corte sangró de inmediato.

Retiró el bisturí y despacio, muy despacio, se inclinó para susurrarle a Hans al oído.

—Ahora te duele mucho, ¿verdad?

No hubo respuesta.

—Vas a pagármelas todas juntas, maldito hijo de puta.

En el silencio del quirófano, los presentes contenían el aliento mientras poco a poco, como quien ejecuta con mimo un ritual sagrado, Buer iba seccionando la espalda del muchacho en el lado izquierdo, de arriba abajo, mutilando la piel y la carne.

Capítulo 3

Entró a oscuras en el portal y sacudió el paraguas con brío desperdigando gotas de agua por todas partes. Su pelo, largo y rizado, estaba empapado al igual que su ropa; tanto llovía y desde tantos frentes distintos, que llevar paraguas no le había servido de mucho. Se apresuró a subir los tres tramos de escaleras esperando entrar en calor en cuanto llegase a su apartamento.

Había tenido un día horrible, algo lógico teniendo en cuenta que su trabajo y el mal clima solían ir de la mano. Con viento o cambio de temperaturas, las telecomunicaciones fallan más. ¿Y qué hace entonces la gente cuando debe quedarse en casa y no puede conectarse a internet? Llamar al servicio técnico, a los teleoperadores, a aquellos seres del teléfono que muchos consideran despreciables porque llaman cuando no deben y cuando uno los necesita le cuelgan por puro sadismo.

Y Verónica era eso; una sencilla, denostada y mal pagada teleoperadora.

Necesitaba con urgencia una ducha caliente. Dejar fluir el problema. Que se fuera el malestar por el desagüe mientras se regodeaba en la idea de que ya estaba de vacaciones.

Entró en la casa, cálida y acogedora. Apenas había disfrutado un momento de la calefacción y guardaba las llaves sin pasar de la entrada, cuando su compañera de piso, Sara, salió a recibirla. Estaba muy nerviosa.

—Tranquila, que no soy un ladrón... —se le ocurrió decir.

—No es eso. Perdona... —Sara tenía mala cara—. Es que me acaban de llamar... Manu se la ha pegado con el coche. ¿Me puedes llevar al hospital?

No supo qué decir ni cómo reaccionar. La embargó una oleada de lástima. El novio de su amiga conducía como un lunático, ¿cómo no iba a estar alterada?

—Sí, claro... Deja que me cambie de ropa y nos vamos.

Adiós a la ducha y a apoltronarse en el sofá con un tazón de sopa de sobre.

Cuando ya cogían los abrigos, su compañera era pura angustia y no dejaba de maldecir a su pareja. Estaba cantado que tarde o temprano... Era un imprudente.

—Gracias, Vero, ¡que Dios te lo pague con un novio que no sea tan cafre! —bromeó echando mano de unas ganas que no tenía mientras bajaban las escaleras.

—No pasa nada, mujer —contestó Verónica resignada—. ¿A qué hospital vamos, por cierto?

—Al de Fuencarral. Como ha sido en la carretera de Burgos, lo han llevado allí.

Sara no pudo percibir la inquietud de su amiga, pero al oír el nombre del hospital un resorte saltó en el interior de Verónica. El día iba a peor.

«Otra vez al coche y a tragar más lluvia. ¡Y, encima, al hospital! Y tenía que ser ese, que Madrid no tiene más hospitales...».

Años atrás habían ingresado allí a su hermano. Sabía lo que era la sala de espera de una urgencia, y en concreto, de aquella, pero aun así no podía negarse. ¿Qué hubiera podido decirle a su amiga?, ¿que te lleve otro?

Tuvieron que sortear de nuevo la lluvia hasta llegar al coche de Verónica, un Citroën C3. En aquella zona era casi imposible aparcar después de las ocho de la tarde y les tocó caminar un buen trecho. Tampoco era el mejor día para el automóvil, que se resistía a arrancar. Verónica veía a su amiga mover las piernas de forma rítmica.

—Calma, seguro que no es nada —intentó tranquilizarla—. ¿Te

han dicho cómo se encuentra?

—Me ha llamado su hermana, pero yo de esa mujer no me fío. Lo mismo le han dicho que se ha roto el cráneo y no sabe ni lo que es. —Verónica se echó a reír; veía a su amiga más enfadada que preocupada, aunque tenía los ojos húmedos—. Como vuelva a correr, me va a oír... Será idiota. Y encima tocará arreglar el coche —gruñó.

Verónica pensó que había cosas peores de las que preocuparse que el coche, pero creyó más apropiado no decir nada. Consiguieron arrancar y ponerse en marcha. La lluvia, el tráfico y las conflictivas obras de la M-30 hicieron que un trayecto de veinte minutos se demorara casi una hora interminable. Sara había estado a punto de liarse a voces con las hormigoneras.

Verónica conocía muy bien el barrio al que se dirigían: se había criado allí y sus padres aún vivían en la zona. Pese a haber pasado su infancia y su adolescencia en aquellas calles, los malos recuerdos habían transformado el cariño en aversión. Tal vez fue por eso que en cuanto decidió independizarse, optó por mudarse a la otra punta de la ciudad.

Cuando llegaron al hospital, los familiares les informaron de que Manuel estaba fuera de peligro..., aunque había destrozado el coche. Siniestro total.

Su hermana, que ya había hablado con él, dijo que la excusa que había puesto era que llovía demasiado, pero a nadie se le escapaba que aquel inconsciente no sabía pisar el freno ni cuando se trataba de una curva. Decía —medio en broma, medio en serio— que no era su estilo.

Los médicos informaron de que había vuelto en sí. Quizá tuviera algún hueso roto en el pie, pero tenían que hacerle más pruebas.

Todo el mundo se mostraba aliviado e incluso feliz hablando en la sala de espera. Para Verónica, que se mantenía apartada del resto, estar allí tenía otro significado. No se sentía muy sociable y se parapetó junto a un cartel que invitaba a guardar silencio, como si eso fuese a evitar que alguien le dirigiese la palabra.

Revivía la llamada del médico que le había dicho, como quien da el parte del tiempo, que su hermano estaba en coma, ingresado por sobredosis. Nunca perdonaría a ese médico su falta de tacto.

Veía a los padres de Manuel, a su novia y a sus amigos gesticular y reír despreocupados. Que Manu hubiera tenido un accidente con el coche y que fuese culpa suya era una faena, sin duda; pero ir a un hospital por un accidente de coche no era igual que ir por una sobredosis. Cómo se encajaba lo uno y lo otro y cómo se valoraba, nada tenía que ver.

La tarde que Verónica y su familia pasaron sentados en aquellas mismas sillas no había nadie más que ellos tres. Tener un hijo y hermano toxicómano no era algo que les apeteciera compartir con nadie. Los pocos amigos que Antonio tenía en aquella época eran iguales o peores que él, así que lo mejor era que no se presentaran..., si es que alguna vez tuvieron intención de hacerlo.

Fue una espera triste y solitaria: ni siquiera entre ellos tenían ganas de darse ánimos. Cuando lo estabilizaron y por fin lo subieron a la UCI, las visitas siguieron en una pequeña habitación donde se turnaban para pasar las noches. Sus padres se mostraban más unidos que nunca. Verónica, en cambio, se sentía cada vez más distanciada.

Después vino el despertar de Antonio y, con él, más drama.

Trataba de atender a las conversaciones de Sara, socializar de vez en cuando con algunas personas que no conocía, incluso reírse de algún chiste.

Claro, Manuel estaba fuera de peligro: no había de qué preocuparse.

Tardaron tres largas horas en darles el informe médico definitivo. Familia y amigos esperaban por el loco de Manuel en medio de un ambiente distendido.

Poco a poco, los amigos se fueron marchando y a las doce de la noche lo subieron a una habitación. Y, qué casualidad: era la misma horrible planta donde había estado ingresado el hermano de Verónica durante dos semanas.

Había terminado el horario de visitas, pero las enfermeras, en un alarde de piedad, dejaron que los pocos visitantes que quedaban entraran unos minutos para ver cómo estaba y despedirse. Verónica, en cambio, esperó fuera a su amiga para respetar la intimidad de la familia. Ya volvería al día siguiente a decirle al Manu cuatro cosas. Además, seguía necesitando estar sola.

Se acercó a unas máquinas dispensadoras de aperitivos y bebidas, las mismas de tiempos pasados.

«Hola, compañeras. ¿Cómo os ha ido?».

Oía muy amortiguada la conversación al final del pasillo. Manuel debía de estar bien a juzgar por los gritos de su padre. También se oían risas. Verónica sintió algo así como envidia sana, incluso una sonrisa se le dibujó en los labios.

Sacó una botella de la máquina y, al desenroscar el tapón, la pequeña alegría se le desvaneció.

Fue algo espontáneo. De pronto la luz había perdido fuerza. Aunque había pequeños ruidos y murmullos lejanos, le sonaban como si estuviera debajo del agua. Una fuerte impresión, un mareo y luego, desasosiego y tristeza. Sabía que aquello no tenía que ver con sus recuerdos amargos, era otra cosa, como un silencio acechante. Algo malo estaba a punto de suceder.

Se le hizo un nudo en la boca del estómago.

El pasillo estaba vacío, salvo por las enfermeras del mostrador del fondo, que maniobraban allí a lo lejos. Trató de calmarse, aunque no estaba histérica. Solo era que algo iba rematadamente mal.

Avanzó para acercarse a las enfermeras: un poco de presencia humana le infundiría confianza, pero a cada paso que daba, le sobrevenía un ligero mareo, como si tuviera la cabeza llena de líquido que se moviera a un lado y a otro al caminar. Tuvo la tentación de sentarse. La descartó. Aquella alucinación tan incómoda podría ahuyentarla si hablaba con alguien.

De forma espontánea, se paró delante de la puerta de una habitación, se giró sobre sus talones y la encaró de frente, con la nariz a solo unos centímetros de distancia.

Todo emanaba de allí.

—Bueno, al parecer está bien —dijo Sara que apareció a su lado—. ¿Qué miras? —preguntó extrañada.

Como quien se despierta de un sueño, las palpitaciones en la cabeza y el malestar habían desaparecido. Ya no sentía la angustiosa sordera, aunque su respiración era agitada. Se frotó los ojos y se separó de la puerta con recelo. Al otro lado, se oía un televisor encendido.

—¿Te encuentras bien?

El estrés la estaba volviendo loca. Aquel hospital cargado de malos recuerdos, el duro día de trabajo, la proximidad del viaje que haría a la mañana siguiente...

«¡Qué mareo más tonto!».

Contempló los números de la puerta: habitación dieciocho. Quien quiera que se alojase allí debía estar sordo como una tapia a juzgar por el volumen del televisor.

—No te preocupes, no es nada —contestó en tono cansado—. ¿Se ha roto algo?

—¡Uf! Dos costillas y un esguince en el pie. Su padre dice que ha tenido suerte después de cómo ha quedado el coche. Oye, ¿seguro que estás bien? Tienes mala cara.

Verónica era muy blanca de piel. En cuanto se acaloraba un poco, las pecas de sus mejillas quedaban camufladas entre la rojez y ya no se podían ver, pero en aquel momento estaba más pálida de lo normal y bajo los ojos se le dibujaban unas incipientes ojeras.

—Estoy un poco cansada... Como todos, supongo.

—Venga, vámonos. Por cierto, que Manu me ha dicho que te eche la bronca por no pasar. Le he dicho que habías prometido venir a verlo mañana.

—Claro, mañana vengo.

Si lo había prometido, no tenía más remedio que volver. Era una chica de palabra.

Aunque pasarse a ver a Manuel al día siguiente le descuadraba los horarios para salir de viaje.

Verónica había conocido a Ismael por internet y no le gustaba reconocerlo. Pensaba que la idea de conocer a gente por correspondencia tenía implícito cierto matiz de desesperación. Era como admitir que los métodos tradicionales para encontrar pareja le habían resultado inútiles y se veía abocada a tácticas en las que desde un principio no se daba la cara, como si tuviera algo que esconder. Cada vez que le preguntaban cómo era posible que tuviera un novio barcelonés siendo ella de Madrid, escurría el bulto diciendo que lo había conocido en un viaje.

Le dieron las dos de la mañana haciendo la maleta. Había pensado salir bien temprano hacia Barcelona, pero lo de pasarse por el hospital a ver a Manuel la obligó a hacer reajustes en el plan. El horario de visitas empezaba a las nueve, por lo que dedujo que no saldría de Madrid antes de las diez o diez y media de la mañana. Mandó un mensaje a Ismael con el cambio de planes y la respuesta llegó unos minutos más tarde con estas abreviaturas:

«*Uns oras – sn brt? Cn lo q t exo d–. spero q tdo bien. Tq. Bss*»

Muchas veces, ni entendía lo que le ponía en los mensajes.

Pero «Tq» sí que lo entendía. Luego él le preguntaba que por qué ella nunca decía que le quería.

Era fácil eludir esa pregunta si se animaba a hacerse la interesante; decía que le habían hecho mucho daño, que no se fiaba de nadie y bla, bla, bla... El clásico discurso de persona inaccesible. La verdad, según ella, solía ser más cruel. Verónica tenía claro que no era posible querer a alguien a quien se conociese de unos meses. En ocasiones se necesitaba toda una vida para que un día durante el desayuno una persona decidiese decirle a su pareja que la quería. Así que, en realidad, cuando alguien le decía que la quería y se ponía en su papel de tía dura, lo que de verdad trataba de ocultar era que esa persona le daba lástima. No se podía ir por ahí queriendo sin más a la gente, si no, ¿qué clase de mundo sería este?

Conocía a Ismael desde hacía dos meses. Tenía el pelo moreno y, aunque no era muy atractivo de cara, su cuerpo era de los que quitaban el hipo. ¿Qué tipo de persona con un físico así se echaba novia por internet? Todavía estaba tratando de averiguarlo. No se sentía enamorada, pero tenía planeado enamorarse en las próximas dos semanas que pasaría en casa de él.

Gracias a Dios, no era de esos solteros que a los treinta años aún vivían con sus padres. Nada de eso. Ella sabía que Ismael tenía un buen puesto en una empresa de «no sé qué» y haciendo «no se sabe qué» con ordenadores. Ya pondría más empeño en averiguarlo esos días. Él había prometido llevarla a la playa, así que metió el bañador, aunque estaba convencida de que haría un frío de muerte y solo probaría el agua con los pies.

Llamaron a la puerta de su habitación.

—Me voy a dormir ya — dijo Sara soñolienta y en pijama—. ¡Ah! Si te ibas mañana, ¿no?

—Sí, sí. Estoy terminando de hacer la maleta.

Había dispuesto lo que pensaba llevarse encima de la cama, ordenado en montoncitos para ir acoplando cada cosa al milímetro en el poco espacio que tenía.

—Ponte ropa picarona —dijo pellizcándole el brazo.

—Para ser picarona, me sobra la ropa —contestó devolviéndole el pellizco con un guiño—. Por cierto, que me pasaré mañana por la mañana a ver a Manu para que luego no venga quejándose. ¿Quieres que le lleve algo?

—¡Va! —dijo haciendo un desaire con la mano—, no te preocupes. No hace falta que vayas. Seguro que dentro de dos días lo mandan a casa.

—Vaya susto te has dado, ¿eh?

—Calla... Prefiero no pensarlo —dijo su amiga frotándose la

cara—. ¡Ese solo me da disgustos! —exageró agarrándose la cara con las manos.

Verónica rio.

—De todos modos, me apetece verle, así que me pasaré mañana.

—Te he visto un poco rara —le recordó—. Ya sabes, en el hospital.

Metió unas camisetas con aire distraído.

—Es que los hospitales no me gustan nada y menos ese. Las salas de espera me dan mucho yuyu.

—¡Vaya!, no lo sabía... Pues no vayas. Seguro que Manu lo entiende ¡y, si no, que se aguante!

—No, he dicho que iría y voy —cortó tajante—. Además, no me gusta dejar que me puedan las paranoias. Prefiero enfrentarme a ellas antes que pensar de mí misma que soy una miedosa.

—Ya, bueno... ¡Yo, en cambio, soy tan miedica!

—Lo sé.

Las dos se echaron a reír.

—Me voy a acostar —concluyó Sara—. Que tengas buen viaje mañana.

—Gracias, guapa.

Y se dieron dos besos.

Verónica terminó de hacer la maleta y se metió en la cama. No sabía qué le gustaba menos: si la perspectiva de conducir seis horas o la de tener que madrugar para volver al dichoso hospital. Se tapó la cabeza con las sábanas y barajó la posibilidad de quedarse en la cama los siguientes quince días.

Capítulo 4

Era noche cerrada y la única luz que interrumpía la penumbra provenía del televisor encendido. Aquel resplandor dibujaba la silueta de un hombre inmóvil, sentado en un sofá Chester de terciopelo marrón. Tenía la mirada fija en la pantalla, apenas pestañeaba, no movía un músculo y solo ejecutaba pequeños y precisos movimientos en un mando de videoconsola.

La música del juego estaba a un volumen muy bajo, aunque el hombre del sofá la oía perfectamente. Opinaba que si alguien la escuchara muy alto durante demasiado tiempo, acabaría por volverse loco. La melodía era adictiva, hipnótica, tanto como el videojuego del que provenía y en el que el hombre centraba toda su atención.

Llevaba más de diez horas seguidas jugando y no pensaba dejarlo hasta haberlo completado. Su temática y finalidad eran muy sencillas: un pequeño hombrecito —que el hombre del sofá manejaba con movimientos certeros— debía empujar una pelota a la que, poco a poco, se iban adhiriendo cosas; primero, pequeñas, como gomas de borrar o chinchetas, y a medida que la bola crecía, lo que debía recoger era más y más grande, como libros, sillas, señales de tráfico, edificios o camiones. Era una especie de escarabajo pelotero con afán de conquista mundial y todo ello se aderezaba con una presentación multicolor y *hippie*, al más puro estilo *Yellow submarine* de los Beatles. Y el guion, así como los diálogos absurdos, podría dar a entender que hubo un gran consumo de estupefacientes en el equipo de desarrollo.

O quizá sería, como pensaba el hombre del sofá, que el éxito radicaba en la sencillez y en los colores chillones.

Y no es que el juego en sí necesitase de mucha pericia, pero el tipo lo manejaba como un experto, con movimientos certeros y coordinados a la perfección. No se le escapaba una. Su postura, después de tantas horas, no había variado un ápice, sentado correctamente, con la espalda erguida y los hombros anchos alineados con la espalda, mantenían una posición de lo más ergodinámica.

Era de complexión grande y medía alrededor de metro noventa de estatura. Solía decir que había engordado demasiado en los últimos tiempos, pero no parecía tener mucha grasa sobrante. Tampoco había arrugas en su cara, ni siquiera las justas para un hombre que rondase los treinta y cinco como aseguraba tener cuando alguien le preguntaba. Su pelo rubio oscuro, muy largo y rizado en apretados bucles, lo llevaba recogido en una coleta. Tenía los ojos muy vivaces y atentos, de color castaño claro. Su nariz era recta, alineada con la frente, como en el perfil griego, y bajo ella, de la comisura de la boca, colgaba un cigarrillo del que apenas quedaba ya el filtro y desprendía un olor acre. La ceniza se amontonaba olvidada en su regazo.

No se sobresaltó cuando a su lado empezó a tintinear una simpática melodía. Le gustaba aquella canción que aparecía en un anuncio de salchichas y acostumbraba a dejar que sonase un poco antes de contestar. No esperaba la llamada, pero si estaba asombrado, no lo demostró. Dejó en pausa el juego y contestó.

—*Allô?*

—¿Sacher? Soy Gerard.

—Hola, ¿es que no estás en Madrid?

El hombre al otro lado de la línea pareció quedar algo confuso por la pregunta y el hombre del sofá aprovechó para tirar la colilla quemada y encender otro cigarro.

—Sí, ¿por qué lo preguntas?

—Porque son las cuatro de la mañana, Jerry, solo por eso. A estas horas, los niños buenos como tú deberían estar durmiendo.

—Perdona —dijo avergonzado—, espero no haberte molestado, pero es algo urgente y pensaba que no estarías haciendo nada importante.

—Podría estar durmiendo.

—Claro... —dijo el otro con una risilla nerviosa—. Oye, ahora en serio, te llamo porque aquí se está formando un lío muy gordo, Sach. Ni siquiera estamos muy seguros de lo que ocurre, pero esta gente insiste en hablar contigo. Dicen que te quieren de portavoz o algo así, y supongo que a mí me toca convencerte para que vengas.

Sacher no movió un músculo. En su mente no tardaron en agolpársele un montón de preguntas.

—¿Portavoz de qué? Qué palabra tan fea, Jerry —dijo riendo—. Los portavoces siempre acaban cargando con culpas que no tienen y con problemas que no les incumben.

—Sacher, por favor, la situación es delicada. —Gerard carraspeó al otro lado de la línea—. Hemos tenido una proyección a escala mundial y los profetas están un poco nerviosos. Nadie sabe muy bien dónde meterse ni con quién hablar. Solo se nos ha ocurrido llamarte a ti, por si tú puedes hacer algo... —suspiró resignado—. Aunque no sea más que para decirnos en qué cubo debemos meter la cabeza. Estoy harto de hacer de mensajero, Sacher, necesito un respiro.

Le llamó la atención que Gerard estuviese tan alterado. Era un hombre joven y no llevaba mucho tiempo en el gremio, pero no era típico en él perder los papeles. Por lo general, procuraba ser discreto y mantenía la calma cuando había problemas, cualidades que a Sacher le parecían dignas de admiración, sobre todo, viniendo de un profeta.

—¿Y el gabinete de crisis?

—Olvídalo; se han echado atrás. Pero hemos pensado...

—¿Cómo que se han echado atrás? —lo interrumpió con una risa floja—. No pueden echarse atrás, son el «Gabinete de Crisis». Están para casos así... para las crisis. Para que cuando haya algo importante, os ayuden. Es como llamar a los bomberos y que decidan no ir porque no les apetece. Es ridículo.

—Lo sé, lo sé... —dijo Gerard impaciente—. Pero ya te he dicho que es algo complicado.

Sacher entrecerró los ojos, suspicaz.

—No me lo estás contando todo.

—¡No, claro que no! —estalló frustrado al otro lado de la línea—. Mira, no te voy a contar nada más hasta que no te tenga delante. La línea puede no ser segura y ya hemos tenido suficiente con que Idos nos dé largas por teléfono. No soportaré que tú también me falles. —Hizo una pausa y respiró hondo—. Prefiero que vengas y charlemos. De ese modo, quizá podamos llegar a una solución razonable. Y a lo mejor, si esta gente te ve aquí, dejarán de presionarme. No tienes ni idea de lo horrible que son un montón de profetas histéricos y cargados de razón.

Sacher rio con languidez.

—Te equivocas. Sí que lo sé.

Lo sabía muy bien. Era muy consciente de a qué se iba a exponer yendo a Madrid y de que trataría con gente muy irritable y engreída. Y mientras tanto, en frente de él, el pequeño muñeco verde seguía bailando en la pantalla, esperándolo... Estaba convencido de que esa jovialidad con la que el muñeco se tomaba la vida, condenado a empujar pelotas de basura cada vez más grandes y, aun así, feliz, debía extenderse a la raza humana lo antes posible.

Sacher sonrió.

En el fondo, todo ese lío profético le daba igual. A su modo de ver, el mundo seguiría dando vueltas, aunque se desatara la tercera guerra mundial. Lo que lo hacía aún más divertido era que, pese a que los profetas estuvieran tan alarmados por haberlo visto venir con antelación, tampoco se podía hacer nada para evitarlo.

Miró el reloj: las cuatro y media de la madrugada.

Una buena hora para salir de casa y dar una vuelta.

—Estoy en Blois, así que supongo que no llegaré a Madrid hasta por la tarde.

—Perfecto, vale. Se aliviarán cuando se lo diga.

—¿Crees que no se hundirá el mundo hasta que llegue? —preguntó con sorna.

—No, qué va —contestó Gerard algo más relajado—. Si no, ya lo sabríamos, ¿verdad?

Ambos se echaron a reír. Era una de esas situaciones en las que se podían dar los chistes fáciles del gremio y, dada la tensión acumulada, lo mejor había sido aprovecharla.

—Te llamaré cuando esté llegando.

Sacher se despidió y colgó el teléfono. Cerró los ojos y suspiró en la oscuridad. Tiró el móvil de cualquier manera en la mesita de café que tenía delante y se estiró cuan largo era en el sofá.

Los profetas eran un misterio, una rareza... y también un grano en el culo de Sacher. Se pasaban de orgullosos, como si fueran los elegidos para una labor trascendental que les colocara por encima del resto del mundo, como si la madre Tierra les hubiese dado un don por ser especiales. Sacher pensaba que esto era una chorrada: como ellos, había habido miles en la historia y habría en el futuro muchos más.

Lo más probable era que, al llegar a Madrid, no pudiese hacer nada. Que todas las esperanzas depositadas en que viajase hasta allí y solucionase sus problemas fuesen el intento desesperado de un grupo de viejos charlatanes para evitar alguna especie de masacre imposible de detener.

Pero eran profetas, maldita sea. Tenían que estar acostumbrados a las masacres y al síndrome de Casandra, la muchacha maldita por Apolo y condenada a ver el futuro sin que nadie la creyese y sin poder hacer nada al respecto. Sin embargo, aunque casi todos los profetas fuesen hombres, y aun cuando la credibilidad de sus vaticinios nadie la pusiese en duda, ese síndrome hacía estragos en ellos en tanto que sus profecías no podían ser evitadas por mucho que lo intentasen. Era un mal que provocaba ansiedad, estrés, depresión... A veces, hasta suicidio.

Eran hombres dignos de lástima.

Ignoraba las razones por las que el gabinete de crisis les había dado la espalda, pero estaba casi seguro de saber la respuesta: el gabinete no valía para nada.

«Demasiado han tardado en tirar la toalla».

Había sido una innovadora propuesta para intentar sacar partido de tan admirables dones. Una idea planteada por un profeta desesperado, cómo no, y no era la primera vez ni sería la última que se hacía algo así. Pero en el gabinete no estaban muy convencidos. Habían aceptado porque, según ellos, las nuevas tecnologías les daban alguna posibilidad. Intentar evitar las profecías sería más fácil con la llegada de los móviles y de las redes sociales; al menos, en teoría. Pero después de lo del 11-S, los atentados en Irak, en Beslán, el maremoto en la India..., iba quedando claro que aquello no funcionaba. La sostenibilidad del gabinete hacía tiempo que se tambaleaba.

Prefirió no darle al asunto más vueltas de las que merecía. Encendió otro cigarrillo: del anterior ya solo le quedaba una exigua colilla. Miró de nuevo al muñeco bailarín de la pantalla y se despidió mentalmente de él. No estaba seguro de cuál de las dos actividades le apetecía más, si seguir jugando o salir al mundo a ver qué le ofrecía. Pero lo reclamaban. Los demás ya habían decidido por él.

Apagó la consola y se levantó del sofá. No se notó entumecido a pesar de las diez horas sentado y, dadas las circunstancias, más le valía no estarlo. Tenía por delante otras diez horas más de viaje en coche.

La cocina americana estaba a unos metros, diseñada en estilo art decó, con fogones y cerámica cocida a mano y a la que lamentaba no haber dado demasiado uso. Fue directo a la nevera y sacó un par de garrafas de plástico de cinco litros llenas de agua salada, casi congelada.

Antes de salir de casa hizo una parada ante su colección de cedés. Después de la machacona música del videojuego, quería probar con algo más tranquilo y relajante. Eligió *The Reminder,* de Feist, y *Festival from India,* de Ravi Shankar. Le sobraría tiempo para oír la radio y hacer un par de llamadas.

Viernes de Dolores

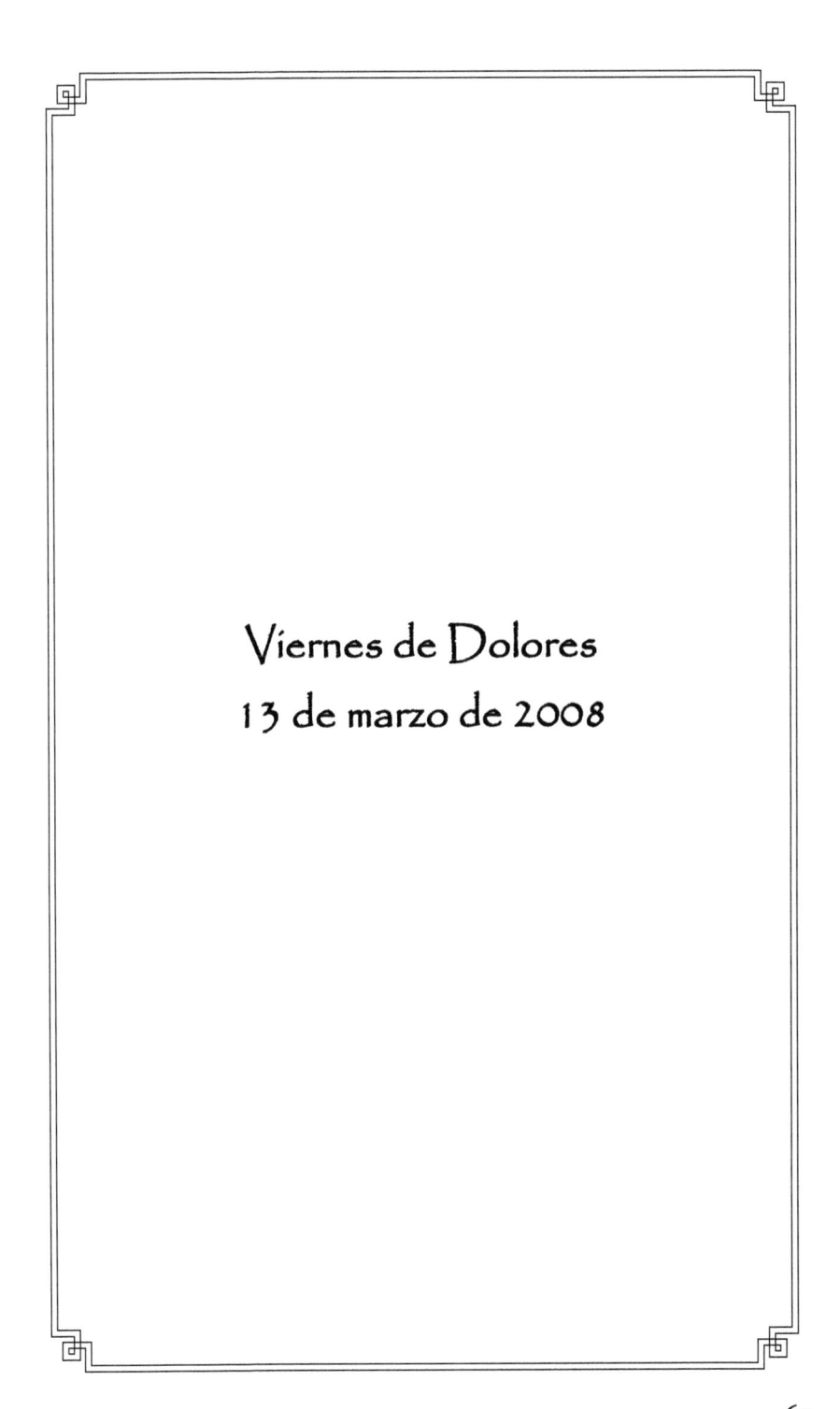

13 de marzo de 2008

Capítulo 5

Verónica tenía programado el despertador en el teléfono móvil y llevaba un buen rato apagándolo cada cinco minutos.

Desde que era una niña se le hacía un infierno despertarse, sobre todo, si era invierno, incluso lloraba, arrastraba los pies hasta el baño y murmuraba palabras feas mientras hacía pis.

Eran las siete y media y ya no podía demorarlo más. Asomó la nariz entre las sábanas, miró de refilón por la ventana y comprobó que fuera seguía lloviendo. Hacía frío y quería dormir. Lloriqueó.

No le apetecía desayunar, pero si tenía que conducir toda la mañana, lo mejor sería comer algo en el hospital y llevarse un sándwich para el camino.

Se dio una ducha muy caliente y después trató de hacer la mejor combinación de comodidad y sensualidad a la hora de vestir. No era la persona con mejor gusto del mundo y lo sabía. Su fondo de armario era sencillo, aunque se plantaba ante las puertas abiertas de par en par y se decía: «Sencillo no; pobre».

Resolvió ponerse unos pantalones deportivos de un negro discreto y un jersey rosa chicle bastante ceñido. No era muy alta, metro sesenta raspado, y de todas sus peculiaridades lo que menos le agradaba era su trasero, pequeño y plano. Por el contrario, sus pechos eran grandes y prominentes, más de lo que le hubiese gustado, y si bien podía presumir de ellos, se afanaba en vestir lo más discreta posible.

—Te quejas de vicio, chica —acostumbraba a decirle su madre.

De ella había heredado sus ojos de color marrón y la nariz afilada. La boca le venía por parte de padre, algo carnosa, dientes bien colocados y sonrisa atractiva. Una vez, en una fiesta, un tipo muy atrevido —y bastante ebrio— le dijo que, pese a ser una sosa, tenía la sonrisa más preciosa del mundo. Ella le hizo un desaire, se lo quitó de encima del modo más antipático que pudo y se guardó el piropo. En el fondo le había gustado.

En su día a día no era demasiado coqueta: se peinaba y maquillaba lo justo para no salir a la calle hecha un adefesio.

Su pelo era moreno y con pronunciadas ondas, y lo soportaba con resignación, pero no estaba dispuesta a tenerlo así el día de su cita. Lo sexi era tener la cabellera como una tabla, o eso decían las tendencias, y ella, aplicada, se alisó la melena con el secador durante cuarenta sagrados minutos, lamentando no haberse regalado una plancha de pelo las navidades pasadas. No se maquilló teniendo en cuenta las horas de viaje que le quedaban por delante. Cuando pensó que ya no quedaba nada en sí misma con posibilidades de arreglo, cogió su maleta y se fue.

Llovía a mares. El atasco en la M-30 a las ocho y media de la mañana, hora punta, era poco menos que un infierno pasado por agua. Iba con retraso. Llegó al hospital casi una hora más tarde y aparcó su pequeño Citroën justo cuando algún gracioso de la radio había puesto *Cantando bajo la lluvia* para amenizar el programa.

En recepción, una mujer que parecía tener tan mal despertar como ella le informó de que Manuel Alcázar seguía en la misma habitación que el día anterior. Sin perder tiempo, cogió el ascensor y subió a la cuarta planta. Iba caminando por el pasillo con buen humor, incluso saludó a su vieja amiga la máquina de chocolatinas y refrescos con un toquecito en el lateral. Pensó que estaría bien dejar alguna marca en ella, como cuando era adolescente y pintaba su nombre en los lavabos del instituto. Y ya que iba a ver a su amigo y puesto que no le había comprado ni flores ni bombones, sería un buen detalle llevarle una chocolatina de la máquina. Echó unas monedas y, cuando iba a recoger el pequeño paquete del cajetín, le sobrevino un desagradable mareo.

Reconoció el mismo vértigo de la noche pasada.

Ni siquiera había vuelto a acordarse de él hasta ese momento, pese a lo desapacible que había sido. Regresaba la sensación de tener taponados los oídos y la falta de luz, mientras una ráfaga de tristeza y miedo le daba a entender que algo iba mal. Recordó, mientras se frotaba las sienes con los dedos, la habitación que la había atraído el día anterior.

Era la dieciocho y tenía la puerta abierta.

Convencida de que sería alguna especie de paranoia pasajera y de que se resolvería del mismo modo, se acercó despacio, extrañada de su propio comportamiento. Poco a poco, y con la cabeza dándole vueltas, su ángulo de visión se fue abriendo: descubrió que era una habitación común y corriente de hospital.

El mareo cesó.

Un anciano algo gordo y acomodado en una cama cercana a la puerta dejó de mirar la televisión con el volumen al máximo y la saludó.

—Buenos días.

—Buenos días —dijo ella algo tímida. Señaló el televisor frente a él, sujeto a la pared por unas escuadras a dos metros del suelo—. ¿No tiene usted eso muy alto, abuelo?

Verónica, como prueba sólida de que tenía razón, tuvo que repetir un par de veces la pregunta que le había hecho.

—¡No pasa nada! —dijo quitando importancia—. A él no le molesta.

Y señaló la cortina que había a su derecha que lo separaba de su compañero de habitación.

Verónica ni siquiera se había fijado en ella. Parecía cumplir muy bien su cometido: separar del resto del mundo a quien se encontrase al otro lado. Era como si detrás no hubiera nadie. En el rostro del viejo asomó una expresión preocupada y bajó el volumen del aparato.

—¿A usted le molesta? Lo siento mucho. No era mi intención.

—¡No, no! —se apresuró a calmarlo ella—, por mí no se preocupe.

Yo ya me iba.

—¡Ah, bueno! Es que estoy un poco sordo hija... Tengo que ponérmelo alto porque, si no, no me entero. Mi Rosamari, que en paz descanse, siempre me regañaba... Ella tenía el oído muy fino. ¡Que te vas a quedar sordo!, me decía. Y ya ve usted. ¡Si hiciéramos más caso a las mujeres!

Verónica, por toda respuesta, se echó a reír, se despidió del hombre y abandonó la habitación antes de que al buen señor le diera por seguir contándole su vida.

La sensación desagradable se había aplacado y gracias a la charla se perdió de nuevo en el olvido.

Pasó la hora siguiente en la habitación de Manuel. El chico parecía incapaz de razonar que tener un coche no era equivalente a conducir en un *rally*.

—Y entonces, ¿para qué es?

—¿Para ir de un sitio a otro..., Manuel? —preguntó elevando las cejas —. Y ahora... ¿qué? Te has cargado el coche.

—Habrá que comprarse uno nuevo, digo yo.

Su amigo no tenía remedio.

—No tengo yo muy claro que a Sara le guste la idea.

Verónica le contó sus planes de Semana Santa. La reacción de su amigo no se hizo esperar.

—Búscate un hombre más cerca, mujer, que no será porque no los haya...

—Por aquí no me quiere nadie, Manuel.

—¡Anda ya! Alguno habrá, chica; si hay tíos a patadas. No hace falta que te vayas tan lejos.

—A lo mejor me lo encuentro al salir... —dijo ya sonrojada—. Por cierto, tienes a un viejillo unas puertas más allá que seguro te da conversación. Eso sí, tendrás que gritar, que debe estar sordo como una tapia.

—Quita, quita... que por aquí la gente está muy zumbada. Anoche oí a uno gritando que lo querían matar, que lo estaban torturando, decía. Con los chutes que te meten... Duró poco antes de que lo dejaran *muñeco*. En estos sitios la peña se desquicia mucho. Sinceramente, yo no sé qué pinto aquí... Pero tú, tranquila, que en un par de días me dan el alta.

—No te puedes quejar. Al menos estás tú solo en la habitación.

—Sí, supongo que tengo suerte. Toquemos madera y que de aquí a que me vaya no me metan a nadie.

La puerta se abrió y entraron los padres de Manuel.

—Ya voy con retraso y me quedan horas de viaje —dijo Verónica apurada.

Besos, gracias, cuidado y buen viaje... Verónica odiaba las despedidas. La gente se enganchaba y se le hacían interminables. Le encantaba cuando veía en las películas americanas que todo dios colgaba el teléfono sin despedirse. Aunque le parecía una falta de respeto y dudaba de que en la vida real los americanos hiciesen tal cosa, le resultaba gracioso. Le hubiera gustado hacérselo a más de uno.

De vuelta al pasillo, volvió a tener la sensación de vértigo al pasar por delante de la máquina dispensadora, como un zumbido sordo, una corriente cálida que recorriese su cerebro con un ritmo contrario al de sus latidos y le nublase la vista.

«Esto es por todos los momentos malos que has pasado aquí. Como una fobia o algo así. Lárgate y se te pasará», se dijo, aunque no estaba segura de que fuera cierto.

Pero le ocurría únicamente cuando franqueaba ese pasillo. No sería un ataque psicótico selectivo, ¿verdad?

No era psicóloga, pero sí que podía interpretar sus propios instintos que tiraban de ella en una misma dirección. Al pasar por delante de la número dieciocho, supo con certeza que el problema tenía que ver con la persona de detrás de la cortina. Parecía ilógico y, sin embargo, en ese momento tenía tanto sentido para ella como el hecho mismo de respirar.

—¡Hasta luego! —le dijo el viejo al verla pasar.

—Hasta luego.

«*Sal de aquí ya*», se dijo.

Se paró en las máquinas a comprar chocolatinas para el viaje. «*¡Vete de aquí!* —protestaba la vocecilla— o acabarás haciendo una estupidez!». Pero por algún motivo su curiosidad le imploraba que regresase y mirase detrás de la cortina.

«*¡Qué no, cojones!*».

Atravesó el pasillo y se montó en el ascensor como si la persiguieran. Abandonó el hospital tratando de no ser alarmista y, ya en el coche, respiró hondo varias veces y se convenció de que todo había pasado. Arrancó y puso música. En la emisora, *How to save a life*, de The Fray. Tarareaba la musiquilla como si no fuera con ella, aunque el título se le hacía muy sugerente. Se regañaba por haber perdido demasiado tiempo con Manuel, pero no acallaba la curiosidad y la incertidumbre, que la reconcomían por dentro.

Cogió la salida y cuando iba a doblar la esquina para incorporarse a la carretera, contra todo pronóstico de buen juicio, dio media vuelta.

Aparcó cerca de la entrada, en un reservado para discapacitados. No esperaba estar allí más de dos minutos. «¡Tonta, tonta, tonta!». Se bajó del coche y subió de nuevo a la cuarta planta. «¡Idiota, idiota!» le decía Verónica Racional. «¡Qué te calles!», contestaba Vero Impulsiva. «Ves lo que hay detrás de la maldita cortina y te largas. A veces pasan estas cosas, la gente tiene un pálpito y cuando te quieres dar cuenta resulta que el que estaba al otro lado es un primo tuyo. Mejor mirar y salir de dudas que pasar diez días dándole vueltas al tema ¿no?». La voz de la razón aplastante se fue de paseo.

«*Ya me pedirás que vuelva*».

—¿Otra vez aquí? —dijo el viejecito dedicándole una sonrisa—. ¡Qué suerte!, ¡tengo una admiradora!

Verónica le devolvió la sonrisa, su mejor atributo según un borracho anónimo, y se encaminó decidida al fondo de la habitación.

—¿Lo conoces? —preguntó extrañado el hombre mientras la seguía con la mirada.

—No lo sé —murmuró.

Se ocultó tras la cortina, guardándose de que el viejo pudiera espiarla mientras saciaba su curiosidad.

No conocía al enfermo. Era un chico y parecía bastante joven, no llegaría a los veinte años. Tenía algunos arañazos en la cara y en los brazos, estaba muy pálido y se le destacaban unas llamativas ojeras. Su pelo era de un castaño claro y se podía ver otra herida a un lado del cráneo. Un pulsómetro conectado a una máquina desde el dedo índice marcaba con monotonía las constantes y tenía un goteo de suero inyectado a una vía. No lo conocía de nada y sin embargo le daba una pena infinita.

Se preguntó cómo un chico tan joven no tenía ahí, pendiente de él y preocupada, a una familia entera. No parecía la clase de niño que anduviera solo por la vida.

Le cogió la mano. Era alargada y llena de nudillos, las manos de un adolescente que probablemente se comía las uñas. Raspones aquí y allá.

—¿Qué te ha pasado? —murmuró ella.

La mano se cerró en torno a la suya y Verónica dio un respingo. Se tranquilizó al ver que el chico seguía dormido. Le acarició la mano con el pulgar en un gesto impulsivo de cariño.

De súbito, volvió a tener la sensación de mareo, de tristeza, de honda pena... Fue un breve instante en que temió desmayarse. Se tambaleó, pero logró recobrar el equilibrio.

Una voz la sobresaltó.

—¿Quién eres?

Traspuesta como estaba, no se había dado cuenta de que el chico había abierto un poco los ojos. Dudó.

—Lo siento si te he molestado —«¡idiota, idiota!»—. Pasaba por aquí y..., no sé, he pensado que igual no te venía mal una visita...

Se felicitó por sus reflejos y aun así se sentía estúpida, sin embargo, vio la reacción de él y le dio lástima. El chico le apretó un poco la mano y ella vio que las lágrimas se le acumulaban en los ojos. Se las limpió con la mano donde tenía el pulsímetro e hizo una mueca de dolor al mover el brazo.

—No llores —dijo ella sin saber muy bien qué decir.

—¿Todavía estoy en el hospital?

—Sí.

—Tengo que salir de aquí —dijo intentando incorporarse sin éxito.

—¡¿Qué?! —exclamó alarmada—. Oye, no te muevas. Te tienes que...

—Escucha... —El chico contrajo la cara y le tembló la barbilla. La respiración se le agitó y Verónica creyó que se iba a poner a gritar, pero hizo una respiración profunda y, poco a poco, se calmó.

—¿Te duele algo? Es que no sé qué te ha pasado. Si quieres, llamo a la enfermera.

—¡No! —suplicó con ojos aterrorizados—. ¡No, por favor, no!

—¡Vale, vale! Tranquilo. No la llamaré, pero tranquilízate. A ver... —dijo tratando de asumir el mando—. ¿Qué te ha pasado?

—Tuve un accidente, me atropelló un coche y... —Temblaba, pero hacía esfuerzos por contenerse—. Cuando me trajeron aquí te juro que no tenía nada, pero esos psicópatas se empeñaron en que había que operarme. ¡Dios, fue horrible! ¡Fue horrible! —dijo meneando con violencia la cabeza, como si quisiera borrar la experiencia de golpe.

—Te entiendo —lo tranquilizó—, pero puede que no tuvieran más remedio y...

—No, ¡qué no! —La voz se le atravesaba en la garganta y se le quebraba—. Te digo que se ensañaron conmigo. Escucha —volvió a apretarle la mano—, terminaron la operación y... y... siguieron cortando. Te juro que no me invento nada. ¡Hasta se reían de mí!

—No sé... —Verónica se asustó. Al chico se le escapaba la cordura y pronto no podría controlarlo—. Oye, igual has tenido fiebre y eso...

—Por favor, si no me crees, mira mis heridas.

—No, ni hablar. Me arriesgo a...

Él se incorporó levemente y la atrajo hacia sí de un tirón.

—Necesito que alguien me crea y me ayude a salir de aquí... y solo te tengo a ti.

La miraba con tal cara de angustia, parecía tan desvalido, desesperado y seguro de lo que decía que la hizo dudar.

—Podría hacerte daño, abrirte algún punto y no...

—Por favor —suplicó—, míralo. Si te parece que está bien, no te insisto más.

No estaba loco del todo, sino angustiado. Recordó lo que había dicho Manu sobre un tipo que decía que lo estaban torturando y al que habían tumbado con sedantes. No sabía si era él, pero de haber sido ella y de haber pasado por lo que el chico relataba —y aunque se tratase de una pesadilla muy vívida—, también gritaría pidiendo que alguien la creyera. Se humedeció los labios. Tenía la boca seca.

—Vale, venga... Dónde tengo que mirar.

—Gracias —dijo él, y dos lágrimas le corrieron mejillas abajo. Verónica le compadecía. Aquel «gracias» era más digno de una madre a la que le hubieran salvado su bebé que de un favor tan nimio como mirar unas heridas.

—No te preocupes —dijo quitando hierro al asunto—, enséñame

lo que sea antes de que nos pille alguien y montemos un espectáculo.

—Es... en la espalda. Tengo que ponerme de lado.

El muchacho apenas se podía mover sin soltar un quejido y sin que se le saltaran nuevas lágrimas. Verónica tuvo que tirar de él, pero el chico pudo mantenerse de lado agarrándose con una mano a los seguros laterales de la cama. En la espalda tenía una gran compresa de gasa manchada de sangre.

—Tendré que despegar esto.

—No importa. Hazlo, de verdad.

—¡Eh! ¿Era tu amigo, ¿no?

Era el viejo de la otra cama. No los oiría hablar, pero sabía que Verónica estaba al otro lado de la cortina.

—¡Sí, sí! —contestó ella mientras quitaba los esparadrapos—. ¡Es mi primo! Lo estaba buscando y... aquí está. —Y le susurró al oído—. ¿Cómo te llamas?

—Hans.

—¿Como Hansel y Gretel? —dijo para hacerle reír.

—Muy graciosa...

—¡Es mi primo Hans! —le gritó al viejo sordo—. Yo soy Verónica —le murmuró.

—Te daría la mano, pero estás ocupada.

—En la casita de chocolate no sé, pero en España damos dos besos.

—Te daré los que quieras... ¡ay!, cuando me saques de aquí.

—Esto ya está. —Y levantó las gasas—. ¡Dios mío! —exclamó.

Hans, dentro de su sufrimiento, obtuvo el alivio de ver que alguien le creía, mientras Verónica repasaba todas las posibilidades para catalogar aquello de negligencia médica y no de ensañamiento salvaje. No encontró ninguna. La herida que tenía delante tenía que atribuirla a algo más que despiste o ignorancia. Hasta su sobrina de cinco años daba puntadas más acertadas. No solo era el hecho de ver cómo habían suturado dos cortes inmensos con lo que parecía la técnica de cerrar el pavo relleno de Navidad, con puntadas torpes y cogiendo grandes trozos de piel y carne. Había mucho más: estaban los cortes innecesarios sin cerrar, los puntos colocados de manera arbitraria donde no había herida y...

—¿Qué es esto? ¡Por Dios! ¿Qué te han hecho?

Hans seguía derramando lágrimas emocionadas mientras Verónica rastreaba la línea de lo que parecían letras grabadas a golpe de bisturí.

—Vámonos de aquí. ¡Ahora! —ordenó.

Tapó la herida lo mejor que pudo y ayudó al chico a incorporarse a la fuerza. A Hans se le escapaban quejidos y palabrotas en otro idioma.

—¿No te han dado calmantes?

—No... no lo sé, creo que no. Ya te he dicho que apenas me durmieron en la operación. Lo justo para mantenerme inmovilizado y callado.

—Dios mío... Qué hijos de perra. Toma —le tendió una pastilla que sacó del bolso—. Supongo que te calmará un poco. Es lo que me tomo yo para la regla.

—¿Tienes más?

—Ten —le pasó el blíster y vio que se tomaba otras tres. No tuvo valor para frenarlo y le dio una chocolatina—. Será mejor que comas algo o se te quedará el estómago como un colador.

Hans tomó un par de bocados compulsivos y anunció que estaba lleno. Verónica encontró una bolsa en el suelo.

—¿Es tu ropa?

Él se encogió de hombros.

—No lo sé, puede que sí.

—¿Te ayudo a ponértela?

Hans se echó a llorar. Ella no supo cómo consolarlo y lo abrazó como pudo, con delicadeza, cuidando de no hacerle daño, acariciándole la cabeza como cuando lo hacía con su sobrina que se había caído jugando. Al poco, él se serenó y se apartó cohibido.

—Me vestiré yo solo, no te preocupes —dijo.

—Hans... —Ella quiso protestar, pero se contuvo—. Si necesitas ayuda, estaré aquí detrás.

—Gracias.

Verónica se fue tras la cortina y se sentó en una silla al lado del anciano.

—¿Está bien el chico?

—Oh, sí... se encuentra mucho mejor. Me lo llevo a una clínica privada. Ya sabe... —dijo elevando la voz.

—Claro, claro... —asintió el hombre—. Las clínicas privadas son mejores.

—¿Estás bien? ¿Te ayudo?

—¡No, no! ¡Todo bien! —y añadió entre dientes: Estupendo...

Verónica, algo incómoda por la situación, oía al chico ponerse la ropa, unas veces con un golpe, otras con un quejido o una palabrota seguida de un lloriqueo. Estaba a punto de preguntarle de nuevo si necesitaba ayuda cuando lo oyó protestar.

—¡Mierda!

—¿Qué? ¿Qué pasa? —preguntó.

—¡Mi móvil y mi cartera... no están!

—¿Qué dice tu amigo? —preguntó el viejo desde su cama.

Ella ignoró al hombre, descorrió la cortina y se acercó de nuevo a Hans. El chico estaba de pie junto a la cama, con la camiseta y las zapatillas deportivas sin poner y la bolsa de basura vacía en una mano. Miraba desesperado lo único que quedaba de sus pertenencias: un *flyer* de una discoteca, un tique de metro y un reloj. El viejo los miraba de hito en hito sin atreverse a abrir la boca.

—No te preocupes, los tendrán en recepción. Ahora nos pasamos y...

—¡Oh, claro! ¿Pero cómo voy a hacer eso? —la encaró irritado—. ¿Cómo crees que los voy a pedir? «¡Señorita, deme mis objetos personales, que yo me voy porque aquí me torturan!» —Y se echó las manos a la cabeza y le cruzó un rictus de dolor.

Verónica se acercó y lo miró muy seria.

—No te puedes marchar así como así.

—¿Y qué esperabas? ¿Crees que me van a hacer una fiesta?

—Tienes que decir que te vas —le increpó ella en susurros—. ¿Qué harán tus padres si preguntan por ti? ¿Quieres que les digan que has desaparecido sin más?

—Estoy cien por cien seguro de que nadie de mi familia sabe que estoy aquí y lo que no voy a hacer es arriesgarme a cruzarme con uno de esos médicos. ¡Como los vea, me lío a hostias! ¡Entonces sí que acabaré en la cárcel!

Los analgésicos hacían su efecto, sin duda. Ella trataba de hacerlo entrar en razón, pero el asunto se le estaba yendo de las manos.

—¡Pero no puedes! ¡Marcharte sin más tiene que ser ilegal o algo así!

—¡Ilegal es lo que tengo en la espalda! —gritó. Pero en ese momento él miró hacia la puerta y en un segundo se le descompuso la cara—. ¡Oh, mierda!

Detrás de Verónica entraba por la puerta muy decidido un hombre vestido con bata blanca, cara de pocos amigos y jeringuilla en ristre llena de un líquido transparente. El médico debía haber oído la disputa mucho antes de entrar en la habitación. Traía cara de loco furioso e iba directo hacia Hans.

—¿A dónde coño te crees que vas?

—¡Ni te me acerques, hijo de puta! —Hans estaba pegado a la pared junto a la ventana, pero reculaba buscando protección entre una silla plegable y la mesita junto al cabecero de la cama.

Verónica reaccionó rápido y se interpuso en el camino del médico.

—¿Este es uno de los tíos que te operó? —dijo Verónica deteniéndole a los pies de la cama—. ¿Fue usted quien le hizo esa masacre en la espalda?

Ella, aunque intimidada por su altura y su aspecto impoluto, le había frenado con una mano y la cara más amenazadora que pudo adoptar.

«G. Buer» rezaba el bordado en el bolsillo de su bata. El hombre parecía molesto y apenas prestaba atención a la mujer bajita que se le ponía por delante. Taladraba al chico con la mirada, furioso porque estuviese consciente y listo para marcharse.

Al intentar avanzar, vio que algo se lo impedía. Miró a Verónica, más cómo si fuese un insecto que una persona.

Entonces ocurrió algo extraño; la miró severo desde su diferencia de altura, con expresión deforme y el ambiente pareció cargarse con una aflicción tan claustrofóbica y mareante que a Verónica se le nubló la vista. Le dieron ganas de vomitar. El médico la apartó de un leve empujón que la puso contra la pared y llegó al pequeño pasillo entre la cama y la ventana en el que se encontraba Hans muerto de miedo.

—¡Ven aquí, desgraciado! —le dijo con voz cruel y autoritaria. Hans se encogió aún más en el rincón.

—¡Eh! —gritó Verónica con voz pastosa, con las pocas fuerzas que le quedaban—. ¡No me pase por encima, que le he hecho una pregunta! ¿Se cree que por ser médico de este hospital de mierda tiene derecho a tratar así a la gente?

Nadie se acordaba del viejo de la cama de al lado que tenía los ojos y la boca muy abiertos y temblaba como un flan.

—Voy a llamar a la enfermera, voy a llamar a la enfermera... —repetía sin saber qué más decir e intentando alcanzar el interruptor.

—¡Estate quieto! —le ordenó el siniestro médico señalándolo con el dedo. El viejo no se movió más, salvo para taparse con las sábanas hasta la nariz, como un niño pequeño.

El Dr. Buer se volvió de nuevo hacia Verónica, que estaba a dos metros de él guardando las distancias. Él la miraba con la mandíbula apretada y resoplando, como si la fuese a embestir.

Por fin ella comprendió que de verdad le habían hecho algo malo al chico y no lo dejarían ir sin más.

—Qué clase de mierda es usted, que tortura a niños y le mete miedo a un pobre viejo —dijo ella fuera de sí.

—Más te vale, zorra —dijo con una sonrisa siniestra—, que salgas de aquí ahora mismo o sabrás lo que es tener miedo de verdad.

No le dio tiempo a contestar. Vio una silla plegable impactar contra el pecho del médico con tal brutalidad que lo lanzó contra la ventana de la habitación haciendo un estruendo terrible. El impulso fue tan fuerte como para que el hombre rompiera el cristal atravesándolo y lo mandase por el aire cuatro pisos más abajo junto con la silla.

Hans se miraba las manos como si no fueran suyas, como si no supiera cómo lo había hecho ni de dónde había sacado la fuerza necesaria para asestar semejante golpe.

—Creo que se me han saltado varios puntos. Me parece que estoy sangrando —jadeó apoyado en la pared.

—Pero, ¡qué has hecho! —gritó Verónica—. ¡Si lo has matado!

—No...

Un par de auxiliares entraban por la puerta preguntando qué

pasaba.

—¿Cómo que no? —preguntó ignorándolas.

—¿Te lo has cargado? —preguntó el viejo que seguía tapado con las sábanas—. ¡Bien hecho, chaval!

—Pero... pero... —balbuceó ella.

El estruendo congregaba ya a más personas en la puerta. Una de las enfermeras dijo que avisaba a seguridad y a los médicos de urgencias.

—Creo que no está muerto. Se mueve... —dijo una auxiliar que se había acercado a la ventana.

Giovanni Buer había caído en una posición muy fea, pero giró sobre sí mismo hasta quedar bocarriba. Aun así, se quedó tirado en el suelo, aturdido. Al poco, movió la cabeza y dirigió la vista hacia la ventana rota, donde asomaban media docena de cabezas.

—¡Pero si se ha tenido que partir el cuello! —murmuró Verónica.

—Ese tío va a estar muy cabreado cuando se levante. —Y, en tanto lo decía, Hans desaparecía por la puerta con el resto de su ropa en la mano.

Abajo se oía ruido de cristales y un cúmulo de gente se congregaba alrededor del caído. Si Verónica, al principio, pensó que debía hablar con la policía, que huir de la escena de un crimen tal vez era un delito, ya no las tenía todas consigo. De hecho, no confiaba en el sistema judicial ni en la policía. Hans había actuado en defensa propia, y ella solo había procurado defenderlo de aquel psicópata. Aun así, ni con esas saldrían bien parados; lo veía cada vez más claro. No se detuvo en pensárselo dos veces.; Para ella, la prioridad era proteger al chico, dado que nadie más parecía querer hacerlo. Tenían que largarse de allí cuanto antes.

Un grupo de sanitarios cargados con equipos de reanimación y botiquines corrían hacia el médico tirado en el patio. Fue sólo un momento, pero Verónica, que todavía estaba asomada a la ventana, tuvo la impresión de que el hombre tumbado ahí abajo la estaba mirando con odio y supo que su propia vida corría peligro.

—Sí... mejor nos vamos —murmuró.

Creyó que Hans no la esperaría, pero al salir al pasillo vio que él aguardaba mientras aún se peleaba con la camiseta. Tiró los zapatos al suelo y trató de cazarlos con el pie.

Los padres de Manuel también habían salido al pasillo, pero ella se las ingenió para que no la vieran escabullirse entre el gentío. Salieron por unas escaleras en el otro extremo de la planta, lejos del mostrador de recepción y los ascensores. A medida que bajaban, oían alejarse el alboroto del exterior.

Tuvieron que evitar el tumulto congregado alrededor del cuerpo caído y simular que eran familiares que se volvían al coche tras haber visitado a un enfermo. Ella no podía evitar la aprensión. Como si el tipo pudiese levantarse de pronto e ir a por ellos.

—Oye, no serás un delincuente, ¿verdad? —dijo mientras se ponía al volante—. Lo digo más que nada porque no me gustaría ayudarte a escapar y descubrir que eres un asesino en serie, un ladrón o un terrorista.

—¿Me has visto bien? ¿Tengo cara de delincuente? —le preguntó tratando de acomodarse en el asiento.

—Pues... —ella ladeó la cabeza—, la verdad: tienes cara de zumbado. Lo siento.

—¡No sé cómo puedes decirme eso! —la increpó disgustado.

—¡Me pueden meter en la cárcel, ¿sabes?!

—Pues... si quieres..., me bajo y te puedes ir ¿vale? —dijo haciendo amago de salir del coche—. Ya me has ayudado. Te libero de tu obligación de cuidar de mí.

Abrió la puerta y empezó a salir dejándola indignada y boquiabierta.

—¿Es esa tu forma de dar las gracias? Me la estoy jugando nada más que por estar aquí, hablando contigo. No sé nada de ti. Te conozco desde hace un rato y ya te he visto lanzar a un tío por una ventana y, aun así, aquí estoy, como una tonta, tratando de ayudarte.

Hans había intentado salir, pero no podía. Apenas tenía fuerzas para izarse del asiento.

—Lo siento —dijo cabizbajo—. Solo quiero largarme de aquí. Te agradezco lo que estás haciendo, de verdad, pero creo que estos tíos son peligrosos; hasta me parece que la policía está comprada. En fin, son muchas cosas.

—¿Por qué dices que la policía está comprada?

—Te lo cuento en cuanto nos larguemos, te lo juro. Pero ahora confía en mí, ¿quieres? Y si es que no, lo entiendo, te agradezco lo que has hecho, pero yo tengo que irme. No puedo estar en este lugar ni un minuto más.

Se dio media vuelta y siguió intentando salir del coche. En realidad, a ella no le costó demasiado decidirse. Estaba dispuesta a ayudarlo, costara lo que costase. Algo en él le recordaba a su hermano Antonio, siempre metido en problemas que no era capaz de resolver por sí solo. La diferencia estaba en que su hermano no le agradeció nunca lo que hizo por él y Hans, apenas unos minutos después de haberlo conocido, ya lo había hecho dos veces.

Él, mientras tanto, ya estaba cerrando la puerta y empezaba a alejarse. Un impulso hizo que Verónica saliera del coche.

—Déjame que te ayude. No llegarás muy lejos en tu estado y yo puedo llevarte donde quieras, no me cuesta nada.

—Gracias. Muchas gracias —dijo sincero.

—No te preocupes. Vamos.

***

Cuando Hans y Verónica alcanzaban de nuevo el coche, la

habitación desde la que había caído Buer se había quedado vacía a excepción del viejo. Era como si una repentina ola de urgencia hubiese provocado una huida repentina de todo el mundo.

El anciano no daba crédito a nada de lo que acababa de pasar; ni al incidente ni a la espontánea desaparición de toda aquella gente que unos momentos antes gritaba escandalizada. El frío se colaba por la ventana rota, pero por más que protestaba y tocaba el timbre, nadie le prestaba atención. Ni siquiera el personal de limpieza acudía a recoger los cristales del suelo.

—Esto es intolerable, ¡una vergüenza es lo que es esto!

No tardó en aparecer por la puerta un policía muy serio. Tenía el pelo largo, recogido en una coleta, y una perilla rojiza. Medía casi dos metros y el uniforme se le pegaba al cuerpo como una segunda piel. Le dedicó una fugaz mirada, con menos interés que el que le habría dedicado a una cucaracha. El viejo estaba perplejo.

El policía fue directo a la ventana rota y se asomó sacando medio cuerpo fuera, despreciando la posibilidad de clavarse un cristal o de perder el equilibrio y caer también al vacío. Abajo, seguían atendiendo a Buer que yacía inmóvil como si estuviese muerto. Se miraron a los ojos un instante. El policía desvió la mirada a unos doscientos metros y reparó en el coche de Verónica que abandonaba la entrada principal del parking y tomaba la curva hacia la carretera.

Pese a la distancia, leyó sin problema el número de la matrícula e identificó el modelo del coche.

Capítulo 6

Hans le resumió a Verónica todo lo que le había pasado en el hospital mientras ella ponía rumbo de nuevo hacia su casa. A él se le hacía un nudo en la garganta cuando le contaba cómo lo habían engañado para que se quedase desnudo en aquel quirófano, cómo fue que siguieron rajándole la espalda a sabiendas de que estaba consciente, del dolor inhumano que tuvo que soportar.

—¿Cómo iban a saber que estabas consciente? —inquirió ella extrañada.

—No tengo ni idea —dijo mirando por la ventanilla sin ver, con la cabeza en otro sitio—. Sólo sé que estaba muy despierto. Muy, muy despierto. Fue... una puta pesadilla.

—Dicen que lo normal, si te despiertas en mitad de una operación, es que te desmayes... Si no, el dolor sería insoportable. No quiero imaginarlo.

Él asintió.

—Me desmayé... al final. Y me amenazaron con seguir cortando, rajando...

Rememoró la hoja del bisturí hundiéndose en su espalda, el crujir de su piel al ceder, su carne al ser separada del hueso, la impotencia de no poder parar aquel metal que lo cercenaba... Y habían hablado de castrarlo. Incluso lo habían puesto bocarriba.

Se le revolvió el estómago al recordarlo.

—También dicen que del dolor se te puede parar el corazón —prosiguió ella.

—No... lo sé —balbució.

Otra vez se le saltaban las lágrimas. El dolor de la espalda volvía a ser insoportable y se resistía a repetir en voz alta las humillaciones del quirófano, las cosas que le decían, lo que le habían hecho.

—Vamos... no llores —lo animó ella en tono maternal—. Seguir dándole vueltas solo te martirizará. Ya estás fuera. Además, deberías llamar a tus padres. Coge mi móvil. Está en mi bolso.

—Mis padres solo están en casa por la noche, cuando vuelven del trabajo, y no me sé sus números.

—¿Ni el de un amigo, un familiar o alguien? —Hans negó con la cabeza—. Dime la dirección de alguien que te conozca y yo te llevo.

—Soy holandés; a menos que tengas un *jet* privado, lo veo difícil.

Ella se sobresaltó y casi dio un volantazo. Parecía como si se le hubiera activado un resorte y de repente estuviera muy enfadada.

—¿Me estás tomando el pelo? —gritó—. No me estarás dando largas para que no llame a tus padres o algo así... ¡No te habrás escapado de casa!

Hans la miró alarmado. Ella volvía a desconfiar. Podía entenderla: un holandés en pleno Madrid que hablaba muy bien castellano. Apenas se acordaba ya de su misterioso don. Entre tantas cosas terribles, minucias como aquella se habían quedado atrás.

—¡Soy de Ámsterdam, te lo juro! Estoy de viaje en Madrid con un grupo del colegio. Nadie sabía que estaba en el hospital porque salí a dar una vuelta antes de que todos despertaran. Y luego tuve el accidente.

—Pues hablas muy bien mi idioma para ser extranjero...

Ahí estaba la pregunta temida. Contarle la verdad la llevaría a pensar que era un lunático y la volvería más desconfiada. Su relación terminaría pronto, en cuanto hablara con sus padres o consiguiese ponerse en contacto con alguno de los profesores, pero por lo pronto no tenía otra ayuda y Verónica le caía bien.

—Porque mi padre era español —dijo tragando saliva—. Me enseñó el idioma cuando era pequeño.

—Ya... pues no tienes acento de ningún tipo —replicó con recelo.

—Venimos de vacaciones todos los años... Te puedo dar el número de teléfono de mi casa y llamas luego... Aunque no los entiendas, sabrás que te digo la verdad.

—Vale, vale... de acuerdo. Si tu padre es español, hablaré con él.

—Mi padre murió cuando yo tenía cuatro años. Vivo con mi madre y mi padrastro.

Hans estaba perdiendo la paciencia.

—Y si murió cuando eras tan pequeño, ¿cómo puedes tener tan buen acento?

La suspicacia de ella se le antojó hiriente.

—Por mi abuela... Oye, ¿vas a seguir interrogándome? Si no te fías de mí, ya te lo he dicho antes: no estás obligada a llevarme a ninguna parte.

—Está bien —cedió ella a disgusto—. Ya no te pregunto más.

Hans la miraba de reojo. El ceño fruncido y el tic de morderse el labio inferior la delataban. Había visto conducir a su madre con ese mismo gesto y antes o después le caía una buena bronca..., aunque esta vez no estaba seguro de poder soportarlo. Si aquella chica seguía presionándolo, no tendría más remedio que darle esquinazo.

—Me estoy mareando —anunció.

Hans estaba sudando y le costaba respirar. Ella alargó la mano y le tocó la frente.

—Tienes fiebre. Debería llevarte a un hospital.

—¿Qué? —dijo él sobresaltado.

—A otro hospital —aclaró—. Tiene que verte un médico, que vean si estás enfermo de verdad o si la fiebre es por el destrozo que te han hecho. Además, esas heridas tienen que curarlas en condiciones. Los puntos son un estropicio y te quedarán unas cicatrices horribles.

Él negaba con la cabeza, con los labios abocinados y la barbilla arrugada.

—No vuelvo a un hospital ni atado. Solo necesito dormir, calmantes y aspirinas. Como quieras llevarme a un hospital, lo llevas claro porque no pienso ir —terminó tajante.

—Tarde o temprano tendrás que ir a que te vea un médico.

—No te ofendas, pero prefiero que sea con mi familia al lado. Ahora mismo, lo único que quiero es que las personas que me conocen sepan dónde estoy.

—Vale —contestó resignada y molesta.

Hans se dispuso a quemar su último cartucho.

—En serio, no te lo tomes a mal —dijo tratando de disculparse—. Además, también lo digo por ti —titubeó—. No hay nadie que sepa que estás aquí conmigo y esa gente... No sé; tú lo has visto: todo esto tiene algo de mafia.

No respondió.

—Perdona —dijo él con la voz entrecortada—. ¿Me darías otro par de calmantes? Este dolor... me mata.

—En mi bolso —respondió ella.

Hans se giró como pudo, alcanzó el bolso y extrajo cuatro píldoras más. Solo después de recorrer un buen puñado de metros en silencio, Verónica preguntó:

—¿Mafia de qué?

—No sé... Robo de órganos o algo así. Ya te he dicho que entre el grupo de médicos había un policía o, al menos, iba vestido como un policía.

—Ya —añadió ella —. Que un grupo de médicos pueda hacer

estas cosas... Hay médicos clandestinos, matasanos y traficantes de órganos, pero nunca antes había oído hablar de que alguno operase en un hospital público.

Hans se estremeció. Si se hacían esas cosas en organismos del estado, a saber qué clase de dirigentes políticos podrían tener allí y lo influyentes que podrían ser aquellos tipos.

—Vale, está bien. No iremos a un hospital. Nos centraremos en contactar con tus padres o con alguien de tu colegio que esté en Madrid. De todos modos, necesitamos pasar por una farmacia. Trataré de curarte yo misma... lo mejor que pueda.

Verónica le miró. Estaba recostado en el asiento, con los ojos cerrados y muy mala cara.

—De verdad... Esto es terrible —dijo ella soltando un bufido y mordiéndose el labio—. No sé qué hacer.

—Hospital no, hospital malo.

—Vale... Vamos a una farmacia.

Capítulo 7

—Me duele.

Verónica estuvo en la farmacia casi diez minutos y cuando salió iba cargada con dos grandes bolsas llenas de vendas, desinfectante, gasas, analgésicos, esparadrapos... Como si fuera a montar un hospital de campaña. Cuando regresó al coche, el chico estaba en el asiento, tieso como un palo, y curvaba la espalda hacia atrás todo lo que podía.

—La farmacéutica dice que debería llevarte al médico.

Hans ni siquiera la miró, pero ella ya se conocía la respuesta. Ante la negativa, la única opción era llevarlo a su casa y hacerle una cura en condiciones antes de seguir con la tarea de buscar a alguien que se ocupase de él.

—Deberías llamar a tus padres. Al menos, dejarles un mensaje en el contestador para que sepan que estás... bien —dijo levantando una ceja.

—¿Te importa que lo haga cuando lleguemos a tu casa? Estoy mareado...

Se había recostado y había cerrado los ojos. Tenía la cara pálida y desde las sienes le caían pequeñas gotas de sudor que se le acumulaban en las mejillas.

Pasaron los siguientes diez minutos sin hablar. Cuando se ponía de lado, la piel de la espalda le tiraba y gemía, pero cuando estaba derecho, era aún peor: las heridas, en contacto con el respaldo, eran como un hielo punzante que ardía. Los calmantes fueron haciendo algún efecto y medio ladeado se relajó, aunque la respiración seguía siendo agitada. Tenía la mirada perdida en la carretera húmeda de un

Madrid que había sido hostil con él.

Estaban a punto de abandonar la circunvalación de la M-30 para internarse en la ciudad, entre bloques de edificios y calles estrechas con casas más bajas. Nada que ver con el centro de Madrid que Hans conocía.

Llegaron a una callejuela angosta con coches aparcados a la derecha que invadían la acera. Verónica vivía en la perpendicular y, desde la esquina donde se encontraban parados, un cruce entre las dos calles, veía su portal a unos cien metros de allí.

—¡Mierda!

Había encontrado un hueco para aparcar en la esquina y estaba maniobrando marcha atrás. Hans salió de su letargo.

—¿Qué?

—Mira allí —dijo señalando hacia su portal.

Justo en frente de la desvencijada puerta de aluminio había aparcado un coche de policía. No parecía que hubiese nadie dentro.

Verónica se llevó las manos a la cabeza, se acomodó el pelo tras las orejas y exhaló un profundo suspiro.

—¿Vives ahí? —Verónica no contestó—. ¿Crees que han venido por ti? A lo mejor no tiene nada que ver contigo.

—No lo sé, Hans. Cállate un momento, que no puedo pensar.

Y era verdad. Un barullo de pensamientos se le agolpaban en su cabeza de tal forma que no podía centrarse en ninguno. Buscaba excusas o razonamientos que pudieran justificar su actitud con el chico y por el hecho de haberlo sacado del hospital después de lanzar a un médico por la ventana. Tendría que haber esperado a que la policía llegase y contarles lo sucedido. ¿Cómo podía haber sido tan idiota? Pero algo en su fuero interno le decía que estaba haciendo lo correcto. Que lo había hecho antes y que lo hacía ahora.

Llegó a la conclusión de que si las autoridades competentes le preguntaban por lo sucedido, les diría que no había tenido opción. Se veía a sí misma esposada y haciendo ganchillo en una celda cuando se abrió la puerta del zaguán y salió a la calle un policía.

—¡Es él! —se atragantó Hans—. ¡El policía del hospital que se disfrazó de médico! ¡Es él!

El hombre era alto y fornido. Tenía el pelo rojo oscuro recogido en una coleta baja, y algo en la mirada acentuaba sus facciones y le daba aspecto de motero de Los Ángeles del Infierno más que de policía.

—¿Estás seguro? —preguntó ella asombrada.

—Cien por cien. ¡Que me muera ahora mismo si no es él! —contestó muy nervioso—. Arranca, vámonos de aquí.

—Hans, igual...

—¿Qué? —gritó histérico—. Si te quedas aquí nos va a ver y si nos ve... —sacudió la cabeza para alejar la idea—. ¡Me llevará de vuelta al infierno, Verónica!

—Pero ¿y si es un policía de verdad? ¿Cómo sé yo que no conoces a ese tío de nada? ¡Me estoy metiendo en un buen lío! ¿Lo entiendes?

—Piénsalo —dijo Hans tratando de serenarse—. ¿Desde cuándo has visto tú que un policía vaya solo a buscar a alguien? ¿No se supone que van en parejas? —Vio que Verónica recapacitaba—. ¿Y desde cuándo se tarda tan poco en buscar la dirección de alguien? Un sospechoso, lo que sea... La policía no es tan rápida en decidir a quién buscar. —La respiración se le entrecortaba—. Ni siquiera sabían tu nombre, por Dios. ¿O es que han tomado declaración a toda la gente, te han culpado a ti y han dado con tus datos en menos de una hora? Verónica, ese tío está comprado. Si quieres, vas y le preguntas, pero yo me largo.

Ella no dejaba de mirar al policía que estaba junto a su coche y parecía estar hablando por teléfono con alguien. ¿Por qué usaba el móvil y no la radio?

Hans tiró de la manija de la puerta y la abrió, pero ella lo retuvo.

—Vale. Nos vamos.

No atravesó el cruce, sino que dio marcha atrás y salió por una calle paralela a la suya. Se maldijo por no ser más rápida y porque el coche no hiciera menos ruido.

Era ridículo no fiarse de la angustia de Hans. Se hubiese escapado o no de casa, alguien estaba empeñado en mantenerlo escondido tras una cortina, y sedado, para que no diera problemas. ¿Cómo, si no, se explicaba que no hubiera ningún familiar con él en el hospital? Hacía ya veinticuatro horas que había tenido el accidente, tiempo de sobra para que llamaran a sus padres o a sus profesores en Madrid y se hubieran acercado. Y ahora, si él no mentía y ese policía había estado presente en el quirófano, estaba claro que le habían hecho algo ilegal y lo buscaban antes de que diera la alarma.

Verónica puso la radio mientras conducía y sintonizó una emisora de noticias para ver si decían algo. A su lado, tenía a un Hans abatido.

Verónica había estado conduciendo hacia una dirección concreta de forma automática. Era lógico para ella teniendo en cuenta que siempre iba allí buscando un poco de paz. Aparcó sin problemas frente a un parque de grandes montículos con césped.

Se veía toda la ciudad de Madrid.

—Qué vista... tan bonita —murmuró él en un susurro.

Ella sonrió. La lluvia llevaba un rato golpeando los cristales y él había recobrado el color. Puede que fuera efecto de la fiebre, pero tenía los ojos más abiertos.

—¿Estás un poquito mejor? ¿Más tranquilo?

—Mejor.

—Si no lloviera, te llevaría a una de las montañas. Con sol, se ve todo mucho mejor y es increíble.

—Ya.

—Los de por aquí lo llamamos Parque de las Siete Tetas —dijo riendo mientras Hans la miraba sorprendido—. Nunca me acuerdo de su verdadero nombre; algo del Tío No Sé Qué. Recuerdo que, de pequeña, me disfrazaba de princesa a propósito, para que me trajeran aquí. Venía con mi madre y, mientras ella miraba alguna revista, jugaba a que ese era mi reino y yo la princesa que lo gobernaba desde mi trono, que estaba allí, en lo alto de la montañita.

Volvieron a quedar en silencio mirando por la ventana del coche. No era difícil imaginarse a una pequeña Verónica trotando con su vestidito rosa y unos mofletes grandes pintados de rojo, dando órdenes a unos sirvientes imaginarios y felizmente esclavizados.

—Que yo sepa las princesas no gobiernan; lo hacen los reyes —puntualizó él con una mueca traviesa.

—No te enteras de nada, Hans. Las chicas no podemos ser reinas, eso es de viejos. Lo guay es ser princesa mandona y que te rescate un príncipe cachas. —Él rio y lo siguió un quejido.

Aquella conversación estaba teniendo el efecto que Verónica esperaba. Necesitaba alejar el malestar de lo que había ocurrido durante la mañana ahora que los analgésicos hacían su efecto. Serenar el ánimo entre los dos para poder pensar con claridad y dar correctamente el siguiente paso.

—No sé por qué los sitios así no los sacan en las guías turísticas —dijo él.

—Bueno..., esto está lejos del centro, lejos de lo que da dinero al turismo. Y, además, el barrio no tiene muy buena fama que digamos. —Se encogió de hombros—. Casi mejor, así hay menos gente y es más tranquilo.

Hans asintió. Volvieron a callar con los ojos fijos en el paisaje, aunque los de él miraban sin ver.

—¿Qué vamos a hacer? —preguntó.

Verónica tenía infinidad de dudas con respecto a lo que a ella pudiese pasarle, pero por primera vez se daba cuenta de que la vida de Hans corría peligro. Era un desconocido, un chico que podía no ser trigo limpio después de todo, pero había visto maldad en los ojos de aquel médico, una determinación cruel en el solitario policía cuando hablaba por el móvil y un puñado de cosas que, por lo pronto, no encajaban en ninguna parte. Ninguna opción era buena: si lo entregaba, no estaba segura de que fuese a estar bien. Si seguía protegiéndolo, podría ir a la cárcel por secuestro o algo peor.

Debía tomar una decisión y llevarla a cabo hasta el final, pasara lo que pasase.

—Hans.

—...

—Si hay algo que no me has contado, tienes que decírmelo ahora. Me estoy jugando el cuello por ti. Tanto si es verdad lo que dices y nos enfrentamos a una especie de mafia médica, como si me estás mintiendo, por lo que sea, tengo que saberlo. Si me estás mintiendo, puedo ir a la cárcel, ¿lo entiendes?

Él volvió la cabeza hacia ella. Parecía tan desvalido...

—Te juro que no te miento.

—Y si no me estás mintiendo... —suspiró—, esto es peor, porque nos hemos metido en un lío con gente muy peligrosa. Podríamos acabar peor que mal. Lo sabes, ¿verdad? Tú ya has visto de lo que son capaces.

—Te juro que no sé quién es esa gente. Y no quiero meterte en ningún lío —dijo clavando los ojos en el salpicadero y tratando de contener las lágrimas—. Lo único que quiero es irme a mi casa.

Ella le apretó el hombro.

—Vale, tranquilo. Escúchame bien. No volveré a dudar de ti, ¿de acuerdo? Estoy decidida a hacer todo lo posible para que no te ocurra nada malo. Lo mejor es ponerte en contacto con tu familia cuanto antes. Pero, primero, hay que curarte esas heridas.

El móvil de Verónica sonó. El nombre de Ismael parpadeaba en la pequeña pantalla y resopló. No se había acordado de él en ningún momento ni había pensado en cómo iba a disculparse. Ni siquiera tenía preparada una excusa. ni sabía cuándo podría llegar. Salió del coche con el teléfono en la mano.

—Hola, Isma —dijo con voz lastimera—, me parece que no voy a poder ir a verte.

Hans, mientras tanto, seguía el recorrido de las finas gotitas de lluvia sobre el cristal y sobre el pelo de Verónica, que se iba rizando por efecto de la humedad.

Capítulo 8

Eran casi las cinco de la tarde cuando Sacher llegó a Madrid. Hacía cuatro horas que había pasado por Burgos y desde entonces no había parado de llover a mares. El temporal, sumado a la inminente Semana Santa cristiana, había alargado sus horas de viaje al provocar colapsos en las carreteras, y se había sumado un aparatoso accidente en cadena en la A-1 que había frenado el tráfico hasta detenerlo. «Viernes de Dolores... Toca sufrir», pensó. Pero sus conocimientos sobre meteorología le recordaban que aquellos nimbostratos no estarían allá arriba para siempre ni por mucho tiempo. La primavera se acercaba inexorable y con ella la locura meteorológica. «Nunca llueve eternamente», se dijo, «en un par de días volverá a salir el sol».

Hacía rato que se había cansado de escuchar las interferencias de la radio y también los dos discos que se había llevado al salir de casa. Aún no estaba acostumbrado a los largos viajes en coche. La próxima vez tendría que coger algún cedé más. No estaba dispuesto a oír las noticias: la humanidad no hacía más que quejarse. La única alternativa, y solía usarla a menudo, era cantar él mismo lo que le apeteciera, algo así como tener su propio reproductor en la garganta. Era bueno entonando. Había salido airoso de un concurso de yodel tirolés al que se había presentado por puro azar, y hasta cuando hablaba, su voz, grave y dulce a la vez, sonaba atractiva.

Aparcó maniobrando deprisa, como era su costumbre, y mientras entonaba el *Baila morena* de Zucchero, golpeó la parte de atrás al despistarse con el crescendo del estribillo. Chascó la lengua y calló. Salió de su Audi A3 llevándose consigo el cenicero lleno de colillas. Lo vació en una papelera cercana, volvió a encajarlo en su sitio y, tras cerrar las puertas del coche, encendió otro cigarro.

En la calle apenas caía ya un ligero chirimiri, tan sutil como irritante, que no llegaba a mojar. Aun así, los transeúntes —pocos a aquella hora de la mañana— se cubrían con paraguas o se arrebujaba en sus abrigos, corriendo arriba o abajo para resguardarse. A él le daba igual mojarse y hasta lo encontraba divertido.

Tenía la sede europea de los profetas justo en frente. Se encontraba en una vía ancha que delimitaba las dos poblaciones de San Sebastián de los Reyes y Alcobendas, ambas, ciudades dormitorio a las afueras de Madrid. La sede no se diferenciaba en nada de cualquier otro edificio de viviendas de la zona. No tenía un cartel ni llamaba la atención; hasta el telefonillo se habría dicho que estaba de adorno. No funcionaba. Nadie solía quedarse allí mucho tiempo, salvo Gerard, el celador, que tenía una casa con jardín interior en la planta baja.

Pero Sacher ni se molestaría en pasar por la sede, una nube tóxica de inseguridades que podría explotarle en la cara. Se veía a sí mismo cuatro años atrás en una situación similar, mientras lo rodeaban cincuenta desquiciados y lo devoraban a preguntas. No estaba dispuesto a soportar otra asamblea como aquella y, puesto que los profetas habían designado a un portavoz, se limitaría a hablar con él en exclusiva.

Había llamado a Gerard media hora antes para quedar en la cafetería de la esquina. No era un sitio demasiado acogedor, con unos pocos cuadros viejos de plástico que, por toda decoración, enmarcaban láminas de Goya gastadas y un par de plantas de tela cubiertas de grasa en un rincón apartado. Las mesas y sillas eran de metal y el suelo junto a la barra estaba lleno de servilletas, palillos y huesos de aceituna. «Al menos, se está caliente y ponen buen chocolate con churros». Una mujer se chocó con él nada más entrar. Ella se disculpó con un fugaz «perdone, no le había visto», algo bastante difícil teniendo en cuenta la envergadura de Sacher: alto, ancho de espaldas, cazadora de cuero y con un peinado tan característico que no debería pasar desapercibido. Sin embargo, aquello le ocurría a menudo y no le dio importancia.

Los seis paisanos que había en la cafetería estaban pendientes de las noticias que daban en una pequeña televisión colocada en lo alto de una pared. Incluso Gerard, situado al fondo, la miraba encogido en su silla, como si con solo proponérselo pudiera desaparecer. Era un hombre bajito, a duras penas llegaba al metro setenta, de delgadez inexplicable dado todo lo que comía, y con el cabello moreno pulcramente peinado a un lado. Tenía por costumbre vestir camisas a cuadros y pantalones vaqueros, y las finas gafas de carey no restaban intensidad a su aguda expresión.

Sacher lo tenía por avispado e inteligente, y sabía que su apocada postura y servilismo se debían sobre todo a una estricta educación machista truncada con el descubrimiento de su homosexualidad a muy temprana edad. Hacía años que se había alejado de sus padres. Descubrir en los últimos tiempos que esas visiones y sueños que tenía desde niño eran el don de la profecía solo enfatizó las ganas de no volver a verlos. Cuanto más diferente se sentía, menos tenía que ver con su familia.

—Hola —dijo Sacher poniéndole una mano en el hombro. El hombre dio un respingo.

—¡Qué susto! No te había visto —murmuró.

—Ya... Suele pasar. ¿Qué tal estás?

—Preocupado —dijo sin quitar la vista del televisor mientras Sacher se sentaba. Hizo un ademán con la barbilla señalando la pantalla—. ¿Has visto eso?

Miró donde le señalaba justo en el momento en el que aparecía una reportera, pero lo que alcanzó a oír de la noticia no fueron más de tres segundos.

—¿Qué ha pasado?

Gerard se volvió hacia él con aire preocupado y suspiró.

—Es el hospital de Fuencarral. Ya sé que hablaste con Idos por el camino, así que supongo que te habrá contado los pormenores. —Sacher asintió—. El caso es que hace un rato han empezado a dar esto en las noticias y la sede se ha puesto como loca. Pensábamos que era «la noticia». Ya nos estábamos tirando de los pelos cuando han dicho que un médico del hospital ha salido volando por una ventana.

—¿Te refieres a que se ha caído o a que le han salido alas? —dijo poniendo una mueca irónica.

—Me refiero a que lo han tirado a través de una ventana cerrada —subrayó—. Atravesando el cristal. Y el médico es Buer, así que juzga tú mismo.

Sacher abrió mucho los ojos y soltó un silbido. Buer era una plaga, un auténtico cabrón al que nadie se atrevía a chistar. Más aún, Buer era el principal motivo por el que el Gabinete de Crisis se había quitado de en medio en todo aquel asunto.

—¿Me estás diciendo que Buer ha salido por la televisión? —exclamó risueño como un niño—. ¡No me lo puedo creer!

—Él, físicamente, no, claro, pero sí su nombre y su foto. Lo han nombrado en todos los telediarios de todas las cadenas. Incluso han llegado a decir que estaba muerto. Pero no dan muchos detalles, ni tampoco la identidad del responsable. Dicen que ha sido un viejo perturbado que había en la habitación, pero eso no se lo cree nadie que lo conozca. Lo que yo no me explico —continuó deductivo— es que hayan filtrado el nombre a la prensa. Me parece muy descuidado viniendo de él. Impropio.

Sacher intentaba juntar toda la información que tenía y ordenarla de tal forma que tuviera algún sentido.

—La filtración no es demasiado importante, Gerard —dijo tratando de quitar hierro al asunto—. Buer llevaba mucho tiempo mostrándose públicamente como director del hospital y ni siquiera se molestaba en ser discreto, así que todos lo sabíamos. Alguna enfermera debió identificarlo y dio la voz de alarma... El espectáculo ha tenido que ser a lo grande —negó con la cabeza—. No, tío, lo que me preocupa es quién ha tenido los huevos para hacerlo y por qué, y más, teniendo en cuenta la que se nos viene encima.

—¿Crees que ha sido uno de los vuestros?

Sacher sonrió y se encogió de hombros.

—Tal vez alguien que no sepa lo de la profecía. Alguien que no sabe que el hospital es propiedad de Buer y acabó allí por casualidad.

Es raro..., pero esas cosas pasan.

—¿Y no te has parado a pensar que quizá tenga relación con el incendio?

—Es mucha casualidad, desde luego, pero no puedo imaginar cómo.

El otro asintió.

—Quizá sea la causa que lo provoque. Es decir, que tenemos a un montón de profetas en todo el mundo que ven un incendio monumental en ese hospital, ¿me sigues? Un incendio en el que mueren del orden de entre dos mil y tres mil personas...

Sacher se echó a reír.

—¿No te pasas un poquito? —dijo en tono paternal—. No creo que en un hospital quepa tanta gente...

—Sach..., tú no lo has visto, no lo has *sentido* —Gerard enfatizó la palabra—, pero te juro que el pánico que da la visión es espeluznante. No se ve más que el incendio del edificio, y aun así, tiene tal intensidad el sueño que se me ponen los pelos de punta solo de contártelo. ¡A Julio le dan arcadas cada vez que lo hablamos!

—Vale —dijo frotándose los ojos—. ¿Y qué más?

—¡¿Que qué más?! —A Gerard le costaba no alzar la voz—. Pues que el Gabinete de Crisis se ha retirado porque ese tío y sus secuaces les causan pavor y...

—¡Eh, eh..., para el carro! —dijo Sacher con orgullo herido—. No se trata de miedo, Gerard, se trata de respeto. Por mucho que no nos guste lo que haga en su hospital, no es asunto nuestro. Y antes de que te pongas como una hidra, te diré que se ha investigado y no hemos encontrado nada que diga que esté haciendo algo fuera de lo normal. Eso sí: el hospital... No sé cómo ha podido montarse algo tan cutre.

Gerard cogió un crujiente papel satinado del servilletero, uno de esos que enguarran más que limpian, con intención de adecentar sus gafas. No lo consiguió.

—¿Y eso no te extraña? —dijo mientras se resignaba a tratar de lustrar los cristales con el borde de la camisa— ¿Me estás diciendo que no te parece raro que Buer no haga nada «fuera de lo normal» en un hospital que ha construido él?

—Nada fuera de lo normal... dentro de lo que es Buer, se entiende. Me extraña... —titubeó Sacher— que se le haya ocurrido ¡un hospital! Pero no es asunto nuestro. Lo es que tres mil personas vayan a morir por un incendio. Y la relación entre eso y el incidente de hoy... —se encogió de hombros— no acabo de entenderla.

—Quizás es simple; quizás es que, al no poder seguir dirigiendo el hospital, los yin acaban por quemarlo entero y mandar a la mierda a todo el que esté dentro. —contestó algo fuera de sus casillas.

—Esa sí que sería una actuación típica de Buer. —asintió. Sacher no tenía la misma perspectiva que su amigo sobre las radicales prácticas de los yin. Buer había sido así siempre y ya nada de lo que hiciese lo sorprendía ni lo alteraba.

—¿Y qué piensas hacer? —Gerard le clavó los ojos alarmado, viendo la pachorra con la que se tomaba el asunto.

—Nada —dijo encogiéndose de hombros.

—¿¡Nada!? ¡Nada! ¡Esto es indignante!

A Gerard se le escaparon unas gotitas de saliva que impactaron en la mesa. Se apresuró a pasar una servilleta que untó la saliva en lugar de absorberla.

—Cálmate, ¿quieres? —dijo Sacher sonriendo—. No se puede hacer nada, ya deberías saberlo, todos deberíais saberlo. No se puede cambiar nada de vuestras visiones, Gerard, ni salvar la vida de alguien que has visto morir. Las profecías no funcionan así. Lo que tú veas se va a cumplir, sí o sí, y no hay más vuelta de hoja. Parece mentira, a estas alturas...

—Nosotros no hemos visto gente muriendo, Sacher. Hemos visto el incendio y todos coincidimos en ello. ¿Y si no hay muertos? ¿Y si da la casualidad de que si hacemos algo, no muere nadie?

—Eso es una contradicción, Jerry.

—¿Por qué?

—Porque si no fuese a ocurrir algo terrible, si no fuese a morir nadie, no habrías tenido esa visión y tú y yo no estaríamos hablando. —Se enderezó en su asiento y calló. No tardó en retomar el hilo—. El dolor, el sufrimiento... provocan una onda expansiva en el Cambio: en el pasado, el presente y el futuro. Solo los desastres y los hechos traumáticos se pueden profetizar. Lo sabes.

—Algo se nos escapa...

—¿Cuándo has tenido una visión sobre algo irrelevante?

—Nunca, Sacher, nunca. Pero en toda visión hay variables. Yo, en algunos casos, puedo ver morir a una persona asfixiada con humo, pero en mi visión no se concreta si sufre o no, si está consciente o no.

—¿Y qué sugieres, que sedemos a todos los pacientes del hospital para impedir que sufran? —La cara de Sacher no admitía más sorna—. Un poco grotesco, ¿no?

—Yo no he dicho eso. Digo que ha habido varios incidentes con gente que evitó la muerte solo porque no sonó el despertador. Tal vez si retrasamos un tren... ¡Yo qué sé!

—¿Se puede saber por qué estás tan alterado?

—Mira, lo que más me fastidia es vuestra fácil disposición a no hacer nada. ¡Piensa, por favor! Quizá si se revisan las alarmas del hospital...

Sacher frunció el ceño.

—No.

—O el sistema de los aspersores de incendios... —Sacher negaba con la cabeza y Gerard suspiró—. Pretendéis que nos quedemos de brazos cruzados. ¡Qué lo veamos en las noticias mientras comemos palomitas!

—Mira, Jerry, si tu suposición es cierta y son los mismos yin

103

quienes le prenden fuego al edificio... —se encogió de hombros—, no hay nada que hacer. Y si el incendio es accidental..., en fin, es *su* territorio y tampoco podemos meternos. Sea como sea, no se puede hacer nada.

Gerard bajó la cabeza y la hundió entre las manos, desesperado.

—Vi que estaban tan alterados cuando el Gabinete se negó a hacer algo al respecto, que me presenté voluntario para hablar contigo en nombre de todos. Al menos, yo actuaba en lugar de discutir y poner verde a otros —resopló—. Los viejos se rieron en mi cara y me llamaron novato...

—Tranquilo, chico —le dijo Sacher mientras encendía un nuevo cigarrillo—. Ya suponía yo que me hacías venir para nada. —A Gerard no se le escapó su mirada jocosa —. ¡No te enfades, hombre! —En realidad he venido a animarte un poco y a tomarme una caña contigo, que falta te hace. Tienes que tomarte estas cosas más a la ligera. Incluso esos viejos cascarrabias del gremio le dan menos importancia de la que quieren darte a entender. Lo que pasa es que están mayores y necesitan meterse con alguien, ya sabes... Con alguien que no sea ninguno de ellos.

Los profetas, lejos de ser la figura mística y sabia de la cultura popular, eran una panda de refunfuñones que se reunían de vez en cuando para quejarse de cosas que no tenían arreglo... y lo sabían. Una actitud inmadura de todo punto en personas que se las daban de profesionales. Y luego estaba el Gabinete de Crisis que, lejos de poner algún remedio como se esperaba de ellos, salían corriendo en dirección contraria.

Y ahí estaba Sacher..., que no se complicaba la existencia. Había ido a hacer exactamente lo que hacía siempre: nada.

Gerard miró un momento a los ojos de Sacher, de color ámbar claro. Eran los de un hombre joven, atractivo, de extrañas facciones, con una nariz demasiado recta en una cara ovalada. Se dijo que quizá si no lo conociese, si las circunstancias hubiesen sido otras, podría haberse enamorado de él.

Sacher se volvió y le sonrió divertido... y Gerard se sonrojó espantado al darse cuenta de que él sabía lo que estaba pensando.

—Lo siento —dijo ruborizado mirando hacia otro lado.

—No pasa nada —contestó el otro quitándole importancia.

Gerard pareció caer entonces en la cuenta de que Sacher estaba fumando.

—¿Desde cuándo te ha dado por fumar? —preguntó muy sorprendido—. Sabes que es malísimo, ¿no?

—¡Bah! Es por una apuesta ... Pensé hacerlo en pipa, pero es demasiado engorro. Tienes que ir cargando el tabaco y todo eso. Así es más fácil: abres el paquete y enciendes. ¡No te preocupes, hombre! —dijo riendo al ver la cara de sorpresa de su amigo—. Es solo temporal.

Capítulo 9

Daban las cuatro de la tarde en el campanario cuando Verónica aparcaba ante la casa de su padre. Era un caserón familiar en un pueblo de Guadalajara, vacío tras la muerte de sus abuelos y que, por sentimentalismo o por pereza, nadie de su familia había querido vender.

De entre todas las opciones que se le ocurrían de un refugio seguro, era la que más confianza le daba. No podían volver a su piso porque seguro que estaba vigilado. Descartó llevarlo a la casa de sus padres: la tacharían de irresponsable y de meter a la familia en problemas por ayudar a un desconocido. Quería ahorrarse una situación tensa y que le montaran el numerito delante de Hans y hacer el ridículo... Y se arriesgaba a que ellos mismos acabasen llamando a la policía.

Debía centrarse en lo más importante en ese momento que era cuidar de Hans y para eso sus padres habrían estorbado. Lo primero era curar sus heridas y ocuparse de que no estuvieran infectadas. De estarlo, lo llevaría al ambulatorio local. No creía que las redes de aquellos siniestros médicos llegasen a la clínica de un pequeño pueblo.

Hans no había dejado de sudar y de tener fiebre durante el viaje, casi todo el trayecto lo pasó encogido en su asiento, moviéndose de vez en cuando a un lado y a otro sin encontrar una postura cómoda. Cada tanto, echaba mano de las pastillas que habían comprado en la farmacia.

Verónica estaba muy preocupada. Según le había dicho, los hombres del hospital le habían quitado algo de la espalda que aparecía reflejado en una radiografía. No podía estar segura de lo que era, pero la placa podría estar manipulada para justificar una operación a todas luces ilegal, por mucho que a Hans le hubieran dicho que era un tumor. Quizá le habían quitado algún órgano, como él había dejado caer y, de ser así, lo estaba medicando en condiciones muy delicadas. Si moría estando a su cargo... Solo de pensarlo le recorrió un escalofrío.

La actitud de aquellos hombres era de auténticos mafiosos, con la policía comprada y los padres de Hans desinformados. Aparte de lo que habían dicho en las noticias de la radio.

Nada menos que el director del hospital, Giovanni Buer, había muerto en el acto tras ser lanzado a través de una ventana del tercer piso por un anciano demente. Durante los más de cinco minutos que le dedicaron a la noticia, gran parte del tiempo fue para señalar las buenas obras del difunto. Por lo visto, además de ejercer como director, era el fundador de la institución y había destinado la fortuna familiar a levantar de la nada el hospital en la década de los ochenta.

¿Cómo era posible?, pensó, ¡si aquel hombre no aparentaba más de treinta años! Hay gente que se conserva bien, pero haciendo cálculos entre lo que se tarda en terminar la carrera de medicina y la época en la que se construyó el hospital... no podría tener menos de cincuenta. Aunque quizá todo aquello eran suposiciones suyas y tras Giovanni Buer no solo había una red de tráfico de órganos, sino también un gran sentido financiero y un buen repaso de cirugía estética.

Pero desde luego ni la entrega ni el compromiso con el paciente de los que hablaban en la radio eran dignos de mención.

Otros aspectos de la noticia la inquietaron. Decían que el supuesto culpable del asesinato, el pobre anciano de la habitación que con tanta amabilidad la había saludado, había muerto una hora más tarde. Un ataque al corazón. Le apenaba mucho el destino del viejo sordo, pero no dejaba de ser sospechoso que lo culparan a él de buenas a primeras y que poco más tarde muriera. Cuando lo dejaron, el anciano parecía estar como una rosa. ¿Casualidad o montaje? ¿Habían matado al viejo para que no dijera quién había sido el verdadero culpable de la muerte de Giovanni Buer? La única respuesta que le parecía fiable era que estaban encubriendo a Hans para evitar que dieran con él y los delatase. La situación, vista así, era preocupante. Corrían peligro los dos.

Se le hizo un nudo en la garganta.

Respiró hondo y trató de serenarse. Se dijo que tal vez estaba exagerando. Estaba dando por sentado que las cosas habían sucedido de un modo y no de otro. Todo aquello la había trastornado. Hasta era posible que el viejo hubiese muerto del susto, y que la policía ni siquiera supiese que Hans estaba en aquella habitación. ¿Pero de los ingresos no llevan un registro los hospitales? En tal caso, ¿qué hacía aquel policía en su casa?

Estaba divagando.

Lo mejor era no pensar. No quería pensar. La cabeza le daba vueltas.

Llevaba cinco minutos sentada dentro del coche parado, con la mirada fija en la vieja puerta de hierro que daba entrada a la casa, como en estado de trance. A su lado, Hans se revolvía de vez en cuando en un sueño inquieto. Fue uno de sus quejidos lo que la sacó de su debate mental.

Decidió, antes de despertarlo, que no le diría nada de la muerte del director. A su desgracia no le añadiría la noticia de que había matado a un hombre. Tarde o temprano se enteraría, quizá hasta podía suponerlo, pero de momento era mejor pasarlo por alto.

—Hans —dijo acariciándole la cabeza con dulzura—. Hans, despierta, ya hemos llegado.

El chico tuvo un ligero sobresalto. Se desperezó torpemente y se retiró la humedad de los ojos. Fijo que había tenido pesadillas.

—¿Ya hemos llegado?

—Sí. Vamos.

La entrada de la finca por donde accedían los coches estaba situada a unos cien metros de la casa y tenía una vieja valla abierta. Verónica recordaba que en los viejos tiempos esa verja nunca se cerraba. Le traía buenos recuerdos de cuando era niña y los problemas no la atormentaban. La rutina del verano estaba marcada por los juegos en el patio trasero, las bicicletas y los chapuzones en el río de una cañada cercana. Sin saber ni cómo se había ido la infancia y con ella se habían marchado los abuelos y la tranquilidad.

—Mis abuelos también tienen una casa, pero es toda de madera —matizó Hans saliendo del coche al ver los grandes bloques de granito de los muros.

—Tendrás que invitarme algún día, ¿eh? Tengo entendido que tenéis unos molinos preciosos en Holanda.

Hans sonrió con desgana.

—Supongo que sí, aunque yo solo los vi una vez en una excursión con mis padres. No me gusta mucho el campo.

—Ya, pues... —dijo mirando divertida a su alrededor— ¡hoy te vas a hinchar!

El verdín y las altas hierbas cubrían gran parte de la finca. No llovía como en Madrid, aunque el cielo estaba encapotado y la atmósfera era plomiza y húmeda. Los insectos que zumbaban inquietos a su alrededor podían contarse con los dedos de una mano y apenas había ruido en el ambiente. Quizás algún pájaro que trinaba entre los árboles o el motor de un coche lejano. Alguien hubiera dicho que era el escenario de la calma antes de la tormenta.

Verónica sacó del coche la bolsa con las vendas y las medicinas y se dirigió a un porche lateral seguida de Hans. De detrás de un ladrillo suelto en un escalón, cogió una llave. Nadie sabía que ella tenía una copia allí escondida. Aborrecía tener que pedir permiso y dar explicaciones, aunque apenas la había utilizado un par de veces para invitar el fin de semana a amigos. En aquella circunstancia, era tremendamente útil.

Al abrir la puerta, una vaharada de aire viciado les llegó a la nariz. No era realmente desagradable; así olían las casas viejas una vez que la vida se había escabullido de ellas. Hacía más frío dentro que fuera. El sonido de los pasos sobre el suelo oscuro de terrazo lo amortiguaba la oscuridad reinante. Los muebles destilaban un aroma especial, a madera húmeda y existencia dormida. Verónica abrió algunas ventanas y dejó que entrase la corriente.

Los cercos de las paredes denotaban otras ausencias: ya no

había caras familiares que le dieran la bienvenida. Echó en falta también unos cuantos jarrones y cuadros de la colección de la abuela y la vieja butaca del abuelo. No era de extrañar que los hermanos de su padre arramblasen con todo lo que pudieron cuando la abuela *se fue*. De hecho, era sorprendente que la casa aún tuviese muebles y, más milagroso aún, que no la hubiesen vendido. Pensó, mientras recorría el oscuro salón con mirada nostálgica, que ni siquiera su familia podía llegar a ser tan mezquina... aunque en el fondo sabía que así era.

Condujo a Hans a un baño de la planta baja, un pequeño recinto de dos metros por dos, con un retrete, un lavabo y un pequeño plato de ducha. Hacía meses que no lo limpiaban y las tuberías soltaban un olor desagradable a agua estancada. Verónica se agenció un plumero y una escoba con los que mató un par de arañas y adecentó un poco el lugar.

Hans, con el gesto torcido, la veía trabajar apoyado en la pared.

Ella dejó la escoba en un rincón y, con el plumero en la mano, le pidió que se quitase la ropa de cintura para arriba.

Hans se sentó en el retrete mirando a la pared, como le había indicado, y se fue quitando entre quejidos la cazadora y la camiseta, teñidas por un gran rodal de sangre. Los esparadrapos que sujetaban la compresa a su espalda se habían despegado por la parte de arriba y el apósito había quedado arrugado en mitad de la espalda. Era una carnicería lo que tenía delante y era tal la cantidad de sangre reseca, que no podía distinguir las heridas y los cortes de lo que no lo eran.

—Vas a tener que darte una ducha o al menos lavarte bien para que eso no se infecte.

—¿Me tengo que lavar ahí? —dijo señalando los regueros de óxido.

—Oye, que es una ducha, Hans, no una alcantarilla. —¿A qué venía tanto pudor si el problema era otro mucho más gordo? —. Lo que no sé es si funciona el calentador. A lo mejor tengo que calentar agua en una olla. Voy a mirar.

Al volver se lo encontró con la boca abierta, aterrorizado, mirándose al espejo. La sangre estaba pegajosa y allá donde se había secado, la piel le tiraba y se hundía formando pequeños socavones. Entre enormes costuras y algunos cortes sin curar, se veía que la piel de la espalda se hundía formando dos oquedades a cada lado de la columna.

Ella hizo como si no hubiese visto nada. Era dramático lo que tenía delante.

—¡Funciona perfectamente! —dijo llevando un par de toallas en la mano—. No te mires, anda, que así no arreglas nada.

—¡Dios, es horrible! —se lamentó.

—Anda, ve y date una ducha —dijo plantándose entre él y el espejo—. Yo que tú lo hacía con agua templada, casi fría... Con agua caliente te escocerá horrores. Me quedaré junto a la puerta por si necesitas algo.

Se acercó y giró los grifos. El agua salió algo roja y sucia, como se temía. Oyó que Hans murmuraba algo que daba cuenta de su repugnancia, pero enseguida la tonalidad cambió a un tono más salubre y, poco a poco, el agua se fue volviendo limpia.

Le dedicó una mirada compasiva al chico y salió del baño. Tuvo que recordarse a sí misma que debía tener paciencia con él. Había pasado por un infierno y estaba solo, sin su familia, y era un crío que no sabía nada de la vida.

De pronto oyó un grito; más bien, un bramido.

—¡¿Estás bien?! —gritó alarmada— ¡Hans!

Entró sin pensárselo y no se atrevió a descorrer las cortinillas de la ducha por pudor.

—¿Puedo abrir? ¿Te puedo ayudar?

Hans, por lo que revelaba la silueta, se había arrodillado en el suelo y gemía.

—¡Me duele! ¡Está muy caliente!

No se lo pensó dos veces y abrió: estaba en cuclillas, apoyado contra la pared. La sangre corría roja por su espalda y temblaba como una hoja, y de su piel se desprendía un vapor caliente.

Aunque el agua no quemaba, se trataba de piel en carne viva y el mero impacto del agua debía caer sobre ella como una lluvia de cuchillas. Qué mala combinación. Se arrepintió de haberlo incitado a ducharse, pero ya no tenía remedio.

Cogió la alcachofa esquivándolo como pudo y bajó la temperatura del agua hasta dejarla tibia tirando a fría. Se la pasó por los costados y los hombros cuidando de que no tocara demasiado las heridas. Trató de despegar algunos restos de sangre seca, mordiéndose el labio cada vez que él soltaba un quejido.

—Ya, ya... —decía como una mamá consoladora.

Cuanto más lo limpiaba, más se descubrían las verdaderas heridas. Aquello era un desastre.

—Déjame que te lave el pelo.

El chico no protestó. Estaba en el suelo de la ducha hecho un ovillo, tiritando, tal vez por el frío, tal vez asumiendo el dolor. Se dejaba hacer, pero se tapaba pudoroso, como un animalillo asustado. Lo fue lavando con mimo, cuidando que el agua cayera hacia adelante y evitando que el jabón tocara la espalda.

Un pensamiento que se colaba a cada rato la hizo sentirse estúpida y descolocada: estaba en la casa de sus abuelos lavando a un adolescente que había conocido aquella mañana y que, además, había matado a un hombre. Nada tenía sentido.

—El resto lo haces tú solo, ¿de acuerdo? —dijo algo incómoda—. Supongo que puedes, ¿no?

Él asintió.

—Sí, sí... —dijo abatido—. Gracias.

Le corrió de nuevo las cortinas y salió de allí.

Lo siguiente que hizo fue salir al coche en busca de su neceser: si

113

iba a tener que cortar gasas y vendas, necesitaría unas tijeras. Habían empezado a caer perezosas gotas aquí y allá y el cielo bramaba a lo lejos. Era increíble cómo le había cambiado la vida de un momento a otro. ¿Por qué tuvo que volver al hospital?

Ya, de vuelta, llamó y Hans le dio permiso para entrar. Estaba de pie, se había puesto los pantalones y se miraba con desolación al espejo una vez más.

Ahora se veían claramente los moratones, los cortes, la carne a flor de piel y las terribles costuras. La cavidad que le habían dejado tras la operación también era más evidente.

—Dios mío...

Aquel niño inocente con el cabello revuelto y semejante aberración en la espalda... El espectáculo era tan triste que se le hacía un nudo en la garganta.

—Estos cortes... Déjame ver —dijo repasando con la mano la herida, pero sin llegar a tocarla.

Había una palabra escrita toscamente, de abajo a arriba, en el lado izquierdo de la espalda.

—«S», «h», «a»... esto parece una «t»... «Sha... tan», dice —murmuró a duras penas y trabándosele la lengua —. No sé a ti, pero a mí la palabra «shatan» no me gusta un pelo.

Hans la miró extrañado.

—¿Por qué... lo dices? —titubeó.

—¿Satán? ¿Demonio? ¡Está claro que tiene que ver con algún tipo de secta satánica!

A Verónica le extrañó que el chico no se exaltase y pensó que no lo había entendido.

—¿No lo entiendes, Hans? Tal vez no sea una mafia, a lo mejor es una secta.... Igual iban a hacerte un ritual o...

—No lo sé. Creo que estoy mareado.

Se sentó en el retrete y cuando iba a apoyar los codos sobre las rodillas la espalda le dio un tirón que lo hizo arquearse y gemir de dolor.

—Espera —se apresuró ella—, date la vuelta, que te voy a curar.

Sacó del neceser el estuche de manicura y esterilizó las pinzas y las tijeras pasándolas por la llama de un mechero y bañándolas en alcohol.

Tenía que cortar y sacar un hilo que colgaba atravesado a un trozo de carne bastante grueso del omóplato de Hans. Daba la impresión de que hubiesen unido con el hilo ese pellizco a un trozo de piel que aparecía desgarrado a un par de centímetros, como si un niño se hubiese dedicado a dar puntadas de forma arbitraria a una tela vieja. No tenía sentido.

Ese ensañamiento ni siquiera era normal para unos traficantes de órganos. No es que ella conociese sus costumbres, pero regodearse en el sufrimiento ajeno de aquella manera no le parecía «profesional», ni para ese tipo de delincuentes.

—Aunque para una secta..., vete a saber.

Quitó puntos de sutura aislados que no cerraban nada. No se atrevió a tocar las costuras centrales por temor a provocar más mal que bien. Cuando terminó, estaba en condiciones de afirmar que la mayoría de cortes y ataduras eran adornos macabros, como ornamentos añadidos a la intervención central.

Las dos grandes rajas verticales de un par de palmos cada una transcurrían paralelas a la columna y mostraban un área deprimida a ambos lados. Verónica no podía explicarse que tuviesen un aspecto tan antinatural. Ahí debería sobresalir la parte posterior de las costillas, marcarse de alguna manera sin dejar aquel par de hendiduras.

No entendía nada de medicina y aplicaba lo poco que sabía sobre la marcha, pero no le hacía falta saber sumar dos más dos para darse cuenta de que al chico le habían quitado algo.

El tembleque de Hans se incrementaba y terminó la cura. Con una gasa, le untó yodo en las heridas y le puso un poco más en crema.

Cubrió toda la herida con compresas grandes y esparadrapos y le vendó el torso al completo para evitar que se le cayeran.

—Parezco una momia.

Verónica rio.

—Prefiero asegurarme de que no se te caen....

—¿Puedo echarme en algún lado? No... me encuentro bien.

—Sí, claro —aceptó—. Eh... ¿y llamar a tus padres, aunque solo sea para dejar un mensaje en el contestador? Ya los llamaras más tarde cuando te encuentres mejor, pero al menos déjales un aviso.

—Vale.

En la casa apenas había cobertura, así que Verónica lo condujo fuera, a una pequeña loma para que pudiera hablar sin problemas. Hans, con la voz quebrada, dejó un mensaje en el contestador. Ella no supo qué decía, pero se sintió más aliviada. Aún persistía en su cabeza la idea de que podía haberse escapado de casa. No se creía del todo su versión del estudiante perdido; y comprobar que, efectivamente, podía hablar en otro idioma le quitó un peso de encima.

Hans apenas habló un minuto y enseguida colgó.

—No tardarán en volver a casa. Está sin batería —le dijo entregándole el móvil.

—Me olvidé de cargarlo anoche. Qué desastre. —Hans estaba pálido y ella tragó saliva—. Tienes mala cara.

—Tengo ganas de vomitar.

—Ven.

Lo condujo a una de las habitaciones con cama de matrimonio, la que habitualmente ocupaban su tío Federico y su mujer. Lo tapó con varias mantas que encontró en los armarios y lo dejó tranquilo.

Eran las seis y cuarto de la tarde cuando Verónica salió al pasillo y suspiró. Había sido un día espantoso, tanto física como emocionalmente.

También estaba agotada. Deseaba que aquella pesadilla acabara cuanto antes, pero que acabara bien.

Entró en la habitación que solían ocupar sus padres. Allí se veía el cerco que había dejado un cuadro, una bonita escena campestre que se habían llevado y que acabó decorando el salón de la casa de ellos. El óleo tenía la calidez que ahora le faltaba a la estancia.

Puso la alarma del despertador en el móvil para una hora más tarde y se quedó dormida, hecha un ovillo entre las sábanas.

***

Despertó sobresaltada. La oscuridad era total y no podía saber qué hora sería. No llevaba reloj y el teléfono móvil no respondía.

Se increpó a sí misma por no haberlo puesto a cargar en cuanto Hans la avisó de que se quedaba sin batería. En el reloj de la cocina vio con horror que eran casi las diez de la noche. No podía creerlo. Estaba tan cansada, que había dormido la siesta durante más de tres horas, algo inaudito. No le gustaba la siesta; la ponía de mal humor. Pero aquello se llevaba la palma.

Fue refunfuñando hasta la entrada de la casa en busca del cargador, que debía estar en la maleta. Estaba lloviendo a cantaros; apenas podía ver el automóvil a diez metros de distancia. Aunque corrió, llegó empapada hasta él. Rebuscó en el equipaje sin éxito. Se impacientó: la puerta del maletero no la resguardaba en absoluto, así que tiró de la maleta y volvió a la casa chapoteando en la balsa que se había formado en una pequeña hondonada, demasiado ancha para rodearla.

La búsqueda siguió siendo infructuosa. El agua chorreaba de su pelo mientras apartaba bragas, camisetas, pantaloncitos, toalla de playa... Nada.

Volvió a la habitación donde había dejado el neceser y buscó dentro. También miró en el bolso, lo vació, incluso buscó dentro de los bolsillos de su abrigo. Nada.

Lo que la irritaba era no recordar siquiera haber cogido el cargador en ningún momento, ni haberlo metido en un sitio concreto, como solía hacer, «para que no se perdiera».

Definitivamente, se lo había dejado en casa.

—Hola —saludó Hans soñoliento desde la puerta. No tenía mucha mejor cara que unas horas antes.

Verónica lo miro un momento, lo justo para convencerse de que aquel entuerto estaba lejos de solucionarse.

La llamada a Ismael había gastado gran parte de la batería restante. Ahora se acordaba de él. Encima, le había mentido como una bellaca, diciéndole que su amigo Manuel estaba entre la vida y la muerte, inventándose una historia poco menos que dantesca. Pero ya no importaba. Para empezar, estaban a unos ciento cincuenta quilómetros de Madrid, totalmente incomunicados, sin comida, con Hans gravemente enfermo y con una secta de médicos satánicos siguiéndoles los pasos. Aquello parecía una novela de ciencia ficción y tan rocambolesca como lo que le había contado a su amigo.

—Creo que he metido la pata hasta el fondo.

Capítulo 10

Unas paradas antes de que Carlos llegara a su destino, se subió al tren un grupo de cuatro adolescentes. Gritaban, hacían ruido, y ahora que el vagón estaba más vacío, se colgaban de las barras o se empujaban bromeando y voceando palabrotas.

Carlos se estaba poniendo muy nervioso. Si de normal no llevaba bien esas escenitas pueriles, hoy había algo más. Ver a esos chicos tan alegres y despreocupados cuando otros lo estaban pasando tan mal... Pensaba en uno concretamente. Un adolescente que estaba en peligro por su culpa.

Había cometido un error fatal.

En realidad, todo aquel lío había empezado con Eona. Hacía dos años que aquella mujer se presentó en la comisaría, silenciosa como un gato. Él ni siquiera se había percatado de su presencia hasta que estuvo sentada delante de su mesa, con aquellas manos finas de dedos largos sujetando el pequeño bolso sobre sus rodillas, la melena rubia recogida en un complicado moño y una mirada azul, tan impactante y eléctrica que lo hizo sentir intimidado.

Decir que era bonita se quedaba corto.

Carlos nunca entendió cómo ella no se había dedicado al modelaje en lugar de a tratar a niños perturbados.

Aquel día, en cuanto se conocieron, Eona le dijo que él era la persona idónea para contarle sus sospechas... y lo primero que pensó él fue «lástima que una chica tan guapa tenga tantos pájaros en la cabeza».

Le contó varias historias sobre niños que habían sufrido accidentes no demasiado graves o problemas de salud nimios y que, tras ser atendidos en un hospital, habían muerto o desaparecido al cabo de poco tiempo.

Eona, que en algunos casos era la psicóloga de aquellos niños, y en otros, amiga de los padres, decidió tomar cartas en el asunto e investigar un poco.

—¿Y qué? —le preguntó Carlos a su afligida interlocutora.

—Eduardo era mi paciente —dijo ella mientras veía cómo Carlos miraba sin ningún disimulo el reloj—. Tranquilo, seré breve.

—Disculpe.

—Desapareció sin dejar rastro una semana después de haberlo llevado al hospital. Lo llevaron una mañana porque había vomitado un poco de sangre. Los padres estuvieron en la sala de espera durante horas y cuando exigieron ver al niño y amenazaron con llamar a la policía, resultó que lo estaban operando. Sin consultarlos, sin avisar, sin firmar ningún consentimiento... Nada. Es más, no tenían motivos para lo que estaban haciendo. Dijeron que le habían encontrado una úlcera. Los padres accedieron a la operación, pero pidieron ver las pruebas y los análisis que le habían hecho.

—¿Y?

—No tenía nada —dijo encogiéndose de hombros—. Se le hicieron pruebas en otros hospitales porque aquel, como es lógico, no daba confianza a la familia. No había nada raro: el chico estaba sano.

—Y usted cree que ambos casos tienen relación.

—*Sé* que la tienen... —dijo cargada de razón— porque se trata del mismo hospital.

Argumentaron y debatieron un rato más. Lo que ella quería, en definitiva, era que alguien indagase a ver si se daban más casos como aquel para poner una demanda en firme.

Carlos no se molestó en alentarla. La policía funciona así: o denuncias o no se investiga. Si lo que quería era una investigación, tenía dos opciones: o denunciar al hospital para que la policía se hiciera cargo del caso, o contratar a un investigador privado para que revolviera entre la basura a ver qué encontraba. Y él, desde luego, no le recomendaba ninguna de las dos.

—Meterse con un organismo tan grande que depende del estado no es moco de pavo. Puede usted acabar más escaldada de lo que empezó.

Ella pestañeó sorprendida.

—¿Aunque sea un caso grave de corrupción con niños?

—Usted puede hacer lo que quiera. Puede poner una denuncia si le apetece, pero...

—No quiero denunciar, ya se lo he dicho. Lo que quiero es que, con esta información, *alguien* —dijo aleteando sus largas pestañas— se inquiete un poco y mire en esas maravillosas bases de datos a ver qué encuentra.

—Lo siento, señorita, pero aquí no trabajamos así —sonrió entrecerrando los ojos.

—No se juega nada ni pierde nada por intentarlo —insistió levantándose—. No le digo que me lo cuente a mí, solo que lo haga... como *hobby,* por ejemplo. Buscar rarezas es una buena forma de pasar la tarde.

—Ya le digo que...

—Hasta luego, oficial.

Ella se dio la vuelta y se marchó sin mirar atrás y Carlos no volvió a acordarse de aquella conversación hasta después de varias horas.

Esa tarde decidió quedarse archivando papeles atrasados. Entre ellos aparecieron las notas que había tomado en su entrevista con Eona.

«¡Qué preciosidad!», pensó.

No había podido dejar de contemplar su boca mientras hablaba. La curvatura que hacía el labio superior era sensual y perfecta, sin picos, solo un voluptuoso arco.

No pensaba romper las normas por una mujer por muy guapa que fuera; mucho menos, por una que no volvería a ver jamás. Pero le picaba la curiosidad. ¿Cuántos casos habría relacionados con ese hospital? Tuvo que buscar entre los apuntes para ver de qué hospital se trataba. A pesar de lo melódica que era su voz, no la había estado escuchando. De los ojos pasó a los labios, de los labios al cuello, a los pechos, a las manos, a la figura...

El hospital de Fuencarral.

Allí acogían a los niños y les hacían operaciones injustificadas, a saber con qué fin.

La tarea que ella le había pedido no era nada fácil. Lo único que se le ocurría era poner un patrón sobre niños desaparecidos que aún no se hubieran encontrado.

Las cifras oficiales de la policía son escalofriantes: solo en España desaparecen al año una media de cuatrocientos menores que no vuelven a ser vistos. La mayoría de las veces, los niños son alejados del entorno por alguno de los padres debido a conflictos familiares. Otras, el trágico uno por ciento, es un rapto en contra de su voluntad que suele acabar en tragedia. De encontrarlos algún día, lo más probable es que solo hallasen los cadáveres.

Así, en España, desaparecen cuatro niños al año sin explicación, y se especula que casi siempre el secuestro tiene que ver con un componente sexual.

La desaparición de Eduardo, el paciente de Eona en Madrid, figuraba en la propia página web de la policía, junto a la de otros dos niños en Canarias, otros tres en la zona de levante, dos más en Andalucía... La lista seguía a medida que rastreaba atrás en el tiempo.

Pero en su ficha de ningún modo se relacionaba el secuestro de Eduardo con el dichoso hospital. Y si miraba la denuncia en la base de datos de la policía, tampoco se mencionaba nada. ¿Cómo comenzar a buscar algo si no había un hilo del que tirar?

Buscó las denuncias hechas contra ese hospital y aparecieron casi setenta por negligencias médicas. Diez de ellas tenían que ver con menores.

Pero revisando cada uno de los diez casos, encontró que al menos dos de esos niños figuraban como desaparecidos por diferentes causas, y otros tres habían muerto días más tarde de visitar el hospital o el mismo día, en extrañas circunstancias.

No quería ponerse paranoico, pero si aquella chica llevaba razón, era posible que allí tuviese lugar algún tipo de actividad delictiva. ¿Tráfico de órganos, tal vez? Debía asegurarse bien antes de decir nada a nadie y meter la pata.

Sin embargo, dejó el asunto aparcado y ni siquiera volvió a acordarse de él hasta cinco días más tarde, cuando la mujer regresó a la comisaría.

Pensaba que no volvería a saber de ella y, sin querer, se alegró demasiado para su gusto.

Él no iba a contarle nada sobre el hospital, así se lo avisó de antemano. De hecho, le dijo que no se había molestado en buscar nada. Se escudó en que aquellos archivos eran confidenciales, estaban controlados y no podía usarlos, aunque quisiera, para un asunto personal. Igualmente, después de ser tan categórico, no tuvo reparos en invitarla a tomar un café después del trabajo. Se sorprendió cuando ella aceptó de buena gana.

Pasaron una tarde agradable, hablando de ellos mismos, de sus aficiones y aspiraciones. Eona se desvivía por la gente con la que trabajaba, le quitaba importancia cuando hablaba de que había ido a centros de desintoxicación, cárceles y centros para menores.

Fueron viéndose de forma regular, aun cuando la amistad no fue a más... y aun cuando Carlos lo habría deseado. No sabía cómo se las apañaba aquella mujer, pero cada vez que él estaba convencido de dar el paso y declararse, ocurría algo o ella decía cualquier cosa que lo echaba para atrás.

Eona nunca le hizo preguntas acerca del caso que la llevó a la comisaría. Fue él, unos meses más tarde de empezar a quedar regularmente, el que le contó lo que había averiguado.

Pero las sospechas que ella tenía iban mucho más allá de un par de muertes o desapariciones. Estaba convencida de que aquella organización, quienes quiera que fuesen, operaban también en el extranjero.

Carlos, en un principio, tachó aquella actitud de fantasiosa y desproporcionada. Sin embargo, analizándolo en profundidad, tuvo que concederle el beneficio de la duda.

Ahora, mientras salía del metro, se daba cuenta de que nunca había creído de verdad la teoría de su amiga, ni siquiera le había dado demasiada importancia... hasta que lo tuvo delante.

El día anterior lo habían llamado temprano por un accidente en Gran Vía. No se había registrado algo así en años: un todoterreno se había saltado un semáforo en la intersección de la plaza de Callao, lo que dio lugar a una terrible colisión en cadena que se llevó por delante a varios peatones. Uno de los coches empezó a arder en mitad del asfalto. El tráfico quedó parado durante cinco horas y varios equipos de emergencias se desplegaron en la zona. Fue un infierno.

Él y dos compañeros más de la comisaría se volcaron en ayudar a los sobrecargados enfermeros para mover a la gente menos magullada.

Le llamó la atención un policía que en mitad del tumulto permanecía inmóvil, con la mirada serena, como si estuviera en medio de un parque y reinara la calma. Dos veces se cruzó con él, un tipo con coleta pelirroja y perilla, y las dos veces seguía en el mismo sitio, como una estatua de cera.

Llevaban tres horas sacando a la gente de los coches y moviendo heridos cuando alguien gritó y lo siguió un coro de voces. En ese momento, Carlos salía de una de las ambulancias y vio que los gritos provenían de un grupo de enfermeros situados cerca de la marquesina del Avenida, un viejo cine ya cerrado. Al parecer, la fachada había sufrido el impacto de uno de los vehículos y había descolgado un gran cartel que caería de un momento a otro. El coche, que se encontraba dado la vuelta y ligeramente ladeado hacia afuera, aún echaba humo; y encima de él, como quien cantara victoria, estaba el policía de la coleta que no se había movido en toda la mañana e ignoraba olímpicamente los gritos de los compañeros.

Se había metido entre el coche siniestrado y un hueco en la pared del edificio, para después retirar a pulso parte de la carrocería que hizo girar al vehículo sobre sí mismo. Nadie entendía semejante riesgo hasta que, instantes después, el hombre resurgió por detrás llevando a un chico joven en los brazos.

Hubo vítores y aplausos, pero no era una proeza lo que acababa de hacer. Carlos sabía que el más mínimo movimiento en falso del montón de chatarra podía haberlos sepultado a ambos bajo los escombros de la marquesina. O era idiota o era novato. Se había saltado a la torera el procedimiento para hacerse el héroe.

Al chico, aunque permanecía inconsciente, no se le adivinaban heridas graves, apenas un par de magulladuras en los brazos. Lo subieron a una de las ambulancias para ingresarlo y hacerle pruebas. Su salvador no se separaba de él ni un instante. Carlos optó por acercarse y poner las cosas en su sitio.

—¿Habéis mirado si tiene documentación?

Hizo la pregunta adrede a los enfermeros, ignorando al policía que tenía al lado. Quería restarle importancia a lo que había hecho para ver si así se le bajaban los humos.

—No llevaba nada..., creo —dijo dudando el joven enfermero mientras alternaba su mirada de un policía a otro.

—No llevaba nada —contestó el héroe.

Su voz era grave. A Carlos no le gustaron un pelo ni el tono ni las formas.

—Entonces —se dirigió de nuevo al enfermero— dime a qué hospital lo vais a llevar para pasarme a tomarle las huellas.

—Iré yo —intercedió el de la coleta con sequedad—. Seguro que a ti se te amontona el trabajo. Tranquilo. Yo me ocupo.

—¿De qué comisaría eres? —preguntó molesto—. Es la primera vez que te veo por aquí.

Su aspecto no le gustaba nada. La perilla rojiza y los ojos agresivos eran el broche siniestro de la voz cavernosa. No se le veía en la cara el engreimiento del típico paleto que acaba de salvar a alguien de morir, ni siquiera parecía satisfecho de sí mismo.

—Me envían de Fuencarral, como refuerzo.

—Vale pues no te preocupes más por reforzar. De este chico ya me encargo yo.

—¿Tienes algún problema? —preguntó amenazante.

—¿Yo? No, que va —dijo a punto de perder la paciencia—. Pero subiéndote a ese coche podías haber matado al chico y haberte matado tú. Aparte de que llevas toda la mañana sin mover un dedo, así que ya has hecho suficiente.

El policía miro a Carlos desdeñoso. Entrecerró los ojos como si lo estuviera midiendo y después levantó sonriente las manos mientras se apartaba de la ambulancia.

—Todo tuyo —dijo con cara de perdonavidas.

Carlos vio que se alejaba y se metía en un coche patrulla.

—¿A dónde lo vais a llevar? —preguntó al enfermero que estaba allí delante, perplejo por la discusión.

—Él ha insistido en que lo llevásemos al hospital de Fuencarral —dijo encogiéndose de hombros.

Algo en la mente de Carlos saltó como un resorte. Desde que conoció a Eona, le era imposible no recordar su extraña historia cada vez que alguien nombraba ese hospital. La idea de llevar al adolescente a la problemática clínica no le hacía ninguna gracia. En su lugar, dio orden al enfermero y a su compañero de que lo llevasen al Gregorio Marañón.

La mañana en la Gran Vía madrileña había sido muy dura, pero cuando sentía que lo peor ya había pasado, las cosas volvieron a torcerse.

Tras mucho revisar papeles, decidió pasarse a visitar al adolescente de la colisión. Cuál no sería su sorpresa al descubrir que no lo habían llevado donde él había indicado. Algo, una corazonada, le dijo dónde estaba. Hizo las pesquisas necesarias y movilizó personal para cerciorarse, pero para cuando le confirmaron que era el Fuencarral, ya se encontraba aparcando delante del edificio.

Tuvo que ponerse muy exigente y amenazar con pedir refuerzos para que le dejasen verlo. Después de mucho insistir, le pidieron disculpas. Todo había sido una lamentable confusión. Le permitieron subir y, aunque en un principio se temía que fueran a presentarle a otra persona, suspiró aliviado al reconocer al chico.

Aquel jueves volvió tarde a su domicilio, pero no dudó en llamar a Eona y contarle lo ocurrido. Nunca le hablaba de trabajo, pero en este caso se vio obligado.

Eona reaccionó rápido y se personó en su casa. Le pidió que diera prioridad a aquel asunto por encima de cualquier otra cosa, que fuera al hospital al día siguiente y que tratara de encontrar a los padres del chico. También que, si estaba en su mano, solicitara el traslado del menor a otro hospital.

Ahora, no había pasado ni un día cuando se vio obligado a mandarle un mensaje: tenía que volver a hablar con ella cuanto antes. Confiaba en que no se ofendiera.

Tras salir del metro y enfrentarse a una molesta llovizna racheada, corrió hacia su casa, que estaba a dos manzanas. A punto de entrar en el portal, alguien le tocó el hombro.

—Me estoy calando —dijo ella con una sonrisa.

Él la conminó a que entrara. Estaba nervioso, como si fuese a ser sometido a juicio, como si todo lo ocurrido fuese exclusivamente cosa suya. En el ascensor apenas pudo hablar.

—¿Qué te pasa? ¿Estás bien? —le preguntó la mujer.

No, no lo estaba. Dejando a un lado que la hubiese llamado con tanto apremio, ella siempre parecía percibir esas cosas. Se había quedado clavándole aquellas dos canicas azules, algo que hacía a menudo y que a Carlos lo incomodaba, aunque no se atrevía a decírselo. Se quedaba muy quieta, tiesa como un palo, él le preguntaba si le pasaba algo y ella reaccionaba pensativa, desviando la mirada.

—He tenido un día horrible —se lamentó él desde la puerta.

Eona le cogió la mano y lo acompañó al interior de la vivienda, hasta el sofá.

—¡Oh...! Lo siento —dijo y calló, como dándole tiempo a ordenar sus ideas.

—No merezco tu compasión.

—Estás triste —suspiró—. Algo horrible te ha tenido que pasar.

—Lo he perdido, Eona..., lo he perdido.

Ella cogió su cara y le obligó a mirarla a los ojos.

—¿Qué ha ocurrido? —preguntó serena.

Carlos no sabía por dónde empezar.

No había ido al hospital por la mañana, como había prometido. En la oficina había mucho papeleo por completar y ni siquiera había tenido tiempo la tarde anterior de llevar las huellas del chico para que las procesaran. Estuvo archivando hasta las cinco de la tarde, sin ni siquiera salir a comer. Solo al terminar cogió el coche patrulla y se dirigió al hospital.

Allí tampoco habían tenido un gran día.

Un viejo loco había tirado al director del hospital desde una ventana del tercer piso a primera hora de la mañana. La señorita de recepción se mostró indignada. ¿Es que acaso no había visto las noticias? ¡Salía en todos los canales!

Unos cuantos minutos de cháchara y lo único que consiguió fue que lo mandara a la planta de observación donde había estado el día anterior, en la funesta tercera planta desde la que había caído el director. Encontró la habitación cerrada a cal y canto, y a las enfermeras, que aseguraban no saber nada del chico. Buscando en los archivos y las fichas, hallaron una nota de una compañera del turno de mañana: el paciente sin identificar había salido por su propio pie durante el altercado. Y, hurgando un poco más en la historia, corroboraron que estaba en la misma habitación que el viejo desequilibrado que había agredido al director.

Parecía que allí nadie hilaba una cosa con otra, pero si el chico había salido después del altercado..., solo había que sumar dos más dos.

Así que Carlos tenía un hospital sospechosamente corrupto, el asesinato de su director por un chico que había huido y el único testigo o presunto culpable, muerto. Aquello era un laberinto sin salida.

—Así que Buer ha salido en las noticias...

—¿Quién? —preguntó Carlos.

—El director del hospital —aclaró Eona—. Un tiburón empresarial que juega con la sanidad pública. Lo investigué hace años por lo que le pasó a Eduardo. Si alguien le ha dado de su propia medicina, me alegro.

—Ya. Esta tarde, cuando he vuelto a comisaria, le he contado las sospechas a mi jefe. Dice que toma nota. En su lengua quiere decir que no hará nada por muy raro que parezca todo esto —suspiró hondo—. Supongo que meterse con un órgano público es complicarse la vida.

—La policía es un órgano público, Carlos, y la misión de todos esos organismos es dar servicio al pueblo y protegerlo.

—Esa es la teoría. En la práctica, la cosa cambia.

—No debería ser así —murmuró alicaída.

—Por favor, Eona, baja ya de tu nube, ¿quieres? A estas alturas nadie se cree que la estructura social sea un negocio limpio. En las administraciones, quien más y quien menos se llena los bolsillos a costa de otros.

—¡Niños, Carlos! ¡Estamos hablando de niños! —dijo alterada, aunque sin alzar la voz.

—¿Y qué? ¡No hace falta que te diga que hay gente perturbada y sin escrúpulos! Tú que trabajas con desequilibrados o con sus hijos deberías saberlo mejor que nadie.

Carlos se levantó y se paseó nervioso de un lado a otro, como si le doliera pronunciar sus propias palabras.

—Siempre hay opción de ser buena persona, Carlos. Siempre.

Sábado, 15 de marzo de 2008

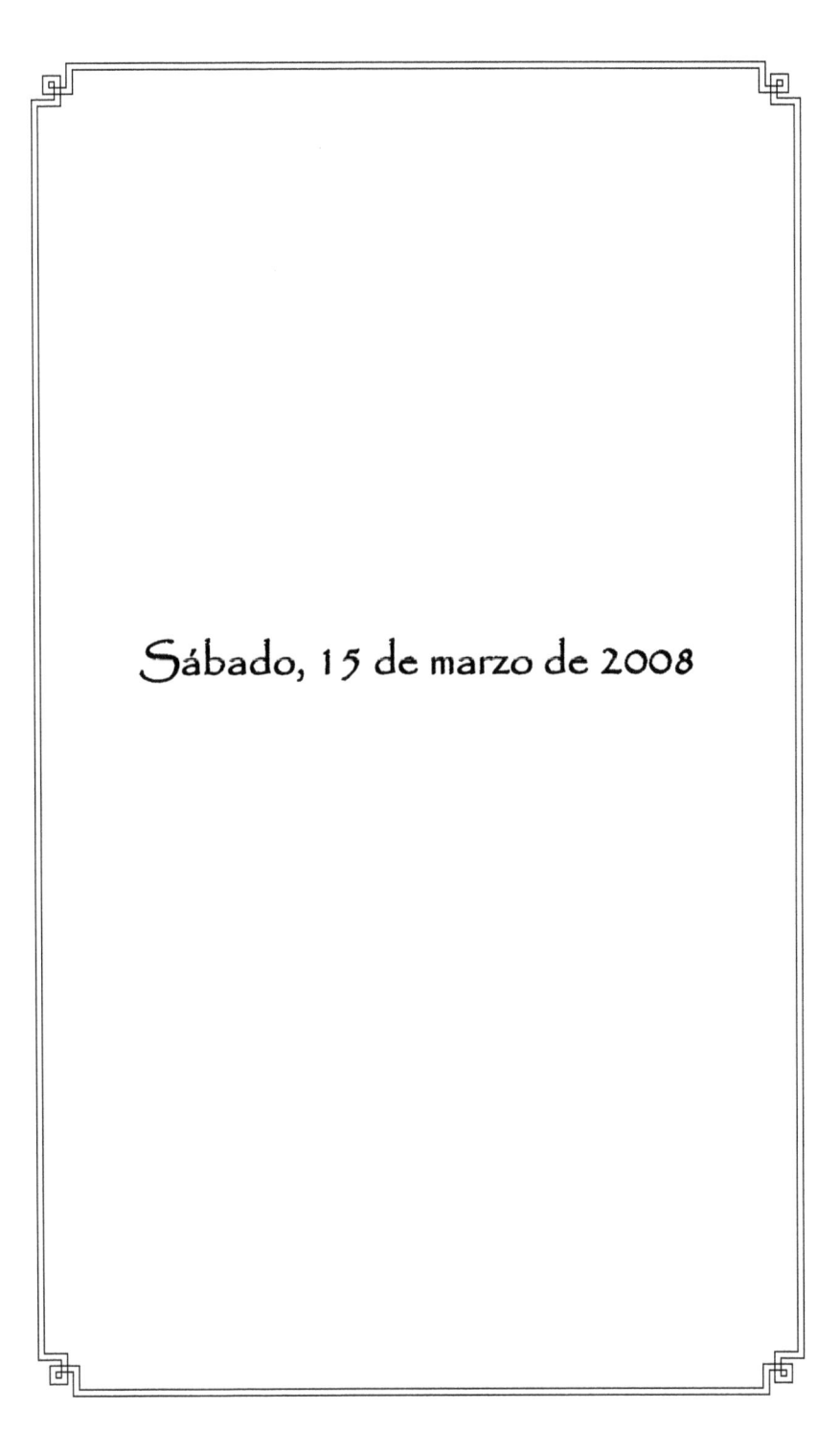

Capítulo 11

Hans se había movido despreocupado durante el sueño, ajeno a su propio cuerpo, y sus heridas le pasaron factura. Un movimiento violento le provocó un tirón y el dolor lacerante acabó por despertarle. Mordió la almohada.

Llevaba ya un rato con los ojos abiertos, analizando la habitación, el olor algo mohoso de las sábanas, el tenue rayo de luz que entraba por la ventana y que incidía sobre los muebles. Y la cara de Verónica y sus rizos. Le habría gustado despertarla, pero le daba vergüenza. El dolor y los recuerdos del hospital, la mala noche pasada y estar lejos de casa... le traían ráfagas de autocompasión y tristeza. Necesitaba que alguien le dijese que todo iba a ir bien, que escuchase su dolor.

Verónica se movió. De golpe ella pareció caer en la cuenta de que Hans estaba en su cama.

—Hola —susurró ella.

—*Goedemorgen*.

—Eso significa «buenos días», ¿no? —dijo sonriéndole.

Él asintió con una sonrisilla tonta. Le gustaba cómo se lo había dicho. El dolor se le atenuó.

Verónica se sentó en la cama y los muelles del somier rechinaron al moverse. Llevaba puesto un pijama fino de algodón que se le pegaba demasiado al cuerpo y marcaba su anatomía mientras se estiraba.

—¿Has dormido más o menos bien?

—Sí, gracias... Estaba un poco paranoico anoche. Perdona si te asusté.

—No pasa nada —dijo quitándole importancia.

El haber dormido con Verónica no había sido intencionado, sino la consecuencia de un espantoso terror nocturno. Había tenido una pesadilla que cayó en el olvido en cuanto despertó, pero que le había dejado una terrible sensación de ahogo y claustrofobia. Tenía algo que ver con baba negra y sangre.

Se había despertado empapado en sudor. No se atrevía a sacar las manos de debajo de las sábanas: temía que *algo* le tocara. Cada pequeño roce con las mantas le hacía dar un respingo. El silencio y la oscuridad de la habitación eran amenazantes; en cualquier momento oiría un rumor, un murmullo, una voz al oído que lo mataría de puro terror. Ni remotamente pensaba en levantarse y encender la luz.

Después de un tiempo incontable, las ganas de hacer pis le ganaron al miedo, pero ya se había convencido de no dormir solo: se acercó a la cama de Verónica, la zarandeó y le preguntó si podía. Estaba tan dormida cuando le dijo que sí, que le extrañaba que se acordase.

—Hay que levantarse, venga.

Verónica salió para el baño ajena a que se le trasparentara el tanga a través del pantaloncillo.

La reacción de Hans fue inevitable.

Nunca había dormido con otra mujer que no fuera su madre, y eso, siendo pequeño... Con su prima Mirte, pero fue impuesto y Mirte, además, era una cría. Las únicas chicas a las que les había visto el tanga eran las de los carteles publicitarios, las de la tele y las de internet. De hecho, en las páginas de internet que solía visitar, las mujeres llevaban menos ropa.

En vivo y en directo era otra cosa. Verónica, además, olía muy bien y aunque su pijama era largo, era también muy ceñido. Y sus pechos... Se le iban los ojos sin querer.

Tenía un serio problema para levantarse de la cama.

—¿Qué haces? ¡Levanta ya! —le riñó ella con ternura cuando

volvió.

—Me encuentro muy mal —dijo con convincente aflicción—. Tendré que tomarme otra pastilla para el dolor.

—Vale —suspiró ella—. Me visto y te traigo la pastilla.

Él asintió y escondió la cabeza bajo las sábanas. Quería mirar cómo ella recogía su ropa, pero algo le decía que era mejor no hacerlo. Justo un momento antes de que Verónica saliera, volvió a asomar la nariz y a fijarse en su trasero. El instinto imponía su mandato.

—Sí, anda, ve a vestirte —suspiró cuando ella se hubo marchado—. Ponte algo de ropa.

—¿Decías algo? –gritó ella desde el pasillo.

—¡No, nada!

De la vergüenza del miedo durante la noche, pasaba a la vergüenza de la libido por la mañana.

Cuando Verónica fue a vestirse, la única solución que se le ocurrió fue el viejo truco de aguantar la respiración hasta que la inflamación del pene se dignó a bajar. Así, bocabajo y con la cabeza incrustada en la almohada, lo encontró ella al volver con la pastilla.

—¿Qué haces? —preguntó confusa.

—Nada. La espalda —contesto él con la cara enrojecida.

—Menudos cabrones. Lo van a pagar caro, ya lo verás. —Le acercó la píldora y el vaso de agua—. Toma, anda. A ver si esto te alivia un poco.

Se incorporó con torpeza y ella tuvo que ayudarlo. Incluso tragar se le hacía difícil.

—Pararemos en una gasolinera y compraremos algo de comer. ¿De acuerdo?

Él asintió.

—No tengo mucha hambre ahora, pero sí, claro.

La víspera se habían quedado encogidos y hambrientos. y Después de registrarlo todo, lo único que encontraron fue una lata de atún y otra de mejillones.

—Tienes que comer algo, Hans. Si no se te hará un agujero en el estómago con tanta pastilla. —Y se acompañó de un apretón en el hombro que provocó en él un respingo de dolor—. ¡Uy, lo siento!

—Tranquila —dijo con una sonrisa tímida.

—Me llevo la maleta al coche. Haz un esfuerzo, anda, y vístete.

Pasado el momento de crisis, y después de que Verónica se marchara, Hans volvió a su habitación, estirando la camiseta al máximo para que no se le vieran los calzoncillos. Se vistió lo más rápido que pudo y cuando salió ella estaba esperándolo mientras se cepillaba el pelo.

—Tenemos que mirar esas heridas.

—Con lo que me ha costado ponerme la camiseta... —refunfuñó.

Volvieron a meterse en el baño y a ejecutar el ritual de la tarde anterior. En su espalda todo seguía bien, incluso con mejor aspecto después de las curas.

Ella volvió a mencionar lo de las letras. Las atribuía al anticristo, como si hubiese sido víctima de un aquelarre. En cambio, en la cabeza de Hans tenían un significado distinto. Lo más probable era que si alguien usaba esa palabra en tiempos modernos fuese para mentar al diablo, eso tenía que reconocérselo, pero él creía que la finalidad de Buer no había sido otra que la de marcarle como enemigo. «Adversario» era su significado. Y no solo en hebreo. Una lengua, más antigua aún, flotaba en su cabeza.

«Lo solhim ba shatan», «no perdonamos al enemigo».

La pregunta era ¿enemigo de qué? Desde luego, había muchas cosas que ahora lo señalaban como enemigo de Buer; la palabra «shatan» no era lo único.

No se lo dijo a Verónica. Tal cosa habría significado tener que contarle la verdad sobre su nueva capacidad, cosa que no quería hacer. Era otra de sus vergüenzas.

Terminaron y ella se afanó en dejar todo como si no hubiesen pasado por allí; las camas hechas y las persianas bajadas. Cerraron la casa y se marcharon. Fuera hacía un poco de viento y las nubes se movían veloces en un cielo relativamente despejado.

Apenas llevaban unos minutos de viaje cuando a Hans le dio un escalofrío seguido de un pequeño mareo. Verónica lo instó a que durmiese un rato más y no volvió a despertar hasta que llegaron a una gasolinera. Ella fue la que se ocupó de repostar y de ir a la tienda.

—Qué raro —dijo al volver—. No me pasaba la tarjeta de crédito. ¡Como se me haya vuelto a estropear, me cargo a los del banco!

—¿Cómo has pagado entonces?

—En efectivo. Llevaba cincuenta euros en el monedero. Toma —dijo tendiéndole una bolsa—, come bollitos.

Hans se vio obligado a comerse uno de chocolate bajo la atenta mirada de Verónica. Apenas pudo dar dos bocados, pero pareció ser suficiente para ella.

Pasaron el resto del viaje escuchando música y hablando de ellos. Verónica se burló de Hans por sus dieciséis años y él se tomó la revancha cuando ella le dijo que tenía casi veinticuatro. Él le habló de su instituto en Holanda, de su madre y de la relación con su padrastro, que era muy buena. Ella le contó que se dedicaba a las telecomunicaciones, nada importante por muy ostentoso que sonase: era teleoperadora.

—Si puedes elegir, estudia, y no seas nunca teleoperador.

—¿Por qué? ¿No te gusta tu trabajo?

—Es una mierda —dijo dando por zanjado el tema.

Cuando llegaron a Madrid, Hans se sentía más cómodo con ella y notaba que era recíproco. El día anterior había sido una auténtica locura, pero conocerse un poco más durante el trayecto había aliviado los recelos y limado asperezas. Le daría mucha pena tener que despedirse de ella.

Por otro lado, estaba deseando encontrarse con sus profesores y amigos. Y volver a casa, abrazar a sus padres y contarles lo que le había pasado sería un alivio. Algo así como terminar una carrera de fondo.

Llegaron al centro sin problemas. Hans le había dicho que el hotel donde se hospedaba estaba en plena Gran Vía, así que ella dedujo que no encontrarían sitio para aparcar. Tuvieron que dejarlo en un garaje en la cercana plaza de la Luna y llegar andando hasta el hotel.

—Espera un momento —dijo ella al pasar por delante de un cajero.

Metió la tarjeta. La sacó y volvió a introducirla. Palideció. Hans reparó en su mala cara. Murmuraba cosas y no dejaba de meter y sacar la tarjeta y teclear con rapidez.

—No puedo creerlo —rechinó con un nudo en el estómago.

—¿Qué pasa?

—No hay dinero en mi cuenta.

Hans se asomó a la pantalla. Verónica metió de nuevo la tarjeta y pidió un extracto de las últimas operaciones. El resultado: tres mil trescientos setenta y dos euros habían volado la tarde anterior. La cuenta estaba limpia.

—No es posible.

—¿Qué ocurre? —preguntó él precavido al verla tan tensa.

Ella sacó su monedero. Removió tarjetas.

—Todas están aquí... y mis cartillas deberían estar en la caja de mi habitación. —Le miró—. Y no hago compras por internet... ¿Entonces?

—¿No tienes dinero? —Hans no sabía cómo ayudar. La angustia de ella era contagiosa, hasta el punto de que empezaron a pitarle los oídos. Tenía una sensación extraña porque se suponía que era ella la que debía cuidarlo y no al revés. Y, de pronto, ella estaba en crisis, más perdida aún que él. ¿Significaba eso que debía hacer algo?

—Vale. No pasa nada —dijo respirando hondo—. Aquí dice que no tengo dinero en la cuenta, pero eso no puede ser porque no lo he sacado y porque mis tarjetas están aquí, así que no puede ser.

—Y ¿qué vas a hacer?

—Es posible que sea un error informático —siguió diciendo ella sin prestarle atención mientras miraba fijamente el cajero—. O un movimiento extraño del banco. Esas cosas pasan. Venga —dijo con una sonrisa forzada—, te llevaré con tus profesores y luego aclararé este lío. No pasa nada.

—Vale —dijo él aliviado.

—Venga, vamos.

No es que fuese un insensible, pero aquello que le había pasado a Verónica no era asunto suyo. Lo había puesto nervioso verla enzarzarse con el cajero.

Lo que no sabían ninguno de los dos era que aquel suceso no había sido más que el primero de una serie de experiencias fatales a lo largo del día. El segundo lo tendrían unos minutos más tarde, al llegar al hotel. Y le seguiría un tercero...

***

El hotel Tryp Dalí de la Gran Vía estaba ubicado un poco más abajo de la calle principal, cerca de la intersección con la calle Montera.

Eran las doce y media, y en un cielo ligeramente salpicado de nubes oscuras se imponía un sol espléndido. Los transeúntes, extranjeros en su mayoría, paseaban disfrutando del inesperado buen tiempo, y mucha gente aprovechaba la mañana del sábado para comprar en la multitud de tiendas que abarrotaban la zona. El tráfico era constante. Nada hacía sospechar que, apenas dos días atrás, hubiese tenido lugar un caos terrorífico por un accidente ocurrido a tan solo unos cuantos metros más arriba.

Verónica caminaba al lado de Hans aparentando una digna calma; a él, eso le valía. Estaba a punto de volver a casa, de poder contarle por fin a alguien conocido el infierno por el que había pasado durante las últimas cuarenta y ocho horas.

Ella, al salir del coche, había ido haciendo bromas y hablando del lío que se montaría cuando sus padres vieran los cortes. Decía que a los del hospital se les iba a caer el pelo. Sin embargo, después de lo del cajero, su tez se había vuelto pálida y se mostraba mucho más reservada.

Se propuso mirar a la gente con la que se cruzaban. Le habría gustado seguir en Madrid divirtiéndose con sus amigos y que nada de aquello hubiese pasado. Eso habría significado que no estaría deseando largarse de la ciudad y del país cuanto antes.

El hotel era antiguo, aunque bien cuidado, con un pavimento de mármol blanco veteado y paredes revestidas de listones de madera color ámbar. El mobiliario y el sencillo mostrador, daban un aire modernista y dinámico a la par que cálido. Detrás del mostrador había una recepcionista con uniforme que Hans ya conocía. Había estado hablando con ella uno de los días, antes de salir todo el grupo de excursión. Ella le había ofrecido caramelos diciéndole que le subirían el ánimo y le quitarían el sueño. Él le había contestado riendo que para quitarse el sueño habría preferido volver a la cama.

La chica era joven, aunque tenía la buena presencia y la elegancia que requería su puesto. Llevaba el pelo castaño recogido en un moño alto engominado, que la hacía más formal y más mayor de lo que sin duda era.

Puso un gesto de extrañeza en cuanto vio a Hans. Afinó los ojos como si no lo viera bien y, seguido, los abrió de par en par, como si no diera crédito a lo que veía.

—Hola, buenos días —dijo él en español. Supuso que sería extraño para la mujer oírlo hablar en otro idioma y se ruborizó sin querer—. No sé si me recordará. Vine con un grupo holandés de estudiantes hace unos días.

—Sí, claro —contestó sorprendida—. Creí que usted se había marchado con ellos.

Se hizo un breve silencio. Ahora eran Hans y Verónica los

sorprendidos.

—¿Cómo dice? —intervino Verónica con energía.

—¿Cómo que se han marchado? ¿Marchado, adónde?

La recepcionista los miraba a los dos alternativamente, incluso boqueó un poco.

—Ustedes... usted vino con el grupo de estudiantes... Espere, seguro que tengo el nombre apuntado por aquí.

—El St. Augustine Lyceum.

La mujer dejó de hurgar entre unos papeles y miró a Hans muy seria.

—¿No se ha marchado con ellos? —le espetó con voz ronca.

—¿Cómo...? ¿Cómo me voy a marchar? Se supone que teníamos que estar aquí hasta mañana. ¡No se pueden haber marchado sin mí!

La mujer lo miraba como si le hubiera hecho una ofensa horrible. Resopló sonoramente y volvió a revolver entre los papeles.

—Voy a buscar el teléfono de tus profesores, pero te voy a decir algo: deberías dejar de dar tantos problemas o te vas a meter en un lío más gordo que el que tienes entre manos. No está nada bien todo esto que estás haciendo.

Ambos, Verónica y Hans se miraban el uno al otro y miraban a la mujer deseando despertarse de un momento a otro de aquel mal sueño.

Verónica, cuya tensión después de lo del banco había llegado al límite, golpeó el mostrador con la mano abierta, lo que hizo que la recepcionista pegara un brinco y fuera a protestar.

—Oiga, señorita —cortó Verónica muy digna, apretando la mandíbula—, se confunde de persona. A ver si retrocediendo podemos aclarar todo este asunto. —Carraspeó ligeramente y prosiguió usando su dedo como batuta.

—Muy bien, pero no me grite.

141

—Para empezar —dijo ella ignorándola—, este chico tuvo un accidente hace dos días, ahí arriba —señaló con el dedo—, en la colisión de coches de Callao y que, si no me equivoco, salió en las noticias. Luego lo trasladaron a un hospital en el que unos cuantos matasanos le rajaron la espalda a base de bien sin que nadie, ni su familia ni sus profesores, se pasase por allí. Después de salir echando pestes y de haber montado un berenjenal de agárrate y no te menees, ahora que he conseguido traerlo a juntarse con los de su clase, ¿me dice usted que el pobrecillo está metido en un lío?

—A ver...

—¿Me dice usted que su clase se ha ido? —chilló con voz aguda perdiendo los papeles.

—Perdón, a ver si me estoy equivocando de persona. –Suspiró–. Tu profesor ¿no es un tipo alto, rubio, con barba y gafas...? Creo que se llama ¿Ulrich?

—¡Sí, el profesor Ulrich, que tiene una nariz muy grande!

—No entiendo nada —contestó confusa y apesadumbrada—. A ver, ¿tú no llegaste el jueves por la tarde y nos encontraste a mí y a tus dos profesores hablando aquí con la policía?

—No —dijo Verónica tajante—. Le estoy diciendo que el jueves por la tarde Hans estaba en el hospital.

—¡Pero si eras tú! Entraste por la puerta, tu profesor no sabía ni qué decirte y luego el policía empezó a echarte la bronca delante de todos. ¡Eras tú, seguro!

—¡Que no! —contestó él consternado—. ¡Pero si yo estaba en el hospital! ¿Dónde están mis profesores?

La mujer les confesó que estaba desconcertada y aturdida. Aquello no tenía ni pies ni cabeza, así que les contó su versión de la historia.

El jueves anterior tenía el turno cambiado y trabajaba por la tarde. Cuando llegó al hotel, una compañera le dijo que uno de los chicos del grupo holandés había desaparecido la tarde anterior y no lo encontraban por ninguna parte, no había ido a dormir ni contestaba al teléfono móvil. Los profesores estaban de los nervios y los padres del chico estaban haciendo las maletas para venir a buscarle. Habían llamado a la policía a eso de las seis de la tarde y, más o menos a las seis y media, cuando aún continuaban hablando con el oficial que había venido a tomar la denuncia, apareció él por la puerta del hotel.

—Imposible —interrumpió Verónica.

—Estaba muy pasota, le daba igual que le regañasen o que le pasasen por teléfono a su madre llorando. Al final, el policía se marchó, y lo dejaron que subiera a cambiarse de ropa, que, ¡por cierto! —puntualizó—, era esa misma que llevas puesta ahora. Esa camiseta negra y roja y el dibujo del águila es inconfundible.

Hans la escuchaba mientras su cabeza se volvía un puro galimatías. ¿Qué él había estado allí? Eso era imposible; había tenido que confundirle con otro.

Pero aún había más: al cabo de un rato de haber aparecido él, la otra profesora del grupo escolar llegó corriendo a la recepción para pedir una ambulancia. Por lo visto, dos de los alumnos que compartían habitación se habían enganchado a puñetazos y uno de ellos le había roto el brazo al otro. La ambulancia llegó y, cuál no fue su sorpresa al encontrarse con que el agresor era, ni más ni menos, que Hans, el niño problemático.

—¿¡Cómo!? —gritó él.

—Y si no eras tú, entonces era tu hermano gemelo, porque estuviste ahí sentado —señaló uno de los sofás al lado de la puerta— ahí mismo, delante de mí y durante toda la tarde, con cara de chulo, hasta que tus profesores decidieron que os marchabais de vuelta a Ámsterdam.

—No puede ser —dijo Verónica frotándose la cara—. Esto no puede estar pasando.

—De verdad que a mí me sorprende tanto como a vosotros —dijo tuteándolos con confianza y llevándose la mano al pecho—, pero es lo que pasó. Lo juro. Aunque, el chico, o sea, tú, estabas muy raro, muy desagradable. Yo hablé contigo hace unos días, ¡si es que eras tú!, y me resultaba extraña esa actitud porque me habías parecido muy amable. La verdad es que el cambio era radical, incluso la mayoría de tus compañeros cuando bajaron no se querían ni acercar a él..., o sea, a ti, y también la otra profesora del grupo te miraba con miedo. Pero tú, o quien fuese, era como que pasabas de todo, como si todo te diera igual. Ulrich me contó que al que habías pegado era de tu grupo de amigos.

—¿Quién era? ¿Cómo se llamaba? —saltó Hans alarmado.

—No lo sé. Un chico muy delgado, con el pelo moreno y con pecas.

—Frank... —dijo cabizbajo al reconocer la descripción de su amigo.

—Pero al que habías zurrado o había zurrado, que ya no sé ni lo que me digo, se lo llevaron inconsciente, incluso creo que tenía la cara hinchada.

—Dios mío... —murmuró él.

Estaba destrozado. ¿Cómo era posible que su mejor amigo hubiese recibido una paliza por él? Por él no... ¡por un impostor! Aquello era de locos. A él jamás se le habría ocurrido pegar a Frank, ni siquiera estando enfadado. No es que no se lo mereciera algunas veces, pero quería a su amigo y nunca le haría daño por pesado que fuese, y más, teniendo en cuenta que era muy delgado y raquítico y no aguantaría un golpe ni con la mano abierta. El mero hecho de saber que le habían pegado era espantoso, si encima se paraba a pensar que todo el mundo creía que había sido él, le daban ganas de gritar.

Romperle un brazo... ¡Por Dios!

—¿Y cómo es que se marcharon estando el otro niño tan hecho polvo? —atajó Verónica al ver la aflicción de Hans.

—Ulrich me dijo que no podía quedarse uno solo de los profesores cuidando de todos los chicos y pendiente de otro con el brazo roto. Y tal y como se estaba comportando él —dijo señalando a Hans con la mirada—, había que llevarlo a casa cuanto antes. Prefirieron marcharse al día siguiente que esperar dos días más. Debieron coger el vuelo de madrugada. Al menos, es lo que me dijo su profesor.

—No puedo creerlo —repetía él conteniendo las lágrimas a duras penas.

Verónica carraspeó.

—Por favor —le dijo a la recepcionista—, ¿tiene por ahí el número de los profesores o del colegio o de alguien con quien podamos hablar allí?

—Sí, claro. Nos dejaron los números al hacer la reserva, y el profesor Ulrich, antes de marchar para el hospital, me dio el suyo para que lo avisara por si pasaba algo. Ahora te los busco que están en el ordenador. —Sonó el teléfono de la recepción y ella descolgó el auricular—. Disculpadme.

Hans se había ido retirando poco a poco de la conversación, sin poder aguantar más las palabras que salían de la boca de la mujer. Estaba sentado en uno de los sillones e hiperventilaba, con una postura lánguida pero tensa por el dolor de espalda, que apretaba de nuevo. Aquello no parecía terminar nunca y era cada vez más extraño y macabro. Quizá no volvería a ver a sus padres. Sabía que el don repentino de interpretar todas las lenguas era antinatural y rematadamente raro, pero de ahí a que su vida se convirtiera en el circo de los horrores de la noche a la mañana.... Si le hubieran dado a elegir, se habría quedado siendo un chico de Amstelveen, con una vida normal y sin más preocupaciones que los exámenes finales. No, aquello no podía estar pasando.

Verónica se acercó y le puso una mano en el hombro.

—Tranquilo —dijo—. ya verás como todo esto tiene alguna explicación. Ahora llamamos al colegio y aclaramos el problema, ¿de acuerdo? No te pongas nervioso.

—Verónica —respondió él con un nudo en la garganta—, hay alguien haciéndose pasar por mí, hay alguien viviendo mi vida que le ha pegado una paliza a mi amigo Frank...

Una locura tras otra, un trauma tras otro... No se veía capaz de aguantar nada más. Lo estaban acusando de agredir a alguien, de hacer algo espantoso, cuando en realidad había estado en otro sitio retenido contra su voluntad. ¿Y sus padres? A esas alturas, ese doble ya estaría en su casa o, cuando menos, sus padres tendrían que haberse dado cuenta de que no era él, su hijo. ¿O era que el doble se le parecía tanto que estaría con ellos tomando el desayuno o dando un paseo por los alrededores? Aquello era aterrador.

—Oiga —dijo la recepcionista volviendo a usar las fórmulas de cortesía. Se dirigía a Verónica y aún mantenía el teléfono en la mano—. ¿Es usted...?, ¿hola? —volvió a hablar al auricular, pero la línea debió cortarse y colgó—. ¿Es usted Verónica Montenegro?

—Sí —contestó recelosa—. ¿Por qué lo pregunta?

—Hay una mujer... Es huésped del hotel y dice que los conoce.

—¿A mí? —dijo dudosa—. ¿No será a él?

—No, no. Ella me ha dicho su nombre —contestó la asombrada recepcionista—. Dice que quiere hablar con ustedes antes de irse, que no cuenta con más de cinco minutos porque tiene mucha prisa, pero que puede ayudarlos. Está en la habitación 114.

—¿Y quién es? ¿Cómo se llama?

—Lo siento, no puedo darle el nombre de ningún huésped —respondió sinceramente afectada—. Normas del hotel.

Verónica y Hans se miraron por enésima vez esa mañana con la confusión pintada en la cara.

Decidieron, sin decir palabra, como un acuerdo tácito y formal, subir a la habitación 114.

Total, ¿qué más les podía pasar?

Capítulo 12

La habitación 114 estaba en el primer piso, en la misma planta en la que Hans se había alojado con sus compañeros. A Verónica no es que le encantasen las escaleras, pero la idea de subir un solo piso en ascensor se le antojaba vergonzosa, algo digno del peor vago. Solo la poca predisposición de Hans a moverse y su mala cara hicieron que se resignara a usar el ascensor.

Accedieron por un pasillo que desembocaba próximo a las escaleras. Cerca, había una máquina expendedora de objetos diversos: champú, compresas, preservativos... Se imaginaba la guerra que habrían dado Hans y sus compañeros de curso con aquella máquina, entre risas y chistes verdes. Le entristecía pensar en el giro tan radical que había tomado la vida de aquel chico en los últimos días, que habría pasado de reírse por todo y hacer bromas infantiles, a no tener ganas de nada. Lo veía muy triste.

—Venga, no te preocupes —dijo poniéndole una mano en el hombro, al tiempo que con la otra apretaba el botón del primer piso—. Seguro que todo se va a solucionar.

Él la ignoró y a Verónica le sobrevino un sentimiento ambiguo. Por un lado, lo compadecía por lo trágico de lo que le estaba pasando; por otro, empezaba a estar agotada de aquella situación. Ella tenía también sus propios problemas y debía ponerse a pensar en sí misma. Lo que de verdad le habría encantado era endosarles el chaval a sus profesores y olvidarse de todo aquel asunto, aunque se tratase de un deseo egoísta. Necesitaba ir al banco y arreglar lo de sus ahorros y, quién sabe, tal vez, marcharse a Barcelona de vacaciones como tenía planeado.

Le angustió ver que el lío que tenían entre manos estaba lejos de solucionarse.

—¿Quién crees que será esa mujer? —preguntó él interrumpiendo sus pensamientos.

—Ni idea. Podría ser alguien que vio lo que pasó con tu amigo..., pero no entiendo por qué sabe mi nombre. Es bastante raro, ¿no?

Hans asintió.

Los pasillos que conducían a las habitaciones eran anchos y con un diseño muy parecido al de la recepción, con las puertas de madera un poco gastadas por el uso y un sistema de apertura en el que insertar una tarjeta. La habitación 114 quedaba muy cerca del ascensor, justo al lado de las escaleras.

—Casi al final del pasillo estaba nuestra habitación —dijo Hans con un hilo de voz.

No pudieron evitar fijarse en que, a la altura de la sexta puerta, resaltando sobre la pulcra moqueta, había una mancha oscura en el suelo con unos polvos blancos esparcidos por encima.

—¿Crees que es sangre?

—No lo sé —contestó ella con un escalofrío—. Vamos.

Vieron que la puerta 114 estaba entreabierta.

Daba a un pasillo estrecho en el que apenas llegaba la luz que filtraba la ventana del fondo. La habitación olía a cerrado y a productos de limpieza, además de ese extraño aroma impersonal que tienen todas las habitaciones de hotel. En la puerta de la derecha, junto a la entrada, estaba el baño y, más adelante, se abría el cuarto propiamente dicho, con la cama y un pequeño sofá de dos plazas, un escritorio, una estantería y una mesa con una vieja televisión bastante grande.

De primeras no vieron a la mujer. Entraron con respeto, casi con miedo, y no se les ocurrió decir hola; sencillamente, pasaron.

Estaba de espaldas y tenía un aspecto extraño. Era muy delgada, de piernas largas enfundadas en un pantalón negro de pana y zapatillas deportivas de igual color. Llevaba una camisa blanca de manga corta que dejaba al descubierto unos brazos finos, aunque extrañamente fofos, y con un par de cicatrices bastante feas; una de ellas, la de peor aspecto, parecía hundirse en la carne tanto por la parte interna del antebrazo como por el exterior, dando la impresión de que se lo hubiera pillado con una gran pinza. Tenía una melena corta teñida de negro a la altura de las orejas. Incluso a la distancia a la que ellos estaban, Verónica reparó en la incipiente raíz del pelo blanco. Buscaba algo en una bolsa deportiva que había sobre la cama y se ponía lo que Verónica interpretó como una cinta negra para el pelo... que resultó no serlo.

La mujer se dio la vuelta.

Su expresión era, como poco, apremiante. Tenía un único ojo visible, mientras que el otro lo cubría un grueso parche negro. El ojo era de un azul intenso, que se movía inquieto mirando a sus invitados con un deje de incertidumbre y de recelo. Allá donde se abrían los botones de su blusa, se podían ver muy marcados los huesos de la clavícula y un cuello libre de adornos o colgantes. Verónica también se fijó en que sus cejas eran dos imperceptibles líneas de unos pocos pelillos blancos diseminados aquí y allá, de forma que la ausencia de vello le proporcionaba un aire enfermizo a la palidez de la cara. Pese a ser espigada, permanecía con la cabeza ligeramente encorvada, y su postura recurrente con las manos retraídas delante de los senos le recordaba a Verónica la de una mantis religiosa.

Quizás en otro tiempo fue una mujer guapa. Ahora no era más que los despojos de algo hermoso que se había descarnado sin piedad.

Se miraron apenas un par de segundos, suficientes para que Verónica sospechase que aquella mujer tenía graves problemas de salud. Mental o física... o ambas.

—Nos han dicho en recepción que subiéramos —dijo ella tímidamente.

—Sí, sí... —admitió la mujer nerviosa. Miraba a su alrededor como si buscara algo en cualquier parte menos donde ellos estaban. Tenía un cierto deje en el hablar y lo hacía deprisa, arrastrando las eses y las erres, y terminaba cada palabra de forma abrupta—. Es necesario que os diga unas cosas importantes antes de irme, para que podáis sobrevivir, si no os digo nada me sentiré culpable y no lo soporto.

—Perdona, ¿cómo...?

—No interrumpas. No hay tiempo —le cortó—. Me juego la vida hablando con vosotros, ni siquiera debería hacerlo, pero me remorderá la conciencia y... y... necesito dormir. Es importante dormir. —Hablaba y recogía sus cosas diseminadas por la habitación. No había mucho, pero estaba tan nerviosa que no acertaba a encontrarlo todo—. Os persiguen los yin y son muy concienzudos cuando quieren algo. No son una mafia de médicos ni nada por el estilo. Tampoco son adoradores de Satán, como creíais. Son mucho peor. Si hay algo que es horrible de verdad es un gobierno corrupto, y ellos están por encima del gobierno corrupto ¿entendéis? —Negaron, intentaron hablar, pero no los dejó—. Tenéis que huir. Huir siempre. Os daré unos pocos trucos para hacerlo. Quizá sobreviváis el tiempo suficiente para que se harten de buscaros... con un poco de suerte.

—¡Espera! ¡Para, para! —gritó Verónica. Hans estaba a su espalda con la misma expresión estupefacta—. ¿Qué dices? ¿Quién eres tú y por qué sabes cómo me llamo? ¿Por qué sabes todas esas cosas? ¿Quién...? —Lanzó un largo bufido llevándose los dedos a las sienes. La cabeza le iba a explotar.

—Mi nombre te da igual. Pero es conveniente que te diga que soy una sibila.

—¿Una qué?

—Una sibila, una adivina.

—Tócate los...

—No soy de esas que consultan bolas de cristal ni hablan con los muertos. No soy nadie especial. Lo que yo hago lo puede hacer cualquiera con un poco de práctica. Y yo tengo mucha práctica. Y los yin tienen a gente con tanta práctica como yo. —Reanudó la recogida de sus pertenencias mientras seguía conferenciando con su raro acento extranjero—: Esa gente lo tiene todo: poder, dinero y medios para obtener lo que quieran cuando quieran. El chico se les ha escapado

—dijo señalando a Hans— y eso les tiene que haber jodido pero bien. Puede que os persigan por rencor o, tal vez, por *hobby*. Da igual; más os vale que no os cojan.

—Pero ¿qué estás diciendo?

—No vayáis a la policía —dijo ignorándola—. Están comprados o vigilados. Evitad los hospitales, los aeropuertos y las poblaciones pequeñas. En los pueblos sois más vulnerables y pueden encontraros enseguida. Alojaos siempre en hoteles y dad aviso antes de bajar a recepción de que vais a pagar la cuenta. Toma —dijo lanzándole una bolsa de plástico con el logotipo de una tienda de ropa en el lateral.

—¿Qué es esto? —preguntó Hans.

Verónica abrió la bolsa y se quedó sin aire.

—La mitad de lo que me queda. Unos ciento ochenta mil. —Verónica y Hans miraban el interior del paquete como si hubieran metido a presión un elefante. Nunca habían visto tantos billetes juntos—. Ya conseguiré más, no os preocupéis. Usadlos bien y os durarán un tiempo. Si tenéis suerte, puede que dejen de perseguiros en unos meses..., aunque después de la que habéis montado, yo no contaría con ello.

La mujer había recobrado buena parte de su energía, como si la urgencia por soltar todas aquellas claves la fuera descargando de un peso mortal. Para Verónica y Hans era la confirmación de que estaban metidos en un asunto muy turbio.

—¡Ah! Se me olvidaba: las sibilas, cuando vemos información de la gente, producimos una especie de interferencia, como cuando os llaman al móvil y crea estática en otro aparato, algo parecido —dijo agitando la mano—. Os pitarán los oídos mientras observan. Os han pitado hace un rato, cuando estabais en el cajero, ¿no? Era yo. Pero da igual. Habéis usado la tarjeta y ha hecho que os localicen, así que ya vienen. Estarán aquí en unos minutos. Tenemos que largarnos ya.

La mujer cogió la bolsa deportiva, llena ya de sus cosas, y salió a grandes trancos de la habitación seguida de dos anonadados Hans y Verónica, que aún dudaban de si creer su relato. ¿Cómo era posible que supiese tantas cosas? ¿Cómo era posible que les hubiese dado tantísimo dinero sin conocerlos? Verónica había estado tentada de largarse cuando les contó que era adivina, pero se le pasó al ver aquel monto increíble de dinero que era para ellos. Ahora era toda oídos.

La mujer siguió explicándose mientras caminaban por el pasillo y bajaban las escaleras.

—Cuando viajéis, hacedlo en distancias cortas. Nada de vuelos intercontinentales; si os pillan en pleno vuelo, estáis jodidos. Sabrán a dónde os dirigís y os estarán esperando. El tiempo que una sibila puede observar oscila entre los treinta segundos y los quince minutos; dieciséis es mi récord. Cuando os dejen de pitar los oídos, salid de donde estéis y coged un taxi a la primera dirección que se os ocurra. ¡Nada de un sitio premeditado! —enfatizó—. O lo sabrán. Llevad equipaje ligero, como yo. Una mochila con un par de mudas y unos zapatos. Si es necesario, comprad ropa continuamente si os ayuda a recogerlo todo lo antes posible. Ya que sois dos, os recomendaría que uno estuviera despierto mientras el otro duerme. Aunque eso..., vosotros veréis.

En recepción los dos permanecieron mudos, atentos a todas las pautas que la extraña mujer les daba, si bien, con más asombro que retentiva. Verónica sabía que si su supervivencia iba a depender de lo que ella les contaba, estaban perdidos: no recordarían ni la mitad.

—¿Y mi factura? —se impuso la mujer ante la recepcionista.

—Un momento, por favor, que estoy atendiendo a otro cliente. ¡Ah, hola! —dijo dirigiéndose a Hans y Verónica.

—La he llamado hace cinco minutos para pedirle la factura —insistió la mujer.

—Oiga, señora —dijo un hombre vestido con un exquisito traje de color canela y tocado con un sombrero a juego—, tenga un poco de educación, que aquí estaba yo primero.

El hombre era delgado y altanero, con una nariz que parecía hecha a propósito para alguien de su petulancia. Rozaría los sesenta años, y con su traje y su mirada insolente, avisaba que el resto del mundo debía ponerse a la cola. Pero la extraña mujer ignoró su plomiza personalidad.

—Eran doscientos euros, ¿verdad? —dijo sacando un fajo de billetes del bolsillo de su pantalón—. Aquí los tiene...: doscientos cincuenta; y quédese el cambio por las molestias.

—¡Pero, oiga! —gritó la joven recepcionista.

—La gente de hoy día no tiene educación —masculló el hombre cuando salían por la puerta.

Verónica y Hans iban detrás como perros falderos, más por curiosidad que porque creyesen de verdad aquellas barbaridades.

La mujer se paró para coger un taxi.

—Un par de consejos más —prosiguió—: olvídate de tu coche, Verónica. No volváis a buscarlo; no os dará tiempo a llegar. Olvidaos también de los amigos, la familia, el piso... Todo. Al menos, durante una buena temporada, hasta que notéis que pasa la persecución.

Paró un taxi. Abrió la puerta y echó su equipaje dentro.

—Y el último consejo es el más importante —dijo mirándolos con su único ojo clavándolo en uno y otro alternativamente—: Verónica, consigue como sea una pistola. No la uses para dispararles si os atacan, hazme caso, no serviría de nada. Detrás de uno, siempre van más. Si veis que os van a pillar —concluyó con tono grave—, haceos un favor y pegaos un tiro.

En este punto, Verónica temía que la mujer los dejase solos. Era como si la puerta del coche fuese su hilo de conexión con la vida; si se cerraba, lo perdían por completo. Algo dentro de sí misma la empujaba a creer que sabía cosas, que no podía dejarla marchar con tanta información aún por recabar y tantas preguntas sin respuesta.

—¡Espera un momento! —gritó tirando del manillar de la puerta con violencia—. Apareces de la nada, nos das un montón de pasta y en cinco minutos nos cuentas una milonga y unas barbaridades que ya ni me acuerdo y...

—Ese no es mi problema —le espetó cáustica, con su acento de

Europa del Este—. Yo he hecho lo que creí conveniente. No es asunto mío si no has prestado atención.

—¿¡Qué!? ¡No es suficiente! —Y entró como una bala en el coche por encima de las rodillas de la mujer.

Hans miraba la escena embobado, como si estuviera en una sala de cine o en una estrafalaria representación de teatro.

—Si te vas, nos llevas contigo.

—Señorita —interrumpió el taxista—, por favor, estamos en el carril bus y tenemos más coches detrás.

Se formaba ya un pequeño atasco entre taxis, coches y un autobús que venía aproximándose.

—¡No pienso moverme de aquí —amenazó Verónica cuando se hubo acomodado en el asiento—, y te aseguro que te seguiré hasta que nos dejes las cosas bien claritas! —gritó de nuevo, fuera de sus casillas.

Tenía los nervios destrozados. Por un momento, una parte de su conciencia le insinuó, muy bajito, que estaba haciendo el ridículo. Le dio igual: se veía capaz de seguir gritando. Aquel día y aquella situación ya se había ido de madre hacía mucho rato.

La mujer resopló.

—¡Mierda!, ¡para qué me meteré yo en estos líos! —Miró hacia la parte posterior del taxi, no al atasco sino en la dirección de la que *ellos* tenían que venir—. ¡Vamos, sube! —le dijo a Hans—. No sé de qué me extraño.

La mujer se echó a un lado y Hans subió al taxi rodeado ya de gritos y bocinazos. El coche arrancó y se perdió entre la marabunta urbana en una dirección indeterminada.

Tres minutos después, un sedán blanco aparcó sin miramientos delante de la puerta del hotel. En el carril bus.

Capítulo 13

Gul se bajó del sedán blanco ignorando los coches que venían detrás, el carril bus y las señales.

El fluir del tráfico por la Gran Vía, la arteria principal de Madrid, era parte indispensable en la vida de muchos ciudadanos. De que los coches se movieran en perfecta sincronía dependía la puntualidad y el control del carácter de cada uno de sus conductores. Las emociones podían aflorar sin más ante una leve perturbación de la rutina. Gente que vocea, que insulta, que pierde los estribos al volante de su coche sigue siendo un clásico aún hoy.

Pero eso no le afectaba; de hecho, al hombre del sedán blanco le encantaban los atascos.

Ya no llevaba el traje de policía. Estaba harto de él. Su atuendo de ese día era elegante: traje de color gris y camisa azul marino; el pelo largo cobrizo lo llevaba recogido, como siempre, en una coleta, y solo la perilla poco recortada ensombrecía su cara. Llevaba gafas de aviador oscuras que confirmaban una vez más su gusto por las marcas caras: Armani, Gucci, Hugo Boss... Podía parecer un motero disfrazado de *yuppie* o un *yuppie* disfrazado de moderno, aunque no se consideraba ninguna de las dos cosas.

Enfiló hacia la entrada del hotel, mientras un conductor que no había tenido posibilidad de maniobrar para esquivar su coche se bajaba de su propio vehículo, y tan irritado, que ni siquiera reparó en que Gul era el doble de grande que él. Y Gul tampoco iba a molestarse en agredirle o contestarle; ni se inmutaría si el otro le daba un golpe a su coche y lo dañaba.

En la puerta y ante la atónita mirada del hombre, se dio la vuelta y con un gracioso movimiento de la mano cerró el sedán con el mando a distancia.

Con el brazo apoyado en el mostrador de recepción, había un hombre enjuto de prominente nariz, muy interesado en conocer los más mínimos detalles acerca del funcionamiento del hotel. La recepcionista contestaba paciente a todas sus preguntas, consciente de que intentaba seducirla de forma descarada e inútil. El hombre sudaba y le regalaba sutiles piropos acompañados de un desagradable aliento seco y rancio. Tan seguro de su poder de seducción, ni siquiera advertía la patente incomodidad de la chica, que no hacía más que retirarse nerviosa un mechón de pelo de la cara y sonreír tan incómoda como falsa.

Gul vio tanta lascivia malsana y aversión contenidas en tan grotesca escena de cortejo, que no quiso interrumpir. Se limitó a quedarse a una distancia prudencial. Para su desgracia, una pareja entró por la puerta cargada de maletas y le aguaron el espectáculo.

—Disculpe, señora, voy primero —le dijo Gul a la mujer recién llegada, que se dirigía al mostrador sin percatarse de su presencia.

—¡Ah! Discúlpeme. No era mi intención colarme. Perdone que no le haya visto.

—Ya, seguro... —contestó con un deje desagradable. Ella murmuró algo y Gul esbozó una sonrisa desdeñosa.

La recepcionista despidió al Don Juan, que amenazó con volver más tarde.

—Buenos días, dígame —dijo la chica, recobrando su papel.

—Pregunto por una mujer y un chico —dijo con su voz grave y algo cavernosa—. No sé si han llegado; venían para acá.

—No lo sé. ¿Son clientes del hotel?

—No, no —dijo con sequedad—. Habrán preguntado por el grupo del colegio del chico. Hans se llama. Quería saber si aún siguen aquí.

—¡Ah! —exclamó ella—, sí. Vinieron hace un rato. ¿Son amigos suyos? El grupo del colegio del chico se marchó ayer.

—¡No me diga! —dijo fingiendo sorpresa.

—Se lo contarán ellos —dijo componiendo una sonrisa—. Aunque ya se han marchado.

La cara de él se ensombreció.

—Oh, vaya. Qué contratiempo. No le habrán dicho por casualidad hacia dónde iban...

—No... —Gul sabía que dudaba en contestar por tratarse de información reservada—. Han cogido un taxi ahí en frente. Iban con otra señora —optó por decir en un intento desesperado de quitárselo de encima.

Gul se daba ya media vuelta y se paró en seco.

—¿Con otra señora? —preguntó con descaro.

—Sé que no debería decirlo, pero... —Miró hacia la puerta entreabierta que había tras ella—. Era una señora un tanto... excéntrica. Con un parche en el ojo. Se marchó sin firmar el registro. Y pagó al contado.

Gul se bajó las gafas hasta la punta de la nariz, se inclinó sobre el mostrador y encaró a la mujer.

—¿Un parche en el ojo?

—¿Quizá la conoce usted?

A medida que hablaba, al hombre se le iba dibujando una sonrisa cada vez más ancha y siniestra, que dejaba asomar la lengua entre los dientes.

—Somos viejos amigos. Me da mucha alegría —dijo calándose las gafas.

Y se fue sin decir adiós, aunque ella acertó a balbucir «tenga un buen día». Llevaba una mañana repleta de mala educación y subidas de tono, y su conversación con aquel tipo había sido el colmo.

Gul sacó el móvil de su bolsillo, un modelo carísimo chapado en oro, edición limitada, *made in China*. No manifestó emoción alguna al ver que un guardia le dejaba una multa en el coche y marcó un número del listín telefónico.

—¿Qué tal te va por Holanda?... No, no, tranquilo, que no te llamo por eso. Acabo de salir del hotel y he averiguado algo muy interesante. ¿A que no sabes quién está ayudando a nuestro chico y a la mujer a escabullirse?

Capítulo 14

El hombre pensó que no había hecho una carrera tan fácil en su vida. Conducía tranquilo, sin rumbo fijo: sus pasajeros se habían negado a darle un destino, una extraña petición que no tuvo problema en llevar a cabo. Recorría sin prisa el Paseo del Prado con su bulevar plagado de árboles y puestos ambulantes, dejando atrás los museos y el Jardín Botánico para adentrarse en la atestada encrucijada de Atocha y continuar después hasta la plaza del Conde de Casal. No era su intención seguir esa ruta, pero como era libre de ir por donde quisiera recorría, sin darse cuenta, la dirección hacia su casa.

Las tres personas que llevaba detrás, a cada cual más extraña, estaban enfrascadas en una conversación muy interesante de la que no entendía ni jota, pero entretenida, al fin y al cabo.

—De verdad... —suspiró Verónica llevándose las manos a las sienes—, si tanto sabes, dinos quiénes son esos hombres y qué quieren de nosotros.

—No voy a entrar aquí en detalles, pero ya sabéis que tienen mucho interés en vosotros.

—¿Por qué?

—No lo sé —dijo mirando al frente con su único ojo.

—¿Pero no decías que lo sabías todo? —contestó Verónica irascible—. ¡Sácanos de dudas!

—Aquí no.

Verónica bufó. Nada encajaba y se liaba más por momentos, aunque ya no se sentía molesta por haber perdido todos sus ahorros. Había pasado de tener algo más de tres mil euros en su cuenta, a tener ciento ochenta mil metidos en una bolsa de Bershka; un cambio muy conveniente pese al desconocido origen del dinero. Pero ya que el problema monetario había quedado atrás, debía asegurarse de que todo aquello no fuera sino un simple susto, y la mujer con su terco pesimismo no estaba colaborando a calmar el ambiente.

—Al menos, dinos cómo te llamas. Eso sí podrás, ¿no?

—Matilda. Mi apellido no me lo preguntes porque no lo sé; no me acuerdo.

—¿No te acuerdas de tu apellido? —interrumpió Hans.

—Ni de mis padres, así que no es de extrañar.

—Tu acento no es de por aquí —dijo Verónica.

—Soy de Polonia, pero me trajeron aquí cuando tenía ocho años y viví aquí hasta los dieciséis. Me eduqué... por llamarlo de alguna manera, en español. Aunque hace más de cinco años que no venía a Madrid y tengo un poco oxidado el idioma.

Hablaba muy rápido y con desgana. Antes, mientras la seguían por los pasillos del hotel, Verónica pensaba que hablaba así por las prisas. Ahora veía que no, que era nerviosa hasta el extremo. No paraba de tocarse los dedos y doblarlos, y de chascar los nudillos. Le sacaba de quicio el ruidito, pero se abstuvo de decirle nada.

Toda ella emanaba tensión, e incluso su dulzón olor corporal era ambiguo y no tenía muy claro si le atraía o le desagradaba. Estaba apretada entre Hans y ella en el estrecho asiento del taxi y mantenía la espalda tiesa como un palo. Paseaba su incompleta mirada por el suelo, el techo y la ventana delantera del coche, sin fijarse en ningún sitio, como producto de un tic aprensivo.

—Me parece que no ha sido una buena idea —murmuró para sí.

—No, claro, ha sido mejor recomendarnos que nos peguemos un tiro —murmuró sarcástica Verónica.

—Nos encontrarán —dijo bajito, casi conteniendo el aliento—. Haréis alguna tontería y nos encontrarán. Esto es un suicidio.

—Oh, bueno, según tú esa es la última opción.

—Ahórrate tus impertinencias. Solo por intentar ayudaros ya me estoy jugando la vida.

Hans tampoco parecía saber dónde mirar ni qué decir. En un momento, su mirada se cruzó con la de Verónica y sus ojos eran un puro interrogante. Estar en ese taxi era un desvarío y necesitaba una explicación. Ella obvió esa exigencia y volvió a mirar a la adivina. A pesar de lo asustada que la veía, su tono era duro y frío, y sus gestos denotaban determinación, la misma de que había hecho gala en el vestíbulo del hotel. Verónica, aunque insegura, volvió a resoplar. No sabía si lo que más le incomodaba de la mujer era su pesimismo, o la idea de que pudiera tener razón y que todo lo que contaba fuese cierto.

No hablaron durante los siguientes diez minutos que duró el trayecto. En un momento dado, a punto de dirigirse por segunda vez hacia la estación de Atocha, la extraña Matilda pidió al taxista que se detuviese y parase el taxímetro. Pagó sacando el mismo fajo de billetes que había usado en la recepción del hotel.

El taxi los había dejado en una avenida muy concurrida que bajaba hacia la plaza del Conde de Casal. Hans se levantó haciendo un esfuerzo titánico para bajarse y lo hizo en silencio y respirando con cierta dificultad. A ella la trastornaba verlo así, pero se le habían añadido cosas más importantes que atender, como que no se fiaba de la mujer. Verónica, en lugar de salir usando la puerta que tenía a su lado, permaneció sentada hasta que todos salieron del coche. La chica no le perdía ojo. Temía que Matilda se quedase dentro y pidiese al taxista que arrancara y se alejase de allí echando humo.

Matilda acabó por abandonar el taxi y echó a andar calle arriba, sin esperar a sus dos acompañantes ni expresarles sus intenciones.

—¿A dónde vas? —preguntó irritada justo cuando la sibila abría la puerta de un restaurante italiano.

—Tenemos una hora para comer. No nos despistemos.

La luz acogedora contrastaba con el exterior, que exigía ajustar las retinas al sol del mediodía. Las paredes exhibían cuadros de diversas partes de Italia y algunas botellas de vino se mostraban como damiselas presumidas en expositores de cristal.

—Me encantan los espaguetis con tomate y verduras que tienen aquí —dijo Matilda—. Espero que los sigan haciendo.

Hans, con su eterna cara de pena, volvió a decirle a Verónica que no tenía hambre. Ella, por el contrario, estaba famélica; a excepción de la lata de mejillones y un par de bollitos de chocolate, hacía veinticuatro horas que no entraba nada en su cuerpo. Muy poco, teniendo en cuenta lo mucho que comía normalmente, y más, en situaciones de estrés, que siempre pagaba con la comida.

No había mesas libres. Por suerte, no tuvieron que esperar mucho para que los acomodaran en un buen lugar, aunque a Matilda no le gustó; habría preferido un rincón cerca de la puerta, según dijo después, para escabullirse en caso de necesidad. Las mesas tenían un punto de luz sobre cada una y los manteles que las cubrían eran de tela suave a cuadros rojos y blancos, como en las típicas *trattorias* italianas.

Pidieron unos entrantes para compartir, aunque acabó comiéndoselos Verónica. Por un lado, por la inapetencia de Hans y, por otro, la aversión de Matilda por la carne, que se hizo patente en cuanto vio que el plato contenía jamón. A Verónica, hambrienta como estaba, poco le importó.

Mientras esperaban los platos principales, y aplacada el hambre que fomentaba el mal humor de Verónica, volvieron a hablar del problema que les ocupaba, esta vez, con más calma.

—¿Podemos hablar ahora?

—¿Quién...?

—¿Quién se está haciendo pasar por mí y por qué? ¡Y cómo! —se adelantó Hans con la mirada grave—. ¿Qué he hecho yo para que me torturen y ahora no me dejen en paz?

—Esa gente tortura por diversión. Que no te extrañe —dijo mirando inquieta a su alrededor.

—¿Cómo puede alguien torturar por diversión? —preguntó Verónica indignada—. No lo entiendo. ¡Es ridículo! ¡Un disparate! ¡Solo un loco...!

—No sabes a quién te enfrentas. No son políticos corruptos, no son mafiosos ni delincuentes; «ellos» son los que los controlan, los que les dicen a los políticos lo que tienen que hacer, y los que controlan a mafiosos y delincuentes.

»¿Sabes eso de que «quién hace la ley, hace la trampa»? La ley la hacen los yin. Ellos hacen las leyes, las aplican a los demás y, luego, se las saltan y hacen lo que les da la gana. Para eso las hacen. Si existe alguna guerra en el mundo, son los yin quienes la han planteado, o porque se aburrían o por alguna apuesta estúpida entre ellos. Son una sociedad tan antigua y malvada —dijo con una mueca de asco—, que daría grima pensarlo si no fuera porque es aterrador.

—Si existiera algo así ya lo sabríamos —dijo Verónica elevando los brazos con las palmas hacia arriba y moviendo la cabeza a ambos lados. Detestaba el marcado acento de la mujer y, por momentos, se le hacía insoportable.

—¿Cómo explicas que te hayan limpiado la cuenta corriente o que te los hayas encontrado en tu casa como si nada? Piensa. Un policía que se hace pasar por médico, que luego se hace pasar por policía de nuevo, que...

—¡Espera un momento! Explícame como sabes tú todo eso. ¿Cómo sé yo que no estabas tú con ellos o que estabas allí, escondida en alguna parte? Y no me vengas con el cuento de las adivinaciones.

—Sé que te ibas a Barcelona a ver a ese novio o lo que sea, ese tal Ismael que conociste por internet.

Verónica se quedó paralizada, con la mirada oblicua y la boca entreabierta.

—Eso lo puede saber cualquier pirata informático —dijo avergonzada de que Hans oyera aquello.

—... ¿y que comiste una lata de mejillones anoche? Que tu clave de la tarjeta de crédito es 6681 o que te dejaste el cargador del móvil encima del libro *De ratones y hombres*, que está en tu escritorio, en tu casa.

—¿Cómo es posible que sepas todo eso?

—Te lo he dicho ya. Soy una sibila. El problema con este tipo de cosas es que la gente se las toma a broma, como si fuera un poder sobrenatural que se les concede a unos pocos afortunados, cuando la realidad es que no hay nada más natural. Lo puede hacer cualquiera.

—Pues yo no puedo hacerlo y Hans seguro que tampoco puede. —El chico negó con la cabeza.

—No podéis porque no lo habéis intentado y porque no tenéis práctica. Esta sociedad está castrada espiritualmente por los yin y fomenta un rechazo hacia todo esto... O no se lo toma en serio. Esos que se hacen llamar espiritistas y adivinos, muchas veces sibilas de medio pelo que no saben ni dónde mirar, consiguen que las personas que tienen verdadero interés lo pierdan por creer que es una estafa.

—¿No lo es? —preguntó Hans sorprendido.

—Es un bien común, peligroso para los que están al mando.

—Eso suena un poco «conspiracionista» —dijo Verónica.

—¿Por qué crees que lo persiguen? Y hasta el exterminio a quienes lo practican... Los griegos enaltecían esos dones, creaban templos especializados en los que se formaba a la gente y las personas se lo tomaban como algo serio. Chamanes, druidas, gurús..., ¿te suenan?

Verónica movió la cabeza sin mucho énfasis.

—Y vinieron las religiones, las persecuciones, los pogromos, la caza de brujas, la repudia por todo aquello que supusiese un mínimo de libertad de expresión, incluido aquello que nos permite ver más allá de nuestros ojos, como lo que piensa otra gente. ¿Te lo imaginas? ¿Te imaginas cómo sería el mundo si no existiese la mentira? —le dedicó una amarga sonrisa—. Demasiado bonito y demasiado libre.

—Vale —suspiró agotada—. Y según tú, ¿cómo se hace eso? Si

dices que puede hacerlo cualquiera, podrás darme unas nociones básicas.

Quería ver hasta dónde llegaba la locura de la mujer. Por un lado, le parecía estar perdiendo el tiempo, aunque, por otro, la conversación se ponía interesante.

—Solo requiere práctica. Se hace a base de meditación y de mucha paciencia.

—No me vendrás ahora con uno de esos rollos zen, ¿verdad? —dijo frunciendo el entrecejo.

Se hizo un recatado silencio cuando el camarero se acercó a traerles los platos, como si temiesen que el hombre se pudiese escandalizar por tan rocambolesca conversación.

—No y sí —prosiguió cuando el hombre se alejó—. «Zen» quiere decir «meditación». Mucha de la teoría budista tiene parte de razón, igual que muchas otras teorías religiosas... Pero para poder hacer de pitia primero tienes que entender cómo funciona de verdad el mundo.

—Cómo funciona ¿el qué? —dijo Hans algo confuso.

—¡Vaya! —dijo Verónica mirándola con una mueca irónica—. Y yo que pensé que veintitrés años en este mundo me habían dado una idea aproximada de cómo funcionaba...

—La realidad está muy tergiversada. Da pena ver cómo las personas la buscan sin saber dónde mirar, cuando la tienen delante de los ojos. Tarde o temprano caerán en que han estado equivocadas durante siglos. Será un palo duro, pero sabrán encajarlo. Ya ha ocurrido antes...

—No me irás a decir que la tierra no es redonda...

—No. Solo te haré un favor. —Se levantó, cogió las dos servilletas de la mesa vacía de al lado y las juntó con la suya; dobladas en triángulo, hacían tres capas—. La explicación es mejor con un sándwich, pero como no tenemos uno, usaremos esto y te haces una idea.

»Imagina que las servilletas de arriba y de abajo son el pan y lo del centro una loncha de queso. —Verónica y Hans asintieron levemente—. El mundo es así. La rebanada de abajo es lo que los entendidos llamamos el plano material o plano físico; la de arriba es el plano espiritual o plano astral; en el físico se mueve todo aquello que podemos tocar, tu cuerpo, el mío, la comida, los platos, el restaurante..., la energía eléctrica, el viento, etc., y en el plano astral o espiritual, es decir, en la capa de arriba del sándwich, están los espíritus de esas mismas cosas que he mencionado del plano físico...

—Alto, alto, alto... —interrumpió con una sonrisilla—. ¿Me estás diciendo que mi plato o que la mesa tienen alma propia?

—Así es. Pero el alma no es lo que llamamos raciocinio. Eso está en el cerebro y son impulsos eléctricos, lo cual quiere decir que los pensamientos pertenecen al plano material. —Y señaló la servilleta de abajo.

»El espíritu es una entidad o sustancia que no entendemos del todo ni conocemos su finalidad, pero que existe, al fin y al cabo. Y en ese otro plano paralelo que está superpuesto al material —dijo señalando la servilleta de arriba—, o sea, en el otro pan, están las almas de todas las cosas del mismo modo que las tienes aquí delante. ¿entiendes?

—Trato de hacerlo.

—Pues ya tenemos el pan del sándwich. Ahora solo os falta saber cómo se relacionan entre sí. Esto es más complicado.

—¿Más?

—Un poco más. Entre aquí y aquí —dijo moviendo el falso bocadillo e incidiendo en las capas externas— existe una conexión.

—Es como nosotros mismos —se atrevió a intervenir Hans—, solo que en una realidad paralela que está pegada a esta. ¿Algo así?

—Algo así —dijo paciente—. Imaginad a una persona con un doble ser etéreo pegado a sí misma, que se mueve cuando este se mueve y camina cuando este camina..., pero en otro plano. La finalidad de las almas de todas las cosas es recabar información del plano físico. Es un mero ente pasivo: solo toma nota, nada más. Almacena lo que considera importante y lo que no lo desecha. Parece poco práctico, puesto que cuando mueres la información que tu alma ha recabado es irrisoria en relación a todo lo que has vivido, pero alguna utilidad tendrá.

—¿No lo sabes? ¿Me cuentas todo esto sin saberlo?

—Yo me quedo por el camino.

—¿Cómo que te quedas por el camino?

—Espera —contestó en tono risueño; ya no parecía la misma del principio y parecía que aquel discurso la estaba animando—. Lo que nos interesa es lo que está entre esos dos planos, ¿lo ves? —dijo levantando las servilletas y señalando la que quedaba en el centro—. Después de todo, el sándwich sólo sería pan si no llevara algo dentro ¿verdad? El queso es lo realmente importante, es lo que hace que el mundo suceda. Lo que llamamos tiempo o vida tiene su origen en el Cambio.

—¿Qué Cambio?

—A ese plano intermedio lo llamamos el Cambio... traducido al español, claro. Es algo así como la memoria universal del mundo. La información de una servilleta a la otra tiene que pasar por algún sitio. Entre los dos planos hay una frontera, como entre dos países. En las fronteras te toman el pasaporte e incorporan la información a una base de datos. Esto es igual. Tú vives, el Cambio lo procesa y se queda la información por duplicado a la vez que la pasa a tu alma. Tu alma, que es muy comodona, desecha la mayor parte de esa información, pero el Cambio no, el Cambio se la queda toda y la almacena. Si tienes suficiente pericia, esa información la puedes consultar.

Hans asentía atribuyéndole toda lógica. Verónica permaneció callada.

La comida se quedaba fría en el plato de Matilda mientras los otros dos comían escuchándola con atención. El camarero se acercaba cada tanto, pero Verónica levantaba la mano y le pedía que aguardase.

—Se lo ha llamado Éter, Akasha, Orenda y algunos lo llaman el Velo. Los registros akáshicos están presentes tanto en las religiones hinduistas como en la propia rama de la psicología cuando se habla del «inconsciente colectivo».

—Es como internet, pero en el mundo real —corroboró Hans.

—¡Exacto! —dijo con un gritito, demasiado exaltada. Apenas había tenido oportunidades en su vida de contar con un auditorio ni la mitad de atento. Verónica, que tenía la boca llena, abrió mucho los ojos asombrada por la exagerada reacción—. Cuando tienes una idea que te parece genuina, viene de ahí, de las vivencias de otros o incluso de las ideas desechadas por otros. Cuando sueñas, cuando creas. Cuando notas que pasa el tiempo, cuando crees que haces algo por intuición. Muchas veces te acuerdas de alguien y te preguntas qué estará haciendo; a veces, sin querer, estás mirando la vida de esa persona. Es como eso que dicen que cuando te pitan los oídos es porque alguien está pensando algo malo de ti. Eso es relativamente cierto.

»Mirar en el cambio crea una ligera interferencia en aquel del que procede la información. A esa interferencia la llamamos «nagma». Cuando alguien interfiere en la información que el Cambio guarda sobre ti, este reacciona con una ligera alteración que hace que te vibren los oídos..., y aunque toda tú vibras, es en el oído interno donde notas esa tenue onda.

—No entiendo —la interrumpió Verónica— que algo que, según tú, está ahí pero no se puede ver y está fuera del alcance de cualquiera sin experiencia previa, pueda afectar físicamente a nuestro cuerpo. Es medio raro.

—¿Fuera del alcance de cualquiera? ¡No me has escuchado! —exclamó mirándola con su único ojo—. Ya te he dicho que el Cambio es nuestra vida, que forma parte de ella a cada segundo que pasa. Que la mayor parte de la gente no sepa cómo se utiliza no quiere decir que no exista; mucho menos, que no esté a nuestro alcance.

—¡Bueno, tranquila! —se defendió Verónica—. Siento no entender todos estos rollos cósmicos con tanta facilidad.

—Nos estamos jugando la vida —murmuró—. ¡Es necesario que lo entiendas... ya!

Hans observaba a las dos mujeres discutir. Era un manojo de

nervios. Cuando habló, le temblaba la voz.

—Y ¿cómo es posible que se hayan hecho pasar por mí? ¿Qué tiene esto que ver conmigo?

—Nada. Es solo la forma que van a usar para localizarte a partir de ahora. Para atraparte. Y lo harán con alguna pitia que sepa usar el Cambio. En cuanto a cómo es posible que se hayan hecho pasar por ti, estoy segura de que han usado la técnica del *doppelgänger*.

—¿El «dope» qué? —saltó Verónica burlona.

—Es como un doble, un tipo de bilocación muy común que usan los yin desde hace... —se encogió de hombros con un suspiro— ni se sabe. A menudo han usado técnicas que luego han dado lugar a cuentos y leyendas...

—Un djinn, si no me equivoco, significa «genio», como el de la lámpara de Aladino —la interrumpió Hans.

La adivina lo miró sorprendida y asintió.

—Es curioso que lo menciones. La palabra djinn, d-j-i-n-n, tiene la misma pronunciación que yin, y-i-n... y, técnicamente, su significado no es muy distinto. Aunque sean términos usados por dos culturas alejadas por miles de kilómetros y costumbres diferentes. Un djinn es un genio de fuego, un ifrit en la cultura musulmana que, usualmente, es malvado y cruel. Sin embargo, «yin» parte de la dualidad universal del taoísmo, el yin y el yang, y se usa para designar aquello que es potencialmente malo. En este caso, la sociedad de la que hablamos son los yin, con «y», aunque no hay grandes diferencias entre un término y otro.

—¿Por qué no? —preguntó Verónica.

—Porque los yin se jactan de ser malvados y poderosos, al igual que los djinn, con «d». Igual que la leyenda del *doppelgänger*, que se supone que son espíritus malvados que toman la apariencia de sus víctimas para conseguir algo de ellas.

—Madre mía... —murmuró Hans —. ¿Y eso es lo que han hecho

conmigo?

—Hans, para el carro —intervino la desconfiada Verónica—, ¿cómo crees tú que van a hacer algo así? He visto mil veces los dobles de los famosos por la tele y ni siquiera ellos son idénticos a los originales, siempre hay algo que nos diferencia de los demás, incluso entre hermanos gemelos. Nadie es idéntico a nadie; te puedes parecer, pero no serás exactamente igual.

Matilda resopló. La actitud de Verónica la descorazonaba.

—Antiguamente lo hacían cuando había poca luz y con los pocos recursos de que disponían: peluca, maquillaje, miles de acólitos dispuestos... Ahora tienen de todo para ser calcados. Mira, si no, las películas de cine: usan máscaras de látex, postizos, emuladores de voz. Yo vi al tío que se hizo pasar por Hans el otro día, no cara a cara, sino a través del Cambio, y te aseguro que si lo hubiera visto de frente me habría creído que era él.

—¿Cómo supiste que era un impostor, que no era yo, si ni siquiera me conocías?

Su cara se ensombreció.

—Procuro estar en la calle el menor tiempo posible. Cuando oí el barullo en el pasillo, estuve tentada de asomarme y ver qué pasaba, pero no suelo hacerlo. Menos mal que esta vez tampoco lo hice... —Se frotó las sienes con los dedos—. Es mucho más seguro meditar y mirar en el Cambio, no hablar con nadie y que nadie te reconozca. Si hubiera salido al pasillo, ahora estaría muerta... o peor.

La mesa quedó en silencio. Poco a poco, incluso Verónica había ido cediendo algo de terreno a la credibilidad en lo que la adivina contaba. Saltaba a la vista que huía desde hacía mucho tiempo, tal vez demasiado. Se fijó en sus cicatrices: debía tener motivos para hacerlo.

—¿Qué es exactamente lo que viste? —le preguntó adoptando un tono más amable.

La adivina suspiró.

—A uno de ellos —dijo con la voz quebrada—. Uno de sus acólitos. Por eso me interesé en saber qué le había pasado al auténtico Hans. Seguí sus pasos en el Cambio: lo habían atacado en el hospital de Fuencarral y tú lo habías ayudado a huir. Supe que volveríais al hotel tarde o temprano y os esperé. Y ahora, más me vale poner tierra de por medio, y cuanto antes.

—¿Podemos ir contigo? —pidió el chico.

—¡Hans! —exclamó Verónica alarmada al tiempo que tironeaba de su camiseta. Lo único que tenía claro era la multitud de problemas a los que se enfrentaban sin la necesidad de poner adivinos ni temas místicos de por medio.

—¿Qué? —Se volvió hacia ella irritado—. ¡Es la única que nos explica lo que está pasando! Todo lo que ha dicho tiene sentido.

—¿Sentido? —sonrió paternalista—. No puedes estar hablando en serio...

Se enredaron en una discusión sobre lo que era coherente y lo que sobrepasaba el sentido común a juicio de Verónica. Por lo visto, Hans tenía una idea bastante infantil sobre darle crédito a una persona que acababa de conocer y que no paraba de decir disparates, algo que a Verónica la sacaba de quicio.

—Y a ti te conocí ayer y confié en ti sin dudarlo. Me fui contigo.

—Claro —le espetó—, porque no tenías opción.

Matilda los miraba sin intervenir. Llevaban un par de minutos discutiendo cuando ella hizo un gesto con las manos que los obligó a callar.

—¿Notáis eso?

Enmudecieron y prestaron atención.

—¡Me pitan los oídos! —exclamó Hans fascinado.

—A mí también —corroboró Verónica—. ¡No puedo creerlo!

Miraron a su alrededor y varias personas en las mesas cercanas se llevaban disimuladamente el dedo a la oreja.

—Vámonos de aquí. ¡Ahora!

La sibila se levantó de un salto ágil y con su bolsa al hombro se dirigió a un camarero. Le entregó cien euros y le señaló la mesa donde habían estado sentados. El camarero quedó perplejo, mirando aquel trío que abandonaba el restaurante como si un fantasma les pisara los talones y sin terminar de apurar los platos.

Matilda alzó el brazo para ajustarse la bolsa y la cicatriz que lo recorría de arriba abajo por el interior quedó a la vista. Su boca se contrajo en un gesto de dolor. Hans no se dio cuenta. Miraba abstraído a una muchacha que pasaba por su lado mientras se acercaba al borde de la acera para pedir un taxi.

—Todas estas cicatrices..., te las hicieron ellos ¿verdad? —le preguntó Verónica con aprensión y bajando la voz.

Matilda cerró el ojo por toda respuesta.

Si todo lo que les había contado era cierto y sus cicatrices eran el resultado del encuentro con gente tan sumamente peligrosa, la situación era más grave de lo que podían suponer en un principio... Mucho peor de lo que creían al salir del hospital.

—No se lo digas a Hans, por favor —dijo poniéndole una mano en el hombro.

Matilda se zafó de ella y la miró con dureza.

—¿No te das cuenta? Temerlos será lo que os mantenga con vida.

Verónica miró calle abajo, hacia el metro.

—¿Crees que a ti no te buscan? ¿Que esto no tiene nada que ver contigo?

—Yo solo...

—Lo ayudaste a escapar, eres su cómplice... —La adivina se encogió de hombros—. Puedes irte a casa si quieres, pero no digas que no te lo advertí.

Hans las miraba incómodo desde lejos. En ese momento se acercaba un taxi y el chico lo llamó.

—¡Eh!, ¿venís? — preguntó sujetando la puerta abierta.

Ambas dieron media vuelta y se dirigieron hacia el coche.

—Ten cuidado con lo que le dices —le susurró a la adivina—. Tienes que entender que es solo un niño.

—No, Verónica, eres tú quien no se entera —dijo volviéndose hacia ella antes de entrar en el coche —. El chico es joven, no idiota. No cometas el error de pensar que es como tu hermano.

Capítulo 15

Eona esperó fuera de la sala a que salieran todos los asistentes. Había unos cuantos, entre políticos, mandatarios de toda índole y asesores de varios organismos, tanto públicos como privados. Había sido una reunión importante, por lo que se podía deducir del caché de aquella gente, y estaba casi segura de que tenía que ver con lo mismo que la había traído allí.

Apenas quedaban un par de rezagados cuando se coló en la sala y se apoyó en la pared, junto a la puerta, con su carpeta abultada pegada al pecho, como una colegiala. Vestía un estilizado mono gris claro y el pelo, rubísimo, lo llevaba recogido en un moño alto de bailarina. Esperó con la paciencia y el aire distinguido que la caracterizaban a que salieran los dos últimos sujetos que ni la miraron al pasar por su lado.

Idos, sin embargo, ya la había visto. Sentado a la mesa en una de las sillas, abrió mucho los ojos y sonrió.

—¡Oh! ¡Qué agradable sorpresa! ¿Pasabas por aquí? —dijo con fingido asombro mientras recogía algunos papeles a su alrededor.

Killa estaba sentada de espaldas a Eona. Se inclinó por encima del hombro, asomando con curiosidad mal disimulada su preciosa sonrisa. Ella también sonrió afectuosa.

—Eres un embustero —dijo risueña—. Seguro que ya sabías que iba a venir.

—Mira..., tengo tanto lío que ni lo había pensado, pero no, no me sorprendes.

Ella se acercó y Killa se adelantó para darle un abrazo cariñoso. Era más alta que Eona, y sus ojos grises, que contrastaban con la brillante piel oscura, acompañaban su aire solemne.

—Algo te preocupa —dijo Killa con voz de terciopelo.

—Lo que a todos, supongo. ¿Podemos hablar? —preguntó dirigiéndose a Idos.

El hombre, un joven moreno y atractivo de brillantes ojos negros, terminó de hacer acopio de papeles y les pidió que pasaran a su despacho por una puerta lateral. Era una dependencia señorial, con algunos muebles antiguos de gran valor. Killa y él se sentaron alrededor del gran escritorio, mientras que Eona se mantuvo de pie. Estaba nerviosa.

—Creo que lo que ha pasado es una oportunidad de oro para quitarles el hospital a esos malnacidos.

Él, que seguía ordenando su mesa, la miró pasmado.

—¿Qué? —Idos reaccionó con una risotada—. ¿Otra vez con eso? Ese hospital es de Buer, y ya sabes que es posible que Shamgo esté detrás; no tenemos medios para algo así. Además...

—¿Y tenemos que quedarnos de brazos cruzados mientras hacen barbaridades a su antojo? Siempre hacemos lo mismo y siempre salimos escaldados.

—Eona...

—Ese hospital se come a mis niños, Idos. ¿Vamos a dejar que sigan haciéndolo?

Él suspiró.

—Empiezas a hablar como Bronte.

Eona lo miró perpleja por el comentario. Aquello había sido un golpe bajo.

—Pues yo prefiero hablar como él y actuar como él. Tú empiezas a parecerte a Gabriel. Hasta tu despacho se parece al suyo.

Alzó las manos señalando a su alrededor como si fuese obvio que tanta opulencia fuera síntoma de una debilidad.

—Chicos... —trató de templar Killa.

Idos se echó a reír.

—¿Y se supone que eso es malo?

—Depende. Si te preocupa más la burocracia que las personas...

Él hizo un mohín.

—Eso no es justo. Las cosas ya no se hacen así, Eona, y no por entrar con un ariete vas a conseguir mejores resultados que haciéndolo con eso que tú, despectivamente, llamas burocracia. Diplomacia, lo llamo yo, que es distinto.

—¿De verdad estás intentando ser diplomático con los yin? Has reunido aquí a toda esa gente... —dijo señalando a la sala de reuniones—. ¿Vas a pedirles por las buenas que te entreguen el hospital?

—Ella no lo sabe —intervino Killa con firmeza.

Eona se quedó callada, mirándolos a uno y a otra. De pronto, comprendió que si aquellos gerifaltes estaban allí no era porque quisieran arrebatarle a Buer el hospital. Había algo más. Dado que la prensa lo había dado por muerto, ella había pensado que la mejor baza que tenían para quitarle el control era mover hilos, convencer a la gente apropiada y cederle la dirección a alguien más confiable, alguien que, en cualquier caso, no estuviese tutelado por los yin. Sin embargo, por las palabras de Idos y el gesto de Killa, supo que estaba pasando algo por alto.

—¿Qué me he perdido?

—Hay una profecía —dijo Killa—. Ha habido una proyección a escala global... Digamos que ya no vas a tener que preocuparte más por ese hospital. Está a punto de arder hasta los cimientos.

—¿Global?

No es que no le hiciese ilusión terminar con el hospital de una vez por todas. Llevaba muchos años lidiando con el negocio de Buer y finiquitarlo era un alivio, sin embargo, una proyección global se traducía en muertes. Muchas muertes.

Apesadumbrada, se sentó y guardó silencio.

—Cuando has venido, pensaba que ya lo sabías —dijo Idos comprensivo. Ella negó con la cabeza—. Sacher lleva días machacándome con eso. Los profetas lo tienen medio loco porque pretenden que solucionemos esto de alguna manera y, como siempre, no se puede hacer nada. No les entra en la cabeza que...

—¿Qué es lo que han visto?

Idos se encogió de hombros.

—Fuego, dolor, muerte... Lo típico.

Eona lo entendió en toda su dimensión.

—Creéis que Buer le va a prender fuego, ¿verdad? Como ya no lo puede manejar...

—Es una posibilidad —dijo Killa—. Un poco absurda, claro está, porque podrían gestionarlo de otra manera, pero viniendo de un yin...

Idos se levantó y se paseó por la sala, tal como había hecho un rato antes en la sala contigua.

—Lo único que se les ha ocurrido a los consejeros es revisar los sistemas de seguridad del edificio. La ventilación, los aspersores antiincendios, las salidas... Eso, montar guardia y que, en cuanto se produzca, actuemos sacando a la mayor cantidad de gente posible. No dejar que se convierta en una ratonera.

—No es mala idea —convino ella.

—El problema —prosiguió Idos— está en que no tenemos acceso a los planos. —Ella lo miró atónita—. Como lo oyes. Buer se las ha apañado para retirar los planos del registro y no hay forma de encontrar una copia. Podemos arriesgarnos a enviar técnicos que revisen las instalaciones de seguridad, si es que las hay..., pero no hay forma de encontrar puntos débiles por los que acceder o de hacer un agujero en la pared sin poner en peligro la estructura del edificio.

—Podríamos empeorarlo en lugar de ayudar.

—Exacto.

—Creo que sé dónde conseguir un plano del hospital —dijo Eona dándole vueltas a un recuerdo. Los otros la miraban expectantes.

—Lo hemos intentado todo...

—Bronte los tenía —asintió—. Yo no llegué a verlos, pero me lo dijo. Los consiguió del arquitecto... De ahí que sospechara que Buer escondía algo, porque, según él, los planos parecían incompletos.

—Si estaban incompletos, no estoy seguro de que nos sirvan.

—Unos planos incompletos son mejor que nada —apostilló Killa.

Eona asintió.

—Me pasaré por casa de Bronte a ver qué encuentro.

—Todo lo que pueda ayudarnos será bienvenido —dijo Killa con una sonrisa.

—A propósito... ¿Qué sabéis del chico que lanzó a Buer por la ventana?

Los otros dos se la quedaron mirando, confusos, como si no supieran de qué les estaba hablando.

—¿Qué chico? —preguntó Idos—. A Buer lo atacó un anciano. Eso ha dicho la policía —dijo con las manos en alto.

—Pues tus asesores están muy mal informados. Mi amigo Carlos, el policía, se las tuvo que ver con Gul en el accidente de Gran Vía de días atrás. El muy cerdo intentó llevarse a un chico del accidente al hospital de Fuencarral y él lo interceptó, aunque no pudo evitar que lo llevaran allí.

—¿Y crees que era un avatar?

—El chico estaba en la misma habitación de la que cayó Buer.

Se hizo un flemático silencio que culminó con Idos frotándose la cara.

—Esto es de locos.

—No quiero darte esperanzas —dijo Killa apenada—, pero es muy probable que ya lo hayan matado.

—Y si no lo han hecho, estará por ahí... solo y perdido. Hay que ponerse en lo mejor. Si se dirige a algún policía, es posible que lo encuentren ellos antes que nosotros.

—¿No tienes datos? ¿El nombre, algo con lo que empezar?

Ella negó.

—Por lo que me dijo Carlos, o perdió la documentación o Gul se la quitó en el accidente.

—Está bien —asintió Idos—, hablaré con nuestros contactos de la policía. Recemos para que sepa apañárselas hasta que demos con él.

# Capítulo 16

En el taxi quedó claro que la adivina no tenía otro plan que no fuera moverse sin rumbo. Se bajaron al cabo de un buen rato para volver a coger un taxi y luego otro más, que los llevaría de un lado a otro de Madrid sin dirección fija. Esta vez no hablaron. Cuando Matilda lo creyó conveniente, pidió al taxista que parase junto a un centro comercial.

Madrid era todo nuevo y desconocido para Hans. Estaba tan impactado con aquella rocambolesca historia, que hasta el dolor había pasado a un segundo plano: seguía ahí, pero ya no era el mismo; o se había acostumbrado a él o habían tomado el relevo otras preocupaciones y los pinchazos se habían convertido en algo secundario. También los calmantes hacían su trabajo. Medio lelo, miraba la ciudad vespertina: ni la forma de los edificios ni el aspecto de la gente, ni siquiera el trazado de las calles se parecía remotamente a su Ámsterdam natal. No había canales ni puestos de flores en las aceras. Solo avenidas atestadas de coches, ni una sola bicicleta. Lo que una semana antes lo había fascinado, ahora le producía una especie de angustiosa claustrofobia. Quería volver a casa. Quería abrazar a sus padres y que le dijeran que todo iba a salir bien. Quería recuperar su cuarto y dormir en su cama. Ver al resto de su familia, a sus amigos... Él no tendría que estar allí, perdido, torturado, perseguido, a miles de kilómetros de su hogar y con dos mujeres a las que no conocía tirando de él. Era delirante.

Pero estaba atrapado. En cuanto cerraba los ojos, los fantasmas del hospital se arremolinaban en su cabeza y no le daban tregua. No podía pensar en nada más ni en solucionar nada. La conversación de sus compañeras era la banda sonora de aquel viaje interminable, aunque ya no atendía a lo que decían. Rabiaba porque todo volviese a la normalidad. Pero para eso debía confiar.

Así, se dejó llevar por ellas como una tabla a la deriva. Le costaba hablar y hasta pensar, y prefirió que alguien lo hiciera por él. En el interior de la galería comercial, una ráfaga de aire lo sacó de su bucle de tristeza y supo de inmediato que se había apoderado de él una insistente paranoia.

En los últimos días había vivido más cosas que en el resto de su vida, y el cansancio, tanto emocional como físico, lo tenía agotado. Después de las explicaciones de la adivina y después de lo vivido en el hotel, miraba a los transeúntes como si fueran sospechosos de algún crimen, receloso con respecto a las gentes ignorantes y ufanas que paseaban en las avenidas o reían, ajenas al mundo que lo tenía atrapado a él. Le entraron ganas de plantarse donde estaba, de dejar de caminar a la zaga de Verónica y Matilda y sacudir al primero que pasase por su lado y gritar: «¡¿Acaso no veis lo que ocurre?! ¡¿Acaso no veis la mentira?!».

—¿Qué hacemos aquí? —preguntó Verónica.

—No tenéis más ropa que la puesta y Hans empieza a oler mal.

Lo dijo sin ninguna contrición por ofender, pero el aludido se encogió de hombros. Menudo problema, comparado con lo que tenían entre manos.

—Compraremos algunas mudas para vosotros y ropa cómoda; y algo de comida, no mucha, para que no pese. Y unas mochilas o... —miró a Hans— una maleta.

—Supongo que has dado por sentado que vamos a seguirte.

Matilda se giró en redondo y la encaró.

—¿Tienes otra opción?

—¿Puedes ponerte en nuestro lugar por un momento, por favor? Lo que nos cuentas son disparates, uno tras otro. ¿Por qué tendríamos que creerte? ¿Quién nos dice que no estás chiflada y que todo eso no son más que paranoias tuyas?

—¿No quieres creerme? Bien..., no lo hagas. Pero párate a pensar en lo que le han hecho a él en la espalda y en que ahora esos mismos tíos te persiguen a ti. —Vio la duda en sus ojos y prosiguió—: En este momento estamos todos en el mismo barco. Vosotros y yo. No hay diferencias. Dime, si no, por qué te has subido al taxi conmigo.

—Eso mismo me pregunto yo.

Verónica estaba a punto de echarse a llorar, desbordada. Se dio media vuelta para marcharse, pero Hans la retuvo del brazo.

—Sigues aquí porque sabes que digo la verdad —dijo Matilda a su espalda—. No solo vienen a por Hans, tú eres su cómplice —Cuando vio que ella no respondía se dio la vuelta con desdén—. ¡Bah, haz lo que quieras!

Mientras la adivina echaba de nuevo a andar, Hans soltó el brazo de su amiga.

—No te vayas, por favor —le suplicó.

Él se dio media vuelta y siguió a Matilda por el ajetreado centro comercial. Temió que Verónica no los siguiese, que lo dejase solo con aquella mujer tan rara que, aun así, tenía sus razones.

Además, Verónica le caía bien. Se sentía cómodo hablando con ella, aunque fuese mayor que él. Le daba seguridad.

Miró por encima del hombro y suspiró aliviado. Venía detrás.

Mientras compraban, la chica se mantuvo callada y distante. La calidad de las mudas no era muy buena, pero Matilda aseguraba que si en algún momento debían abandonar la ropa, no les dolería hacerlo. Compraron también unas bolsas de deporte algo más grandes que la de Matilda. Y comestibles: pan, embutidos y queso, un yogur líquido y unas cuantas piezas de fruta.

El supermercado estaba a rebosar de gente. Las compras para Semana Santa se habían disparado con las vacaciones, y un sinfín de personas abarrotaba el recinto con carritos rebosantes de género. Estando en la cola para pagar, Verónica habló.

—Si se supone que saben dónde estamos en todo momento, ¿cómo es que no han intentado localizarnos desde que hemos entrado?

—Entrar en el Cambio es muy cansado y requiere tiempo de reposo. Hay miles de datos inútiles acerca de cada ente.

Verónica asintió, más por cortesía que por convencimiento. Al menos, se dijo Hans, estaba tratando de ser amable.

—¿Y se supone que por eso entrar en el Cambio es difícil? —preguntó él.

—Es difícil por varias cosas: requiere un espacio tranquilo y estar descansado porque es agotador. Resulta más fácil acceder en las horas de sueño —dijo volviéndose a mirarlo—, pero si estás muy cansado no lo controlas. Hay que tener un sueño lúcido, nada fácil de manejar. La gente, cuando sueña, vaga por datos que ya conoce y se deja llevar por ellos a otros que ignora. De ahí que la mayoría de los sueños no tengan sentido. Pero desplazarnos en el Cambio a voluntad, volvernos «onironautas», es muy fatigoso. La mayoría no se sostiene cinco minutos. Yo puedo llegar a quince con un tiempo de refresco de por medio. Entre unas cuatro o cinco horas. Así que tenemos un poco de respiro antes de que los yin den señales de nuevo.

Salieron del supermercado y se fueron a un banco de la galería a quitar las etiquetas de la ropa y meterlo todo en las bolsas de deporte.

—¿Conoces a más adivinos aparte de ti? —preguntó Hans.

—El único que conozco realmente bueno trabaja para un yin llamado Crowe. Es el tipo que me ha estado siguiendo en los últimos años.

A Hans le dio un vuelco el corazón al escuchar el nombre.

—¡Espera, yo conozco a ese tío! —saltó Hans indignado—. ¡El anestesista! ¡El muy cabrón me redujo la anestesia!

—Ah, ¿sí?, pues tienes suerte de que te pusiera anestesia y no una mordaza sin más. Será que no te aprecia tanto como a mí —ironizó.

La gente deambulaba a su alrededor ignorante en su apacible y despreocupada vida.

—¿Te han estado siguiendo usando a otro adivino? —preguntó

Verónica.

—¿Cómo, si no, iban a hacerlo?

—Pensé que utilizaban técnicas como la de rastrear tarjetas de crédito o la documentación.

Matilda la miró sin emoción mientras tiraba de un pasador de plástico hasta arrancarlo de una camiseta.

—Mi documentación es falsa y mi tarjeta de crédito no se puede rastrear. La única posibilidad que tienen de encontrarme es a través de un tipejo, un ser despreciable llamado Nuno Pouda que trabaja para ellos. Un cerdo portugués...

A Matilda le rechinaron los dientes de una forma muy teatral. Fue como si hablar de su rival supusiese haber perdido algún concurso importante, cuando lo que de verdad estaba en juego era su propia vida. Les recalcó la importancia de moverse en zonas en las que siempre pudieran coger algún transporte público y sugirió que se movieran a algún lugar más concurrido de Madrid. Llamó a otro taxi.

Hans se sentía incomodo de pasar tantas horas metido en un coche. No era nada paciente para viajar. Quizás era esa vieja costumbre patria de usar la bicicleta para todo, lo que le provocaba cierta claustrofobia en cuanto se refería a otro medio de transporte.

Media hora más tarde Verónica propuso ir a merendar a algún sitio y Matilda estuvo conforme.

—Una pregunta —dijo Hans cuando ya estuvieron sentados en una cafetería abarrotada de gente— ¿Por qué seguimos aquí? Quiero decir que, si esa gente nos está siguiendo, quizá deberíamos salir de la ciudad cuanto antes ¿no?

—Tiene razón —corroboró Verónica.

—Es cierto —asintió Matilda—, y lo mejor sería ir al extranjero, pero vosotros no tenéis pasaportes. Además, aunque pudiésemos sobornar a un operario de aduanas, tenemos muchas posibilidades de que nos cojan.

—¿Y salir de Madrid? —preguntó Verónica, que había optado por rendirse a la fatalidad—. No sé... Sevilla, Barcelona...

La adivina se ajustó el parche y tragó saliva.

—Hace falta documentación y la vuestra estará registrada en una base de datos del aeropuerto. Si no es el pasaporte será el DNI o el ID-kaart holandés. En cuanto compremos los billetes e intentemos facturar, se nos echarán encima. Buscaré algún contacto...

—Para una documentación falsa —terció Verónica.

—Exacto.

—¿Y no lo sabrán los yin en cuanto intentes conseguírnosla? —preguntó Hans.

—Puede. Dentro de una hora —dijo mirando su reloj, acercándolo exageradamente a su ojo azul— llamaré a quien me la hizo a mí. Mañana, si no sabemos nada, o si las cosas salen mal, nos iremos lo más lejos que podamos.

Verónica resopló y se frotó la cara.

—Hasta este momento no me había planteado tener que salir del país. ¡Es una locura! —dijo mirando agobiada a la nada, tirándose inconscientemente del pelo — En un momento he pasado de estar planeando un viaje a Barcelona, a tener que huir despavorida sin decirle nada a mi familia, ni a mis amigos. ¿Y mi trabajo? Ufff... voy al baño.

Se levantó de un salto y marchó dándose codazos con el gentío. Hans volvió a temer que esta vez fuera definitiva e hizo ademán de ir detrás de ella. Matilda lo detuvo.

—Se le pasará. Dale tiempo.

—¿Qué te pasó a ti con los yin? —preguntó—. ¿Cómo supiste de ellos?

La cara de Matilda, con sus cicatrices y las ralas canas de las cejas, se ensombreció.

—Yo vivía con mis padres en Polonia, en el *dzielnicy* de Zoliborz, al norte de Varsobia. Tenía nueve años. —sonrió con tristeza—. ¿Puedes creer que no sé cuántos tengo ahora? Toda esa información está en el Cambio, pero prefiero no verla. Creo que he olvidado los nombres y las caras de mis padres a propósito, para protegerme.

—Protegerte... ¿de los recuerdos?

—De lo que les sucedió, sí —Su cara se contrajo. Más que triste parecía enfadada y una profunda arruga se perdía entre los bordes del parche que le cruzaba la frente—. Crowe me encontró, no sé cómo. Tal vez me vio en el mercado o quizá paseando por el barrio. Se quedó con mi cara. —Su ojo sano se tiñó de un velo acuoso—. Primero me pasó como a ti: me secuestró y me torturó. Pensé que acabaría matándome, pero lo que hizo fue traerme a España.

Verónica volvió para consuelo de Hans y se sentó. Escuchó con respetuoso silencio mientras se tomaba un café.

—Pretendió que yo fuera sibila, que desarrollara el potencial todo lo que pudiera. No recuerdo si yo tenía sueños y visiones siendo pequeña. Guardo pocos recuerdos de mi infancia. En mi memoria, paso de tener nueve a tener doce años, y luego catorce, y entre medias solo destellos de cosas malas. Era como una zombi.

—¿Y tus padres? —preguntó Hans alarmado—. ¿No los volviste a ver?

Matilda lo miró con gesto grave y después se detuvo en Verónica.

—No te tortures. Lo que te pase a ti estará siempre lejos de parecerse a lo que me ocurrió a mí. Aunque a mis padres los mataran, no debes pensar ni por un momento que les ocurrirá lo mismo a los tuyos.

—¡¿Cómo que no!? —saltó él, alarmado—. ¡Puedo llamar a casa y avisarlos! ¡¡Corren peligro!!

—¿Y entonces qué? El *doppelgänger* que esté con ellos se ensañará. No es buena idea.

—¡Pero no puedo quedarme de brazos cruzados!

—Ese fue el error que yo cometí. Me aferré y los perdí. Era tan niña...

—¡Me da igual! —dijo frustrado—. Necesito hablar con mi madre, saber que están bien.

Verónica le pasó una mano por el hombro.

—Es normal —dijo ella dirigiéndose a Matilda—, tiene que llamarlos.

La adivina meneó la cabeza y dio un golpe en la mesa.

—Tranquila...

—A mí me tenían y se ensañaron con los míos. ¡Es una trampa! Si quieres mantenerlos a salvo, lo que tienes que hacer es impedir que te cojan. ¿Lo entiendes?

El chico asentía, cabizbajo, frotándose los ojos para impedir que las lágrimas se le escaparan. Notaba la mano consoladora de Verónica sobre su cabeza y agradecía su calidez en medio de tanta angustia.

—Supliqué a Crowe durante meses. Tenía diez años y me prometió que en Navidad me devolvería con ellos. —Se aclaró la garganta—. Prometí ser buena, hacer todo lo que me pidiese y no quejarme nunca, y créeme Hans, cuando digo que le prometí hacer todo, me refiero... a todo.

A Hans le recorrió un escalofrío y Verónica se movió incómoda en su silla. Nunca había escuchado una historia tan terrible con un trasfondo así de macabro.

—Estaba dispuesta a darlo todo por volver con mis padres. Era la única meta auténtica que he tenido en mi vida; esa y la que tengo ahora.

Hans dudaba si seguir preguntando, pero ganó su impaciencia:

—¿Cuál?

—Impedir que me encuentre.

—¿Y... los mató?

Matilda se encogió de hombros.

—Me dio drogas para que los viera en el Cambio.

Hans resopló estresado, con el dolor terrible de la espalda palpitando mientras una angustia que no conocía iba apoderándose de él.

—Tienes que olvidarte de tus padres... de momento.

—Y, según tú, ¿qué debemos hacer ahora? —preguntó Verónica tratando de parecer calmada.

—¿Ahora? Nada. Mañana sabré si mi contacto puede conseguirme los pasaportes. Y no te preocupes, chico —se giró hacia él—, yo miraré esta noche por tus padres en el Cambio y te contaré lo que vea.

—Ya verás como todo sale bien, Hans. —Verónica tenía un brazo sobre sus hombros y, pese a la molestia, le resultaba tan reconfortante que no le dijo nada.

Aceptó a regañadientes. ¿Qué otra cosa podía hacer? Se sentía maniatado y hundido, no pensaba que pudiera haber nadie más desgraciado que él en el mundo.

Hans oía hablar a las dos mujeres sobre viajes, precauciones que debían tomar, turnos de sueño y cómo actuar en los hoteles. La tensión entre ellas tenía visos de haberse disuelto. «Algo es algo», se dijo.

Matilda se levantó y se dirigió a la barra.

—Va a buscar un teléfono. Estoy segura de que no todo es tan grave como parece —susurró Verónica, poniendo una mano en la pierna de Hans.

El chico se reclinó hacia ella hasta notar tensión en las heridas. También él adoptó el mismo tono confidencial.

—Escucha, ya sé que no crees ni una palabra de lo que dice, pero yo estoy convencido de que dice la verdad. Cosas así no pueden inventarse...—Ella abrió la boca y él la paró—. Déjame acabar. Hasta nos ha contado cosas acerca de nosotros mismos que solo nosotros sabíamos. No puede haberlo inventado...

—Puede habernos espiado, Hans. No lo sabes.

—Y puede que sea verdad, piénsalo bien. Hay tantas cosas que ha dicho que tienen lógica. Incluso el Cambio del que habla es algo que tiene... sentido.

—Hans... —se lo dijo con una sonrisita paternalista que a él le dio rabia—, ¿sentido? Es muy bonito, es verdad, pero no lo tiene. A saber de dónde ha sacado toda la información. No sé tú, pero yo me siento estúpida cuando me suelta esos rollos y tengo que asentir como una boba como si me los creyera. Lo único que me creo es que nos persigue esa gente. Por lo demás...

Hans la miró con tristeza. La entendía, pero no estaba de acuerdo con esa opinión. Tuvo que hacer acopio de valor para decirle lo que pensaba.

—Mira, le he estado dando vueltas y creo... bueno... A ti ellos no te están buscando.

—Ya sé por dónde vas y la respuesta es no.

—Verónica, de ti no quieren nada. Fueron a tu piso para ver si yo estaba contigo. No sabemos cómo lo encontraron, pero el Cambio del que habla Matilda es una buena explicación.

—No, Hans, me niego a...

—Esta no es tu guerra. Yo te metí en este lío y no quiero que te pongas en peligro por mi culpa. Primero mis padres y luego tú. —Negó con la cabeza—. No quiero que te vayas, pero creo que no es buena idea que sigas con nosotros.

—¿Sabes por qué eso no se me ha ocurrido a mí antes, Hans? —cortó con el brío que le era tan propio—. Porque no te voy a dejar a cargo de una loca. Así de simple. No sabemos si lo que dice es verdad, pero tal como yo lo veo solo hay dos posibilidades: que este diciendo estupideces porque está loca, por lo que no te voy a dejar con ella bajo ningún concepto, o que diga la verdad, cosa que dudo... En ese caso tampoco te voy a dejar dependiendo de una tía rancia con un parche en el ojo. —Hans rio por lo bajo—. No, Hans. Te prometí que te llevaría con tu familia. Dejarte con esa mujer no es algo que te acerque a ellos ni me deja la conciencia tranquila.

La vocecita de Hans le decía que lo mejor era que ella se marchara, pero se alegraba de que no lo hiciera. Habían llegado a tener una bonita camaradería en las pocas horas que habían pasado juntos, y aunque Matilda no le caía mal, sí que estaba de acuerdo con Verónica en que era extraña e inquietante.

La mujer volvió a la mesa con aire intranquilo.

—El hombre de los pasaportes necesita fotos vuestras. Con toda la tecnología digital y los grabados que ponen, son más complejos y difíciles de hacer, así que nos cobrará una buena suma.

—Tenemos dinero —atajó Verónica.

—No es eso lo que me preocupa. Los pasaportes tardan en hacerlos tres días y no tenemos tanto tiempo. Crowe y todos los que nos están buscando están usando a Nuno Pouda... y es muy bueno.

—¿Cómo de bueno? —preguntó Hans.

—Casi tanto como yo.

—Vaya, ¡qué modesta! —Verónica no pudo evitar el sarcasmo.

—Es la verdad. Pero solo actúa cuando le aprietan las clavijas.

—Hay una cosa que no entiendo —cortó Verónica—. Vale que según tú haya una organización secreta, gobierno, secta, o lo que sea, que controla la economía mundial, pero de ahí a que sean crueles y lo más malo de todo lo malo...

—No es un invento. No sé cómo decírtelo.

—Solo digo que no entiendo porqué un supergobierno tiene que ser malvado y no —se encogió de hombros— pacífico y constructivo, preocupado por el bien común.

—Supongo que es tan sencillo como que la ambición y el poder corrompen. Cuanto más tienen, más quieren... y tú pareces seguir en la inopia.

Hans soltó un resoplido que fue ignorado. En cuanto subía la tensión, el dolor de la espalda se le acentuaba y se le crispaban los nervios.

—No empecéis a discutir otra vez, por favor.

—Lo que yo...

La adivina fue a pagar a la barra dejando a Verónica con la palabra en la boca.

—Dale un respiro, ¿quieres?

Verónica se fijó en él: parecía febril. Tenía los carrillos colorados y la frente perlada de sudor.

—¿Te encuentras bien?

—Necesito una ducha y que me mires las vendas. La espalda... me escuece.

Ella asintió preocupada; y en ese mismo instante, sonó: era un pitido agudo, claramente audible y que tapaba casi por completo el barullo de alrededor. El entrechocar de platos, las conversaciones, las máquinas tragaperras..., todo quedaba amortiguado, como si estuviese en una burbuja bajo el agua.

—Tú también lo oyes —aseveró Hans al ver su cara contraída—. Deberías admitir que tiene razón. No creo que sea coincidencia que dos personas puedan oír eso a la vez si no es por lo que ella dice.

—Yo no sé nada, Hans. Tanto me da si tiene razón como si no... Pero esto empieza a darme miedo.

—¡Vámonos! —dijo Matilda volviendo apresurada.

La mujer cogió su mochila y salió del local sin preocuparse de que Hans y Verónica la siguieran. Hans se figuraba que se desentendía de ellos en cuanto suponía que el enemigo estaba a la zaga. Hasta sería capaz de abandonar su equipaje si se veía demasiado apurada; de hecho, según les había contado, los bienes personales que más valoraba, dinero, tarjeta de crédito o pasaporte, los tenía a buen recaudo en una cartera de piel que llevaba prendida con unas correas en el interior de la blusa. Lo importante solo estaba a salvo pegado a su piel.

Cogieron, muy a su pesar, el cuarto taxi de la tarde, pero esta vez no tardaron en bajar. Media hora después de haberse subido a él, Matilda hizo que se detuviera ante un lujoso hotel cerca de la Estación de Atocha, en una calle ancha y concurrida.

Ni Verónica ni Hans habían estado en un hotel semejante jamás. El vestíbulo era moderno, con mobiliario de líneas estilizadas y tonos grises que daban a la recepción un aire juvenil y acogedor. Aunque la empleada de recepción era alegre y amable, Hans se dio cuenta de las dificultades que tenía que solventar Matilda en su complejo oficio de huir. Para empezar, era «necesario, primordial e ineludible» —según palabras de la diplomática azafata— entregar un documento de identidad y una tarjeta de crédito. Tratando de convencerla para que obviase semejante trámite, terminaron por llamar al director del hotel. Pese a sus iniciales negativas, cedió ante la petición de Matilda de hablar en un lugar más privado. Verónica y él aguardaron por orden de la adivina, que volvió a los diez minutos con el director. El hombre, muy sonriente, les entregó la llave de una habitación.

—Venga, desembucha, ¿cuánto le has soltado? —quiso saber Verónica.

—Lo normal en estos casos. —Y se encogió de hombros—. Depende de la calidad del hotel, pero si la habitación aquí cuesta quinientos cincuenta euros la noche...

—Dios mío...

—... sobornar al director para que pase la ley por alto puede costar, más o menos, doble.

Verónica se quedó con la boca abierta. En el habitáculo del ascensor solo se oía el zumbido del aire acondicionado y una suave melodía que salía por un altavoz oculto.

—¿Le has pagado a ese tipo mil euros para que no te pida el carné de identidad?

—Mil doscientos. Ya sabes..., por las molestias.

—¡Pero si eso es más de lo que yo gano en un mes! —exclamó indignada.

—Yo no le veo el problema —interrumpió Hans—. Con el lío en el que estamos metidos, no le haré ascos a un hotel de lujo.

—Esa es mi filosofía —Matilda lo miró complacida—. Veo que empiezas a captar el concepto. Tienes que cambiar el chip, Verónica. Ahora mismo el dinero no es más que papel que pesa en tus bolsillos. Hacer esto es como... la ley del equilibrio.

—No creo que tus mierdas zen puedan aplicarse a gastarse mil doscientos euros en una noche de hotel.

—El Tao puede aplicarse a todo lo que le dé la gana a uno, pero puedes dormir en el suelo si así te sientes mejor. —Hans captó la mirada ofendida de su amiga—. De todos modos, no creo que pasemos toda la noche aquí... No lo creo.

La *suite* estaba dividida en dos espacios separados: un salón amplio con un sofá de piel color hueso, una gran televisión de pantalla plana y multitud de detalles ornamentales, lámparas de suave luz, cortinas pesadas, una mullida alfombra gris y una panorámica que daba al castizo Paseo del Prado que hacía a Hans sentirse afortunado, por encima de los mundanos transeúntes de allá abajo y por encima de su propio infortunio. El dormitorio compartía el mismo exquisito gusto moderno, y combinaba los tonos crudos con el blanco sereno de las colchas y el marrón chocolate del suelo de madera. Lo que más llamó la atención del chico fueron las dos camas enormes, separadas la una de la otra, que presidían la habitación sin llenarla del todo. Tantas cosas bonitas después de tres días de penurias le provocaban ganas de llorar y reír al mismo tiempo.

Dejó con cuidado su miserable bolsa de quince euros encima del brillante cubrecama, y sopesó las posibilidades se sentarse sobre el mullido colchón, sin arrugar demasiado las sábanas ni alterar el bucólico entorno.

Lo hizo y se dio cuenta de lo cansado que estaba.

—Deberías darte una ducha, Hans —dijo Verónica tirando su bolsa con impúdica violencia encima de la otra cama— para que pueda limpiarte las heridas y cambiarte el vendaje.

Hans entró en el baño, un reducto de azulejos de mármol gris y sanitarios de cerámica oscura y perfil aerodinámico. A un lado, una bañera grande de hidromasaje, y al otro, una ducha cómoda en la que fácilmente podrían ducharse cuatro personas a la vez. No había visto nada igual ni en televisión.

Verónica le siguió hasta el baño.

—Quítate la camiseta, que voy a echarte un vistazo.

Le retiró las vendas y constató que las heridas no se habían infectado, aunque el tono rojizo uniforme que cubría las costuras y el hueco de la evidente falta de carne a los lados de la columna seguía siendo desolador.

Verónica le prometió curarlo después de que se lavara y salió. Él se resignó a meterse en la ducha.

Se lavó la cabeza y se contorsionó para evitar que el agua jabonosa se le deslizara por la espalda, mientras oía hablar de forma amortiguada a las dos mujeres. Se preguntaba si lo que lo tenía tan cansado eran sus discusiones o todos los demás contratiempos de un día que se le estaba haciendo eterno.

Le parecía mentira conocer a Matilda de tan solo unas horas, cuando ya se estaba acostumbrando a sus gestos retraídos, a sus pegas y comportamientos extraños. Y Verónica, a la que trataba como si fuera una amiga de toda la vida cuando apenas llevaban juntos veinticuatro horas. Todo transcurría a un ritmo irreal. Las relaciones recientes parecían antiguas y el tiempo pasaba a cámara lenta.

Salió del baño y se las encontró en el salón de la *suite*; Matilda, sentada en el sofá abrazada a sus rodillas, y Verónica, haciéndose un sándwich de jamón serrano en la mesa de comedor.

—... porque me parecía que ya tenía bastante como para tener que lidiar con esa carga —decía Verónica con tono enérgico.

—¿Qué carga? —intervino él asomándose desde la puerta de la habitación con una toalla anudada a la cintura y secándose el pelo con otra más pequeña.

Verónica quedó cortada: no le había oído salir del baño y, al parecer, Matilda tampoco.

—Nada —contestó ella enrojeciendo—. Los tres estamos muy estresados y tú eres quien se está llevando la peor parte. No quiero que te preocupes más de lo necesario. ¿De acuerdo?

Hans miró a ambas mujeres. Sabía por el fragmento de conversación que había escuchado que le estaban ocultando algo.

—Vale, ¿qué ha pasado? ¿Es por mis padres?

Las dos se miraron. Verónica se mordía el labio inferior más afectada que la otra que observaba la mesita de café con gesto distraído.

—Ha salido en las noticias que Giovanni Buer ha muerto —se apresuró a confesar Matilda.

—Mierda... —murmuró disgustada.

—Y Verónica se lo cree, aunque yo lo dudo mucho.

—Ha salido en las noticias y el tío cayó de un cuarto piso. ¿Qué más pruebas quieres?

—Los yin son todos unos embusteros. Además, en el caso de que haya muerto, no tienes de qué sentirte culpable, Hans. Por matar a un cruel psicópata, la humanidad tendría que estarte muy agradecida.

Hans estaba sin habla. Su cabeza había relegado al sótano el hecho de haber empujado a un hombre por una ventana puesto que la última vez que lo vio estaba con vida. Un moribundo no fija la mirada como lo había hecho él.

Podría pensar como Matilda y decirse a sí mismo que era un mal hombre que torturaba a la gente y se merecía morir, pero el sentimiento humano de haber matado, de tener las manos manchadas de sangre, lo atormentó, por mucho que fuese el peor monstruo del mundo. Quién sabe si no habría alguien que llorase por él, una madre, un hijo, una viuda...

Sintió arcadas. Fue hacia el baño arrastrando los pies y notó que Verónica le seguía, pero cerró la puerta y echó el pestillo.

—Estoy bien —dijo a través de la puerta. Una enorme mentira.

Los restos de la poca comida de mediodía y el refresco de la tarde se proyectaron en el váter junto a una marea sanguinolenta y pulposa. La visión era desagradable, pero no lo alteró, como si el saco de acontecimientos por los que preocuparse se hubiera llenado y no cupiese ninguno más. Era consciente de que aquel era un mal síntoma y de que algo grave le pasaba. De pronto tuvo la certeza de que se moría.

No le importó. Estaba exhausto.

Limpió las manchas de sangre y los hilillos que habían quedado adheridos a su barbilla. Al mirarse en el espejo, se sorprendió de no tener mala cara, de que hasta los colores asomaran a sus mejillas. Su aspecto había mejorado, comparado incluso con el de aquella misma tarde.

Salió a la habitación y se vistió con la ropa nueva, muy holgada, quizás una talla más grande que la suya, y se reunió con las dos mujeres en el salón.

—Sé que acabas de vomitar —Verónica se mantenía atenta a las rebanadas de pan que estaba condimentando encima de la mesa—, pero deberías comer algo. ¿Quieres que te prepare un sándwich? El jamón serrano está bien bueno.

—No, gracias —contestó lo más alegre que pudo mientras se derrumbaba en el sofá junto a Matilda—. Estoy tan cansado que.... Si acaso, dame una loncha —dijo señalando la bandeja de plástico. Lo hizo más por cortesía que por auténtico apetito.

Verónica puso unas cuantas lonchas en un plato y se lo acercó, invitando también a Matilda.

—No, gracias. No como carne.

—Pues no sabes lo que te pierdes —dijo llevándose una porción a la boca mientras Matilda miraba hacia otro lado—. Gustándote tanto los lujos, deberías atiborrarte de estas exquisiteces. Los mejores manjares del mundo son carne de algún animal, ¿lo sabías?

—Lo sé, pero prefiero algo que no tenga que sufrir para que yo pueda comer.

—¿Por qué tiene que ser todo tan dramático? —preguntó queriendo imprimirle a su voz un tono resuelto—. Este cerdo no está gruñendo ni lo has matado tú... ¡Ni siquiera tienes que cocinarlo! Además, ¿cómo sabes tú que las frutas no sufren cuando te las comes? —Se dio una palmada en la frente en un gesto teatral—. ¡Espera! Si tú lo sabes todo... Las verduras no deben sufrir cuando las cortamos o no te las comerías.

—¿Es que no pensáis dejar de discutir...? Cansinas... —murmuró Hans para sí. Le sorprendió la palabrita. En su lengua tenían «agotador», pero «cansino» le resultó mucho más precisa.

Matilda la miró con infinita tristeza. Levantó la mano derecha y dejó en alto los dedos anular y meñique, o, mejor dicho, lo que quedaba de ellos: al primero le faltaba una falange y al segundo dos completas. En su lugar, mostró dos muñones pulidos y redondeados. Verónica no había reparado en aquella nueva deformidad de la adivina

—Me quejé de que tenía hambre. Pensé que Crowe tendría compasión; de hecho, me dio de comer, ¿sabes? Me llevó a una de esas máquinas fileteadoras, de las que tienen en las charcuterías...

—Déjalo..., por favor—gritó Verónica espantada.

—Me los rebanó... Luego me obligó a comérmelos. Yo tenía diez años. ¿Qué te parece Verónica? ¿Te parece suficiente motivo para no comer carne el resto de tu vida?

Verónica se quedó de pie mirándola con una mezcla de rencor, asco y lástima. Dejó el bocadillo en la mesa y anunció que se iba a dormir. Dio un portazo al salir.

—¿Crees que mañana podríais hacer un esfuerzo y llevaros un poco mejor? —preguntó Hans abatido.

—Será mejor que tú también te acuestes. Puede que no tengamos mucho tiempo de descanso.

—¿Y tú lo harás aquí, en el sofá?

—No, alguien tiene que quedarse despierto por si acaso. Pero no te preocupes, estoy acostumbrada a dormir poco. Cuando cambiemos de hotel, será ella quien tome el relevo. Vete ya.

Hans obedeció y la dejó sola. Verónica, hecha un ovillo, le dio las buenas noches. Él tardó un rato en conciliar el sueño.

Le reconfortaba tenerla al lado. Tenía una faceta rebelde que proyectaba sobre Matilda, pero estaba seguro de que era buena chica. Desconfiada... pero buena.

Vio una rendija de luz intermitente por debajo de la puerta y supuso que Matilda estaba viendo la televisión. De ese modo, mirando los destellos bajo la puerta, se fue quedando dormido.

Capítulo 17

Desde el amplio ventanal en el despacho en penumbra de Buer, se podía intuir la silueta del hospital en la noche cerrada. Velaba el paisaje una llovizna que se volvía naranja a la luz de las farolas, y a lo lejos, a unos cien metros de distancia, se divisaban los resplandores de las habitaciones mal iluminadas de los enfermos.

Lo normal hubiese sido que Buer tuviera su despacho allí, en la cima de su obra, en la última planta del edificio principal. Y habría sido lo más práctico, pero se había negado por cuestión de escrúpulos: había cosas allí que le disgustaban y lo hacían sentir incómodo. Cosas como el hecho de que sus pacientes salieran curados y se fueran agradecidos a casa. Le producía una gran aprensión. Sin embargo, se había resignado a que era el tributo por llevar un hospital: para que el negocio tuviera éxito, los pacientes tenían que sanar. Y luego estaba Maternidad... Detestaba Maternidad.

No, definitivamente, el hospital no era lugar para él. Iba de vez en cuando si la visita era ineludible, y lo administraba con toda la diligencia de que era capaz, e incluso visitaba a algunos pacientes, eso sí, a los más irrecuperables y agónicos. Pero le daba asco la sola idea de tener que lidiar por rutina con indeseables.

Hacía varios años que no le reclamaban con urgencia más de una o dos veces al mes y el resto de trámites burocráticos podía delegarlos en el subdirector o en subordinados apropiados.

Y para una vez que iba, aquella visita le había salido muy cara.

Desde el sofá en el que estaba tumbado, con una mano posada en la frente en un gesto teatral, y la camisa de seda azul marino ligeramente abierta, podía ver los relámpagos a lo lejos, por encima del tejado del hospital. Los bramidos de los truenos le llegaban tardíos desde algún punto en la sierra norte de Madrid.

La única luz que iluminaba el cuarto era tenue y apenas revelaba detalles de la habitación o el gesto taciturno de Buer. Le encantaba esa luz. Había sido una adquisición costosa, pero ahí estaba, como un objeto inocente más. Aunque pocos objetos había en su despacho que estuvieran ahí porque sí.

Se había asegurado de rodearse de bloqueos eficientes para evitar que ninguna sibila osase espiarlo o se metiese en sus asuntos. Mirar en el Cambio acerca de una lámpara Tiffany que había pertenecido al asesino en serie Webster Mudgett podía hacer enloquecer a cualquier pitia. Nadie en su sano juicio se atrevería a mirar allí... ni en el hospital. No en vano lo había construido sobre los cimientos de una escuela infantil, destruida por un incendio.

Y ahí estaba, tan lejos y tan cerca de su obra, cuando su trabajo de décadas y su imagen se habían ido a la mierda y todo el mundo lo daba por muerto.

Le habría gustado estar solo, tratando de ordenar sus ideas y buscar soluciones, no con Crowe y Gul poniéndolo nervioso. El primero se paseaba con una lentitud exasperante tras el sofá, soltando gruñidos y chasqueando los dientes como un desquiciado. Apenas se lo veía; entre las sombras, no era más que un leve recorte de un haz de luz reflejado en la pared. La uteria, que en momentos de alta tensión afloraba entre los yin, estaba a punto de desbordarlo. El ambiente que dejaba era denso, cargado de una especie de estática malsana y con un leve tufillo a putrefacción. Pero eso a Buer no le disgustaba ni lo escandalizaba. Lo que más le preocupaba de ese estado mental eran las posibles consecuencias de que se le fuera de las manos, algo que, por desgracia, ya había pasado.

Crowe había llegado desde Ámsterdam hacía dos horas y Buer incluso había tenido que fletar un avión para él solo a fin de evitar más escándalos. Detrás, había dejado un espectáculo dantesco que se desató por una llamada de Gul y que, desde el punto de vista de Buer, había sido innecesaria a sabiendas de cómo iba a reaccionar. No es que le inquietase demasiado lo que había hecho, pero tener a un Crowe iracundo, desatado y montando follones era algo que no convenía a sus planes.

A Gul, en cambio, parecía hacerle mucha gracia, sentado como estaba en la butaca de cuero frente a él y sin que hubiera abierto la boca desde que llegó. Se había limitado a sonreír enseñando todos los dientes. Seguía a Crowe con la mirada y disfrutaba del concierto de sus mandíbulas chasqueándolas una y otra vez, como un perro rabioso.

Buer no llevaba bien esas faltas de compromiso, y menos aún, cuando le perjudicaban de forma directa. Aquellos dos no tenían sentido de la responsabilidad. El hospital era suyo y los marrones se los tenía que comer él, de acuerdo, pero el asunto del chico era problema de todos, y hasta el momento el único que había pagado por un error estúpido era él.

Le habría gustado ponerse a desmembrar y morder igual que Crowe, pero es que alguien tenía que tomar las riendas y arreglar el problema.

No podía ocuparse del asunto del hospital sin antes encontrar al puto crío y, para colmo, ahora tenían que depender del mismo tío que había cometido la última de las cagadas monumentales: el títere de Crowe.

La familia Pouda era una de las más ricas del mundo. Poseían minas de diamantes y coltán en África, tungsteno y mercurio en Mongolia, y eran la mano negra de algunas de las guerras más cruentas de los últimos dos siglos. Los yin les reconocían el mérito. Las reuniones anuales en casa de los Pouda tenían un cariz casi tan litúrgico como las que llevaban con el grupo Bilderberg.

Fue en una de esas tertulias, en el año 2003, cuando Crowe se fijó en Nuno. Dialogando en un cóctel con aquel hombrecillo de aspecto afeminado y pueril, captó de él tres cosas: que estaba profundamente trastornado, que era fácil de manejar y que tenía una capacidad asombrosa para entrar en el Cambio.

Eran las nueve y cuarto de la noche cuando llamaron a la puerta.

Crowe dejó al instante de pasearse por la habitación.

El hombre que entró ni siquiera esperó a que le dieran permiso. Nuno Pouda era un tipo gordo, acomplejado y nervioso, con una suave voz de barítono que parecía no haber evolucionado desde la época en que su padre acostumbraba a satisfacer con él las necesidades que no aplacaba con su esposa. A ella, aunque el chiquillo ni siquiera rayara en la adolescencia, eso no le parecía tan grave como que se agotara su provisión de *whisky*.

El adivino entró temblando en la habitación y, sin venir a cuento, se orinó encima.

En la habitación se palpaba el odio contra Pouda, rencores viejos, y él lo sentía del mismo modo que percibía que los objetos repartidos por la sala lo torturarían en sueños durante años.

Se echó a llorar y, por primera vez en su vida, Nuno Pouda tuvo la certeza de que iba a morir.

La risa seca de Gul resonó suavemente cuando la oscuridad de la noche había hecho ya suyo el recinto.

—Todavía no, Pouda —dijo la voz de Crowe con desprecio, imbuida de las mismas sombras que lo rodeaban—. Todavía no vas a morir.

Nuno carraspeó y dio un paso al frente con patética dignidad. Buer ni lo miró cuando empezó a dar excusas.

—Hace solo tres días que ella estaba en Brasil...—dijo entre hipidos y lágrimas.

—¿Y? —preguntó Buer desde el sofá.

—Nada... Es solo que supuse que seguiría allí —tartamudeó—. No imaginé que en veinticuatro horas se arriesgaría a un vuelo transatlántico... No es su estilo.

—No me digas...

—Ya sabéis que no —tentó la suerte—. Es raro que viaje en avión y nunca coge vuelos largos. Hubiera sido más lógico que viajara a Estados Unidos o a algún otro país de Sudamérica... Incluso a Australia.

Buer, que seguía tumbado con la mano apoyada en la frente, suspiró irritado.

—¿Y desde cuándo, señor Pouda, se le paga a usted por usar la lógica? Quizá me equivoque —suspiró—, pero creo que lo contratamos por sus certezas, no por sus especulaciones.

Crowe se adelantó un paso y un haz de la luz naranja de la calle cruzó su cara y resaltó los pómulos, los ojos crueles y la mandíbula rígida.

—Unos metros, Pouda, solo unos pocos pasos. Creo que si hubiera hecho un esfuerzo, incluso habría llegado a olerla.

Nuno cerraba los ojos con fuerza, con la actitud de un niño que pensase que, de no mirar, lo que estuviera a su alrededor no estaría sucediendo.

—Sí, entiendo que...

Fue visto y no visto: a Crowe le acometió una furia feroz, se retrajo en las sombras y se encogió, mientras el chasquido repetido de la mandíbula y unos bufidos animales llenaban el aire. Tenía los ojos desorbitados, el cuello a punto de estallar, y garras en lugar de manos que se abrían y cerraban como si tratasen de asir algo en el vacío.

El adivino soltó un gritito y retrocedió hasta la puerta. No se atrevía a salir. Tenía claro que eso sería peor.

Gul rio por lo bajo.

—Sabíamos que Brasil sería un problema para ti —dijo Buer—, pero no imaginé que pudieras violar a un mocoso durante tanto tiempo como para olvidarte de hacer tu trabajo.

Nuno gimoteaba de rabia y vergüenza.

Buer veía, a pesar de la oscuridad reinante, el patético remordimiento por causa de su depravación. Todos los pederastas eran iguales: conscientes de la inmundicia de sus actos, pero no tan insoportable como para dejar de hostigar a los niños.

El adivino estalló en llanto.

—Estoy seguro de que el niño lloró bastante más —dijo Gul risueño.

—Me pregunto si seguirá con vida —añadió Buer, haciendo crujir el cuero del sofá mientras se incorporaba y se sentaba.

—Lo-siento lo-s-siento lo-s-siento... —balbuceaba.

Cuanto más lloriqueaba, más gruñía Crowe en la esquina opuesta de la habitación.

—Verás, Pouda —dijo Buer lamiéndose los labios—, ahora ya no se trata de un mero capricho de Crowe, ya no puedes tocarte los cojones como hasta ahora. Esta situación se ha convertido para todos en una necesidad forzosa de ser solucionada; en especial, para nosotros, porque si por casualidad los malakhim se llegan a enterar de lo que le hemos hecho a ese chico, tendremos problemas. Y, Pouda..., si esos cabrones joden mi proyecto, si le ponen las zarpas encima a mi hospital, te juro que te cortaré la polla y, literalmente, te la haré tragar.

Su voz era suave, pero los pequeños ojos negros de Nuno vieron, a través de las lágrimas, el brillo de malicia macabra en su expresión.

Gul ni siquiera se había vuelto a mirar al adivino desde que había entrado, y de Crowe, lo poco que se distinguía era una sombra. Los contornos del yin estaban difusos, como si se hubieran fundido con las esquinas y tan solo persistiese su presencia quebrantadora.

Buer le había amenazado, sí, pero Nuno podía estar seguro de que Crowe estaba dispuesto a cumplir la amenaza allí mismo, en ese preciso momento, y sin atender a razones, por muy buena sibila que él fuera o por mucho que necesitasen de sus servicios.

—La encontraré —balbuceó—. La encontraré cueste lo que cueste. La espiaré día y noche si hace falta.

—Sí que hace falta —corroboró Buer—. Pero no te canses con ella

—dijo mirando a su compañero de soslayo—. Por mucho que a Crowe le joda, ahora lo principal es encontrar al chico: ese será tu principal cometido. Si por cualquier motivo la sibila se separa del grupo, concéntrate solo en él y en la mujer que lo acompaña. ¿Queda claro?

—¿Estás seguro? —preguntó Gul.

—Y además los quiero con vida —contestó con cierto pesar—. Así que, si hay que ir a buscarlos preferiría que fueras tú solo, Gul, si no te es inconveniente. No tenemos ningún interés en que haya más vivisecciones en todo este asunto.

—No te preocupes —respondió Gul—. Si este idiota no pierde los huevos tras las faldas de algún monaguillo, seguro que los encontramos antes del lunes.

—Sí... —dijo la voz lúgubre de Crowe al fondo del salón. Un chirrido llegaba desde donde estaba, producido por unas garras que arañaban la madera y lanzaban astillas por todas partes —. Será mejor que vayas tú solo.

Domingo de Ramos
16 de marzo de 2008

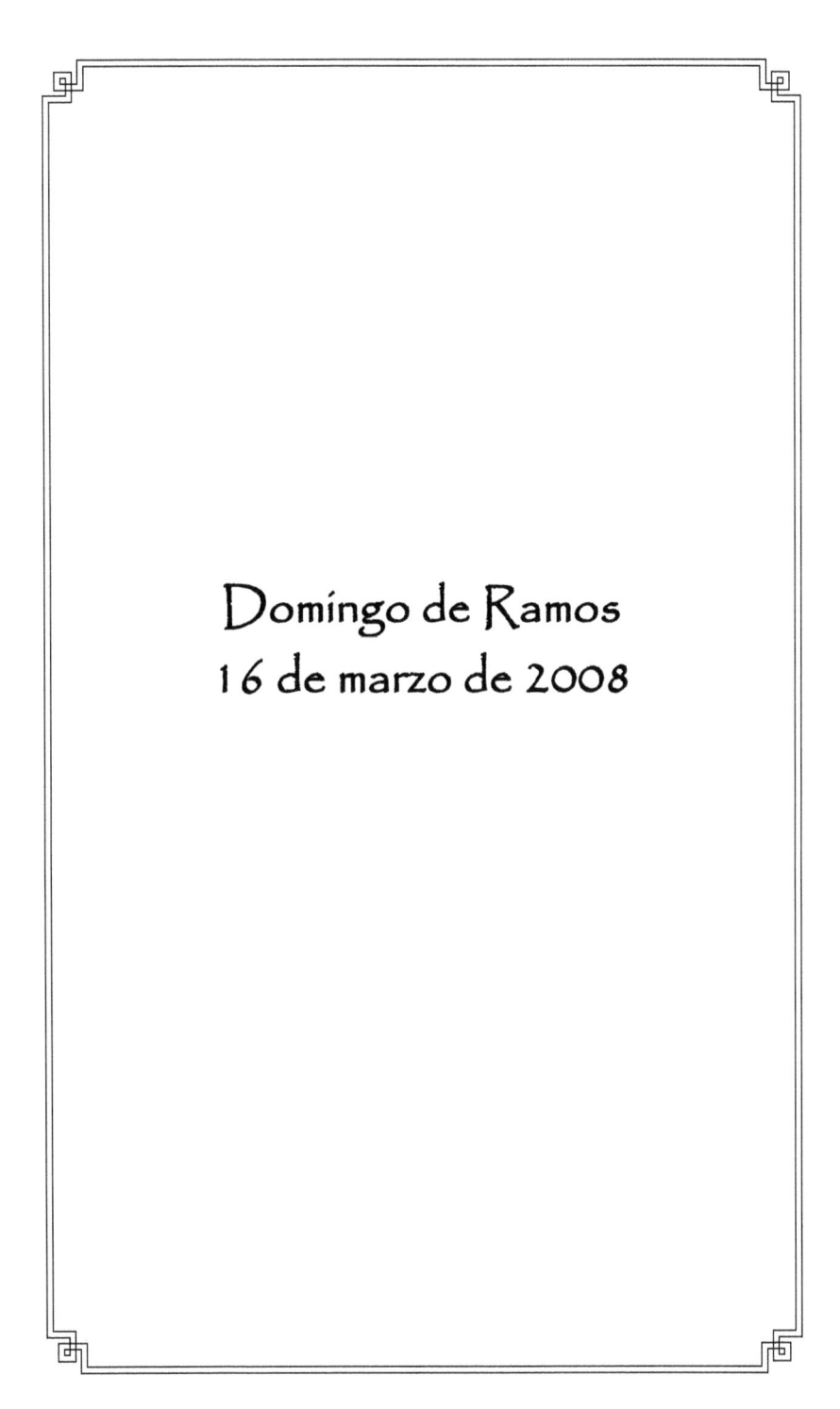

Capítulo 18

Eran poco más de las doce de la noche cuando Matilda los sacó apresuradamente de la cama. Aún podían oír el pitido cuando se levantaron desubicados y muertos de sueño, con las legañas impidiéndoles abrir los ojos y la sensación de que acababan de dormirse.

—¿Estás de broma? —refunfuñó Verónica—. ¡Apenas ha sido una siesta!

—Quédate aquí si quieres —dijo una Matilda acelerada tirándole la bolsa para que la cogiera—. Puedes pedirles a los yin que te dejen dormir un poco más.

Hans ya se había puesto en marcha y estaba listo. Matilda les había requerido que usaran pantalones y camisetas de chándal para dormir: así no tendrían que cambiarse de ropa en caso de tener que salir corriendo.

Cogieron apresuradamente las bolsas y las zapatillas de deporte en la mano, despidiéndose de paso de la habitación de lujo que tan poco tiempo habían podido disfrutar, y lanzándose descalzos a la carrera para poder coger otro taxi a la desesperada.

—Pagar mil pavos por echarse una siesta... Qué locura —protestó Verónica dentro del taxi.

—Vete acostumbrando, porque te pasará muy a menudo. Insisto en que deberías hacerte a la idea de que el dinero es solo papel. No le des más valor que a un cromo y te resultará más fácil desprenderte de él.

—¡Eh, señora! —intervino el taxista—, que si a usted le sobran, yo quiero cromos de esos, ¿eh?

—Cállese y conduzca.

Al cabo de una hora de merodear por la ciudad, Matilda hizo parar al taxista junto a la entrada de un hostal situado frente a la plaza de toros de Las Ventas. Era considerablemente menos lujoso que el anterior, pero con una buena propina nadie puso objeciones a entregarles las llaves sin aportar documentación, aunque la casera, muy suspicaz, miró a las dos mujeres de arriba abajo y al adolescente que las acompañaba, como si temiese algún tipo de orgía perversa en las dependencias de su negocio.

Verónica advirtió a Matilda sobre la posibilidad de que la mujer llamara a la policía y la pitia le quitó hierro al asunto.

—Piensa que ella también está haciendo algo ilegal por no tomar nota de nuestra documentación. Sabe que, si se arriesga a llamar, puede perder más que nosotros. —Se encogió de hombros—. Si solo fuéramos una familia normal que está de paso, estaría metiendo la pata, ¿no crees?

—Una familia bastante rara —bostezó Hans mientras abría la puerta de la nueva habitación con una llave un poco oxidada.

—¿Qué clase de familia se niega a dar su carné de identidad? —preguntó Verónica.

Matilda volvió a encogerse de hombros.

—No sé... ¿Tal vez, una mujer maltratada con su hermana y su hijo adolescente?

—Desde luego, encajas en lo de mujer maltratada... —Y al entrar en la habitación, exclamó—: ¡Vaya cuchitril!

Al cabo de unos minutos de revisar la estancia, debió reconocer que tampoco estaba tan mal. La primera impresión había sido desoladora, cuando su último referente contaba con cinco buenas estrellas. Del lujo a la parquedad, en tan solo una hora.

Había una cama grande y menos de un metro a cada lado para poder moverse, un escritorio con una televisión antigua y un pequeño aseo con una pileta poco más grande que un lavamanos, y sin ducha.

—Para lo que vamos a estar, no nos hace falta más —sentenció Matilda.

Pese a que las sábanas almidonadas raspaban y que los ruidos provenientes del patio, al que daba la única y pequeña ventana, eran molestos, Hans y Verónica, exhaustos, pudieron dormir tres horas antes de que Matilda volviera a sacarlos de allí a la carrera.

Eran casi las cuatro y media cuando ya se habían acomodado en otro hotelito del barrio de Salamanca, un poco más confortable que el anterior, y esta vez sí, le tocó a Verónica hacer la siguiente guardia mientras Hans y Matilda compartían la cama.

La chica, para no dormirse, se acomodó en una sala de descanso del hotel con una Coca-Cola y el mando a distancia de un televisor.

Estaba viendo los videoclips de un canal de música, aunque, por más esfuerzos que hacía no lograba concentrarse. Miraba a la televisión con la mente en otra parte, pensando y haciendo un repaso de las últimas jornadas, del vuelco que había dado su vida en nada, sin apenas darle un respiro a decidir qué era lo que quería hacer o qué le convenía.

Le vino a la cabeza Ismael y se preguntó qué estaría haciendo o qué pensaría de ella.

En su conversación con él, dos días atrás, le había dado a entender que iría a Barcelona en cuanto pudiese... sin embargo, en cuanto colgó, estaba convencida de que no volvería a verlo. Fue algo visceral. Pero ¿por qué? En ese momento la situación con Hans podría solucionarse en cosa de unas horas y ella volver a hacer su vida normal y viajar a Barcelona si quisiera.

Entonces, ¿qué fue lo que le hizo dar por terminada su relación?

Tuvo que sincerarse consigo misma y admitir que en realidad no le gustaba estar con él. Su actual situación no había sido sino una excusa para tomar una decisión que, por otros medios, no se habría atrevido a tomar jamás. ¿Dejar ella a un chico atractivo y con dinero? ¿Por qué iba a hacerlo? Nunca había dejado a nadie. Su credo era que cualquier

213

relación era mil veces mejor que estar soltera. Ya estaba bastante sola en el mundo, sin unos padres que la apoyaran y con un hermano que no sabía más que criticarla...

Era suficiente.

Lloraba; y una vez que se le desataba el llanto al pensar en su familia, era un no parar. Las sienes le ardían, la sangre se le subía a la cabeza. Bebió un largo trago de Coca-Cola y entonces lo oyó.

Un frío silbido le alcanzó los oídos; primero, tenue, y al poco, más fuerte a medida que percibía como si una burbuja de vacío lo envolviese todo. Durante el día, en los restaurantes y cafeterías, el sonido se notaba más leve, mientras que allí, en casi completo silencio, el rumor y el pitido sonaban amenazantes, espantosos.

Muerta de miedo, echó a correr hacia la habitación.

—¡Despertad! —dijo conteniéndose para no gritar—. ¡Despertad!

—¿Qué? —protestó el adormilado Hans—, ¿ya?, ¿tan pronto? ¡Si acabo de dormirme!

—No, espera; espera... —les tranquilizó Matilda levantando las manos—. Perdóname, Verónica, he sido yo sin querer.

¿Cómo?, ¿qué?

—Sí, disculpa –contestó adormilada–. Falsa alarma.

La adivina se tiró de nuevo en la cama sin esperar a que le dijeran algo. No vio la cara de enfado de Verónica que la miraba a ella y a Hans alternativamente sin saber bien qué pensar o cómo reaccionar. El chico se encogió de hombros y se tumbó de nuevo, dispuesto a seguir durmiendo.

Verónica, de estar confusa, pasó a estar colérica. ¿Significaba eso que Matilda la había estado espiando? ¿Acaso no tenía ella derecho a la intimidad? Aquello era una violación en toda regla. Que la adivina hubiera estado presente durante sus reflexiones y mientras se había echado a llorar con asuntos personales solo tenía un nombre: ultraje.

Una lágrima, mezcla de impotencia y de rabia, resbaló por su mejilla.

Tuvo que hacer un gran esfuerzo para no protestar y montar una escena, pero se dio la vuelta en la habitación a oscuras. Volvería a la salita y lloraría sin vergüenza.

—Verónica —dijo Matilda con los ojos cerrados—, si lo vuelves a oír, aunque sea dentro de cinco minutos, no dudes en llamarnos, ¿de acuerdo? Podría no ser falsa alarma.

Pese a sus ganas de zarandearla, la chica se limitó a asentir y a abandonar la habitación.

Cayó en una espiral de autocompasión y tristeza, recordándose lo sola que estaba y lo poco que nadie se preocupaba por ella o por sus sentimientos.

Al estar de vuelta en la sala del televisor, se dio cuenta de algo crucial: al cabo del día se habían dado tantos acontecimientos extraños, que había terminado por creerse al cien por cien la teoría de que Matilda era de veras capaz de verlo todo en esa red universal llamada Cambio.

Al oír el pitido, no lo había dudado ni un instante. Verónica la creyó.

¿Quería eso decir que ya daba las teorías de la adivina como válidas, que todas esas historias de conspiración y mundos paralelos eran ciertas?

La tristeza quedó eclipsada por una gran incógnita.

Durante toda su vida, hasta ese instante, en las tertulias con sus amigos, en las conversaciones de bar, en el trabajo, las temáticas de religión y creencias habían tomado carices de lo más diversos: había gente que no creía en nada y los había que se lo creían todo. Católicos, budistas, testigos de Jehová, seguidores de la New Age... Las ideologías eran un gran abanico de posibilidades que podía estirarse hacia el infinito sin encontrar nunca algo a lo que aferrarse que fuera definitivo.

¿Era ella acaso alguien que no creía en nada?

Y la respuesta era, definitivamente, no. Solo era alguien que no sabía en qué creer.

Y, sin comerlo ni beberlo, en su vida aparece una mujer contrahecha que se dice a sí misma «adivina», y que cierra el interminable círculo de preguntas para demostrar que nada más existe una verdad absoluta.

¿No era eso lo que habían hecho los predicadores a lo largo de la historia, los papas, los sacerdotes de toda índole y hasta los políticos?

Pero había algo de verdad terrible en lo que hacía Matilda: sus creencias las iba justificando. Con cada frase, con cada gesto de convicción en lo que decía, había conseguido arrastrar a la desengañada Verónica a un campo de certeza que nunca había pisado.

Ahora quería saber más.

Seguía furiosa por la intromisión en sus íntimos pensamientos, pero al mismo tiempo deseaba saber.

Tanto dar vueltas al asunto acabó por dejarla agotada y a punto estuvo de dormirse. A las siete de la mañana, cuando daba vueltas de un lado a otro de la salita para vencer al sueño, un nuevo pitido la asaltó y corrió de nuevo con sus compañeros. Tardaron poco más de tres minutos en estar en la calle una vez más.

Los sobresaltó el recepcionista, que atendía una llamada justo cuando pasaban por delante y trató de detenerlos. La adivina apretó el paso, ignorándolo, y la siguieron. Salieron a la carrera y cogieron el primer taxi que pasaba, pero Matilda dio orden de detenerse al cabo de un par de minutos. Pagó, se bajaron y cogieron un autobús que paró cerca de allí.

—Alguien ha llamado a la recepción del hotel —les susurró—. Seguro que ha tomado la matrícula del taxi y tratarán de interceptarlo.

Ninguno hablaba; Matilda y Hans, por sueño; Verónica, porque tenía demasiadas cosas que decir.

Se sentaron en una cafetería a desayunar.

La falta de sueño mermaba el ánimo del grupo y nadie parecía tener intención de empezar una conversación, hasta que Verónica acabó por soltar aquello que la reconcomía.

—No me gusta que me espíes.

—Supuse que dirías algo así —dijo Matilda, removiendo el café con aire ausente—. Me pasará más a menudo. Lo siento. Cuando entro en fase REM, tengo deformación profesional.

—Ya, pues no me gusta. Me parece que tengo derecho a mi intimidad.

—¿Crees que puedo sacar información interesante de tu vida?

—Interesante o no, mi vida es mía —respondió con calma—. Quizá tenga que resignarme a que, accidentalmente, tengas que mirar en ella, pero te pido por favor que no lo hagas si puedes evitarlo.

Matilda se extrañó. Aquellas palabras desapasionadas la pillaron desprevenida. Lo normal era que la chica hubiese desencadenado una nueva discusión.

—No te preocupes; ha sido sin querer —dijo tratando de sonreír, aunque le salió una mueca torcida—. Haré un esfuerzo, pero no puedo prometerte nada.

—Con eso me basta —aceptó ella resignada.

Hans las miraba a una y a otra. Le costaba creer que hablasen con tanta educación.

—De todos modos —añadió Matilda, ahora ya algo más seria y mirando fijamente la taza que tenía delante—, tengo que decir en mi defensa que gracias a eso hay algo...

Verónica y Hans se miraron con la intriga reflejada en sus ojos.

Matilda levantó la vista de la taza y miró a Hans muy seria.

—*Jesteś kłamcą*.

Hans se quedó pasmado y Verónica los miró sin saber si debía o no interrumpir.

—Yo... no sé... —balbuceó él.

—*Tak, już to wiesz. Rozumiesz mnie doskonale.*

El chico se mordió el labio inferior con fuerza.

Verónica no sabía qué pensar. Era evidente que hablaban en un idioma que ambos entendían, ¿tal vez, holandés? Estaba a punto de intervenir cuando Matilda se lo aclaró.

—Le he dicho que es un mentiroso.

Verónica la miró sorprendida.

—¿Qué? ¿Por qué?

—Pensé en contároslo —le salió un gallo al hablar—, pero con todo lo que ha pasado..., no he encontrado el momento. Ya lo había olvidado.

—¿De qué estás hablando? —preguntó Verónica confundida—. ¿Qué pasa?

Se hizo un extraño silencio. Hans se tapó la cara, frustrado, sin decir nada. Matilda le tomó la delantera.

—Tiene una facultad que los entendidos llamamos «el vestigio de Babel», técnicamente conocido como «xenoglosia».

Verónica la miró con un rictus de extrañeza.

—¿Y qué narices es eso?

—Está relacionado con las visiones en el Cambio. Según el tipo de visión, se da un nivel u otro de comprensión de las lenguas que aparecen en la visión. Los profetas, cuando tienen una premonición, acaban hablando el idioma de la gente de la profecía. Su comprensión es total.

—Matilda, no entiendo nada...

—Quiero decir que un profeta cuando tiene una visión de alguien hablando en chino, habla chino de forma instantánea. Esto viene de una particularidad del Cambio, la de no encontrar barreras en la comprensión de la información. ¿Nunca has soñado que hablabas en otro idioma que no era el tuyo y que entendías, aunque las palabras no tuvieran ningún sentido para ti?

—La verdad es que no —dijo sorprendida mirando a Hans, que no abría la boca —, aunque tampoco sueño demasiado.

—Pues es algo bastante común. Los profetas crean una especie de empatía con el individuo al que visionan; si tienen una premonición sobre ti, sienten lo que tú sientes, oyen lo que tú oyes y entienden lo que tú entiendes. El Cambio funciona así, sin barrera idiomática. Ni las sibilas ni el común de los mortales tenemos tanta suerte. Comprendemos lo que el Cambio nos enseña, pero siempre dentro de nuestras visiones. —Calló como esperando a que Verónica terminase de asimilar sus palabras—. Casi siempre acabo quedándome solo con el significado de lo que se ha dicho... Hago una traducción automática.

—Y eso se llama el «no sé qué» de Babel.

—Vestigio, vestigio... —explicó impaciente—. «El vestigio de Babel» hace referencia a la famosa torre de Babel, por la multitud de lenguas que se hablaban allí.

—¿Y eso lo tiene Hans? —miró confusa al chico—. ¿Qué es lo que puedes entender?

—Pues...

El chico no supo contestar. Se quedó con la boca abierta y, antes de que pudiera decir nada, la adivina intervino de nuevo:

—No es eso lo que tiene exactamente... y es lo que me preocupa —enlazó las manos bajo la barbilla, nerviosa—. Hans no es un profeta. Lo mire por donde lo mire, él no ha tenido jamás una premonición. Lo habría visto enseguida, en el mismo momento en el que lo busqué en el Cambio por primera vez. Los profetas tienen una presencia muy fuerte ahí. Además, las visiones de un profeta siempre dejan un poso de emociones muy intenso en sus mentes... No, Hans no es un profeta.

Se dirigió a él.

—¿Has tenido alguna vez una visión? —El chico negó con la cabeza—. Lo sabía, y por alguna razón que no logro comprender, tienes el vestigio de Babel más potente que he visto en mi vida. Algo fuera de lo común.

—¿Y eso qué quiere decir? —preguntó él con un hilo de voz.

—Pues que puedes entender todas las lenguas que se te han cruzado por delante sin hacer ningún esfuerzo y sin haber tenido visiones. No es normal... Nada normal.

—Es imposible —intervino Verónica con la voz quebrada. Tenía los ojos desorbitados y estaba asustada y alarmada—. ¿Que entiendes todas las lenguas del mundo? No... no puede ser. ¿Entiendes el chino, el francés, el japonés...?

—Y el hebreo antiguo —cortó Matilda—. Verónica, tú le leíste la palabra que grabaron a cuchillo en su espalda y él la tradujo al instante: «shatan». Es una palabra que los yin usan a menudo, sobre todo, para amenazar y meter miedo. La gente interpreta la palabra *shatan* como *demonio* o *Lucifer*, y se asustan, piensan en sectas y en ritos sangrientos cuando el verdadero significado es «enemigo», simple y llanamente «enemigo».

En la mesa se hizo el silencio; la respiración agitada de Verónica marcaba el ritmo de los pensamientos alterados de todos y la tensión se palpaba en el aire.

Cada uno estaba enfangado en sus propias conjeturas, tratando de llegar a una explicación plausible o, como en el caso de Verónica, a caballo entre una posible respuesta al misterio y el enfado porque Hans no se lo había dicho antes.

—¿Por qué? —preguntó enfadada.

El chico se encogió de hombros a modo de disculpa.

—Tuve miedo de que si te lo contaba me fueras a dejar tirado. No sé... Pensé que me verías como un bicho raro o que pensarías mal de mí. Qué sé yo...

—Habría sido cosa mía, ¿no te parece?

—Supongo que sí —contestó avergonzado—. Pero me asusté. Y luego se me olvidó. ¡Lo juro, se me olvidó! Supongo que me he acostumbrado a entender todo lo que se me dice y ya no me parece tan raro.

—Eso no es excusa Hans —replicó severa—. ¡Tenías que habérmelo contado cuando te pedí que me lo contaras todo!

—Y qué habrías hecho, ¿eh? ¿Dejarme solo? ¿Habrías dejado que esos hombres me encontraran y me torturaran otra vez?

Matilda, aprovechando el rifirrafe, se fue a la barra a pedir otro café. Intuyó que la cosa iba para rato.

Verónica lo miró abatida.

Incluso enfadada, podía llegar a entender los motivos que habían llevado a aquel niño a mentir, a ocultar un secreto tan grande que podía ser la respuesta a porqué los yin los perseguían con tanto ahínco.

—No, Hans, claro que no; parece mentira que pienses eso de mí —dijo—. Pero al menos habría tenido una explicación lógica de por qué te buscan esos tíos y me hubiera ahorrado dolores de cabeza.

—Y habría sido más fácil que me creyera—dijo Matilda acercándose de nuevo—. Nos habríamos ahorrado muchas discusiones.

La adivina, de pie, lo miraba con una expresión acusadora. Algo en su actitud y en la cara de culpabilidad de Hans hizo que Verónica se ablandara. Si la otra era el *poli malo* a ella le tocaría ser el *poli bueno*.

—Lo siento —dijo avergonzado.

Matilda se acercó a la barra en busca de la comanda.

Verónica estaba de acuerdo con la adivina: revelar un hecho tan sorprendente habría facilitado mucho las cosas. Le dio lástima aquel adolescente tontorrón y se armó de paciencia.

—¿Y desde cuando te ocurre eso? —preguntó.

—Desde hace... No sé. Creo que desde el día antes del accidente de coche.

—O sea, el miércoles. ¡Uf!

Habían pasado tantas cosas desde que se conocieron, que la percepción del tiempo era confusa.

—Hoy es domingo —apuntó Matilda volviendo con los cafés—. Domingo de Ramos, para más inri.

—Entonces intentemos no pecar demasiado —añadió ella como si nada.

—Dios no existe —contestó la adivina—, pero si existiera le importamos un comino, y nuestros pecados, menos aún.

—¿Estás segura de eso?

Nunca admitiría abiertamente que la creía, ni siquiera estaba segura de que fuese así, pero le intrigaba conocer su opinión.

—¿De que Dios no existe? —asintió—. Casi segura. Desde luego, no existen ni el infierno ni el paraíso, eso sí que te lo puedo asegurar. Y si no te van a juzgar... —se encogió de hombros—, ¿qué más te da si existe un dios?

—¿En el Cambio no hay nada que hable sobre Dios, que diga si existe de verdad?

—Hay quien cree que en el Cambio solo puede consultarse la información que uno está preparado para ver. O sea, que es necesaria cierta madurez para afrontar determinadas cosas... —Elevó las cejas—. En mi opinión, eso es una bobada. Si, según el Cambio, yo tuve la madurez suficiente para ver morir a mis padres, entonces contemplar la posible existencia de un dios no creo que me suponga mayor problema.

—¿Y por eso deduces que no existe? —preguntó Hans.

—Deduzco, sí, solo lo deduzco, pero es algo que tampoco me perturba. Creo que en el mundo hay cosas peores y mejores de las que preocuparse.

—Y eso que has dicho sobre el paraíso —intervino Verónica—, sobre que no existe ni cielo ni infierno... Debes tener tus propias teorías para conceptos como la vida y la muerte.

Matilda la miró con extrañeza.

—¿Y de pronto te interesan mis teorías? —preguntó poniendo una mueca.

—Tal vez —contestó ella encogiéndose de hombros.

La adivina lo tomó como una invitación a seguir explicándose.

—Sé lo que hay después de la muerte. Es fácil saberlo.

—¿Y?

—No hay nada —dijo tranquila dando un sorbo de café—. Es decir, todo y nada. Después de la muerte, tu alma se desvincula del cuerpo y vaga —añadió un gesto danzarín con la mano—, a través del mundo espiritual, hasta que encuentra otro recipiente.

—¿Otro recipiente? —preguntó Hans.

—Cada célula de tu cuerpo tiene alma propia. Cuando tu corazón se para..., se para tu cerebro y, poco a poco, cada célula que formaba la comunidad de tu organismo va muriendo.

—Vale. Tiene alguna lógica —corroboró Verónica.

—Y está el alma central, la que da sentido a la existencia, algo que, por cierto, teorizó Tomás de Aquino. La que almacena recuerdos y vivencias. Quiero decir que hay un alma del cuerpo físico y otra alma que nos distingue como seres vivos. Las cosas inanimadas no la tienen. De ella parte una conexión que atraviesa el Cambio hasta nuestro cuerpo. Esa alma lo regula todo, es la que nos busca un cuerpo nuevo cuando morimos y la que guarda la información fundamental de lo que ha sido nuestra vida.

—¿Y no puede vivir un cuerpo humano sin esa alma central? —preguntó Hans.

—¿Nunca has visto a nadie en estado vegetativo? —dijo la sibila alzando la ceja de su único ojo a la vista.

Hans negó con la cabeza.

—¿Qué es eso? —preguntó inocente.

—Un vegetal es alguien que sigue vivo, pero a quien no le funciona el cerebro —aclaró Verónica.

—Y su alma central ya no está, se ha marchado —aclaró Matilda—. Eso, en realidad, no es vida.

—Hay gente que ha despertado después de años en coma —tentó ella.

—No hablo de coma, sino de muerte cerebral. Alguien que está en coma mantiene aún una conexión con su alma central. Tal vez muy leve, y no aporta nada a que su alma crezca, no le añade información, pero sigue ahí.

—En resumen —dijo Verónica—, según tú, hay un alma central más importante, supongo, que la del resto del cuerpo, ¿verdad? —La sibila asintió—. Y esa alma se engancha en el cerebro o en alguna parte del cerebro —torció el gesto mientras esperaba a que Matilda diera su aprobación para poder continuar—, y si el cerebro muere..., adiós alma. Así que, cuando morimos, nuestra alma se va a otra parte a buscar un cuerpo nuevo.

—Un cuerpo en gestación, así es.

Verónica se quedó un momento sopesándolo, pero se arriesgó a decir lo que pensaba.

—Estás hablando de reencarnación.

—Exacto —dijo tranquila, dándolo por obvio—. La metempsicosis está presente en casi todas las formas de pensamiento, filosofía y religión que han existido..., a excepción, claro está, de la trinidad judía, cristiana e islamista, y por supuesto del zoroastrismo. No te estoy diciendo nada nuevo.

—Empleas unas palabras muy raras... Metem... —dijo Hans.

—Quiere decir reencarnación —apoyó Verónica—. Ahora sí que estamos blasfemando.

—¿Por qué, si Dios no existe?

—Entonces, cuando morimos, ¿volvemos a nacer otra vez? —preguntó Hans fascinado—. ¡Qué guay!

—Sí... superguay —se burló Verónica—. Oye, ¿y tú cómo lo sabes? ¿Cómo estás tan segura de eso?

—Porque la vida es cíclica. El alma, que es eterna, busca otro cuerpo para continuar su viaje.

—Espera, espera... Entonces, ¿cómo entiendes que cada vez haya más y más seres humanos? Al principio de los tiempos no seríamos más que unos pocos y ahora, mira... ¡ya no habría almas para todos!

—Si Darwin levantara la cabeza... Eso que has dicho es una tontería. ¿O es que, según tú, la humanidad empezó con Adán y Eva?

—No, pero...

—Todas las teorías de la evolución apuntan a que el hombre proviene del mono. Luego, si sumas dos más dos...

—¿Quieres decir —intervino Hans— que cuando un mono muere puede reencarnarse en humano?

—Y en un rinoceronte —contestó en un tono apasionado—, y en un perro, una rata, un cerdo...

—¡Pero eso es imposible! —dijo Verónica escandalizada—. ¿Cómo voy a tener yo el alma de una rata o de un perro? Tendría...

—Qué —retó la sibila.

—No sé... ¿retraso mental?

—Te estás confundiendo. No te hablo de capacidades cerebrales, sino del alma. El cerebro, su forma y funcionamiento, viene dado por la especie en la que naces, y eso es solo cuestión de genética. Pero en lo que se refiere al alma, da igual de qué cuerpo provenga o a qué cuerpo se enganche: están hechas todas de lo mismo. Y da igual que tú quieras hacer disociaciones entre animales y humanos porque la realidad es que el ser humano no es otra cosa que un animal.

—Así que yo puedo haber sido un animal —dijo ella en un tono leve de consternación.

—Tú has sido un animal. No te quepa la menor duda.

Verónica adoptó un gesto mohíno y echó la cabeza hacia atrás.

—Me parece que esperabas algo más transcendental —apuntó Matilda—. ¿Tal vez ser un ángel y ascender volando al paraíso?

—Qué va. Me conformaba con la reencarnación sin haber sido un mono. ¿Te das cuenta de lo que dices? —saltó de pronto—. Si eso es cierto, en mi próxima vida podría ser un perro callejero o un cerdo de matadero. ¡Es horrible!

—A los seres humanos no nos gusta que nos hagan lo mismo que les hacemos a otros: es ley de vida. Quizá te consuele saber que el alma tiende a buscar la continuidad; aquellos que han sido perros buscarán seguir siendo perros. Es un intento por postergar la existencia ya vivida o de aprovechar los conocimientos que esa existencia nos ha dado.

—Vale, dejémoslo estar. ¿Y tú? —dijo Verónica arrugando el entrecejo—, ¿no hubieras preferido tener otra vida que no fuera esta? Con tanto sufrimiento, tanto huir... Quizá prefieras ser otra cosa la próxima vez.

A Matilda se le escapó una risilla triste.

—Es posible... Pero no me arrepiento de la vida que he llevado. He aprendido mucho, sé mucho más que muchos seres humanos y creo que, en el fondo, ha merecido la pena.

—¿Solo por el conocimiento?

—Solo por eso, sí.

Verónica meditó un momento sus palabras y pensó en sí misma.

Recordó todos los momentos de frustración y de dolor que había vivido, pensó en todas las veces que había deseado ser otra persona, vivir otra vida distinta. Incluso aquella vez que había deseado morir.

—Y sabiendo que hay otra vida tras la muerte —dijo con un timbre un tanto sombrío—, ¿nunca has tenido la tentación de suicidarte? Ya sabes; después vendría otra vida y podrías ser más feliz.

Matilda agachó la cabeza con una sonrisa lacónica. En la mesa se hizo un espeso silencio que duró unos segundos, los suficientes como para que Verónica comprendiera que había tocado la fibra sensible de la adivina.

—Montones de veces —dijo cabizbaja—. Pero lo sufrido, sufrido está. Me aferro a la vida para ver qué más puede depararme, qué más puedo obtener de ella. Y no me importa seguir huyendo si con eso acumulo experiencias para esa alma. Me he imaginado muchas veces —evocó sonriendo con tristeza— a una Matilda del futuro, otra yo en otra vida, habiendo evolucionado lo suficiente como para poder ver en su propia alma las vidas pasadas. Y veo a esa otra mirando a la que soy ahora con orgullo, ¿entiendes? Viendo lo que he sido capaz de soportar y de aprender, y de salir adelante a pesar de todo ello.

—Estás fatal. No puedes vivir una vida de penurias pensando que en la vida siguiente se te va a compensar... ¿No ves que es una locura?

—¿Y eso no es lo que hace todo religioso? —preguntó con un deje de soberbia.

—Sí, pero ellos se obsesionan con algo sin ni siquiera tener pruebas de lo que viene después. Tú, encima, teniendo pruebas y a sabiendas de que hay otra vida, te empeñas en vivir esta que es una mierda.

Verónica estaba escandalizada y Hans, mudo, asistía a la conversación con el interés de un colegial.

Matilda se echó a reír.

—Tranquila. El día que decida que esta vida es lo bastante mierda como para no vivirla, me pegaré un tiro. Después de todo, no llevo una pistola en el bolso para nada, ¿no?

—¿En serio llevas una pistola en el bolso? —preguntó Hans preocupado.

—Os lo dije.

—No —corrigió Verónica—. Nos dijiste que la compráramos.

—Os di pautas para que siguierais mi ejemplo... Es casi como decir que llevo una pistola encima.

—Déjalo, ¿quieres? –gruñó Verónica mientras hacía un gesto con una mano como si así pudiera apartar los malos pensamientos—. Con todo lo que nos está pasando, supongo que tener un arma con nosotros no empeorará las cosas.

—¿Es que pueden ir peor? —medió Hans.

—No —dijo la adivina—, si podemos evitarlo. Pero tampoco tentemos la suerte. Para empezar, voy a llamar al tío de los pasaportes —dijo levantándose de la silla—. Claro que, con lo atareado que ha estado Pouda esta noche, me sorprendería que sacáramos algo en limpio.

Matilda fue directa a preguntar a un camarero que le indicó un teléfono al fondo de la sala.

—Cada vez que esta mujer habla, sube el pan –apuntó Verónica.

Hans se echó a reír y ella sintió un extraño vuelco en el corazón.

La risa del chico le había parecido tan limpia y alegre, que apenas lo reconoció. Ya ni siquiera mencionaba su espalda y hasta se le había despejado la cara. No tenía nada que ver con el niño que había llevado asustado de un lado a otro los días anteriores; de no haber sido porque conocía su edad, habría dicho que era más mayor.

A Verónica le gustó aquella risa. Demasiado. La había encontrado hasta sensual. ¿Cabía la posibilidad de que le hubiese resultado erótica la risa de un adolescente que estaba a su cargo?

Tuvo que reconocer que sí, pero también que no era conveniente.

Recordó para sus adentros que Hans era un muchacho asustado y zanjó el asunto dejándolo a un lado.

Se hizo un extraño silencio entre ambos, llenado por el bullicio de la cafetería y la gente que abarrotaba el local buscando su dosis diaria de café.

Verónica, a punto de sacar de nuevo el tema de su sorprendente poliglotismo, vio que el chico se levantaba de pronto, como acuciado por una urgencia.

—Voy al baño, disculpa.

No había pasado un minuto cuando Matilda se reunió de nuevo con ella en la mesa. Todo parecía ir sospechosamente bien: el contacto de los pasaportes los había obtenido de nacionalidad griega, más fáciles de falsificar y que les permitirían viajar en cuanto los recogieran con solo cambiar las fotos.

—He quedado con él mañana por la mañana, a las ocho. Le llevará, como mucho, una hora intercambiar las fotografías —aseguró Matilda—. Nos las haremos en una cabina. Podríamos estar muy lejos de aquí a mediodía.

—Dios mío... —suspiró afligida—. Quién me iba a decir a mí que acabaría de esta manera, viajando con papeles ilegales.

—Considéralo una aventura, una oportunidad para ver mundo...

—Si quisiera ver mundo, me iría de viaje. No, esto es una huida, y lo peor no es que nos pille la policía y nos metan en la cárcel, sino que, según tú, esos yin son una mafia detrás de la propia policía y nos pueden hacer algo aún peor... Se me revuelve el estómago de pensarlo.

Matilda se movió inquieta y, antes de que hablara, Verónica supo que algo iba mal.

—Ha ocurrido algo... —dijo sombría al tiempo que se frotaba la cara con las manos—. No sé cómo decirlo.

—¿Qué pasa?

Miraba a Verónica de reojo, sin atreverse a dar la mala noticia.

—Los padres de Hans han muerto —dijo.

—¡¿Cómo?!

—Lo he visto esta noche. Quería hablarlo contigo. En mi opinión... No le digamos nada por ahora.

—No, no, ni se te ocurra. Lo que le faltaba.

—De acuerdo, entonces.

Una funesta sensación se apoderó de Verónica. Si habían matado a los padres de Hans, ¿qué serían capaces de hacerles a ellos?

—¿Cómo ha pasado?

—El doble estaba en Ámsterdam y cuando la pareja ya se había tranquilizado porque Hans estaba de vuelta... Lo hicieron de muy malas maneras.

—¡Dios mío, qué horror!

—Y lo peor es que han dejado pruebas suficientes para inculparlo a él. Sale en las noticias. Conviene que no se acerque por Holanda en una buena temporada. En cuanto ponga un pie allí, se nos echarán encima.

A Verónica le sobrecogió la angustia y rompió a llorar, impotente.

Lloraba por los padres de Hans, por él y por ellos mismos, que debían salir adelante sin otros recursos que los que disponía la adivina. Aquello era un despropósito, un laberinto sin salida y sin escondite posible.

—Dios, qué vamos a hacer... —murmuró.

La falsa calma que aparentaba no era más que un tapiz; una máscara de madurez para quedar bien con los demás. Ahora esa máscara se desintegraba. El miedo le estaba haciendo añicos y lo único que quedaba de ella era una niña asustada.

—Cálmate, ¿quieres? —le reprochó la adivina con dureza—. Si yo he salido adelante hasta ahora, vosotros lo haréis también. Hacedme caso y todo saldrá bien.

Verónica ya no la escuchaba, pero hizo un esfuerzo por hacer lo que le decía la mujer y, cuando Hans regresó a la mesa, solo se le ocurrió decir que había visto a un niño jugar con un avioncito de papel y que se había emocionado.

Capítulo 19

El ánimo del grupo era muy apagado. Apenas hablaban, salvo para escuchar alguna que otra teoría conspiracionista de Matilda, y ninguno de los dos, ni Verónica ni Hans, le hacían demasiadas preguntas para no darle más coba.

No estaban de humor. Cansados y desubicados, cada uno a su manera sufría las consecuencias de aquel giro tan brutal en sus vidas, con un agotamiento que se acrecentaba a medida que pasaban las horas, aunque el resto de la jornada transcurrió sin demasiados contratiempos; de cafetería en cafetería, de tienda en tienda... Espoleados por la prisa cuando volvía el pitido en los oídos.

El cielo había estado encapotado, pero las nubes, contenidas a duras penas, permitieron que a media tarde las dos mujeres pudieran tumbarse en el césped de un parque a echarse la siesta.

A Hans le tocaba hacer guardia y leía una revista, a pesar de que su concentración era pésima. Tan pronto comenzaba a leer un párrafo, su mente se deslizaba hacia otros pensamientos, demasiados a la vez, y las palabras que leía dejaban de tener sentido al instante.

Estaba asustado.

Había empezado el día con ansiedad, obsesionado con volver a casa y recuperar su vida. Matilda ya le había dicho que sus padres estaban bien y que el doble se había marchado. No había de qué preocuparse. Sin embargo, ella no entendía que más que sus padres lo que le preocupaba era él mismo. Era como si en su cabeza se hubiera instalado un niño pequeño y llorase de continuo pidiendo volver con su mamá. Había veces en que ese niño tomaba el control y le costaba mantenerlo a raya, veces en las que se echaba a llorar sin poder evitarlo.

Entonces, Verónica se acercaba, lo abrazaba muy fuerte y lo consolaba hasta que la angustia remitía. Él se desfogaba durante un rato, agitado, y, poco a poco, volvía a recobrarse.

Aparte, en otro nivel de opresión, se planteaba toda su historia reciente y el hecho de que Matilda, con sus gestos retorcidos, su aspecto desagradable y sus manías paranoides, sabía cosas que le ponían los pelos de punta. Y tenía claro que le debía la vida... o lo poco que le quedaba de ella.

Se había excusado un par de veces para ir al baño y, una vez más, por la tarde, cuando pensó que se le acabarían deshaciendo los intestinos. La primera vez que vomitó vio sangre en los restos, pero no le dio importancia. Habría sido algo puntual. Aquella mañana, en cambio, una mezcla sanguinolenta junto con el sabor metálico y pegajoso en su boca le provocó nuevas arcadas. La masa tenía el color y el hedor de la muerte.

Se había equivocado al pensar que había sido anecdótico. Cada cierto tiempo, su estómago parecía rebosar y apenas le daba margen para ir al baño. Era innegable que se estaba muriendo.

De pronto, había dejado de llorar por la urgencia de ver a su madre para empezar a plantearse que no volvería a verla jamás. A lo largo del día fue desarrollando una especie de colapso mental que lo mantuvo ensimismado la mayor parte del tiempo.

Pero tenía algo le intrigaba: físicamente no se encontraba mal, no tenía dolor estomacal ni malestar alguno, a excepción de las náuseas y las heridas de la espalda. Sin embargo, había optado por mantenerlo en secreto. Decir algo a las dos mujeres complicaría las cosas: las alarmaría y querrían llevarlo a un médico, al menos, Verónica sí que querría. Y cabía la posibilidad de que Matilda se negase a frenar su huida y los dejase tirados.

No, su enfermedad era un lastre y, por el cariz que estaba tomando, no parecía que fuese a durar mucho tiempo. Tenía miedo a morir, pero la conversación con Matilda de por la mañana lo había preparado para ello, con la certeza de que más allá de la muerte lo esperaba otra vida nueva. Si moría, volvería a nacer convertido en...

en... Bueno, no estaría mal ser un rico cantante de punk. Ahora que iba a morir podía darse el lujo de soñar lo que quisiera.

Las chicas no llevaban más de dos horas durmiendo, cuando tuvieron que ponerse en marcha de nuevo. Aquel pitido claustrofóbico... Toda la vida había tenido pitidos ocasionales en los oídos, pero este no era un pitido normal, no venía del oído, sino de algún lugar más profundo. Hasta le daba la sensación de que el tiempo se ralentizaba.

Por la tarde fueron a una lavandería para lavar toda la ropa sucia que habían acumulado y después siguieron dando vueltas por la ciudad, comprando algunos libros y un pequeño mp3 para Hans.

—Deberíais haceros unas fotos para los pasaportes —sugirió Matilda.

Verónica torció el gesto.

—Con la cara que tengo, pareceré una terrorista de esas que salen en los carteles de «se busca».

—Yo te veo muy bien —dijo él serio, encogiéndose de hombros.

Lo dijo sin pensar, pero Verónica se lo tomó como un cumplido y le dedicó una sonrisa de oreja a oreja.

—¡Qué mono!

Él se puso un poco colorado.

—Tenéis unas expresiones muy raras en España. ¿Se supone que llamarme «mono» es algo bueno?

Matilda ni los miraba. Iba unos metros por delante, buscando como un sabueso, hasta que dio con un supermercado con un fotomatón en la entrada.

Primero entró Verónica en la cabina. No paraba de protestar porque ni siquiera tenía un lápiz de ojos para «ponerse un poco decente». Hans se asomó tras la cortinilla y la pilló mordisqueándose los labios y pellizcándose las mejillas. Ella, al verlo, se echó a reír.

—¡Estoy horrible!

Él negó con la cabeza y la dejó. Al ver destellos detrás de la cortina, volvió a asomarse. Estaba muy seria y muy recta mientras en la pantalla salía una cuenta regresiva.

   3... 2... 1...

   Ni siquiera lo pensó: irrumpió en la cabina poniendo cara de loco.

   La chica se llevó un buen un susto, pero enseguida se echó a reír y él no pudo evitar contagiarse de sus carcajadas. Fuera, Matilda, en tono autoritario, les pedía que se dejasen de estupideces y terminaran cuanto antes.

   —Ven. Hazte unas fotos conmigo.

   Tuvieron que acomodarse en el cubículo como buenamente pudieron, ella sobre las piernas de él, los dos poniendo caras raras, riéndose y dándose besos en la mejilla. La adivina refunfuñaba fuera.

   Salieron las fotos y Verónica se las entregó.

   —Toma —le dijo —. Así te acordarás de mí cuando todo esto termine.

Lunes Santo
17 de marzo de 2008

Capítulo 20

Solo en dos ocasiones tuvieron que cambiar de hotel aquella noche, cosa que Matilda atribuía al cansancio que Nuno Pouda debía estar padeciendo.

—Entrar en fase REM lo deja a uno hecho polvo —les aclaró, como si supiesen de qué les hablaba.

Hans se ofreció a hacerse responsable de uno de los turnos de sueño. El dolor de las heridas tal vez remitía o tal vez se estaba acostumbrando a él y los vómitos de sangre habían ido desapareciendo conforme pasaba la tarde, dándole un ligero respiro.

Con la noche repartida en tres turnos, habían calculado que si tenían suerte dormirían de seis a siete horas cada uno. Nada mal, teniendo en cuenta la falta de sueño que arrastraban, sobre todo, la desafortunada Matilda, que apenas había dormido cinco horas en los últimos dos días.

Escogieron hostales de baja categoría: el primero, sin baño en el cuarto y nada opulento en comparación con el del primer día; solo en el segundo alquilaron una habitación con ducha que les permitiría asearse en condiciones.

Bajo la atenta y rigurosa mirada de la adivina, entraron uno por uno en la ducha con un lapso de diez minutos cronometrados, un poco más de margen para Hans y sus curas.

La disciplina que la adivina imponía les resultaba ya exagerada, irritante y rayana en lo ridículo. Toda la credibilidad que podían aportar sus teorías era insuficiente para mantener el rol de líder, papel que quedaba deslucido en cuanto se encogía «como una mantis religiosa», bajaba la voz hasta perderse en un murmullo o tosía de aquella forma tan ridícula, como si fuera un ratón al que le hubieran pisado la cola, desorbitando por un momento su único ojo visible hasta ponerlo en blanco. No en vano, Verónica bromeó con que si algún yin les perseguía por la calle mientras la adivina tenía un ataque de tos, los pillarían seguro; ni ducharse o lavarse los dientes en menos de tres minutos impediría que los cogieran algún día.

Verónica fue la encargada del último turno, largo, de algo más de cuatro horas, y que terminó con un pitido que le provocó un palpitante dolor de cabeza.

—¿Es eso normal? —preguntó a Matilda mientras se ponían los zapatos a toda prisa—. Pensé que eso de que miren en el Cambio sobre mí solo hacía que me pitasen los oídos, pero esta jaqueca...

—Llevamos muchos pitidos... —contestó la otra con un bostezo—. Al final eso te puede dar dolor de cabeza.

Verónica resopló disgustada.

—Pues vaya... no me matarán los yin, pero me dará un derrame cerebral. Qué alternativa más guay.

Hans recogía sus cosas y trataba de no alterarse demasiado: algo dentro de él le decía que pronto le entrarían ganas de vomitar. Habría dicho que tenía la tripa llena de líquido y que incluso al moverse podía oírlo chocar contra las paredes del estómago. Le preocupaba sobremanera meterse en un taxi y no tener la posibilidad de un baño cerca, y que las mujeres presenciasen aquella sangría asquerosa. Lo pillarían en una nueva mentira. Se notaba que Matilda estaba cumpliendo su palabra y se esforzaba por no espiarlos en el Cambio.

Las cabriolas en su interior excitaron sus nervios, lo que empeoró el problema. Trató de serenarse y de respirar hondo, como le contaba su madre que hacía en las clases de yoga.

Verónica vio que resoplaba como si estuviera de parto, aunque él se esforzaba en no hacer ruido.

—¿Hans? —preguntó ella extrañada y riendo a un tiempo—. ¿Qué haces?

Él la miró de reojo y no pudo evitar sonrojarse de nuevo. Se mordió los labios y agachó la cabeza para ocultarle su cara de idiota.

A Hans le gustaba la sonrisa de Verónica; retraía su grueso labio superior y formaba bajo la nariz una ligera prominencia carnosa. Luego, el labio inferior, rosado y tierno, quedaba con una ligera curvatura hacia arriba y se le formaba un pequeño hoyuelo bajo la comisura derecha, como una tilde que rematara la faena. La nariz se le contraía un poco, marcando unas pequeñas arrugas en el puente, que a él le recordaban a las de los gatos al bostezar, y que a ella le daban un aire entre divertido y coqueto.

Era una sonrisa cómplice.

Él levantó la mirada.

—Nada —negó con la cabeza—. Estoy un poco nervioso, supongo.

—Esta mujer pone de los nervios a cualquiera —le susurró ella.

Le apretó el brazo en un gesto cariñoso y salió de la habitación tras Matilda. Hans quedó paralizado unos segundos, notando un ligero cosquilleo donde ella le había puesto la mano. Reaccionó cuando las mujeres le metieron prisa desde el pasillo y una súbita nueva urgencia lo azotó justo al cerrar la puerta tras de sí.

¿Cuánto tiempo hacía que no se masturbaba?

—Oye, por cierto —le dijo Verónica camino del ascensor—. ¿Esa ropa no es la que te compramos hace dos días?

—Sí, ¿por qué?

—Pensé que te quedaba más grande... —dijo estirándola para que viera que estaba ajustada—. Y a lo mejor es cosa mía, pero pareces más alto.

—¡Anda ya! —murmuró Matilda despectiva.

—¡En serio, míralo! ¿Cuánto mides?

—No lo sé —se encogió de hombros, extrañado por las preguntas—. Metro setenta o setenta y poco, creo.

—Ni de coña —sentenció Verónica.

—Dejaos de tonterías y vámonos, por favor.

A Hans le pareció absurdo que la adivina les metiera prisa estando parados en un ascensor, pero no se atrevió a contradecirla y Verónica miró hacia otro lado con cara de hastío. Matilda empezó a recriminarles que se estaban acomodando a su papel de perseguidos, tal y como ella temía que hiciesen.

—Me estoy jugando la vida —murmuró irritada— y vosotros ahí, hablando de cómo os queda la ropa.

El ascensor abrió sus puertas al llegar a la planta baja, pero esta vez no fue la sibila quien les dio el alto, sino Verónica.

Retrocedió y habló en susurros.

—Ahí fuera hay por lo menos cuatro coches de policía.

El hostal en el que habían dormido se situaba en el cuarto piso de un viejo edificio con diferentes negocios en cada planta.

—Puede que no vengan por nosotros... A lo mejor ha pasado algo en otro piso —dijo Hans.

Y se encogió de hombros, pero Matilda miraba al suelo y tomaba aire a bocanadas.

Sin mediar palabra, salió dando zancadas hacia el fondo del pasillo de ascensores y se perdió escaleras abajo en dirección a los garajes.

Hans y Verónica se la encontraron pegada contra la pared y con una mano en la boca. A la mujer se le saltaban las lágrimas y tenía la cara congestionada. La imagen del policía que aguardaba frente a su casa se hizo presente en su memoria.

—De acuerdo —dijo Verónica—. Vámonos de aquí.

Bajaron a los garajes y salieron a la calle por una puerta de acceso. Cinco eternos minutos les llevó localizar un taxi. Matilda estaba histérica, corriendo de un lado para otro.

Hans y Verónica tampoco veían taxis por ningún lado. Cogieron un autobús nocturno que los alejó de allí, con cualquier destino. Era lo de menos.

—Bueno —dijo Verónica resoplando aún sin aliento, agarrándose con fuerza a una barra del bamboleante autobús —, son las siete y diez. Supongo que tus contactos con la delincuencia no tendrán problema en atendernos antes.

—No iremos —cortó ella tajante.

—¿Por qué no? —preguntaron consternados los dos.

—Porque esta noche me he dado un paseo por la cabeza de ese pervertido de Pouda. Habría sido raro que no supiera lo de los pasaportes.

—Y lo sabe —constató Hans.

La adivina asintió.

—Habría sido raro que no lo supiera si lo sabemos nosotros.

—¿Y no se te ocurrió antes? – preguntó Hans extrañado.

—Un enorme fallo por mi parte —admitió—. Ahora los estarán vigilando. En cuanto aparezcamos por ahí, se nos echarán encima como hienas.

—¿Entonces? —preguntó Verónica—. ¿No tienes otros contactos? ¿No podemos quedar con estos en otro sitio? Diles que los vigilan...

Matilda negaba enérgicamente con la cabeza sin dar lugar a discusión.

—Demasiado arriesgado. Pero acabo de tener otra idea...

—Cuéntanos.

—Primero iremos a por tu coche —dijo mirando a Verónica.

—¿Mi coche? ¿No decías que lo tenían vigilado?

—Vigilado no. Lo que han hecho es dar parte a la policía de que lo han robado. De ahí a que nos pillen ya habremos dado el cambiazo, pero si queremos ir rápido, nos hace falta ahora. Nos bajamos aquí.

Había poca gente y poco tráfico; solo pasaban algunos taxis en sentido contrario al del autobús. Pararon uno a la carrera y Matilda ordenó:

—A Gran Vía. Lo más rápido posible.

El hombre no la tomó demasiado en serio y la velocidad del cuentakilómetros nunca subió de sesenta.

La adivina se puso el dedo índice en la boca. Se negaba a darles explicaciones en el taxi, como si sospechara del taxista, como se tratase de un engranaje más en aquella siniestra red de conspiración.

Llegaron al parking y, previo pago de una multa por los tres días que llevaba allí el Citroën, lo sacaron sin problemas. Matilda esquivaba cámaras, miraba a todos lados y recelaba hasta del taquillero de la garita. Si quería parecer sospechosa, lo estaba consiguiendo.

Ya dentro del coche, la tensión se redujo.

—Bien, ¿y ahora qué? —preguntó Verónica mientras salían del garaje subterráneo.

—Todavía no me habéis preguntado de dónde he sacado todo mi dinero —dijo cantarina haciéndose la interesante.

El cambio de actitud en la adivina había sido tan radical que aquella exaltación los pilló por sorpresa. Había pasado de estar temblando de miedo junto a la taquilla, a mirarlos con una sonrisa de oreja a oreja.

Hans, que estaba sentado en el asiento del copiloto, miró a Verónica buscando algún tipo de apoyo. Estaba tan perplejo como su amiga. Apreciaba a la adivina, pero aquella actitud, tan opuesta al temor que había mostrado en los instantes previos, era del todo absurda.

Verónica carraspeó.

—Matilda, ponte el cinturón —dijo—. Es ilegal no llevarlo puesto, incluso en el asiento de atrás —se excusó—. Si nos pillan por esa chorrada, entonces sí que me pego un tiro.

La mujer hizo caso de inmediato, murmurando alguna letanía de deberes y necesidades durante el proceso.

Hans suspiró en silencio. El estómago le jugaba malas pasadas y la actitud de Matilda, junto con el vaivén del coche, creaban un oleaje en su interior que suplicaba clemencia.

—¿Estás bien? —le preguntó Verónica.

Él se limitó a asentir sin abrir la boca. Matilda siguió haciendo gala de su buen humor.

—Bueno, ahora tienes que ir hacia el barrio de Salamanca. ¿Sabes dónde están la calle Goya y Conde de Peñalver? Ve para allá.

Verónica tuvo que hacer unos cuantos giros por calles estrechas del casco viejo: ninguna le permitía ir en aquella dirección sin antes dar un gran rodeo.

—Toma —dijo Matilda tendiéndole a Hans una tarjeta—; de ahí es de donde saco el dinero.

La tarjeta era tan sencilla que transmitía dejadez por parte del fabricante: blanca, sin mácula, a excepción de una negra banda magnética por uno de sus lados.

—¿Qué es eso? —dijo Verónica mirándola de reojo.

—Era de mi padrino, el hombre que me ayudó a escapar de Crowe.

—¿Te ayudaron? —se sorprendió Hans—. Eso no nos lo habías contado.

—Tampoco preguntasteis. Esa tarjeta —explicó—, pertenece a un banco privado, una especie de sociedad anónima bancaria a la que los yin no tienen acceso.

—¿No tienen acceso?

La adivina negó con la cabeza.

—No sé desde dónde operan ni cómo lo hacen, pero el caso es que los yin no pueden poner las manos encima a ese dinero. El equipo de Bronte se lo montó bastante bien.

—¿Serán una especie de piratas informáticos? —quiso saber Verónica.

—No lo sé. Lo que sé es que esa tarjeta es una auténtica joya: no se puede duplicar ni se puede comprar con ella en las tiendas, ni tampoco se puede operar con ella por internet o por teléfono. Si te fijas, no tiene números de serie grabados. Tampoco se pueden hacer transacciones en una sucursal ni transferencias a cuentas propias... No tengo ni idea del número de cuenta a la que va asociada la tarjeta.

—Entonces, ¿qué se puede hacer con ella?

—Sacar dinero en cajeros; cualquier cajero del mundo te dará un crédito de doce mil euros al día, máximo. No te deja mirar el saldo, pero deduzco que la fortuna que hay ahí no se agota con doce mil euros al día ni en cien años. Y ni siquiera te pide una clave para sacar el dinero.

—¿No te pide clave? —dijo Hans emocionado—. O sea, que yo podría ir ahora mismo a un cajero de la calle y sacar doce mil euros. —La adivina asintió—. ¡Qué pasada!

—¡Pero eso no puede ser! —se alarmó Verónica—. ¿Y si se te pierde? ¿Y si te la roban?

—Estaremos jodidos... hasta que la busque en el Cambio, claro.

—No. Me refiero a que, si se te pierde, cualquiera podría sacar dinero con ella ¡Te podrían limpiar la cuenta!

—No lo creo —negó Hans—. Fíjate bien, Vero. Si tú te encontrases una tarjeta así por la calle no se te ocurriría sacar dinero con ella. ¿A que no? No tiene logotipos ni nada parecido, ni números, como dice Matilda...

—¡Qué listo es este chico! —exclamó la adivina.

—Puede que, si te la encontrases, ni te molestarías en recogerla. Pensarías que es una tarjeta vieja y que la han tirado.

Matilda aprobó la explicación del chico moviendo la cabeza arriba y abajo. Verónica la cogió de la mano de Hans y la miró por un lado y por otro.

Visto así, un trozo de plástico brillante con la banda magnética como único adorno, no parecía gran cosa. Tuvo que admitir que, aunque el diseñador no se había devanado los sesos con la cuestión artística, sí que había hecho un gran trabajo con la logística.

Aquella tarjeta monedero podría cambiar de mano y usarse sin necesidad de contraseña. Y si se perdiese, una adivina como Matilda podría buscarla en el Cambio y recuperarla fácilmente de la basura o del suelo, dado que nadie querría un plástico que aparentemente no servía para nada.

Y para colmo las cuentas eran tan secretas y seguras que los yin no tenían acceso a ellas.

Era un tesoro disfrazado de chatarra.

—¿Y dices que te la dio tu padrino? —dijo entregándosela de nuevo.

—En realidad no me la dio. La cogí de su casa cuando desapareció.

—¿Desapareció? —se extrañó Hans.

—Bronte... Andreas Bronte me encontró en el metro medio en coma, cuando yo hacía trabajitos para Crowe. Tendría catorce años. Y estaba tan enganchada a las drogas que me daban, que el muy cabrón pensaba que no me escaparía... Pero se equivocaba.

—Qué suerte tuviste. No te ofendas, pero yo me encuentro a una chica drogada en el metro y me cambio de vagón —admitió Verónica.

—Es lo que hacía la mayoría de la gente.

—Pero él te ayudó.

Matilda suspiró en el asiento de atrás.

—Me ayudó, aunque no lo hizo por azar.

—¿A qué te refieres?

—Él investigaba el hospital de Buer... El mismo del que te sacó Verónica hace cuatro días. —A Hans ya no le sorprendía nada de lo que pudiera decir la pitia— Conocía a los yin y sus chanchullos; cómo se movían, cómo funcionaban... A Buer en particular lo tenía calado y ese hospital le daba muy mala espina.

—¿Y qué pretendía hacer? ¿Denunciarlos? —preguntó incrédula Verónica—. ¿No se supone que esa gente lo controla todo?

—Me inclino más a pensar que quería sabotear el hospital.

—¡¿Qué?!

—Tenías que haberlo conocido... Era todo un personaje.

—Yo habría hecho lo mismo —terció Hans—. ¿Qué le ocurrió?

Matilda se encogió de hombros con un mohín de tristeza.

—Supongo que se acercó demasiado y se lo cargaron. Un día pude ver los planos en su estudio; de ahí a suponer que pretendía entrar allí... —Se encogió de hombros—. Nunca llegué a saberlo. Una mañana se fue y ya no volvió más.

—¿Era adivino... como tú?

—No —contestó ceñuda mirando por la ventanilla—. Él no podía usar el Cambio —dijo con un deje de melancolía—. Fue una época bonita, quizá la mejor de mi vida, sobre todo, después de perder mi infancia en un infierno. Lo quería como a un padre —murmuró—. Yo llevaba mucho tiempo sin que nadie me tratara tan bien y él hacía que todo pareciera más sencillo y llevadero. Tenía sus cosas, como esa manía de no contarme lo que le preocupaba... Hablaba poco y me mandaba mucho, pero era casi imposible no hacerle caso. Tenía poder de convicción, con aquellas caras que ponía... —Su ojo se había cubierto de una fina película transparente. Esbozó una sonrisa—. Si te miraba de reojo, te hacía sentir como una hormiga.

—Un tío estricto —dijo Hans.

—¡Oh, no!, no lo era en realidad. Pero tenía mucha personalidad.

—¿Y se arriesgó a meterse en la guarida del lobo? Perdóname, pero eso es de insensatos —agregó Verónica—. A sabiendas de cómo es esa gente y teniéndote a ti al lado, que eres la prueba viviente de lo que son capaces de hacer... Por mucho dinero que tuviera o por muy listo que fuera para escapar de ellos, yo digo que cometió una estupidez.

—Tal vez sí, pero tenía sus principios y los llevaba a su manera. Estamos llegando —anunció—. Gira por esa calle.

—Por cierto, no nos has dicho adónde vamos.

—A casa de Andreas Bronte.

Se hizo un silencio incómodo. Hans y Verónica se miraron de reojo mientras aguardaban el cambio de luz del semáforo.

—Vale... —titubeó Verónica—. ¿Y para qué?

—La tarjeta ha caducado —contestó con un repentino aire ausente—. Y como ya has visto, la tarjeta no tiene ninguna fecha marcada. Cuando caduca, sencillamente deja de funcionar... Gira a la derecha.

—¡Vaya putada! —exclamó sorprendida

—Dímelo a mí, que llevo viviendo de las rentas desde hace dos meses.

—¿Y no te avisa el cajero o algo así?

—Es la única pega que tiene. Ahora la tarjeta de reemplazo la habrán mandado a casa de Bronte y necesitamos recogerla para continuar. Aparca ahí, en ese vado, y déjalo listo para salir.

—¿Ahí? —resopló con un gesto de disgusto —. Avisarán a la grúa.

—Solo estaremos unos minutos. Y si todo va bien, dentro de unas horas ni siquiera tendrás coche.

Hans vio a Verónica aparcar casi en diagonal, tal como Matilda le había pedido.

—¡Vaya, qué barrio tan bonito! —exclamó Hans al poner un pie en la acera.

Altos edificios y fachadas señoriales, los rayos de sol colándose entre las ramas de los árboles y el trajín de la mañana con gente que paseaba lo alejaron de cualquier inquietud que pudiera sentir.

—Me gusta esta zona. Tiene algo... diferente.

—Sí, que está llena de pijos —sentenció Verónica asqueada, cortando la bucólica apreciación—. Lo siento, pero toda esa gente que está podrida de pasta sin haber dado un palo al agua en su vida me parece despreciable. Por cierto —dijo siguiendo a Matilda—, ese tal Bronte ¿no tenía hijos, hermanos... algún familiar al que pueda molestarle que lo estés esquilmando?

Matilda la ignoró y entró resuelta en un portal que tenía unas grandes puertas de hierro de cerca de cuatro metros de altura, abiertas de par en par. El interior era fresco y oscuro, y una suave brisa corría hacia el exterior creando un fuerte contraste de luz y temperatura. Cuatro escalones llevaban a un recibidor con un mostrador mal iluminado, tras el que se hallaba un hombre alto y calvo. Soñoliento, se levantó perezoso y les dio los buenos días.

—Hola —saludó Matilda—. Vamos al tercero derecha. ¿Hay algo de correo?

El hombre se dio media vuelta y miró los cajetines de madera. Había al menos una veintena con el número de cada piso marcado en color negro.

No le hizo falta acercarse a mirar: algunos inquilinos tenían cartas, pero el tercero derecha estaba vacío.

—No, señora. Me parece que todo se ha subido ya —contestó amablemente.

La mujer dio las gracias y siguió con su desubicado séquito hasta los ascensores, con el eco de sus pasos resonando en los techos altos.

—Hace años que no vengo —dijo en susurros para que la reverberación no la traicionase— y Bronte no estaba aquí siempre. Tenía instalada una trampilla de correo en la puerta y el portero se encargaba de subirlo cada tanto. Supongo que nos encontraremos un millar de cartas, sobre todo del banco, que son las que habrá que revisar.

—Hay que darse prisa si no queremos que llamen a la grúa —dijo Verónica.

—Me preocupa más que los yin nos pillen con las manos en *la grasa*. —Verónica la miró con cara de extrañeza por el error, pero no dijo nada —. Ya son las ocho —apuntó—, la hora en la que deberíamos estar recogiendo los pasaportes. Si ven que no llegamos, mandarán a Pouda a echarse una cabezadita y me temo que no tendremos otra oportunidad de recuperar la tarjeta. Entonces sí que estaremos jodidos.

—Manos *a la grasa*, entonces.

Subieron en el viejo ascensor, tan claustrofóbico como oxidado. Nadie parecía darse cuenta de que pedía a gritos un relevo.

Al salir, se encontraron en un rellano con tres puertas. La de enfrente era de cristal y daba a una pasarela que cruzaba de parte a parte un patio interior, desde el que llegaban los sonidos de las casas y donde la ropa tendida aleteaba en grandes cuerdas. Las otras puertas a los lados correspondían a los dos pisos exteriores cuyas ventanas daban a la fachada del edificio.

La puerta de la derecha tenía un felpudo viejo echado a un lado, como si acabaran de barrer el suelo. Era una gran puerta de madera negra, con una mirilla labrada en bronce del tamaño de un puño; un ojo cerrado pero indiscreto. Verónica constató que la adivina había dicho la verdad sobre la ranura para cartas: era en bronce al igual que el aplique de la mirilla, y si la levantaba, no podía ver más que el parqué del suelo al otro lado de la cancela.

Matilda desapareció por la puerta de cristal frente al ascensor. Al parecer, una de las paredes laterales del patio tenía un ladrillo suelto con un hueco en su interior donde guardaban unas llaves de reserva.

Verónica le recordó a Hans que era la misma técnica que ella usaba con las llaves de casa de sus abuelos. En cuanto Matilda estuvo de vuelta, se lo contó.

—No me fío del portero para que me guarde las llaves.

«¡Cómo no!» pensó Hans de la desconfiada adivina.

El panorama que se encontraron al entrar no era el que Matilda esperaba: Para empezar, no estaban echadas las persianas y el sol iluminaba toda la entrada de la casa. El recibidor tenía un gran armario ropero a la derecha y una consola alargada a la izquierda. Al frente, un arco daba paso a un salón que debía tener unos cincuenta metros cuadrados. Sobre la consola y en forma de abanico, se encontraron con doscientas cartas sin abrir.

En el suelo no había nada.

—Alguien ha estado aquí hace poco —dijo Matilda sombría—. ¿Hola? —gritó.

—¿Pueden haber sido los yin? —preguntó Hans preocupado.

—No creo... ¡Espero que no! No se habrían molestado en recoger el correo.

—Y la puerta no estaba forzada —terció Verónica.

Matilda siguió diciendo «hola» por toda la casa, recorriendo pasillos y habitaciones, abriendo una puerta tras otra sin obtener respuesta. Por lo que tardó, Hans pudo deducir que el piso era enorme.

Hans y Verónica aguardaban en el salón, como si los fantasmas de la casa fueran a echárseles encima.

La madera de los muebles dejaba un olor dulzón flotando en el aire. Con notable aprensión, rebasaron el arco de entrada y se encontraron con una gran mesa de comedor adornada con un jarrón lleno de rosas secas y cubiertas de polvo. Los armarios y aparadores estaban llenos de vajillas y utensilios de cocina. En el resto de las paredes había estanterías repletas de libros de suelo a techo, la mayoría con las páginas amarillas y la encuadernación gastada. Algunos volúmenes eran tan viejos y tenían la tinta tan borrosa, que era imposible leer lo que decían; otros ni siquiera podían tocarse: era ponerles un dedo encima y se resquebrajaban.

Una hermosa alfombra persa abrigaba el suelo y el polvo que la cubría a su vez, volvía indistinguibles los colores. En el centro de la habitación, un sofá grande con el cuero cuarteado se orientaba hacia un enorme aparato de televisión, una especie de reliquia antigua situada en el hueco de una falsa chimenea. Al fondo, un piano de cola negro soportaba el paso de los años entre los dos grandes ventanales que iluminaban la estancia.

De la sala partía otro pasillo que se perdía en la oscuridad de las puertas cerradas.

—Me gusta ese cuadro —señaló Hans.

El boceto enmarcado en la pared de la chimenea era el retrato a carboncillo del torso de una mujer joven, morena y delicada, que miraba inquieta a la derecha.

—Es muy bonito —reconoció Verónica.

En ese instante volvió Matilda casi sin aliento, con aires de ofuscación y urgencia.

—No parece que haya nadie, pero démonos prisa.

La sibila fue directa a la colección de cartas sin abrir y cogió todas las que pudo. Las dejó sobre la mesa de café que había delante del sofá y se puso a abrirlas una por una utilizando un cuchillo que había traído de la cocina.

Verónica se sentó en el sofá junto a ella y cogió una de las cartas.

—«Andreas Bronte» —leyó—. Qué nombre tan raro.

—Es griego —dijo arrebatándole de las manos la carta a medio abrir—. Ya lo hago yo.

—¿Crees que no seré capaz de encontrar una tarjeta de crédito? —replicó ofendida.

—No es eso... prefiero hacerlo yo.

Verónica se levantó irritada del sofá, miró a Hans y se encogió de hombros.

—Como quieras.

Estuvieron deambulando por la estancia, sin saber muy bien qué hacer. Verónica se asomó al balcón para comprobar que el coche no molestaba a nadie. Hans pasó los dedos por el piano y se sintió tentado de tocar algunas teclas, pero ella le hizo señas de que no lo hiciera, señalando a Matilda, que maldecía por cada carta que abría sin éxito.

—Podían limpiar de vez en cuando —masculló él, pasando los dedos por la tapa lacada del piano. Escribió la palabra «guarro» que abrió surcos en el polvo y Verónica tuvo que taparse la boca para no reír.

Apenas había adornos en el salón, un salón adusto sin más colorido que la madera oscura. El único objeto que le llamó a Hans la atención fue un labrado portarretratos de plata que había sobre un estante, una solitaria fotografía junto a un libro de Simone Ortega, un clásico de recetas de cocina en español. Verónica se acercó y se quedó mirando la foto antes de hablarle a Matilda.

—¿Ese Bronte también era de los que no cambian la foto que viene con el marco? —preguntó Verónica mirando la foto.

Matilda, enfrascada en su búsqueda, no respondió.

—Yo tengo una amiga que guarda una foto de su hermana en la cartera y otra de dos niños rubios que traía dentro el monedero cuando lo compró.

Hans se echó a reír.

—¿En serio?

—Te lo juro. A veces le dice a alguien que son sus sobrinos, pero yo sé que es mentira.

—¿De qué hablas? —preguntó Matilda molesta.

—De esa foto —señaló—. Es la típica que viene con el marco cuando lo compras ¿no?

—Esa foto es de Bronte.

La adivina se volvió de nuevo hacia la mesa y continuó con su labor.

Hans entendía por qué Verónica le preguntaba aquello. El tipo de la foto era rubio, atractivo, y con una sonrisa brillante digna de un anuncio de dentífrico. Podía ser perfectamente el típico modelo que posa para la imagen de muestra que llevará el portarretratos.

Verónica miró confundida a Hans, que se encogió de hombros, y luego cogió la foto y se dirigió de nuevo a Matilda.

—¿Quieres decir que la hizo él?

—No. Quiero decir que es él.

—¿Quieres decir que este tío era tu padrino?

—Sí —respondió sin molestarse en darse la vuelta.

La imagen del marco no se correspondía en nada con la imagen mental que Hans se había hecho de aquel hombre. Y, por lo visto, la de Verónica tampoco. Se esperaban un hombre mayor, tal vez gordo y calvo... Un intelectual, con mucho dinero y muchas manías, y sin reparos por recoger a una jovencita desastrada en un vagón de metro.

Era de todo menos la imagen preconcebida de un padrino benefactor.

No tendría más de treinta años, llevaba la melena cortada a capas y le caía desgreñada enmarcándole la cara, un rostro elegante de pómulos altos y una expresión alegre. Vestía vaqueros y una camisa blanca con un par de botones desabrochados. Saltaban a la vista los hombros anchos y su buena forma.

A Hans empezaba a irritarle la expresión de Verónica, con una sonrisilla tonta y los ojos brillantes, cogió la foto y se sentó al lado de Matilda. Hans puso los ojos en blanco.

—¿Me estás diciendo en serio que este era Andreas Bronte?

La mujer se volvió brusca hacia ella, pero al ver la foto le cambió la mirada. Un deje de nostalgia le nubló la cara y asintió.

—Sí, ese era.

—Ya, pero... ¿de qué año es? Digo yo que tú no lo conocerías así.

Matilda rio divertida al entender por fin el interés de Verónica.

—Esa foto se la hice yo en una excursión que hicimos al Retiro. ¿No ves el estanque al fondo y el monumento a Alfonso XII? —Verónica asintió—. No quería —explicó—, pero lo pillé por sorpresa y ahí quedó. Tampoco quería ponerla aquí, pero, como ves, le hice poco caso.

—Y... —dudó Verónica sin saber muy bien qué decir—, ¿no estabas loquita por él? Es decir; llega el príncipe azul a salvarte de los malos, te cuida, te da dinero, una casa...

Hans bufó a su espalda.

—¿Qué? ¡Está como un queso! —le espetó a su amigo.

Él se dio la vuelta y miró a otro lado.

Era verdad que no estaba mal, pero ¿en serio? No es que fuese él un experto en belleza masculina, pero tampoco era para tanto. Además, estaba muerto y, por su forma de morir, el tío no debía de tener muchas luces.

—Bronte era especial y difícil —dijo Matilda mientras seguía abriendo cartas—. Tú lo estás juzgando por el físico y por la foto, pero no era tan majo como te imaginas. Era amable conmigo, incluso en algunas ocasiones me hacía reír, pero su obsesión cuando lo conocí era tirar abajo ese hospital. De vez en cuando me enseñaba cosas para valerme por mí misma, por si algún día faltaba. No era un joven alegre y despreocupado, como puedes pensar. —Verónica asintió—. Para mí era un padre, un protector... Nada que ver con lo... sexual.

—Ya, entiendo... Pero estaba como un queso.

Las dos mujeres se sonrieron y Hans, a su pesar, también.

—Tengo que ir al baño —informó.

—Te damos quince segundos —dijo Verónica cuando el chico ya se perdía por el pasillo.

Capítulo 21

Cuando Hans entró en aquel pasillo oscuro, el murmullo de la conversación fue amortiguándose. Paso a paso, sus ojos se fueron adaptando a la penumbra: el corredor era más ancho de lo que su entrada dejaba apreciar. Había cuadros en las paredes, pero la oscuridad no le permitía verlos bien. Solo captaba el contorno de una serie de puertas cerradas que tentaban su curiosidad.

La primera que abrió, a su derecha, era la del baño.

Dentro hacía fresco y olía a agua estancada, a años de humedad sin atender y a moho. Sin embargo, al encender la luz, vio que era un espacio bonito, con azulejos en color crema y sanitarios a tono. Salvo por una pareja de arañas que se paseaban por la bañera, hasta habría dicho que era acogedor.

Apagó de nuevo la luz y volvió al pasillo. Le movía más la curiosidad; las ganas de utilizar el servicio quedaron suspendidas.

Caminaba despacio y sin hacer ruido, con las luces apagadas, moviéndose con aire furtivo entre los muebles, sin rozarlos, como si aquello fuera a despertar a un dragón dormido. Sabía que era de mala educación husmear en la casa de unos desconocidos.

Se lo tomó como un juego.

La puerta más cercana a la del baño, tan solo un par de metros más allá, daba a una habitación alegre, con algo más de luz que la anterior, pese a tener las persianas bajadas.

Los muebles eran de madera blanca de contornos suaves. Los armarios, a excepción de algunos juegos de sábanas y un par de almohadas, no contenían nada más. La gran cama estaba presidida por un cabecero de forja en forma de parra y la colcha que lo cubría, de color rosa brillante con volantes, hacía juego con las cortinas y los visillos.

Algo, quizá fuese su toque infantil y femenino, le decía que aquel había sido el dormitorio de Matilda.

Trató, sin resultado, de hallar algo que corroborase la identidad de su anterior inquilino. Sin ver nada interesante, salió de la estancia y cerró la puerta sin hacer ruido.

Pensó que debía darse prisa si quería recorrer toda la casa antes de que notaran su ausencia y pudieran reprenderlo.

Se giró, y en lugar de proseguir hasta la siguiente puerta, decidió ir hacia el final. A medida que se adentraba de nuevo en el pasillo la escasa luz menguaba. Un escalofrío le recorrió su maltratada espalda, lo que hizo que notase todos los puntos a la vez. Recordó los terrores nocturnos que lo habían asaltado unas noches atrás, cuando durmió en la casa de campo de Verónica.

Era ridículo, pensó, tener miedo de una casa a oscuras.

Abrió la puerta y se topó con un armario lleno de productos y utensilios de limpieza. Olía a paño rancio y a cerrado.

Una cucaracha, escurridiza y negra, salió corriendo de su escondite, se deslizó junto a los pies de Hans y se coló bajo otra puerta que había a su derecha. La abrió.

La luz que se filtraba por los estores de la pared lateral le revelaron una sala muy grande, más aún que la del comedor, y vacía. Una tarima cubría gran parte del pavimento y se elevaba ligeramente sobre él.

La cucaracha se perdió de nuevo por el pasillo. La siguió con la mirada y se encontró con su propio reflejo en un gran espejo que cubría toda la pared frente a las ventanas y que proyectaba la luz al duplicar la imagen de la estancia.

¿Qué era aquello? ¿Una sala de baile?, ¿un gimnasio?

No había adornos ni utensilios a su alrededor, nada que pudiera decirle para qué se había usado un espacio vacío de tales dimensiones, aunque no era difícil deducir que estaba enfocado a la práctica de alguna actividad física.

A punto estuvo de levantar una de las persianas, pero se contuvo: temió que su fragilidad acabara con ella en el suelo.

En su lugar salió de la sala y se dirigió a la siguiente habitación.

Frente a la puerta del extraño gimnasio y a unos pocos metros en dirección al salón, había otra estancia, un despacho de dimensiones más modestas repleto en todas sus paredes de estanterías hasta el techo llenas de libros, algunos ilegibles, como los del salón, y otros en idiomas muy diversos: inglés, mandarín, alemán... Una vieja recopilación de diez libros de *Las mil y una noches*, forrada en cuero azul cobalto y con las letras en pan de oro, fue de lo poco que halló en español.

Le sorprendió ver allí un volumen en japonés del *Go-rin no sho*, *El libro de los cinco anillos*, de Miyamoto Musashi.

Hacía tres años que había pasado el sarampión y su madre le había regalado un ejemplar del libro de Musashi de casi mil páginas. Era de aventuras, una mezcla de ficción y realidad, con el famoso samurái como protagonista. No solo no se aburrió, sino que le gustó tanto que, pese a la fiebre y los dolores de cabeza, lo terminó en dos semanas. Desde entonces le encantaba la cultura japonesa.

Nunca se había molestado, tenía que admitirlo, en conocer la verdadera obra de Musashi.

Estaba en japonés, ¿y qué? Podía entender el japonés, podía entender todo lo que quisiera sin hacer ningún esfuerzo. Le tentaba sobremanera llevarse el ejemplar.

¿Quién lo echaría de menos?

Su dueño estaba muerto y no parecía que alguien fuera a reclamar lo que había en aquella casa. Si actuaba con suficiente astucia, podría colarlo entre sus pertenencias sin que nadie se diese cuenta. Cuando lo pillasen, ya sería demasiado tarde para devolverlo; bien valía una pequeña bronca.

Se lo puso bajo la sudadera y lo hizo suyo.

En el centro del pequeño cuarto, custodiado por las grandes moles de las estanterías y vitrinas llenas de legajos, estaba el escritorio. Apenas había sitio para moverse y colocarse tras él, sentarse en la silla de espaldas a la ventana y contemplar cómo la cultura se le venía a uno encima al verse diminuto entre tanto papel.

Le resultó curioso el darse cuenta de lo grandes que eran las demás áreas de la casa comparadas con aquel cuartucho pequeño y abarrotado, y que sin embargo para él era cómodo y acogedor.

Se sentó en la silla rodadora, de madera vieja y tapizada en cuero verde. Respiró hondo y sacó el libro que había cogido, pasmado de que aquellos extraños garabatos que tantas veces había visto en las series de anime japonés y que nunca había logrado entender pasaran ante él plenos de significado, como si los hubiera sabido leer siempre y alguna extraña estupidez, una ridícula ceguera, se lo hubiese impedido.

¡El mundo estaba tan a su alcance!

Miró a su alrededor y vio manuscritos extrañísimos.

Había un par de estantes con libros que hablaban sobre religión: un ejemplar del Corán, otro de la Biblia en griego y otro de la Torá descansaban juntos, y sin matarse ni ofenderse. Un diccionario de religiones comparadas, algunos tomos sobre mitología, santería, una recopilación de sutras...

En otras estanterías se agolpaban antologías poéticas, anaqueles de música, disciplinas de combate y artes marciales... ¡Había tantos! Y estaban tan estratégicamente situados que Hans podía verlos casi todos sentado en el escritorio, con los brazos cruzados y los ojos abiertos de par en par.

A Hans le sorprendía que alguien pudiera tener tantos tomos sobre temas tan dispares y en tantos idiomas diferentes. ¿Sería acaso el padrino de Matilda uno de esos profetas que podían leer varias lenguas igual que él?

Llevaba casi cinco minutos ausente y debía volver al salón.

Decepcionado por tener tan poco tiempo, miró el libro que había cogido y vio que aquello no era nada comparado con la enorme cantidad de sabiduría que se apiñaba a su alrededor. Era como elegir una moneda de una sala llena de tesoros.

Solo la mesa que tenía ante sí estaba vacía, a excepción de un cubilete con lápices y bolígrafos. No tenía ordenador ni máquina de escribir. Era el único lugar despejado y libre de apelmazamiento que había en la estancia.

Se recostó en la silla y cerró los ojos buscando la calma que la habitación quería trasmitirle. Nunca en su vida había hecho algo igual: buscar un momento de introspección, un instante para no hacer nada más que dedicárselo al silencio.

Se sentía maduro, cómodo consigo mismo.

«Nunca se está tan vivo como justo antes de morir», pensó.

Respiró hondo e inhaló el aroma a papiro rancio, a madera vieja, a antigüedad pacífica.

El hombre que allí se sentó antes que él lo había hecho igual, ahora estaba seguro; encerrándose en sí mismo, exhortando a sus propios demonios a que lo abandonaran por un fugaz y tranquilizador instante. Hans tuvo un súbito escalofrío y abrió los ojos. De forma inopinada, estiró la mano y abrió un cajón estrecho que había bajo la tabla del escritorio. Apenas respondía a una intuición, un «no sé qué» que le llevó a dar con aquel compartimento.

Dentro halló una libreta encuadernada en cuero marrón y algunos papeles; grandes folios que tuvo que desplegar para poder verlos bien y que tenían dibujados lo que a todas luces eran los planos de un edificio. En ellos había muchos números y líneas, anotaciones a lápiz en los márgenes. En uno de ellos, marcado con rotulador rojo, un círculo señalaba una pequeña zona en concreto. Aquello no le decía nada. Dejó los planos donde estaban y cogió la libreta.

Al abrirla, quedó asombrado; escrito a lápiz contenía una caligrafía estilizada y barroca tan bella que podía calificarse como obra de arte.

Estaba sorprendido; nunca en su vida imaginó que alguien pudiera tomarse tanta molestia en escribir tan endiabladamente bien. Las palabras eran claras pese a lo apretadas que estaban las letras, y no había tachones, correcciones, ni emborronamiento; ninguna huella que dijera que se había borrado nada y vuelto a escribir encima, y el blanco del papel, amarillento por los años, resaltaba inmaculado por encima del gris acerado de los caracteres.

Era un diario lleno solo hasta la mitad y escrito en francés.

Las fechas anotadas en la esquina derecha de cada nueva entrada recorrían todo el año 1990 hasta el 4 de abril del 91.

Leyó algunas páginas al azar. No era un diario personal en sentido estricto, sino que estaba dirigido a una segunda persona en lo que parecía una compilación epistolar de cartas sin enviar:

Después de la conversación telefónica que mantuvimos el otro día, procedo con este diario para informarte «lo más detalladamente posible», tal y como me pediste, de lo que será, me temo, mi solitaria investigación del Hospital de Fuencarral, ese nuevo proyecto avalado por Ipsat con Buer a la cabeza.

Es un error no prestar la merecida atención a cualquier cosa que Buer haga, por insignificante que sea. Hay cuatro o cinco yin a los que deberíamos vigilar siempre: han dado sobrados motivos para hacerlo, y el propio Buer es uno de ellos. Siempre ha demostrado superar tus expectativas, las mías y hasta las de todos los malakhim juntos.

Si no hacemos algo, el problema acabará estallándonos en la cara. Te recuerdo que, lamentablemente, no sería la primera vez.

Entiendo que seas suspicaz debido a mis defectos, pero a medida que pasa el tiempo y cuanto más desconfías de mí, tanto más desastrosos son los resultados de las acciones de los yin. De nuestra flaqueza, se hacen fuertes.

Todo esto ya está muy dicho. Solo espero que entres en razón.

Las siguientes páginas se perdían en informes sobre el hospital, en horarios de entrada y salida del personal, en detalles sobre el material que llegaba diariamente a la clínica...

Leyó por encima algunos párrafos más, suficientes para constatar que había una relación estrecha entre el escritor y la persona a la que iban dirigidos los escritos.

Una palabra se repetía todo el tiempo: «malakhim». Era como si se refiriese a una organización o un grupo de gente. ¿Una empresa, tal vez? Y se hacían llamar a sí mismos malakhim que, traducido al castellano venía a ser algo así como «fragmentos». ¿Los fragmentos de qué? Un nombre extraño para una sociedad.

Cerró de golpe el diario y siguiendo un impulso lo metió bajo su camiseta junto al libro de Musashi.

Un robo más no tendría demasiada importancia...

De regreso al salón, estuvo tentado de parar en el baño, pero justo en el momento en que abría la puerta del servicio, oyó la voz de Verónica que lo llamaba y se resignó a quedarse con las ganas.

—¿Habéis encontrado la tarjeta? —dijo saliendo a la claridad del salón.

—Después de abrir todas las cartas y revisarlas una por una. Estaba en un sobre apartado, encima de la chimenea —explicó Verónica.

—¡Bien! —dijo aliviado. Se encogió de hombros —Al menos la habéis encontrado, que era lo importante.

—Es como si alguien hubiera sabido que vendríamos a buscarla y nos la hubiera apartado a propósito, casi para hacernos un favor —añadió Matilda.

—¿Puede ser una trampa? —preguntó Verónica.

—Una trampa un poco extraña, ¿no crees? Parece que la intención al dejarla ahí era facilitarnos el trabajo, no al revés.

—Ya... Pues quien lo haya hecho lo ha bordado. Nos ha hecho trabajar el doble.

—¿De quién es ese cuadro? —interrumpió Hans dirigiéndose a Matilda.

La mirada se le desviaba hacia el boceto de la mujer sobre la chimenea.

—¡Ah! —sonrió la mujer al verlo—. Es imposible no fijarse en él. Por lo que me contó Bronte, esa iba a ser la Sibila Délfica original, la que Miguel Ángel iba a pintar en el techo de la capilla Sixtina.

—Perdona mi incultura, pero no sé de qué cuadro me hablas —dijo Verónica.

—No es un cuadro, sino un fresco —resopló con disgusto la adivina como si fuera algo obvio—. En la cúpula de la Capilla Sixtina, hay pintados cinco profetas y las cinco sibilas más destacadas: la pérsica, la cumana, la líbica, la babilónica y la délfica. Por lo que Bronte me contó, ese de ahí era el proyecto que tenía Miguel Ángel para esa figura. Quién sabe por qué no llegó a pintarlo y por qué se reemplazó por la que hay actualmente. Seguro que la has visto un montón de veces. Si te la enseñara, la reconocerías al instante.

—Es posible —concedió Verónica.

—Me gusta mucho —terció Hans—, no sé qué tiene de malo para que Miguel Ángel no lo pintara.

—Solo sé que Buonarroti hizo el boceto y luego pasó de él. El original creo que lo tenía Bronte guardado en alguna parte.

—¡Cómo iba a tener el original de Miguel Ángel! —se escandalizó Verónica.

La sibila asintió convencida de que lo que decía era cierto.

—¿Veis esas espadas de ahí?

Hans no había caído en las espadas repartidas en algunos estantes superiores de las librerías. A simple vista, parecían sables japoneses y estaban renegridos y cubiertos, como el resto, por una vetusta capa de polvo.

—Por lo que puedo recordar, la más moderna tiene doscientos años. Creo que hay más guardadas en alguna parte, en el banco, tal vez, junto con ese boceto de Buonarroti... No es que Bronte tuviera una gran colección, pero poseía algunas piezas bastante interesantes.

—Y encima era un intelectual... Qué desperdicio —dijo Verónica suspirando y negando con la cabeza.

—¿A qué te refieres? —preguntó Hans.

No llegó a contestar: un repentino pitido en los oídos los sobrecogió.

Fue tan intenso que cerraron los ojos con fuerza como si eso pudiese aliviar el dolor de cabeza que les estaba provocando.

Verónica se enderezó frotándose los oídos con los dedos, abriendo y cerrando la boca como si se le hubieran taponado de verdad por la presión.

—Tenemos que largarnos —dijo Matilda.

Hans oyó el comentario de la adivina como si le viniera de lejos, como si hubiese entre los dos una gruesa pared de cristal llena de agua.

La habitación le daba vueltas.

—Hans... ¿estás bien? —Oyó que decía Verónica.

Cayó de rodillas en mitad del salón.

Intentó fijar la vista en sus manos apoyadas en el suelo, en la forma de sus nudillos, en la costura de sus pantalones... y, aun así, la sensación de que la habitación giraba en un remolino a sus espaldas se adueñaba de él. Era incontrolable.

Sucedió lo que más temía.

De su estómago brotó lo que llevaba tantas horas reteniendo, lo que había querido ocultar a toda costa a sus compañeras y que convirtió la escena en un espectáculo dantesco.

    Sangre a borbotones, brillante y sucia, coágulos, trozos de carne sin digerir...

    Sintió que se desvanecía y en un alarde de buenos reflejos, se inclinó hacia un lado para evitar caer sobre el charco de vómito.

    El mundo se volvió negro y oyó a las dos mujeres gritar.

Capítulo 22

—¡Joder, Hans!

Verónica quería acercarse al chico, pero no se atrevía. Se tapaba la boca como si eso la fuera a proteger de lo que veía: un gran charco llegaba hasta la alfombra y la teñía ya de un rojo sucio. Había salpicaduras por todas partes: en las patas de las sillas, en el suelo e incluso en sus propias zapatillas. Y trozos de carne.

Hans no había comido apenas en los últimos días y mucho menos, carne. ¿De dónde salía eso? Eran telillas, como trozos de membranas esparcidas aquí y allá, y otros trozos magros como a medio digerir junto a pedazos blancuzcos de algo que parecía... ¿grasa?

Le sobrevino una arcada y dejó de mirar, pero el olor metálico era demasiado penetrante y no pudo reprimirse. Corrió a una esquina y vomitó.

—¡Verónica, reacciona! ¡Hay que levantarlo y salir de aquí, ya!

—¡Dios mío, pero si está enfermo! —dijo tosiendo por una arcada—. Tenemos que llevarlo a un hospital, llamar a una ambulancia...

Matilda se puso junto Hans e intentó levantarlo pasando los brazos bajo sus axilas mientras Verónica se llevaba las manos a la cabeza.

Siendo tan delgada y menuda, no parecía que la adivina fuese a tener la fuerza necesaria para moverlo, pero logró ponerse de pie arrastrando al chico consigo ante la asombrada mirada de Verónica.

—¡Ayúdame!

La aludida se acercó fuera de sí y tironeó de su hombro con tal fuerza que a punto estuvo de escurrírsele de entre los brazos.

—¡Hay que llamar a una ambulancia, Matilda! Basta de tonterías. ¡No debemos moverlo!

Entre sus exiguos conocimientos de cómo debía tratarse a un inconsciente, lo único que recordaba de primeros auxilios era que a un enfermo no se le debía mover... o algo así. No estaba segura; y, en cualquier caso, la histeria le estaba ganando terreno. Era imposible contemplar tanta sangre sin ceder al pánico.

—Mira —dijo Matilda dejando a Hans en el suelo y encarándose con ella—, si vienen ahora a por nosotros, se acabó, ¿lo entiendes? Ni hospital, ni nada... Nos cogerán, nos llevarán a algún lugar horrible y nos... —Dejó la frase en suspenso—. O me ayudas a llevarlo al coche, pero ya, o te juro por Dios que me largo y os quedáis aquí. —Matilda vio la indecisión en sus ojos y se desesperó—. ¡Muy bien, tú lo has querido: me largo!

—No, no, ¡espera, por favor!

La tomó del brazo, suplicante, y le pidió que la ayudara a levantar a su amigo.

Fue un reflejo extraño y egoísta, algo absurdo en realidad, y no es que lo que le impulsase a mover a Hans fuesen los yin que les perseguían ni el temor a que pudiesen hacerles daño; era, más bien, que no quería quedarse a solas con toda aquella sangre, ni con Hans, que parecía ir a tener estertores de muerte de un momento a otro. No soportaba la idea de quedarse a solas en ese escenario.

La adivina se puso en cuclillas y volvió a tratar de erguir al chico. Le quedó la cabeza inerte colgando hacia adelante; lo congestionaba el gesto y le deformaba la cara al pobre Hans hasta hacerlo parecer un zombi. La visión era abrumadora: un viscoso hilillo de sangre le colgaba de los labios e iba a parar a las manos de la adivina sin que ella se percatara.

—¿Me ayudas o qué?

Matilda ya había levantado a Hans de nuevo sujetándolo por su brazo izquierdo y por la cintura y no parecía que pudiera estar así por mucho tiempo. Verónica se acercó y lo sujetó del otro brazo. Ella notó que empezaba a hiperventilar, pero se contuvo.

—Eso es... —animó la adivina—. ¡Ahora, rápido, al ascensor!

A trompicones, salieron del piso y cerraron la puerta de golpe. Esperar al ascensor se les hizo eterno y la bajada, todavía más. Ambas se sobresaltaron cuando el chico habló aun con los ojos cerrados.

—Estoy mareado —dijo en un gorjeo alelado.

—¿Puedes andar? —preguntó Matilda—. ¿Puedes apoyar los pies?

Él no contestó ni levantó la cabeza, aunque ambas notaron que se esforzaba por apoyarse sobre las plantas de los pies.

—¡Deprisa! —acució Matilda al llegar a la planta baja.

Verónica estaba traspuesta, sin poder articular palabra. Obedecía, cargaba y seguía hacia adelante. Los ojos le escocían por las insolentes gotitas de sudor que las cejas no lograban atrapar y la carga le machacaba los hombros.

Notó la mirada inquisitiva del portero cuando pasaron delante de él. Oyó que el hombre les decía algo y que Matilda respondía, pero tan nerviosa estaba que no llegó a entender nada. Tampoco quiso saber.

No hacía más que repetirse que debía esforzarse por no pensar hasta que estuvieran en un lugar seguro... o lo que Matilda entendiera por un «lugar seguro».

Bajar los tres escalones del portal fue lo más difícil: la mano de Hans se le escurría y Matilda no dejaba de dar órdenes. A punto estuvieron de rodar los tres juntos, pero la adivina se adelantó impidiendo con su propio cuerpo que Hans cayera.

—Pero i¿qué te pasa?! ¿¡Es que quieres que nos matemos!? —La mujer también sudaba. Parecía no saber qué hacer con aquella chica que, de pronto y cuando más la necesitaba, se había quedado fuera de juego.

Verónica vio el coche al otro lado de la calle y se animó. Salieron a la fresca mañana y al sol.

Aún tenían que cruzar la calle. Matilda era quien controlaba lo que venía por la izquierda y poco faltó para que los atropellaran.

Meter a Hans en el coche les llevó un buen rato. La adivina no dejaba de presionar, urgida por las prisas, y Verónica, nerviosa, intentaba pescar las llaves en sus bolsillos con una sola mano. Se las pasó a Matilda y haciendo mil cabriolas pudieron abrir la puerta y echar dentro a Hans, que cayó como un fardo en el asiento trasero.

Miraba sin pestañear cómo la adivina colocaba las piernas del chico dentro del coche, cuando algo le tiró con tal fuerza del brazo izquierdo que la arrancó de la puerta que sujetaba sin darle tiempo a entender qué pasaba. Un agudo dolor se le extendió por la extremidad hasta la base del cuello y, al instante siguiente, sintió que la agarraban del pelo y que la levantaban con tal violencia que se vio obligada a caminar de puntillas sin dejar de forcejear con la mano libre, intentando zafarse.

Perdió de vista a la adivina y a Hans.

Tampoco podía ver a su captor, pero sí a los pocos transeúntes que contemplaban la escena escandalizados. Gritó y se revolvió fuera de sí.

Habían cruzado de nuevo la calle y se dirigían a un coche blanco atravesado en la acera. El agresor la empujó con tal violencia contra el lateral del maletero, que se dio un golpe en la cabeza, perdió el equilibrio y cayó de bruces al suelo.

Abrió los ojos y solo alcanzó a ver una neblina negra y desenfocada. Una figura abría la puerta trasera del vehículo. La figura se volvió, la cogió del pelo otra vez y la obligó a entrar. De nada servía que se retorciera ni que gritara.

Pero la soltó.

La dejó allí, tirada sobre el asiento trasero. El hombre había desaparecido de su campo de visión y ella aún tardó un par de segundos en reaccionar y ver que la puerta estaba abierta y que alguien gritaba en la calle.

Puso los pies en la acera en el momento en que una mujer amenazaba a voces con llamar a la policía. Vio al agresor darse golpes en la espalda contra la pared y tratar de zafarse de una chica de largo pelo rubio, cuya vestimenta elegante y ella misma desentonaban por completo con la escena. Se había encaramado a él como si de una mochila se tratase y le arañaba la cara y el pecho y le rompía la ropa con violencia.

Pese al gesto contraído por el esfuerzo de la pelea y a que no dejaba de moverse, Verónica reconoció la melena del hombre: inconfundible; era el policía que había salido del portal de su casa. No iba vestido de policía, pero era él. No le cabía duda.

Estaba hipnotizada mirando aquella extraña lucha cuando oyó que alguien intentaba poner en marcha su propio coche. Corrió y a punto estuvo de caer de espaldas al frenar la carrera para intentar abrir la puerta del copiloto.

Matilda, al volante, trataba de arrancarlo sin resultado.

—¡Dios mío! ¡Arranca! —gritaba la mujer a la llave, con voz aguda y chillona, como si la histeria a la que había sucumbido pudiera conmover al trozo de metal o al propio Citröen.

Verónica, en lugar de prestarle atención, seguía buscando el desenlace de la pelea. Horrorizada, vio al gigante coger a la mujer que tenía encima como si fuera una muñeca de trapo y la estampaba con violencia sobre el capó del coche blanco. No tenía buen campo de visión porque un vehículo se interponía, pero el estruendo, los gritos de la gente y el ángulo extraño en que había quedado el automóvil tras el golpe le daban a entender que la mujer que la había defendido no saldría bien parada después de aquello.

Entonces, el falso policía se giró en redondo y fijó la vista en ella, justo en el momento en que Matilda conseguía arrancar. Fueron los cinco segundos más aterradores de su vida. El hombre corría hacia ellos y abría la boca cada vez más en una mueca imposible, mostrando hilera tras hilera de colmillos, como un tiburón a punto de devorarlos. No era un hombre. No gritaba ni hacía ningún ruido. Era un esperpento que se acercaba con la clara intención de comerse el coche con ellos dentro.

Verónica perdió la cordura. Chillaba y se tiraba del pelo. Matilda los sacó de allí cuando el engendro estaba a poco más de tres pasos, pero Verónica no paró de gritar, patalear y arañarse la cara hasta cinco minutos después, y aun entonces, el aire no le entraba bien en los pulmones. Las lágrimas la desbordaban, tenía los ojos desorbitados, aterrorizados y en su mente no dejaba de ver una y otra vez la imagen terrorífica.

Temblaba de forma incontrolable y, cada tanto, no podía evitar echarse las manos a la cabeza y tirarse del pelo. Se miraba los jirones que le quedaban entre los dedos, aunque parecía no verlos. Hacerse daño era lo único que la calmaba.

Oía a su lado el débil lloriqueo de la adivina que la ponía aún más furiosa. Al cabo de unos minutos, oyó como Hans se estiraba desperezándose en el asiento de atrás.

—¿Qué ha pasado? —preguntó con pasmosa inocencia.

«¡Cabrón!», pensó ella, «¡no se ha enterado de nada!». Aquello le dio más rabia todavía.

—Siento lo de la sangre... Yo... lo siento.

—Pon-pon-te el cinturón —tartamudeó la adivina. Aquel acento suyo hizo que Verónica sintiera aún más ira. No la soportaba.

—Lo siento —repitió mientras obedecía.

Estaba claro que Matilda no sabía hacia dónde iba porque no hacía más que meterse por callejuelas extrañas. Su único objetivo era apartarse de las vías más grandes: giraba en las esquinas en cuanto se encontraba con una. Cuando se dio de bruces con el parque del Retiro, no tuvo manera de torcer y empezó a murmurar. Verónica perdió los nervios y vio en el parque una salida a su frustración; no en vano era su refugio de los años adolescentes.

—¡Para! —gritó de pronto. A su espalda, Hans dio un respingo—. ¡Te digo que pares! ¡Aparca!

—Sí, será lo mejor —murmuró la mujer.

—¡Oh, sí, claro que sí! ¡Desde luego que sí!

Estaba enfadada con ella, con Hans, con todo el mundo... Menos con aquel tipo, aquel monstruo. Con ese no estaba enfadada. No era posible enfadarse con algo así.

Cuando Matilda todavía maniobraba para aparcar, Verónica salió del coche y respiró hondo. Una arcada repentina le subió a la boca y no tuvo más remedio que apoyarse en la verja de hierro del parque mientras se liberaba. Una mujer mayor que pasaba por allí hizo un comentario despectivo. Hans se había acercado e hizo ademán de sujetarle el pelo.

Ella lo apartó de golpe.

—¿Qué? ¡Oye lo siento, siento estar enfermo!

La chica se dirigió a la entrada del parque sin pararse a mirar si la seguían. Lo único que quería era entrar allí, sentarse en el césped y llorar a solas como había hecho hacía ya... Si la seguían o no, le daba igual. Tal vez, después de todo, aquella tarde acabaría volviendo a casa.

Encontró un rincón con césped cerca del camino que bordeaba el estanque. Había una parejita dándose besos a unos veinte metros.

«Qué suerte tienen algunos. Nunca pensé en lo bien que vivía hasta ahora».

Se sentó, se abrazó a las rodillas y echó la cabeza sobre ellas. Estuvo así un buen rato mientras recordaba todas las veces que había hecho aquello mismo prometiéndose cada vez que sería la última, que no volvería a llorar así ni a sentirse tan desgraciada. No volvería a dejar que nadie le hiciera daño...

Pero esta vez nadie se lo había hecho. No lo bastante. «¡Me persigue el hombre del saco!», se dijo. Aquello le hizo una gracia amarga y, entre sollozos, se echó a reír. Al levantar la mirada para secarse las lágrimas vio a Hans delante, sin apartar los ojos de ella y con una ceja levantada. No supo por qué, pero se alegraba de verlo.

—Nos persigue el hombre del saco —dijo agotada.

—¿Cómo?

—Nada... Da igual —arrancó un puñado de hierba en un gesto involuntario y fue desmenuzándola entre las manos.

—Matilda me ha dicho que venga a buscarte —dijo él poniéndose de cuclillas—. No sé qué ha pasado... Me manda a decirte que, si no quieres venir, lo entiende, pero que lo más probable es que te maten si te quedas aquí.

El chico esperó mientras ella asentía lentamente, como si le pesase la cabeza.

Lo miró. Tenía cara de cansado y, sin embargo, nadie diría que fuera un muchacho gravemente enfermo. El rubor de las mejillas aseguraba todo lo contrario y hasta se le antojaba más grande y sano que cuando lo encontró en el hospital... y apenas habían pasado tres días. Estaba preocupado o avergonzado; quizás ambas cosas.

—Yo no me voy sin ti... —titubeaba, buscando las palabras adecuadas—. Yo... no quiero que te pase nada y no me quiero quedar solo con ella.

Mentía. Ella se dio cuenta. El chico estaba buscando su aprobación con la única baza de chantaje emocional de que disponía, pero él no odiaba a Matilda. No la temía; al menos, no del modo en que la temía Verónica.

—De acuerdo —dijo levantándose—, pero se acabaron las medias tintas.

Localizó a la adivina a unos cuantos metros junto al camino. Estaba de pie, con las mochilas en el suelo, y miraba el estanque y las gentes en las barcas que paseaban alegres y tan ingenuas sobre la superficie brillante del agua. Tenía en la mirada la tristeza de quien no ha conocido jamás la paz de aquellas personas. ¿Era envidia o tan solo pena?

—Vas a decírnoslo todo —dijo acercándose a ella con decisión—. Por extraño, o raro, o espeluznante que sea, nos lo vas a contar todo.

Matilda la miró y a Verónica le inspiró compasión. Debía recordarse que ella misma acababa de tener una pequeña muestra de los horrores que habían perseguido a la mujer durante toda su vida... y había sido espeluznante.

Se encogió de hombros.

—No te gustará —le dijo con una mueca.

—Me da igual —cortó.

—Hay cosas que es mejor...

—¡Que me da igual! —le gritó.

La adivina asintió y se adentró en la hierba, buscando un sitio donde sentarse.

—No es justo —murmuró cabizbaja.

Verónica se sentó en la hierba delante de la mujer y Hans hizo lo propio. Matilda estaba alicaída y removía la hierba con las manos como si allí pudiera encontrar las palabras adecuadas.

—¿Alguien me puede contar qué ha pasado? —interrumpió Hans—. ¿A qué viene esto?

Las dos mujeres se miraron, pero Verónica no estaba como para reproducir lo que había vivido hacía un rato.

—Ha visto un yin... tal y como son en realidad —dijo la adivina señalando a la chica.

—¿Qué?

—¿Recuerdas lo que significaba la palabra djinn, con d? —preguntó.

—No, no me acuerdo —dijo Verónica tajante—. ¿Qué significa?

—Yo sí me acuerdo —se adelantó Hans—. Significa «genio». Como el de la lámpara de Aladino o algo así.

Matilda lo miró con su único ojo y asintió.

—En las suras del Corán se puede leer que Allah creó al hombre de barro y a los djinn de fuego...

—Vale, está bien... —cortó Verónica—. ¿Me estás diciendo que nos persigue el genio de la lámpara y que está hecho de fuego? ¿Es en serio?

—Yo pensé que los genios eran buenos —apuntó Hans.

—Eso es porque no has leído *Las mil y una noches*, pero en ese libro la mayoría de los efrits o djinns son de carácter cambiante; algunos, incluso terriblemente malvados, y la mayoría no estaban esclavizados ni eran tan encantadores como el de la película de Disney. Tenían poder y riqueza y concedían deseos, eso sí, pero solo a aquellos que les convenían o a quienes les daban algo a cambio. En las culturas de Oriente Medio, en la India, el norte de África..., se les considera seres molestos o malvados que hay que evitar a toda costa.

Verónica resopló.

—O sea que nos persiguen «genios» como el de Aladino, pero con mala leche.

La adivina negó.

—Si analizáis lo que os digo, entenderéis mejor lo que se conoce por *genios*.

—No, si está muy claro...

—No, qué va, la cosa no es tan sencilla —la interrumpió—. El problema es que no entendéis que la mayoría de las religiones, creencias o incluso cuentos populares se copian y se solapan unos con otros. La leyenda de los genios es solo eso: una leyenda. Como las de las hadas madrinas o los duendes, pero en todas ellas, aunque parezca mentira, hay algunas dosis de verdad.

—Matilda... —dijo Verónica como si, de pronto, cargara sobre sus hombros el peso del mundo—. Si, después de lo que he visto esta tarde, me pides que crea que existe Mickey Mouse, te creo.

La adivina resopló.

—Dime una cosa, ¿qué otros seres conoces tú que estén hechos de fuego, usen la magia y concedan deseos, digamos que a cambio de... —se encogió de hombros—, no sé... de tu alma, por ejemplo?

Vaciló antes de responder. No le gustó lo que le venía a la cabeza:

—El demonio, supongo.

La mirada de Matilda era sombría. Su único ojo azul empañaba la tarde, más aún que las nubes cercanas. Un escalofrío como un latigazo recorrió a Verónica de arriba abajo al rememorar las filas de dientes de aquel monstruo que había corrido hacia ella.

—¿A que ya no tiene tanta gracia...? —preguntó la mujer.

No, desde luego que no la tenía. Una cosa era hablar de genios árabes y duendes del bosque, pero tocar al demonio no tenía ni pizca de gracia.

—Tú dijiste que no existía Dios, ni el cielo, ni el infierno —aventuró Hans y que nos reencarnábamos al morir...

—Eso dije. Y es lo peor, porque si no existe el infierno solo hay un lugar donde los demonios puedan existir, ¿no es cierto?

—Entonces, esto es el infierno —dijo Verónica.

—No, esto no es el infierno. El infierno no existe. Esto es la Tierra y este es su territorio. Los humanos solo somos ganado. Ellos son, literalmente, la negrura de la Tierra encarnada. Ya os he dicho que todo tiene un alma, incluso las piedras. Los seres vivos como las personas, los animales, las plantas... tienen un alma colmena y un alma central que los controla, un alma que guarda todos los recuerdos de esta vida y de las pasadas... ¿Lo recordáis? La Tierra, como planeta, es un ser complejo que tiene su propia alma. No tiene pensamientos, por sí misma, pero tiene los de los seres que la pueblan. Todos la conformamos como pequeñas células que le aportan vida o se la quitan, y ella, claro está, sufre, se revuelve o es feliz, según actuemos con ella. Igual que las células del cuerpo humano: si no funcionan bien, el cuerpo se perturba o enferma y se deprime.

—¿Y la Tierra está deprimida?

—La Tierra está enferma. Tiene un cáncer que se llama humanidad. Y los yin, que forman parte del alma de la Tierra, hacen lo posible por contaminar nuestras vidas para que hagamos de este planeta un lugar horrible. Cuanto más horrible, más cómodos están.

—A ver si lo he entendido —intervino Verónica—: la Tierra tiene un alma central y esa alma central controla el alma colmena. Y los yin son esa alma central.

—Exacto.

—Entonces el planeta es... malo, ¿no?

La adivina se revolvió incómoda.

—No es malo... pero ellos son la parte del planeta que sí lo es. Son alma pura y dura. Su alma es tan grande y densa que, en lugar de estar en el mundo espiritual, pueden mantenerse en el mundo material sin necesidad de un cuerpo físico. Son alma vuelta materia. Eso tiene sus ventajas y sus desventajas; por un lado, son indestructibles, inmortales; por otro, no hay siquiera un atisbo de bondad en ellos y nada a lo que puedas agarrarte para pedir compasión porque no la tienen.

—¿No se los puede matar? —preguntó Hans. La adivina negó con la cabeza.

—Claro, por eso dijiste que si nos encontraban nos pegáramos un tiro... —puntualizó Verónica—. Dijiste que dispararles no serviría de nada.

—Al ser alma hecha materia, no hay nada físico que pueda dañarlos. El alma es maleable, etérea, puede moverse y ser impactada sin que ello afecte a su estructura. En el caso de los yin, puedes dispararles, pero lo que sucederá es que la bala caerá arrugada como si hubiera chocado con acero.

—¿No tendría que atravesarlos? —preguntó extrañada.

—Su alma es el no-material más duro que existe.

—¿Y hay muchos o solo son esos pocos que hemos visto?

—Hay unos cuantos miles, según tengo entendido.

—Joder.

Hans resopló angustiado.

—¿Y cómo vamos a huir eternamente de algo así? ¡Al final nos cogerán!

—Tienen sus desventajas. Esa gente puede leerte el pensamiento, meterse en tu cabeza, pero solo si estás cerca; y en cuanto al Cambio, a ellos no les toca. Es nuestra principal ventaja.

—No entiendo...

—Son almas a este lado del velo, lo que significa que esa conexión que los humanos tenemos entre cuerpo y alma, y que a su vez atraviesa el Cambio, ellos no la tienen. El Cambio nos hace vivir y envejecer, cosa que a estos malvados nos les afecta, pero tampoco están conectados con los demás. No sueñan, no inventan nada, no pueden crear cosas nuevas..., aunque lo suplen con su más que sobrada experiencia sobre la Tierra, millones y millones de años de experiencias.

—¿Y dónde tenemos ventaja?

—No pueden hacer uso del Cambio para encontrarnos. Para eso, tienen que depender de desgraciados como Nuno Pouda —dijo en un gesto exagerado de asco—, que les hacen el trabajo sucio. Tampoco tienen imaginación como para adelantarse a nuestros movimientos, así que les llevamos una ligera ventaja.

—¡Muy ligera! —dijo Hans

—Suficiente.

—Dios mío... —murmuró Verónica—. Lo que no entiendo es por

qué tanta crueldad. ¿Es necesario que sean tan malos? ¿No se supone que el alma tiene que estar en equilibrio y todo eso? ¿No tienen bondad?

—Ninguna.

—Pero nadie puede ser totalmente malo.

—Verás... Siempre se ha dicho que los demonios son malvados ¡y lo son, vaya que sí! Y también que su malicia es porque sí, porque están hechos así, como algo que no tiene vuelta de hoja. Eso es falso. Cualquier ser, sea como sea, tiene oportunidades de cambiar a lo largo de su vida, más aún, si es una vida tan larga como la suya.

—¿Entonces?

—La cosa se complica cuando te encuentras con que su supervivencia depende de su malicia. Esto es complicado... En el mundo hay muchas cosas que no entendemos.

—No me digas...

—Una de esas cosas —dijo ignorándola— es un tipo de energía, por llamarlo de alguna manera, que fluye, algo así como la energía vital que los orientales llaman «Qí» o que los egipcios llamaban «Ka». Los seres vivos la utilizamos con una carga neutra. Nuestro cuerpo la coge y después la expulsa según el humor con que nos encontremos; unas veces con carga negativa, otras veces mezclada, otras positiva...

—Creo que lo pillo —dijo Hans—. Ellos usan la energía en negativo. Por eso están todo el día puteando a la gente.

—Exacto —corroboró Matilda—. No es que la usen, es que solo se alimentan de eso. Piensa que son solo alma, un alma oscura que necesita energía oscura. La única forma que tienen de ser felices es hacer que el resto del mundo sea infeliz.

—O sea, que son malos por necesidad —apuntó Verónica.

—Así es, aunque tampoco los voy a disculpar. Esos engendros son malos y les gusta serlo. Disfrutan con ello y manipulan la sociedad que nos rodea para que tener su particular cosecha les resulte más fácil. Con guerras, secuestros, amedrentando a la gente...

—Que me lo digan a mí —suspiró Verónica, escondiendo la cara entre las manos—, que hace un rato casi me cago de miedo.

—Ha tenido que ser horrible —dijo él pasándole el brazo por los hombros.

—Ni te lo imaginas.

Ella se apoyó en el hombro del chico buscando consuelo. Matilda se movió irritada.

—Ella ve un demonio y ¡pobrecita! ¿Y yo? ¿Qué pasa conmigo? Cinco larguísimos años tuve que vivir con esos malditos. ¡Cinco! Me torturaron, me violaron, mataron a mis padres y me quitaron la vida... ¡Y miradme! ¡Miradme bien! —dijo mientras se sorbía los mocos y señalaba su maltrecho cuerpo—. ¿Es que no soy digna de compasión?

Capítulo 23

—Venga, levanta los brazos.

—Me duele —respondió Hans con un gruñido.

Estaba en el baño, sentado en un estilizado taburete a juego con el resto del mobiliario. Habían decidido, por unanimidad, dejar por una noche los hostales de mala muerte y alojarse de nuevo en una habitación acogedora. El hotel era moderno, muy nuevo en apariencia, y ubicado en el céntrico barrio de Ópera. Un cuatro estrellas que incluía un pequeño balcón con vistas al Palacio Real y a los jardines, siempre atestados de turistas.

—¿Crees que seguirá enfadada? —Hans levantó los brazos una vez más mientras Verónica le desenrollaba las vendas del torso.

—No está enfadada, Hans. Creo que solo está depre. —Se encogió de hombros—. Supongo que es normal; la pobrecilla se ha pasado toda la vida sola. Las únicas personas que la han cuidado alguna vez están muertas o han desaparecido.

En el Retiro, después del ataque de autocompasión de Matilda, que no había dejado de llorar durante un rato largo, la consolaron lo mejor que pudieron. Hans, incluso, se atrevió a asegurarle que ellos tres serían en adelante una pequeña familia y que tanto él como Verónica la cuidarían. Eso pareció complacerla. Verónica, sin embargo, le dedicó una mirada hostil a su amigo: le dejó claro que se estaba extralimitando.

Hans sabía que ella no era capaz, ni de lejos, de pensar en Matilda como en alguien querido... y, menos aún, como alguien de su familia. Aun así, se abstuvo de decir nada. Él tenía que reconocer que pensaba igual, que si le había dicho eso a la mujer era porque le agobiaba que no acabase con el llanto. De pronto, se había vuelto muy susceptible a las lágrimas y le daban una especie de desagradable dentera.

—¿Sabes que se te está cayendo el pelo de los sobacos?

Verónica cogió con dos dedos un matojo de pelo que se le había arremolinado a Hans bajo la axila.

—Y esto...

Al retirar del todo las vendas del torso, resultaron estar llenas de los pocos vellos suaves que el muchacho había tenido tiempo de desarrollar durante la pubertad. También podía verse en ellas la fina pelusilla que le cubría el resto del cuerpo.

—Déjame ver la cabeza.

Allí también se le desprendía el pelo con facilidad, pero donde unos pelos se soltaban, otros quedaban agarrados con fuerza, dejando su mata de pelo espesa, como si se mantuviera intacta.

—Joder —se lamentó Hans mientras Verónica le quitaba mechones de pelo a manos llenas y se los dejaba caer en el regazo—. ¡Joder! —repitió mientras recogía un mechón que había sido suyo—, me estoy quedando calvo.

—No... —dijo ella distraída—, calvo no lo parece.

—¿Ah, no? ¿Y esto qué es?

Ella no contestó.

Hans había visto muchas cosas raras durante los últimos días y ya no estaba muy seguro de sobre qué tenía que asombrarse y sobre qué no. Cuando el suelo y su regazo estuvieron cubiertos de pelos muertos, ella le frotó la cabeza retirando los posibles supervivientes de la criba. Dio un paso atrás y lo miró de arriba abajo con sorna.

—Tío..., ahora eres rubio.

—¿Cómo?

—Mírate al espejo, anda.

Se levantó tambaleante. Aún no se había recobrado del desmayo de por la mañana y había pasado todo el día con un latente dolor de cabeza, aparte de los vómitos, que no habían cesado. Obediente, se acercó al espejo y se miró.

Sus ojos no daban crédito a lo que veían.

—Pero qué...

Donde antes había una mata de pelo castaño, que su madre había querido por todos los medios cortar antes del viaje, ahora tenía el cabello más corto y de un tono bastante más claro, un rubio dorado que no tenía nada que ver con él.

—Me están pasando cosas muy raras...

Se repasó las cejas con las yemas de los dedos y el vello fino que se desprendió dejó en su lugar otro más rubio.

—«Nos» —corrigió ella—, nos están pasando cosas muy raras. Te recuerdo que mientras tú mutas, nos persiguen las hordas infernales para algún tipo de ritual sangriento.

Hans se echó a reír con flojera. Las caras que ponía Verónica y su ironía le parecían muy graciosas y hacían que todo perdiera dramatismo.

—No te has creído nada de lo que ha dicho, ¿verdad?

Había algo de condescendencia en su tono, como si la compadeciera por ser tan incrédula.

—Hans... —dijo mirándolo muy seria—. Soy desconfiada, no estúpida. Puede que dudase de Matilda cuando nos hablaba de mafias, de rollos zen y fantasías raras. Pero esto... es distinto. —Él asintió—. Yo he visto a ese... ese lo que sea. Y estoy segura de que tendré pesadillas el resto de mi vida. Ya no va de lo que ella cuenta, sino de que, ¡joder!, de lo que he visto. Puede que ella exagere algunas cosas y se invente otras, pero yo sé lo que vi y ahora ya... —suspiró—, ahora ya no me queda otra que creerla. Por desgracia.

Él le devolvió la mirada en el espejo a su reflejo ceñudo, sin saber muy bien qué decir ni cómo consolar su frustración. Sabía que Verónica no apreciaba a la adivina, que le ponían nerviosa sus maneras y no le contentaban nada sus explicaciones. Tener que admitir, de vez en cuando, que Matilda tenía razón no debía ser fácil.

Verónica se había puesto detrás de él y retiraba las bandas de gasa que tenía sobre las espeluznantes heridas que le cubrían la espalda.

—Estos huecos parecen menos profundos. Como si se hubiesen rellenado un poco... Aunque siguen teniendo mala pinta.

—Eso es bueno, ¿no? —dijo distraído. Estaba tocándose su nuevo y extraño cabello y constató que aún se le quedaban pegados a las manos pelos muertos de color castaño.

—No lo creo. Si te quitaron algo..., carne o lo que sea, no es muy probable que te vuelva a crecer sin más, digo yo. No quiero pensar que las heridas estén llenas de pus —contestó preocupada.

Presionó la herida con cuidado pero con firmeza. Hans notaba sus manos moviéndose alrededor de las heridas y no pudo evitar dar un respingo cuando le rozó una zona particularmente irritada.

—¿Te he hecho daño?

—Un poco. ¿Sale algo?

—Solo un poquito de sangre, pero las heridas parecen limpias.

Cogió el alcohol y las gasas que habían comprado aquella tarde y limpió la sangre seca que se había acumulado durante el día. La zona seguía enrojecida y caliente, pero tenía buen aspecto.

—Oye —dijo ella mientras le curaba—, estaba pensando si no te habrán dado radiación. Por lo del pelo...

—Puede. De esa gente me creo cualquier cosa.

—Además, tengo entendido que una radiación muy alta puede provocar mareos y hemorragias y cosas así, ¿no?

Hans se puso nervioso.

—Lo dices por lo de vomitar sangre...

No les había hablado de las continuas vomitonas que había

tenido desde hacía días ni de las diarreas ni de la sangre en la orina. Las mujeres estuvieron hablando del tema y dieron por sentado que el incidente en casa del padrino de Matilda había sido la primera vez. Estaba tan avergonzado, que no abrió la boca en toda la tarde y no se atrevió a sacarlas de su error.

Verónica parecía preocupada y lo miró muy seria a través del espejo.

—¿De dónde narices vamos a sacar a un médico para que te examine, Hans? Uno de esos que no se nos coma...

Él se encogió de hombros despreocupado.

—¿Por qué no se lo preguntamos a Matilda?

—¿A Matilda? ¿Pero qué dices? Si ella no sabe ni por dónde le sopla el aire, menos aún va a saber de medicina.

—De medicina no... —dijo con paciencia volviéndose a mirarla—, pero es adivina. Si puede saber lo que pensamos o lo que escondemos, también podrá buscar enfermedades en...

Se paró en seco. La vista se le nubló y se le aflojaron las piernas. Tuvo que agarrarse al lavabo para evitar caer de golpe al suelo.

—¿Qué tienes? ¡Espera, que te ayudo! —se apresuró ella.

Lo agarró por la cintura y dejó que apoyara el peso sobre sus hombros para volver de nuevo a la banqueta.

Él, con el torso desnudo, se sintió vulnerable. La hubiera abrazado, pero tuvo que contenerse.

—¿Quieres un poco de agua? —Negó. Le costaba acomodarse en el taburete, pero aquella cercanía lo había reanimado. Ella, ajena a las emociones que despertaba en él, siguió diciendo—: Igual no es mala idea eso de preguntárselo a Matilda. Por ahora, es lo único que tenemos.

—¿Pero?

Siempre que para Verónica había un «pero», Hans era capaz de descubrirlo enseguida por su tono. Ella se revolvió incómoda.

—No sé... Las visiones son eso, visiones. Aparte de que la mujer no está muy en sus cabales —susurró—, conformarnos con una visión suya en lugar de preguntarle a un médico me parece de ingenuos.

—Ya, pero...

—Quítate los pantalones, anda.

Hans se quedó frío.

—¿Cómo dices?

—Vamos, hombre... Tienes que ducharte y limpiarte las heridas y tú solo no te tienes en pie. Déjame que te ayude.

—Ni hablar.

Se quedó mirándola con los ojos muy abiertos mientras se le subía el rubor. ¿Cómo podía sugerirle semejante cosa? Ella le sonrió burlona.

—¿Qué pasa? ¿Crees que eres el primer tío que veo desnudo? —preguntó y se encogió de hombros—. Mira, si quieres puedes quedarte con los calzoncillos puestos..., aunque a mí me parece una guarrada.

—Lo siento —negó tajante—, no tengo por costumbre quedarme en calzoncillos delante de una chica con la que no me haya besado antes.

Aquello último le salió espontáneo. Entonces fueron las mejillas de Verónica las que se tornaron de un bonito color escarlata. Se sintió orgulloso de haberse sobrepuesto y quería comprobar hasta dónde llegaba aquello.

Ella estalló en una risotada, aunque él notó que se inquietaba.

—Sí, claro, tienes que tener una experiencia acojonante con eso. Eres el Casanova holandés.

—Casanova es mi segundo nombre.

—No te lo crees ni tú. Seguro que no te has comido un rosco en tu vida.

Él se encogió de hombros y se rascó la nariz mientras la miraba, retándola con una media sonrisa. No estaba nervioso..., pero ella sí.

—Eres idiota. Quítate los pantalones.

—No.

—No tienes elección, Hans.

—Dame un beso y a lo mejor te dejo que me los quites tú.

A ella le asaltó una risotada aún más fuerte y más nerviosa.

—Estás loco, ¿lo sabías?

—¡Has empezado tú! ¡Eres tú quien quiere desnudarme y meterme en la ducha!

—¡Solo quiero ayudarte! —respondió sin poder controlar la risa.

—Sí, sí, ayudarme... Puedes meterte conmigo ahí —dijo señalando la ducha—. Así me ayudarás más.

—¡Pero qué dices, idiota! Tengo edad para ser tu... bueno..., tu madre no, pero sí tu hermana mayor.

—Vale, pues como si fueras mi hermana. Quítate la camiseta, a ver cómo...

Estiró la mano hacia la camiseta y ella, sin parar de reír y con el rubor subido hasta las sienes, se la apartó de un manotazo y le dio un empujón en el hombro.

—Ya está. Me largo —dijo abriendo la puerta del baño—. ¡Ojalá te caigas en la ducha!

Hans se sintió muy satisfecho de sí mismo tras la proeza de intentar ligarse a una mujer ocho años mayor que él. Ninguna de sus profesoras había sido tan atractiva como para fijarse en ella y, aparte de las cuidadoras del colegio, sus niñeras y las amigas de su madre, no había tenido otros contactos cercanos con mujeres adultas, mucho menos con una que le llamara la atención sexualmente. Era un terreno desconocido, pero lejos de cohibirlo, lo atraía.

Aun así, era realista. Sabía que aquello solo ocurriría en sus idilios masturbatorios, que nunca podría acercarse tanto como quisiera a una chica como Verónica, para quien él no era más que un crío.

Pero si ella hubiese aceptado meterse en la ducha con él...

Se imaginó besándola, desnuda bajo el agua, y quiso controlarse, pero se estremeció.

Una punzada de dolor placentero le recorrió el sexo y le provocó un ligero mareo. Se sujetó a la pared de la ducha.

«Estupendo», se dijo, «me estoy muriendo y solo pienso en follar».

Y eso era lo que le crispaba aún más los nervios: aunque parecía gravemente enfermo, su enfermedad no le impedía a su libido dispararse cada vez que veía a Verónica en pijama, con las bragas transparentándose a través de la fina tela del pantalón, los pezones marcándosele en la camiseta que llevaba para dormir y los rizos alborotados.

Tenía una erección y no sabía qué hacer con ella. Después de pensárselo, optó por ducharse. Tal vez aquello aliviaría un poco el problema y, si no, siempre podría buscar un hueco más tarde para trabajos manuales.

Vio los jirones de pelo en el suelo y se tocó la cabeza. Él había sido rubio hasta los diez años, pero volverse rubio de nuevo era, cuando menos, antinatural. Todo era raro. Tampoco había imaginado que llegaría a hablar mil idiomas y a encontrarse en circunstancias tan extrañas, compartiendo hotel con dos desconocidas, huyendo de demonios y con las entrañas pudriéndosele por dentro.

Fue hacia la puerta, tentado de cerrar el pestillo, pero se dijo que tal vez la advertencia de Verónica fuera real y acabase tendido en la ducha. Despacio, se quitó los pantalones que habían protagonizado el conflicto y giró la llave del grifo. Durante los primeros minutos, soportó el calvario de que le cayera el agua sobre las heridas, con el cortejo de escalofríos y espasmos musculares. Reprimió un grito de dolor. A punto estuvo de desmayarse y se puso de rodillas para terminar con el aseo.

No podía quitarse de la cabeza la conversación con Verónica, su sonrisa, su vergüenza, cómo lo había apartado. En fin..., era ella la que le había pedido que se quitara los pantalones. Desde su punto de vista, por mucho que pretendiera ayudarlo, aquello había sido una petición un poco subida de tono.

A pesar de los dolores, de seguir con las rodillas clavadas en los baldosines azules, a pesar del mareo..., seguía excitado.

—Vale..., tú ganas —dijo resignado, casi haciendo un trato consigo mismo.

Llevaba muchos días sin masturbarse, algo que para él era una costumbre diaria que, en ocasiones, hasta practicaba varias veces al día. Empezó a acariciarse y el alivio fue inmediato. A su mente acudió la imagen de Verónica bajo la ducha, el agua derramándose sobre sus grandes pechos, la humedad de su bonita boca... No tardó ni dos minutos en sacudirle el bendito temblor. Apenas tuvo conciencia de reparar en el semen y le pareció curioso que, al contrario de todos los demás fluidos que salían de él, siguiera siendo normal, lechoso y sin sangre.

La descarga le nubló la vista. La humedad, el calor, la eyaculación y la falta de alimento a punto estuvieron de provocarle un desmayo.

En un impulso involuntario, se echó a un lado y vomitó.

—¿Estás bien? —dijo Verónica tras la puerta.

—Sí... —susurró fatigado, y repitió en voz alta—: ¡Sí!

«Estás colaborando a que me mate» pensó.

No podía dejar de mirar aquel remolino mientras el agua caliente se lo llevaba por el desagüe igual que en *Psicosis*. Trataba de limpiar las salpicaduras cuando vio entre los restos algunos trozos pequeños de carne blanca y rosada, algunos del tamaño de un guisante. Tomó uno entre los dedos y lo examinó.

«¡Joder...! Esto es... ¿tejido del cerebro?».

Recordaba que su abuela hacía en ocasiones *erwtensoep* con

tropezones de sesos de cordero. Le daba muy mal rollo aquella masa blandengue en la encimera de la cocina, pero lo que tenía delante era peor.

«Estoy muerto», se dijo. «En realidad, ya estoy muerto».

Pero, por alguna extraña razón, seguía sin tener miedo a lo que le ocurría. Se sentía preparado para afrontar lo que fuera, incluso la enfermedad y la muerte. Tal vez eran las enseñanzas de Matilda, que actuaban como un colchón de plumas pese a las reservas de Verónica, o quizá que el ambiente en el que se encontraba era tan tenso que lo tenía anestesiado. Volvió a pensar en sus padres y se acordó de Frank, al que, supuestamente, había pegado una paliza, y se acordó de sus amigos. ¿Le guardarían rencor cuando volviera...? Si es que volvía algún día. ¿Seguiría aquel yin que se hacía pasar por él en su casa? Se lo preguntaría a Matilda, aunque cuando salió del baño, la mujer ya estaba en la cama. Verónica leía un libro en una butaca junto a una lamparilla encendida.

—Cuando he salido yo, ya estaba como un tronco —susurró ella—. Ni para pedirle que te mirase las heridas.

Hans asintió y se la quedó mirando. Ella hacía como si nada hubiese pasado y eso estaba bien, pero se preguntaba si le habría dado igual o si se lo habría tomado en serio. Recordar aquel tira y afloja le provocaba un pequeño retortijón y una sonrisilla juguetona.

—¿De qué te ríes?

—Nada... Me pregunto qué estará soñando —mintió.

—Espero que conmigo no.

Verónica volvió a centrar su atención en el libro. Parecía cansada y macilenta, como si en un día se le hubieran venido encima veinte años. Se preguntaba qué era lo que habría visto aquella tarde, cuando el yin los atacó. Por las descripciones y el agotamiento de las chicas, dedujo que debió ser aterrador.

Habría dado lo que fuera por estar ante aquel monstruo y partirle la cara. Después de todo, ya lo había hecho con el tal Buer. Podía volver a repetirlo. Por mucho que Matilda se empeñara en asegurar que eran inmortales, derribar al director del hospital no había sido tan difícil.

Encontró la libreta que había escrito el padrino de Matilda y recordó con desazón que había perdido el libro de Musashi, tal vez al desmayarse; o quizás había quedado en el asiento trasero del coche, abandonado mientras estaba inconsciente. En su lugar solo quedaba la pequeña libreta con su caligrafía gótica perfecta.

He podido sobrevolarlo y siempre me he mantenido a una distancia prudencial. Aun así, no he podido hallar nada extraño, nada que pudiera indicar que Buer esté haciendo algo siniestro... y esto es lo que más me preocupa. Es imposible que ese hospital no sea una tapadera.

Desde el cielo no hay una visión de focos negativos en el complejo, pero tampoco esto significa nada, puesto que mi alcance no da para profundizar todo lo que me gustaría. En los alrededores tampoco hay nada que pueda apreciarse a vista de pájaro, y desde el suelo, como ya he dicho, a una distancia prudencial (no te alteres), tampoco veo más fluctuaciones negativas de las que cabría esperar de otro hospital normal y corriente.

Por supuesto, el complejo en sí mismo es un bloqueo que lo hace inaccesible. Es imposible usar una pitia para indagar en ese lugar.

Tiene que haber más. Más, mucho más, estoy seguro.

—¿Qué miras? —preguntó Verónica desde el sillón.

Dio un brinco. Se había quedado de pie mientras escrutaba el diario. Aunque había tomado la precaución de esconderlo entre los pliegues de su ropa, dentro de la bolsa de deporte, Verónica lo había pillado.

—Pues estaba mirando una cosa... de ahí, de la ropa —dijo titubeante.

Verónica se limitó a arquear una ceja.

Tal vez podría contárselo. Hans estaba seguro de que Matilda se enfadaría con él por haber cogido el diario, pero con Verónica puede que fuera distinto. Ganaría más confiando en ella que con una mentira tan mala como «estoy mirando la etiqueta de la ropa para saber la temperatura de lavado».

Sacó el cuaderno de la bolsa, mirando de reojo a Matilda, no fuera a despertarse.

—Encontré esta libreta en casa de ese Bronte y me llamó la atención.

—¿La... cogiste? —preguntó ella con una mueca traviesa.

—Ese tío está muerto y seguro que Matilda no sabe ni que el diario existe —dijo tendiéndole la libreta—. Me moló la letra. Y dice cosas raras sobre ese hospital.

Verónica lo ojeaba pasando las antiguas páginas con delicadeza y recreándose en la belleza de la caligrafía.

—Esto es... ¿lápiz?

—Está escrito a lápiz. ¿A que es impresionante?

—Parece francés...

—Es francés. Tiene pinta de diario, pero en realidad está escrito para otra persona o... como si el que escribe hablara con alguien. Es una especie de estudio sobre el hospital de ese Buer, aunque a la vez cuenta cosas personales, como si quisiera desahogarse. Mira aquí, por ejemplo: «Je suis le plus grand censeur de moi-même...».

—Si no te importa, me lo traduces, que ayer aprendí latín, pero de francés voy algo floja.

—Vale —dijo él riendo—. Dice: «Yo soy el mayor censor de mí mismo. Veo en todas las miradas el perdón y entiendo que es un perdón en parte, porque en unos veo lástima, en otros preocupación, en otros resignación... En ti veo un cúmulo de todas esas cosas y algunas más.

¿Reproche?, ¿tal vez decepción? Ya sabes que lamento tu pérdida, pero eso no es motivo, después de tanto tiempo, para seguir recordándomelo. Al fin y al cabo, mi pérdida fue mayor que la tuya.

Esta situación no la querrías para ti, créeme amigo mío. No tienes más que mirarme».

—Espera... Matilda dice que su padrino estaba investigando el hospital cuando lo mataron.

Hans asintió.

—Ella estuvo allí prisionera y dijo que la había encontrado cuando salió a hacer algo... Ese tío sabía quiénes eran los yin y a quiénes se enfrentaba. No creo que fuera tan ignorante como nosotros.

—Y encima va allí y lo matan.

—Cierto —dijo pensativa—. Hay algo que no me cuadra...

—¿El qué?

—Algo se me escapa. No sé. —Chasqueó la lengua disgustada—. Estoy tan cansada y son tantas cosas... ¡Tantas historias raras!

Hans sonrió.

—Deberías descansar. Yo haré la primera guardia.

—¡No!, tú estás hecho polvo y has vuelto a vomitar en la ducha. Te he oído... ¿Era sangre?

—¡No! —mintió—. El estómago revuelto.

Ella se inclinó hacia él y le clavó los ojos castaños con toda la verdad que encerraban.

—Como me sigas mintiendo, te dejo solo con la tuerta.

—No quiero que te preocupes por mí. Estoy bien.

Verónica le revolvió el nuevo pelo con un gesto cariñoso, como si aquella conversación del baño nunca hubiera tenido lugar.

—A ver si mañana esa bruja puede decirnos algo. Vete a dormir, que yo haré la primera guardia.

Hans obedeció y se metió en la gran cama junto a Matilda. La libreta quedó a la vista y se levantó para guardarla. Miró a la mujer con la que debía compartir unas breves horas de sueño y se sintió fuera de lugar: solo, nostálgico... También tuvo lástima por ella, tan frágil. La adivina dormía de lado, hecha un ovillo y con la mano agarrada al cuello, como si no supiera dónde meterla. Su amiga había salido de la habitación con el libro en la mano.

Aunque pensó que no podría dormirse, se equivocaba. Lo más terrible fue levantarse cuando Verónica los sacó de la cama tres horas después. Sus pies no querían hacerle caso y se notaba terriblemente cansado y somnoliento.

Ya en un nuevo taxi, cuando apenas habían pasado tres minutos, Matilda les aseguró que debían ir preparando un plan para salir de la ciudad cuanto antes. Había espiado a Pouda durante el sueño y se había enterado de que los yin se movilizaban ya en serio y contaban con una pequeña red de agentes con recursos que habían desplegado por toda la ciudad. Era difícil que los encontraran si no paraban de moverse, pero de cualquier modo tendrían que empezar a dormir con los zapatos puestos. Verónica sintió el latigazo de un escalofrío, pero no dijo nada.

—Dentro de lo malo, estamos de suerte: Pouda empieza a cansarse. Si a nosotros nos afectan los pitidos en los oídos, no os quiero contar cómo está él —dijo sacudiendo las manos.

Se ofreció a hacer la siguiente guardia y el chico no puso objeciones. Estaba agotado. No le llevó mucho tiempo volver a conciliar el sueño después de haberse quedado dormido en el trayecto del taxi.

A eso de las cinco y media de la madrugada, de camino al nuevo hotel, Matilda se dio cuenta del nuevo color de pelo de Hans y ellos le pidieron que mirase en el Cambio. Algo parecía estar matándolo por dentro.

La vieron contrariada, pero no añadió nada más.

En su turno de guardia, Hans cogió con discreción la libreta de

Andreas Bronte, salió al vestíbulo y se acomodó en un viejo sofá de tela. A un lado, en un pequeño escritorio que hacía las veces de oficina y mostrador, un viejo sudamericano de piel rojiza, con dos enormes verrugas en la frente y pelo encanecido, veía en una televisión minúscula algo que se le antojó un concurso de baile.

No le prestó atención y pasó el rato leyendo.

El pitido en los oídos fue ensordecedor. Se extrañó de la pronta actuación de los yin... ¿Cuánto había pasado?, ¿dos horas? No eran ni las seis de la mañana.

Corrió a la habitación ante el asombro del recepcionista, que lo miró perplejo.

—¡Vero —dijo sacudiéndola—, despierta! Nos tenemos que ir.

Ella refunfuñó y se puso en pie a regañadientes.

—Esta no ha parado de moverse y darme patadas.

—¡Matilda! —susurró haciendo lo propio con la adivina—, ¡Matilda despierta!

La mujer tuvo un escalofrío repentino y pegó un brinco. Hans se apartó del susto y le regaló una risita nerviosa.

—¡Vamos, hay que irse!

Se volvió para acercarle a Verónica sus zapatillas.

Entonces todo ocurrió muy deprisa.

Se dio media vuelta y se encontró con Matilda que lo apuntaba con una pistola mientras trataba de amartillar el arma. Él retrocedió y fue a caer de espaldas sobre la butaca.

—¡Cuidado!, ¿qué haces? —dijo Verónica a la que había empujado sin querer y que no había visto a la adivina situada tras ella.

—¿¡Qué coño estás haciendo!? —preguntó él con voz aguda.

Hans, en modo automático, trataba de retroceder aún más en el asiento como intentando fusionarse con él, empujándose con las manos y las puntas de los pies. Tener ante sí una pistola auténtica le provocaba un terror nuevo.

Con solo apretar un botón, estaría muerto.

—¡Pero qué estás haciendo! —gritó Verónica histérica cuando por fin se dio cuenta de la situación—. ¡Es que te has vuelto loca o qué!

Verónica, como movida por un resorte, se puso delante de él. Temblaba, pero se obligó a mantenerse firme; trastabilló y cayó encima de Hans, interponiéndose entre él y el cañón de la pistola. Aquella mujer estaba desequilibrada. Lo había sabido desde el principio.

Matilda estaba lívida y también temblaba. La expresión de su cara era de desesperación y se adivinaba en ella un atisbo de locura.

—¡Lo he visto. Sé lo que he visto!

—¡Aparta esa mierda, chiflada! —le gritó Verónica.

—¡No! ¡Yo sé lo que he visto! Se está convirtiendo en uno de ellos... ¡Está poseído!

—¿Qué? —gritó Hans tratando de quitarse a Verónica de encima.

Nada le habría gustado más que tener a cualquiera entre aquella cosa y él, pero por dentro sabía que no hacer el intento de parecer valiente y plantarle cara sería una villanía.

—Esos yin te hicieron algo... —dijo sin dejar de apuntarle—. Te metieron algo o.... No he visto nada así en mi vida. Esa cosa es lo que se te está comiendo por dentro...

—¡Deja de decir estupideces y baja el arma!

Verónica alargó la mano hacia ella, pero la adivina se echó para atrás sacudiendo la cabeza.

—¡No! No pienso dejar que otro de esos monstruos ande libre por el mundo, y menos, estando a mi lado —volvió a negar; el arma se balanceaba en su mano como si fuera papel—. Dentro de poco, esa cosa te invadirá por completo y serás uno de ellos, nos matarás a nosotras o nos entregarás a Crowe. ¡No lo consentiré!

Las lágrimas anegaron el único ojo de la mujer y Hans, en un ridículo pensamiento fuera de lugar, pensó que no debería llorar porque podía errar el tiro con un ojo ciego y el otro nublado.

—Yo no os voy a hacer daño nunca, Mati —dijo tratando de seguirle la corriente—. Sois mis amigas. No os haré daño jamás.

—¡Cállate! ¡Eres un demonio, te estás convirtiendo en uno de ellos y mientes para salvarte!

—¡Estás como una puta cabra!, ¿lo sabías? —gritó Verónica fuera de sí—. ¡Aparta esa mierda de una vez o te juro que seré yo quien llame a ese Crowe para que te meta la pistola por el culo!

—¡No! —dijo la adivina envuelta en llanto y temblores. Hans temió morir a causa de una bala perdida más que de un tiro hecho adrede—. No vas a llamar a nadie. Yo también quiero a Hans, pero tiene que morir, ¿entiendes? ¡Nos matará a ti y a mí y hará daño a más gente!

Las dos mujeres se lanzaron en una diatriba en la que ninguna prestaba atención a lo que decía la otra. El barullo de gritos inconexos culminó con golpes en la puerta y voces pidiendo que abrieran.

—¡Matilda —dijo Hans—, dame el arma!

—¡Ni loca!

—Si no me la das —murmuró—, gritaré que llamen a la policía.

—No... —dijo negando de nuevo con la cabeza.

—¡Pues dásela a Verónica o por lo menos bájala! Hablemos de esto como personas normales.

La adivina bajó el arma a regañadientes y se alejó algunos pasos en dirección al baño, poniendo espacio entre el monstruo y ella misma. Volvieron a llamar a la puerta.

—Verónica... —dijo él; e insistió—: Vero, abre la puerta y dile a quien sea que no pasa nada.

—No —cortó Matilda—, ve tú. No me fío de ella. Ya sé lo que piensa de mí y seguro que hace alguna estupidez.

—¿Me hablas tú de estupideces, loca?

—¡Calma!, ¡las dos!

Hans se dirigió a la puerta y la abrió. Era el recepcionista, que había oído los gritos desde la sala. Reclamaba un mínimo de civismo. El chico le aseguró que no volvería a pasar y le cerró la puerta sin más contemplaciones.

Se volvió y se encontró a Verónica sentada en el sillón y a Matilda con la espalda pegada a la pared contraria, como si fueran dos boxeadoras en el ring a punto de darse una paliza de campeonato.

—¿Qué es lo que has visto? —preguntó agotado.

La adrenalina que momentos antes invadía su cuerpo ahora se había retirado y lo había dejado exhausto. Se sentó en la cama, entre las dos mujeres, aunque eso significara estar más cerca de Matilda y del arma.

Ella titubeó desconfiada.

—Hay partes de ti que no están en el Cambio y van a peor. El aspecto que tienes es como si... como si hubiera trozos de ti que faltaran, como un puzle incompleto... Tu brazo se sigue moviendo, aunque parte de él ya no está en el Cambio, como si no existiera. Te falta más de la mitad de la cabeza, partes de las piernas, trozos de aquí y allá. Falta también la mitad derecha de tu cara y tú sigues moviéndote tan tranquilo, entero en apariencia, pero hay partes de ti que no son humanas, que no son... tuyas.

—Estupideces. No dices más que estupideces desde que te conocí —le cortó Verónica—. Si tanto miedo te da, puedes largarte con viento fresco y llevarte la puta pistola y tus majaderías a otra parte.

La pitia calló, consternada.

—¡Basta! —exigió Hans lo más suavemente que pudo.

—Puedo demostrarlo. Esas partes que no son tuyas son yin; estoy segura. No sé cómo lo han hecho, pero te han metido algo que se te está comiendo por dentro. Pero no está en el Cambio. Tiene que ser alma pura; no hay más explicación.

—¿Y qué? —espetó Verónica—. ¿Le ponemos un crucifijo a ver si arde?

—¡Pero qué ignorante eres!

—¡Callaos las dos! —Y dirigiéndose a Matilda, le preguntó—: ¿Qué se supone que tengo que hacer?, ¿qué lo demuestra según tú?

—Hazte un corte y verás que no sangras.

—Será el único sitio por donde no sangre, estúpida. ¿No ves que no hace más que sangrar? Hacerse un corte... Hans, no le hagas ni puto caso. Está como una cabra.

—Haced lo que queráis —dijo volviendo a alzar el arma—. Yo sé que eres un yin.

—¡Para!, ¡baja el arma! —suplicó él sobre los gritos de Verónica—. ¡Silencio las dos! ¡Baja el arma, por favor! Me haré un corte, de acuerdo, pero no nos apuntes con eso. Jesús... ¿Dónde hay un cuchillo?

—En el neceser de Verónica hay unas tijeritas. Usa eso.

Hans obedeció arrastrando los pies. Encontró el neceser. No tardó en dar con las tijeras y en volver a sentarse en la cama. A punto de pincharse en un dedo, la adivina lo detuvo.

—¡Para! ¡No!

—Has dicho que me haga un corte... —dijo atribuyéndole toda lógica.

—... ¡pero en las partes donde eres un yin!

—Y yo qué sé qué partes son esas...

—Menuda gilipollez —murmuró Verónica.

—Pincha en el antebrazo derecho —señaló—. No, más abajo. Entre la muñeca y la mitad del antebrazo... Ahí.

Hans hizo presión con escrúpulos. Poco a poco, fue apretando más hasta ser consciente de que no conseguía penetrar la carne por mucha fuerza que imprimiera. La sensación era la de algo molesto que no llegaba a doler. Era como si tuviera el brazo anestesiado por debajo de la piel.

—¿Lo ves? —dijo la adivina con aire de triunfo.

Hans no se dio por vencido y en un alarde de brutalidad blandió la tijera como si se tratase de un puñal y se la hincó en el brazo. Verónica dio un grito y echó mano, pero fue demasiado tarde: la tijera rebotó en el antebrazo sin dañarlo; no así, la mano que la empuñaba, de la que se le resbaló y se hizo un aguijonazo con la punta que había resultado doblada.

—Mierda...

De la pequeña herida brotó un hilillo de sangre. Hans se quedó de piedra: Matilda tenía razón.

—¿Qué voy a hacer? —murmuró.

Verónica sacó gasas del neceser y se aprestó a curarle. Mientras lo hacía, murmuraba algo que Hans no llegaba a oír bien, como una rápida letanía que estaba seguro iba contra la adivina, que se había pegado a la pared.

—¿Qué hago? —dijo él mirando a Verónica a los ojos.

—Ya se nos ocurrirá algo. Tú, tranquilo.

—No hay otra solución —intervino Matilda con voz trastornada—. ¡No hay más solución que la muerte! ¿O es que quieres volverte uno de ellos?

Verónica estalló. Se levantó de un salto y arremetió contra la adivina abofeteándola sin compasión. Matilda se cubrió el rostro y la pistola cayó con un ruido pesado. Hans aprovechó para empujar el arma lejos de la adivina y hacerse con ella. La tomó en sus manos, la miró horrorizado y se dio prisa en ocultarla bajo el colchón. Se volvió a Verónica y, con ella en vilo, se desplazó al otro extremo del dormitorio.

Volvieron a sonar nuevos golpes mientras el recepcionista

amenazaba a voces con llamar a la policía. Matilda no paraba de llorar y gimotear mientras Verónica, en brazos de Hans, resollaba, presa de una gran agitación.

—¡Basta ya las dos! —dijo después de pedir perdón a gritos al recepcionista—. Si ese tío llama a la policía, estamos jodidos.

—A mí ya me da igual —contestó Verónica.

Entonces, sin comerlo ni beberlo, la chica le dio un abrazo y se echó a llorar. Él no quiso despreciarla y se lo devolvió, aunque se sintió algo incómodo por dejar a Matilda sola y humillada... Pasados unos segundos, apartó con cuidado a Verónica y se sentó de nuevo en la cama, alejado de ambas.

—Lo mejor será que nos calmemos los tres y pensemos en una solución —les dijo—. Tiene que haber alguna forma de quitarme esta... cosa. Tal vez un médico que pueda operarme o algo así.

—¿Ah, sí? —Matilda estaba acalorada, con la cara enrojecida, y se le había caído el parche. Hans por primera vez pudo ver lo que ocultaba tras él y no le pareció tan terrible. El ojo era brumoso, cubierto por una fina pátina blanquecina que impedía ver el color azul del iris que tenía detrás. Lloraba y tenía la cara congestionada.

—Y dime, ¿cómo quieres que lo hagan? —Estaba sentada en el suelo y no hizo ademán de levantarse—. ¿Cómo crees que pueden extirparte «eso»? ¿Quieres que te amputen el brazo?

—Bueno, yo...

—Y ya, de paso, tendrían que quitarte media cara e incluso parte del cerebro. Trozos de las piernas, del pecho..., una buena parte de los intestinos y también el estómago; porque del estómago no te queda nada.

—Joder...

—Llevas días así, echando sangre y vísceras licuadas y no has dicho nada. Tal vez al principio podríamos haber buscado una cura o una solución... No sé cómo, pero tal vez habría tenido arreglo. Ahora no es posible volver atrás.

—¿No hay sortilegios o exorcismos? —intervino Verónica, bastante más calmada, aunque su tono seguía siendo hostil—. Tú misma has dicho que estaba poseído. Se le podrá hacer un conjuro, ¿no?

Matilda miró hacia otro lado ignorándola. Se sentía dolida y herida y no sólo físicamente. Hans resopló agotado por la tensión.

—¿Es verdad o no? —preguntó él—. ¿Se puede hacer algo parecido?

Ella bufó.

—Qué mal han hecho las películas de Hollywood y el Ars Goetia. Ahora todo el mundo se piensa que con un par de salmos cantados y un poco de agua bendita puede el perro llevar la correa del amo. Ya os lo expliqué hoy..., ayer...

—O sea, que no se puede —zanjó Verónica.

—¡No, claro que no! ¡Es un mito! ¿Desde cuándo vas a detener el avance de la naturaleza con un par de canciones? ¡Es de locos!

—Pero tú decías que parte de muchos cuentos eran reales —terció Hans a la desesperada.

—Hay partes y partes. Y esta no es una de ellas. El *Clavicula Salomonis* fue un libro que utilizaron para dar a conocer los nombres de muchos demonios y que la gente sintiera que podía controlarlos.

—No lo entiendo.

Ella resopló.

—¡El *Ars Goetia* o el *Rituale Romanum* se crearon para que la gente creyera en los exorcismos, pero no funciona! ¡Los yin no son católicos, joder! No tienen nada que ver con Dios ni con la Virgen, porque no existen.

—No te enrolles —le dijo Verónica irritada—. ¿Qué narices tiene que ver eso con lo que le pasa a Hans?

—¡Que no se le puede exorcizar, que los demonios no se pueden controlar! ¿Crees que no lo he intentado?, ¿crees que no me he informado? —dijo fuera de sí —. Con un par de poemas no sales de esta.

—Pues invéntate algo —dijo Verónica poniéndose en pie. Destilaba odio con cada pestañeo y Hans se temió que fuera a emprenderla de nuevo a tortazos con ella—. Y te juro que, como le vuelvas a poner un dedo encima, no será un demonio el que te corte en rodajitas.

—Vero, basta ya... Te has pasado.

Hans estaba agotado. Las rencillas entre las dos mujeres no ayudaban nada y, de seguir así, el recepcionista acabaría por llamar a la policía. La amenaza de Verónica había sido cruel y subida de tono, pero lo que a Hans le extrañó fue que la adivina no contestase de malos modos, sino que se echase a llorar y balbuciese como una niña pequeña.

«Si yo fuese ella, ya me habría largado —se dijo—. Tiene medios; no nos necesita. No entiendo por qué sigue aguantando el desprecio de Verónica».

—Me pita el oído derecho —dijo Verónica.

—A mí no —contestó él extrañado.

Matilda, en lugar de tener casi cuarenta años, parecía una criatura de seis que se hubiera perdido de sus padres en medio de una multitud: no dejaba de llorar y de sorberse los mocos en un nuevo ataque de autocompasión. A Hans lo mortificaba, pero ni sabía cómo consolarla... ni estaba seguro de querer hacerlo; después de todo, le había apuntado con una pistola hacía menos de cinco minutos.

—Matilda..., ¿te pitan los oídos?

Fue inútil. Verónica soltó un bufido de disgusto y se puso a meter las cosas en su bolsa de deporte.

—Será mejor que nos vayamos antes de que vengan.

—No sabemos si lo que has sentido ha sido un aviso —contestó Hans.

—Me han pitado los oídos.

—A ti solo —dijo sin intención de moverse de la cama—. Y no ha sido tan intenso. Tal vez no siempre signifique que nos espían... Supongo que podrán pitarnos los oídos como a la gente normal.

Verónica miró a Matilda, la única que podía disipar aquella duda y que no parecía estar disponible para despejarla. Volvió a resoplar y siguió recogiendo sus cosas.

—¿Dónde está el arma? —preguntó Verónica.

—Guardada.

—Dámela.

—No.

Hans levantó una ceja esperando que ella lo desafiara, pero no lo hizo. En lugar de eso, se sentó en la esquina de la butaca y se dedicó a mirarlos a Matilda y a él alternativamente, como tratando de encontrar una solución a tan disparatada situación.

—Son las siete de la mañana. De todos modos, deberíamos marcharnos —dijo rascándose la frente con ambas manos—. No me fío de ese tipo de la entrada.

—¿Te fías de alguien alguna vez? —le espetó él.

Ella dejó de rascarse y lo miró dolida.

—Eso no es justo.

Ahora fue a ella a la que se le escaparon un par de lágrimas. Hans se sintió irremediablemente culpable.

«Va a ser que es verdad que soy un demonio; no hago más que hacerlas sufrir». Y él, por el contrario, no sentía nada. Ni miedo, ni angustia. Solo estaba un poco irritado de ver a las dos mujeres pasarlo mal, pero suponía que la única forma de arreglarlo era que el disgusto se les pasase, tal vez, saliendo a la calle, yendo a desayunar...

Se arrastró con torpeza por encima de la cama y fue hacia Matilda.

Cogió la cabeza de la mujer por las mejillas y la obligó a encararlo.

—No te preocupes, ¿de acuerdo? No te haré daño jamás... Antes, prefiero morir, te lo prometo.

—Yo no quiero que te pase nada malo —dijo hipando, mirándolo con su ojo blanco, vacío, y el otro lleno de mil sentimientos encontrados... Era la representación perfecta de la dualidad.

—Seguro que encontrarás una forma de ayudarme. Si no lo sabes tú, no lo sabrá nadie, ¿eh? —dijo forzando una sonrisa.

Ella trató de sonreír también y asintió.

—Haré lo que pueda.

Martes Santo
18 de marzo de 2008

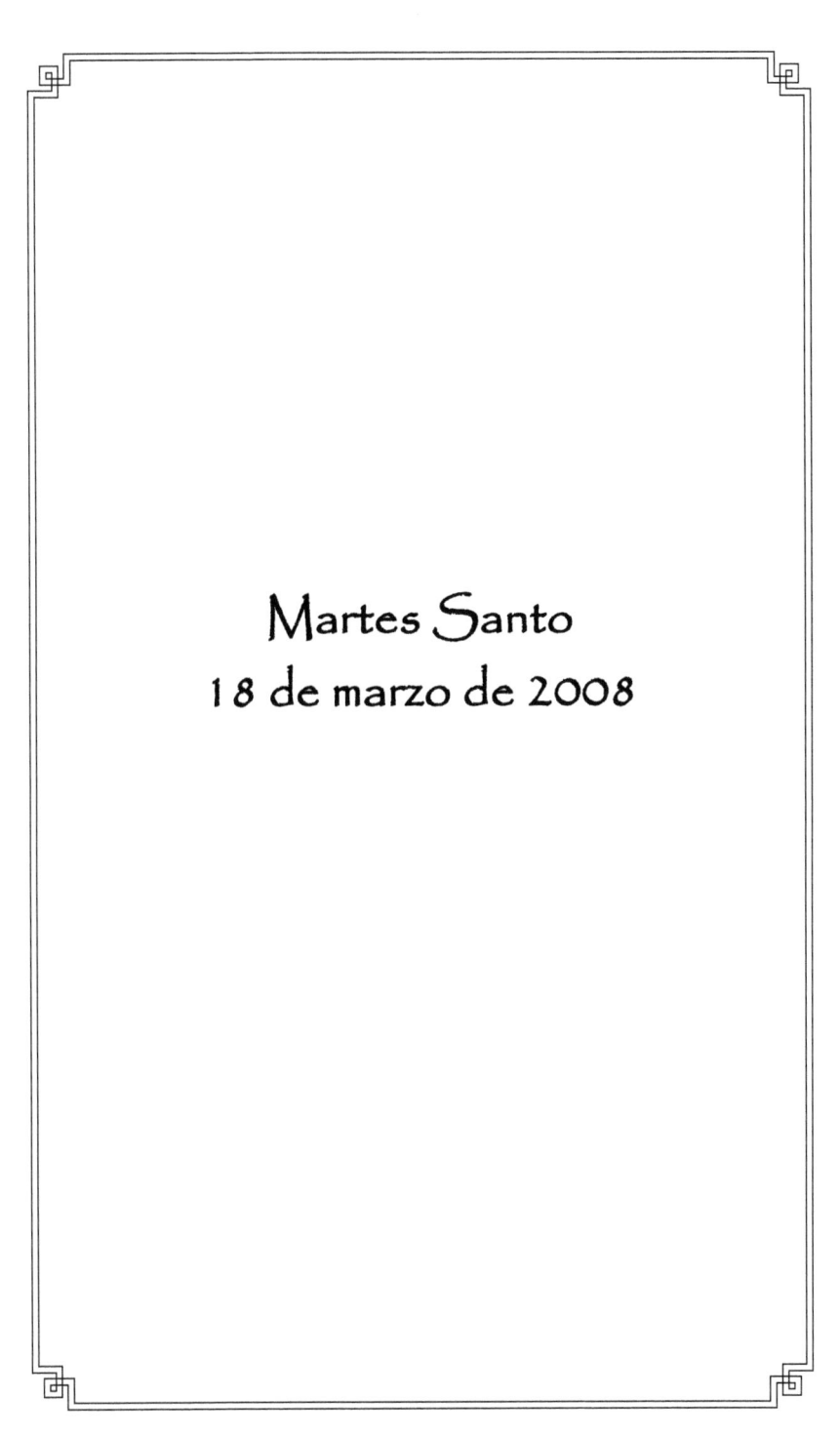

Capítulo 24

Habían pasado un día agotador, de un medio de transporte a otro, en lo que se convirtió en una huida frenética de las visiones de los adivinos de los yin. Porque ahora estaban seguros: Nuno Pouda no era el único. El portugués estaba más activo que nunca, pero aun así pasaba muy poco tiempo entre una visión y otra, y a los tres fugitivos no paraba de zumbarles la cabeza cada dos horas.

—Habrán encontrado a otra sibila que los ayude... —puntualizó Matilda—. Eso o tienen a Pouda a punto de reventar.

—Bueno, según tú, adivino puede serlo cualquiera con un poco de práctica, ¿no? —dijo Hans.

—Sí... pero no —aleccionó Matilda—. Ahora mismo lo que necesitan es gente a la que se le dé bien. Como Pouda o como yo no hay muchos, pero sí, supongo que pueden encontrar sibilas decentes escarbando un poco. De hecho, suelen tener algunas localizadas. Lo que no sé es por qué han tardado tanto en usarlas. Cuando yo era pequeña...

Estaban en un vagón del metro, en una de las líneas menos concurridas de la periferia de Madrid. Apenas habría tres personas cuando entraron y la cosa no había cambiado mucho desde entonces. Hans se había derrumbado en uno de los asientos y junto a él estaba la adivina, que permanecía a su lado como había hecho durante todo el día. No prestaba atención a lo que pretendía ser una conversación y en realidad era solo un monólogo continuo y cargante dirigido solo a él, y con una locuacidad tal, que lo abrumaba. Después de la brutal pelea de la mañana, las diferencias entre las dos mujeres parecían irreconciliables. No se hablaban más que lo justo y Verónica había permanecido callada durante la mayor parte del día. Solo de vez en cuando le preguntaba a Hans cómo se encontraba.

—Esto empieza a ser muy agobiante. ¿Cuándo nos largamos de esta ciudad? —preguntó él.

—Mañana a medio día, como muy tarde —repuso Matilda—. Necesitamos movernos muy deprisa... pero, claro, todo depende de cómo estés tú. Tenemos un viaje largo por delante.

Ahora todo se había vuelto preocupación y dulzura cuando hacía menos de tres horas había querido matarlo. ¿Cómo fiarse de ella? Ya ni siquiera le daba miedo, sino que lo mantenía perpetuamente irritado.

—Yo estoy bien ahora —mintió— y no creo que hacer un viaje más largo sea mucho peor que estar yendo y viniendo de un lado a otro. A mí, mientras nos vayamos, me da igual.

A lo largo del día había tenido que usar los lavabos de tres cafeterías para vomitar y hacer de vientre. Era consciente de que cuanta más sangre expulsaba, más se convertía en un yin ..., y más peligro corrían las chicas al estar cerca de él. Les estaba muy agradecido por su esfuerzo, por correr semejante riesgo, pero por un extraño presentimiento, se temía que jamás saldrían de aquella ciudad; no los tres juntos. Pedirles que se quedaran con él era demasiado egoísta, demasiado peligroso, pero no se atrevía a plantearles la idea de separarse. También tenía miedo a quedarse solo.

—Lo que me extraña es que no hayamos salido en los periódicos —habló Verónica tras su largo silencio.

Matilda ya tenía la boca abierta para seguir hablando de sus cosas, pero miró hacia otro lado y la ignoró.

—Ya sabéis... Si nos buscan tan a la desesperada podrían haber puesto un aviso en las noticias o incluso en el periódico. «Se busca» —dijo haciendo un gesto como si estuviera resaltando un rótulo—. Sería mucho más eficaz que ir buscándonos con un pequeño grupo de gente, ¿no?

Como Matilda no contestaba, Hans asintió.

—Como si fuéramos delincuentes muy peligrosos —admitió él—. Si hubiesen hecho eso, ya nos habrían cogido, seguro.

—A los yin no les gusta hacer publicidad de sus actividades —dijo Matilda con manifiesto desdén—. Piensa que, si salimos en las noticias, van a tener que dar explicaciones de por qué se nos busca y corren el riesgo de que alguien nos pregunte, de que aparezca algún familiar para dar la cara en la prensa... Demasiado escándalo.

Matilda estaba tan insoportable que ni siquiera él quería seguir a su lado, y por su parte, estaba tan seguro de que iba a morir y de que la disgregación del grupo era solo cuestión de tiempo, que parecía no importarle. Pero ¿y Verónica?, ¿qué pasaría entonces con ella? ¿La seguirían buscando los yin después de que tanto él como la adivina desaparecieran o la dejarían marcharse tranquilamente a su casa como si nada? No lo creía posible. Si los yin eran la mitad de rencorosos de lo que parecía, nunca dejarían de buscarla y cuando la encontrasen... Prefería no pensarlo.

La única salvación de Verónica sería seguir al lado de Matilda, pero claro...

Miró a de soslayo a su amiga. Estaba triste y cansada y tan perdida como él. Ambos parecían haber envejecido varios años. Ella encontró su mirada en aquel preciso instante y le dedicó una mueca de comprensión. Él puso los ojos en blanco y Verónica le sonrió con complicidad para después dejar la mirada perdida.

Poco después, el infame pitido volvió a colarse en sus oídos y no hubo disidencias: los tres lo habían oído a un tiempo. Bajaron del tren, cogieron un autobús, más trenes de metro, más taxis...

A las diez y media de la noche estaban en una parada de autobús, junto a una plaza grande con un pequeño jardín en el centro formado por tres pinos y parterres de flores. Varios comercios, ya cerrados a aquella hora, bordeaban la plaza y solo se divisaba un rastro de vida en un bar cercano y en un videoclub del que salía una pareja.

Matilda parecía haber agotado sus temas de conversación y sus fuerzas: hablaba para señalar lo evidente.

—El autobús está tardando mucho —dijo paseándose de un lado a otro, impaciente.

Hans suspiró. Estaba sentado en su asiento de mala manera, con las piernas recogidas y la cabeza apoyada en un poste que sujetaba el banco que había bajo la marquesina de la parada.

—Mi casa no queda lejos —dijo Verónica para quien la quisiera escuchar—. Deberíamos ir y descansar un rato.

—Tu casa está vigilada —saltó la pitia—. Y no podemos descansar mientras nos sigan rastreando cada dos horas.

—Entonces, ¿qué sugieres?, ¿eh? ¿Que nos pasemos la noche de autobús en autobús, luego al metro, luego al taxi...? Los buses terminan a las once y media y el metro a la una...

Calló solo para tomar impulso:

—Además, ¿se puede saber por qué cojones seguimos en Madrid dando vueltas como idiotas? —le espetó.

—Porque se ha dado aviso de que nos detengan en cualquier aeropuerto o estación de tren o autobús...

—¡Y no podías haberlo dicho antes!

—¿Para qué? ¿Para que no me escuches y me llames chalada?

De repente Hans se sintió muy mareado, y entonces fue consciente de que no podía soportar aquellos ataques de ira de ambas mujeres, de que cuando discutían, la cabeza le daba vueltas y el dolor de espalda era peor que nunca.

«Al final serán ellas quienes acaben conmigo», se dijo.

Se levantó de un salto y fue a vomitar tras unos setos cercanos. Cuando volvió, ambas seguían discutiendo, pero tan bajito que casi susurraban, dirigiéndose miradas afiladas como dientes de víbora.

—Tenemos que encontrar a alguien que me quite esta mierda –dijo mientras se tanteaba el estómago. No es que tuviera esperanza, pero al menos quería darles a aquellas dos algo en qué pensar y que lo tuvieran en cuenta.

—Hans, ya te lo he dicho —dijo Matilda comprensiva —. No existe una cura para eso. Tal y como estás ahora mismo, si te lo quitaran, morirías seguro.

—No entiendo por qué. Si me lo quitan, volveré a ser humano ¿no?

—Ya, claro, seguro. Pero ¿y toda la carne que has estado tirando por el retrete? ¡No la vas a recuperar sin más!

Hans volvió derrotado y arrastrando los pies al banco de la parada. Se sentía tan frustrado que se abrazó a las rodillas incluso con el dolor que ello le producía en la espalda. Ahora él y Verónica estaban sentados igual, como dos gallinas en un gallinero que esperasen a ser desplumadas.

—¡Tal vez haya alguna forma de hacerlo! —dijo desesperado.

—No pidas milagros.

Verónica resopló indignada.

—Déjalo, Hans. Cuando alguien es derrotista, es como chocar contra un muro.

—¿Derrotista yo? No sabes lo que dices...

Pero Hans ya no las escuchaba. Algo dentro de él se había activado como un resorte, razonando, hilando ideas... «No pidas milagros», había dicho ella, *milagros*... Y esa palabra le llevó a una idea y esa idea a otra, y entonces...

—*Malakhim* lo traduje mal —dijo interrumpiendo otra incipiente discusión.

Verónica se giró y lo miró extrañada, como si hubiera hablado en chino. La cara de Matilda, en cambio...

—¿Qué? —preguntó sorprendida.

Hans hablaba para sí, pensando y divagando, dándose cuenta de su error.

—Hay palabras que significan cosas diferentes en distintos

idiomas. Al leerlo en un texto francés, lo traduje automáticamente a su idioma primitivo como «fragmento»..., un idioma sin nombre... —Se frotó las sienes. La cabeza le rebullía con mil ideas a la vez.

—¿De dónde has sacado esa palabra? —dijo arrastrando cada sílaba como si le costase decirlas. Él la ignoró.

—Me sale «fragmento»..., pero su significado evolucionó o cambió a «benefactores», «hombres sagrados», «guerreros rutilantes», «mensajeros»... «mensajeros de Dios».

Se giró hacia Matilda asombrado pero la mirada que ella le devolvía era seria y preocupada.

—¿Cómo sabes eso? —preguntó Matilda.

—Lo leí en el diario de Bronte.

—¿Qué...?

—Lo encontré en su casa y lo cogí.

—¿Robaste su diario? —preguntó enfadada.

—No lo robé... —Buscó una buena excusa, pero se dio cuenta de que no merecía la pena disculparse—. Y eso ya da igual. Lo importante es que si hay una posibilidad de curarme y si ellos me pueden ayudar...

—¡Husmeaste en la casa y robaste su diario! —cortó levantándose de un salto y encarándose con él.

—¡Él está muerto! —la increpó—. ¿A quién iba a pedirle permiso?

—¡A mí! ¡A mí! ¡Fue mi casa, es mi casa, mi único hogar, el único que he tenido nunca!

Hans se derrumbó en el asiento y dejó caer las piernas al suelo. Estaba más enfadado que vencido, pero una nueva discusión, no, por favor.

—Esto es indignante —dijo Matilda que empezó a pasear de un lado a otro negando con la cabeza—. En qué hora... ¡En qué maldita hora quise ayudaros!

Verónica los miraba de hito en hito esperando una aclaración. Como no llegaba, intervino.

—¿Alguien me puede explicar de qué estáis hablando?

—Nada —bufó Matilda—, es igual.

La adivina se giró para volver a escrutar la calle dando la conversación por concluida, pero Hans no iba a darse por vencido.

—Existen, ¿verdad? Y si existen y pueden ayudarme, pueden decirme qué tengo y cómo quitármelo...

—¡No van a ayudarte! —estalló ella—. ¿Crees que el mundo está lleno de buenos y malos, y que los buenos te ayudan sin más? El mundo no funciona así. No es cierto todo lo que has leído en los libros ni lo que has visto en las películas, ni siquiera lo que aparece en los telediarios ¡Todo es mentira!

—¡Cálmate ya, por Dios! —la aplacó Verónica—. Qué histérica.

—¿Qué me calme? ¡Qué me calme! Llevo toda mi vida viendo como la gente dice chorradas sobre los ángeles y los demonios y el mito de Cthulu y nadie, absolutamente nadie, tiene idea de nada... y me dices que me calme.

—Ya, tú lo sabes todo; lo sabemos de sobra.

Matilda la miró como una loca, con el ojo muy abierto y desorbitado.

—A mí no me ayudaron. ¿Sabes cuál fue su respuesta? Que me suicidara. Como lo oyes —dijo al ver la cara de sorpresa de Hans—. Lo llaman «liberación». Aquel malakh me dijo que ellos no podían hacer nada para mejorar mi vida, que me «liberara». Incluso se ofreció a hacerlo él mismo, como si yo fuera un perro con rabia al que hubiera que sacrificar. Quién sabe, en tu caso estás tan contaminado que lo mismo ni te dan a elegir y te «liberan» sin más.

—¡Ya está bien! —intervino Verónica. Y se volvió hacia Hans—. ¿Qué es eso de los manik... no sé qué?

Matilda se giró resoplando llena de ira y frustración, y se quedó mirando hacia el horizonte. Hans tragó saliva y respondió:

—Son lo contrario que los yin. Si los yin son demonios, la parte negativa de la Tierra, entonces los malakhim... —se encogió de hombros dando el resto de la frase por sentado.

—¿Son la parte positiva? —preguntó ella no muy convencida.

—Ángeles —dijo Matilda frotándose las manos—. Te está hablando de lo que tú conoces como ángeles. Y no, se equivoca: no le van a ayudar.

El autobús llegaba en ese momento y Matilda, sin prestar atención a la cara de pasmo de Verónica, cogió la bolsa y se subió sin tenerlos en cuenta.

—Está bromeando, ¿verdad? —Más que una pregunta era una súplica dirigida a su amigo.

Él se limitó a coger su bolsa, a encogerse de hombros con cara de circunstancias y a subir al bus.

Todo apuntaba a que el vehículo reanudaría la marcha sin ella, pero finalmente subió. Hans suspiró aliviado. Se sentó junto a Matilda, casi al final y Verónica delante de los dos dándose la vuelta en el asiento para encararlos.

—¿Por qué no nos lo habías dicho antes? —preguntó a la mujer que miraba por la ventana.

—No quería daros falsas esperanzas.

—Tal vez es la única que podemos tener —dijo Hans.

Durante un buen rato reinó el silencio entre ellos.

Desde donde estaba Hans oía la respiración acelerada de Verónica. Los días que llevaban juntos, más concretamente aquel, eran como para volverse loco.

De pronto ella se volvió.

—Vamos a buscarlos. Da igual lo que digas. Hans está enfermo y tenemos a los yin cada vez más cerca. No podemos salir de la ciudad, ni parar, ni dormir... Como sigamos así, mañana nos habrán cogido. No tenemos opción.

La adivina, contra todo pronóstico, volvió a encogerse de hombros.

—No creo que salga bien, pero allá vosotros.

—Vale —dijo Hans.

—Vale —confirmó Verónica.

Se quedaron mirándola, esperando una directriz que no llegaba. Al final, sintiéndose observada, la adivina carraspeó.

—¿Iréis a buscarlos a una iglesia? —preguntó con una mueca de burla.

—¿Dónde hay que buscarlos, si no?

—Puff... —resopló con desdén y poniendo el ojo en blanco— A una iglesia no, eso seguro.

—¿Entonces? —insistieron los otros dos.

Los miró compadeciéndose de ellos, como si no hubiera visto a nadie tan cándido en su vida.

—Desde luego, no tienen un número de atención al cliente ni hay un listín telefónico, ni mucho menos los llamas con cascabeles o con una invocación sagrada.

—Vale que no —dijo Verónica a punto de perder la paciencia— Entonces ¿cómo los encontramos?

La adivina volvió a resoplar.

—Solo se me ocurre una manera... y conste que no me hace ninguna gracia.

—¿Qué tenemos que hacer? —apremió Hans.

—Vosotros, nada —contestó—. O casi nada. La única forma de encontrar a uno es a través del Cambio, y como no tienen conexión con el Cambio, comprenderéis que no es nada fácil. Es como buscar una aguja en un pajar.

—O sea, que tienes que hacerlo tú, ¿no? — dijo Verónica con voz cansada, al entender que volvían a depender de esa mujer una vez más.

—A menos que seáis expertos, y ya sabemos que no... —de repente se levantó y empujó a Hans—. Vamos a bajarnos aquí.

Estaban junto al Retiro, cerca del lugar donde habían abandonado el coche de Verónica.

—¿Lo cogemos? —preguntó Hans al ver el pequeño Citroën de lejos.

Bajaron, pero la adivina caminaba en dirección contraria.

—Estará vigilado. Hay un hotel aquí cerca.

El hotel no estaba tan mal y la habitación que les dieron tenía una pequeña sala de estar y el dormitorio, tres camas individuales. Los muebles eran antiguos pero acogedores, como si se tratase de la casa de alguien. Matilda se dirigió al sofá y fue sacando cosas de su bolsa de viaje.

—Si de verdad queréis hacerlo, no podemos perder tiempo. Hace más o menos una hora que nos buscaron y debemos tener un par más por delante antes de que lo hagan otra vez.

Entonces debió encontrar lo que buscaba y lo sacó apretado en su puño. Era una especie de botellita de cerámica y la miró con pesar, después se dirigió a ellos, que apenas habían pasado el umbral de la puerta.

—Es muy peligroso y si lo hago, tenéis que jurarme que bajo ningún concepto me dejaréis aquí.

—Te lo prometemos —dijo Hans estupefacto.

—... bajo ningún concepto. Aunque os cueste moverme, aunque

vomite, aunque diga cosas raras...

—Matilda... —Verónica habló con voz suave y conciliadora—, sé que no nos llevamos muy bien, pero yo no sería capaz de dejar a nadie tirado. Te prometo que no vamos a dejarte atrás. Tienes mi palabra.

Escudriñó la cara de aquellas dos personas que ahora eran sus compañeros de viaje y asintió con determinación.

—Vale, no perdamos más tiempo. —Puso el frasquito sobre la mesa de centro y buscó asiento en el sofá donde empezó a guardar todas sus cosas mientras hablaba—. Eso que hay en el frasco es una infusión concentrada de ayahuasca. Se usa como medicina, pero sobre todo es un medio psicotrópico que usan algunos chamanes del Amazonas para tener visiones y viajes astrales. No me andaré con rodeos: es asqueroso y hace vomitar y provoca unos delirios horribles, pero también hace que entrar en el Cambio sea más fácil, más duradero y ayuda a encontrar lo que se busca.

—Te ayudará a encontrar un ángel —dijo Verónica sentándose en una butaca cercana.

—A un malakh, sí. Pero no puedo buscar a uno cualquiera porque son imposibles de rastrear en el Cambio. Los malakhim, lo mismo que los yin, solo dejan cierto rastro de energía por donde han pasado y, aun así, es muy tenue. Tengo que buscar a uno específico, a uno que llaman «mentor de profetas». Tendremos mucha suerte si ha dejado un rastro lo suficientemente fuerte.

—Bien. —Hans se había sentado en el suelo enmoquetado frente a las dos mujeres—. ¿Y entonces...?

—Intentaré dar con algo que nos lleve hasta él. Una dirección, un teléfono... algo que nos sirva para ponernos en contacto y que nos diga qué hacer. Podría estar en mitad del mar, en un desierto o en cualquier parte donde no haya forma de encontrarlo. Rezad para que no sea así...

—¿No decías que Dios no existe? —preguntó Verónica.

—Los malakhim reciclan la energía positiva. No están al servicio de Dios.

—Como dices que recemos...

—Es una forma de hablar. Y ahora vamos a lo que importa. Vais a tener que reconducirme.

—¿Cómo reconducirte?

—¿Cómo se hace eso? —preguntó Hans alterado.

—A ver, calma... —Se trata de que no me vaya a buscar datos que no nos sirven para nada. Con decirme «Matilda, concéntrate» o «Matilda, busca al malakh» será suficiente.

—Ah, vale...

—Esto va a ser un desastre... —Suspiró frotándose la cara con brío—. En fin... El tipo en cuestión se llama Sacher. La última vez que lo encontré usaba el nombre de Jean Baptiste Sacher, lo digo por si hay que llamar por teléfono y preguntar por él. Verónica, ten a mano una libreta y un bolígrafo; puede que se me revele algún dato importante.

—De acuerdo —contestó y se levantó a buscar lo que le pedía.

Matilda se encaminó hacia el baño.

—Puf, ¡qué pocas ganas tengo de hacer esto!

Fue bebiéndose el contenido de la botella, como si fuera un cóctel. Hans se levantó y la siguió. Llegó justo a tiempo de ver como perdía el equilibrio y caía al suelo presa de una arcada que le producía una violenta tos.

—¿Quieres agua? —preguntó él.

—No puedo... beber nada. Ni siquiera debería tener nada en el estómago. Suerte que casi no he comido.

—Ya está, ya tengo para apuntar —dijo Verónica apareciendo por el quicio de la puerta.

—Pues apunta el nombre que te he dado. Ahora toca esperar hasta que esto haga efecto. Una media hora, más o menos.

Y fue dando sorbos al contenido de la botella, siempre precedido de fuertes arcadas. Quedó sentada en el baño, como desmayada, tapada con una manta que Verónica le había traído.

Hans se sentó en el suelo, cerró los ojos y apoyó el brazo derecho en la pared. No podían hacer sino esperar.

—¿Cómo estás? —le preguntó a Verónica.

—No sé... Me acuerdo de mis compañeras de trabajo. Todo el mundo cree que me he ido de vacaciones. Puede que alguien esté preocupado por mi teléfono apagado, pero pensará que se me ha roto o algo así. Yo qué sé...

—¿Y tus padres?

Verónica puso un mohín de disgusto.

—No me llevo muy bien con ellos, la verdad. Tienen algo así como un favoritismo desproporcionado hacia mi hermano Antonio. Siempre ha sido el niño mimado de la casa y...

—Aroa está enferma —balbució la adivina.

Se hizo un silencio expectante. Ambos se volvieron a mirarla, pero apenas se había movido, no abría los ojos y de la boca le colgaba un hilillo de baba.

—¿Matilda? —preguntó Verónica.

—Aroa tiene gripe y Gema le da medicinas con sabor a fresa...

—¿Quién es Aroa? —preguntó Hans extrañado.

—Mi sobrina —contestó Verónica muy seria. Nunca le había hablado de ella. A pesar de la impresión, reaccionó rápido—. Deja a Aroa, Matilda. Tienes que buscar a Sacher, ¿recuerdas? Tienes que buscar al ángel para ayudar a Hans.

—Al malakh —corrigió él.

—Eso, al malakh... Dinos dónde está.

Matilda balbució, a veces en castellano, a veces en idiomas que solo Hans comprendía.

—... en Beirut, camisa blanca... corre muy deprisa... un profeta más, era un chico listo... Francia, Nanterre en el 68, debió dejarlo pasar... No comas eso... —dio un manotazo al aire.

Verónica trató de encauzarla como le había pedido, pero Hans llegó a la conclusión de que era imposible saber si Matilda divagaba o estaba haciendo progresos.

—... duele, algo duele... sus zapatos no son suyos... una mujer en el espejo por esta noche... me gusta ese coche... más deprisa, más, más deprisa... ¿dónde está? Duele... llora y no puede... mejor algo bonito... el Mardi Gras... una apuesta... no voy a ser igual...

Las palabras se le caían de la boca. En un momento dado echó la cabeza hacia atrás con un suspiro gutural y estiró la mano izquierda como buscándolos. Hans, instintivamente, le tendió la suya y Matilda la agarró con fuerza.

—Hay una boda, está en una boda... Hay una niña y un hombre que habla con él... La niña es la hija de...

—Matilda, olvídate de la niña. ¡Piensa! —apremió Verónica—. ¡Busca a Sacher! ¿Dónde está Sacher?

—Cálmate... —dijo Hans.

—Tienes que ir... la dirección del cartel... un membrete dorado con un castillo... —La cabeza le bamboleó de izquierda derecha hasta que Hans se la sujetó—. Está allí ahora...

—¿Dónde? —la apremiaron.

—Está en la calle... —Dio una dirección que Verónica apuntó sin demora. Después, Matilda se desinfló, aunque siguió balbuciendo.

—¿Dónde está esto, Matilda? ¿En España? ¿Dónde quieres que lo busque? ¿Matilda?

La chica empezaba a perder los nervios. Si tenía que buscar aquella dirección no sabía ni por qué ciudad empezar.

—Junto a la Casa de Campo... —agregó.

—¿Cuál casa...? —preguntó Hans— ¡Casas de campo hay muchas!

Pero Verónica sí que lo entendió.

—Te refieres a la Casa de Campo... ¿de Madrid?

—Sí... Ve a buscarlo.

Hablaba como si se asfixiara y Verónica estaba a punto de entrar en pánico al darse cuenta de lo que le estaba pidiendo.

—¿Yo? ¿Quieres que vaya yo a buscarlo? ¡Pero si no sé ni cómo es ni como se llama ni... nada! ¡Dame un teléfono y lo llamo!

Matilda se restregó la cabeza y se quitó el parche. Resoplaba. Miraba hacia todos lados como si ambos ojos fueran igual de ciegos, como perdida en un mar de niebla. Entre el sudor que la bañaba y su cara descompuesta, exhibía un aspecto endemoniado.

—¡Ve, te digo! Es alto, muy alto, grande... Pelo largo y rizado recogido en una coleta... ¡Maldita sea, si no lo vas a ver! Pregunta en la boda de Julia y Miguel por Jean Baptiste Sacher... —Verónica apuntó los nombres a regañadientes—. Si él no te ve antes, no aparecerá... No se fiará de ti. Llévate el dinero de mi bolsa por si tenemos que huir... Yo te encontraré.

Verónica salió del baño e hizo exactamente lo que se le dijo: coger el dinero y meterlo en su bolsa. Habría más de ciento setenta mil euros; no pensaba irse sin aquel colchón. Matilda tenía la maravillosa tarjeta y se las podría apañar muy bien sin el dinero metálico. Metió también una tarjeta del hotel por si tuviera que llamarles... al menos, para despedirse.

—Volverás, ¿verdad?

Hans estaba tras ella mirándola con aire alicaído, inquieto y con mala cara. Ella le dedicó su mejor sonrisa. Repitió que no lo abandonaría por nada del mundo y su convicción era tan fuerte que él no tuvo duda y la creyó. Se lanzaron uno hacia el otro y se dieron un largo abrazo.

—¡Qué alto eres! ¡Cada día estás más...! —Y levantó la mano por encima de su cabeza.

—No será por lo que como....

—Escúchame —dijo poniéndose seria—. Llamaré al hotel en cuanto llegue al sitio ese. Mantén la pistola al margen de la loca..., por si acaso.

—¡Te estoy oyendo! —gritó la adivina desde el servicio —Será...

Ella la ignoró.

—Todo va a ir bien ¿vale? —él cabeceó resignado—Ya sé que nos conocemos desde hace poco, pero... Te quiero Hans —se encogió de hombros y el rubor le tiñó la cara—, por todo lo que hemos vivido y aprendido juntos en estos días y... y haré lo que sea para ayudarte.

Hans estaba desconcertado. Solo acertó a decir...

—Yo también te quiero, Vero.

Volvieron a abrazarse y ella se encaminó a la puerta dispuesta a cumplir su promesa.

—¡Eh! —la llamó antes de que cerrara. Ella se giró sonriente—. ¿Estás preparada para encontrarte con una divinidad?

Lo decía en broma..., pero a ella se le borró la sonrisa de la cara que se volvió un rictus de angustia.

No pudo contestar. Negó con la cabeza y cerró la puerta tras de sí.

Capítulo 25

La noche madrileña se la comía. En la parte trasera de aquel taxi no sabía dónde iba, no sabía cuánto tardaría en llegar ni si Matilda y Hans seguirían en el hotel cuando regresara. Matilda no parecía muy por la labor de seguir adelante a su lado y, hasta donde podía sospechar, tal vez el mandarla lejos solo había sido una estratagema para librarse de ella.

Ese pensamiento de desprecio le provocó un nudo de tristeza.

«¡Al cuerno Matilda!» pensó, «quien importa es Hans».

¿Acaso iba a dejarlo al cuidado de aquella tarada que hasta los había apuntado con una pistola esa misma mañana? No, claro que no.

Estuvo a punto de inclinarse hacia el taxista y pedirle que diera media vuelta, pero se lo pensó mejor. No tenía mucha alternativa; si volvía al hotel, probablemente Hans moriría o algo peor, pero si seguía adelante tal vez tuviera alguna posibilidad... si encontraba al hombre que había ido a buscar.

En cualquier caso, no sabía si llamarlo hombre era apropiado, ni si tenía que comportarse de una manera especial o llamarlo de una forma concreta. Matilda no le había dado ninguna instrucción al respecto; tampoco de cómo debía encontrarlo. Apenas un nombre y una dirección en una hoja de papel.

El taxi se adentró en la madrileña Casa de Campo y casi enseguida tomó una entrada que conducía a un aparcamiento al aire libre. En la dirección que Matilda le había dado había unos salones de boda llamados El jardín de las delicias, cuyo logotipo le trajo a la memoria algo que había dicho la adivina: un anillo dorado con un castillo en su interior.

Pagó al conductor y se bajó con la sensación de estar perdida. Unos escalones empedrados conducían a una entrada moderna que contrastaba con el resto de la edificación, similar a un castillo.

En la recepción había un hombre alto, vestido de chaqueta, de cara alargada y amigable, con la parte inferior de la nuca recorrida por un pelo fino que le discurría de sien a sien dejando una superficie brillante y pulida sobre el calvo cráneo.

—Buenas noches —dijo el recepcionista con una leve inclinación de cabeza y una amable sonrisa. El hombre pareció captar entonces el inadecuado vestuario de Verónica y la sonrisa se le desinfló un poco—. ¿Puedo ayudarla en algo?

—¡Sí! —dijo demasiado deprisa; «¡improvisa, improvisa!»—. Verá... yo... busco a una persona y sé que está aquí.

Se maldijo entonces por haber pasado todo el viaje en taxi pensando en idioteces y mirando al tendido, sin haberse parado a elaborar una buena excusa para entrar sin invitación.

—¿Aquí? —preguntó dulcemente el hombre—. ¿Pero es un empleado, alguien que trabaja...?

—¡No, no! Es un invitado a una boda. ¡A la boda de Julia y Miguel! —dijo acordándose de pronto del nombre que había leído una docena de veces en el papel—. Él está ahí; ha venido a la boda.

Se dio cuenta entonces de lo estúpido que había sonado y se sonrojó.

—Ya... —dijo el hombre repasando de nuevo su atuendo—. ¿Tiene invitación o figura usted en la lista? Entenderá que no puedo dejarla pasar sin...

—No, no; no tengo invitación —le cortó—. Lo entiendo... Verá... —se mordió el labio y pensó rápidamente una historia... recordó a una amiga suya que...—. Es mi primo y su hermana se ha puesto de parto. Él me dio esta dirección y me dijo que, si eso pasaba, lo viniese a buscar, o sea... no... que lo llamase al móvil. ¡Pero lo tiene apagado! ¡Ja! —Rio entre histérica y orgullosa de sí misma por su ocurrencia.

La historia de su amiga Rita era un buen ardid porque el hombre volvía a sonreír y se lo veía menos incómodo.

—Y me dio la dirección de este sitio porque iba a estar en la boda de Julia y yo...

—De acuerdo —la interrumpió—. Entiendo su situación, señorita, pero debe comprender que es una fiesta privada y no podemos dejar pasar a nadie sin invitación.

—Yo...

—Si le parece bien, lo que puedo hacer es mandar a uno de mis asistentes de sala a buscarlo. Será fácil; tenemos la lista de invitados... —Y, acto seguido, abrió una carpetilla forrada en cuero que contenía tres hojas—. Dígame el nombre de su primo, si es tan amable.

—Sacher... o sea... Jean Baptiste Sacher. Mire, se escribe así. —Y le enseñó el papel donde lo había anotado.

—¿Como la tarta? —dijo sonriente.

—Sí —dijo solicita sin saber de qué le hablaba.

—A ver...

Verónica vio con bochorno cómo aquel hombre buscaba y buscaba en la dichosa lista mientras gesticulaba con la cabeza. A punto de terminarse el papel, ella cayó en la cuenta: no lo habían invitado. Se había colado. «O eso, o la loca me la ha jugado bien», pensó. Tragó saliva y quiso que se la tragase la tierra.

—No está, señorita, lo lamento.

—¡Que sí! —dijo luchando contra la obviedad—. ¡Tiene que estar! ¿Ha mirado en la lista correcta? ¿Seguro que ha mirado bien?

Él suspiró, más bien resopló, y aun así no perdió los buenos modales. En cualquier caso, y Verónica no se dio cuenta hasta más tarde, aquel hombre debía de llevar allí de pie cuatro horas, y probablemente seguiría allí plantado otras cuatro más; la pequeña alteración de la rutina que le estaba proporcionando seguro que le venía de maravilla.

—Bueno, a veces se nos escapa algún nombre, así que esto es lo que vamos a hacer...

Salió de detrás del mostrador y Verónica comprobó de cerca lo alto que era, o lo bajita que era ella. Se puso a su lado y con un elegante floreo de la mano le indicó que lo siguiese hacia el pasillo de la derecha. Al final, había una puerta y junto a ella y en un gran cartel colocado en un caballete, se podía leer en letras doradas y sobre suave papel nacarado «Enlace de Miguel y Julia».

Verónica no sabía qué le causaba más asombro; que el hombre fuese tan amable, o que la adivina hubiese sabido que una tal Julia se estaba casando en el castillo «superguay de la muerte» con mayordomo incluido.

La puerta se abrió de pronto y dos chicos adolescentes de la edad de Hans salieron riendo mientras hablaban de los atributos femeninos que, al parecer, lucía sin ningún recato una muchacha de la fiesta.

El hombre le abrió la puerta con cortesía y entraron. Le golpeó una ola acústica de música marchosa, risas, vasos que se rompían, gente que gritaba, halagos... Era una sala grande, con arcos de piedra gris como el patio de un castillo. Estaba atestada de gente, unos sentados, otros de pie. Una anciana le decía algo al oído a un niño de unos ocho años vestido con camisa y una pequeña pajarita; dos chicas jóvenes movían sus vestidos de gasa al son de la música y reían con frenesí; un grupo de gente más allá jaleaba en corro a un tipo que hacía un extraño y enérgico baile alrededor de un vaso de tubo; al fondo, junto a una chimenea artificial, la novia se hacía fotos con otras mujeres y sacaban la lengua a la cámara...

—¿Ve usted a la persona que ha venido a buscar? —dijo el hombre sacándola de sus pensamientos.

Había estado tan inmersa observando la algarabía del entorno que la pregunta la pilló desprevenida.

—Pues...

Recordó la descripción de Matilda; alto, grande, de pelo largo y rizado... No veía por allí a nadie que se le pareciera. El gigantón fue paciente y la dejó que mirase un par de minutos más, pero, definitivamente, no había nadie que se ajustase a la descripción que tenía.

—No —negó por fin—. No lo veo.

Él le hizo un ademán elegante hacia la puerta, invitándola a salir. Los muchachos que habían salido unos minutos antes volvían enfrascados en otra conversación sobre videojuegos. Aquella actitud tan despreocupada le produjo cierta envidia rabiosa; ellos se divertían con toda su vida por delante, hablando de tonterías, mientras ella era perseguida por entes diabólicos, con Hans a punto de morir y haciendo el ridículo en una boda a la que no había sido invitada. La vida era muy injusta.

—No quiero abusar de su amabilidad...

—No se preocupe.

—¿Podría usar su teléfono? No será una llamada larga.

El hombre la condujo a la recepción donde se habían encontrado y le tendió un teléfono moderno que desentonaba con la decoración.

—Gracias —dijo avergonzada.

Tenía que comprobar que Hans y Matilda seguían en el hotel y, lo que era más importante, asegurarse de que la adivina no la había mandado hasta allí para deshacerse de ella. Marcó el número que aparecía en la tarjeta que se había llevado consigo y le facilitó el número de la habitación a la recepcionista. Dio un tono y descolgaron. Era Hans.

—Me ha dicho Matilda que estabas llamando.

La oleada de alivio a punto estuvo de hacerle llorar. Resopló con fuerza.

—¿Estáis bien? —preguntó con voz temblorosa.

—Sí, sí, aunque Matilda no hace más que decir cosas que no tienen sentido... Algunas tienen sentido y otras no. ¡Oye! ¿has encontrado a... ya sabes?

A Verónica se le escapó una sonrisa. Al parecer, a Hans le pasaba como a ella; recién sumergidos en un mundo de quimeras aún les daba vergüenza hablar de criaturas fantásticas en voz alta, como si haciéndolo se fuesen a consolidar como locos de remate.

—No. Por eso llamaba. Aquí no está... —Se dio cuenta de que el recepcionista estaba muy cerca y no debía decir nada que estropeara su mentira—. He echado un vistazo por la sala de la fiesta y no lo he visto. Puede que se haya ido, además...

—¿Qué...? —Verónica supo que no le hablaba a ella al oír la voz de Matilda de fondo—. Oye, Vero, dice Mati que esperes donde estás, que no te muevas de recepción y que vuelvas a llamarnos en diez minutos.

—¡¿Qué?! —dijo nerviosa—. Hans, estoy llamando desde un teléfono que no es mío y en una boda a la que no estoy invitada; no puedo...

La línea hizo un ruido raro y al momento se oyó la voz de la adivina, gutural y ronca, con un tono que no dejaba lugar al reproche.

—Quédate en recepción. Él ya te ha visto.

La línea se cortó.

Verónica le entregó el teléfono al hombre y suspiró.

—¿Podría quedarme aquí un momento? —preguntó poniéndose a un lado—. Serán solo unos minutos, van a venir a buscarme y hace frío...

—Sin problema, señorita —dijo el hombre con su siempre cordial sonrisa—. Siéntese si quiere.

Y le señaló los mullidos sofás de piel que tenía enfrente. Ella declinó la invitación y se quedó de pie mirando un tablón con anuncios de distintas actividades exclusivas del establecimiento: catas de vino, conciertos, concursos, bailes de salón, eventos, convenciones...

Le dio un vuelco al corazón cuando se abrió de golpe la puerta del salón y salieron dos hombres riendo alegremente. Ninguno era el que buscaba. Uno de ellos, muy delgado y desgarbado, más bien bajito, sacaba un cigarrillo de una cajetilla y se lo ofrecía al otro mientras se encaminaban a la salida.

Trató de concentrarse en otra cosa, pero no pudo. Desde que había salido del hotel, su principal preocupación había sido especular si Matilda la estaba traicionando o no y si de veras iba a encontrar a alguien en aquella fiesta sin hacer mucho el ridículo. Le había sorprendido, tenía que reconocerlo, el hecho de que la adivina hubiese acertado el nombre de la novia, el lugar donde tendría lugar el evento y que se encontraba en recepción en el momento de la llamada. Fuera de eso, la idea de que estaba esperando a alguien sobrenatural no le había preocupado tanto hasta entonces.

Ahora estaba aterrada.

¿Qué clase de persona sería? ¿Cómo se hablaría con un ángel?

«¡Oh, Dios mío, un ángel!» pensó, «¿no se supone que son seres superpuros enviados por Dios para..., no sé, anunciar al Mesías o guardar de las criaturas malignas las cuatro esquinitas de la cama?». Su propia broma le produjo una risilla histérica que trató de contener para no parecer zumbada. Con una ya tenían bastante. Matilda había hablado largo y tendido de los yin, pero no de esos malakhim que se suponía eran su némesis. «Y si lo son, serán igual, solo que en bueno, como dijo Hans. O sea, que serán inmortales y podrán leer la mente...». Le dio un escalofrío y se le borró la sonrisa de la cara. No le gustaba eso. No le gustaba nada.

Matilda había dicho que aquel ser, el tal Sacher ya la había visto. ¿Cómo había podido si no la conocía de nada? «Ha visto que desentono en esta fiesta y me ha leído la mente. Ya sabe qué hago aquí». No le gustaba que Matilda mirase cosas en el Cambio sobre ella, pero, menos aún, le gustaba saber que alguien podía leerle la mente. «Sabrá que me tiro pedos en la bañera y que tengo un consolador escondido en un cojín, y que... ¡¡No pienses, no pienses!! ¡¡Ommm...!!».

Miró a su alrededor. El recepcionista hablaba ahora por teléfono y el hombre extremadamente delgado que había salido a fumar volvía a la fiesta y sostenía la puerta para dejar salir a dos mujeres con aparatosos vestidos de satén.

—¡Gracias, rey! —le decía una de ellas algo entrada en carnes.

Cada vez que se abría la puerta, sentía una opresión en el pecho. «Espero un par de minutos y me voy. Ya no puedo más. ¡Me las piro!».

Trató de imaginarse a alguien que hubiese vivido desde el principio de los tiempos, desde la época de los romanos o de los cavernícolas «¡o de los dinosaurios!». También cabía la posibilidad de que Matilda lo exagerara todo, de que las cosas no fueran tan extraordinarias como contaba o incluso como los libros de religión le habían hecho creer. ¿No era Matilda acaso la primera que decía que muchos libros estaban plagados de mentiras?, ¿que todo eran verdades a medias? Verónica no era capaz de imaginar a un ángel viviendo entre dinosaurios. Era ridículo, aparte de que la sola idea de especular acerca de alguien tan longevo hacía que le diera vueltas la cabeza. En ese caso, los malakhim habrían vivido extinciones, guerras, plagas, religiones, auge y caída de naciones... y ahora la boda de Miguel y Julia. «Si ya lo has vivido todo», pensó, «el mundo tiene que ser mortalmente aburrido... o inmortalmente aburrido, mejor dicho».

Volvió a oír el sonido del mechero por tercera vez desde que esperaba —¿es que aquel tío no iba a parar de fumar?—. El hombre estaba sentado en el sofá desde que había salido con el delgaducho y seguía encendiendo un cigarro tras otro. Lo miró con reprobación otra vez, «como sigas así no llegas a los cuarenta, chato», y se giró para ver de nuevo a la pareja de bailarines del cartel que rezaba «¡Samba, todo ritmo mágico!». La chica de la foto llevaba un vestidito demasiado corto para su gusto.

Por cuarta vez en el día, a punto estuvo de parársele el corazón.

La expresión «sentirse observada» no era del todo acertada. Mejor podría decirse que notaba ojos dentro de sus ojos, oídos dentro de sus oídos, y que estaba segura de que otra persona, aparte de ella misma, sabía que se sentía como una cretina. Era como si poco a poco fuera encogiéndose y se hubiera iniciado una mengua imparable, agarrada a su abrigo, como cuando era pequeña y estaba segura de que su padre iba a echarle una buena bronca. Sentía toda su anatomía apretujándose alrededor de su maltratado corazón esperando a que, de un momento a otro, se la tragase la tierra. Le costaba respirar mientras giraba sobre sus talones.

El tipo del sofá sujetaba el cigarrillo con los labios curvados en una sonrisilla. Aunque estaba repantingado en el asiento, se notaba que era alto, grande y ancho de hombros, como el arquetipo de un gorila de discoteca. Tenía el pelo largo y rizado, recogido en una coleta, y de sus facciones destacaban una nariz recta de perfil griego y unos ojos marrones, gatunos, amables e inteligentes, que expresaban con precisión lo mucho que le divertía la confusión de ella. Lo que le extrañó fue que le hubiese pasado desapercibido un tío tan aparatoso, más aún cuando había estado pendiente de todas las personas que deambulaban por allí. Lo había visto fumando y, en cambio, no había reparado en él. ¿Cómo era posible?

Se acercó muy despacio, con reservas; a medida que lo tenía más cerca, más se daba cuenta de lo absolutamente humano que parecía. No era perfecto ni increíblemente hermoso ni brillaba ni, por supuesto, tenía alas. Dejando a un lado su envergadura, era un tipo normal, bastante atractivo a su manera, pero estaba lejos de ser un adonis. Recordó la fotografía que había en la casa del padrino de Matilda. Aquel hombre sí que quitaba el hipo, de aquel sí que estaba dispuesta a creer en una naturaleza angelical. Al contrario, el aspecto de este era casi intimidatorio.

A medida que se acercaba con paso vacilante, se convencía de que se había equivocado de persona. Estaba a punto de quedar como una verdadera imbécil.

—¿Tú eres Sacher? —dijo retorciéndose las manos.

Al hombre se le iluminó la cara.

—Esta noche soy quien tú quieras, preciosa.

«¡Vaya por Dios! Y encima he ido a dar con el más creído de la fiesta. Hoy todo me sale mal...».

Le quemaba la cara del azoramiento y tenía la garganta seca.

—O sea, que no. Bien... Vale... —Miró a su alrededor buscando una salida por la que irse corriendo.

—¿Y no te valgo yo igualmente? —preguntó el fumador empedernido.

—Depende... —dijo ya dispuesta a salir por la puerta.

—¿De qué?

—¿Los ángeles fuman?

La pregunta le salió como si hubiera sido un «¿tiene usted hora?». El tipo estalló en carcajadas como si acabase de oír el mejor chiste del año.

«Y encima debe de estar borracho. No lo culpo. Matilda también tiene que estar descojonándose a mi costa».

Ella se echó a reír contagiada por las carcajadas del hombre, aunque optó por largarse. Lo dejó frotándose los ojos en el sillón, enjugándose las lágrimas por su hilaridad, y se encaminó a la puerta. Salió al frío de la noche, bajo un cielo poco estrellado y, allí, en medio de ninguna parte, reparó en que no tenía ni idea de cómo conseguir un taxi. Sabía que Hans se sentiría decepcionado porque no lo había conseguido, era la única baza que tenían para intentar salvarle. Y Matilda..., bien; se regodearía en su fracaso. Le echaría en cara que mientras ella se había tomado aquel mejunje y había tenido un mal viaje, la exquisita Verónica se había dado un ameno paseo por la Casa de Campo. Bien pensado, era muy probable que Matilda le hubiese tomado el pelo. Le urgía la idea de encontrar un taxi, porque si de alguna manera la adivina había usado aquello como una treta para darle esquinazo, su única posibilidad de volver junto a Hans era regresar al hotel cuanto antes.

Echó a andar por el parking descubierto que había frente a la entrada de los salones. Se quedó mirando, sin ninguna razón, el coche de los novios, que no pasaba desapercibido: lo cruzaban perifollos blancos a todo lo largo y ancho de la carrocería.

Y de repente, todo empezó; primero, muy bajo, como un silbido suave y lejano que fue aumentado en intensidad. Después se le hizo tan insoportable, tan nefasto, que se dobló sobre sí misma, abrumada por el dolor, por la vibración que no paraba de crecer, sostenida en una nota aguda y continua. Le sobrevino un mareo y para no caer se puso de rodillas con la frente pegada al suelo, hecha un ovillo, y se agarró la cabeza como si fuera a dejar de pertenecerle de un momento a otro. Y tal y como había empezado, el pitido empezó a remitir. Le dolía la cabeza, el estómago y hasta los ovarios. Tenía náuseas y, aun así, estaba lo bastante consciente como para notar que no estaba sola. Alguien se había acuclillado delante de ella y la sujetaba por los hombros. Levantó la cabeza y ahí estaba él, el fumador borracho...

Ya no se reía tanto y su cara tenía una expresión serena. La miraba con curiosidad, como desapegado del proceso que la había forzado a adoptar semejante postura.

—Toma —dijo tendiéndole un pañuelo de papel—. Te sangra la nariz.

Notó la gota tibia a punto de rozarle el labio.

—Gracias —dijo limpiándose con cuidado.

No es que fuese demasiado aprensiva con la sangre, pero se asustó. ¿Una inspección en el Cambio que le hiciera sangrar la nariz?

En un instante fue consciente de lo que eso significaba. ¡Los yin los estaban buscando! Y peor aún: Matilda y Hans saldrían corriendo del hotel y no la esperarían.

—¡Mierda! —exclamó poniéndose de pie con dificultad. Levantarse rápido le provocó un nuevo mareo que la hizo trastabillar con sus propios pies. Miró hacia todos lados, confusa, sin saber qué dirección tomar ni hacia dónde ir. Estaba claro que debía conseguir un taxi, pero no tenía ni idea de dónde podía encontrar uno.

«¿Y si le pido al de recepción que me llame a uno? Me odiará».

Aun así, echó a andar con pasos titubeantes hacia la entrada de la fiesta, dispuesta a llevar a cabo su plan... en cuanto lo tuviera.

—¿Adónde crees que vas, chica sangrante?

—A pedir un taxi— dijo con la nariz tapada.

337

—Si quieres te llevo yo...

Ahora la que rio con fuerza fue ella.

—Nooo... Ni hablar. Gracias, pero no. Tú sigue con tu fiesta —dijo tratando de no sonar demasiado desagradecida.

—Verónica...

Ella paró en seco. Se dio la vuelta con los ojos como platos, asustada por el sonido de su propio nombre.

—Te dejas la bolsa.

Se acercó despacio y tomó su bolsa de la mano de aquel hombre que, por segunda vez en la noche, la miraba con cara de estar pasándoselo en grande a su costa.

—¿Cómo sabes mi nombre?

Él se encogió de hombros.

—Me lo has dicho antes.

—¡Ah! Claro... —dijo no muy convencida. Y con menos convencimiento se dio la vuelta, mirándolo por encima del hombro.

—¿Seguro que no quieres que te lleve al hotel?

Ella volvió a girarse, aún con el pañuelo en la nariz, como si ello le sirviese de parapeto contra la realidad.

—¡Un momento!, ¡yo no he dicho que estuviese alojada en un hotel!

Él se limitó a sonreír mientras ella lo miraba achicando los ojos, escrutándolo con suspicacia.

—¿Te llevo o no? —dijo él tras unos segundos de incómodo silencio.

Bien mirado, ¿qué opciones tenía? Habían pasado ya varios minutos desde que le habían pitado los oídos hasta casi tumbarla de un golpe; si entraba a pedir un taxi este no llegaría hasta un cuarto de hora después, como mínimo, y si tardaba mucho más... Le dio un escalofrío al pensar que los yin podrían encontrarla. Por otra parte, le costaba creer que aquel tipo fuese la persona que había ido a buscar o quizás es que no quería creer que lo fuera, pero lo peor que podía pasarle era meterse en un coche con un desconocido por tercera vez en cuatro días.

Se encogió de hombros. «De perdidos, al río».

—Mi coche está ahí detrás —dijo él, y accionó un mando a distancia que sacó del bolsillo de la chaqueta. Las luces de un Audi plateado parpadearon alegremente.

—No habrás bebido mucho... —dijo mientras se dirigía a la puerta del copiloto.

Él se echó a reír y obvió la pregunta. El aire del vehículo estaba enrarecido. Olía a una extraña mezcla de tabaco, mentol, manzana y melón. Había cuatro ambientadores de forma redonda a medio gastar colgando del espejo retrovisor y otros tantos con forma de cajetillas acoplados en las salidas del aire acondicionado. El olor era fuerte y la aturdió.

—Abriré las ventanas, ¿de acuerdo?

—De acuerdo... —balbució ella.

El aire empezó a ser menos denso a medida que el coche avanzaba, primero por la carretera del parque y, después, por la autopista de circunvalación casi vacía y fuertemente iluminada. Abrir las ventanas había sido una buena idea, pero el fuerte sonido del viento dificultaba la comunicación entre ambos..., aunque ella no tenía muchas ganas de hablar y, dadas las circunstancias, puede que ni hubiera un tema de conversación apropiado.

«Podría preguntarle su nombre. Pero a lo mejor él es... Y si lo es, tampoco tiene mucho sentido preguntar. Quedaré otra vez como una cretina...».

Lo miró por el rabillo del ojo: iba concentrado en la carretera y con una leve sonrisa dibujada en la cara.

«¿De qué cojones se ríe este?».

Entonces cayó en la cuenta de algo.

—Oye, no me has preguntado dónde está el hotel.

—Bueno..., si quieres, te lo pregunto.

—¿Adónde me llevas?

—Al hotel.

—¿Qué hotel?

—El hotel Colón.

—Tu eres Sacher, ¿verdad? Y sabes todo eso porque lo puedes ver en el Cambio o algo así ¿no? Seguro que a ti ni siquiera te hacen falta drogas.

—No, que va —le cortó. Hizo una pausa mientras se detenía ante un semáforo en rojo—. Yo no puedo mirar en el Cambio; los malakhim no tenemos contacto con el Cambio, no lo podemos usar, ni mirar... ni siquiera de pasada.

Aquella revelación, la constatación de lo que era él, a expensas de las sospechas que ella hubiese podido tener, la dejó con un nudo en el estómago. ¿De verdad estaba hablando con un ángel? ¿Ese tipo era un ser mítico?

Pasados un par de minutos en los que solo se atrevió a mirar su mano apoyada en la palanca de cambios, pensó que debía seguir preguntando, al menos, por educación.

—Entiendo... Entonces, ¿cómo sabes todo eso?

—Veo tus pensamientos. Tienes datos, fragmentos de lo que te está pasando que haces conscientes por momentos. La habitación del hotel, Matilda, ese chico... Piensas muchas cosas a la vez. Estás estresada. Deberías calmarte —sonrió—, por tu bien y por el mío. Tu estrés me estresa. —Y se echó a reír.

—Me calmo, si dejas de leerme la mente. No me gusta, me siento muy incómoda.

—¿Serviría de algo si te dijese que he visto pensamientos peores?

—¡No! —dijo avergonzada.

—Tampoco es que me guste... —Sonrió de nuevo—. Tranquila, no lo haré más.

—Gracias... ¿Y qué pasa con Hans? ¿Crees que podrás ayudarle?

—Esa es la idea. Si pensase que no tiene solución, ni siquiera me molestaría en ir.

Camino del hotel y mientras el coche avanzaba, Verónica notó que el pitido de oídos de hacía un rato le estaba pasando factura. Seguía teniendo el estómago revuelto. No contribuía en nada el estar sentada al lado de un hombre que podía saber todo de ella con solo proponérselo. Veía lo vulnerable e individualista que se había vuelto en los últimos años y lo celosa que era de su privacidad.

—¿Sabes? —dijo de pronto Sacher—. No creo que el temblor del Cambio de hace un rato tenga que ver con los yin.

—Ah, ¿no? —contestó algo ausente—. ¿Y qué crees que era?

—Bueno... Lo he visto otras veces. Las incursiones en el Cambio con ayahuasca a veces pueden provocar fluctuaciones muy violentas como esa. Me inclino más a pensar que haya sido la propia Matilda quien lo ha hecho y no cualquier otra pitia.

—También podría haber sido el hombre ese que tienen los yin contratado.

Sacher se echó a reír.

—Los yin no contratan a nadie: o los obligan o los coaccionan, pero no se puede hablar de una contratación al uso.

—A lo mejor suena muy obvio —dijo tratando de escoger las palabras apropiadas—, pero los yin son algo así como vuestros archienemigos ¿no? Ya sabes, como en las historias de superhéroes o algo así... —Sacher se echó a reír y ella también—. Bueno..., me has entendido. Digamos que tenéis que luchar contra ellos, ¿verdad? Matilda dijo que si Hans se estaba convirtiendo en uno de ellos, vosotros lo mataríais...

—No todo es blanco o negro, bueno o malo... Siempre hay términos medios, opciones y escalas de grises...

—Pero lo bueno es bueno y lo malo es malo. Eso está clarísimo —interrumpió.

—No es tan sencillo decidir cuánto de bueno es algo solo por su apariencia —dijo reticente—. Pero en todo lo malo hay algo bueno y en todo lo bueno hay algo malo. ¿Conoces el símbolo del yin y del yang?

—Sí, claro.

—Ese símbolo explica muy bien de lo que hablo. Los yin son ¿malvados...? A mí me gusta decir que son de una polaridad negativa. Pero es que todo lo que existe está dotado de polos y el polo negativo es tan importante como el positivo. ¿Entiendes?

—No estoy de acuerdo. ¿Qué falta hacen las cosas malas?

Él volvió a reír.

—Mira tu vida, por ejemplo.

—Creo que no quiero hablar de mi vida —cortó.

—Está bien, está bien... Mira a Matilda entonces. Habría vivido feliz si los yin no la hubieran raptado. Aunque si no la hubiesen incentivado, nunca habría llegado a ser tan buena pitia. Habría sido una pena que no lo potenciase, ¿no crees? —dijo con cierto retintín.

—¡Pero habría sido feliz! ¿Qué importancia puede tener el poder adivinar cosas si tu vida es un asco?

—Dime una cosa —dijo mirándola risueño—: ¿dónde crees que estarías y dónde crees que estaría ese chico, Hans, si no os hubierais encontrado con ella?

Verónica empezó a hilvanar algo de lo que él intentaba decirle.

—Pues...

—¿Sí?

—Supongo que los yin nos habrían cogido hace días... Pero, ¿eso qué tiene que ver? ¿Quieres decir que ha tenido que pasar por toda esa pesadilla para salvarnos la vida? ¿Que era su destino? ¡Pero eso es muy injusto!

—Nadie dijo que la vida fuese justa —sentenció él encogiéndose de hombros—. Y en cuanto al destino, quién sabe si existe de verdad algo así. En cualquier caso, lo que digo es que en todo lo malo hay algo bueno. Si Matilda no llevase años huyendo de los yin, si no hubiese tenido su don fomentado por ellos, no habría estado ahí para salvaros la vida.

Verónica se entristeció. Era vergonzoso y hasta denigrante que después de haberla insultado, despreciado e incluso pegado, ahora le debiese algo tan preciado como su propia vida. Y no solo eso, sino que, además, tal vez se la debía a costa de su felicidad. Su deuda, de repente, se le hizo demasiado grande.

—Pero, oye, creo que te estás confundiendo —dijo él algo inquieto—. No digo que le debas algo... —Ella le lanzó una mirada desconfiada—. Hay muchas cosas en el mundo que parecen contener un mensaje oculto en la naturaleza; o algo así... Aunque en mi vida he encontrado muchos símbolos que me llevan a creer que hay un plan trazado en el cosmos o un destino, al final solo me queda maravillarme por fabulosas serendipias.

—¿Cómo?

—Casualidades... Hermosas casualidades. Simple y llanamente.

—¡Pero acabas de decir que pasó por todo aquello por algo y que gracias a eso nos salvó la vida! Has dicho que tenía sentido.

—¡Nooo! —Él volvió a reír—. He dicho que en todo lo malo hay algo bueno y en todo lo bueno hay algo malo. Tal vez sea extraño y retorcido; entiendo tu indignación. Pero a lo mejor el hecho de que Matilda haya sufrido, con independencia de todo, tiene un punto positivo: y es que os ha salvado la vida.

—O sea que tú secundas eso.

—¡Pues claro! Es la eterna ley del equilibrio. Aunque la balanza a veces esté inclinada hacia uno u otro lado, todo tiende al equilibrio. Pones a oscilar un péndulo y... no hay más que verlo.

—Pues, en mi opinión, en el mundo está todo inclinado hacia el lado malo.

—Yo no diría que todo, pero estoy bastante de acuerdo contigo. Hay mucho inclinado hacia ese lado.

—¿Todo está más del lado de los yin?

Verónica no supo ni cómo habían llegado, pero vio que estaban delante del hotel. Su enigmático acompañante aparcó cerca de la entrada, la miró con la sutil sonrisa que había mantenido durante todo el trayecto y puso el freno de mano; Verónica abrió la puerta y salió apesadumbrada.

—¡Sacher! —dijo al cerrar. Era la primera vez que lo llamaba por su nombre y se le hizo raro. Tenía un nudo en el estómago y a punto estuvo de tragarse la pregunta cuando él se giró—. ¿Y si no puedes curar a Hans? ¿Y si resulta que la balanza se inclina a favor de ellos y es cien por cien malo y es imposible de curar y entonces él...?

—¡Tranquila! No creo que sea de los malos —dijo sacando un cigarrillo y encendiéndolo.

—¿Cómo lo sabes?

—No se tomarían tantas molestias en querer hacerle daño.

Se internó en el hotel mientras ella le seguía a la zaga por la recepción y los pasillos.

—Pero Matilda dijo que él estaba así porque los yin le habían metido algo. Dijo que por eso se estaba convirtiendo en uno de ellos.

—Ya... y supongo que ella no contempló la posibilidad de que fuera uno de los nuestros.

—¿Uno de los vuestros? ¿Cómo de los vuestros...?

Él se volvió hacia ella delante del ascensor. Aún fumaba, pero no parecía exhalar demasiado humo. «Qué curioso», se dijo Verónica.

—No tendría sentido que le hicieran daño a uno de los suyos, ¿no crees? Lo lógico es que lo cuidaran y trataran de protegerlo.

—Bueno... No entiendo muy bien el comportamiento de esa gente. Se supone que miran por lo malo, que quieren todo lo malo... No sabría decir qué es lo que harían ellos —«ni vosotros, ya puestos», pensó.

—En eso tienes razón, su función va a la inversa de lo que los seres vivos buscan de forma natural, a saber, tranquilidad, felicidad y goce, mientras que ellos procuran tener mal ambiente, malas vibraciones a su alrededor.

—Así que es posible que Hans sea uno de los vuestros...

—Es lo más probable —dijo al tiempo que le cedía el paso al ascensor.

—No lo entiendo. Hans es solo un crío, dice que hasta hace dos días nunca había hablado castellano...

—Matilda os ha contado lo que sabe o lo que cree saber... o lo que ha querido.

—O sea que no nos lo ha contado todo.

—¡Ni mucho menos! Tampoco creo que lo sepa todo, por muy adivina que sea. Es probable que no tenga ni idea de biología astral.

—También nos contó que le dijisteis que se suicidara.

Sacher se encogió de hombros y la miró con una ceja levantada.

—Es una idea compleja, no tan sencilla como un argumentum ad consequentiam, y la vida de esa mujer daría para un largo debate al respecto.

—No sé si estoy de acuerdo con eso ni con que haya que debatir sobre el suicidio. Es todo demasiado... cruel.

Bajaron en la sexta planta. Sacher parecía no necesitar que lo guiaran para saber hacia dónde ir. De golpe, paró en seco y miró al rededor.

—Matilda ha pasado hace poco por aquí.

—¿Cómo lo sabes? —preguntó Verónica asombrada.

—Veo el espectro residual de sus emociones. Ahí ha escupido —dijo señalando la pared y ella lo vio al instante—, ahí se ha apoyado... Hay un residuo de miedo bastante intenso a lo largo de todo el pasillo.

—¿Tenía miedo? —preguntó alterada—. ¿Puede que los yin los hayan encontrado?

—No lo creo... Si hubiesen venido, vería también ese rastro.

Verónica se sintió fascinada.

—¿En serio puedes verlo?

—Es fácil, si sabes cómo. Ver el espectro residual de las emociones no es complicado..., si eres un malakh. —Rio—. Allí al fondo hay una pareja haciendo el amor.

—¿Les lees la mente? —dijo con sorna.

—No... Los veo.

Él se giró y Verónica vio algo que antes, por la diferencia de estatura y por no haberse atrevido a encararlo, se le había escapado. Los ojos de él no eran marrones; de hecho, ni siquiera eran humanos. Los iris se habían vuelto de un opaco color plateado que reflejaban una versión diminuta de ella misma. Le recorrió un escalofrío y dio un paso atrás.

—Vaya... Sí que eres un ángel.

Él rio.

—Soy un malakh. No es lo mismo.

Se acercaron a la puerta de la habitación.

—No tengo la tarjeta —dijo preocupada—. Me he ido sin ella pensando que me esperarían.

—¿Quieres ver un truco? —preguntó Sacher—. Abracadabra...

Puso una mano en la cerradura y con la otra giró la manecilla. Tras un titilar vacilante, la lucecita roja se volvió verde y la puerta se abrió.

—Aprendí a hacer esto hace unos años, cuando empezaron a poner estos chismes. Resulta bastante útil.

No podía dejar de preguntarse con qué clase de ser estaba tratando y cómo era posible que hubiese llegado a semejante situación. Todo escapaba a su control.

Sacher entró en la habitación y apagó la colilla en un cenicero. No se podía encender la luz sin la tarjeta y el pequeño saloncito estaba en penumbra, a excepción de la claridad que entraba por la ventana que daba a la calle. No había rastro de las bolsas de deporte y Hans y Matilda habían desaparecido.

Una de las camas tenía las sábanas revueltas y en la otra vio un par de manchas oscuras que enseguida identificó como sangre.

—Se han ido.

Lo dijo en voz alta, aunque más bien era un pensamiento y no algo que quisiera consensuar. Sacher estaba inmóvil, fija la vista en un punto en la oscuridad, hacia donde estaban las camas. Sus ojos brillaban reflejando la poca luz de alrededor. Hubo un leve resplandor cuando se llevó a la boca otro cigarrillo y encendió el mechero.

Verónica se sintió extraña, vacía, fuera de lugar. Si Hans se había marchado sin ella, ¿qué sentido tenía seguir allí con Sacher? Vio algo encima del sofá. Una nota. La cogió y se acercó a la ventana para poder leerla.

«Te perdono», leyó. La caligrafía era temblorosa y deforme.

—Que me perdona... ¡Ella me perdona! ¡Tócate los cojones!

Sacher se echó a reír y Verónica por un momento no tuvo claro si lo hacía por la extraña situación o por el hecho de que hacía unos pocos minutos se planteaba hasta qué punto le debía la vida a Matilda. Pero la situación ya no era la misma. Le debía la vida, pero tampoco le había pedido perdón. Ahora, en vez de sentirse agradecida, le podía la rabia por haberla dejado atrás.

—¿Sabes una cosa? —dijo Sacher interrumpiendo el hilo de sus pensamientos—. ¿Recuerdas eso que hablábamos hace un momento sobre las serendipias?

—Hmmm..., ¿las casualidades? Sí.

—Ahora mismo estoy viviendo una.

Se hizo un extraño silencio. Sacher seguía con la mirada perdida al infinito mientras ella esperaba que concretase un poco más.

—Hay algo que se me escapa —murmuró—. Tantas cosas no pueden ser una coincidencia...

Incluso en la penumbra de la habitación, a Verónica le pareció que aquel malakh luchaba por resolver un rompecabezas.

—Tal vez deberíamos irnos —dijo ella—. Ahora que Hans no está, no sé qué hacer. No sé si volver a mi casa o...

—Tu amigo está ahí —dijo señalando con el cigarrillo a la habitación de las camas—. Está tirado en el suelo, al lado de la pared.

—¡Y por qué no lo has dicho antes!

Corrió a buscarlo.

—Está inconsciente. Habría servido de poco que te lo hubiera dicho antes.

Hans estaba tendido boca abajo en el suelo. Lo zarandeó un poco.

—Hans... —murmuró.

El chico tenía sangre bajo la nariz. A todas luces, se había desmayado por el mismo motivo por el que ella había caído a plomo en el parking de la Casa de Campo. ¿Por qué Matilda lo había dejado allí tirado y se había marchado sin más?

—¿Está muerto? —preguntó con un quiebro de la voz.

—No... Pero cuando se despierte seguro que le va a apetecer.

—Hans..., Hans...

Le dio palmaditas en los mofletes y el chico empezó a moverse lentamente, a gemir de forma extraña, desorientado.

—¡Aj, aj!

Le sobrevenían arcadas y leves convulsiones. Se giró y vomitó. Verónica asistía aterrorizada a la escena.

—¡Ay, Dios, mi cabeza! —dijo él aferrándose a las sábanas.

Parecía que trataba de tenderse sobre la cama a la vez que se frotaba las sienes como si fueran a salírsele volando.

—Tranquilo; tranquilo, Hans.

Él respiró hondo varias veces y cuando por fin se recobró reparó en que había un extraño en la habitación.

—Hola, amigo —le sonrió Sacher—. Me alegro de verte.

Capítulo 26

Una vez más estaban metidos en un coche de camino a ninguna parte, con la gran diferencia de que esta vez no se trataba de un taxi y de que el conductor era... más especial de lo que venía siendo la costumbre.

Hans no sabía qué pensar. No era solo la sacudida que había dado el Cambio sobre él dejándolo hecho polvo, ni tampoco estar en la presencia de aquel hombre... Había algo más.

Cuando Verónica lo ayudó a levantarse de la cama, apenas sabía quién era ni qué hacía allí. Tenía una sensación irreal, como si todo le estuviese pasando a otro, como un programa de televisión que viese desde casa y no le afectase nada de lo que hubiera en la pantalla. Incluso el frío tacto de la colcha era la sensación más coherente en su cabeza. Conocía a Verónica y conocía a Sacher y ninguno de los dos le importaban.

Le costó poner en orden sus pensamientos: era como fijar la vista después de bajar de un tiovivo. Dejó que Verónica lo sacase de allí y que lo metiera en la parte de atrás de aquel coche que apestaba a tabaco y a ambientador de una forma tan agradable como chocante.

No medió palabra, aunque vio a Verónica cómoda hablando con aquel tipo que acababa de conocer y que no paraba de sonreír. Un leve pellizco de celos se paseó por su cabeza, pero se difuminó enseguida: de pronto, le pareció poco importante.

Miraba por la ventanilla mientras trataba de mantener la cabeza quieta, apoyada en el asiento, con las fuerzas justas para conservarla recta. Poco a poco, volvieron a él las palabras de Matilda, la escena en el baño, y se fue sintiendo cada vez peor.

Le sobrevinieron imágenes, muchas de ellas inventadas,

especulaciones que nacían de lo que le había contado la adivina y que lo llenaban de angustia.

Lo interesante era que no movía un músculo. Podría habérsele confundido perfectamente con un adolescente apático que solo pensara en dormir. Sacher, que conversaba con Verónica acerca de la boda en la que se habían encontrado, ajenos ambos a él, paró de hablar y aparcó en un sitio cercano.

—¿Ya hemos llegado? —preguntó ella.

Sacher no le contestó. Apagó el motor y se giró a mirarla. Tenía una ceja levantada y le cruzaba el rostro un velo de preocupación. Hans, que lo miraba de reojo, repantingado como estaba, no se sintió intimidado; ni siquiera le importaba lo que fuese aquel desconocido ni si tenía superpoderes, ni tan siquiera le incordiaba la sensación acuciante de conocerlo desde hacía tiempo. Todo le daba igual.

—Le estás leyendo la mente —le dijo Verónica. Era un tono de regañina más que una pregunta.

—No —contestó—. A Hans no puedo leerle la mente.

Se quedó callado.

—¿Por qué a él no?

Sacher bajó la mirada, pensativo. Respondió, aunque tenía la cabeza en otro sitio.

—A los humanos puedo, pero él es un avatar. No se puede leer la mente de un malakh que no te ha invitado a hacerlo. Es una cuestión de hermeticidad.

Volvió a mirar a Hans.

—¿Qué ha pasado? Sé que sientes mucho dolor y no creo que sea porque la pitia se haya ido. Hay algo más.

Verónica se mostró nerviosa y se giró hacia él, preocupada también.

Hans, que había estado tratando de racionalizar la situación, se vio desbordado por una realidad nueva: sus padres habían muerto.

«Muertos». No lo dijo en voz alta, pero en su cabeza fue como un eco. Era como si la palabra se enmarañase y de tanto flotar en su mente dejase de tener sentido o trascendencia. La propia Matilda le había dicho que estaban bien. ¿Se suponía que eso era mentira o la mentira era esta? La había zarandeado en el baño para que lo negara, pero entonces llegó el pitido y, con él, el fundido en negro. La adivina ya no estaba allí para confirmarlo, pero en el fondo, emergiendo como una verdad irrefutable, tuvo la convicción de que era cierto.

Muertos. Entendía la palabra, pero no sabía qué hacer con ella. Tenía que ser un error. Se encontraba en una especie de suspenso vital, en medio de una horripilante pesadilla.

—Quédate con él, por favor.

Sacher salió del coche y se alejó unos cuantos metros con el móvil en la mano. Hans ni siquiera lo miró.

Dentro del coche, pesaba el silencio. Dos enormes gotas saladas colgaban de sus ojos enrojecidos.

—¿Por qué no me lo dijiste? —Entre él y el mundo se había abierto un vacío. La miró, pero no la veía.

Fue como si le hubiera leído el pensamiento y Verónica no tardó en quitarse el cinturón de seguridad y saltar por encima del freno de mano. Se aproximó y lo rodeó con sus brazos.

—Lo siento... Lo siento mucho.

La aborrecía y la quería a partes iguales, pero aceptó el abrazo, aunque no tardó en reprocharse la debilidad. Seguía tratándolo como el crío que no era.

Le llenó el jersey de lágrimas y saliva, pero ella no protestó.

Y así fue como lloraron durante un buen rato. Juntos. Y en medio de los sollozos de ella, fue como si él oyera los gritos de su madre, las amenazas de su padre jurando que si le hacían algo a su mujer, no vivirían para contarlo.

Era como si ya hubiese vivido aquella escena alguna vez, en el pasado. Pero ¿quién era el que vivía todo aquello? ¿Hans? ¿Qué parte de él? ¿O lo vivía alguien que ya no era él? ¿Y qué parte de ese nuevo ser era la que lo vivía?

Hans no dejaba de pensar que había estado desde el principio en el lugar equivocado, que si hubiese estado en Ámsterdam o si no hubiese ido al viaje, todo aquello no habría ocurrido. Se sentía un imbécil por ello, porque si en lugar de estar en Madrid perdiendo el tiempo hubiese ido a casa, tal vez podría haber despachado al yin igual que lo había hecho con Buer.

Deseaba con todas sus fuerzas que existiese otra versión del mundo en la que pudiese cambiar su situación, salir corriendo y salvarlos.

Hasta ese momento, volver a abrazarlos era un deseo aplazado, lejano, pero parte del futuro. Ahora, eran inalcanzables. No era posible.

Estuvieron así, con altibajos de ánimo en los que Hans se serenaba, pero al rato volvía a empezar. Verónica le atendió con paciencia y él agradeció que no le soltase frases vacías. Nada de que todo iba a salir bien o de que sus padres no querrían verlo así. Era suficiente que estuviera ahí, callada.

Llevaban casi una hora parados en el coche y Hans estaba tan agotado que ya no podía más. Como si ya no tuviera sentido seguir sintiendo dolor. Se dejó caer en el pecho de Verónica, abrazado a ella. Sacher volvió a entrar y los miró.

—Uff —resopló con el gesto torcido.

Hizo algo, Hans no supo exactamente el qué. Sacher cerró los ojos durante unos minutos y, de pronto, el ambiente del coche se alivió. No sabría especificar muy bien cómo, pero, la extraña mezcla de tabaco y ambientador, aun cuando seguía siendo muy intensa, fue como si se disolviera en el aire y permitiera respirar mucho mejor. Hans tenía la cabeza menos embotada.

—Ahora vengo —dijo Sacher y volvió a salir del coche.

Hans se irguió y miró a Verónica.

—¿Qué ha hecho?

—No lo sé —dijo ella igualmente sorprendida—, pero me encuentro... ¿bien?

Hans asintió con cautela. La pena por la pérdida de sus padres seguía siendo intensa, pero también más liviana, más llevadera. Como si le hubieran quitado unas cuantas piedras de encima. Le entristecía, pero ya no tenía ganas de morir.

Sacher volvió al coche y respiró hondo.

—Mucho mejor, ¿verdad?

—¿Qué es lo que has hecho? —le preguntó Verónica.

Él se echó a reír.

—Limpiar el coche —dijo—. Por cierto, he estado haciendo algunas llamadas. Esta noche os quedaréis conmigo y para mañana os he buscado un sitio más seguro, con más opciones de... supervivencia. —Soltó una carcajada—. Es broma. Un chiste a mi costa. Seguro que estaremos bien.

Volvieron a internarse en la noche, recorriendo calles y carreteras con un destino desconocido para ellos.

—¿Sacher? —dijo Hans. El malakh lo miró a través del retrovisor—. Tienes nombre de tarta.

—Algo así dijo el recepcionista ese de la boda —asintió Verónica—: que era nombre de tarta.

El interpelado sonreía con aquella sonrisa que era lo más destacado que brotaba de él.

—Si me dieran un dólar por cada vez que me dicen eso... Decidme una cosa: ¿qué fue antes: la gallina o el huevo?

Hans no supo qué contestar.

—Ahora me dirás que tú inventaste la tarta... —dijo Verónica

355

risueña.

—No, la verdad es que no. Aunque mi nombre ha evolucionado con el paso de los años y el parecido con el de esa tarta es pura coincidencia. No tengo nada que ver ni con las tartas ni con el masoquismo.

—¿El masoquismo? —se extrañó ella.

El tipo soltó un gruñidito, algo así como un ronroneo y rio, pero no contestó a la pregunta.

A Hans le caía bien. Parecía accesible y había conseguido que se sintiera mejor de lo que lo había estado en una semana, todo un logro; más aún, si tenía en cuenta la atroz verdad de la desaparición de sus padres.

—¿Y tu nombre? Supongo que tampoco tienes nada que ver con Juan el Bautista —dijo Verónica algo desconfiada—. ¿O sí?

—¡No, qué va! —Se carcajeó—. Los católicos tenéis esa manía de pensar que toda la espiritualidad y todos los malakhim del mundo se concentraban en Jerusalén en el año cero. Y nada más lejos. Yo, si no me equivoco, en aquella época, estaba en lo que hoy se conoce como Papúa.

—¿Y Jesús? —preguntó ella con cierto reparo.

Hans se sonrió; le hacían gracia aquellas preguntas tan trascendentales.

—Jesús... Y si te vas a África, te preguntan por los orishas y si te vas a la India, por Ganesha. Todo depende de donde hayas nacido. Tengo entendido que Yeshúa Bar Yosef o Jesús existió, o eso me han contado, pero se carga más peso en el misticismo de ese hombre que en su historia real. Pasa en todas las religiones: se sacrifica una alta porción de realidad a costa de generar una imagen mística que ayude a la gente a sentir... lo que debe sentir.

—¿Y qué se supone que debe sentir? ¿Devoción y fe?

—Identificación.

Se hizo el silencio. Hans escuchaba con atención y, sin embargo, la conversación se le estaba haciendo un mundo a través de un incipiente dolor de cabeza.

—¿Identificación? No lo entiendo.

—Las personas necesitan sentir que forman parte de algo, que no están solas. El ser humano es un animal social que necesita integrarse y vivir en grupos y, para hacerlo, compartís inquietudes, vivencias, creencias... Os surgen siempre las mismas dudas sobre lo que sois, por qué sois, qué hay tras la muerte... Eso lo soluciona la religión evitando que penséis demasiado y manteniendo el grupo unido compartiendo un paradigma. Es un producto estupendo. Se arregla de un plumazo el gran vacío emocional, el del «¿y qué más hay?» cuando os miráis al espejo; y, de paso, hacéis amigos. A mí me parece un invento maravilloso la religión, como el ejército, pero mucho más creativo y sin tener que hacer ejercicio.

Verónica, que lo escuchaba boquiabierta, se echó a reír.

—Tienes unas ideas muy raras, ¿lo sabías?

—Entiéndeme, he tenido mucho tiempo para meditar sobre estas cosas. Al final, los humanos llegaréis a la conclusión de que a la vida y al universo no le importan en absoluto vuestra opinión ni vuestros vacíos existenciales.

—Madre mía... No es ni de lejos lo que esperaba oír.

Nuevas carcajadas llenaron el aire del vehículo. Hans le tiró de la manga a Verónica.

—¿Qué ha pasado con Matilda?

No es que quisiera ver a la adivina. Entre unas cosas y otras, había acabado harto de ella, y si fuera posible, preferiría no volver a verla en una buena temporada, aunque en su fuero interno reconocía que le preocupaba y que no deseaba que le pasase nada malo. Le sorprendía que no estuviese allí.

—Dejó una nota en la habitación —contestó Verónica—. Ponía

solo «Te perdono». Como si yo le fuese a pedir perdón por algo... Ella sabrá por qué se ha ido sin dar explicaciones.

—Tal vez deberíamos buscarla...

—Matilda es una superviviente —dijo Sacher—. Seguro que estará bien. Lo que me preocupan son sus motivos —dijo como pensando en alto—, ese rastro de miedo y que te dejase solo en la habitación...

—¡Que le den!

—Vero... —murmuró Hans.

—No, Hans. Que le den. Por la mañana nos apunta con una pistola y por la tarde te deja a ti solo en el hotel, a sabiendas de que pueden llegar los yin en cualquier momento. Y encima dice que me perdona... ¡Ja! Que le den.

Se hizo un silencio en el que Hans no supo qué contestarle. Por un lado, tenía razón, por otro... la adivina le daba mucha lástima.

—¿Os apuntó con una pistola? —preguntó Sacher.

—Pensó que Hans era un yin y quería cargárselo.

Sacher se echó a reír.

—¡Qué radical!

En ese momento Hans recordó el porqué de todo aquello, el porqué habían organizado aquel encuentro con Sacher.

—¿Y soy un yin, me puedes curar?

—Eres un malakh.

Aquello le pilló por sorpresa. Miró a Verónica que asentía como si le hubiese tocado la lotería.

—¿Qué?

—Eres un avatar de malakh.

Hans estaba desconcertado.

—¿Y por qué yo? ¿Es por lo del accidente?

—¡No! —dijo Sacher—. Es la forma en que los malakhim nos reencarnamos. —La respuesta, suficiente para él, no lo era para su auditorio y añadió—; para volver, tenemos que engancharnos a otro ser que esté a punto de nacer y cuando ese ser llega a la madurez, nos manifestamos. En el caso de los humanos suele ser en la adolescencia, con la mente abierta de un niño y la autosuficiencia de un adulto.

Una cosa era pensar que le habían metido algo para convertirlo en demonio y otra que iba a convertirse en un ángel porque ya había nacido así. Aquello no era fácil de encajar.

—Pero Matilda dijo que los yin no podían morir —dijo Verónica confusa—. Imagino que eso se aplica también a vosotros, ¿no?

—Ay, Matilda, Matilda... Y si no pueden morir ¿cómo es que murió el malakh que la protegía?

—Te refieres a Bronte.

—A ese mismo.

—No sabía que fuera un malakh —dudó ella.

Hans no le había dicho nada a Verónica, pero por las cosas que aparecían en la libreta, la perfección de la caligrafía, los textos tan variados y en tantos idiomas..., él ya lo había deducido. Sin embargo, no se había parado a pensar en la incoherencia de su muerte. Había tantas cosas que no comprendía, que con ir asimilándolas ya estaba bastante ocupado.

—Solo hay una cosa que pueda matar a un malakh.

—Un yin —dijo Hans sin pensar.

—Exacto. Y, por cierto, ya hemos llegado.

Hans sintió que no tenía fuerzas ni para bajarse del coche. Era como si su mente agotada se hubiera hecho dueña de todo y los músculos no le obedecieran.

Verónica le abrió la puerta del coche.

—¿Hans? Vamos, anda —lo animó.

Con un esfuerzo extraordinario salió y se encontró con una calle ancha y bien iluminada por la que ya no pasaban apenas coches.

—Esto es Alcobendas —dijo Verónica mirando a su alrededor—. Mi trabajo no queda lejos.

—¿Y qué hacemos aquí?

—Veréis... Me la voy a jugar un poco —dijo Sacher encendiendo un cigarro—. Voy a hacer uso de un viejo truco. Ese edificio que hay ahí —dijo señalando con el dedo que sostenía el pitillo— es la sede europea de los profetas. Hay alrededor de quince alojados allí, profeta arriba, profeta abajo —bromeó—. Estos tipos tienen una característica muy particular y es que no entran nunca en contacto con los yin. O sea, que un yin nunca, jamás, se ha cruzado en el camino de un profeta.

—¿Por qué? —preguntaron a la vez.

Él se encogió de hombros.

—Es una de esas particularidades del Cambio, como el hecho de que los profetas siempre se encuentran conmigo. No se sabe por qué, pero sucede. En el caso de los yin, tenemos la teoría de que como los profetas tienen sensibilidad para predecir las catástrofes..., encontrarse con un yin sería algo catastrófico para ellos, ¿no? Sea como fuere, nunca se cruzan. Es como si el Cambio actuase como una especie de revulsivo que hace que se repelan.

—Y por eso nos traes aquí —asintió Hans—. Crees que si nos quedamos aquí los yin no nos encontrarán.

—No exactamente. He hecho algunas llamadas. Vamos a tratar de llegar a un acuerdo con ellos para que os dejen en paz.

—¿Pero esa gente hace tratos? —dijo Verónica más indignada que sorprendida.

—Por si acaso —dijo ignorándola—, os traigo aquí.

—Para que no puedan venir... —dijo Hans.

—No. Para que en el caso de que vayan a venir, nos demos cuenta.

—Porque tendrán una visión.

—No —Sacher se echó a reír—. Es complicado. Los profetas no pueden tener visiones de encuentros con los yin; primero, porque los yin no aparecen en el Cambio, y segundo, porque si nunca se pueden cruzar, nunca tendrán una visión con ellos.

—Ajá.

—Es más simple incluso. Si los yin fuesen a venir a la sede, los profetas se marcharían. No quedaría ni uno solo aquí.

Hans y Verónica se miraron pasmados. Aquello no se lo esperaban.

—Es como un instinto o como una reacción impulsiva. Digamos que, de pronto, todos encontrarían algo urgente que hacer en otra parte. Es una forma de aviso, así que si ellos se van... —rio como un loco—, más vale que nosotros también. ¡Venga, vamos, que empieza a chispear!

Capítulo 27

A Sacher ni siquiera le dio tiempo a terminar el cigarrillo. No habían llegado al portal cuando a Hans y Verónica les sobrevino un mareo a causa de una nueva interferencia en el Cambio.

—Tranquila, respira —le dijo Sacher a una jadeante Verónica que se apoyaba en un coche.

Hans se había sujetado con ambas manos a la pared de ladrillos del edificio. Un nuevo sentimiento de rabia lo envolvió. Odiaba a los yin. Odiaba lo que les estaban haciendo, odiaba que hiciesen daño a Verónica, odiaba lo que les habían hecho a sus padres... Se agarró a los ladrillos y apretó los dientes con fuerza.

Una mano se posó en su hombro.

—Tranquilo —le dijo una voz que no reconoció—. Ymdawelu.

No supo si había sido la distracción de notar una presencia nueva, sus palabras o su voz, pero dejó de centrarse en su dolor. Al girarse y alzar la vista, se encontró con un hombre joven, de largo pelo rojo, mirada serena en unos ojos tan profundos como el mar y lleno de comprensión.

—¿Eso ha sido un nagma? —preguntó mirando a Sacher.

—Al parecer llevan así cuatro días —asintió—. No es normal que les dé tan fuerte.

—No, no es muy normal —concedió el otro hombre.

—Éire, ¿cuándo has llegado?

El tal Éire tenía el gesto grave. Le pasó un brazo por encima a Hans, que no era partidario de esas confianzas, aunque en ese momento lo agradeció. Su abrazo era cálido, como el de un amigo.

—Hace unos diez minutos —dijo encogiéndose de hombros—. Vine cuando me lo pidió Idos.

—¿Y Kio?

Éire se echó a reír.

—¿Qué pasa? ¿Yo no sirvo?

Se rieron los dos.

—No. Lo siento.

—No tengo ni idea —contestó risueño—. Lo hemos llamado y no coge el teléfono.

—Vale. Venid, entrad.

Hans miró a Verónica que, aunque se frotaba las sienes con evidente dolor, no perdía detalle de la conversación. Era difícil saber qué pensaba, pero miraba a Éire con una sonrisilla cohibida y repasándolo de arriba abajo. Hans se abstuvo de ofenderse. Tenía demasiado cansancio y demasiadas cosas en qué pensar como para ponerse celoso.

El portal no tenía nada de particular. Era el típico de un bloque de pisos residenciales, con un ascensor que conducía a varias plantas y un puñado de puertas en cada una de ellas tras las que debía haber viviendas. Lo único que le extrañó a Hans era que estuvieran abiertas. Era un edificio residencial, sí, pero los pasillos y los distintos apartamentos no parecían ser de nadie... o parecían ser todos del mismo dueño.

—Luego nos vemos —dijo Éire dándole una palmadita en el hombro.

Parecía que se lo había dicho a Hans, pero el chico dudó. El hombre se perdió por un pasillo a la derecha y ellos continuaron de frente, siguiendo a Sacher.

—¿Tú vives aquí? —preguntó Verónica intrigada.

—Ni loco —bromeó—. Los profetas son gente muy irritable que

vive al borde de la neurosis... por causa de las profecías. A los malakhim nos alteran ese tipo de emociones. Vengo por aquí lo menos posible.

—¿Tan malas son?

—¿Las profecías? Siempre. Las cosas buenas no se profetizan. Hay teorías... Yo me inclino por aquella que dice que las cosas malas nunca se olvidan y las buenas carecen de interés.

Subieron dos tramos de escaleras y entraron por una puerta abierta a lo que parecía un apartamento parcamente amueblado.

—Podéis quedaros aquí. Vendré a buscaros por la mañana. Hay dos habitaciones y ahí, en el salón, tenéis un televisor, aunque os recomiendo que durmáis todo lo que podáis y que descanséis. ¡Ah! Y si notáis otro pitido, no os preocupéis, ¿de acuerdo? Haced oídos sordos ¡Ja! ¿Lo pilláis?

—Gracias, Sacher —dijo Verónica con un tono afectuoso.

Él le abrió los brazos y ella respondió rodeándole la cintura con los suyos.

—Y si necesitáis algo, lo que sea, estaré en la planta baja, en el pasillo de la derecha. ¡Que descanséis!

Sacher se marchó dejándoles solos y Hans notó el efecto de inmediato. La presencia del malakh le resultaba pacificadora. Era catártico, como un soplo de aire fresco que se esfumaba al poco de haberse ido del piso. La rabia y la tristeza volvieron como una marea que le subía por los pies y amenazaba con ahogarlo.

—¿Qué habitación quieres? —preguntó Verónica.

Se había quedado quieto, junto al sofá, mirando a la nada.

—Me da igual.

Había sonado muy seco, pero no le importaba. Le costaba poner orden en sus emociones y una nueva se le había atravesado: cómo había mirado a Éire, por qué no lo miraba a él así.

—Me quedo yo con esta, entonces.

—Vale.

A la derecha, junto al sofá, había otra puerta que daba al baño. Tuvo que ir a la siguiente para encontrarse con otra habitación, en la que apenas había una cómoda y dos mesillas, aparte del armario empotrado. A punto de abrir su bolsa, Verónica se asomó a la habitación.

—Oye..., si quieres, no sé..., a lo mejor, no te apetece estar solo. Puedo dormir contigo, por si te encuentras mal.

¿Se ponía en plan maternal? ¿En serio? Lo que le faltaba.

Hans apretó la mandíbula, resopló. Sin volverse hacia ella, le preguntó:

—¿Desde cuándo sabías que mis padres habían muerto?

—Hans...

—Lo sabías, lo sabíais las dos y no me dijisteis nada.

—Pensábamos que ya tenías suficiente con lo que estaba pasando como para...

Hans se volvió indignado.

—¿Qué? ¿Eh? ¿Como para qué? ¿Te piensas que soy un crío que no me entero de nada? ¿Cuándo ibas a decírmelo, cuando me diese por llamar un día o cuando me diera por volver? ¡Que todo el mundo cree que los he matado yo! —bramó.

Verónica se relamía las muelas con la cabeza gacha mientras se le saltaban las lágrimas.

—No fue con esa intención. Lo siento.

En el hotel, Hans se había asomado tímidamente al baño donde estaba Matilda, tirada como una muñeca de trapo tras haber vomitado, justo después de la llamada de Verónica. A la adivina le costaba respirar y gemía. No sabía cómo ayudarla ni si podía hacerlo.

«—El Cambio me pasa por encima. Me está atravesando —balbució al tiempo que estiraba una mano para agarrar algo invisible—.

¿Qué quieres saber? Lo tengo todo a mi alcance... todo es mío...».

No parecía que estuviese hablando con él, ni siquiera parecía una invitación. Sin embargo, él no perdió la oportunidad y le preguntó.

—Me dijo que no iba a volver a mirar sobre mis padres —le confesó—. Me dijo que ya había pasado por eso y que... y que... que había sangre por todas partes.

Podía imaginarse a sus padres, que lo eran todo en su vida, en el salón o tal vez en la cocina, acuchillados o tal vez desmembrados por una boca llena de colmillos...

«¡No, mi mamá no, por favor!».

Se tapó la cara con las manos y se apoyó contra el armario. Dio un cabezazo contra él y siguió dándole patadas.

—¡Hans! ¡Hans! ¡Cálmate!

Lo agarró justo en el momento en que la madera del armario se astillaba y cedía a un puntapié.

Notar el calor de ella le calmó. Tenerla cerca le daba paz.

Ella lo abrazó por la espalda sin parar de pedir perdón mientras él lloraba apoyado en la puerta rota. Después de un rato, se dio la vuelta y la abrazó. Tuvo que rendirse ante la idea de que tal vez ella sí que lo había hecho para no hacerle sufrir, aunque hubiera sido de un modo equivocado.

Estando así, entrelazados, cayó en la cuenta de que era más alto que ella, más que cuando la conoció, pocos días atrás. Al principio apenas le sacaba un palmo y ahora ella casi no le llegaba al cuello. Apoyó la mejilla en su cabeza y pudo olerle el pelo. Solo entonces terminó de calmarse.

Cuando se serenaron, Verónica se retiró un poco y lo miró con ternura.

—Lo hice porque pensaba que era lo mejor para ti. Lo siento.

Él suspiró, cansado.

—Deja de tratarme como a un crío —murmuró él.

—Vale, Hans. No sé qué decirte ya... Ya te he pedido perdón y creo que no hice nada malo.

—¿Eso crees?

Se quedó mirándola a los ojos un segundo, lo justo para contemplar sus iris marrones y cristalinos e imaginarse abriendo su pupila a la fuerza para meterle en la mollera todo lo que sentía.

—¡Sí, eso creo! ¡Lo hice por tu bien! ¿Qué más quieres que te diga?

—Déjalo.

—Perfecto —contestó dando media vuelta—. Si quieres algo, estoy en mi cuarto.

Estaba harto de su actitud maternal, como si él fuese un niño al que no se le puede contar nada serio. Él no se sentía así y le estaba ofendiendo. ¿Tan difícil era de entender?

Se acercó hasta la cama a por su bolsa y al abrirla aún bajó unos cuantos peldaños más en su estado de ánimo: era la bolsa de Matilda.

No sabía cómo no se había dado cuenta antes, si eran distintas. Siendo dos bolsas negras, podían confundirse en mitad de la noche, pero ni el modelo ni el tamaño eran iguales.

Eso quería decir que no tenía ropa ni pijama ni cepillo de dientes y que además ella se había quedado con el diario de Bronte que tenía a medio leer. No es que fuese muy apasionante, pero era algo en lo que enfocarse.

—Mierda —murmuró.

Salió de la habitación poniendo buen cuidado en no hacer ruido. Bajó los dos pisos y siguió la dirección que Sacher les había indicado. Vio una rendija de luz por debajo de una puerta y llamó.

Oyó a alguien hablar y luego pasos.

—Hola —dijo Éire—. ¿Te encuentras bien?

Iba a contestar que sí, lo habitual, lo socialmente correcto.

—No mucho —admitió.

—Me lo imagino. Pasa.

Se encontró en un salón amplio y con una decoración confortable, de mullidos sofás grises y gruesas alfombras, iluminada con la luz tenue de dos lámparas de mesa. A la derecha había una cristalera de suelo a techo y el resplandor azulado de la noche dejaba ver un jardín zen interior.

Sentado en uno de los sofás estaba Sacher fumando y en otro un hombre bajo, con aspecto nervioso, que se apretaba constantemente la montura de las gafas contra la nariz.

—Este es Gerard —dijo Éire señalando al desconocido—, algo así como el conserje de este lugar. Algo así, ¿verdad? —dijo solicitando la aprobación de Sacher—. ¿Lo de conserje es correcto?

Sacher se encogió de hombros.

—«Guardián del templo» ha pasado de moda.

Ambos se saludaron y Hans se atrevió a preguntar.

—¿Eres un profeta?

Gerard asintió con una sonrisa tímida, pero no dijo nada. Recordó aquello que había dicho Sacher sobre la neurosis y decidió no alterar al tipo con más preguntas. El hombre hacía gestos extraños, arrugando la nariz y pestañeando como si le molestasen las gafas, y se encogía como si no quisiera llamar demasiado la atención del universo... algo que, por lo que Sacher les había dicho, tenía mucho sentido si resultaba que el universo solo le contaba cosas terribles.

—Vaya...

Se hizo un silencio incómodo que rompió Sacher.

—¿Qué ha pasado, Hans? ¿Te encuentras bien?

Estando entre los malakhim, la pena era más llevadera, pero no podía obviar todo lo que estaba pasando, menos aún, su ira y su dolor. Su preocupación.

—Mis padres han muerto...

Sacher asintió.

—Lo sé.

—Los han matado los yin. Me lo dijo Matilda en el hotel. Dijo que lo había visto en el Cambio.

—¿Quién es Matilda? —preguntó el conserje-guardián del templo.

Por su forma de hablar y sus gestos, Hans pensó que se llevaría muy bien con la adivina si se conocieran.

—Es la pitia que los ha estado ayudando estos días. Te lo he contado antes.

—Ah, sí...

—Me dijo que todo el mundo piensa que los he matado yo.

Aunque volvía a estar más sereno, las lágrimas se le desbordaban.

—Sientes impotencia —dijo Éire— y dolor y rabia. Pero no puedes hacer nada, Hans. Estarás buscando una solución hasta que te resignes y te des cuenta de que no hay nada que puedas hacer. Solo el tiempo cura esa sensación.

El pelo rojizo brillante del hombre lo distraía. Eso y su voz melódica y su aire tranquilo. Apenas lo conocía de una hora atrás y ya le guardaba cariño. Era como si los protocolos sociales se hubiesen esfumado y Éire fuese perfectamente capaz de quererlo como a un amigo.

—El único consejo que puedo darte —intervino Sacher— es que tengas paciencia. Dentro de unos días serás uno de nosotros y aprenderás a gestionar esas sensaciones mucho mejor; ya lo verás.

No le gustó lo que acababa de oír.

—¿Quieres decir que ya no sentiré pena por mis padres, que ya no los querré?

—¡No, no, no! —dijeron los dos malakhim al unísono.

—Los vas a querer siempre —dijo Éire—. A todos ellos. Cada vez que nos reencarnamos tenemos padres, amigos, hermanos...

—... hijos —apuntó Sacher—. A veces pasa.

—... y los perdemos y volvemos a ganar otros. Y siempre los queremos, pero no manejamos su pérdida como lo hacen los humanos. Para nosotros es más... natural.

Hans los miró, no demasiado convencido. Era como ser menos leal a los suyos.

—¿Tú recuerdas tus vidas anteriores?

La sonrisa de Éire fue misteriosa y comprensiva. Asintió.

—Claro. Los malakhim recordamos todo. Desde siempre.

Reflexionó un momento.

—Yo no recuerdo nada. Tampoco me siento distinto o, bueno, a lo mejor, por todo lo que está pasando y por estar... ya sabes... enfermo y con la espalda hecha un asco. Estoy bien..., salvo por lo de mis padres, claro. Y no recuerdo nada más que mis recuerdos... normales.

—Claro, es que eres un avatar —dijo Sacher encendiendo otro cigarro—. Aunque el proceso es corto, se supone que tiene que ser lo más natural y tranquilo posible. Sobre todo, para que el malakh fluya desde el otro lado hasta el mundo físico. Lo normal sería que, salvo por los vómitos y los cambios corporales, ni siquiera te afectara.

—Y los recuerdos vendrán solos —dijo Éire—. Cuando estés preparado.

Hans tuvo que conformarse con lo que le decían, al menos, por el momento.

—Nunca había visto un avatar —dijo Gerard—. Es interesante. ¿Qué sientes?

Hans se quedó pensando un momento y miró a los dos malakhim allí presentes.

—Siento que quiero mandar el mundo a la mierda.

Se echaron a reír, pero él oyó que Sacher murmuraba algo así como «muy típico de ti». Como no lo entendió, lo dejó estar.

—Una cosa, Matilda se ha debido quedar mi bolsa, así que no tengo nada, ni cepillo de dientes ni pijama...

—En todos los cuartos de baño hay cepillos y jabones —se adelantó Gerard—. Y pijama, debo tener en el almacén. Ahora te lo traigo.

El hombre se levantó y Hans le dio las gracias un poco cohibido.

—¿Cómo conociste a la chica? —preguntó Éire.

No le gustó que la llamara «la chica». No era como para tomarla por una chica cualquiera.

—En el hospital. Ella me ayudó a salir del hospital de Fuencarral, donde los yin me hicieron esto.

—Tú eres el que tiró a Buer por una ventana.

—Me habría encantado verle la cara —dijo Sacher con su natural tono divertido.

—Creo que en ese centro están haciendo algo raro —dijo Hans.

Sacher y Éire lo miraron fijamente. Habían dejado de reírse y no sabía si lo miraban así porque esperaban que hablase o porque estaban escudriñando algo en él.

—Bronte, el padrino de Matilda, también lo creía —añadió.

La cara de Éire se expandió por la sorpresa.

—¿Cómo sabes eso?

—Estuvimos en su casa. —Se encogió de hombros avergonzado—. Leí un diario donde anotaba cosas sobre el hospital y hablaba de los malakhim. La verdad es que no entendía a qué se refería hasta ayer. —Vio que lo escuchaban y siguió hablando—: Tenía planos del edificio y cosas así.

—Ese diario... ¿está en su casa? —preguntó Sacher con una sonrisilla.

Por un momento Hans pensó que le estaba leyendo la mente, pero había dicho hacía un rato que no podía; ¿o sí?

—No... Estaba en mi bolsa, la que se ha llevado Matilda.

—¡Vaya! ¡Qué pena! —dijo Éire y miró a Sacher—. Tal vez deberíamos ir a casa de Bronte a ver qué más tenía. Esos planos pueden ser interesantes.

—Fue a buscarlos Eona hace unos días; ya los tienen. Y por lo visto tuvo un encontronazo con Gul allí... ¿Y para qué? —dijo poniendo las palmas hacia arriba—. No vamos a poder hacer nada por ese hospital.

—¡Algo se podrá hacer! —Hans reaccionó abriendo los ojos y elevando los hombros—. Es un hospital gestionado por yin; seguro que allí hacen daño a la gente, que no ha sido solo a mí.

—Seguramente —asintió Sacher.

—Vosotros conocíais a Bronte. ¿No os fiabais de él?

De pronto ambos malakhim se echaron a reír; Sacher a carcajadas y Éire, más recatado.

—Bronte era un temerario y un excéntrico. Por eso lo mataron. A mí no me gusta que me maten, mira tú; es una manía que tengo —dijo Sacher.

Hans no supo qué contestar a eso y en ese momento llegó Gerard con una bolsa llena de ropa.

—Toma, no es gran cosa y no tengo pantalones de tu talla, pero esto te vendrá bien.

—Mañana lo llevo yo a comprar ropa, no te preocupes —dijo Sacher.

—Será mejor que descanses —le sugirió Éire.

Se despidieron y Hans se marchó escaleras arriba con muchas cosas en la cabeza; no en vano, aunque parecía que habían pasado años, apenas hacía cinco horas que se había enterado de la existencia de los malakhim.

De pronto, se sintió rematadamente mal por haberse enfadado con Verónica. Ella tenía razón: iba a echarla muchísimo de menos si no dormía a su lado. Recordaba el calor de su cintura al abrazarla en el coche, el olor de su respiración.

Cuando entró en el piso y se dirigió a su habitación, se frenó. No lo hizo. En su lugar, abrió la otra puerta, la de la habitación de ella, y presionó la manilla.

Capítulo 28

Sonaba el gran reloj de sobremesa que había en la repisa de la chimenea. Era un aparato bello a su manera, muy sobrio, con líneas antiguas pero de estilo moderno, hecho de duraluminio oscuro y con un péndulo negro de acero. Una joya fabricada a partir de los restos del Hindenburg incrustados en una de las víctimas y diseñado por un joyero iraní con muy mala suerte. El reloj estaba dando, con puntualidad meridiana, las dos de la madrugada.

Buer se encontraba enfrascado leyendo, contestando cibermensajes y, entre otras cosas, firmando papeleo de su propio parte de defunción. Un leve gesto de asco le cruzó los labios mientras contemplaba el papel. Desde hacía un par de siglos, se habían incentivado los trámites administrativos, algo que no solamente desesperaba a la gente, sino que también les otorgaba poder a los yin para hacer y deshacer lo que les viniera en gana sin que nadie pudiese decir ni mu. Con un papel oficial firmado, era posible ir a donde se quisiera sin que nadie sospechara nada.

Ahora se veía atrapado en su propia trampa burocrática. Patético.

Un momento después de que el reloj diera la última campanada, sonó el teléfono. Miró la extensión del número que aparecía en la pantalla de la consola: Rusia.

Dio un fuerte resoplido, aunque más bien fue un bufido de ira. «Él sabe que estoy aquí. Pesado de los cojones...».

—Dime —dijo al descolgar.

—Bueeenass nocheeeess —dijo una voz al otro lado de la línea. Arrastraba las palabras con languidez como si quisiera hacerse el gracioso, pero sin ganas. Quien llamaba no era propenso a las bromas que no viniesen precedidas de una burla o de algo muy malo.

«Llama para tocarme las narices, seguro».

—¿Qué quieres? Estoy muy liado —dijo rascándose distraído la ceja con el bolígrafo.

Al otro lado hubo un silencio solemne durante unos cuantos segundos, tanto que Buer supuso que la línea se había cortado.

—¿Qué tal llevas el asunto?

—Ni bien ni mal —admitió Buer—. Supongo que si quiero seguir con el proyecto tendré que cambiar de cara. Aún no sé cómo lo voy a hacer. Los consejeros me están dando algunas ideas, pero todas son una mierda.

—Ay, amigo mío... Estamos en la era de la información; hoy en día, si la cagas, se entera todo el mundo, desde Montreal a Tombuctú, San Petersburgo, Nueva Zelanda... Y tú lo has hecho tan jodidamente mal que hasta sales en una web de aquí.

Buer resopló disgustado.

—La idea de las telecomunicaciones tiene mucho potencial, pero hace que todo se nos vaya un poco de las manos ¿no te parece? Cada vez es más difícil vivir tranquilo...

—Pequeños precios a grandes beneficios. Solo hay que tener cuidado, Buer. Y tú has sido un gilipollas; lo que no quiere decir que los demás vayamos a cagarla tanto. Visualiza la parte positiva: dentro de unos pocos años, a nadie le importará quién dirigía ese hospital ni qué cara tenía. Yo no me rendiría por eso. Tienes un proyecto entre manos que bien vale la pena el esfuerzo de hacerse pasar por otro. ¿No crees?

Eso era precisamente con lo que Buer llevaba lidiando desde hacía dos días. En opinión de los consejeros, si quería seguir al frente de ese hospital, tal y como venía haciendo hasta la fecha, lo primero que debía hacer era cambiar de identidad.

—Me gusta mi cara tal y como está, gracias —dijo disgustado—. Esos putos periodistas... Podría haber hecho callar a las enfermeras de no haber sido porque una de ellas me hizo una foto. Esa perra no lo olvidará mientras viva.

—Venga, déjalo. Eres un llorica de mierda y te pones muy pesado cuando algo no sale como tú quieres. A estas alturas, ya tenías que haber aprendido a superar los imprevistos. Eso, querido amigo, se llama madurar.

—Vamos, no me jodas... —dijo chirriando los dientes.

Que le restregasen que debía madurar con toda la eternidad vivida a sus espaldas le parecía un chiste de mal gusto. Ahora sí que se estaba burlando de él. No es que le importase demasiado, pero llevaba dos días muy malos, cansado de todo, y Shamgo era la última persona con la que quería hablar.

Empezó a tensársele la mandíbula. Mala señal.

—Estábamos hablando del irrefrenable avance en el sector de las telecomunicaciones, ¿verdad? Pues el caso es que hasta hace cincuenta años nunca se me habría ocurrido que podría tener una conversación como la que acabo de tener hace unos minutos.

A Buer le sorprendió. ¿Qué le importaban a él las conversaciones que Shamgo pudiera tener por teléfono? Después de unos segundos en que su interlocutor volvió a quedarse callado, pensó que tal vez esperaba de él que preguntase. Respiró hondo.

—¿Y qué? —dijo exasperado.

—Bueno, si insistes. La verdad es que me ha llamado un malakh, ya sabes, uno de esos hippies mugrosos a los que no soportamos; no sé si te suenan...

—Que te ha llamado...

Buer empezó a ponerse nervioso. ¿Tal vez Sacher? Hacía poco más de una hora que le habían informado de que tanto la chica como el avatar estaban con él. Habían mandado dos patrullas de policía, pero los repelieron rápido. Aún estaba sopesando si debían investigarlo un poco más o sencillamente ir a la carga y coger al chico. Pero Sacher era un mierdecilla que no sabía valerse solo; eso era lo que le tiraba para atrás: ese inútil, tarde o temprano, se rodearía de los suyos.

—Es curioso, pero mantener una conversación con ellos por teléfono puede resultar incluso interesante. ¿A que es raro? No es la primera que tengo, pero se me hace... No sabría definirlo con una palabra. Tal vez diría que me resulta atípicamente agradable. No sé si me explico.

«Al grano», pensó Buer.

—Te ha llamado Sacher, ¿a que sí?

—¿Sacher? —preguntó su interlocutor a todas luces con un falso tono de sorpresa—. ¿Y por qué iba a llamarme Sacher? Podría haber sido otro... ¿Por qué crees tú que me llamaría Sacher?

—No lo sé. Dímelo tú.

Al otro lado de la línea se oyó un carraspeo. Buer sabía que Shamgo no necesitaba carraspear ni suspirar. Era, más bien, una declaración de intenciones, una expresión que venía a decir que se le estaba agotando la paciencia.

—Buer..., pero qué niñato eres... Siempre has sido un niñato, ¿lo sabías? Podrías pasarte todo lo que te queda de noche contestando «no lo sé, dímelo tú, no lo sé, dímelo tú, no lo sé, dímelo tú», como un niño imbécil que no tiene huevos de contestar a lo que se le pregunta...

—¿Qué quieres, Shamgo? De verdad, ¿qué cojones quieres? ¡Estoy ocupado!

—Me ha llamado Gabriel.

Buer se quedó de una pieza.

—¿Gabriel? —preguntó incrédulo—. ¿Para qué cojones te ha llamado ese puto mono?

—La verdad es que hace unos años ya hablé con él por teléfono cuando pasó lo de Dallas. Me llamó entonces y ahora también. Normal, supongo, porque yo no levantaría un dedo para hablar con ninguno de esos engendros. Pero el caso es que cuando Gabriel quiere algo es para exigir y hoy se ha mostrado bastante amable, yo diría que hasta cordial. Me ha pedido un favor, ha dicho «por favor» y todo.

Buer volvió a callar pasmado. No entendía nada.

—Bueno, por si no lo sabes ya, diré que me molesta sobremanera enterarme de lo que pasa en nuestros proyectos por boca de esos idiotas. Y que tú me des la callada por respuesta solo empeora las cosas.

—No entiendo nada.

—Pues yo creo que sí. Me ha dicho que estáis persiguiendo a un avatar que se os ha escapado y que, ahora que lo tiene Sacher, a ver si podéis hacer el favor de dejarlo en paz..., palabras textuales, y luego ha dicho ese «por favor» que me da dentera.

—¡¿Que te ha dicho que dejemos al avatar en paz?! ¿Ese tío es imbécil o qué? ¿Desde cuándo pactamos para que cada uno se vaya por su lado? Ellos matan a los avatares en cuanto los ven, igual que nosotros, lo hemos hecho siempre y va a seguir siendo así. Vamos, no me jodas. Valiente estupidez, si lo que quiere...

—El caso —dijo cortándole— es que él se ha escudado en el hecho de que ya se ha llamado mucho la atención en los últimos días y que tampoco hace falta empezar otra batalla encubierta, que podríamos llamar todavía más la atención y no nos conviene a ninguno y bla, bla, bla...

—Si queremos guerra, tendremos guerra. No tiene que llamarte por teléfono para esa chorrada.

Shamgo volvió a carraspear. «Ya van dos carraspeos», pensó Buer, «al tercero, le cuelgo».

—Por supuesto, por supuesto... Solo me surge una duda, una pequeña intriga que tengo...

—¿Cuál?

—Por lo que sé, Sacher corre bastante riesgo poniéndose en vuestro camino y se ha tomado una gran molestia al llamar al imbécil de Gabriel para que arregle el asunto. Gabriel, por su parte, se ha tomado también una gran molestia al llamarme... Supongo que para él tampoco habrá sido agradable rebajarse a hacerlo. Tú te estás tomando demasiadas molestias en buscar a ese mocoso; tantas, que has estado a punto de mandar tu proyecto a la mierda. Y yo me pregunto: ¿por qué todo el mundo se toma tantas molestias? ¿A quién le importa un avatar de más o de menos? Sé que te cuesta soltar una presa cuando la tienes, yo diría que nos cuesta a todos, pero jugártela de tal forma por uno de esos engendros me parece desproporcionado.

«Lo sabe..., y si no lo sabe, lo intuye. Se va a poner muy pesado y me va a gritar. Juro por lo más sagrado que como me grite le cuelgo...».

—No dices nada... Bueno, Gabriel tampoco me ha especificado nada, aunque de él no me extraña. Además, ha sido una idea que he tenido justo después de colgar.

—Son cosas que pasan.

Hubo otro silencio. Buer no estaba en la misma habitación con Shamgo, pero podía sentir la tensión a través del teléfono.

—Son cosas que pasan... Ya... —dijo su interlocutor. Lo repitió como si le diera repelús la frase—. Me dijiste que uno de los avatares te había agredido y había empezado todo este cirio. Lo que no me dijiste es que ibas a juntarte con Gul y Crowe para ponerlo todo patas arriba para recuperarlo... Muchas molestias veo yo ahí.

—Ese es mi problema. Me divierto con esto y voy a recuperarlo, aunque tenga que llevarme por delante al mierdecilla de Sacher y a los idiotas que estén con él. Bien mirado, mataría dos pájaros de un tiro. Es un buen hobby, ¿no te parece? Si te vuelve a llamar tu amigo Gabriel, ya puedes decirle que se meta su «por favor» por donde le quepa.

La palabra «amigo» era un golpe bajo y Buer lo sabía. «Él se lo ha buscado con tanto tocarme las pelotas».

—Vaaaaleeee... —dijo Shamgo al otro lado como si aceptara esa respuesta.

«No creo que se conforme tan fácilmente. No lo va a dejar así.

Seguro».

—Solo dime una cosa y así me quedaré más tranquilo: ¿de quién es el avatar?

«Ahí está. Ya me ha jodido. Ahora es cuando me va a empezar a tocar la moral, pero de verdad de la buena».

—¿Y qué más da? —dijo tratando de sonar tranquilo—. Lo voy a matar de todas maneras. O lo meteré en una urna. No lo sé, ya veré. Será según me encuentre de inspirado.

—Te he hecho una pregunta.

Había usado un tono muy duro, muy cortante. Quería decir que si no le contestaba era capaz de volar desde Kuznitsa hasta allí con tal de enterarse de lo que estaba pasando. Buer tuvo por un momento la intención de colgar, pero sabía de sobra que el resultado sería aún más desagradable. Cogió aire.

—De Bronte.

Se hizo un silencio prolongado. Hubo un momento en que un pequeño chasquido en la línea le indicó a Buer que habían tapado el auricular. Se oyeron unos golpes lejanos, ¿puñetazos a una mesa, tal vez? Luego volvieron a destapar el auricular.

—¿Se te ha escapado un avatar de Bronte? ¿Me lo estás diciendo en serio? —Aún no gritaba y, aunque su tono de voz era flojo, la tensión que transpiraba denotaba que estaba haciendo un gran esfuerzo por contenerse—. Primero os lo cargáis sin miramientos hace unos años, sin pensar...

—A mí no me lo digas; yo no estaba. Y Gul dijo que se revolvió como una sabandija y se suicidó...

—¡No me jodas! —gritó por fin—. ¡Sois una panda de descerebrados!

—¡A mí no me grites! —bramó él a su vez—. ¿Con quién cojones te crees que estás hablando?

Colgó.

Se quedó a gusto y, a la vez, terriblemente irritado. Se levantó con furia, derribando a su paso la butaca en la que había estado sentado. Se dirigió hacia el reloj de la chimenea, lo cogió y lo tiró al suelo con fuerza. Apenas se rompió el cristal; el armazón seguía intacto. De su mano brotó un gran martillo de metal negro, como si estuviera hecho de brea maciza. Aplastó el reloj, una y otra y otra vez, hasta que solo quedaran unos cuantos fragmentos, polvo de cristal, los engranajes y los ejes aplastados, la carcasa hecha una fina plancha de un gris brillante. El suelo acabó desconchado con las placas de madera del parqué levantadas. Cuando terminó, se irguió y fijó los ojos en el suelo, más allá de su obra, recordando y haciendo balance de su situación. No estaba sudado ni acalorado, ni siquiera respiraba con dificultad después del esfuerzo destructivo. Tenía la camisa impoluta y el martillo que había salido de la nada volvió a ella de la misma forma espontánea.

Volvió la mirada sobre sí mismo: el ki empezaba a rezumar y a contaminarlo todo. Las mandíbulas se pusieron a masticar y los dedos se le fueron agarrotando. Si seguía así, la uteria se apoderaría de él en cuestión de horas. Llevaba días amenazándolo, pero acababa de colocarse al borde del abismo.

Con notable parsimonia, se encaminó de nuevo al escritorio, pero esta vez no se sentó. En cambio, cogió el teléfono, le dio a la tecla de devolver la llamada y a los dos tonos el chasquido de la línea le indicó que habían descolgado.

Ninguno habló ni él ni el que había al otro lado, del que ni siquiera oía su respiración... En realidad, ninguno respiraba.

Buer miraba al vacío, a los ventanales, a la ciudad dormida que se dibujaba más allá. Sus ojos eran negros y sus pensamientos, funestos.

—No te dije nada porque quiero hacerlo yo solo. No quiero que te metas.

—Ya...

De pronto se olvidó de que estaba hablando con Shamgo y divagó en voz alta.

—No sé en qué momento empezó todo a ir mal. De repente, el otro día, en mitad de la operación, se presentó un policía exigiendo ver al chico, entró en cólera y amenazó con inspeccionar el hospital de arriba abajo y traer a los antidisturbios hasta encontrarlo...

—Eso parece muy improbable, ¿no crees? Tú mismo podrías haber denegado la orden a la policía, incluso podías haberte cargado a ese tío.

—Lo sé, pero estaba muy ocupado preparando un tanque... Pensé que si lo ponía en una habitación de la UCI lo tendría igualmente controlado y el policía me dejaría en paz. ¡No tenía que haber pasado nada!

—Teóricamente. ¿Y qué pasó?

Buer chasqueó las mandíbulas. Un escalofrío de ira lo sacudió.

—Apareció una chica... No sé, una mujer. El chaval estaba prácticamente en coma, lo tenía K. O. y, de pronto, me lo encontré despierto. Ella lo ayudó, no sé por qué, se puso en medio y él me dio con tal fuerza con una silla que atravesé el cristal de la ventana...

—Bronte te tiene cierta inquina. Supongo que fue instintivo.

—Cualquier malakh que se precie me tiene inquina —dijo con orgullo—. Y, de todas formas, no sé por qué habría de tenérmela él a mí; si acaso, habría de ser a la inversa.

—En fin, no te pongas romántico... ¿Y luego? ¿Puedes explicarme cómo se te escapó luego? Porque una cosa es que se largue y otra muy distinta que no hayas conseguido dar con él después.

—Por la sibila esa, Matilda, que está volviendo loco a Crowe... No me preguntes cómo, pero dio con él y los ayudó.

—¿«Los»?

—¡Sí, coño! ¡A él y a la chica que lo sacó del hospital! —gritó exasperado.

—A ver, a ver... ¿Me estás diciendo que una chica, por propia

383

iniciativa, lo despertó, lo sacó del hospital, lo puso en contacto con Matilda, ha seguido con ellos... y se te han estado escurriendo desde entonces hasta dar con Sacher?

Buer resopló hastiado. Aunque le pesase, sabía que Shamgo era un buen recurso para ver todo en un contexto más amplio; que si alguien podía ayudarlo a decidir qué hacer a continuación era él. El problema era que le parecía humillante, que habían sido unos días muy difíciles y Shamgo no era el único yin que lo había llamado para burlarse. Nadie se atrevía a llamarle pringado a la cara excepto Shamgo, pero los demás no tenían reparos en mostrar sus refinadas artes con el cinismo a través del móvil.

—Tenemos a Nuno Pouda, pero no es tan bueno como esa Matilda, ni de lejos. Y luego está lo de la alteración... Todavía no lo entiendo.

—¿El qué? —preguntó extrañado.

—Cuando Pouda buscaba en el Cambio, la imagen se alteraba y perdía contacto. Lo vi en su mente y es bastante raro. Era como si lo repeliese y luego perdía el conocimiento... No lo había visto nunca. El otro día, otra de nuestras pitias, un tipo que trabajaba de camello en un poblado chabolista, sufrió un ataque mientras inspeccionaba y se ahogó en su propio vómito. No sé qué pasa, pero últimamente a todo el mundo le ha dado por ser un inútil.

El otro lado de la línea quedó en silencio durante tanto tiempo que Buer pensó que se había cortado.

—¿Sigues ahí?

—Sí, estoy pensando. Espera...

Y pensó durante un buen rato; tanto, que Buer puso el manos libres y se dedicó a recoger su despacho. No es que se viera en la obligación de hacerlo, pero barrer los estropicios de cosas rotas lo distraía. Ya fueran restos de objetos inanimados o vísceras, el mero hecho de recoger le resultaba reconfortante. Al cabo de un cuarto de hora, cuando casi se había olvidado de su conversación telefónica, volvió a oírse la voz de Shamgo.

—Buer, ¿sigues ahí?

—Pues claro —dijo irritado mientras llenaba por quinta vez el recogedor.

Al otro lado se oyó un resoplido largo y pausado. Hizo que Buer levantase la mirada entre sorprendido y temeroso. ¿Shamgo estaba preocupado? ¿Era eso posible?

—Dime una cosa, Buer... ¿Tienes información de la chica?

—¿La chica?

—La chica, sí, la chica esa que sacó al avatar del hospital y lo llevó hasta Matilda. ¿Quién es?

Buer se encogió de hombros.

—Una muerta de hambre, una don nadie, no sé... Una chica humana cualquiera que pasaba por ahí y la pilló en medio. ¿Qué más da?

—¿Tenía relación con el avatar antes del incidente?

—No. El chico es un estudiante holandés que estaba aquí de viaje y ella, una teleoperadora pobretona de Vallecas... No se han cruzado jamás, estoy seguro. He visto las grabaciones de las cámaras. Ella vino a ver a alguien a una habitación y se paró en la del otro.

—¿Se paró? ¿Así, sin más?

—¿Y qué quieres que te diga? La llamaría mentalmente para que le echara un cable.

—¡Es un puto avatar, Buer! No puede manipular mentes. ¡Ni siquiera sabe lo que es!

—¡Pues será una evolución! Habrá podido hacerlo de alguna manera.

—¿En coma?

—¿Y qué quieres que te diga?

—Buer... —dijo exasperado—. Una mujer, una que, según tú, es del montón, se mete en tu hospital hasta el fondo de una habitación donde tienes un avatar, lo saca del coma, se queda con él y desde entonces se crean interferencias en el Cambio que se carga a tus sibilas.

Se quedó callado, posiblemente, para crear una pausa dramática que le permitiera a Buer repensar la situación.

—Lo de las interferencias puede ser cosa de la adivina; no sé cómo. Y el resto... pueden ser coincidencias.

El otro resopló.

—¿Tuvo en algún momento relación con Bronte antes de que lo mataran?

—¿Quién?, ¿la chica? No, imposible —dijo sin entender todavía qué importancia podía tener una simple mujer en todo eso—. La chica tiene... —Se frotó los ojos; dentro de su alma podía recordar todo lo que había visto y leído, sin embargo, estaba un poco atorado con tantos pensamientos a la vez—. Tiene casi veinticuatro años. Cuando murió Bronte, tendría unos siete u ocho. No creo que tenga nada que ver con él.

—¿Buscaste información sobre ella? ¿Tienes un expediente o algo así?

—Pues claro. Tengo acceso a las bases de datos. No tiene ningún pufo por ahí. En ese sentido está limpia, aunque su hermano fue un yonqui hace algunos años y lo tratamos aquí por sobredosis.

—Espera... ¿Por qué lo tratasteis ahí? ¿Fue casualidad o es que vive cerca?

—¿Qué?

Aquello lo estaba sacando de sus casillas, le estaba haciendo perder el tiempo y la poca paciencia que le quedaba. Eran tonterías que no iban a ninguna parte.

—¿Pero de qué hablas, Sam? Te estás desviando del problema. Te centras en la persona equivocada. ¡El avatar, joder! Es el avatar lo que crea las interferencias, o la sibila o que Bronte es un hijoputa escurridizo como lo ha sido siempre. Me la suda la chica, sinceramente...

—¿Te importa contestar a lo que te pregunto, tonto del culo? Eres tan idiota que los árboles no te dejan ver el bosque. Tienes un trío atípico: una sibila, un avatar y una tía que no vale para nada. ¡Quien desentona no es el avatar! ¡Es la chica! Serás... Contéstame a la pregunta: ¿vive cerca o no?

—¡Que no, coño, que vive en Vallecas! Eso está a tomar por saco de aquí.

—¿Y el hermano?

Buer, con mucha pereza, encendió el ordenador que tenía en el escritorio.

—¿Me contestas?

—¡Espérate, que este chisme va lento, joder!

Consiguió abrirlo, introducirse en la base de datos del hospital y ver la ficha del hermano.

—Ahora vive cerca, a unos diez minutos, pero la ficha fue modificada hace unos tres años... Antes vivía a dos calles.

—¿Con quién, con sus padres?

Buer bufó..., pero se resignó a seguir con aquello, de lo contrario, Shamgo era capaz de ir allí, quitarle el control del hospital e incluso matarlo, y la verdad: no le apetecía nada morir.

—Sí, la ficha de los padres dice que viven en esa dirección, a dos calles.

—Espera.

Volvió a dejarlo plantado unos minutos, tiempo en que Buer aprovechó para seguir con su papeleo burocrático.

—¿Tienes la fecha de nacimiento?

Esto, a Buer, lo pilló por sorpresa.

—¿La de quién?

—¡La de la chica, imbécil!

—¿Para qué cojones quieres la fecha de nacimiento de esa tía?

—Tú dímela. ¿Qué día nació?

Buer no entendía nada de lo que Shamgo maquinaba ni qué motivos tendría para interesarse con datos tan triviales de alguien sin importancia. Pero si algo había aprendido a lo largo de toda su existencia, era que los prejuicios no funcionan. Si quería saber algo, no había más que preguntar o investigar. La cosa era no prejuzgar o uno solito se montaba una mentira que podía darle en los morros.

—Pues... —se encogió de hombros, expectante— si no recuerdo mal, nació el 12 de abril de 1984.

—¡Joder, maldita sea! ¡Me cago en la...!

Tardó un rato en darse cuenta y, mientras, Shamgo seguía retorciéndose al otro lado del auricular. Era posible que hubiese estado yendo desde el principio en la dirección correcta y que él se equivocase. Los yin, por norma general, tenían un somero defecto: les costaba usar la lógica y el orden de pensamientos, de hecho, estaban habituados a que las emociones negativas nublasen su capacidad de raciocinio. Pero él estaba seguro, muy seguro de ser superior al resto de sus congéneres. Siempre presumía de ello, sin embargo, ahora tenía que admitir que no era tan bueno como creía, aunque jamás lo diría en voz alta.

—¿AP12?

El otro bufó. Buer estaba confuso, casi preocupado.

—¿No crees que estás sacando las cosas de quicio?

Cuando Shamgo volvió a hablar, su voz era más gutural, menos humana.

—¿Recuerdas al inútil que vino cuando me mandaste el vídeo?

—El profeta raro.

—No era un profeta, Buer. Los profetas no se nos cruzan y ese tipo no ha vuelto a tener una visión. Ahí está, muerto del asco y sin ver nada desde el 84. No. Ese tío no era un profeta, era un mensajero.

Buer se quedó callado. Aquello empezaba a sonarle fatal.

—¿Recuerdas a la mujer de tu vídeo, la del incendio?

—¿La que salía en el vídeo o...?

—La del vídeo.

—Sí.

—Hazme el favor: mira en la base de datos y busca una foto de la madre de esa chica.

Buer dejó el teléfono y se puso a buscar. Cogió el DNI de la base del hospital y se metió en la de la policía. Por fin entendía adónde quería llegar Shamgo y, por un momento, rezó a todos los dioses por que se equivocase.

Cuando salió el resultado, tuvo una sensación extraña, un barrunto como que había algo en el universo mucho más cabrón que él y que iba directo a joderle la vida. Hacía tiempo que no lo sobrecogía algo así.

—Es ella.

Shamgo no reaccionó tan mal... aparentemente. Podría decirse que se lo tomó con calma.

—De acuerdo. Esto es lo que vas a hacer...

Miércoles Santo
19 de marzo de 2008

Capítulo 29

—Mi nombre es Sacher a secas, pero como lo normal es tener un nombre y un apellido, me puse ese —dijo contestando a la pregunta de Hans—. Lo de Jean Baptiste fue en homenaje a un buen amigo mío, un profeta. De hecho, fue uno de los profetas más optimistas que he conocido —soltó una carcajada—, pero, claro, era otra época.

—¿Él se llamaba así?

—No, no... Él era pintor y escultor y... un montón de cosas más. Yo trabajaba en su taller y a veces me usaba como modelo para diferentes cuadros, entre ellos, algunas versiones de Juan el Bautista. Decía que yo encajaba perfectamente con ese papel de hippie... —dijo en medio de otra carcajada—. Bueno, en realidad, no usó esa palabra porque no existía aún, pero dijo que yo era algo así como un vagabundo y un liberal. Siempre se metía conmigo y me llamaba Salai, porque me pasaba la vida andando por la ciudad y metiéndome en líos. Una vez incluso posé para él transformado en mujer. Es curioso, porque hay una cita en la Biblia que dice que Juan el Bautista era el más grande de los hombres y el más pequeño en el cielo.

Sacher salió primero del portal y les sujetó la puerta. Hans se fijó en que llevaba una gran garrafa de agua en la mano.

—¿Lo dices porque eres el más pequeño de los malakhim? —preguntó Verónica andando tras él hasta el coche.

—Sí. Podría decirse que eso encaja bien conmigo. Tengo un alma más grande que la de cualquier humano, pero para ser un malakh soy bastante canijo.

Cruzaron la calle. Antes de meterse en el vehículo, vieron que Sacher se dirigía al depósito y lo llenaba con el agua de la garrafa, que no era solo agua, sino que contenía trocitos de hielo.

—Pero ¡qué haces! —exclamó Verónica echándose para atrás.

Él le sonrió con picardía.

—Es un coche ecológico, preciosa. No pensarás que voy a ir por ahí contaminando, ¿verdad?

—¿Y por qué no? —preguntó Hans en broma—. Te pasas todo el rato fumando. Seguro que echas tú más humo que cualquier coche.

—Oh, qué injusto —dijo fingiendo sentirse ofendido—. Para que lo sepas: cuando fumo procuro no exhalar humo y, además, necesitaría fumarme un paquete entero a la vez durante tres días para contaminar tanto como un coche diésel durante cinco minutos.

—Ya, ya... Vaya justificación. Mi madre también dice eso cuando fuma y sigue sin convencerme de que fumar no contamina.

Se hizo un extraño silencio entre ellos. Hans bajó la cabeza y miro hacia otro lado, como queriendo borrar el comentario. Su madre y los cabrones de los yin... No podía asimilarlo.

—¿Sabes qué es esto? —preguntó Sacher señalando el depósito con el bidón ya vacío—. Agua con sal. Muy fría. Un científico descubrió hace unos años un proceso para convertir el agua salada en energía mediante ondas de radio. Energía limpia y barata. —Guardó el bidón en el maletero y se dirigió hacia el asiento del conductor—. Por supuesto, las multinacionales se hicieron con la fórmula y la guardaron a buen recaudo.

—¿Por qué?

Sacher se encogió de hombros.

—Pues porque hay inventos y descubrimientos que no compensan a las grandes compañías ni a determinadas personas importantes. Diles a los dueños de las petroleras que vamos a sustituir su carburante por el elemento más abundante que existe... Sería una catástrofe global.

Sacher se puso al volante, Verónica de copiloto y Hans, que ya estaba acostumbrado, se resignó a ir detrás.

El cansancio persistía y se le acumulaba. Otra noche de perros, despertándose a ratos con una tristeza infinita y mucho desasosiego. Verónica lo había aceptado en su cama y estuvo pendiente de él todo el tiempo. Tampoco ella había dormido demasiado y a él solo le compensaba haberla tenido cerca.

—Voy a conectar el refrigerador.

—¿Adónde vamos? —preguntó Hans, taciturno, desde el asiento de atrás.

—Hemos quedado con un amigo mío. Y ya vamos tarde. —El reloj del coche marcaba las once y veintisiete.

—¿Es otro malakh? —quiso saber Verónica.

—Sí... —dijo cogiendo aire, casi como un suspiro—. Veréis, anoche no se formó una buena de milagro. Tranquilos —dijo al ver sus caras—. Se supone que ya está todo arreglado, que ya no os perseguirán más, pero a ver quién es el guapo que se fía de esa gentuza. El caso es que hemos llegado a la conclusión de que en lugar de protegeros veinte malakhim, como anoche, en un sitio tan incómodo como la sede, lo mejor es que os proteja un solo malakh, bien preparado, en un sitio más confortable, para que tú te desarrolles con calma —dijo mirando a Hans por el retrovisor.

—¿Anoche había veinte malakhim?

Sacher asintió.

—Vosotros no os enterasteis, pero hubo un despliegue muy interesante; incluso los yin mandaron a la policía... Presupongo que porque no se atrevieron a venir ellos mismos. No quería poneros en peligro ni a vosotros ni a la sede. Ese edificio ha sido una inversión bastante cara.

—Y después de eso, ¿no nos pasará nada con uno solo?

Sacher debió recordar algo y se echó a reír.

—Kio es como un terremoto, una plaga. No creo que se atrevan a acercarse.

—¿Quieres decir que es un guerrero o algo así?

Él asintió.

—Qué gracia... El concepto de la guerra es opuesto a nuestra naturaleza y, sin embargo, se podría decir que estamos en pie de guerra contra los yin desde siempre. Y entre los malakhim, quien más y quien menos sabe luchar, más que nada, porque hemos tenido que aprender a defendernos. Yo diría que entre nosotros hay dos tipos de malakhim: aquellos a quienes les gusta luchar y quienes aborrecen hacerlo. Yo soy de estos últimos. Aparte de que no iría muy lejos con mi fuerza, no me interesa demasiado. Kio, en cambio, disfruta con ello. Le encantan las artes marciales y las estrategias. Lo instruyó Bronte, el protector de Matilda.

—¿En serio? —preguntó Hans emocionado por la referencia.

—Podría decirse que Bronte desarrolló lo que viene siendo una técnica moderna de lucha de los malakhim. Le ayudó Miyamoto Musashi, que fue un gran amigo suyo...

—¡En serio! —exclamó de nuevo Hans—. ¡Me encanta Musashi, leí su biografía!

—¿Quién es? —preguntó Verónica.

—Fue un samurai —le aclaró Sacher—. Algunos dicen que el mejor que ha existido.

—El mejor, sin duda —apuntó Hans con un brillo en los ojos.

—Se caracterizaba, sobre todo, porque era muy buen estratega, de ahí que Bronte lo escogiera. Nuestra forma de luchar hasta entonces se basaba en la de los humanos... Musashi hizo que nos diéramos cuenta de nuestro error. Ayudó a Bronte a desarrollar algo adaptado a nosotros, a nuestra forma de movernos y regenerarnos. Es un tanto espectacular y complejo, pero muy útil y práctico... Aunque a mí no me gusta. Es que la lucha no me gusta, no. No va conmigo.

—A cada cual le da por una cosa —admitió Verónica.

Sacher arrancó.

—Exacto. Y hay que reconocerle su utilidad. Nosotros, cuando aprendemos algo, procuramos compartirlo con los demás y nos enseñamos unos a otros. Es una forma de enriquecernos y progresar, en este caso, para defendernos o incluso para atacar, si fuera necesario. A Kio, el malakh que vais a conocer ahora, por ejemplo, le apasiona ese tipo de arte y además le encanta matar a los yin. Conste que no los busca para no provocar, pero si alguno se cruza en su camino, no es nada cordial. Yo diría que hasta tiene muy mala fama entre ellos.

—Qué quieres que te diga... —comentó Verónica—, me alegro de que alguien les dé a probar de su propia medicina.

—En eso estamos de acuerdo.

—Oye, ¿y por qué se supone que eres el más pequeño? —preguntó mordida por la curiosidad—. Ya lo has dicho más veces, pero no lo entiendo. ¿Es porque naciste más tarde o algo parecido? ¿Se quedaron sin material al hacerte? —bromeó.

Sacher con una carcajada enganchaba otra.

—¡Ay, qué graciosa, qué humor tan fino...! No. Es raro de explicar. Veréis; malakh, en nuestro idioma original, significa «fragmento». Nosotros somos fragmentos de un eloha, un alma más grande. Imaginad un espejo y que ese espejo se rompiera, ¿sí? Pues los pedazos de un espejo roto nunca son iguales; unos son más grandes, otros minúsculos... Los malakhim estamos hechos de alma pura, así que podría decirse que nuestra fortaleza se mide en función del peso en este plano material. Los malakhim, de media, pesan unos cuarenta kilos, kilo arriba, kilo abajo.

—¿Cuarenta? ¿Solo?

—De media. ¿Te parece poco?

—No lo sé, me imaginaba algo más grande —dijo Verónica—. Tú pareces mucho más pesado.

—¿Me estas llamando gordo?

Los tres rieron por la broma.

—¿Cuánto pesas tú?

—Treinta y dos con sesenta y un kilos. Curiosamente, setenta y dos libras exactas.

—¿Y el que más pesa?

—El que más será Veda y debe seguirle Yibril o Gabriel, que tiene, si no recuerdo mal, cincuenta y un kilos.

—¿El arcángel Gabriel no es el de la anunciación? —A Verónica todo aquello le suscitaba una enorme curiosidad.

Sacher se aclaró la garganta.

—Bueno... Lo de la anunciación tiene su gracia porque, no hubo tal anunciación, ni concepción virginal ni nada por el estilo.

—¿En serio?, ¿no hubo tal virgen? —preguntó Verónica divertida.

—No, no. Eso de las concepciones milagrosas viene de lejos; que se lo pregunten, si no, a Zaratustra y a Alejandro Magno. En el cristianismo se entiende más como excusa por lo de la sublevación del rey Joacim... Mucho interés político veo yo ahí. Y el concepto «arcángel», también es erróneo: no existe nada parecido, ni existen los coros ni los grados entre los malakhim. Yo creo que lo de que Gabriel aparezca en la Biblia es más porque, en la época en que algunos profetas y amanuenses la escribieron, él estaba bastante implicado con la causa política en la región del Jordán y se mezclaba mucho más con los humanos. Ahora se podría decir que está más tranquilo.

Redujo la velocidad.

—Ya hemos llegado.

En la ciudad vecina de San Sebastián de los Reyes se encontraba el polígono Plaza Norte 2, con un centro comercial y grandes plataformas de muebles, electrónica, restauración, tiendas de ropa y de enseres y servicios de todo tipo; todas, adosadas unas a otras y con un enorme aparcamiento en el centro. No estaba demasiado lleno de coches y aunque el día era radiante no parecía invitar a la gente a ir tan temprano a comprar. Sacher se acercó a una de las naves y estacionó a unos pocos metros de la entrada, frente a un edificio con un gran letrero de colores que decía «Toys'r'us» y que anunciaba una imponente tienda de juguetes.

Tal vez era por el sol o por la presencia de Sacher, o quizá porque saberse liberado de vagabundear era un alivio, pero, pese al mal momento que estaba pasando, a Hans aquella luminosidad matutina le puso de buen humor.

—¿Has quedado en una juguetería? —preguntó la joven con una sonrisilla mientras salían del coche.

—¿Se te ocurre un lugar más feliz? Además, aquí hay una cafetería, justo en la entrada, y es hora de desayunar. Mientras vosotros vais a comer algo, yo voy a buscar a Kio y a nutrirme del buen rollo de esta tienda —dijo encendiendo otro cigarrillo—. ¡Nada hay más sano que la felicidad de un niño! ¿No estáis de acuerdo?

—No creo que te dejen entrar fumando —dijo Hans.

—Tranquilo. De aquí a la puerta, me lo termino.

—Lo de que te alimentes de las emociones ajenas no lo acabo de asimilar —dijo Verónica saliendo del coche—. O sea, que tú te alimentas de algo que sale de los demás. Es una especie de canibalismo energético, ¿no te parece?

Sacher se echó a reír con tanta fuerza que a punto estuvo de caérsele el cigarro.

—¡Muy bueno, «canibalismo energético»! Esa me la guardo.

Entraron en el centro comercial apenas dos minutos después y, efectivamente, Sacher ya se había fumado el cigarro entero. Les señaló la cafetería situada casi en la entrada, con unas pocas mesitas y una barra.

—Sentaos ahí y pedid algo —dijo señalando una de las mesas—.

Yo iré a buscar a Kio. Seguro que se queja de que he llegado tarde. Vuelvo en unos minutos, ¿de acuerdo?

La cafetería era limpia y cómoda, y además de algunos adornos de juguetes y sillas en colores chillones, tenía la particularidad de que, al otro lado del pasillo de entrada, había una ludoteca para niños pequeños a los que se podía observar a través de una cristalera, y ver cómo se lo pasaban en grande con juguetes y piscinas de bolas. A Hans le pareció muy divertido y hasta le dio envidia. Se sentaron en una de las mesas y esperaron a que algún camarero apareciese.

—¿Cómo es posible que haya tanto crío en un centro comercial a estas horas de la mañana? Si solo son las doce menos cuarto...

—No sé —dijo él encogiéndose de hombros—. A lo mejor los padres piensan que es mejor traerlos aquí que dejarlos en casa, aburridos.

—Se me olvidaba que hoy es festivo y no tienen colegio.

—Es verdad, por eso está tan lleno de niños...

Hans sintió que Verónica le tiraba de la manga y la miró.

—¿Te encuentras mejor?

Verónica. La situación no solo lo desbordaba a él, aunque ella se resistía a dar muestras de debilidad. Pese a la discusión de la noche anterior, se dijo que tenía que hacer un esfuerzo por ser más comprensivo, más... adulto.

—No te preocupes, se me pasará —respondió encogiéndose de hombros y restándole importancia—. Es tan raro todo... ¿Yo, un ángel? —Ambos se echaron a reír sintiéndose algo ridículos—. La verdad es que no me lo creo.

—¿No crees que sea verdad? Pues yo creo que sí lo es. Además, tú eres demasiado bueno para ser un demonio.

Le puso la mano en la mejilla y le acarició con el pulgar, a lo que él reaccionó encendiéndose como una bombilla.

De pronto, unas risas escandalosas llamaron su atención.

Al otro lado del pasillo había un grupo de niños de unos cinco años que, tras las cristaleras que protegían el parque de bolas, les señalaban con el dedo y se burlaban tirando besos al aire. Una niña muy rubia besaba en la cabeza con pasión a otro niño que bien podía ser su hermano. Otra niña de rasgos orientales, pegada a la cristalera, se sobaba los labios con el cristal, lamiéndolo y bizqueando mientras un pelirrojo de unos siete años se abrazaba a sí mismo y lanzaba besos a diestro y siniestro.

Hans se echó a reír y bajó la cabeza.

—Dios mío...

—Míralos —dijo Verónica divertida—, parecen un anuncio de Benetton.

Cuando él volvió a mirar, vio que la niña oriental bailaba con el pelirrojo y que el rubio se zafaba como podía negándose a participar de más besuqueos para los que lo requería la insistente rubita.

—Qué pena que Sacher no esté aquí —dijo él—. Se lo está perdiendo.

—Sí... Seguro que para él serían un buen aperitivo.

—Eso ha sonado muy caníbal—. Los dos se echaron a reír.

Un camarero se acercó y les tomó nota: un desayuno completo para la hambrienta Verónica y un zumo de naranja para Hans que, aunque no tenía verdadera hambre, lo pidió por acompañarla.

De repente, Hans estuvo tentado de marcharse. La curiosa normalidad de todo lo enervó: la paz de la mañana, el murmullo de los comentarios de la gente, los pequeños que jugaban, el sonido de la máquina de café... Verónica era una bendición, pero también un ancla. Tenía pánico de seguir adelante con tan extraña aventura cuyo final era incierto e inquietante. ¿Cómo podría dejarla sin más?

La miró; la mala cara de ella puso fin a sus pensamientos: un pitido agudo y gradual, desde la frecuencia más baja, subía hasta casi doler y no venía del oído, sino que se proyectaba desde él e irritaba los ojos y le nublaba la vista. Mientras ella se palpaba las sienes, él pegó la frente a la suya y le acarició el pelo.

Por suerte, no duró mucho la irritación. Verónica cogió una servilleta y le limpió un poco de sangre que amenazaba con escapársele de la nariz.

—¿Crees que deberíamos buscar a Sacher?

—Ha dicho que nos quedemos aquí —murmuró ella mientras le limpiaba el labio superior—. Si nos movemos, podríamos no encontrarnos. ¿No dijo que ellos ya no nos buscaban?

—Es evidente que sí, ¿no te parece?

—Cálmate, tranquilo. Yo confío en Sacher; desde luego, confío en él más que en la loca de Matilda.

El rostro del chico se ensombreció, separó la mano de ella de su rostro y abocinó los labios.

—No me mires así, Hans. Es evidente que está como una regadera... Pobrecilla, pero es así. Y además el pitido de ayer fue ella la causante, así que este también podría ser cosa suya. Puede que esté consultando si estamos bien, ¿verdad? —Él asintió a su pesar—. Así que la próxima vez que pase, no sé, sonríe y saluda. —Se echaron a reír. Empezó siendo una sonrisa floja y terminó ganándolos. Verónica miró a un lado y señaló con un ademán de la cabeza—. Mira, ahí está tu amiga.

Él se volvió sin entender. Por detrás de una silla, asomó una pequeña cabecita morena con dos coletas y una sonrisa traviesa que se volvió a esconder.

—Nos está espiando.

—Eso parece.

La niña oriental, la que había estado lamiendo el cristal, se bajó de la silla donde se había colocado de rodillas y salió corriendo para situarse tras otra silla más cercana, colgándose del respaldo como si fuera un pequeño mono, balanceando su vestido de flores rosas y mirándolos con picardía.

—Hola —dijo Verónica, con acento maternal.

La niña, altanera, negó con la cabeza.

Verónica oteó alrededor en busca de sus padres. Había una pareja junto a la entrada, entretenidos en una conversación, pero no tardaron en irse. Cuando Verónica quiso volver a mirar, se encontró con que la niña estaba más cerca, en el borde de la mesa, sacándole la lengua a Hans y respondiendo él de igual forma en un extraño duelo de lenguas.

—¿Dónde...?

La pregunta quedó interrumpida por el camarero, que llegaba con los desayunos.

—Un zumo para el caballero —dijo—, zumo, café y croissant para la señora—. Verónica estuvo a punto de protestar por lo de «señora» pero el camarero no había terminado de exponer la comanda—: Y unas tortitas con nata y chocolate para la señorita.

—¡Eh, oiga, que eso no lo hemos pedido nosotros! —saltó ella.

—¡Qué lo disfruten! —dijo jovial el camarero. Y se dio media vuelta con la bandeja bajo el brazo.

Hans no sabía qué decir. El hombre había dejado un plato enorme con cuatro tortitas cubiertas de nata y una jarra de sirope.

—¡Oiga! —protestó ella.

La niña, ni corta ni perezosa, se subió a la silla como pudo, pisándose el vestido, y se sentó de cualquier manera. Los zapatitos de charol se balanceaban en el aire con alegría. Cogió el plato con la punta de los dedos y se lo acercó.

—¡Oye! —Verónica no salía de su pasmo—. Estoy segura de que tu mamá no te deja comer eso a estas horas. ¿Lo has pedido tú?

—¡Mío! —dijo abarcando el plato con los brazos y formando una pequeña muralla. Hans se echó a reír, incrédulo. Verónica a su pesar también lo hizo.

—¿Te has escapado de la guardería? ¿Dónde están tus padres?

—Mi mamá dijo que quería paz. ¿Me das chocolate..., por favor?

—Hay que fastidiarse... —farfulló Verónica frotándose los ojos para evitar reírse. Hans, en cambio, no disimulaba.

La niña estaba intentando alcanzar la jarra de sirope y él se la acercó empujando con un dedo.

—No le des eso, Hans. Si vienen sus padres y nos ven dándole dulce, nos van a echar la bronca. Y con razón.

Hans se la encaró.

—Después de todo lo que está pasando, que alguien me regañe por darle chocolate a una niña me importa una mierda. Vamos, Verónica, déjale que haga lo que quiera.

—«Verónica, déjale que haga lo que quiera» —repitió la niña como un lorito.

—Eres una descarada. —ella se resignó y le afloró una sonrisa.

La niña había empezado a echarse sirope y no parecía querer parar hasta no haber terminado la jarra. Verónica iba a protestar de nuevo, pero Hans le dio un suave codazo.

—Creo que tienes un poco de tortitas en tu sirope —recalcó él.

Cuando el plato se había llenado de salsa de chocolate hasta el punto de que las tortitas parecían una balsa naufragada, paró.

—A esta niña le va a dar un cólico. ¿Dónde están sus padres?

La cría cogió los cubiertos que apenas podía manejar y se llevó un buen pedazo a la boca. La salsa rebosaba y le manchaba la cara, mientras ella masticaba con felicidad y los miraba risueña tras la capa de sirope.

—¿Quieres un poquito? —preguntó a Verónica tendiéndole el tenedor con un trozo de tortita babeada de chocolate.

—Buff... Creo que no. Creo que ni quiero mi desayuno. Se me está quitando el hambre.

—No te iba a dar...

A Hans se le saltaban las lágrimas. Verónica se inclinó hacia ella y le habló con ternura.

—Eres una repipi, ¿lo sabías?

La pequeña se la quedó mirando con un brillo extraño de locura en sus ojos rasgados.

—Tú lo que quieres es comerte mis tortitas, ¡y por mi honor que las defenderé con mi vida!

Esa frase en labios de una niña tan pequeña, con esa voz tan dulce y la cara pringada de chocolate, era, cuanto menos, surrealista. Verónica, que tenía una sobrina pequeña, ya había oído hablar a niños de esa forma, imitando frases de películas o que oían a los adultos y las soltaban en el momento justo, tanto que lo dejaban a uno de una pieza.

—Eso son palabras mayores para ser un mico. ¡Mico, que eres un mico!

Ambas se enzarzaron en un duelo de miradas: Verónica recostada en la silla se comía su croissant a pellizcos mientras la niña se atrincheraba tras su plato metiéndose grandes trozos de tortita en la boca sin quitarle el ojo de encima. Hans se divertía observándolas, pero nadie decía nada.

Al cabo de un par de minutos de tenso silencio, vieron aparecer a Sacher al fondo del pasillo. Llegó, cogió una silla y se sentó a la mesa. Los fue mirando uno a uno hasta detenerse en la pequeña.

—Hemos hecho una amiga —dijo Hans.

—... a la fuerza —refunfuñó Verónica.

Sacher se volvió a mirarla.

—Te estás poniendo las botas, ¿eh?

La niña lo examinó de arriba a abajo, y pareció llegar a la conclusión de que aquel tipo grande podía guardar intenciones de quitarle su tesoro. Apretó un poco más el plato contra sí.

—No dhe pienzo dah —dijo con la boca llena.

—Tampoco quiero. Tiene una pinta repugnante.

—Eso mismo digo yo —terció Verónica.

La niña tragó.

—Tus pulmones sí que son repugnantes —murmuró la pequeña.

Sacher se dio por aludido.

—Lo sé. Me esfuerzo mucho. Y para que lo sepas: pica bastante.

—Rusia es muy bonita en esta época del año —dijo la niña con voz cantarina.

—¡Qué! —exclamó Hans. Verónica abrió los ojos como platos.

Sacher les calmó con una sonrisa.

—¿Desde cuándo llevas esas pintas? —dijo volviéndose de nuevo a la pequeña—. Así confundes a la gente.

—Da hente ia eztá confuhza, ze confundeh zola, fifen en un mad de confuhzión —dijo con la boca llena de un mejunje chocolateado—. Y io zoy zupermona, ed colmo de la tednuda. Mida dú qué pintash. —Se le escapó un poco de baba y masticó ruidosamente—. Padecez un motedo doñozo y hippie con loz pulmonez hechoz miedda.

—Eso es por tu culpa —suspiró resignado—. Se te podía haber ocurrido otra cosa para apostar. Ahora, a quien le pica el pecho a todas horas es a mí.

—Puez déhalo. —Y se metió media tortita de una vez en la boca.

Verónica y Hans los miraban sin pestañear. Atisbaban por dónde iban los tiros, pero no salían de su asombro.

—No quiero ir a Kuznitsa, eso es todo. ¡Tú lo sabes! Prefiero mil veces Disneylandia, que es divertido, y no ese nido de víboras...

La pequeña tragó de golpe y lo miró retadora.

—Me debes dos favores, Sach, y con este, tres. Lo echamos a suertes y perdiste.

—Lo sé...

—Todo ese petróleo que tienes en el pecho da asco, pero no llegas a tres kilos de brea ni de coña —protestó con voz repipi—. ¡Te dije que no lo ibas a conseguir, pero no me escuchaste, tú nunca me escuchas! Te vas a fastidiar y vas a ir a Rusia conmigo. Disneylandia, dice... Pero qué aburrido eres, Sach. ¡Mierda!, ¡si tú ya vives al lado de Disneylandia!

—Es bonito y ahí no me matan. Tú no quieres más que usarme como carnaza... Y no digas palabrotas. Las niñas pequeñas no dicen palabrotas.

—Que te den.

Hans oyó a su amiga murmurar un «¡ay, Dios mío!» con cierta dosis de angustia. Que aquella niña pequeña llevase cinco minutos tomándoles el pelo era algo permisible y hasta divertido, pero darse cuenta de un plumazo de que lo que veían los ojos no era sino una coraza de otra cosa desafiaba los límites de la cordura. Hans pensó que, con salvedades, era muy similar al incidente ocurrido con el yin dos días atrás, cuando Verónica se encontró frente a un ser imposible con una boca enorme y llena de dientes. Son cosas que ocurren en los sueños, en la imaginación y en las películas; en la vida real, una mente cabal, racional, que no se guía más que por lo que ve y oye, acaba entrando en pánico, desconcertada entre esos dos mundos antagónicos. ¿Qué era real? Todo se había vuelto como un interruptor de lo posible y lo imposible, on y off... y parecía que en el cerebro de Verónica habían apagado y encendido tantas veces que estaba a punto de fundirse algo.

—¿Por qué no estabas en la entrada como habíamos quedado? Te he buscado por toda la tienda.

—Hemos quedado a las once, no a las doce. Y, por cierto —dijo la enana—, tus amigos han tenido un nagma mientras tú te paseabas. No sé si será importante, pero a lo mejor deberíamos irnos.

—No lo sé. Anoche llamé a Gabriel y me dijo que lo arreglaría con Buer.

La niña se carcajeó y de su boca saltaron pequeñas partículas que fueron a parar a cualquier lugar de la mesa. Tenía una risa tan cantarina y contagiosa que hasta Verónica, en su estado catatónico, esbozó una leve sonrisa.

—¿Y tú te lo crees? ¿Desde cuándo los yin nos hacen favores? Gabriel y tú sois unos panolis...

Kio agitaba incrédula la cabeza al compás de sus coletas. Sacher se encogió de hombros y se acarició los rizos con indiferencia.

—Cosas más raras se han visto. Además, me ha llamado Eona: que venía para acá y pensaba comprarle algo de ropa a Hans. Para pasar estos días le hará falta.

La niña se encogió de hombros.

—Tú sabrás si quieres arriesgarte a montar un espectáculo en pleno día. Ya sabes que a mí eso me da igual.

Miedo me das... Terminaos el desayuno y ya veremos qué hacemos.

Kio se puso a rescatar trozos de nata y chocolate que cogía con una delicada cucharilla... ¿De dónde había salido la cucharilla? Hans se terminó el zumo, más por paladear el reconfortante sabor ácido que por las ganas de llevárselo al estómago, y Verónica, salvo por los pocos pellizcos que le había dado al croissant, no había tocado nada. Sacher se acercó a la barra y pagó la cuenta mientras los demás se levantaban.

Hans reparó en que Kio ya no tenía restos de chocolate ni en la cara ni en las manos cuando se bajó de la silla. La niña, que a Hans le llegaba un poco más abajo de la cadera, le tendió la mano a Verónica que, sin salir de su desconcierto, le dio la suya. Su cara había adoptado un semblante más relajado e incluso parecía más contenta cuando ya recorrían el pasillo. Rígida y estupefacta, pero contenta.

—¿Sabes? —se atrevió a preguntar Hans—. Por cómo Sacher hablaba de ti, he pensado que serías un hombre adulto.

Kio lo miró con serenidad.

—¿Así no te molo?

Hans se encogió de hombros.

—Creo que así molas más.

—¡Chócala! —exclamó alzando una mano. Hans le expuso la suya y ella le dio una palmada.

Salieron al exterior y en la entrada del edificio Sacher encendió un nuevo cigarrillo.

—¿Vamos a tu casa? —dijo guardándose el mechero.

—¿Se te ocurre un lugar mejor? —contestó Kio.

—La verdad es que...

Ambos malakhim callaron y se enfocaron en la misma dirección, un lugar indefinido del parking. Hans y Verónica giraron la cabeza. Se oyó un frenazo y un fuerte estruendo.

—¡Oh oh! —dijo Kio cantarina. Estiró los brazos y gritó—. ¡Banzaiiii!

La gente que había cerca lanzaba exclamaciones, escandalizada por el accidente. Una columna de humo surgió del lugar del impacto: salía de un todoterreno contra una berlina gris. Se bajó del coche una chica rubia y estilizada, embutida en un vestido corto y claro, y desafió el récord Guinness de correr con tacones, directa hasta donde estaban ellos.

Sacher cogió a Kio como si fuera un fardo y salió corriendo con ella dirigiéndose al coche.

—¡Déjame déjame...! ¡Déjame! —gritaba sin dejar de patalear.

—¡Corred! —gritó Sacher.

—¡Os reventaré, malditos! —gritaba la niña.

Sacher llegó a su coche seguido de Hans y Verónica.

—¿Qué está pasando? —preguntó ella muy nerviosa y asustada.

Sacher los empujó a la parte trasera del coche y tiró a la niña dentro, que no tardó en saltar por encima de los asientos y en ocupar el asiento del copiloto. Sacher se montó, arrancó y dio marcha atrás con suficiente maestría como para esquivar a un coche que llegaba y tocaba el claxon como un loco.

Antes de que Sacher acelerase, una de las puertas traseras se abrió y la chica de los tacones se precipitó al interior empujando a Verónica, que dio un grito. Hans la abrazó.

—¿Qué está pasando? ¿¡Qué está pasando!? —vociferaba histérica.

—¡Sacher, dale caña de una vez! —gritó la rubia.

Sacher hacía esfuerzos por esquivar a la gente y cada forcejeo demoraba la carrera y no satisfacía las demandas que se le hacían.

—¡Eres un paquete! —le espetó Kio riéndose a carcajadas—. ¡Conduces fatal!

—¿Es que quieres que mate a alguien? ¡La gente no para de ponerse en medio!

—¡Maldita sea, Sacher —le espetó la chica rubia con sorna—, una abuelita conduce mejor que tú!

Se oyó un rugido de motor y un derrape y Hans se giró: a través de la luna trasera, vio un todoterreno negro en el carril donde se encontraban.

Verónica no dejaba de agarrarse la cabeza y murmurar «¿qué está pasando, qué está pasando, qué está pasando?» mientras Hans ya no sabía qué pensar ni cómo controlarla.

—¡Déjame! —le dijo la mujer.

Le puso la mano en las sienes y, de repente, como si le hubieran tirado un dardo tranquilizante, Verónica pareció que se hubiera desmayado.

—¡Graciaaaas! —corearon los dos malakhim en la parte delantera del coche.

—Pero ¡¿qué le has hecho?! —le gritó Hans.

—Nada, solo la he dormi... ¡Pero qué narices, todavía nos persiguen!

¿Quién era la mujer? ¿Otro malakh? Saltaba a la vista que debía serlo después de lo que le había hecho a Verónica, que había caído a plomo. La mujer, de pelo claro y ceniciento, era una auténtica muñeca. Hans podía haberse obnubilado con su imagen si un fuerte golpe en la parte trasera del coche no lo hubiera sacado de su asombro. Dio con la cabeza con el asiento de delante, y tan violento fue el golpe, que se le saltaron varias muelas. No se le ocurrió nada mejor que escupirlas a la alfombrilla que tenía debajo. Al pasarse la lengua por los dientes, se dio cuenta con asombro de que no le faltaba ninguno.

—¡Métele gas! —gritó la chica.

—¡No, deja que se acerquen! —pidió Kio con un deje de locura—. ¡Verás qué divertido!

Sacher salió a la carretera, esquivando todo lo que se le ponía por delante como un kamikaze, subiéndose al bordillo y llevándose por delante dos bolardos y un seto. Se enderezó de nuevo para librar el quitamiedos, no sin antes empujar varios coches y sembrar el caos. Los cláxones sonaban, los cristales de las ventanillas se iban rompiendo, y detrás, a pocos metros, el todoterreno arrasaba como si fuera un tanque. Algo similar a un dardo atravesó la luna trasera y la espalda de Kio, que chilló.

—¡Auuu...! ¡Serán cabrones!

—¡Que no digas palabrotas! —chilló Sacher.

—Déjame sitio —pidió la chica rubia a Hans.

De su mano surgió una extraña pantalla plateada y semitransparente que cubría la mayor parte del panel trasero, desde el asiento hasta el techo. Hans se apartó y retiró a la inconsciente Verónica también.

—Procura mantener las piernas encima del asiento y detrás del escudo.

—Vale...

—¡Aggg, pero qué asco! —dijo Kio alzando la extraña flecha negra que le habían lanzado y que ya se deshacía como si goteara brea.

—¡Por todos los dioses, qué asco Kio, saca eso de aquí! —le espetó Sacher mirando alternativamente al frente, esquivando obstáculos y viendo con cara de asco como aquella cosa que se deshacía sobre el freno de mano.

La palanca y la tela parecían corromperse y quedar desvaídas y sin color, aunque las gotas se evaporaban. Kio, que sujetaba el dardo con los dedos, bajó la ventanilla y lo tiró... No sirvió de mucho: una lluvia de diminutas saetas se derramó sobre el automóvil. La pantalla que la chica había puesto junto a Hans y Verónica los protegía de ellas, que quedaban amontonadas sobre la bandeja del maletero. Otras flechas negras se escapaban y caían sobre el techo y el capó.

—¡Sacher, protege el motor! —le gritó Kio.

—¿Y cómo quieres que...?

En un intento de hacer lo que le decía, puso la mano sobre el salpicadero y una pantalla similar a la de atrás surgió como un cobertor envolviendo el capó.

Sonaban explosiones que a Hans le parecieron petardos.

—¡Nos están disparando con armas de fuego, con armas de verdad! —estalló la chica rubia.

—Creo que intentan alcanzar el depósito del combustible —dijo Kio.

Sacher lanzó al aire una risa histérica.

—¡Este coche es ecológico y va con agua, cabrones! ¡Sois unos chapuceros de mierda!

—¿Tú puedes decir palabrotas y yo no?

Iban a toda velocidad por la autopista y seguían esquivando coches frenéticamente. Hans se sintió indispuesto. Notaba la adrenalina agolpada en las sienes. Sudaba. La boca le sabía a sangre y un sabor pastoso y dulzón se le pegaba a la lengua. Se decía que lo acompañaban tres ángeles que parecían querer protegerlo a toda costa, pero aquello era demasiado.

Por la ventana trasera, vio el enorme todoterreno, un Hammer de color negro cada vez más próximo. Le dio un escalofrío al ver que dentro iban Crowe, el sádico que había torturado a Matilda durante años, y el pelirrojo Gul al volante, con la sonrisa de una hiena pegada en su cara.

Crowe sacó medio cuerpo por la ventanilla y alzó lo que parecía una extraña ballesta negra. Una ristra de afilados dardos salió y atravesó parte de la luna trasera, que estalló haciéndose añicos. Un par de ellos se clavaron en la pantalla que había creado la chica rubia y la atravesaron en parte. Dos puntas se quedaron a tan solo unos centímetros de la cara de Hans... Era obvio que se trataba de un escudo vulnerable, después de todo.

Se quedó petrificado. La cara de la chica daba muestras de estar sobrepasada.

—¡Tenemos que hacer algo! Kio, por Dios, que a ti esto se te da mejor que a mí —gritó la rubia.

—Eso digo yo. ¡Haz algo, que para eso te he llamado!

—¡Pero si no me has dejado! —gritó por encima del ruido del aire—. Vas a ir a Rusia conmigo... ¡Oh, sí, ya lo creo que sí!

Ante la asombrada mirada de Hans, aquella niña que hasta hacía unos minutos tenía la cara llena de chocolate mientras comía tortitas, abrió la ventana superior y se introdujo por el hueco con gran agilidad. Cuando la oyó sobre el techo, vio que algo lo atravesaba, una especie de garfios afilados que debían salir de sus pies y que Kio usaba para agarrarse.

—Ella lo arreglará; no te preocupes, Hans.

—Perdona... ¿Tú quién eres?

La chica se echó a reír y luego le sonrió con dulzura.

—Soy Eona. Llevo días buscándote.

—Ah, ¿sí?

—A punto estuve de alcanzaros después de retener a Gul, cuando os atacó fuera de la casa de Bronte.

Sonó un ruido detrás de Hans y se volvió a mirar. Kio había saltado sobre la puerta del maletero y se anclaba a la chapa de la misma forma que lo había hecho antes, pero una lluvia de flechas negras la atravesó y la obligó a inclinarse hacia atrás. Eona agarró la cabeza del chico y lo forzó a bajarla. Las flechas no cesaron durante el interminable minuto en que su cuerpo fue haciendo de escudo, salvaguardando a los jóvenes.

—¡Se han quedado secos! —dijo la chica riendo—. ¡Me parece que tienen miedo de Kio!

—Si yo fuera ellos, lo tendría —se carcajeó Sacher.

Hans buscó a Kio: no parecía haberle afectado la lluvia de proyectiles y ya se incorporaba para agacharse de nuevo y coger impulso. El todoterreno los seguía en zigzag a ocho o nueve metros. Kio se lanzó al aire, como si flotara, y del mismo modo que Eona o Sacher habían creado aquellos escudos, una espada larguísima surgió de sus manos en pleno vuelo. Era un despropósito verla en manos de una niña tan pequeña.

—Es una nodachi... —murmuró Hans.

La enorme espada, al bajar, cortó el techo del todoterreno, la luna, el salpicadero y, por lo que pudo ver, la mitad derecha del cuerpo de Crowe, incluida su cabeza, que se deslizó como mantequilla derretida a un lado del asiento. Un segundo después, Gul terminaba de reventar el parabrisas del todoterreno y disparaba a Kio a quemarropa; primero, con un arma de fuego real, y después, con una ballesta como la que Crowe había blandido un minuto antes.

Kio, inestable por los impactos, patinó.

—¡Es demasiado pequeña! —gritó Eona por encima del ruido infernal—. ¡No lo aguantará, no tiene cuerpo para resistir los impactos!

—¡Aguantará! —contestó Sacher.

Sacher se equivocaba. Un par de segundos después, tras la andanada de proyectiles con los que Gul la recibía, Kio tenía ya un agujero considerable en un hombro y en la cadera. Aunque se había protegido con unas placas metálicas que le cubrían los antebrazos, su aspecto era grotesco, como el de un colador. La niña cayó rodando por el capó del todoterreno que, acto seguido, la atropelló pasándole por encima.

—¡Oh, joder! —gritó Hans escandalizado. Aquello era de una violencia excesiva, más aún con alguien cuyo aspecto era el de una criatura.

—No te preocupes. —Eona le había puesto una mano en el hombro a Hans y le sonreía con dulzura—. Saldremos de esta.

El viento que se colaba por los múltiples agujeros agitaba sus cabellos y la hacía parecer más liviana y etérea. Una nueva ráfaga de proyectiles zumbó en el aire y uno de ellos, sin que Hans supiese de dónde venía, atravesó la sien de Eona.

—¡Aaaauuu! —protestó ella, rascándose la cabeza, como si le hubiera picado un bicho—. ¡Serán...!

—¡Eona, necesito que hagas algo! ¡El coche se va a caer a pedazos como vuelvan a hacer algo así! ¡Dispárales tú, por favor!

—¡Tengo casi todo mi unu en ese escudo! ¿Qué voy a hacer?

Al momento, el escudo del capó empezó a descomponerse y los cristales que lo formaban en lugar de desaparecer se reagruparon para formar una ballesta con un tambor, muy parecida a la que Hans había visto en los yin hacía unos instantes. No era negra, sino de un brillante color plateado.

—¡Toma, no te servirá de mucho, pero menos es nada!

Eona pasó al asiento delantero y se subió por la misma ventanilla corrediza por donde había subido Kio. Con medio cuerpo fuera, Hans supo que disparaba una oleada de proyectiles. Tenía muy buena puntería, se dijo. Las flechas, que emitían brillos blanquecinos, impactaban en el vehículo enemigo y se arracimaban en el capó delantero dejándolo como si fuese un erizo de metal.

—Ya no hay más —dijo al poco. Y se agachó.

—Me has dejado agotado.

—Yo también he puesto algo... Pero tienen un escudo sobre el capó que no se puede atravesar.

—¿Y si disparas a las ruedas? —sugirió Hans.

Eona y Sacher se miraron y asintieron. Por lo visto no se les había ocurrido tal cosa.

—En cuanto recargue, disparo a las ruedas.

Eona volvió a salir por el techo pero se agachó de nuevo muy deprisa.

—Crowe se está recuperando... ¡Creo que tiene una escopeta!

—¡Va a destrozar el coche, Eona, y nos vamos a quedar tirados! No sé si Hans y Verónica lo resistirían.

—¡Hay que hacer algo!

—¡Tienes que hacer algo!

Una ráfaga de disparos los alcanzó. Un surtido de flechas negras y las explosiones que siguieron hicieron saltar la puerta del maletero por los aires.

Hans miró aterrorizado el cristal trasero justo cuando algo, como un meteorito, cayó sobre el capó del todoterreno negro provocando una voltereta en el aire y que se partiese por la mitad. Los coches esquivaban como podían el lugar del accidente y una nube de humo y fuego surgió en medio de aquel espectáculo dantesco.

—¿Qué ha pasado? —preguntó Hans asombrado cuando se alejaban—. ¿Qué acaba de pasar?

Eona y Sacher se echaron a reír.

—Ha sido Kio —contestó ella—. Nunca se pierde una buena fiesta.

Hans, un poco más tranquilo, fue viendo por el boquete trasero cómo el amasijo negro se perdía en la lejanía.

Capítulo 30

La adrenalina de tan frenética persecución había dejado al chico agotado y silencioso, aunque también extrañamente indiferente. A veces se ovillaba sobre sí mismo, escudriñaba su interior y no se reconocía. A lo largo de los últimos días, se habían alternado momentos en los que pasaba de estar muy triste, enfadado o confuso hasta la exasperación, con otros en que no sentía nada. De hecho, la mayor parte del tiempo, todo le daba igual.

El coche en el que viajaban estaba en un estado lamentable. La ventanilla que se encontraba a su izquierda estaba rajada de lado a lado, aunque no le supuso un problema a la hora de apoyar en ella la frente para descansar la cabeza. Hizo un crujido, eso sí, pero lo ignoró. Por la luna trasera se colaba el aire frío y húmedo sin compasión, y de las gomas que antes habían sujetado el cristal ya solo colgaban pequeños fragmentos cuadriculados de vidrio que amenazaban con desprenderse con cada sacudida. También la luna delantera y el techo estaban llenos de agujeros limpiamente cortados, como si el cristal hubiese sido fabricado así, como un queso Gruyère. Verónica, en sueños, soltó un quejido. Era la primera vez que reaccionaba desde que había caído inconsciente. Hans aguardó, pero ella siguió durmiendo con profunda calma apoyada en su hombro, sin cambiar de postura, y su respiración se le derramaba como un velo dulce sobre el pecho. Le acarició los rizos negros y la abrazó con ternura, lamentando con un sentimiento difuso todo por lo que la estaba haciendo pasar. Le besó el cabello y se relajó con su olor. Después, también él cayó dormido. No tardaron en asaltarle sueños extraños, sueños en los que el siniestro Buer lo ayudaba a levantarse del suelo, sueños de sangre y dolor y gritos...

—Hans...

Una mano suave le zarandeó las piernas. Era Eona, que iba

sentada en el asiento del copiloto.

—¿Te encuentras bien? Creo que estabas teniendo una pesadilla.

El mareo persistía. Se encogió de hombros y pestañeó con fuerza para despertarse.

—Me siento raro —murmuró aturdido y con la boca pastosa—. Es como si todo fuese un sueño y no tuviese ningún sentido.

Lo dijo sin pensar, más para sí mismo que otra cosa, pero Eona asintió.

—Es parte del proceso del avatar. Como método de defensa, la mente crea un estado de apatía. Es como en un shock traumático, aunque en nuestro caso sería más bien pretraumático. —Ella le dedicó una sonrisa compasiva.

—Ya estamos llegando —dijo Sacher sacándolo de su sopor.

La carretera corría entre árboles, con la ladera de una montaña a la derecha. A su izquierda, Hans vio reverberar el brillo del sol sobre la superficie de un lago. Una barca se balanceaba en medio del agua, como empeñada en recorrerlo de parte a parte mientras las nubes, algo bajas, dejaban pasar la luz para dar un respiro al día con el bello paisaje. Sacher aminoró la marcha y giró por un camino sin asfaltar que bajaba hacia el lago, atravesando una cerca abierta tras la que se dibujaba la silueta de una casa.

Apenas unos segundos después de que Sacher quitase la llave del contacto, Verónica volvió a la vida, rezongando y frotándose la cara.

Él le preguntó si se encontraba bien, pero no respondió. Se desperezó con tranquilidad, se frotó los ojos con notable parsimonia y, acto seguido, como si le hubiera dado un ataque, salió corriendo del coche y vomitó en medio del campo.

—Se le pasará —dijo Eona.

Hans salió detrás. Ni los altos pinos ni la belleza del paisaje, ni siquiera los nidos que habitaban la gran pajarera de la entrada le ahorraron la turbación por las arcadas de Verónica.

Eona estaba ya junto a ella sujetándola por los hombros.

—Eona últimamente es muy sacrificada... —dijo Sacher a su lado —. Yo diría que tiene complejo de enfermera. Incluso se mete en situaciones en las que un malakh como nosotros debería dar media vuelta.

—¿Y qué situaciones son esas?

Sacher se encogió de hombros.

—Momentos en los que la gente sufre. Ahora Verónica se encuentra angustiada y enferma, y Eona se está contaminando con toda esa negatividad; o si lo prefieres, podría decirse que se está envenenando. Nosotros somos muy sensibles al ki y lo absorbemos con rapidez. Es nuestro alimento, ¿sabes?, y si es negativo, nos envenena. Lo entiendes, ¿verdad?

—Crco que sí. Pero supongo que, si vosotros hacéis cosas buenas, como Eona ahora, que ayuda a Vero, la gente viviría mejor y sería más feliz, ¿no?... Y tendríais más de lo que alimentaros.

Sacher le quitó un par de cristales del hombro y los tiró al suelo.

—Hans, por lo que veo sigues pensando que somos ángeles enviados para ayudar a la humanidad.

—Y así debería de ser, ¿no?

—No —contestó—. Yo soy otra raza. Mejor dicho, otra especie diferente a la humana. No tengo obligación de nada para con los humanos, no vivo directamente de lo que hacen ni me influye, o no debería influirme. Yo soy... —titubeó. Cogió un puñado de piedras y las removió con el pulgar mientras las observaba en la palma de la mano.

—¿Superior? —puntualizó Hans con cierta tirantez.

—Superior no, pero sí que estoy por encima de eso. Soy... diferente. Formo parte del mundo igual que ellos y que los demás animales de la Tierra. Estaba aquí antes de que ningún homínido se planteara siquiera el sentido del yo. —Fue tirando piedras poco a poco hasta quedarse con una—. Antes incluso de que ese homínido tuviese a bien evolucionar

421

y recoger plantas, en lugar de pasar hambre en invierno. O de que se pusiese sobre dos patas...

—Pero, sin esos homínidos, a ti tampoco se te habría ocurrido ponerte sobre dos patas.

La sonrisa de Sacher se ensanchó aún más.

—¿Y te crees que le debo algo a la humanidad por eso? Si el ser humano no hubiese evolucionado como lo ha hecho, yo seguiría teniendo aspecto de mono, pero sería igualmente feliz. De mono o de otra cosa. ¿Sabes la cantidad de especies inteligentes que había antes del desarrollo del Homo sapiens? Cetáceos, mamíferos, homínidos...

Hans resopló sujetando la indignación y un sutil «vale» salió de sus labios.

—No te equivoques, Hans. El hecho de que yo sea espiritualmente superior no me obliga a sacrificarme por el hombre.

—Pues debería —dijo muy bajo mirando al suelo —. Si eres superior y puedes ayudar a las personas fácilmente..., deberías sentirte obligado.

—Hmmm... No —dijo poniéndole una mano consoladora en el hombro—, no soy un superhéroe. La humanidad es solo una parte muy pequeña de este mundo al que debemos cuidar y el tiempo del sacrificio por ellos, para mí, ya pasó hace mucho, mucho tiempo. Los humanos ya me enseñaron que no merecía la pena tal esfuerzo... Y todo lo que los humanos me enseñan lo aprendo y no se me olvida.

Sacher le entregó la piedra que le había quedado en la palma de la mano. Le guiñó un ojo y se alejó. Hans lo vio entrar en la casa y miró lo que le había dado: era un pequeño fósil, una caracola no más grande que la yema del meñique, un ammonites que probablemente habría vivido hacía millones de años. «¿Tantos como él?». Y Hans se quedó mirando la pregunta como si flotara en el aire.

Aquella conversación le había dejado un sabor amargo de existencialismo. Miraba a Eona, que ahora le pasaba a Verónica un brazo sobre los hombros, consolándola y sosegándola, y se preguntaba cómo era posible actitudes tan distintas en dos seres hechos de la misma forma. ¿Sería él así en el futuro? ¿Sería posible que, tal y como insinuaba Sacher, algunos malakhim viviesen solo por y para sí mismos, teniendo a la humanidad como ganado o como mero entretenimiento? «La gente, los humanos, crecen, estudian y trabajan con la idea de tener un salario para sobrevivir, para crear familia, disfrutar, por supuesto; para formar parte de la sociedad, en definitiva», decía para sí.

«Pero los malakhim no tienen esas responsabilidades», se dijo a continuación, «no tienen necesidad de comer ni de comprar nada. Son eternos, así que todo lo que nosotros valoramos ellos no lo necesitan y, sin embargo, se alimentan de nuestras emociones, crecen con nuestras ideas... ¿Es que eso no vale nada? ¿Es que no somos más que mero entretenimiento o una fuente de la que, si pueden, sacan provecho, pero si no, nos retiran todo el valor?».

Las dos chicas se acercaron a él. Verónica tenía mala cara, ojeras y ojos llorosos. Eona mantenía su brazo en actitud protectora y sonreía a Hans con amabilidad.

—Se pondrá bien. Todos estaremos bien dentro de un rato, ya lo veréis.

—No sé qué me ha pasado —confesó Verónica—. Me he despertado y estaba bien y enseguida ha empezado a darme vueltas todo y... A lo mejor necesito echarme un rato.

Se acercó a Hans y lo abrazó. Un ruido, como un fuerte viento a unos metros de donde estaban, los sobresaltó. Lo que vieron los dejó pasmados.

Kio, con una gracia de halcón, aterrizó barriendo el suelo de hierbajos y hojas secas con dos enormes alas grisáceas que salían de su espalda.

—¡Mierda...! —murmuró Verónica hundiendo la cara otra vez en el pecho de Hans—. Creo que me estoy mareando otra vez.

—Tiene alas... —Estaba más extrañado que sorprendido.

Hans miró a Eona en busca de confirmación a lo que acababa

de decir, pero vio que la chica se había alejado varios metros, como si Verónica tuviera un virus muy contagioso. Eona contestó con una sonrisa tímida de disculpa, pero Hans no la culpaba. Aunque le inspiraba mucho cariño, la chica emanaba una esencia dañina que provenía de su frustración, de la intensidad de aquel sentimiento; también él lo notaba ahora. De ella salía un calor que Hans era capaz de captar, una especie de quemazón y picor muy desagradable.

«No la voy a apartar», se dijo, «no voy a echarla por mucho que me moleste».

Hans estaba cambiando: ya tenía la prueba palpable de ello.

Kio se les acercó caminando graciosamente mientras las alas se encogían y se deformaban para introducirse en su espalda, como un pliegue de la tela del vestido que fue desapareciendo como si nunca hubiese estado ahí.

—Habéis dejado el coche de Sacher hecho un asco —dijo con su vocecita tierna.

—¿Y qué hay de Gul y Crowe? —preguntó Eona—. ¿Te los has cargado?

—¡Qué va! Se me han escapado los muy cabrones —gruñó alzando su puñito reivindicativo—. Ya los pillaré, ya...

Kio siguió de largo hacia la casa pasando a varios metros de Hans y Verónica, que aún permanecían abrazados. La pequeña los miró con un deje de lástima y siguió su camino.

—Voy a hacer chocolate —dijo sin volverse—. ¿Alguien quiere un poco?

—Para mí no, gracias —dijo Eona. Y ya, cuando estuvieron los tres solos, se dirigió a ellos, en realidad a Hans, aunque guardando las distancias—. Creo que Verónica debería descansar. Está acostumbrada al mundo con un orden muy concreto y todo esto choca en su mente de forma violenta.

La aludida se echó a llorar. En medio del llanto entrecortado murmuraba cosas que Hans no podía entender. Solo percibía la sensación de desasosiego que la embargaba y que se pegaba a su propia piel causándole un calor incómodo.

—Vamos —dijo Eona—. Buscaremos una habitación para vosotros.

Entraron en la vivienda, pero no vieron a Sacher por ninguna parte, aunque se le oía en algún lugar de la casa como si hablara por teléfono. Se abrió ante ellos un salón enorme con una chimenea encendida rodeada de mullidos sofás. En la pared de la izquierda, desde una gran cristalera con puertas, se accedía al porche y regalaba la vista del plácido lago que se disputaba con el cielo el azul, aun cuando la presencia de nubes en el horizonte auguraba una tarde gris. La cocina, situada a la derecha, era la más grande que Hans hubiera visto jamás. Se separaba del salón por una encimera, unos colgadores de madera para copas y un pequeño botellero con una selección de vinos. Al fondo, vio a Kio subida en un taburete, cocinando algo en un cazo humeante y girando un pequeño rodillo sobre él. «¿Eso que está echando en el chocolate es pimienta?», se preguntó.

—Venid... —los guio Eona, que era toda cordialidad—. Es la primera vez que vengo, pero creo que sabré donde ubicaros.

Eona tenía un brillo extraño en los ojos. A Hans le recordó a la mirada con la que Sacher le había recibido al conocerse, con los iris bañados en una pátina plateada. Era esa misma mirada la que Eona empleaba ahora para encontrar las habitaciones de invitados, escudriñando en todas direcciones, atravesando paredes y suelos.

—Por aquí.

Todo el interior estaba forrado de madera. Subieron las escaleras hacia una balaustrada que llevaba a las habitaciones y desde donde se veía el salón. Hans la siguió doliéndose y tirando de la afligida Verónica, que ni siquiera abría los ojos para ver por dónde caminaba.

—Tranquila —le susurró—. Estoy contigo.

Ella emitió un sollozo y no le contestó.

—Por aquí —dijo Eona.

Los condujo a una habitación cómoda y cuidada con un gran ventanal que enmarcaba la majestuosa montaña. Era acogedora, con muebles de madera blanca y una rústica cama vestida con un edredón de flores estampadas.

—Os dejo solos... Voy a por vuestra maleta.

Hans se dio cuenta de que se pegaba a la pared para evitar acercarse y pensó que solo le había faltado llevar un traje antirradiación. Cerró la puerta al salir y él acompañó a Verónica hasta la cama. Apenas se habían sentado cuando ella se echó a llorar con más fuerza.

La entendía. También a él se le saltaban algunas lágrimas, aunque por dos motivos opuestos: unas por empatía y otras por el dolor que asumía al tenerla tan cerca. ¿Cómo podía afectarle tanto? Ni los momentos de desesperación de los días pasados ni la noticia del asesinato de sus padres lo habían conmovido hasta tal punto. ¿Es que su transformación era ya tan avanzada que había en él más de malakh que de humano?

—Me quiero morir, Hans...

—¡No digas eso! ¡No me digas algo tan horrible!

—Es todo tan difícil y tan raro... ¿Cómo voy a seguir con mi vida después de esto? Lo que pasó con mi hermano era una cosa, que mis padres no me quieran lo puedo soportar...

—Vero, estás nerviosa y lo estás exagerando todo.

—... pero esto... No sé si puedo seguir con mi vida si me he dado cuenta de que no valgo nada.

—¿Que no vales nada? ¿Pero por qué dices eso? ¡Claro que vales!

—¡Yo no valgo nada! ¡Llevo una vida de mierda, con un trabajo de mierda! Y encima hay «cosas» ahí fuera que son malas y controlan el mundo... y luego otras que me hacen sentir como una hormiga.

Hans percibía su dolor cada vez más agudo y tangible. ¿Cómo

podía calmarla o argumentar que lo que decía no era verdad?

—No, Vero. Tú vales mucho, eres la mejor persona que conozco. Sin ti y sin lo valiente que has sido yo no habría podido escapar de esos tíos.

—¿Valiente? —jadeó entre hipidos. Se apartó un momento para encararse a él. Tenía la cara hinchada y roja y churretes de lágrimas—. Hasta Matilda era más valiente que yo. Esa bruja loca sabía todo esto desde el principio. La maltrataron desde pequeña, la torturaron y, aun así, no se rendía; le echaba huevos a todo y yo la insultaba, la odiaba. Y mírame a mí ahora... Veo a una niña con alas y mi mundo se va a la mierda.

Hans la miró sintiéndose impotente por no poder hacer ni decir nada que la hiciera sentirse mejor.

—Verónica, yo te quiero —dijo a la desesperada—, te quiero mucho. No dejaré que te pase nada malo. —Ella se le había acercado de nuevo y sollozaba en su hombro—. Sé que ahora es todo muy raro, pero tal vez en algún momento... —dijo torciendo el gesto—. Seguro que todo vuelve a ser... normal.

No se lo creía ni él, pero así se lo dijo.

—Vero... —susurró desesperado.

Unos golpes en la puerta lo interrumpieron. Dio permiso para que pasaran mientras ella se agarraba a él con más fuerza como si fuese un salvavidas.

Era Eona y traía un vaso de agua en una mano y las bolsas negras de deporte en la otra. Dejó el equipaje encima de un pequeño sillón y se acercó a ellos con cautela.

—Toma —dijo sacándose del bolsillo de su vestido una pastilla—. Es un relajante. La hará dormir un poco y después se sentirá mejor. Es por su bien —dijo al ver la cara reacia de Hans.

—No sé si...

Pero Verónica alzó la vista y arrebató la pastilla de la mano de

Eona que, ya le tendía el vaso de agua.

—Me da igual todo —dijo. Y se la metió en la boca.

Ante la mirada impotente de Hans, se hizo un ovillo sobre la cama y les dio la espalda. Él agradeció perder el contacto con ella, con ese miedo tan abrasivo que le quemaba la piel como si fuese ácido, pero no dejó de sentir la opresión en el pecho por no poder hacer nada por ella.

—Duerme... —susurró Eona inclinándose sobre la chica y acariciando sus rizos negros.

Hans tuvo la certeza de que Verónica se había dormido de golpe. Algo, como una extraña química, había cambiado en el ambiente. Él seguía sintiendo la quemazón, aunque ya no era algo que emanase de su amiga. Habría dicho que no era externo, sino una especie de poso de la energía que ella le había transferido y que se había quedado dentro de él.

—Si puedes dormirla sin más, ¿por qué le has dado la pastilla?

Eona se encogió de hombros.

—Yo puedo dormirla, pero no mantenerla durmiendo. El somnífero sí que puede. —Se enderezó y ladeó la cabeza—. De lo contrario, tendría que quedarme a su lado todo el tiempo y no me apetece. El ambiente está muy cargado. De hecho, tú tampoco deberías quedarte; tanto estrés y negatividad te enturbian y afectan al proceso de transformación. ¿Acaso no te sientes molesto? Puedo ver que has absorbido bastante.

A Hans lo incomodó oír aquello. Era como si le estuviera haciendo una radiografía y dejándolo desnudo sin su permiso... Y ya conocía esa sensación gracias a los yin.

—Puedes ver todo eso... ¡Vaya!

Eona se echó a reír.

—No te sientas incómodo. Nosotros vemos el halo de las cosas, el plasma emocional, su graduación y el tipo de energía que contiene.

Dependiendo de los sentimientos, tienen un aspecto u otro.

—Como los colores del aura. Eso que dicen algunos curanderos que pueden ver...

—Algo así. Aunque la mayoría de la gente que dice que la ve, miente. Para eso hace falta una sensibilidad que pocos humanos tienen. Incluso a mí me cuesta. Diría que la veo un poco borrosa. —Ella se inclinó hacia él—. Mira, así la veo mucho mejor.

Se señaló un ojo con el índice y sus ojos empezaron a cambiar. Una extraña pátina, como una fina tela, fue surgiendo de la linde de sus iris hasta cubrir las pupilas, de fuera hacia adentro. Sus ojos quedaron convertidos en dos espejos de plata que reflejaban a Hans con nitidez. Se vio a sí mismo reflejado en ella, con cara de pasmado.

—¿Por qué te pasa eso? ¿Qué es eso?

—Eso es mi cuerpo tal cual es. Es el verdadero aspecto de mi alma. Se podría decir que los malakhim no tenemos forma definida. Lo que ves es solo un modelado personal de mi cuerpo y mi alma, que son la misma cosa. Yo le doy color y un aspecto a mi gusto. Mira —dijo alzando la mano izquierda, que se fue volviendo reflectante, como si la hubieran barnizado en plata esterlina—. Esto ni siquiera es una mano. Yo hago que tenga forma de mano porque quiero parecer humana... En ocasiones lo limito a los ojos porque es donde me concentro al mirar, así me siento más humana.

Hans, sin entenderla demasiado, atisbó por encima del hombro para asegurarse de que Verónica seguía dormida. Se había alterado mucho al ver tantas cosas inexplicables y no deseaba otro episodio igual.

—Tranquilo... Está profundamente dormida; no se despertará. Ven, la dejaremos descansar.

Hans fue tras ella hasta la planta baja. No tardó en aparecer Kio llevando dos tazas humeantes de lo que Hans dedujo que era chocolate.

—Toma, para ti.

Hans cogió la taza algo reacio. Presentaba un aspecto apetitoso, con una textura cremosa y una nube de algo que parecía ser nata montada encima y, aun así, pensó que era mala idea. Su cuerpo le estaba pidiendo ir al baño a seguir descomponiéndose. Compuso una mueca de asco.

—O te lo tomas o te mato —dijo Kio sentándose en un sofá con los pies colgando mientras sorbía de su taza—. Es chocolate criollo del Amazonas, ¿sabes? Lo he traído expresamente para ti.

—¿Para mí? —dijo asombrado. Después de tantas cosas asombrosas que eran capaces de hacer, que pudieran viajar a la velocidad de la luz o algo así no le resultaba tan descabellado.

—Te está tomando el pelo Hans —intervino Eona acomodándose en el sofá—. En realidad, lo compra para él...

—Lo cosecho —corrigió la pequeña.

—Así es —admitió su compañera—. Siempre ha tenido debilidad por algunas frutas raras y derivados. Sobre todo, por el chocolate. No es que haya ido corriendo a buscarlo, es que tiene existencias de sobra.

Hans asintió por no faltar a su buena educación y probó un sorbo de cortesía... y luego otro, y otro...

—¡Vaya, esto es increíble! —exclamó cuando ya iba por la mitad de la taza—. ¿Lleva pimienta?

—Receta secreta.

—No te lo dirá —refunfuñó Eona—. Nunca las dice. Es bastante huraño con esas cosas.

—No me importa cocinar para mil personas, pero la receta es mía... Y es huraña. Ahora soy una chica.

—¿De pronto quieres hablar del sexo de los ángeles? No llegas ni a chica... Y, por cierto, te he visto con mil formas distintas; gordo, flaco, más tostado, más claro, con el pelo así o asá... Siempre tienes aspecto oriental, pero nunca te había visto como mujer.

Ella se encogió de hombros.

—He tenido mis épocas. Hace doce siglos me pasé cincuenta años como esclava de un señor feudal.

—¿Su esclava? —preguntó Eona extrañada.

Hans se percató de la presencia de Sacher al oírlo reír por lo bajo, muy cerca de él. El malakh estaba de pie, detrás de la butaca donde se había sentado.

—Yo no sabría discernir quién era esclavo de quién. Feliz pero esclavo, al fin y al cabo —añadió Sacher.

—Era un tipo muy divertido —dijo Kio—. Y tenía un palacio y mucho lujo. Buena gente.

Hans la miró sorprendido.

—Como ángeles, no os pega demasiado ser avariciosos.

—Yo no soy avariciosa. Me gustan las cosas bonitas y me gusta divertirme. ¿Qué esperabas, que fuésemos como los santurrones aburridos de las iglesias?

—No sé lo que esperaba. Cuesta trabajo separar lo que son cuentos de lo que no... ¿Qué hay de lo de las alas? Pensaba que era inventado.

—Es una de las cosas que los humanos han tomado de la realidad —admitió Eona.

—Pues es lo que más raro me parece, la verdad. Si vosotros podéis tener el aspecto que queráis, ¿para qué las alas?

Sacher se adelantó un paso e inclinó la cabeza antes de preguntarle:

—¿Cuál crees que es el medio de transporte más rápido?

Hans se quedó perplejo sin saber a qué se refería.

—¿El medio de transporte?

—¿El coche, el barco, el tren, el avión...?

—El caballo —añadió Kio.

—¡Oh, sí!, el caballo —se emocionó Eona— me encanta... Lo echo tanto de menos.

—Hay un picadero aquí cerca.

Sacher carraspeó llamándolas al orden.

—¿Cuál es para ti, Hans?

La pregunta lo había pillado entre distraído y perplejo, pero lo meditó un instante y contestó con seguridad:

—El avión. Está claro que con el avión se llega más rápido a todos lados.

—Claro —asintió Sacher—. Porque volar y evitar los accidentes geográficos es la forma más fácil de llegar a cualquier parte, ¿no crees?

—Sí, supongo. —Hans empezaba a entender adónde quería ir a parar—. Pero en lugar de tener alas, podríais usar aviones, ¿no? Es decir, entiendo que poder echar a volar en cualquier parte es lo más cómodo, pero llama mucho la atención. No creo que a la gente le parezca muy normal ver a una persona volando.

—Los malakhim no llamamos la atención de los humanos, Hans. No, si no es adrede —puntualizó Eona—. Lo que nos ocurre es que, al no estar en contacto con el Cambio, los humanos no se fijan en nosotros. Podría decirse que aunque nos ven, no les resultamos interesantes.

—¿En serio?

—Cierto —añadió Sacher—, y además hay una cosa muy importante: ¿tú sabes desde cuándo hay aviones?

—Supongo que desde hace un par de siglos o así.

Sacher se paseaba con las manos a la espalda, como si fuese un profesor ejerciendo su cátedra.

—El primer aparato que voló, que ni merecía el nombre de avión, lo hizo el 17 de diciembre de 1903, y el primer avión comercial, el 7 de noviembre de 1910. Desde el siglo XIX existían los globos aerostáticos, pero, como comprenderás, no eran muy útiles para desplazarse. De manera que hasta hace un siglo no disponíamos de un medio de transporte aéreo... ¿Cómo crees que nos hemos estado moviendo por el mundo hasta ahora?

Hans iba comprendiendo lo que Sacher quería decirle. Si los malakhim llevaban una eternidad en la tierra, lo más lógico era que hubiesen buscado un medio de transporte rápido para viajar de un lugar a otro sin engorros. Al no contar con la imaginación ni la tecnología humana suficiente para poder inventar algo como el avión, lo único que tenían a su alcance era su capacidad para transformarse.

—Ya entiendo...

—Por eso tienes esas heridas en la espalda —le explicó Eona—. Las alas, con el paso de los siglos, se han convertido en una materialización de nuestro instinto defensivo y es lo primero que encarna. Y nos protegen, porque es una forma fácil de huir y de defenderse, y el avatar, como lo que eres tú ahora, es el periodo más sensible de un malakh, cuando es más vulnerable.

—Por eso los yin te quitaron las glándulas alares que es lo primero que desarrolla un avatar...

—¿Glándulas... qué?

—Son las cápsulas que contienen las alas compactadas —le explicó Sacher—. En el momento en que un malakh desarrolla esas glándulas, ya las puede usar, llenarlas con su propia sangre y... Aunque es peligroso, porque requiere de mucha sangre; además, un avatar está poco o casi nada preparado para volar de esa forma.

—Yo lo hice... —soltó Kio, que tenía una línea difusa de chocolate líquido en el bigote— un par de veces. Fue bastante patético y doloroso.

—Creo que a todos nos ha pasado —admitió Eona—. Es instintivo, pero es también una temeridad.

—Y a mí Buer me las quitó... —dijo Hans. Un rictus de

preocupación le cruzó el rostro—. ¿Eso quiere decir que ya no tengo alas, que las he perdido para siempre?

—No tienes que inquietarte por eso —lo tranquilizó Eona—. Nosotros nos regeneramos. Lo que pasa es que al habértelas quitado siendo todavía muy humano, te ha privado de ellas hasta que te transformes del todo. Un avatar requiere un cuerpo limpio de negatividad. Con unas heridas tan graves como esas, lo que ha conseguido es, por un lado, ralentizar el proceso de transformación, y por otro, quitarte tu única arma defensiva. Te ha convertido en un avatar muy vulnerable.

—Pero me volverán a salir, ¿verdad? —Eona asintió—. Y no me dolerá, ¿no? Es decir, salen y ya está, igual que me está cambiando todo lo demás.

Eona calló y miró en busca de apoyo a Sacher, que se la quedó mirando, y luego a Kio, que se concentró en el contenido de su taza.

—No... ¿Por qué iba a dolerte? —dijo un tanto forzada.

—El instinto lo tienes —intervino Sacher sin dale tiempo a conjeturar—. Nosotros tenemos mucha fuerza y un gran instinto de supervivencia en la fase de avatar. Lo demuestra lo que le hiciste a Buer en el hospital. De no haber tenido la energía de un malakh, no habrías podido lanzarlo por la ventana, ni con una silla ni con nada.

—Y yo me lo perdí —se lamentó Kio dándole un último sorbo a su chocolate.

—A saber qué va a pasar con ese hospital... —murmuró Sacher.

Se movía de un lado a otro de la habitación, como si tratara de descifrar un enigma capital.

—No te preocupes ahora por eso, Sach —volvió a tranquilizarlo Eona—. Lo que tenga que pasar pasará.

—¿Qué ocurre con ese hospital? —le preguntó Hans—. ¿Lo van a cerrar? Deberían... Es un lugar horrible.

Eona asintió y le habló a Sacher.

—Él debería saberlo; podría ayudarnos a entenderlo.

—¿Entender qué? —preguntó Hans.

Sacher resopló dándose por vencido y se quedó mirando un cuadro de unos perros que jugaban al póquer, como si fuera del máximo interés. Eona se volvió hacia él.

—En ese hospital va a pasar algo muy malo... Un incendio o algo así. No sabemos cómo ni cuándo ocurrirá, pero estamos seguros de que será pronto y de que será algo terrible.

—¿Cómo lo sabéis?

—Hay una profecía, una visión que han tenido los profetas sobre ese lugar.

—Los profetas son unos histéricos —dijo Kio—. Cuanta más sangre ven, peor se controlan.

—¿Y los culpas? —preguntó Eona—. Porque yo no... Bastante tienen esos pobres infelices con lo que tienen, siempre viendo cosas horribles y sin poder evitarlo...

—O sea, que no se puede evitar —puntualizó Hans—. Pasará algo muy malo y no podemos hacer nada, ¿no es eso? —Eona asintió—. ¿Y qué se supone que va a pasar?

Sacher decidió tomar cartas en el asunto y participar de la conversación.

—La principal teoría sugiere que Buer, al no poder controlar el hospital, le prenda fuego. Los profetas han visto fuego y será así como pase. Aparte de eso, no sabemos más; ni cuándo, ni cómo, ni la cantidad de gente que morirá... Aunque por su magnitud, seguro que serán muchas personas. Miles, tal vez.

—Qué exagerado... —murmuró Kio.

—¿Y Buer ya no puede controlar el hospital? ¿Por qué?

—Porque al empujarle tú por la ventana, todo el mundo lo vio tirado en el suelo. ¡Cayó de un cuarto piso...! Ya no puede hacerse pasar por humano. Como él es el dueño y como tiene tan mala uva, quizá decida prenderle fuego...

—Vaya... —murmuró Hans sobrecogido.

Si lo que decía Sacher era cierto, entonces, pasaría a ser el culpable de la muerte de miles de personas indefensas dentro de ese hospital. Se le hizo un nudo en la garganta, como si una garrapata de congoja se le hubiese agarrado y le estuviese chupando la sangre y el aire.

—¡Lo veis! No es buena idea contarle estas cosas ¡No las puede asimilar bien!

—¡Pero tenemos que hacer algo! —dijo el chico llevándose las manos a la cabeza—. ¡Algo se podrá hacer!

—Lo que no entiendo —dijo Kio— es por qué no puede Buer dirigir el hospital. Que cambie de forma y siga haciendo lo de siempre. No sé a qué tanto problema.

—Kio —le dijo Eona—, no todos los malakhim cambian de forma como de camisa, como haces tú. Sabes que no es lo normal.

—Sois un coñazo.

—Buer lleva con el mismo aspecto desde hace milenios, apenas ha cambiado con las épocas. Si como dice Sacher está enfadado, no me parece descabellado que decida tirarlo abajo. Típica reacción de los yin; destrozarlo todo como hace un niño con una pataleta.

—¿Y si matamos a Buer? —dijo Hans a la desesperada.

—Ya estamos... Lo sabía... —suspiró Sacher frotándose la cara—. No es tan sencillo, Hans. Y, además, tampoco estamos seguros de que sea eso lo que va a pasar. No podemos sacar conclusiones precipitadas y, menos, ponernos a perseguirlo así, sin más.

—¡«Así, sin más»! —explotó Hans poniéndose de pie de un salto—. ¿Cómo puedes ser tan pasota? ¡Ese demonio me torturó, ha matado a mis padres y va a matar a miles de personas, y tú quieres que lo dejemos estar! ¡Eres un cobarde, eso es lo que te pasa! ¡Vas a dejar que haga lo que quiera y no vas a mover un dedo!

Terminó de vociferar y sintió que todo le daba vueltas. Alguien, cerca, le preguntó si se encontraba bien, pero el mundo se le había vuelto negro. Después, ya no oyó nada más.

Capítulo 31

Aún no estaba despierto cuando empezó a sentir un punzante dolor de cabeza que le palpitaba en las sienes. El aire frío y húmedo de la tarde se le posó en la nariz y en los pulmones y emitió un quejido lastimero. Los tibios rayos de sol de color anaranjado se le colaban por entre las pestañas y al abrir los ojos los veía entrar furtivamente por la ventana y llenar la estancia de un resplandor rojizo. Era como tener fuego en los ojos. Del placer cálido del sueño resurgió al frío de la vigilia y al dolor.

Le sobrevino el extraño sabor a bilis corrupta mezclado con el metálico gusto de la sangre.

«Tengo las tripas llenas de mis tripas».

Se irguió con suavidad, desubicado, sin saber cómo había llegado a la cama. Buscó a tientas a Verónica, pero no estaba allí. Dejó a un lado sus necesidades fisiológicas y salió a ver dónde se había metido todo el mundo. En el pasillo, se asomó a la balaustrada que daba al salón y aguzó el oído sin percibir nada. Aquella casa desconocida estaba en absoluto silencio. O no había nadie o no parecía que hubiera. ¿Cuántas horas habrían transcurrido? Un reloj de pared marcaba las siete y diez... Dedujo que había dormido unas cinco largas horas.

Bajó al salón y recorrió la casa estancia por estancia. Encontró la puerta abierta de una sala de música con varios instrumentos, algunos de ellos bastante exóticos. Un poco más allá había una biblioteca y, al fondo, lo reconoció al instante, un tatami igual que el que había en casa de Bronte, aunque más luminoso, con menos polvo, y las paredes, aunque parcamente, estaban decoradas con algunas katanas y wakizashis bastante ajadas.

Al volver sobre sus pasos, vio otra puerta a su derecha que daba a un garaje. En él, aparte de múltiples herramientas perfectamente colocadas y bancos de trabajo, había un Audi TT bastante nuevo. Un coche atractivo, deportivo, de color gris y brillo espejeante... No se imaginaba a la pequeña Kio tratando de llegar con los pies a los pedales.

Volvió al salón y una vez que asumió que estaba solo, le entraron nuevas ganas de vomitar.

Se acercó despacio a la primera puerta esperando que fuese un baño, pero resultó ser una despensa. Al abrirla, una vaharada de penetrante olor a especias y mohos indescifrables le llegó a la nariz y le produjo una fuerte arcada. Una muestra del contenido de su estómago se le subió a la boca y, apurado, corrió a arrojarla al único sitio cercano que se le antojaba apropiado; la pila de la cocina.

El fregadero recibió la emesis sin rechistar; en esta ocasión, la masa era pastosa y oscura, salpicada de algunos tejidos de color claro. Abrió el grifo y procuró que el desagüe se lo tragase todo. Una pequeña muestra de desechos produjo un atasco y tuvo que cogerla con la mano y tirarla a un cubo de basura. No fue capaz de mirar. «Estoy tirando mi propio cuerpo a la basura. Es... macabro». Tal certeza lo llevó a vomitar otra vez y a seguir con el mismo proceso. La operación se repitió dos veces más, hasta que las arcadas fueron quedándose en puros amagos.

Se lavó la cara, exhausto, y le vino a la mente lo que había pasado aquella tarde, la ira visceral que le había acometido cuando Sacher adoptó la postura impasible de no hacer nada.

Ese pensamiento tan negativo y estar tan enfadado con él le habían provocado el desmayo. Recordarlo le producía nuevas arcadas. Esta vez solo fue agua que había bebido después de enjuagarse la boca.

«Los pensamientos negativos no me sientan bien».

Pero ¿de verdad iba a ser capaz de reprimir ese tipo de sentimientos?

Hans entró de nuevo en el salón y prestó atención a los sonidos. Nada. No había ruido en la casa. ¿Dónde estaba todo el mundo?

Se acordó de Verónica, de su mal estado, su miedo. Se acordó también de que la habían drogado para que durmiera y lo apremió saber cómo estaba.

Salió al porche. A lo lejos, la superficie rojiza del lago destellaba con los últimos rayos de sol y reflejaba con pereza y sombras oscuras las embarcaciones que lo surcaban, como si en lugar de agua navegasen en aceite. Junto a la orilla, a unos cien metros de él, estaba el embarcadero invadido por juncos y hierbas silvestres que no impedían colocar unas sillas de mimbre y una mesa de café.

Se encaminó hacia allí lamentándose, sin ninguna gana de hablar con nadie y sintiendo a la vez que no tenía más remedio.

A medio camino, vio a contraluz tres figuras sentadas en sillones, aunque al acercarse constató que eran cuatro. Verónica, sentada en un cojín en el suelo y con los ojos cerrados, tenía tras ella a una afanosa Kio que le hacía con notable parsimonia una trenza muy elaborada.

Todos lo saludaron. Él apenas hizo un ademán con la cabeza.

—¿Estás bien? —le dijo a su amiga.

Ella alzó la vista, los ojos distantes y soñolientos, y le sonrió apenas.

—Un poco cansada, pero que me peinen me relaja tanto...

Tenía la mirada perdida y ojerosa. No solo parecía fatigada, también sus gestos y su postura transmitían apatía y una profunda tristeza.

«Pero no está triste del todo. Yo lo notaría».

Eona carraspeó.

—Se ha levantado de la cama ella sola. Creo que aún está algo conmocionada y exhausta. En un par de días estará mucho mejor.

Verónica, ausente, asintió con la cabeza.

Sacher fumaba un cigarro mientras escrutaba al chico. Hans estaba lo bastante desconcertado como para continuar enfadado con él, aunque era justo reconocer que le había gritado, le había tratado mal y tenía la necesidad de disculparse. Se sentó a su lado.

—Siento haberte gritado —dijo cabizbajo.

Lo que no dijo fue que no sentía haberle llamado cobarde... y no pensaba retirarlo. Sacher se encogió de hombros.

—¡Tranquilo! —rio—. Solo estabas desvariando. No pasa nada.

A Hans le ofendió el comentario.

—¿Desvariar? No era un desvarío. ¿Por qué dices eso?

Los otros dos malakhim callaban. Ni siquiera Kio, que le hacía la trenza a Verónica, levantó la vista de sus cabellos. Sacher tampoco le dio importancia.

—Mira, es posible que en los próximos días tengas sensaciones que ni siquiera te pertenecen. Cosas que han quedado en un pasado intangible para ti. El malakh que hay en ti tiene sus propios recuerdos, unos buenos y otros no tanto. Esos recuerdos aún no están asentados en ti, pero se vuelcan las sensaciones, los sentimientos que se derivan...

—Al malakh que llevo dentro no le gusta tu pasotismo. ¿Es eso lo que quieres decir?

Sacher se echó a reír con más ganas aún.

—Si es que ese es el problema, que tú ahora mismo no entiendes mis motivos. —Hans bajó la vista avergonzado—. Es un sentimiento más complejo que la pasividad...

—Que como humano consideras que no soy capaz de entender.

—... que como humano no debería de preocuparte en absoluto porque tienes mejores cosas en las que pensar y porque no hay humanidad en ese sentimiento —. Sacher respiró hondo y exhaló el humo de la última calada—. Mira..., deja que el proceso siga su curso, deja que las emociones que fluyen en ti pasen de largo. Cuando llegue el momento, serás capaz de juzgar, arrepentirte, amar y alegrarte... y conciliarlo todo en una sola idea, en un solo recuerdo. Ahora mismo no deberías inquietarte por nada. Deja que te mimen. ¡Disfruta! —dijo encogiéndose de hombros.

No soportaba que lo tratasen como a un niño estúpido y Sacher estaba usando ese tono maternal que tanto lo sacaba de quicio. Decidió dejarlo estar y se comprometió consigo mismo a tratar de evitar los conflictos en la medida de lo posible, a respirar hondo y dejarlo ir.

—No te frustres, Hans —dijo Eona sonriéndole con cariño—. Mira, Bronte pensaba que Buer era uno de los peores yin que existen. ¿Sabes por qué? —Hans se mantuvo en silencio, atento—, porque es de los pocos capaces de controlarse y de usar el coco —dijo dándose toques en la sien—. Es un tipo listo que en su momento aprendió a rodearse de asesores, igual que hacemos nosotros, y a usar eso en beneficio propio. Los yin suelen ser impulsivos, violentos y rabiosos. No pueden controlar correctamente la negatividad de la que están hechos.

—Es raro verlos en las ciudades —dijo Kio sin quitar la vista del pelo de Verónica—. Lo normal es que estén en zonas de conflicto.

—Es cierto. Se mueven en zonas aisladas, casi siempre a la zaga de grupos violentos que solapen las atrocidades que hacen. Buer, por el contrario, es un caso muy particular.

—Es un tipo astuto —convino Sacher—. Ahí radica el problema.

—¿Cómo es el dicho? —murmuró quedamente Verónica—. «Más sabe el diablo por viejo que por diablo».

Los malakhim le dieron la razón.

—Efectivamente —asintió Eona—. Un yin normal se puede manejar, ni siquiera da demasiados problemas, pero Buer es harina de otro costal.

—Más a mi favor sobre la idea de matarlo —dijo Hans.

Sacher esta vez no dijo nada, pero apartó la mirada.

—Hans... —le murmuró Eona—, ¿sabes lo que hará en cuanto nos vea venir?

Frunció los labios y ella prosiguió.

—Hará algo como..., no sé, prenderle fuego al edificio, aunque nada más sea por tener una ventaja táctica. Y no te lo digo porque me lo imagine, porque imaginación es lo que no tengo... Te lo digo porque ya ha pasado antes.

—La venganza no es el camino —canturreó Verónica con los ojos cerrados.

Todos se echaron a reír. Parecía que de pronto Verónica se movía entre el atontamiento del shock, el de las pastillas y el que le proporcionaba Kio mimándole el pelo.

Hans no estaba seguro de que lo impulsase la venganza, sino, más bien, la responsabilidad. Costaba trabajo relajarse a sabiendas de que aquel ser torturaba personas inocentes con total impunidad.

—Matilda no llegó a contarnos demasiado —dijo quedamente Hans—. Se esforzó por contarnos las cosas poco a poco, como si eso fuese a espantarnos.

—Y lo habría hecho —convino Eona—. Matilda tenía una sabiduría digna de su instinto de supervivencia. Seguro que supuso que si os decía la verdad la abandonaríais.

—Al final nos abandonó ella —murmuró Verónica.

Lo dijo más con pena que como reproche. Hans recordó lo que le había dicho aquella mañana, arrepentida de haber tratado tan mal a la adivina tuerta.

—¿Quién es Matilda? —preguntó Kio.

—Oíd..., ¿os puedo hacer una pregunta? —dijo Verónica algo cohibida—. Veréis, es que me reconcome... Matilda nos dijo que Dios no existía...

—¡Acabáramos! —exclamó Sacher.

Hubo una carcajada general. Incluso Kio estuvo a punto de caerse del asiento.

—¡Santa Madonna mía! —murmuró Eona.

Al final fue Sacher el que cabeceando quiso hablar del tema.

—Qué curioso que alguien que se pasa la vida en contacto con el Cambio te diga que Dios no existe.

—¿Por qué? —preguntó Hans—. ¿Es que Dios está en el Cambio?

Sacher se encogió de hombros.

—¿Y qué es el Cambio? ¿Y qué es Dios? Es interesante cómo los seres humanos siempre barren para casa. Todo tiene que ser humanizado y a su imagen y semejanza.

—Salvo los hindúes o los egipcios —puntualizó Kio.

—Yo diría, más bien, que la zoolatría es algo muy extendido —apuntó Eona.

—Pero no hablamos de eso —dijo Sacher—, sino de la humanización de todo. Los dioses de la zoolatría siempre tienen piernas, brazos... Todo acaba girando en torno a la humanidad, al antropocentrismo tan delirante que padecéis. —Y soltó una carcajada de las suyas—. Verónica, en este caso, habla del Dios cristiano y judío, de Yahvé, un tipo con barba blanca y muy mala uva.

—Curiosamente es el que más se asemeja a la realidad —dijo Eona.

—¿O sea, que existe? —dijo Verónica sorprendida.

—¿Un ser omnisciente? ¿Omnipresente? ¿Con una inteligencia ilimitada que puede ver presente, pasado y futuro?

Verónica asintió.

—¡Claro! Se llama Cambio —dijo alzando las manos.

—¿Qué?

—No goza, que sepamos —puntualizó con el dedo—, de libre albedrío. Cubre el mundo y sirve de nexo entre planos y guarda la información de lo que ha ocurrido y ocurre, y su capacidad de abarcarlo todo le hace posible llevar a cabo complejísimos cálculos de probabilidades que le dan algo así como precognosciencia. No tiene mente propia, pero tiene conectadas a él cada mente del planeta y los pensamientos, que fluctúan de un lado a otro como en una red neuronal.

—No lo había visto de esa forma —admitió Verónica.

—Y bueno..., no es como Yahvé, un Dios vengativo y caprichoso, pero tiene algunas... ¿normas? Comportamientos extraños que hoy día aún no llegamos a entender del todo.

—¿Como cuáles?

Sacher se encogió de hombros.

—Como el hecho de que existan seres como los profetas, de que la mayoría sean hombres, de que esos profetas estén salvaguardados de los yin, de que siempre, indefectible y desgraciadamente para mí..., acaben encontrándome.

La cara de hastío de Sacher culminó en una risotada general.

—Sí, sí... Os daba yo una eternidad soportando a esos pelmas.

Kio dio por terminada su obra: un intrincado recogido hecho con auténticas filigranas de pelo. Simulaba un artístico nido de abeja, como si estuviese cosido.

—Es increíble —dijo Hans, que no salía de su asombro.

La niña se puso de pie en el sofá y se sacudió el vestido, más como un gesto de orgullo que porque le hiciera falta.

—¿Queréis que os haga la cena?

—Me apunto —dijo Eona—. Tengo ganas de uno de tus platos normales, sin chocolate de por medio.

—Ah... —dijo ella con cierta tirantez—, ¿pero queríais algo salado?

Se la quedaron mirando como a un bicho raro.

—¡Os tomaba el pelo! —dijo divertida. Solo al darse media vuelta Hans vio que fruncía el ceño y ponía cara de disgusto.

La cena, que consistió en una deliciosa crema de verduras, unos salteados de tofu y una ensalada de sabores tan exóticos que Hans no pudo identificar, fue frugal, y aun así, se la alabaron. El postre, en cambio, fue más abundante. Hans apenas pudo probar un poco de cada cosa antes de sentirse enfermo.

—No te fuerces a comer, Hans —le dijo Eona en la mesa—. No vas a digerir nada de aquí a un par de días y solo hará que te sientas peor.

La hizo caso.

Verónica apenas hablaba, pero se la veía algo más animada y despierta, atenta a las conversaciones. Hans buscó un par de miradas de complicidad durante la cena, pero permaneció callada la mayor parte del tiempo antes de anunciar que se iba a dormir.

Cuando subió, la encontró ya en pijama y delante del espejo del tocador intentando deshacer el intrincado recogido que Kio le había hecho.

Al verlo entrar, añadió un nuevo forcejeo y bufó.

—¿Cómo narices me ha hecho esto?

Hans se echó a reír.

—Déjame que te ayude. Ven —dijo señalándole la cama.

Se sentaron, él detrás de ella, dispuesto a deshacer la concienzuda aunque hermosa maraña sin provocarle tirones.

—Me vendría bien llamarla si algún día tengo que ir a una boda. —Se frotó la cara, nerviosa—. La que me ha liado en un momento...

—A saber, dónde ha aprendido a hacer esto —dijo él con el ceño fruncido, como si descifrara un problema matemático—. Peluquera de día, pastelera de noche.

Verónica soltó una risa floja.

—Y matademonios en sus ratos libres.

Hans rio.

—Te encuentras mejor, ¿no?

—No lo sé... —suspiró.

Fue terminando y le peinó con los dedos el pelo rizado. Era suave y se dejaba hacer. No quería abusar de su suerte, pero tenía una buena excusa para acariciarla. Ella soltó un gemidito.

—Entre la pastilla que me acabo de tomar y el masaje capilar, me estoy quedando dormida...

—¿Te has tomado otra pastilla?

—Sí, claro —dijo zafándose y apartando las sábanas para meterse en la cama—. Me iré de cabeza al médico dentro de unos días. Me da a mí que esta crisis nerviosa no se me va a pasar en un fin de semana al aire libre.

De pronto, él se sintió cohibido. Se dio cuenta de que desde hacía una semana habían estado durmiendo juntos por necesidad, primero por sus terrores nocturnos, luego por la huida con Matilda y, más tarde, por puro apego desesperado. Ahora lamentaba no tener una excusa de peso para quedarse con ella. Era uno de aquellos brotes que le daban, aunque por mucho que quisiese estar a su lado, las cosas se habían calmado y ya no había necesidad de compartir cama.

—Esto... ¿Quieres que me quede?

Las lámparas de las mesillas le iluminaban la cara con una luz cálida.

—Estoy bien. Vete si quieres.

—De acuerdo —dijo resignado.

Se acercó a darle un beso en la sien y le apagó la luz. Antes de que saliese por la puerta ella le habló de nuevo.

—Hans...

—¿Sí?

—No hagas mucho ruido cuando vengas a acostarte.

Jueves Santo
20 de marzo de 2008

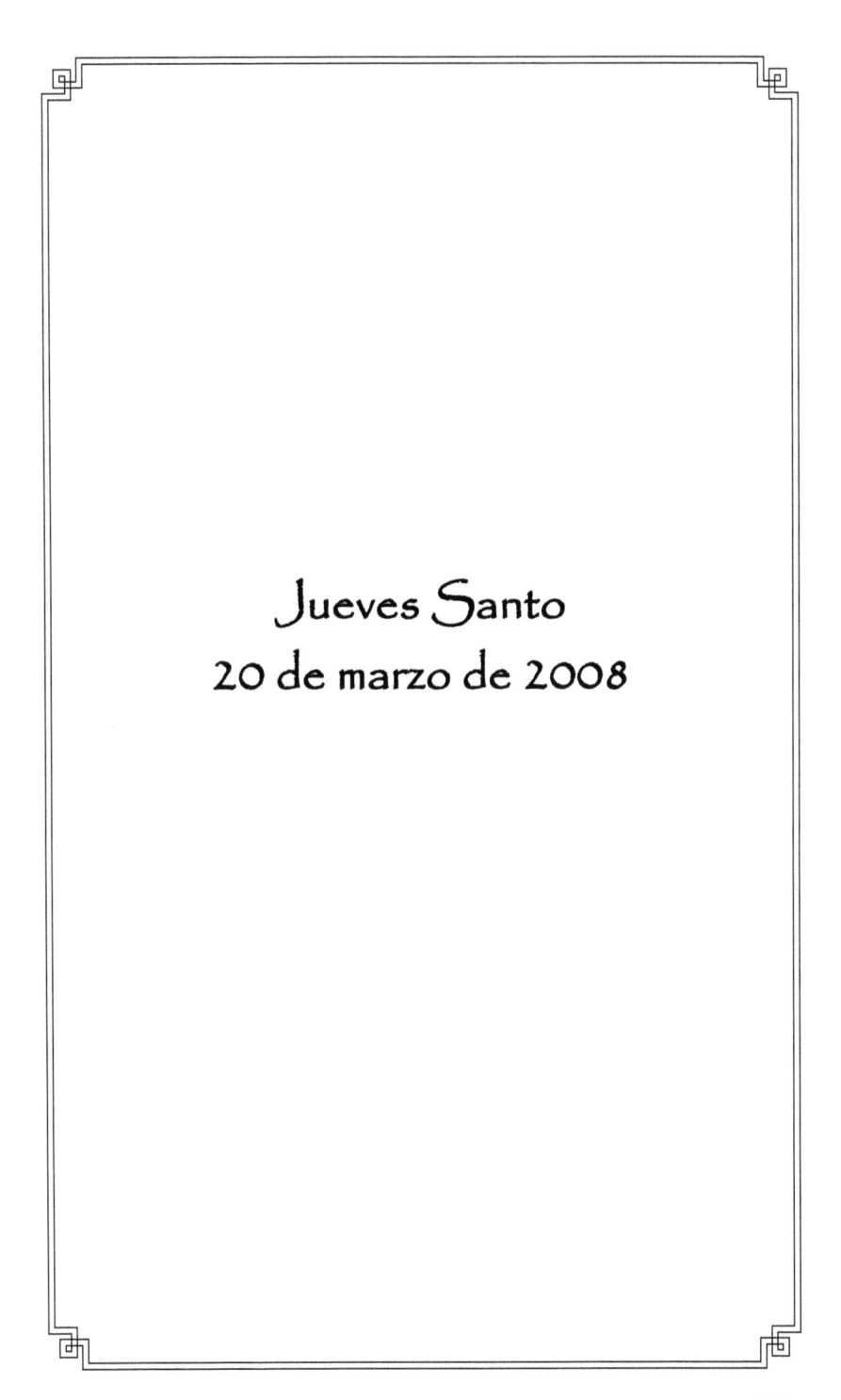

Capítulo 32

Estaba flotando en un dulce sueño erótico, en un paisaje arbóreo y de denso follaje y rodeado de flores de brillantes colores y de perfumes tan fuertes que acentuaban su excitación. Podría decirse que el olor le penetraba en el pecho y lo invadía con calidez sexual desde dentro. En el suelo una densa alfombra de hierbas largas y suaves formaban un colchón idóneo para el amor. Una dulce risa femenina, una mano delicada que tiraba de él...

Eona.

Estaba preciosa, desnuda, bañada por el rocío. Bruñidas trenzas ceñían su plateado cabello con pequeñas flores y capullos recién cogidos. Ella reía y lo apremiaba, y se recostaba en la hierba y lo invitaba a tumbarse encima, a penetrar su cálido y húmedo sexo, a...

Una extraña crispación le hizo abrir los ojos de golpe. ¿Eona? No, Eona no podía ser, por muy bella que fuera.

Al abrir los ojos se topó con los de Verónica que lo observaba tumbada a su lado. A Hans le subió un rubor instantáneo, como si ella hubiese sido capaz de ver su sueño. Su pene erecto bajo las sábanas podía delatarlo. ¿Y si había gemido o se había movido de forma extraña?

«Lo sabe». Se contemplaron en tenso silencio durante un tiempo, hasta que él se atrevió a hablar.

—¿Estás mejor? —preguntó él para romper su propia incomodidad.

Verónica había dejado de ser la chica perspicaz y animosa que era días atrás, cuando la conoció, para volverse insegura y algo lúgubre. Estaba más pálida y ojerosa, más delgada y frágil.

Ella no contestó a la pregunta.

—Hans...

—Dime.

—¿De qué color son tus ojos?

Aquello lo pilló desprevenido. ¿De qué color? ¿Es que acaso cada vez que lo miraba tenía la cabeza en otro lado? ¿No los veía ahora? Él habría sido capaz de describir los suyos en cualquier momento: Verónica tenía los iris marrones con extrañas hondas de color más claro, enmarcados con largas pestañas negras...

—¿El color? —Ella asintió cubriéndose con el edredón hasta la barbilla—. Pues... marrones, ¿no lo ves? ¿Por qué me lo preguntas?

Verónica se tapó aún más, hasta la nariz, y soltó una risa floja, casi sin fuerzas.

—Ahora son grises —murmuró.

—¿Cómo?

Ella sacó la boca un momento de debajo del edredón para hablar con más claridad.

—Que ahora son grises. Te ha cambiado el color durante la noche. Ayer eran marrones y ahora... grises.

Hans se levantó de un salto y dio varias zancadas hasta el cuarto de baño.

«Demasiado rápido», se dijo tras un mareo. El estómago también se quejó y le pedía a gritos descargar.

—Ni azules, ni verdes, ni marrones, ni negros...

Hans oía a Verónica canturrear desde la cama con un tono lunático y alegre.

Se miró al espejo acompañado de aquella perorata y se dio cuenta de que tenía razón.

Sus ojos, los ojos que por genética su madre le había cedido, habían pasado de ser castaños a tener un fulgurante tono grisáceo. Ni siquiera podía reconocer las manchas verdes que antaño asomaban a la luz de un día claro. Ahora, estaban cruzados de hilos y motas grisáceas que se expandían hacia los bordes del iris como una flor hecha de telas de araña. Hasta le producía vértigo mirarlos.

—Ojos grises... piel canela... que me lleva... a desesperaaaarrr... —tarareaba Verónica desde la cama.

Hans salió del baño confuso. Solo lo aliviaba oírla cantar.

—Estás más contenta, ¿eh? —dijo tratando de fingir que todo estaba bien—. ¿Te encuentras mejor?

Ella lo miró y tardó un rato en responder.

—Lo siento... —Sonó como una niña amedrentada y, acto seguido, se volvió a tapar con el edredón hasta la frente.

Hans se sentó en la cama, a su lado, y le destapó la cara, agarrándole los brazos por encima del edredón de tal forma que parecía amortajada y ella no podía moverse; vio sus mejillas encendidas y sus ojos, enrojecidos y húmedos, evitaban la mirada de Hans y se enfocaban en la ventana, más allá de las cortinas, hacia las montañas.

—¿Qué te pasa? —preguntó él con suavidad. Al ver que ella no contestaba se animó a seguir—. Estamos bien, ¿no? Ya sé que lo de los ojos es raro, pero...

—¿Qué pasará después?

Él no la entendió, pero ella volvió la cara y lo miró de frente. Había mucha tristeza en aquel gesto.

—Cuando cambies..., ¿qué pasará? Porque tú serás un ángel, o un malakh, o como se llame, y yo no pintaré nada aquí... Ni siquiera estoy segura de qué pinto ahora mismo en todo esto.

—Oh, no digas eso... —protestó dolido.

—¡Pero es lo que va a pasar! Tú cambiarás y tendrás a tus amigos ángeles y el mundo será otra cosa para ti. Serás inmortal y tendrás alas y los humanos no te importarán una mierda, yo incluida.

—¡Eso no es verdad!

—¡Claro que sí! —Se zafó de él y se sentó en la cama de un brinco—. Ya oíste a Sacher: los humanos no importamos nada, somos ganado. Yo seré una humana más para ti y tendré que irme a mi casa, seguir con mi mierda de vida de currante sabiendo lo que sé, haciendo como si no supiese nada para que no me tomen por loca y, quién sabe, puede que me cruce un día con un yin o que decidan vengarse o lo que sea. Me han limpiado la cuenta bancaria... ¿Crees que no pueden hacer que me despidan, que me metan en la cárcel, que me torturen, me maten...?

—¡Para ya, por favor, no digas esas cosas!

Nervioso, se frotó la cara y el pelo sin saber qué contestar y con una quemazón que se hacía más y más molesta por momentos.

—Tú no estarás ahí, Hans —dijo ella echándose a llorar—. Tú serás otra cosa y yo una humana más que no te importará... No le importaré a nadie...

La cogió por los hombros y la estrechó contra su pecho. Ella intentó zafarse, pero sus brazos, primero inertes, cedieron y lo abrazaron.

Pese al dolor de la energía contaminada que expelía, se combinaba con su olor, su tacto... y merecía la pena. Verónica seguía siendo ella. No había locura. Solo miedo, mucho miedo.

—Eres demasiado importante para mí como para olvidarte. Te quiero —dijo besándole el pelo.

—Querer a alguien no es cosa de unos días...

—Tú me lo dijiste hace bien poco. ¿O es que era mentira? —No le contestó—. Además, para mí sí es fácil. Soy un ángel, ¿recuerdas? Estoy preparado sobre todo para lo bueno. A mí, querer a la gente nunca me ha costado mucho... y menos ahora. Yo te quiero, aunque seamos diferentes, ¿entendido? Recuerda a Bronte con Matilda. Él nunca la dejó hasta que lo mataron. Pues yo, igual.

—¿Y si te matan? —preguntó ella secándose las lágrimas.

—¡Pero qué agorera estás! —dijo tratando de imprimir un tono risueño a su comentario—. Ni me van a matar a mí ni a ti tampoco. Cuando cambie del todo, cogeremos el dinero que dejó Matilda, nos vamos a una isla del Caribe o algo así y viviremos sin yin y sin cosas raras. Ya se me ocurrirá algo.

Ella rio con tristeza, muy bajito, tanto que casi no la oyó.

—Estaremos bien, ya lo verás... Eres muy importante para mí, Vero, y quiero estar contigo.

Verónica se soltó, se levantó de la cama y se encerró en el baño.

No quiso insistir por miedo a que lo rechazara. Oyó correr el agua de la ducha y la dejó tranquila. Se vistió y bajó al salón.

La casa olía a verduras a la brasa, tostadas y huevos fritos, manjares que en otra época a Hans le habrían parecido irresistibles. Al parecer, Kio había dejado de lado su menú a base de repostería con la esperanza de poder contentar a todo el mundo, cuando menos, a Verónica, que era la única que realmente necesitaba comer.

Sacher estaba sentado en el sofá viendo las noticias.

—Buenos días. Bonitos ojos... —saludó.

—Ya... Me escuecen un poco —dijo frotándose.

—Normal —dijo restando importancia—. ¿Sabes qué? Hemos salido en la tele.

—¿Qué?

—Ha salido el coche de esos dos idiotas. Estaba partido por la mitad, destrozado. Tiene gracia: resulta que hay testigos que dicen que había una persecución con tiroteo incluido y nadie sabe nada. No se sabe quiénes conducían, a quién perseguían, no hay vídeos de las cámaras de tráfico... Nada. Un trabajo impecable de ocultamiento de pruebas, sí señor. Tengo que admitir que son unos genios.

Sacher se echó a reír y Hans lo secundó.

—¿Los estás alabando?

—¿Pero tú viste la que montamos ayer? —Se carcajeó—. Lo han comentado en todos los programas matinales menos en la misa de hoy. ¿Cómo es posible que haya un tiroteo en plena autopista, que un coche acabe partido en dos y nadie tenga pruebas de nada? No te extrañe que Iker Jiménez le dedique unas palabras al incidente, porque tiene unas dosis de conspiracionismo impresionantes.

Omitió el hecho de que no sabía quién era ese tal Iker Jiménez, y puesto que en la televisión Sacher tenía puesto Buffy, supuso que no vería la noticia hasta más tarde. El olor de la comida le revolvía el estómago y salió a dar un paseo.

—Te he traído ropa —le dijo Sacher mientras él abría la puerta del porche—. No mucha, pero la suficiente como para que eches esa a lavar... que ya le va haciendo falta —le dijo con sorna.

—Vale. Tomo nota.

Salió al frescor de la mañana y se abrochó la cremallera de la sudadera. No hacía demasiado frío, pero el aire que provenía del lago acentuaba la sensación. Agradeció la calidez del sol de finales del invierno cuando no lo tapaba alguna pequeña nube.

Con las manos en los bolsillos, se acercó al embarcadero. Las tablas crujieron y se balanceó hasta comprobar que la estructura era firme. Pasó de largo junto a los sillones de mimbre con idea de llegar hasta el borde del agua. No había barandilla ni nada a lo que agarrarse. De trastabillar o perder el equilibrio, caería sin remedio al agua helada donde lo recibirían el lodo y alguna rana despistada.

Se quedó absorto admirando el vaivén de las algas que, adheridas a los postes del embarcadero, danzaban al son de las suaves olas mientras las arañas de agua saltaban sobre la superficie, alteradas como por espasmos.

Oyó pasos a su espalda, pero no se giró. No quería. Estaba cansado de hablar.

Sí que lo hizo la pequeña Kio, que lo miró como si lo radiografiase de arriba abajo o estuviese haciendo algún complejo cálculo. Clavó sus ojos en los suyos y le sonrió.

No era una sonrisa sin más. No era el gesto lunático típico de ella al ver algo que pudiese golpear o embadurnar de chocolate. Había amor en su sonrisa. Había ternura, nostalgia y hasta respeto. Hans la correspondió como pudo.

Ella se giró hacia el lago.

—No todos somos así... —Suspiró—. Se nos come la desidia. Y tiene sentido, pero no... Quiero decir que cuando se ha vivido tiempos mejores, uno no debería tirar la toalla sin más y conformarse con migajas. Se han escudado en diplomacias, en que somos menos, en que para los yin es más fácil... Pfff... Es normal que alguien como Sacher quiera evitar el enfrentamiento. Él es pequeño, débil, y lo matan con facilidad. ¿Cómo no tener miedo? El proceso del avatar es tan duro... Tú lo sabes bien. Pero es que la mayoría de los yin son pequeños, como Sacher. Es tan fácil quitarse de en medio a unos cuantos... —Le guiñó un ojo—. Pero ¿y Gabriel? ¿Qué excusa tiene él? ¿Y Mitzel? —Resopló—. Por eso te mataron, ahora lo sé. —Arrugó la barbilla—. Quisiste seguir las normas por una vez, cumplir con la nueva diplomacia... ¿Y para qué? —dijo sin apasionamiento—, ¿para que te mataran esperando una ayuda que nunca llegó?, ¿para que asesinaran a niños y no hiciéramos nada? ¿Qué somos? —Ella negó indignada—. Yo no lo sabía. Casi nadie lo sabía. Me consta que querías recobrar la confianza de algunos como Gabriel y que por eso intentaste seguir sus normas. Hasta que te cansaste de esperar. —Se encogió de hombros—. Yo creo que no te hacía falta. No somos un club —añadió con desdén—, no hay que contentar a todos. —Se giró a mirarlo—. Yo habría entrado contigo en ese lugar si me lo hubieses pedido... y sé muy bien que hay otros como yo que lo habrían hecho de haberlo sabido.

Hans la miraba confuso, pero, de alguna forma, le emocionaban sus palabras.

—Gracias... supongo.

Ella le sonrió con cariño. Dio media vuelta y se fue. La miró descolocado mientras veía cómo se alejaba. Le quedaron claras algunas cosas y otras no tanto, pero el efecto que tuvo aquel episodio fue que el rencor que le había tenido a Sacher se le desvaneció. Podía haber algunos como él; ¿no era eso el libre albedrío? Se contentaba con saber que también había algunos como Kio o como Bronte que no se quedaban de brazos cruzados.

Cuando iba a echar a andar hacia la casa paró en seco. Sin poder hacer nada por evitarlo, se inclinó sobre el agua y vomitó. Se apartó deprisa, antes de asistir al espectáculo de ver sus vísceras formar parte de la dieta de diversos animales.

Verónica estaba desayunando en la barra de la cocina cuando entró. Tenía el pelo mojado, peinado hacia atrás, y comía con aire ausente. Hans se acercó y se sentó a su lado. No sabía qué decirle.

—Chicos, me voy —anunció Eona entrando en el salón—. Me ha llamado Carlos y estaba temblando como un flan. Le han pasado aviso de que mi coche está en el depósito hecho una pena.

Sacher, desde el sofá, la miró extrañado.

—¿Quién es Carlos? Y no hagas un chiste que te conozco —dijo señalando a Kio, que ya tenía la boca abierta para hablar.

Verónica se atragantó de la risa, aunque Hans no lo entendió.

—Un amigo. Es policía y me ayudaba con la investigación del hospital.

—¿Lo sedujiste por el interés? —dijo Sacher con sorna.

Ella se encogió de hombros.

—Confieso que sí. Al principio. Pero es muy tierno a su manera y me cae bien. Me voy a llevar tu coche al taller de Ronzzo, a ver si lo puede tener para mañana y luego le llevaré el mío. Mucho tomate, Sach. No sé si le dará tiempo a....

—¿Nadie se extrañará por los agujeros de bala que tiene? —preguntó Hans.

—Seguro que no —contestó ella—. Me largo. Hasta mañana a todos.

Cuando iba a salir, le dio un beso cariñoso a Hans.

—Cuídate. Cuídalo —le dijo a Verónica.

Ella no contestó. Se quedó mirando a Eona mientras salía por la puerta con su andar elegante, su ropa de diseño y su figura esbelta. La observaron por el ventanal acercarse, con la misma calidez etérea, al destartalado coche de Sacher y llenar el depósito de combustible con una garrafa mugrienta llena de agua.

—Qué chica tan bonita. No me había fijado —murmuró Verónica.

—¿En serio? —la miró Hans extrañado.

—Ya veo que tú sí.

Hans se sonrojó y Verónica rio cansada.

—Supongo que he estado tan metida en mi mundo que ni la había visto bien.

—Tampoco es para tanto... —Carraspeó él, incómodo.

Kio apareció de pronto del otro lado de la barra subiéndose a un taburete. Portaba una sartén con queso derretido y los miraba con curiosidad.

—Si pudierais tener el aspecto que quisieseis... ¿sería así? —dijo señalando a Eona que ya se subía en el coche.

—Seguro —dijo Hans—. Hombre, como chico me gustaría ser guapo, sin duda.

—¿Y no tener cartucheras nunca más? ¿Que te quede bien todo? ¿Y esos ojazos? —dijo Verónica—. Sería más parecida a ella que a mí misma, eso seguro.

—Qué tonta eres —refunfuñó Hans—. No te hace falta...

—Vale —cortó Kio—. Y si pudieseis elegir entre su aspecto o el mío, ¿con cuál os quedaríais?

—Con el suyo —contestó Hans con aplomo—. Lo siento Kio, yo lo tengo claro.

Pero Kio no lo miraba a él. Miraba a Verónica de forma significativa. Tal vez, siguiendo el proceso mental de ella, que no decía nada y le daba muchas vueltas a la pregunta. Verónica la miró con complicidad, como si ambas estuviesen en la misma onda de pensamiento. Ambas rieron mientras Hans movía la cabeza de la una a la otra alternativamente sin entender nada.

—Lo sabía —dijo el malakh bajándose de la banqueta—. Punto para mí.

Verónica reía. Era la primera vez que Hans la veía así desde hacía días.

—¡No vale!, ¡es una pregunta con trampa! —protestó ella.

—¿En serio preferirías parecer una niña?

—¿Y poder ir a parques de bolas, que todo el mundo te trate bien y los que te hablan mal pegarles un corte? Hombre...

—¡Y no tendrías cartucheras! —dijo Kio hurgando en el lavavajillas.

—¡Ni me importaría! Creo que sí, Hans. Ojalá pudiera volver a ser así, aunque solo fuese un tiempo.

Viernes Santo
21 de marzo de 2008

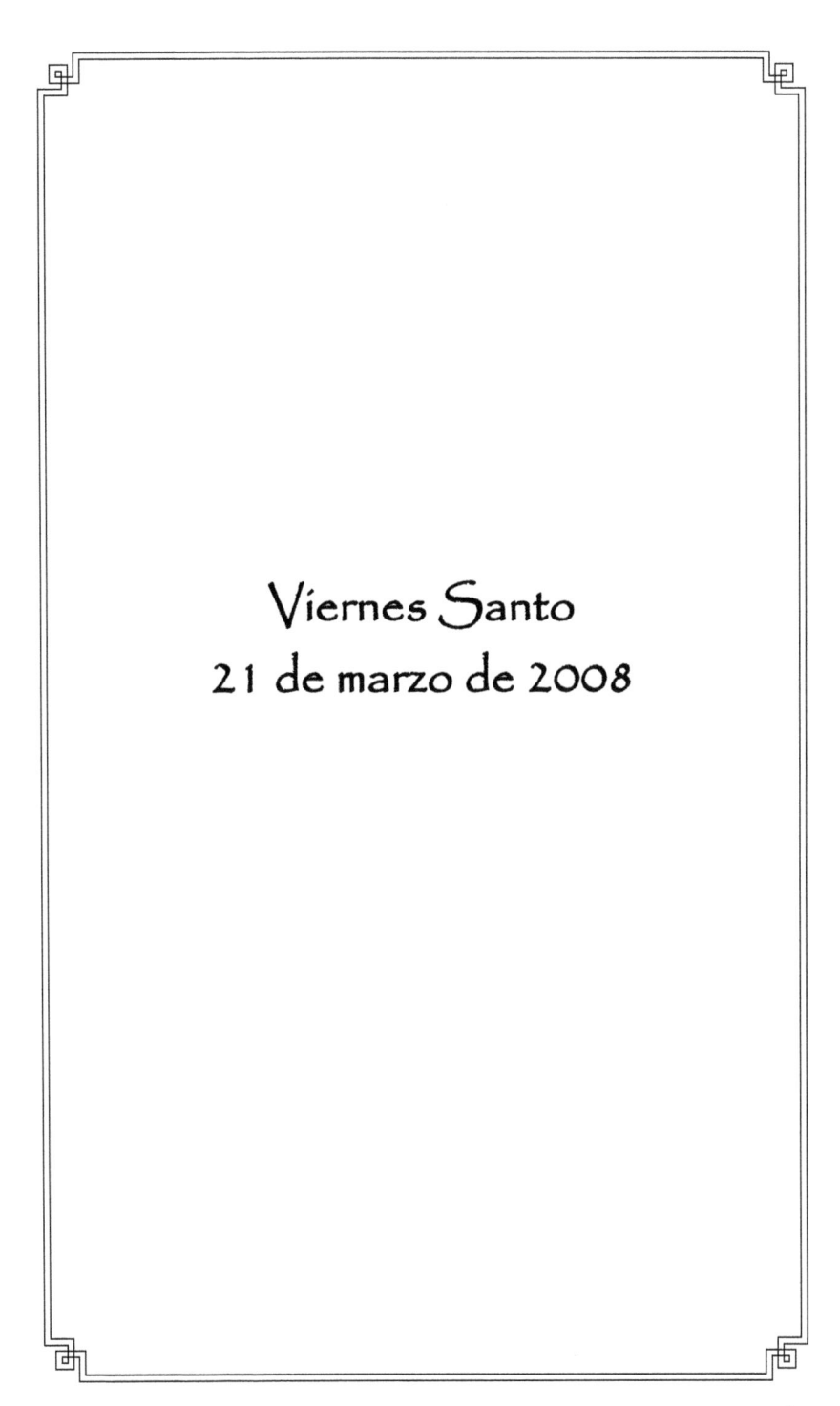

Capítulo 33

Verónica se encontraba en un limbo emocional. Los angustiosos días que había pasado con Matilda y Hans deambulando de un lado a otro de Madrid le habían provocado un estado de alerta constante, de angustia y de dudas. Incluso se había llegado a sentir ridícula, como una lunática que obedeciera sin autocontrol. Otra cosa era cierta: estar en esa situación había hecho que tuviese algo en lo que pensar.

Ahora que la persecución había parado y que todo parecía estar en calma, estaba sencillamente aterrada.

Se daba cuenta de que su sentido de lo coherente había estado en una suerte de letargo anestesiado por la necesidad de sobrevivir, y que ahora, de la manera más cruda, despertaba a la absurda realidad plagada de monstruos que desafiaban el sentido común.

Ver a Hans despertar la mañana anterior había sido un shock que se añadía a los anteriores. Seres aterradores con mil dientes, una niña con enormes alas, Hans y sus nuevos ojos grises... Y algo le decía que ahí no terminaba la historia.

La realidad se licuaba y se derretía como un reloj de Dalí, volviéndose pastosa y hasta incomprensible.

Hans podía hacerle mil promesas fantásticas, prometerle la luna si quería, pero seguían siendo los juramentos de un niño, con toda su inocencia, más centrado en el hoy que pensando en el mañana. Ni siquiera él sabía a ciencia cierta en qué se estaba transformando. Quizá cuando terminase de cambiar, ni él mismo recordase quién era ni qué hacía allí con ella. ¿Y qué sabía ella del proceso de transformación de un ángel?

Y a ella le tocaría recuperar su vida e intentar conservar

las apariencias. Debía volver a casa con Sara y al trabajo con sus compañeros Antonio, Paula y todos los demás, atender las llamadas como teleoperadora para ganarse el pan, volver a ver a sus padres y a su hermano..., y todo, sabiendo lo que ahora sabía: que los humanos eran solo ganado, que no eran la especie dominante ni el epicentro del universo, que vivían engañados y manipulados desde el origen del mundo.

Jamás superaría todo lo sucedido. Necesitaría mucho tiempo para pensar en hacer algo parecido a una vida normal..., si acaso lo lograba.

No tenía ninguna certeza de que los yin dejasen de buscarla. Y si retomara su vida de antes, ¿respetarían su decisión y la dejarían vivir en paz? No parecían estar en la naturaleza de aquellos seres atributos como el perdón o la clemencia en vista de lo que habían hecho con Matilda. ¿Tal vez le amargarían la existencia con cosas pequeñas como ponerle multas de tráfico continuamente, hacer que la despidiesen o denegarle las tarjetas de crédito...?

Incluso puede que fueran más allá, que la secuestrasen a ella o a sus seres queridos. Que le provocasen dolor...

Le atizó un escalofrío de angustia. Se había encerrado en el cuarto de baño desde hacía un buen rato, aun cuando sabía que Hans estaba en la habitación, esperando para apagar la luz y echarse a dormir a su lado.

Empezaba a preguntarse si aquello de dormir juntos era un acto responsable. Estaba segura de que no tendría que preocuparse por ello durante mucho más tiempo, pero aun así no creía estar haciendo lo correcto. Por mucho que le gustase dormir con él, Hans era un muchacho ocho años más joven, en plena efervescencia hormonal y cuya inocencia sexual dependía íntegramente de que ella mantuviese la cabeza fría.

Verónica sabía lo que estaba pasando: las cosas que le decía, lo cariñoso que estaba... Era obvio que se sentía atraído por ella, tal vez porque en aquella extraña familia que se había formado ella era la única humana. De hecho, no tenía la misma actitud con Eona, que era más guapa y mucho más interesante.

Dejando a un lado sus motivos, lo que le importaba era mantener las distancias.

Era verdad que Hans había cambiado físicamente desde que lo conoció hacía escasamente una semana. Había desarrollado cuerpo de hombre en cuestión de días y parecía que mantuviese sus rasgos faciales solo de casualidad. Se había vuelto más atlético y su cuerpo era bastante más atrayente para ella... Sin embargo, no dejaba de ser un niño. Ni todas las transformaciones mágicas del mundo podían cambiar eso.

Oyó unos golpecitos en la puerta y un rumor de las palabras que Hans pronunciaba desde el otro lado.

—Estoy bien. Ya salgo.

¿Por qué los malakhim los dejaban dormir juntos? Era algo que no llegaba a entender. Aquello no estaba bien. O no del todo. ¿Es que no veían que aquello era retorcido y hasta morboso?

Ya le había dicho Sacher aquella mañana que era bienvenida en la casa todo el tiempo que quisiera, suponía que porque ya se habían dado cuenta de que ella se sentía fuera de lugar. Sin embargo, una cosa era dejar que se quedara y otra muy distinta que consintieran en una relación tan estrecha con un muchacho vulnerable.

Se sentía acomplejada y culpable, como si en cualquier momento cualquiera de ellos pudiese echárselo en cara. Pero sus intenciones no eran malas. Si había admitido dormir con él, era por no herirlo. Pensaba que podía necesitarla, aunque solo fuese de una forma maternal. No debía quedarle ya mucho como humano. Quizá lo toleraban por eso mismo.

Se quedaría con él hasta el final, hasta que la transformación se culminase. Después se marcharía, volvería a casa y no querría saber nada más del asunto. Hans, o lo que quiera que surgiera de él, no estaba en sus planes de futuro. No se veía capaz de conciliar una vida normal con ángeles, demonios y adivinas. Tampoco sería fácil olvidarlo, pero el tiempo es un gran artista difuminando memorias. Seguir aferrada a esa vida no era una buena idea. No sería capaz de soportarlo.

Además, ¿para qué querría un ángel en su vida a un ser tan anodino como ella? No se trataba de tener baja la autoestima o de un débil concepto de sí misma. Estaba siendo sincera y acorde con las circunstancias.

Nunca, hasta entonces, se había parado a considerar qué clase de ser humano era. Había cosas que ya daba por sentadas. Tenía claro que existían seres humanos infinitamente más inteligentes, atractivos y sociables que ella... Hasta más simpáticos, cosa que no era difícil, pero nunca había tenido la necesidad de juzgarse a sí misma. En ningún momento había pensado si estaba a la altura como persona..., tal vez, porque nunca había tenido cerca a gente tan especial con la que compararse.

Tiró de la cadena para disimular y se lavó las manos con parsimonia. Al mirarse al espejo se notó más delgada y apartó la mirada.

Salió del baño y encontró a Hans sentado en la cama jugando con una videoconsola que Sacher le había llevado.

«Solo un niño» se dijo.

—¿Estás bien? —preguntó él alzando la vista de la pantalla.

—Me he quedado atontada pensando, pero sí, bien.

Sus nuevos ojos grises eran de una belleza hipnótica y, si ponía la vista en ellos, no podía dejar de mirarlos, más magnéticos aún que los de Eona, azules, eléctricos y brillantes. Cuando él la observaba, la intimidaba.

—Eona dice que es normal que te sientas mal. Dice que tienes estrés postraumático... o algo así. —Se encogió de hombros—. Insisto en que nos hacen falta unas vacaciones. ¿No te parece?

—Supongo que sí —dijo incómoda—. Imagino que dentro de un tiempo todo esto hasta me hará gracia... O a lo mejor no me vuelve a pasar nada raro y lo veo todo como una especie de locura transitoria.

—En el futuro procuraré no mencionarlo si así te sientes mejor —dijo echándose a reír.

Ella se mordió el labio. Tenía tan claro que iba a dar esquinazo a Hans, que aquellos comentarios de hacer planes juntos le hacían sentirse una traidora.

—Ven —dijo ella—. Dame un abrazo.

Fue un abrazo tímido y tranquilo. De verdad quería a aquel chico y no deseaba hacerle daño.

Se contuvo de llorar porque dos lágrimas amenazaban con escaparse.

—Pase lo que pase, siempre seré tu amiga.

Sábado Santo
22 de marzo de 2008

Capítulo 34

Le ardía la espalda y la quemazón le atravesaba el pecho y le acalambraba las piernas. El dolor se expandía desde las heridas que no cicatrizaban y, como los radios de una rueda, llegaba hasta cada extremo de su cuerpo. Después de unos días de cierta tregua, era como si todo hubiera empeorado de golpe.

Soltó un quejido cuando intentó incorporarse de la cama y creyó que iba a desmayarse.

—¿Estás bien? —dijo Verónica tendida a su lado, volviéndose a medias.

Era temprano, casi las ocho de la mañana, y apenas clareaba el día, pero la penumbra alumbró su cara. El gesto se le contrajo cuando vio que se doblaba sobre sí mismo.

—¿Qué te pasa? —preguntó alarmada.

—La espalda... me arde.

Verónica llevaba sin curarle las heridas un par de días. La tarea de hacerlo había recaído en Kio y en Eona, que apenas se habían limitado a pasarle una esponja húmeda y cambiarle las vendas.

—Déjame ver.

Ella retiró las vendas con cuidado y despegó los apósitos.

No hizo falta que dijese nada: la estancia se llenó de un olor dulzón y nauseabundo.

—Dios mío... Esto está mal.

La chica intentó disimular, pero no lo engañó el gesto de contener una arcada.

—Voy a llamar a alguien.

Ella salió y él se levantó y se puso de espaldas al espejo.

Por alguna razón, la visión de aquella masa morada, tumefacta y supurante, no le importó en absoluto. Si tenía que pasar lo que fuera, que pasase ya. Prefería morir a tener otra mala noche como aquella.

Tambaleante, volvió a tumbarse boca abajo en la cama.

Volvió Verónica, precedida de Eona, radiante y arreglada, pese a ser tan temprano.

—Creo que debería verle un médico. Ese color y ese olor...

Eona se acercó y lo palpó un poco por encima, pero siempre por la zona más sana. Algunas partes a los lados del tejido de las cicatrices se habían vuelto rojizas, moradas y otras más se habían teñido de negro, como si le hubiesen pintado la piel con brocha y hubiese una clara frontera entre la zona sana y el tejido tumefacto. Advirtió que cuando Eona le tocaba le dolía menos.

—Yo lo veo bien —dijo ella tranquila.

—No puedes hablar en serio —contestó Verónica sin dar crédito a lo que oía—. ¡Si parece gangrena!

—A ver..., calma —dijo Eona, como si se tratase de una imagen rutinaria—. Si fuese humano yo también me preocuparía. Desde luego tiene un aspecto espantoso, pero esto se caerá pronto sin mayor problema. Es parte del proceso.

Le puso una mano en el hombro a Verónica que la miraba impotente.

—Y tápaselo, que huele fatal.

Salió de la habitación con la misma parsimonia elegante con la que había entrado, dejando a Hans dolorido y agotado y a Verónica confundida.

—¿Tú crees que tiene razón? —dijo ella acariciándole la parte sana de la espalda.

—No lo sé... ¡Ay, pero no pares! Así se me quita un poco el dolor.

Ella chasqueó la lengua.

—Siempre estás igual —dijo levantándose molesta y yéndose al baño.

—¿Qué he dicho? —replicó confuso.

Tan pronto lo abrazaba como se apartaba de él con una mueca de asco. No la entendía.

Para cuando ella salió del baño, él se había quedado sumido de nuevo en un sueño inquieto. Y al despertar, Verónica ya no estaba en la habitación.

La encontró abajo, en la barra de la cocina, ante un plato de tortitas y sirope casero. Pese a su aire taciturno, parecía que comer aquello la ponía de buen humor.

—Esto lo voy a echar de menos —la oyó decir—. Te juro que no he comido tan bien en toda mi vida. Como siga así, saldré de esta casa rodando.

La pequeña Kio se sonreía satisfecha, pero en cuanto vio a Hans blandió una espátula y lo amenazó:

—¡Tú no puedes!

—Ya lo sé —contestó con un mohín—. Gracias por recordármelo.

—¿Quieres una cerveza? —peguntó la niña.

La cara de sorpresa de Hans no podía ser más evidente y la de Verónica la acompañaba.

—¿Has dicho cerveza? —recalcó Verónica.

Kio se acercó al gran frigorífico, sacó un botellín de Franziskaner, le quitó la chapa con su manita y se la puso en la barra. Ni se inmutó ni prestó atención a su espantado público. Se limitó a seguir limpiando la cocina como si nada.

—Tú sabes que es menor de edad, ¿no? —la acusó Verónica.

—Nunca he probado la cerveza —dijo él palpando la botella fría.

—Ya, claro... Tienes dieciséis años.

—La verdad es que he bebido alcohol otras veces, pero nunca cerveza. —Abocinó los labios al ver la cara crítica de ella—. Incluso me he emborrachado. ¿Qué te parece?

—Oh, claro, eso te hace supermayor y maduro.

Se llevó la botella a los labios y le dio un trago.

Al principio se quedó estático, saboreando, pero al momento estuvieron a punto de saltársele las lágrimas.

—¡Mierda!, ¡qué bueno está esto! —le salió un falsete al hablar, impresionado por la experiencia.

Dio otro trago y luego otro y otro.

—¿Me das...? —suplicó señalando la botella vacía.

Kio se echó a reír a carcajadas y le plantó delante una más.

—Sabes que son las nueve de la mañana, ¿verdad? —dijo Verónica, riendo con flojera al ver que el asunto se le iba de las manos.

Cogió la que Kio le tendía y tomo otro trago.

—Es que esto está muy rico...

Verónica se volvió a la niña.

—¿Me vas a decir que a los malakhim os gusta la cerveza?

—A él sí.

Apareció Eona radiante y se acercó a darle un beso en la mejilla.

—¿Ya has empezado con eso? Ten cuidado —le dijo a Kio— o te dejará sin género.

La niña se encogió de hombros.

—Las había comprado para él.

Hans, a medida que bebía fue recobrando aplomo y comprobando que el dolor remitía.

—Como siga así, me voy a emborrachar....

—No te puedes emborrachar. —Lo miró caritativa Eona, que mantenía una actitud tan serena como enigmática—. Me voy, volveré por la noche —añadió—. Tengo muchas cosas que hacer.

Hans se acababa de enamorar de aquel brebaje. Pasó la mañana agarrando una botella tras otra y constató que Eona tenía razón. Debía llevar nueve botellines cuando quedó claro que el alcohol no le afectaba. Solo entonces Verónica dejó de sermonearle y de llamarle alcohólico.

Hans consiguió convencerla de que se sentase con él al fresco de la mañana en un banco solitario frente a la casa. Apenas habían pasado tres días y se asombraban de lo atrás que quedaba Matilda y de la intensidad de los acontecimientos. Cada tanto, Hans pasaba por el baño y volvía con otra cerveza. Verónica lo veía y ya se echaba a reír, incrédula.

—No lo puedo evitar.

Vieron a Sacher y Kio salir por la puerta del porche cuando el sol calentaba ya la cima de la montaña. La pequeña había cambiado su atuendo y también sus coletas por dos tensos moños pegados a la cabeza.

—¿... y por qué no unos prunus o tal vez un lilo o unas camelias? —le preguntaba Sacher—. Le vendría bien algo de color.

—Paso —contestó ella indolente—. No quiero cargar en mi conciencia con la muerte de una planta.

—Pero si esas plantas se cuidan solas...

—Que no.

Los dos malakhim se habían acercado y Hans aprovechó para

interrumpir su conversación.

—Estábamos hablando y tenemos una duda... —Hans esperó a que asintieran—. El caso es que Matilda nos contó que Crowe la tuvo secuestrada desde niña y que huía desde que murió Bronte. ¿Es normal que los yin se tomen tanta molestia con alguien? ¿Que la persigan por todo el mundo y que tengan a una persona dedicada únicamente a buscarla?

Sacher entendió la pregunta y pensó un momento.

—¿Quién es Matilda? —se interesó Kio dando saltitos. No era la primera vez que preguntaba, pero nadie le respondía.

Sacher la ignoró.

—Hombre, yo no conozco demasiado bien la historia de Matilda. Sé lo que me contó cuando la vi hace años y lo que me habéis contado vosotros, pero el comportamiento de Crowe me suena a otros parecidos que ya he visto antes. Si no me equivoco sería lo que nosotros entendemos como sentimientos inversos o emociones inversas.

—¡Ay, no! —dijo Kio con una mueca de asco—. ¡Pobre chica!

—¿Qué es eso?

—Verás, cuando un ser humano se enamora sus sentimientos no son todos positivos. Las emociones humanas son muy complejas y los pensamientos que se derivan de ese estado pasan por el anhelo, los celos, la pasión, la angustia, la codicia por el ser amado... Es distinto del amor altruista y sincero que todo el mundo espera que sea. Este amor puede estar en el primer lugar de las prioridades o en el último, dependiendo de la persona.

Hans se puso colorado. No sabía por qué, pero eso de hablar de enamoramiento lo cohibía.

—Ni que decir tiene —continuó Sacher— que los malakhim no amamos así. Para nosotros prima el altruismo. No codiciamos ni tenemos celos. Si en algún momento los hay, se disipan rápido.

—¿Los ángeles os enamoráis? —preguntó Verónica, muy

interesada de pronto en las palabras de Sacher.

Kio se echó a reír a carcajadas.

—Constantemente —dijo él con una risotada—. Si somos todo amor, chica. Es el combustible de nuestra vida.

—¿Y eso que tiene que ver con Matilda? —dijo Hans algo incómodo.

—Cuando tenemos un sentimiento negativo como el odio, el rencor, los celos... lo disipamos y lo contrarrestamos con algo bueno. Son sentimientos que nos duelen incluso físicamente. Pero cuando un yin tiene un pensamiento o un sentimiento positivo, hace lo propio, pero a la inversa, —Torció el gesto—. Digamos que para ellos amar no es nada agradable. Cogen todas esas emociones que dependen de ese sentimiento y se quedan solo con lo malo, es decir; los celos, la posesión, la angustia...

—¿Me estás diciendo que Crowe estaba enamorado de Matilda? —preguntó Hans alarmado.

—Eso mismo —asintió—. En su versión retorcida y abominable del concepto.

Hans y Verónica se quedaron traspuestos. La idea de demostrar amor a través de la tortura era algo que no llegaba a encajarse en sus mentes.

—Pero si sientes algo así, ¿no es mejor dejar a la persona, olvidarte de ella y que haga su vida?

—Así actúa el amor altruista —explicó Sacher—. Entraría dentro de una actitud benévola que no entienden. Es como esas personas que maltratan a sus parejas y, aun cuando las abandonan, siguen persiguiéndolas como si les pertenecieran. ¿Cómo decís vosotros? ¿«Ni contigo, ni sin ti»?

—Eso no es amor —sentenció Hans—. Pueden llamarlo como quieran, pero amor no es.

—Un yin enamorado... —dijo Kio—. Unos podridos que son todos ellos.

Se hizo el silencio en el grupo. Al poco, Sacher les habló.

—Tengo que deciros que estaré fuera hasta la noche. —Al ver la cara de sorpresa de Hans, remató—: Y te daré otra paliza a las cartas. No te librarás de mí tan fácilmente.

Hans se echó a reír y dio otro trago a la enésima botella de Franziskaner.

—¿Dónde vas? —preguntó Verónica.

—A la sede de los profetas, ahora que me han arreglado el coche. Están alterados porque dicen que el tiempo cremallera se está agotando...

—¿Tiempo cremallera? —se extrañó Kio.

—Ahora lo llaman así. Es el tiempo que pasa desde que tienen la primera visión hasta que se cumple... Lo raro es —dijo rascándose la barbilla— que tienen la visión un par de veces o tres antes de que tenga lugar el evento y desde hace un par de días están con pesadillas diarias y hasta de varias veces por día. Es todo tan raro...

—¿Y qué se supone que vas a hacer tú? —preguntó Kio—. No se puede hacer nada.

—Pues ahí radica el problema. Que lo normal es que estuvieran quietecitos y conteniendo la respiración, pero en lugar de eso están barajando propuestas absurdas... como hablar con los yin y avisarles.

—No pueden hablar en serio —saltó Verónica de pronto—. Avisar a los yin de que se va a quemar su hospital es casi como darles gasolina y cerillas.

—¡Anda, mira, la novata lo ha entendido! —exclamó Sacher dedicándole un gesto de aprobación—. Si no fuera porque sé que sería desagradable para ti, te llevaría para que se lo dijeses tú misma. ¿Tan difícil es de entender?

Hans se había quedado de piedra. Aquello era una alarmante

falta de sentido común.

—Pero ¿de verdad quieren avisarles? —preguntó.

—Van muy en serio —dijo Sacher con aplomo—. Y lo que es peor: hay algún que otro malakh que está de acuerdo con la idea.

—Eneas nunca me pareció muy avispado —murmuró Kio plisándose distraída la falda, de un azul intenso ese día.

—Pero si les avisan —titubeó Hans— será como dice Vero: si de todas maneras se va a quemar, pensarán que lo mejor es hacerlo ellos mismos.

—Como proponerles una fiesta con barbacoa —dijo Kio sin reparar en su humor negro.

—Y tus amigos están a punto de liarla muy gorda —remató Verónica—. Pues qué bien.

—¿Y usar el Cambio? Una adivina como Matilda podría revisar qué pasa en ese hospital o dónde está el fallo... o lo que sea que hará que se prenda fuego. ¿No?

Sacher negó.

—El otro día Gabriel mencionó que Bronte ya había intentado usar a sibilas para revisar ese hospital y no pudo porque el sitio tiene un bloqueo etérico.

—¿Un bloqueo etérico? Más ciencia ficción... Suena a escudo o a campo de fuerza.

Sacher meneó la cabeza.

—Es más sencillo y rudimentario que todo eso. En el éter, quiero decir, en el Cambio, ves presente y pasado. Si hay algún objeto con una historia algo macabra, las sibilas se sienten atraídas por él y la visión del pasado de ese objeto puede perturbarlas, traumatizarlas y volverlas locas. Lo normal es que una sibila se niegue en redondo a mirar nada que tenga que ver con los yin.

—¿Y en ese hospital hay algún objeto así?

—En sí mismo es un objeto así. Ten en cuenta que se construyó en un terreno sobre el que hubo un incendio horrible con cientos de muertos. Tiene un pasado funesto y es de los yin... así que también tiene un presente funesto. Cualquier pitia con dos dedos de frente evitaría meterse en ese jardín.

—Sé de qué incendio hablas —intervino Verónica—. Yo me crie en ese barrio y todo el mundo conoce la historia de la escuela que se quemó allí. Cuando yo era pequeña, algunos compañeros del colegio contaban historias de miedo y decían que había fantasmas de niños quemados deambulando por el hospital.

Se le pusieron los pelos de punta al rememorar la historia. Durante mucho tiempo tuvo pesadillas a raíz de aquello.

—Los fantasmas no existen —dijo Kio con aplomo.

—Gracias. Es un alivio saberlo —contestó ella.

—Lo que sí existe —aclaró Sacher— es el rastro de emociones y vivencias que se almacenan en el Cambio. Cualquiera con un poco de sensibilidad que pase por allí se dará cuenta de que algo no va bien en ese hospital y de que allí han pasado cosas realmente malas.

—Yo tuve un pálpito allí antes de encontrar a Hans —admitió Verónica—. No sé si fue por el Cambio o qué, pero sentí una angustia que no supe con qué relacionar.

—Podría ser —asintió Sacher—. Teniendo en cuenta la condensación perniciosa de ese lugar, no me extrañaría.

Y dicho esto, se despidió y se encaminó hacia su coche que, tras el arreglo, nadie habría sospechado que fue el objetivo en un tiroteo.

—Oye, Kio, ¿Sacher ha dejado de fumar? —le preguntó Verónica—. Hace días que no lo veo rodeado de humo.

—Sí —sonrió ella—, por fin ha tirado por el váter toda esa porquería que almacenaba en el pecho. Ya era hora.

—¿Y no tiene el mono ni nada?

—Nosotros no tenemos adicciones. Míralo a él —dijo señalando a Hans.

—Creo que es un ejemplo malísimo. Lleva toda la mañana bebiendo cerveza.

—Porque le gusta el sabor, no por dependencia. Nosotros no nos emborrachamos. Ni nos enganchamos a la nicotina o al azúcar ni a otras drogas. Esas cosas no nos afectan.

—O sea, que Sacher ha perdido la apuesta —sonrió Hans.

Kio se encogió de hombros.

—Sí, bueno... No lo obligaré a ir a Rusia. Pero por mí. No creo que lo aguante refunfuñando y con cara de pena todo el camino. Pero ya le recordaré que me debe una.

Kio también se marchó y se quedaron solos. Hans quitaba distraído la pegatina de su última cerveza, absorto en la tarea.

—¿Estás bien? —preguntó ella. Él tenía el ceño fruncido y estaba a kilómetros de distancia de allí.

—¿Te das cuenta de que toda esa gente va a morir porque tiré a un yin por la ventana? Empiezo a pensar que tal vez no era necesario.

—Espera espera, ¡alto ahí! ¿Te sientes culpable por haberte defendido? Ni se te ocurra. Es lo peor que puedes hacer. Escucha... Yo no soy como ellos ni sé tantas cosas, pero si hay algo que sé es que no puedes sentirte culpable por lo que hagan otros. Créeme, sé de lo que hablo —Se rascó la cabeza—. Mira..., no te lo he contado, no es algo de lo que me guste hablar, pero mi hermano era adicto a las drogas. Adicto de los malos, de los echados a perder.

—¿En serio?

Ella asintió.

—El caso es que yo tenía un grupo muy grande de amigos y entre ellos había un par que se nos juntaban a veces, bastante más mayores que yo. Fumaban marihuana y supongo que también se metían otras cosas. Como mi hermano era bastante retraído, un día lo invité a venirse conmigo y con mis amigos... y dio con estos. A lo tonto, empezó con los porros y, luego, no sé en qué momento, dejaron de salir con nosotros y empezaron con cosas peores.

Hans la escuchaba y creía que sabía a donde quería llegar.

—Y te sentías culpable de habérselos presentado...

—Era... —buscaba las palabras y los matices— una especie de culpabilidad sana, no sé si me entiendes. Yo sabía que no era responsable de nada, que fue pura mala suerte, como cuando tomas una decisión inocente y acaba provocando una cadena de cosas que terminan mal.

—Como lo de tirar a Buer por la ventana.

—Eso mismo —asintió—. En mi caso, lo malo fue que mis padres me culparon a mí, Y mi hermano también.

—¿Tu hermano te culpaba a ti de tomar drogas él? —dijo escandalizado.

—¿A que es ridículo? Me culpaba y me sigue culpando, supongo que porque mis padres le dieron la excusa. Así él suelta su culpa y se la echa a otro. Hay gente incapaz de admitir que se equivoca. Mi hermano y mis padres son así.

Verónica, aunque lo contaba con un tono que pretendía ser aséptico, no podía ocultar que aquello era una herida abierta. Él lo notó antes incluso de ver que se le humedecían los ojos. Irradiaba una tristeza tan honda que a Hans le ardió la piel.

—Cuánto lo siento, Vero.

—No importa –dijo ella meneando la cabeza—. Es agua pasada. Lo importante ahora es que entiendas que lo de ese hospital no tiene nada que ver contigo. No eres tú quien va a hacer algo malo. Tú te limitaste a defenderte, nada más. —Verónica se levantó y se desperezó, dando por concluida la conversación—. Voy al baño y a ver si Kio necesita ayuda con la comida. ¿Necesitas algo? Y no me pidas otra cerveza porque no te la pienso traer.

Entendía lo que su amiga quería decirle con todo aquello de la culpa o de asumir responsabilidades, pero estaba seguro de que había algo más. Todo lo que les había pasado no podía ser producto de una coincidencia ni de una jugada de dados del azar.

Tuvo la certeza de que los malakhim, al no tener imaginación, tenían una visión sesgada del conjunto. También asesores, profetas y adivinos tenían, a su vez, sus propias visiones sesgadas, como si cada uno dispusiera de una pieza de un gran rompecabezas y no del plano completo de lo que ocurría. Varios incidentes extraordinarios, para los que aparentemente no había relación, no podían ser mera casualidad, sino partes de un problema de mayores dimensiones.

Y él formaba parte de ese problema. Estaba convencido.

Fue atando cabos: que lo atropellaran, que acabara en un hospital que según una profecía estaba a punto de arder, que diese con Verónica y, más tarde, con Matilda; que ambas le salvaran la vida siendo casi imposible, que la adivina lo llevara a casa de un malakh donde encontraría los planos del hospital... De ese mismo hospital.

Podía haber seguido enumerando «casualidades», cuando cayó en cuenta de algo crucial: recordaba los planos del dichoso hospital.

Abrió los ojos y la boca asombrado.

Los había visto una vez y apenas les había dedicado unos segundos, pero le venían a la mente con tal nitidez que si se lo hubiese propuesto habría podido reproducirlos al dedillo con acotaciones y medidas específicas. Con las marcas rojas que señalaban... un ascensor.

Todo aquel asunto giraba en derredor de él y de ese hospital; el hospital ardía y él ¿renacía?

«Tengo que ir allí».

No había sido un pensamiento premeditado, sino una certeza, impulsiva, visceral, con la contundencia de un tsunami. Todo su interior vibraba en aquella certeza única.

Tenía muy claro que debía hacerlo. Lo que no sabía era cómo.

Los malakhim se habían ido y solo quedaba Kio que, por muy belicista que fuese, no lo apoyaría en una aventura tan... suicida.

Luego estaba Verónica.

Quería mantenerla a salvo. No involucrarla más de lo necesario en cuestiones que se escapaban al razonamiento humano era un buen comienzo. Ni acercarla a menos de un kilómetro de un yin, ni mucho menos hacerla regresar al lugar en que se habían conocido eran premisas básicas para él.

Tenía que ser capaz de deshacerse de ambas el tiempo suficiente como para coger el deportivo y largarse de allí. Y conseguir las llaves. Tal vez con alguna técnica sutil, tipo «tienes un coche muy bonito ¿me lo enseñas?» o «¿dónde tienes las llaves por si surge una urgencia?». Ahora bien..., ¿los malakhim podían detectar las mentiras? Leerle el pensamiento sabía que no, pero ignoraba si su visión les permitía captarlas a través de los estados de ánimo. Y estaba muy nervioso.

Dio un trago largo a lo que quedaba de cerveza. Ni siquiera le disgustó que estuviera caliente. Volvió a sentir que el escozor —que amenazaba de nuevo— se mitigaba como por arte de magia.

Se notaba extraño. No era solo su nueva afición a la cerveza, sino los gestos y maneras que nunca antes había tenido; su forma de ladear la cabeza, su forma de caminar, el modo de percibir la realidad... y el apremio por ir a aquel sitio.

Lo que no sabía era por qué.

Entró en la casa y vio a Verónica en la cocina cortando verduras con Kio y se unió a ellas. Pasó la mañana ayudándolas y conversando con ellas de asuntos triviales hasta la hora de comer.

—No lo entiendo —dijo Verónica sentándose a la mesa—: la comida te sienta mal ¿y la cerveza no? Qué sospechosamente selectivo...

Él se encogió de hombros.

—La cerveza la está echando tal cual entra —le aclaró Kio—. Ni siquiera tiene algo a lo que pueda llamar vejiga.

—¿Quieres decir que no la procesa? —preguntó sorprendida—. ¿Entra y sale sin más? ¿Como los muñecos meones?

Se echaron a reír y Kio asintió.

—Si quisiese podría recogerla en un cubo y volvérsela a beber. En realidad, está tirando el dinero.

—¡Qué asco! —dijeron al unísono. Ambos pusieron cara de repugnancia.

—¡Que estamos comiendo, por favor! —le espetó medio en broma Verónica.

Kio se encogió de hombros.

—Nosotros no tenemos un cuerpo que procese la comida. No necesitamos comer.

—¿Y por qué lo haces si no te hace falta?

La niña la miró con aire aséptico, como si aquello fuese una obviedad. Parpadeó una... dos veces...

—Porque es un placer.

—Vaaaleee... Pues esta empanadilla que queda —dijo cogiéndola del plato—, me la como yo, que me hace más falta que a ti.

Se llevó aquello a la boca y sonrió complacida.

—A mí iba a hacerme feliz esa empanadilla.

—Seguro.

Cuando terminaron de comer y acabando de recoger los platos, Verónica anunció que se iba a echar la siesta.

—Voy a ver si duermo un rato. Me has despertado muy temprano.

—Lo siento —dijo por cortesía.

Él, en el fondo, sabía que una de las causas de que durmiese tanto, era la cantidad de ansiolíticos que Eona le estaba dando y que la mantenían taciturna la mayor parte del tiempo. En ese momento lo vio como una ventaja para deshacerse de ella.

Ambos se sonrieron y Hans desvió la mirada antes de ruborizarse.

«Una menos», pensó cuando oyó que la chica cerraba la puerta de la habitación.

Kio, en cambio, era como un vigía infranqueable. De un solo vistazo podía hacer un barrido de toda la casa y saber dónde estaba y lo que hacía. Si se acercaba, aunque fuese a pocos metros del coche con aire furtivo, ella sabría que tramaba algo.

—Oye, Kio..., ¿me dejas usar tu biblioteca? A ver si encuentro algo para leer.

—No tienes ni que pedírmelo. —Secaba los cubiertos y ni siquiera lo miró.

—Vale...

Se dio media vuelta decidido a ir al garaje. La biblioteca estaba al lado y siempre podría decir que se había equivocado de puerta. O que estaba admirando el coche...

—Hans...

Se sobresaltó y se dio media vuelta, seguro de que sus pensamientos eran tan obvios que lo había pillado.

Kio se echó a reír a carcajadas. Señalándolo y doblándose por la mitad.

—¡Qué susto te has dado! —le dijo risueña.

Él se frotó el pecho y se rio también tratando de que su risa no lo delatara.

—Solo quería decirte que en un rato me voy al pueblo a comprar para la cena. Supongo que Sacher me regañará por dejaros solos..., si se entera.

—No seré yo quien se lo diga.

—Buen chico. —Y le mostró el pulgar en un gracioso gesto de complicidad.

Hans se marchó a la biblioteca sin creerse su buena suerte.

«Deus ex machina».

No sabía de dónde había sacado esa expresión, pero de pronto había sabido su significado y su conveniente uso en aquel caso concreto. Era increíble su evolución.

Claro que cabía la posibilidad de que Kio se llevase el coche, aunque siempre que la había visto ir a hacer la compra la veía alejarse por la carretera dando un paseo.

«¿Y si se lo lleva?».

En ese caso, le quedaba la bicicleta, que también estaba en el garaje. No llegaría muy lejos con ella, pero sí hasta el pueblo vecino, donde podría coger un autobús o un taxi. Tardarían en darse cuenta de su falta antes de decidir que si había ido a dar un paseo se le estaba haciendo demasiado largo.

Cogió al azar una de las muchas novelas que tenía Kio y se sentó en la butaca. Tardó un rato en darse cuenta de la apasionada portada que tenía aquel legajo: un hombre de pecho ancho y viril, con la camisa abierta y ropa de época, sujetaba estrechamente contra sí a una dama rubia arrebatada cuyo enorme vestido ocupaba media portada.

Se echó a reír y por curiosidad leyó el texto de la contraportada. ¿Quién era la dama de Richmond y por qué el despótico Conde de Bradford, tan inaccesible, había caído rendido a los pies de sus recargadas enaguas?

—No te tomaba por alguien que leyera esas cosas.

Hans dio un gritito. No había visto a Kio aparecer por detrás.

—¿Quieres dejar de asustarme? —la increpó al verla reír otra vez—. Tenía curiosidad —dijo tratando de recobrar su aplomo.

—Sí, claro, así empezamos todos. —Su cara era risueña y amable, aunque eso no lo tranquilizaba en absoluto—. Me voy a la compra. Me llevo el móvil por si necesitáis algo. Podéis usar el fijo para llamarme.

Hans la oyó ir al garaje y cruzó los dedos para que no cogiese el coche. Nunca lo hacía; ¿por qué habría de hacerlo ahora? Se asomó a la ventana y la vio caminar hacia la valla de la entrada con el carrito de la compra, que tenía casi el mismo tamaño que ella.

Se preguntaba cómo era posible que en el pueblo a nadie le pareciese sospechoso ver hacer la compra a una niña tan pequeña. ¿Cómo llegaba a la cinta para pagar o poner los productos?

Fue al pasillo y después al salón. La casa parecía desierta, aunque sabía que aún quedaba en ella una inquilina.

Subió con mucho sigilo hasta la habitación y se asomó con cautela para comprobar que Verónica yacía dormida de espaldas y su respiración era regular y tranquila.

Volvió y, entonces, sí, entró al garaje.

Tenía que averiguar la forma de abrir el portón y dar con las llaves del coche... Nunca había conducido, pero en ese momento no le pareció relevante.

Miró en derredor y vio un pequeño panel de corcho con un llavero colgando de un gancho. Allí estaba el mando de garaje. Bien.

El ruido que hicieron los goznes y poleas de la puerta al abrirse fue ensordecedor. El mecanismo debía llevar décadas falto de aceite y oxidado.

Hans, que pretendía salir a hurtadillas y hacer el mínimo ruido posible para no despertar a Verónica, se desesperó ante la parsimonia y la interminable ascensión de aquella puerta chirriante. Tras el último quejido, Hans oyó que ladraban disgustados los perros de una casa cercana.

Empezó una búsqueda frenética, intranquilo. En el panel no había más llaves, y en los cajones de las herramientas y en las estanterías, no había más que tornillos y utilería de bricolaje. Llevado por un impulso, se acercó a la puerta del coche... y se abrió.

«¿Esta cría no sabe que le pueden robar?». Le costaba entender que, con los milenios que debía dejar a sus espaldas, Kio no fuese capaz de preocuparse por el robo de un coche como aquel.

«Tal vez le sobra el dinero...», pensó.

Olía a nuevo y olía a cerrado por igual. Había sido usado, pero no tantas veces como para que las alfombrillas hubiesen perdido lustre o hubiese manchas en la tapicería. Ni siquiera le habían quitado el plástico a la pantalla de la radio.

Puede que Kio fuera lo bastante confiada como para dejar la llave puesta, pero no fue así. Buscó en la guantera, en la visera del coche e incluso bajo el asiento.

—¿Qué haces?

El brinco que dio fue mayúsculo.

Verónica lo miraba divertida desde el otro lado de la ventana mientras él hiperventilaba angustiado. Estaba hasta las narices de tantos sustos.

Ella lo dejó ahí, agarrándose el pecho, y rodeó el coche hasta el asiento del copiloto. Abrió la puerta y entró.

—Vi el otro día el coche... Serán ángeles, pero no se compran baratijas. Ya podía ser un Renault 5 o un Seat Ibiza... para lo que lo usa —dijo pasando un dedo por el salpicadero, nuevo pero lleno de polvo.

—¿Cómo has sabido que estaba aquí? —dijo ya más calmado.

—¿En serio? ¿Con el ruido que has hecho? He pensado que se caía la casa.

—Ya.

—¿Qué buscas?

Hans la miró desconcertado. Lo había pillado tan de repente que no sabía ni cómo mentir.

—Esto... Las llaves.

—No pretenderás ponerlo en marcha.

No le hacía falta hablar porque era evidente lo que pretendía hacer. Se rascó la nariz.

—Sí...

—Ya... —asintió ella con aprobación—. Genial. Yo también quiero ver cómo suena este cacharro.

Empezó a buscar en el compartimento del reposabrazos y en la guantera.

—Ahí ya he mirado yo.

—¿Sabes si hay un compartimento para las gafas? Ahí —dijo señalando bajo el volante.

—¿Dónd...?

Ella se inclinó impaciente y se apoyó en su pierna para abrir un compartimento escondido bajo el volante. Allí, al abrirlo, tintinearon las llaves.

—Voilá! ¿Y ahora? ¿Sabes ponerlo en marcha?

Hans no sabía qué contestar. En realidad, no le preocupaba el hecho en sí de arrancarlo porque, por alguna razón, se sentía totalmente capaz. Lo que más le preocupaba era la situación de tener a Verónica metida en el coche.—Pensaba intentarlo, a ver qué pasaba.

—¿Y por qué has abierto la puerta del garaje? —preguntó entre suspicaz y divertida.

—Vale, de acuerdo... —concedió—, pensaba ir a dar una vuelta. Estoy un poco agobiado de estar aquí metido sin hacer nada. ¡Me aburro!

Miró a Verónica con cara de pena y ella le sonrió comprensiva, se giró en su asiento para coger el cinturón de seguridad y se lo puso.

—¡Venga, adelante! A ver si llegas a la puerta —dijo risueña.

Hans se quedó mirando las hierbas de la parcela de jardín que tenía delante, la valla y más allá la carretera, con el corazón golpeándole las costillas. Metió las llaves en el contacto y, pensativo y abstraído, arrancó.

—No está mal. Y ahora, ¿adónde me llevas?

Entonces él tomó una decisión; si no podía darle esquinazo tendría que llevársela. Se enfadaría en cuanto lo supiera, pero eso era mejor que perder el tiempo dando vueltas y darle la oportunidad a Kio de volver y fastidiarle el plan.

Metió primera y salió despacio por la entrada del terreno y rebasó la verja que permanecía abierta.

—Oye, no se te está dando nada mal y eso que no te he dado indicaciones —dijo ella entre divertida y condescendiente.

Hans se giró a mirarla despacio y le sonrió con picardía, casi con malignidad.

—¿Qué vas a hacer? —dijo ella temerosa al ver ese gesto.

Él pisó el embrague y el acelerador y el motor se revolucionó. Su instinto sabía muy bien cómo manejar aquella máquina.

Dio un acelerón y el deportivo salió embalado por la carretera, camino de la autopista.

Capítulo 35

Desconocía el camino, pero algo le decía que siguiendo las flechas que indicaban la dirección a Madrid, conseguiría llegar a la ciudad. Ya se las apañaría más tarde para encontrar el hospital.

Se aferraba al volante con fuerza, atento a sus manos y a su respiración agitada por el pánico. Tenía miedo, no podía negarlo. No era el miedo a la muerte, ni siquiera a la tortura o al dolor. Por alguna razón, era tan consciente de sus posibilidades como de que no le importaban en absoluto. Sin embargo, y más allá de eso, lo que más miedo le daba era ella: sentada a su lado, tan ufana, y más despreocupada de lo que la había visto en una semana y tan ignorante de su destino... Sabía que su reacción en cuanto conociera sus planes sería de todo menos tranquila. Y era inminente.

Mantenía una sonrisa disuasoria mientras Verónica no paraba de bromear y hablar sobre su espontáneo talento para la conducción, sobre lo mucho que le había costado a ella sacarse el carné de conducir y alguna anécdota acerca de las primeras veces que cogió el coche.

La incomodidad se le subía a la garganta a medida que se acercaba el momento de decirle la verdad.

—... y no tenía ni idea de cómo aparcar, así que le pedí a un tipo que pasaba por la calle que me lo aparcase. ¿Te lo imaginas? Ahora lo pienso y... fue una locura. ¡Ese hombre se podía haber largado con mi coche! Pero lo peor no fue eso. Lo peor fue que el tío aparcó y se marchó, y cuando me quise dar cuenta ¡resulta que aquel cerdo había pisado una caca de perro y me había dejado los pedales llenos de mierda! Aquello estuvo apestando una semana, y eso que lo limpié a conciencia.

Hans se rio con flojera y le respondió con alguna frase vana.

Llevaban quince minutos de carrera; podía verlo en el reloj de la radio. Había entrado en una carretera principal y lo que le extrañaba era que ella no se hubiese dado cuenta o que no le diese importancia. Tampoco prestaba atención a las indicaciones sobre el límite de velocidad.

—Oye, estás muy tenso —dijo manoseándole el brazo—. Relájate, que esto se te da bien. ¿A qué velocidad vas? Frena un poco que... ¡eh!, ¡vas a 160!

—Vale, vale...

Pisó un poco el freno y el deportivo respondió como debía. Verónica se revolvió incómoda en el asiento.

—Oye, ¿no deberíamos volver? Como regrese Kio de la compra, se va a mosquear si nos hemos ido y no ve el coche.

—Sí... sí... Voy a ver si puedo dar la vuelta en la próxima salida.

Aquello era postergar lo inevitable, pero de momento le pareció buena idea. No se atrevía, no podía. Sabía que lo siguiente era que su amiga montase en cólera o, peor aún, que le acometiese el pánico.

Ella empezó a trastear la radio y al cabo de unos minutos le señaló una salida.

—¡Ah, perdón!, no me he dado cuenta. Cogeremos la siguiente.

Pero la siguiente tampoco la cogió y Verónica se crispó.

—Hans, ¿qué estás haciendo? Madre mía... Ni siquiera sé si sabría volver. ¿Tú sí? Como sigamos así, vamos a montar un lío muy gordo. Más te vale que cojas el siguiente cambio de sentido y volvamos... ¡Mira, por ahí, la siguiente salida!

Pero Hans no le hizo caso y en cambio pisó el acelerador aferrándose con fuerza al volante.

—¡Pero qué estás haciendo! —gritó.

Se quedó mirándole entre confusa e irritada y, como en una revelación, cayó en la cuenta de que tramaba algo.

—¿Adónde cojones vas? —dijo más asustada que enfadada—. No irás a buscar a Matilda, ¿verdad? Porque te digo desde ya que no la vas a encontrar por mucho que te esfuerces, ni siquiera tienes cómo empe...

—No voy a buscar a Matilda.

—¿Entonces? —preguntó confusa. Ante el mutismo de él, insistió pasados unos segundos, con una mano en el salpicadero y la otra en el asiento del copiloto—. Hans, ¡que adónde coño vas!

No quería decirlo, pero ella tenía derecho a saberlo.

—Al hospital.

—Al hospital... ¿A qué hospital? —Era una pregunta retórica. Lo sabía de sobra—. ¿Cómo que vas al hospital? ¡¿Es que te has vuelto loco?!

Se puso a gritarle, a insultarle y a proferir en lengua de Mordor palabras que esta voz narradora no empleará aquí por respeto al lector. Incluso llegó a zarandearlo. Él, nervioso, reía a carcajadas.

—¿Se puede saber qué tripa se te ha roto? ¿Para qué quieres ir allí?

Hans resopló.

—Tengo que... Siento que tengo que averiguar una cosa. Sé que ahí se está haciendo algo fuera de lugar. Que están haciendo algo muy chungo y tengo que averiguar qué es.

—¿Algo chungo? ¡Claro que están haciendo algo chungo! —le espetó—. Cogen a niños que se van a convertir en ángeles y los torturan y los matan. ¿De verdad tienes que ir hasta allí para averiguar eso?

—No es eso, Vero... No solo es eso. ¡Va a morir gente por mi culpa! ¿No lo entiendes?

—Vale, pensemos un momento. Vamos a calmarnos, ¿de acuerdo? —dijo respirando hondo. Hans se dijo que él estaba muy calmado, que la histérica era ella..., pero no se atrevió a decirlo en alto—. Ellos dicen que esa gente va a morir sí o sí. Que intentar hacer algo para evitarlo es imposible. Vas a ir allí y a lo mejor lo que haces es empeorar las cosas. ¡Puede que nos maten!

Hans dio un respingo y la miró muy serio.

—No. Tú te quedas en el coche.

—Ni hablar.

—Tú te quedas en el coche y te largas, Verónica.

—De eso nada. Si siguiéndote como un perrillo evito que te metas ahí a hacer el idiota, voy contigo.

—No pasarás ni de la puerta.

—Si Kio o cualquiera de los otros se enteran de que te he dejado meterte allí y no te lo he impedido... aunque sea a mordiscos..., no sé qué pueden hacerme, pero me da igual. No soportaré quedarme mirando cómo te estrellas.

—No pasará nada de eso. Lo sabes de sobra.

—¡Me da igual, Hans! ¡Quiero que des media vuelta ahora mismo y que volvamos ya!

—No pienso volver.

Algo en su interior lo forzaba a hacer aquello. Si iba a morir gente por algo que él había hecho, tenía una responsabilidad.

Viendo que él no le contestaba, Verónica, enmudeció. El coche avanzaba por la autopista y, al aproximarse a la ciudad, él preguntó qué salida debía tomar.

—¡Oh, ni lo sueñes! No pienso ayudarte a llegar allí. Lo que me faltaba...

—Perfecto.

No se lo tomó a mal. ¡Cómo no entenderla! Sin embargo, aquello complicaba un poco las cosas puesto que no tenía forma de saber por dónde ir. Algo lo impulsó a tomar la M-30 y, al ver que Verónica se revolvía inquieta en el asiento, supo que había acertado. Sonrió para sí.

Fue siguiendo los letreros como si se tratara de meros recordatorios del recorrido que debía seguir. Llegar al hospital fue pan comido.

—Ojalá te paren y te pidan la documentación. Me iba a reír mucho.

—Me llevarían a comisaría... y nos encontrarían los yin —dijo muy tranquilo.

—Para el caso, nos daría igual, ¿no?

—Podrías ser un poquito más positiva.

—Y tú un poquito menos imbécil.

Hans la miró sorprendido. Era la primera vez que le insultaba. No echaría más leña al fuego y no añadiría nada. Además, el ambiente estaba muy cargado y le provocaba aquella quemazón tan desesperante.

Abordaron una calle estrecha, con coches aparcados a ambos lados. Al fondo había una curva y desde donde estaban, a unos treinta metros, podía verse la entrada principal con la explanada que se abría al parking del hospital. Como el conductor experto que ya era, echó el freno de mano y desenganchó el cinturón.

—Vete a casa —dijo. Y acto seguido salió del coche.

Lo dijo sin concretarle a qué casa debía irse, pero deseando de todo corazón que entendiera que debía irse a la de Kio y no a la suya propiamente dicha. No quería dar lugar a más reprimendas ni discusiones. La oyó gritar, pero la ignoró. Puede que no se volvieran a ver y no quería que la última imagen de ella fuera la de una Verónica que lo mandaba a la mierda presa de la desesperación.

Echó a andar calle arriba. Se volvió para ver cómo se cambiaba al volante y ponía el coche en marcha. Dejarla plantada en mitad de la calle estando del lado del copiloto había sido una buena táctica que, desgraciadamente, no saldría tan bien como había esperado.

Verónica, con suma pericia, pegó un acelerón y aparcó en una plaza para minusválidos que había un poco más allá.

—No puedes aparcar ahí —dijo él alzando la voz, con una risilla nerviosa—. Está prohibido.

—No es mi coche —dijo cerrando de un portazo—. Me importa una mierda si le ponen una multa o si se lo lleva la grúa.

—Claro —dijo una voz infantil detrás de Hans—, como no la vas a pagar tú...

Contra todo pronóstico y para desesperación de Hans, Kio se había plantado allí y los miraba con sus inquisitivos ojos negros.

—¿Qué haces aquí? —le preguntó él con un agudo gallo de pánico.

Verónica aún la miraba algo confusa, como si no pudiese creer del todo lo que veía.

—¿Cómo has llegado tan rápido?

—¡En patines! —dijo Kio con una carcajada.

—Déjalo. No me contestes.

—Sabía que tramabas algo —le dijo a Hans—. Por eso me he ido a hacer la compra. Deus ex machina.

«Qué cabrona», pensó Hans, «no solo me ha engañado, sino que encima me planta la frasecita en la cabeza».

—Me parece una mala idea —le dijo a Hans. Era evidente que le había leído la mente a Verónica y que ya sabía lo que hacían allí.

Él levantó las manos.

—Lo sé, ¿vale? Sé que parece una mala idea, pero... no sé explicarlo. Hay algo que tengo que averiguar. Había algo en los planos que...

—¿Y si te atrapan?

Verónica se puso de parte del malakh.

—Eso, a ver si a ti te hace caso porque a mí me ignora.

—Asumo —dijo midiendo sus palabras— que si me cogen podrían hacerme daño o matarme, pero...

—No se trata de ti, Hans.

Él se la quedó mirando sin saber muy bien a qué se refería.

—Esa gente va a morir en este hospital. Hoy, mañana o pasado. —Se detuvo al ver que una pareja de transeúntes pasaba a su lado—. No sabes si lo que hagas ahí dentro tendrá algo que ver. Tal vez si te vas ahora...

—Kio, ¿qué me estás vendiendo? —resopló exasperado—. Esto ya lo hemos hablado, ¿no? Lo que tenga que pasar pasará. No voy a evitarlo. ¡Sé que no voy a evitarlo! Pero Bronte descubrió algo en ese lugar y lo mataron por eso y...

—Y donde él murió; uno de los mejores luchadores que tenemos. ¿Crees que tú lo vas a conseguir?

Hans meneó la cabeza exasperado.

—No lo sé, pero al menos habré hecho lo que creo que es correcto.

Kio se lo quedó mirando, sopesando durante unos largos segundos lo que él le contaba.

—Es cabezota como él solo —interrumpió Verónica con los brazos cruzados—. Si puedes, hazle algún truco mental y oblígalo a meterse en el coche.

Kio se quedó en silencio unos segundos y asintió.

—Esperad aquí —dijo de pronto.

La vieron alejarse en dirección al coche. No hubiera sido raro de no ser porque, a medida que andaba, crecía y envejecía, de niña de seis años a chica de doce..., quince..., veinte... Al llegar junto al automóvil, era ya una jovencita japonesa de unos veinticinco, y su vestido se había convertido en unos vaqueros y una camisa amarilla con un chalequito de color verde botella estampado de flores. Lo único que conservaba de la Kio original eran los tensos moños de la cabeza.

Se montó en el coche y arrancó.

—Pero si las llaves las tengo yo... —murmuró Verónica al borde de otro shock.

Kio sacó el coche mal aparcado y esperó unos metros más adelante. Como por arte de magia, un hombre llegó segundos después y sacó su coche de un sitio adecuado, justo delante de ella, y le dejó libre el hueco.

—Oye..., ¿por qué has envejecido de pronto? —quiso saber Hans cuando regresó.

Ella sonrió, histriónica.

—¡Porque no llegaba a los pedales del coche!

—Ah.

—Verónica debería quedarse aquí —le dijo, como si ella no estuviese presente.

—Estoy de acuerdo —contestó.

La aludida negó compulsivamente.

—¿Estáis locos? ¿Tú también? ¡Pensaba que ibas a ser más sensata!

Kio se encogió de hombros.

—Él tiene razón; vayamos o no, pasará de todas maneras.

—¿Y qué? —Los miró desesperada—. Ya sabéis lo que hace esta gente. Vais a meteros ahí y no hay nada que no sepáis ya.

Hans empezaba a impacientarse. No solo le urgía entrar allí, también el hecho de que estuvieran tan a la vista los exponía a ser atrapados antes de tiempo.

—Mira, Verónica, entiendo cómo te sientes, pero yo tengo que hacer esto. Sé que hay algo, lo sé.

—Yo le creo.

—¿Qué? ¿Por qué? —exclamó ella.

Kio se encogió de hombros.

—Quédate en el coche —le pidió Hans—. No creo que tardemos mucho.

—Si en media hora no hemos salido, vete —le indicó Kio.

Se dieron media vuelta y se encaminaron hacia el hospital. Verónica se quedó en medio de la calle, mirando a todas partes y a ninguna, como una criatura abandonada.

Hans la miró de reojo, pero siguió andando y no volvió a mirar atrás.

Capítulo 36

El hospital bullía como cualquier otro día. No había cambios en las rutinas ni en la afluencia de gente, nada que indujese a sospechar que algo iba mal.

Entraron por la sala de urgencias, repleta de sillas casi todas ocupadas, y un mostrador con un par de empleados y sus respectivas malas caras que tomaban los datos antes del triaje.

—Y ahora, ¿qué?

Estaban parados en mitad de la sala. Hans tuvo que reconocer que no tenía ni idea de hacia dónde ir. Cogió aire y suspiró.

—Ni siquiera recuerdo nada de cuando me trajeron. Es todo confuso.

—Yo te sigo.

Hans la miró tratando de buscar apoyo. No terminaba de acostumbrarse a la nueva Kio, a no tener que mirar hacia el suelo y a que pareciese veinte años mayor.

Miró por toda la sala y le atrajo la puerta de entrada a urgencias.

—Yo diría que es por ahí, pero dudo mucho que ese vigilante de seguridad nos deje pasar.

Ella echó a andar en esa dirección.

—Tranquilo, seguro que ni nos ve.

A punto de alcanzar la puerta, alguien llegó corriendo hasta ellos como un torbellino y agarró a Hans del brazo. Él dio un respingo.

—No pienso quedarme sola.

Verónica estaba aterrorizada. Se aferró al brazo de él con tanta fuerza, que debía creer que si dejaba de hacerlo acabaría en el suelo.

—Mejor aquí, con vosotros, aunque sea una mierda de sitio, que ahí fuera, sola en el coche. Yo ahí no me quedo —dijo negando compulsivamente.

Kio no dijo nada; solo miró a Hans esperando su decisión. Él se preguntó por qué el malakh le dejaba a él elegirlo todo. Por un lado, le gustaba, y por otro, era abrumador.

—Si vienes, podría pasarte cualquier cosa.

—Me da igual —dijo mientras seguía negando con la cabeza—. Prefiero que me pase aquí a que me pase sola en el puto coche.

Hans reflexionó y, aunque el nerviosismo de Verónica se traducía en una constante quemazón en su piel, admitió que tenerla a su lado lo tranquilizaba.

—De acuerdo, pero cálmate y no te separes de nosotros.

La cogió de la mano y tiró de ella con suavidad. No tardaron en comprobar, cada uno en sí mismo, que aquello les sentaba bien. Ella terminó por calmarse.

Kio se adelantó y se puso a charlar con el guardia de seguridad algo sobre unas máquinas expendedoras de la sala que no vendían chocolate de calidad, momento en el que Hans y Verónica aprovecharon para colarse en la zona de urgencias. Siguieron adelante, por un interminable pasillo con boxes a los lados, y pasaron de largo sin que nadie les diese el alto. Al poco, Kio se les unió y siguieron recorriendo pasillos con la intuición de Hans como única guía, sin destino concreto y con el corazón en un puño.

Tras dejar atrás la zona de urgencias, salas de UCI, de reanimación y de quemados, llegaron a un pasillo de oficinas con una escalera a la derecha.

—Por ahí —dijo sin dudar.

Ambas lo seguían en silencio.

Tras bajar desembocaron en otro pasillo largo con un rótulo que indicaba «Medicina Nuclear». Pese a que se cruzaban con personal del hospital, nadie les decía nada. Un gran pasillo a la derecha indicaba la morgue.

—Es por aquí.

Verónica murmuró con un hilo de voz «¿en serio?», pero no dijo nada más.

Una gran puerta les cortaba el paso y se requería una tarjeta de seguridad para franquearla. Kio se adelantó y puso la mano en la cerradura.

—Un truquillo —dijo. Y la puerta se abrió.

—Ese ya me lo enseñó Sacher en un hotel —le dijo Verónica.

—Es muy práctico. —Sonrió.

Ante ellos se abrió un nuevo pasillo, pero no tardaron en desviarse a la derecha y después a la izquierda para descender por una escalera. En el segundo rellano, Hans se paró en seco.

—¿Qué pasa? —preguntó Verónica. Kio no dijo nada.

Hans miró alrededor. Había sentido una quemazón muy aguda y su perspectiva del mundo había cambiado de golpe. Podía ver no solo las escaleras que tenía delante y el pasillo inferior, sino las habitaciones y su contenido, nuevos pasillos que convergían, el piso de arriba, las personas que caminaban sobre sus cabezas...

—Aquí hay un mal rastro —murmuró Kio—. Algo malo ha pasado en estas escaleras.

Verónica tuvo un escalofrío y dio un brinco.

—¡Hans, tus ojos!

Él asintió. Más que ver, era como un sentido añadido, una forma de percepción más allá de lo conocido, percibir lo que le rodeaba desde su interior y de una forma palpitante.

Miró a Verónica: le fascinó comprobar la imagen física, tan familiar ya, y percibirla como una nova, como una galaxia en miniatura con sus arcos y sus emisiones de energía, unas buenas y otras malas, cada una con su significado y su intención, cómo fluían a su alrededor y en su interior y cómo afectaban al cambiante estado de ánimo de su amiga. El pensamiento humano se le hizo increíblemente sencillo, fácil de descifrar.

Sus ojos, ahora cubiertos de una pátina plateada, como una fina tela, se dirigieron a Kio, un ser mucho más complejo que albergaba una luz prístina, muy pura y no cegadora, aunque también plagada de emociones, en su mayoría positivas y danzantes; otras, las menos, turbias y oscuras. Hans supo interpretarlas de inmediato: miedo y aquella percepción de dolor de la que hablaba.

—Ya te queda poco, amigo —le dijo el malakh con cariño.

Hans tuvo un instante de azoramiento, incómodo, como de estar viéndolas desnudas sin su permiso. Miró hacia adelante y constató, de acuerdo con Kio, como si una especie de rastro turbio y emponzoñado bajase por las escaleras y se arrastrase por el pasillo que tenían delante. Aquello era lo que le había perturbado, lo que le había hecho despertar esa sensibilidad.

Bajó unos escalones y lo vio.

—Allí —dijo señalando una habitación que estaba más allá de la pared que tenía delante, más allá del pasillo y de la siguiente habitación.

—Yo también la veo —admitió Kio.

Echaron a andar con Verónica siguiéndolos asustada, con ganas de preguntar y sin atreverse a ello. Hans la cogió de la mano de nuevo y la guio. Kio abrió una nueva puerta y fue la primera en entrar.

Tendida en una camilla había una chica morena que no tendría más de quince años. Estaba lívida y conectada a un monitor y a un gotero. En el suelo se formaba un pequeño charco de sangre que caía desde la camilla.

—¡Oh, joder! —soltó Verónica tratando de no gritar y llevándose la mano a la boca, con los ojos llenos de lágrimas—. ¿Está muerta?

Kio negó. También bajo sus cejas había ahora dos espejos.

—Solo está sedada. Pero ha sufrido mucho.

—Es un avatar, ¿verdad? —preguntó Hans, a pesar de que conocía la respuesta—. Veo rastros de malakh, trozos aquí y allí.

—Es Wayra —admitió—. Hacía tiempo que no la veía.

Hans también conocía su nombre. Fue mirarla y reconocerla del mismo modo que supo que era un malakh.

«Wayra».

Kio tenía razón. A primera vista, la muchacha parecía intacta y sana y solo su nueva visión alcanzaba a ver que le habían rajado la espalda de una forma brutal, que la habían golpeado... y violado.

La quemazón de Hans aumentaba.

—Es espantoso —murmuró consternado—. Esos... cabrones. ¿Cómo puede ser que...?

—Son yin —contestó Kio encogiéndose de hombros—. Está en su naturaleza ser así.

Verónica le tocó el brazo. Verlo tan afectado había hecho que a ella se le pasara un poco el malestar. El alivio en él fue instantáneo. La abrazó.

Aun así, el cuerpo de la chica en aquellas condiciones amenazaba con achicharrarlo.

—¿Qué hacemos, Kio? No podemos dejarla aquí.

—Podríamos llevarla con nosotros..., pero necesita un médico. Tal vez...

Kio iba quitándole las vías que tenía inyectadas y desenchufó el monitor. Cogió unas sábanas que había en una encimera y le pidió a Hans que la ayudase a ponérselas debajo.

—Voy a llevarla al coche —dijo tapándola hasta la barbilla con otra sábana—. Toma. —Y de su mano derecha surgieron miles de esquirlas plateadas que tomaron forma de una katana que entregó a Hans—. No os mováis de aquí, ¿entendido? Si no vuelvo en quince minutos, largaos.

—¿Y esto? – dijo mirando el arma.

—Por si acaso.

El malakh salió por la puerta empujando la camilla en dirección a un ascensor cercano. Mientras, Hans y Verónica se quedaron allí sin decir nada y sin poder evitar la vista del charco de sangre que iba colonizando más área a medida que la paciencia se le agotaba a Hans.

Los minutos allí se hacían eternos. Tras echar un vistazo a la espada como para cerciorarse de que tenía consigo una vía de escape, optó por seguir adelante.

—Ven conmigo.

Salió de la sala seguido por una protestona Verónica que le recordaba las palabras de Kio.

—Cuanto más tiempo pasemos en este lugar, más probabilidades tenemos de toparnos con un yin. Prefiero terminar con esto de una vez y largarnos.

—¿Terminar con qué? ¡Ni siquiera sabes qué estás buscando!

Habían estado siguiendo un pasillo perpendicular a aquel en el que encontraron a la chica y llegaban al final. Hans giró a la derecha.

—Eso —dijo Hans convencido—, estoy buscando eso.

Verónica, confusa, señaló las puertas que tenían delante.

—¿Un ascensor?, ¿estás buscando un ascensor?

No era un ascensor cualquiera.

El montacargas tenía unas puertas inmensas, como si aquello sirviese para trasladar cuatro o cinco camillas de hospital de una sola vez. Además, no tenía botón de llamada; en su lugar, había una ventana metálica con una pantalla digital y un teclado de números.

Era el que aparecía en los planos: un elevador que no conectaba con el resto del edificio, que no era de subida sino de bajada nada más.

Hans volvió a activar sus ojos y miró en derredor. El lugar le resultaba extrañamente familiar, aunque habría jurado no haber estado allí jamás.

—Este sitio... es como si ya lo conociera.

—¿Te trajeron aquí cuando te secuestraron?

Él negó.

—No... Es como un sueño o un recuerdo lejano. Nunca he estado aquí.

Y como si le hubiera sobrevenido una revelación, lo supo: él había muerto ahí, justo ahí, junto al ascensor. Entonces no le fue posible entrar, pero ahora estaba decidido a hacerlo.

Verónica lo miró entre extrañada y asustada. La cara de enfado que puso él la pilló por sorpresa.

Él no prestó atención y volvió a mirar a través de las paredes. No parecía haber ninguna amenaza ni ningún ente oscuro que se acercase, pero la sensación de peligro persistía. Se dio media vuelta y se centró en el teclado del ascensor.

La pantalla digital contenía el logo de la empresa instaladora y un espacio con cinco asteriscos que se sustituían con una clave de cinco dígitos.

—Imposible —suspiró Verónica a su espalda—. No vas a poder adivinar eso. A menos que puedas hacer el truco de Kio, si es que funciona..., dudo que puedas entrar por ahí.

—¿Ni siquiera si tengo cuatro dígitos? —preguntó él con una sonrisilla.

—¿Qué?

Se señaló uno de sus ojos plateados.

—Puedo ver marcas y rastros en cuatro de esos números: 3, 6, 9 y 0. Deduzco que el número que me falta es porque alguno de estos está repetido.

Se puso manos a la obra y fue tecleando el 3 y los subsiguientes en diferente orden. La respuesta, una y otra vez, era la palabra «Invalid».

—Pero... ¿cuántas combinaciones puedes hacer con esos números?

—Bueno... —dijo rascándose la nuca—, teniendo en cuenta que uno de los números se repite y no sé cuál... supongo que varios cientos.

Ella resopló y murmuró algo desagradable para después quedar en silencio, apoyada en la pared. Hans estaba enfrascado en aquello, aunque, de vez en cuando, escudriñaba a su alrededor para asegurarse de que no venía nadie. Sin querer, cruzaba su mirada con la de una hastiada Verónica.

Llevaba unos minutos tecleando sin perder el hilo y sin obtener resultados cuando ella volvió a hablar.

—Oye..., ¿no dijo Sacher que los malakhim no tenían imaginación?

—Sí, ¿y qué? —dijo sin levantar la vista de su tarea.

—Y... ¿se aplicaría lo mismo a los yin?

—Supongo que sí, ¿por qué? —La última vez que había estado tan concentrado en una pantalla fue jugando al Assassin´s Creed.

—Imagino que si yo fuese un yin sin imaginación o sin ganas de inventarme un número, a lo mejor podría coger el primero que tuviese a mano.

Hans, intrigado, levantó la vista y la miró.

—¿Qué quieres decir?

—El número de teléfono del servicio técnico —dijo señalando una placa en el lateral del ascensor— es 9105706390. Acaba en 06390.

Él la observaba con los ojos como platos y se acercó a la placa. Marcó la contraseña con esos dígitos y...

Las puertas se abrieron.

—No puedo creerlo.

—A mí ya hay cosas que no me sorprenden nada —contestó ella.

Aquel elevador tenía, por lo menos, veinte metros cuadrados, era realmente grande y parecía muy robusto, con planchas de metal en las paredes y ningún tipo de adorno, salvo unas barras agarraderas. En uno de los laterales había una placa con una pantalla digital como la de fuera y cuatro botones: el de parada, el de alarma y los números: 1 y 2.

Hans apretó el 2.

Cuando las puertas se cerraron, una suave voz femenina les anunció que bajaban (¡bajando!) y a Verónica se le puso un nudo en la garganta. Tras un minuto descendiendo y con el corazón bombeando sangre a destajo, empezó a resoplar.

—Caaaalmaaaa... —le susurró él con suavidad.

La situación era por completo inverosímil y se frotaba los ojos acompañándose de una risa nerviosa.

—¡Dios, esto no para de bajar! ¡Vamos derechos al infierno! —dijo entre risas histéricas y al borde del llanto.

Hans se sonrió también algo tenso, aunque no tenía miedo; fuera lo que fuese lo que había allí abajo, estaba seguro de que lo soportaría.

Otro minuto interminable y el ascensor se detuvo. Con aire solemne, contuvieron la respiración y esperaron a que las puertas se abriesen. Unos chasquidos metálicos y las hojas dejaron ver un ancho pasillo níveo: ni fosos en llamas ni salas de torturas. Nada más que blancura y calma. Aun así, la atmósfera era tensa y Hans percibía un rastro oscuro y turbio. No tuvo ninguna duda: por allí habían pasado yin en algún momento y deseó que de eso hiciese mucho tiempo.

Puso la mano delante de Verónica indicándole que se mantuviese quieta y volvió a escrutar el alrededor. Lo que le alcanzaba la vista era extraño y perturbador, pero no había rastro de los yin por ningún sitio.

—Ven, vamos.

Salieron del ascensor y lo que en un primer momento les había parecido un pasillo vieron que era en realidad un recibidor con un cuarto a su izquierda que, por lo que podía ver Hans, albergaba varios ordenadores y pantallas. Delante de ellos, al otro lado de la pared, había un área médica que parecía un quirófano con varias neveras llenas de medicamentos y a la derecha...

—¡Joder! —Verónica ahogó un grito—. ¿Pero qué es esto?

Era una sala muy grande que podía tener cien metros de profundidad y cincuenta de ancho. No era muy alta en comparación con aquellas dimensiones, no superaría los tres metros, y el techo estaba entreverado de tubos y canales y trampillas de ventilación. Había un pasillo central flanqueado con tanques de cristal de forma tubular y personas desnudas en su interior.

Eran como los tarros de un laboratorio de los horrores que en lugar de contener fetos contuviera gente adulta, hombres y mujeres provistos de máscaras de respiración, tubos que salían de sus orificios de evacuación, y sujetos por correas que les pasaban por debajo de las axilas hacia el techo del tanque, y otras que se ajustaban a su cintura y los anclaban a la base.

El líquido no era agua, sino algo más turbio y denso. Algunos de ellos tenían una postura laxa, como de dejarse caer, mientras que en otros la postura era tensa y estirada, los pies de punta, algunos con los brazos retraídos y las manos retorcidas sobre el pecho o, por el contrario, los brazos estirados y las manos rígidas hacia fuera, a ambos lados del cuerpo.

Hans no percibió en ellos emoción alguna. Nada. Estaban en estado comatoso o vegetativo. No destilaban ningún tipo de sentimiento y, aunque él no sabía leer los pensamientos como lo hacían los malakhim, habría dicho que aquellas mentes estaban vacías.

Al pie de cada uno de los tanques había unos pequeños monitores que marcaban el ritmo cardíaco, otros datos que no entendía y un marcador de minutos con una cuenta regresiva.

Eran peceras en hileras, una detrás de otra, suspendidas en un letargo profundo.

Fueron recorriendo poco a poco aquel pasillo central, mirando a la cara a los cuerpos, como si les rindiesen culto, con una mezcla de respeto y estupor. Era algo que solo podía verse en las películas de ciencia ficción y, sin embargo, ahí estaba, presente y abrumadoramente cierto: humanos en conserva.

—¿Qué...? ¿Por qué los tienen aquí? —preguntó Verónica en un ahogo—. ¿Experimentan con ellos? Parece que están vivos, ¿no?

Hans negó. Los miraba uno a uno, y descubrió que tenían una cosa en común.

—No son gente normal y corriente. —Se colocó en la parte trasera de uno de los tanques y le indicó que se acercara—. Mira, ven.

Verónica obedeció y, al llegar a su altura, supo a lo que se refería: en la espalda de aquel hombre había dos grandes marcas, cicatrices ya curadas hacía tiempo y una hendidura muy fea que sugería que ahí había habido algo que ya no estaba.

—No me... ¿Son avatares?

Él asintió.

—Todos ellos. Hay pequeños fragmentos de malakh aquí y allí, pero no están demasiado avanzados.

—Pero ¿por qué? ¿Por qué aislar a los avatares así?, ¿por qué no matarlos sin más?

Hans se quedó pensativo. Una idea le rondaba la cabeza que, poco a poco, iba tomando forma, como una palabra atascada en la punta de la lengua. Echó un vistazo general y, como por impulso, volvió al principio de la sala.

—¿Cuántos años dirías tú que tiene esta mujer?

Era morena y bastante huesuda, Niamh se llamaba el malakh, lo podía ver en su alma, y estaba en posición estirada y con los brazos encogidos como si tuviese una artritis terrible. Verónica se encogió de hombros.

—No lo sé..., ¿treinta, cuarenta?

Hans vio una carpeta en la parte de atrás con algunos parámetros y anotaciones sobre medicación, evolución, lugar de procedencia y fecha.

—Aquí pone diciembre de 1992.

—¿Tiene dieciséis años? Está muy envejecida.

—No —negó él y cerró la carpeta, pensativo—. ¿Recuerdas lo que dijo Sacher sobre que los avatares se manifestaban en la adolescencia o al final de la niñez? Si esta chica tenía mi edad o algo menos en el 92, tendría ahora mismo...

—Unos treinta años. Eso concuerda más con su aspecto.

—Creo que se refiere a la fecha en la que la capturaron.

—¿1992?

—Sí. Creo que esta chica lleva aquí desde diciembre de 1992.

Verónica los miró a él y a la chica alternativamente. Su rostro era la pura manifestación del espanto.

—¡Que lleva aquí dieciséis años!

Él asintió y se hizo un silencio entre ellos. Se agachó a ver las anotaciones de otros individuos y le fue narrando las fechas: agosto del 92, agosto del 93, marzo del 93...

De pronto, sonó una alarma intermitente y un zumbido. Hans reparó en que los relojes digitales en cuenta regresiva se estaban poniendo a cero: 4... 3... 2... 1...

Entonces, el zumbido aumentó y todos los cuerpos a un tiempo sufrieron un espasmo haciendo un ruido terrible. Casi al momento, todo se calmó y la cuenta regresiva se puso en noventa minutos.

—¿Qué ha sido eso? —preguntó ella.

—Cuando hemos llegado los relojes marcaban cuatro minutos y ahora noventa... Es como si los tanques les hubiesen dado una descarga eléctrica.

—Eso me ha parecido.

—No tiene sentido... —caviló él—. Si están en coma y no sienten nada, ¿qué hacen las descargas eléctricas? Si quieren hacerles sufrir, no es una fórmula para que les duela demasiado.

Verónica se encogió de hombros.

—Tal vez es por el coma o algo así. Si les sueltan descargas, a lo mejor provocan alguna respuesta muscular y evitan que se atrofien.

—Puede ser.

—Pero no tiene sentido...

—¿Qué?

—A ti te quitaron las alas o lo que sea eso, hace una semana, ¿no?, y mírate: ya te has recuperado casi por completo, has cambiado y supuestamente estás a punto de transformarte. Si a esta gente le hicieron esto hace dieciséis años, ya deberían haber cambiado, ¿no? ¿Por qué no lo han hecho?

Él lo pensó un instante y al cabo se le abrieron los ojos como platos.

—¡Eso es! ¡Ahí está la clave!

—¿Qué? —preguntó ella confusa.

—¡No pueden! ¿No te das cuenta? ¡Por eso es todo esto! —dijo señalando en torno suyo—. Sacher nos contó que la forma de transformarse es que un malakh se enganche a un alma humana, y cuando el humano está preparado, el malakh empieza a manifestarse, ¿no? ¡Pero para hacerlo el humano necesita vivir! Necesita tener emociones positivas y que el Cambio fluya: el malakh pasa del mundo espiritual al material a través del Cambio, pero si el Cambio no fluye, no puede pasar nada, y si el malakh no se alimenta de emociones positivas, no puede crecer. Y esta gente... —soltó el aire de golpe—, esta gente no vive. No está muerta, pero viva tampoco.

Echó la vista a su alrededor y lo contempló todo con una mezcla de horror y, por qué no, hasta de cierta admiración.

—Esos cabrones han encontrado la forma de tener aquí retenidos a los avatares de los malakhim y de evitar que salgan al mundo.

Verónica se llevó las manos a la boca.

—Un mundo sin ángeles, plagado de demonios, sin nadie que se les oponga... —dijo ella. Se miraron y ambos asintieron—. Es el infierno. —Miró a los avatares, como tratando de hacerse una idea del daño causado—. ¿Cuántos hay aquí? Hay ocho hileras y en cada una... —Verónica se movió para abarcarlos a todos y contar por lo bajo—. Hay unos veintidós en cada hilera, eso son... ¿ciento sesenta? No... ciento setenta y seis, ¿verdad? Bueno, no sé cuántos avatares hay, pero no parecen muchos, ¿no?

Hans miró a los lados, arriba y abajo, y negó apesadumbrado.

—No, Vero. En el piso de arriba hay más. No sé por dónde se accede, pero hay más salas. Y por lo menos, hasta donde me alcanza la vista, hay cuatro salas más como esta; dos a la izquierda y otras dos a la derecha.

—¿Tantas? —suspiró consternada.

—Calculo unos dos mil.

—¿Tú crees? ¿Cómo lo sabes?

Para él era pura lógica. No necesitaba echar cuentas.

—Porque Sacher dijo que según la profecía iban a morir dos mil personas en este hospital. —Cabeceó con tristeza—. Ahora ya sabemos por qué.

—¿Crees que los van a matar? —preguntó inocentemente. No tardó en mudar su pensamiento al ver algo en la expresión de Hans que la alarmó—. No estarás pensando... ¡No! ¡Ni se te pase por la cabeza!

—¿Y qué quieres hacer? ¿Vas a dejarlos aquí, en este estado, a expensas de lo que quieran hacer con ellos?

—¡No puedes matarlos, Hans, son personas! Lo que tenemos que hacer es salir de aquí y avisar a los demás y...

—¡Claro! Y entonces ¿qué? ¿Crees que los malakhim les pedirán amablemente que les devuelvan a los suyos y que los yin accederán por las buenas? ¡Mira todo esto! —le dijo girándose con los brazos en alto—. Se han tenido que dejar millones aquí para hacerlo, sin contar el trabajo y sin contar la mala baba que se gastan: ¡no van a entregarlos!

—Pero los malakhim podrían...

—¿Qué? ¿Entrar aquí y sacarlos? ¡Míralos, Verónica! Algunos llevan aquí dieciséis años en coma, no creo que se vayan a recuperar jamás y otros...

—¡Pero algunos sí, Hans! Algunos los pueden salvar... ¡No quiero que les hagas daño! Por mucho que los malakhim crean que la muerte es una salida fácil, no debería serte tan sencillo matar a dos mil personas pensando que luego van a resucitar. Es una monstruosidad.

Hans se la quedó mirando, compasivo. Finalmente, se rindió.

—Vale —dijo alzando las manos una vez más—, tú ganas. Vámonos y ya veremos cómo lo solucionan.

Estaba mintiendo como un bellaco. En realidad, su intención era empujar a Verónica dentro del ascensor, apretar el botón del primer piso, quedarse a solas en esa sala de monitores y desconectarlos a todos. Tenía muy claro que las posibilidades de éxito de los malakhim en ese hospital eran nulas. Antes incluso de que hubiesen congregado a suficientes de los suyos para acceder, los yin ya habrían apretado el botón que pensaba apretar él... o quizás algo peor. No dejaba de pensar en las electrocuciones programadas y en todas sus posibilidades y se le ponían los pelos de punta.

Si lo pensaba bien, la mejor opción para los malakhim estaba en él mismo. Era un infiltrado con una posición privilegiada, más cerca que ninguno de ellos de darle a esa gente una muerte digna.

De pronto, mientras caminaban hacia la salida, algo le hizo saltar las alarmas. Activó la visión del aura y pudo ver a su izquierda, en la lejanía y dos salas más allá, una figura oscura que se movía entre los tanques. Era algo que no había contemplado nunca: una masa emponzoñada y negra que destilada un humo oscuro a su paso e impregnaba todo lo que tocaba.

La figura se movía despacio, como si estuviese revisando algo.

—Miah —murmuró él.

—¿Qué?

No le contestó. Cogió de la mano a su amiga mientras sujetaba la espada con la otra y echó a correr. Ella tardó poco en darse cuenta de qué se trataba y echó a correr tanto o más que él. Llegaron al ascensor y apretaron el botón, desesperados, pero era inútil: había vuelto al origen en el piso superior y tardaría más de un minuto en bajar.

Hans miraba a un lado y a otro, buscando el modo de salir. Se acercó a la sala de monitores para tratar de abrir la puerta, sin éxito: requería una tarjeta o el viejo truco de Kio para poder abrirla.

Verónica estaba desesperada, al borde del llanto, pulsando de continuo el botón del ascensor y arrimándose a la pared todo lo posible, como si eso pudiese hacerla desaparecer.

Hans le tomó la mano y la condujo de nuevo a la sala hasta una puerta cerrada que daba a un pequeño cuarto de limpieza. Tiró de ella, la metió dentro y se encerró con ella.

La abrazó con fuerza, firme. El dolor le mordía, pero absorbía su miedo y la calmaba a ella, algo mucho más urgente. Tenía que conseguir que se tranquilizase y dejase de hiperventilar o aquel yin los vería de inmediato.

—Shhhh..., tranquila —le susurró. Dejó a un lado la espada y le cogió la cara con las dos manos—. Shhhh... —Puso su frente pegada a la de ella—, respira.

Le hizo caso y se concentró en respirar hondo mientras él le hablaba con un murmullo. Poco a poco, fue notando como otro tipo de energía surgía de ella, más liviana y serena, cuyo origen estaba en el tono con que le brindaba las palabras y en compartir respiración.

—Shhhh... —Y le pasó el pulgar por los labios. Le provocó una inflamación del deseo, un momento por completo inapropiado en el que sus labios se entreabrieron a su voluntad sin calcular consecuencias.

No sería él quien se lo negase. Se inclinó un poco y la besó. Primero, apenas un roce, luego dio un sutil mordisco al labio inferior y seguido, lo rozó con la lengua. Ella respondió con los ojos cerrados y se apretó contra él.

El mundo dejó de existir. Ya no percibían el olor a productos químicos del armario, ni tenía importancia estar a cientos de metros bajo tierra rodeados de personas en coma y con un demonio rondando.

La lengua de ella se precipitó hacia la de él. Fue un beso cuya onda expansiva aceleró pulsos y latidos.

Un timbre, el clic metálico de unos mecanismos y el arrastre de unas puertas al abrirse interrumpió el instante.

—¿Eso ha sido el ascensor? —preguntó ella.

Él miró con sus ojos de malakh y asintió. Se preguntó dónde estaría el yin y si eso habría llamado su atención. Lo buscó en el exterior.

—¡Ay, mierda!

La apartó de un empujón, cogió la espada y salió de allí abriendo la puerta de una patada.

El ser iba hacia ellos como una bala, agitando unas enormes cuchillas que le salían de los brazos. Era la misma Miah huesuda y desagradable que había estado en el quirófano con Buer y los demás haciéndose pasar por enfermera. Ahora, el aborrecimiento que le tenía superaba con creces su miedo.

Desvió sus armas con la espada de Kio, una, dos, tres veces... y se las apañó para girar sobre sí al tiempo que le amputaba un brazo. Aquello apenas le haría ganar algo de tiempo. Dio una patada al brazo caído y lo alejó antes de que el yin se lanzara a darle otra a él que lo mandó a estrellarse contra la parte baja de uno de los tanques y con una fuerza tal que hizo a la estructura tambalearse. Se levantó rápido, aunque un poco aturdido, y vio fugazmente a Verónica escabullirse hacia el ascensor seguida del yin. Iba a por ella.

Hans redobló su energía y alcanzó al yin acuchillándolo por la espalda. Se giró y lo enfrentó con su fea jeta llena de dientes que sudaban una brea negra. El yin se ensañó con él golpeándolo en todas partes, aunque solo lograba aturdirlo. Le preocupaba más el otro brazo con el que le lanzaba los filos cortantes al cuello o a la cara, y que iba esquivando con no poca fortuna.

Logró zafarse una vez más y adoptó una posición aventajada; se escurrió hacia su espalda, lo agarró por detrás y lo lanzó contra uno de los tanques. Apenas acusó el golpe y el tanque se movió, pero permaneció en su sitio. A él le dio tiempo a abalanzarse sobre él y a cruzar su arma con la del yin hasta quedar ambos cara a cara.

—¡Te mataré, puto traidor! —le escupió aquel ser negro.

Él, con furia redoblada, lo cogió del pelo y le estrelló la cabeza contra el tanque con tanta violencia que hizo un boquete en el cristal. Le empujó el cuerpo y le encajó cabeza y medio pecho en el hueco y salió corriendo en sentido contrario mientras el agua viscosa salía a borbotones y ahogaba al demonio prisionero. Hans oyó que el tanque se resquebrajaba y el cuerpo del hombre atrapado en su interior caía a plomo sobre el yin. Él llegaba ya al ascensor cuyas puertas mantenía abiertas Verónica.

—¿Qué haces? ¿Por qué no te has largado?

—¡No iba a irme sin ti! —le dijo ella cargada de lógica.

—¡Pues sí! —le espetó él apretando el botón.

En realidad, ella le había fastidiado el plan. Morir no le importaba; más grave era dejar a aquellos avatares allí, tan vulnerables, que el hecho de enfrentarse a Miah y perder. Su intención había sido ir a la sala de monitores y buscar la forma de desconectarlos a todos. Pero ahora que lo había esperado, debía sacarla de allí cuanto antes.

—Parece que ya no nos sigue —dijo Verónica cuando el ascensor se puso en movimiento.

—Eso parece.

Hans estaba empapado del líquido viscoso. Olía a ozono y hierbas de alguna clase, o a algún tipo de algas.

—Nunca había visto a nadie moverse tan rápido.

—Una sabandija escurridiza...

—Me refería a ti.

Él la miró y recordó la onda expansiva del beso. Verónica se echó a reír.

—Ni siquiera sé lo que he hecho. Ha sido todo... intuitivo.

La frase se podía aplicar tanto a la pelea como a lo que había ocurrido en el armario; ambos lo sabían. Ese momento de feliz frivolidad se vio interrumpido de pronto al oír un fuerte estruendo bajo sus pies.

—¿Qué ha sido eso? —dijo asustada.

No hacía falta que contestase para saber lo que era: abajo, muy abajo, las puertas de seguridad de acceso al hueco del ascensor habían reventado y aquella cosa infame trepaba ya hacia ellos, mucho más rápido de lo que ascendía el montacargas.

—Joder... —Hans lo vio subir a través del suelo y miró al techo para calcular cuánto les quedaba; debía ser algo menos de la mitad—. Vamos, vamos...

De sobra sabía que los alcanzaría mucho antes de llegar.

—Ponte ahí —le dijo con calma a la aterrorizada Verónica, señalándole un rincón alejado del ascensor.

—¿Es... esa cosa?

Tampoco le respondió. Se limitó a valorar sus posibilidades en un ascensor, con una katana que no era suya (un pensamiento del que no sabría su importancia hasta más tarde) y con una humana asustada, siendo él solo un avatar y no un malakh completo. Se sabía en clara desventaja. Aun así, ni se le pasó por la cabeza achantarse.

El yin trepaba por las paredes como una araña a mucha velocidad. Estando casi a su altura, Miah dio un salto y se encaramó al suelo del ascensor. El aparato se tambaleó y arrancó un grito a Verónica.

Los ojos de Hans y los del yin se encontraron. A través de los mecanismos, del suelo, de los cables... se miraron y se retaron. De pronto, Miah se giró hacia Verónica y Hans entendió sus intenciones. Se apresuró a coger a la chica de un brazo y lanzarla a la pared contraria al tiempo que una lanza larguísima atravesaba el suelo bajo sus pies.

Empezó entonces un juego demencial en el que las lanzas que salían de los brazos de Miah buscaban hacer diana en ellos mientras se mantenía colgada del ascensor por los pies, como un murciélago. Hans se movía esquivando las picas y empujaba a Verónica, que no dejaba de proferir gritos de puro terror. Estuvo tentado de atravesar el suelo con la katana, aunque desistió; no estaba seguro de llegar hasta el yin ni para desengancharle los pies.

Apenas quedarían unos pocos segundos para llegar hasta arriba y Miah debió de darse cuenta porque dejó de jugar y empezó a rajar el suelo del ascensor y a doblar el acero como si fuera mantequilla. Hans no dudó: en cuanto vio que introducía por la abertura el brazo que le había vuelto a crecer, se lo cercenó de un tajo. Las lanzas negras seguían persiguiendo su objetivo. De nuevo, se enfocó en Verónica y Hans desvió el impulso con la katana mientras la chica se hacía un ovillo en una esquina.

El ascensor culminó su marcha hacia arriba en el momento en que el yin emergía. Hans agarró a Verónica por el jersey, como si fuera una muñeca, y la lanzó fuera en cuanto las puertas dejaron un hueco para salir. Una atenta Kio la agarró con firmeza, y Verónica, desconcertada, redobló sus gritos.

—Soy yo, tranquila.

Y, acto seguido, la apartó hacia atrás de un empujón.

Kio no se anduvo con zarandajas: entró en el ascensor y dio varios sablazos rapidísimos. Miah pudo esquivar algunos, pero otros le cortaron una pierna y el brazo, regenerado una vez más. A pesar de sus mutilaciones, se movía con agilidad y los embistió tratando de empujarlos fuera del ascensor. Cuando se vio frente a sus dos oponentes se dio cuenta de que estaba en clara desventaja y soltó un «¡mierda!» sabiéndose vencida.

Hans sabía por intuición que aquel yin no era en realidad un adversario demasiado peligroso, y que si se había atrevido a atacarlo era por ser él un avatar en pleno desarrollo y, por tanto, bastante vulnerable. Sin embargo, Kio era otro cantar y aquello no se lo esperaba.

La pierna volvió a crecerle ante los ojos atónitos de Verónica, y aunque no tenía forma definida, al menos era funcional. Se defendía con soltura a pesar de tener un solo brazo. Atacó primero a Hans sin perder de vista a Kio, pero él desvió el ataque y, de un giro, la bloqueó y fue a estrellarla contra la pared, momento en el que Kio aprovechó para hacer una pirueta y decapitarla. La cabeza rodó con una mueca de fastidio.

Verónica estaba al borde del desmayo, viendo la cabeza maldecir en un idioma extraño y sin cuerpo alguno que la sustentase.

El cuerpo, desgajado de la cabeza, siguió moviéndose, volviéndose negro como la pez y lanzando estocadas con sorprendente agilidad. Era la propia cólera la que agitaba sus armas. De su brazo surgió una especie de látigo que rajaba suelo y paredes dejando surcos a su paso. Kio atajó con su espada un latigazo que iba dirigido a Hans y que lo habría partido en dos. Tiró del látigo y el yin se desequilibró, instante que el malakh aprovechó para cortarle las piernas.

Volvía a regenerársele la cabeza cuando Kio saltó sobre su espalda y, transformando su mano de plata brillante, la introdujo como una flecha en el interior de Miah. De su interior arrancó algo. Era la piedra ancla.

—¡No, no, cabrones! —dijo la boca rebozada en un mar resinoso y negro mientras su cuerpo seguía dando manotazos y contorsionándose. Sus intentos por levantarse y arrastrarse eran vanos. La criatura estaba desintegrándose y desapareciendo a medida que avanzaba por el pasillo hacia una agarrotada Verónica que no abandonaba su posición fetal, ovillada en un rincón.

Hans suspiró hondo y se apoyó en la pared, aliviado.

—Espero, de verdad, que haya merecido la pena —dijo Kio más seria de lo que la había visto nunca.

Él asintió.

—Te lo cuento por el camino.

La salida del hospital fue rápida en comparación con el tiempo que habían pasado allí. Habrían coincidido en decir que fue una eternidad.

Era ya de noche. En el coche, la chica que habían encontrado en una camilla estaba acomodada en el minúsculo asiento trasero, inconsciente y febril. No les quedó otra: Hans ocupó el asiento del copiloto con Verónica sentada en sus piernas, encogida, con la cara vuelta sobre el pecho de él.

Kio se sentó al volante. Les aclaró que llevarían a la chica a una clínica de confianza. Arrancó y no dijo nada más.

Hans se concentró en abrazar a Verónica, en sosegarla con sutiles caricias. Tenía magulladuras y en su aura vio contusiones por los golpes que se había llevado al zarandearla de un lado a otro. Le puso la mano en la rodilla para absorber el dolor que le producía un feo corte, que quedó transferido a su mano. No le importó el pellizco ni le importó la quemazón. Ella fue dando muestras de sentirse mejor.

Llegaron a una pequeña clínica privada donde les esperaba un tipo con bata y una camilla a su lado. Hans no sabía cómo ni en qué momento había hablado Kio con él, pero vio que salía del coche e intercambiaba algunas frases con aquel hombre. Condujeron la camilla hasta la puerta del copiloto. Hans y Verónica se bajaron para poder echar hacia adelante el asiento. Entre él y Kio sacaron a la muchacha y la colocaron en la camilla.

La chica tenía la frente empapada y le corrían hilos de agua por las sienes. Deliraba.

—Vamos dentro, que no coja frío —dijo el hombre.

Con un gesto, Kio les indicó que se quedasen en el coche, algo que Hans agradeció, harto ya de hospitales.

Verónica reanudó su postura y él la abrazó de nuevo. Fue enredando sus dedos en los bucles negros y gozando de aquella emoción.

—¿Estás bien?

Ella negó y lo abrazó por la cintura.

Sin embargo, aunque era verdad que había muchos sentimientos dañinos en ella, había otro que volvía a surgir de su interior que fluía y calentaba la piel de Hans. Y lo hacía sonreír.

Ella alzó la cara con su rostro fatigado y lo besó.

Fue un beso sensual que volvía a encenderlos. Olía su sudor sutil, su aliento cálido, el perfume de su pelo. Sus lenguas se cruzaban y se enredaban y la humedad fluía entre ellos como si fuera agua. El bajo vientre de ella se humedecía y se irradiaba al resto de su ser provocando una oleada de energía que se adhería al cuerpo, la sangre y el sexo de él. Nunca había sentido que un placer ajeno lo atravesase de aquel modo.

Quería más, la deseaba.

Se oyeron pasos fuera y ella paró.

Hans estaba convencido de que a Kio el verlos besarse o no, no impediría que supiera lo que había pasado en el coche. La energía sexual estaba por todas partes, tan perceptible como un perfume caro.

Kio entró en el coche y no dijo nada. Se puso el cinturón, se quedó quieta un momento y después miró a Verónica, tan inocente y refugiada en él como un corderito. Entonces, los ojos del malakh se abrieron espantados.

—¿Qué son esos tanques de agua con personas dentro?

Al darse cuenta de que no tenía que ver con ellos, Hans le contó todo lo que habían visto en los sótanos.

—Algunos llevan ahí más de quince años.

—Esto... —Kio miraba el volante— lo cambia todo.

Hans la miraba con sus moñitos, su ropa alegre, su aspecto de jovencita infantil... Ante él, había un malakh formidable con aspecto de muchachita al que se le presentaba algo contra lo que apenas tenía recursos.

—Esos cabrones han encontrado la forma de mantener a los malakhim fuera de juego y hacer lo que quieran en el mundo —hablaba serio, afectado por la situación.

Kio, asintió, comprendiendo la magnitud del problema.

—Eso es espantoso y... desastroso.

—Hans ha dicho que lo mejor que se podía hacer era matarlos —dijo Verónica incorporándose—. Desactivar los soportes vitales y hacer que se liberen para que puedan renacer en otra parte. Pero a mí me parece que es una barbaridad. ¡Son vidas humanas! Ya no es porque sean malakhim o no, es que son personas y creo que, si lográis entrar o llegar a un acuerdo, podríais salvarlos, recuperarlos.

El malakh negó. Verónica se exasperaba. No los había visto más tozudos.

—¿Es que no merece la pena intentar salvar a algunos de los vuestros?

—A estas alturas, hasta es probable que estén muertos —hablaba una Kio derrotada y triste. Hans lo vio en su alma, ligeramente enturbiada, oscurecida por la pena.

—¿Por qué? —preguntó confusa.

Kio se encogió de hombros.

—Por el ascensor.

—Cierto. La pelea con Miah ha dejado ese pasillo y el ascensor hechos un desastre y yo mismo he destrozado uno de los tanques. En cuanto uno de los yin pase por allí sabrá que hemos matado a Miah y que sabemos lo de los avatares —apostilló Hans.

Ella lo entendió.

—¿Y crees que por eso los van a matar? Tú mismo lo dijiste; se han gastado muchísimo dinero en todo ese tinglado, tal vez prefieran mantenerlo y enfrentarse a vosotros que...

—La profecía —interrumpió Hans.

—La profecía —asintió Kio—. Ahora tiene sentido. «Van a morir unas dos mil personas y no lo puedes cambiar...». Ya sabemos de qué personas se trata.

Verónica se rindió.

—Una cosa está clara —dijo— y es que a partir de ahora tendréis que cuidar bien a vuestros avatares. —Ambos se la quedaron mirando sin entender del todo—. Esto es un almacén o como lo queráis llamar. Podría haber más por ahí..., tal vez, cientos. Y si ya lo han hecho una vez —se encogió de hombros—, nada les impide repetirlo hasta que se salgan con la suya. Algo tendréis que hacer.

Era la capacidad humana de Verónica de prever las consecuencias y de imaginar posibles futuros lo que les aportaba conclusiones a las que de otra forma no podían llegar. Una capacidad que Hans estaba perdiendo a pasos agigantados.

Kio puso el motor en marcha y se encaminó a la autopista.

—Tenemos que contárselo a los demás —dijo Hans.

El malakh asintió solemne.

—Hay que contárselo a todo el mundo.

Capítulo 37

No habían hablado apenas, pero a Hans le parecía que el malakh no llevaba la noticia demasiado bien. Kio callaba. Exteriormente no cambiaba su aire tranquilo y comedido, pero cuando miraba en su ser lo notaba alterado.

Entendía las implicaciones de la noticia, él mismo había estado a punto de dar su vida por arreglar ese horror; aun así, le costaba asimilar las repercusiones que tendría a corto o largo plazo. ¿Tendrían los malakhim que negociar con los yin? ¿Se podía dar tal cosa? ¿Significaría esto una declaración de guerra? Y, llegado el caso, ¿qué clase de guerra?

Verónica se había quedado dormida en su hombro y volvió a la vida cuando se aproximaban a la entrada de la casa.

—Necesito chocolate —dijo Kio tras aparcar el coche en el garaje.

—Y yo una cerveza.

—¡Hecho!

Kio entró en la casa mientras Verónica aún hacía contorsionismos para salir del coche. Se apoyó en la pared como para controlar el desequilibrio.

—¿Estás bien?

Él le había tomado la cara con las manos. Bajo los ojos tenía una coloración violeta.

—Siento como si me hubiesen dado una paliza.

—Es que... —bajó la cabeza avergonzado—, técnicamente, te he dado una paliza. Lo siento.

Ella se encogió de hombros.

—Supongo que era eso o que me atravesaran con esa cosa negra. —Se agitó—. Creo que yo también necesito chocolate.

Ella meneó la cabeza y se le escurrió de entre los dedos antes de que pudiera darle un beso. Resignado, la siguió hasta la casa.

Encontraron a Eona y Sacher sentados en la sala principal, serios, muy serios. Estaban interrogando a Kio, que llevaba una tableta gigante de Toblerone en una mano, un botellín de cerveza en la otra y tenía la boca llena.

—¿Qué ha pasado? ¿Por qué estás tan turbia? —le preguntó Eona.

Hans se adelantó a Verónica y le cogió la cerveza a Kio. Se la bebió de un trago. Sabía que estaba peor que el malakh y que lo notarían en seguida. Las emociones vividas una hora antes se habían convertido en un dolor físico generalizado que se concentraba sobre todo en las heridas persistentes de la espalda.

—¿Pero qué...? – murmuró Sacher.

No se molestaron en seguir preguntando. Los dos malakhim dirigieron su mirada hacia Verónica y Hans supo por qué: leerle la mente a ella sería mucho más aclaratorio.

—¡Habéis ido al hospital! —exclamó Eona espantada.

Sacher se levantó de un brinco y les gritó.

—¿Os habéis vuelto locos?

Parecía más aterrorizado que enfadado, pero Hans advirtió una mezcla de ambas en su interior.

—Oye, ¿os importaría dejar de usarme como enciclopedia? —dijo Verónica más recobrada, al tiempo que le cogía un trozo de chocolatina a Kio.

—¿No os dais cuenta de lo que podría haber pasado?

—Hemos descubierto algo... —trató de explicar Hans.

—¡Me da igual!

El malakh parecía más amenazante que nunca con su gran envergadura, su vestimenta de cuero y la cara desencajada.

—Deberías escucharlo —intervino Kio.

—¿Y tú? Se suponía que tenías que protegerlo y vigilarlo, no seguirle el juego. Te has pasado, Kio. Esto se te ha ido de las manos.

—Deberías escucharlo —repitió con calma.

—¡No quiero! No se trata de él. Ni siquiera se trata de mí... o de esta pobre chica a la que podían haber matado. Tú sabes tan bien como yo lo que podrían haber hecho con él...

—Cálmate, Sacher. —Eona hacía esfuerzos por apaciguarlo.

—¡No quiero!, ¡es un egoísta!

—Basta —dijo ella levantándose despacio.

—¡Siempre ha sido un egoísta, y no se trata solo de él! Aquí perdemos todos y parece que no os dais cuenta de...

El malakh se llevó las manos a la cabeza, desesperado. Se dio media vuelta y calló.

—Eso no es justo —murmuró Kio. Lo dijo tan bajito que nadie, salvo Hans, pareció oírlo.

Hans se sentía abatido y solo. Incomprendido. Y muy triste.

Se adelantó, y cuando habló lo hizo con una voz que no era la suya, mucho más grave y profunda que le era extrañamente familiar.

—Siento ser tan decepcionante.

Sacher se volvió a mirarle con tristeza e hizo oscilar a ambos lados la cabeza.

—No. Decepción no es la palabra.

Él intuía, más que saberlo, a qué se refería. La desesperación de

Sacher no respondía a su insensatez del presente, sino a rencillas del pasado de las que el joven aún no recordaba nada.

«Pero recordaré», se dijo, «lo recordaré y sé por adelantado que no me va a gustar».

Aun así, no creía que fuese el momento para sentirse culpable por algo de lo que aún no se acordaba. Había cometido una estupidez, sí, y aunque no se arrepentía de ello en absoluto, el reproche de Sacher no tenía nada que ver con eso. Enfrentarse a él no tenía sentido.

Dio media vuelta y se marchó escaleras arriba, a su habitación.

El murmullo de la conversación se mantenía en la planta de abajo, aunque no entendiese de qué hablaban. Intuía que en algún momento alguien le explicaría a Sacher lo que habían encontrado y que él, tal vez avergonzado, tendría que admitir su equivocación. O no...

Pero ya le daba igual. Se negaba a sentirse culpable ante cada situación en la que se veía involucrado. Ya no.

Se estaba muriendo y lo notaba más cerca que nunca. Hans, su existencia, se desvanecía poco a poco y en su mente se dibujaba una imaginaria puerta que no tenía ninguna gana de cruzar. No quería esos recuerdos, no quería ver al otro lado.

Lo más triste era que tampoco tenía miedo, más aún, estaba convencido de que desde hacía varios días su forma de ser y su existencia ya pertenecían a otra persona. Su forma de actuar, sus gestos, incluso sus pensamientos... cada vez tenían menos de Hans y más de...

—Pffff... —resopló a solas agarrado a la botella.

No lo pronunciaría, pero es que ni siquiera pensarlo le gustaba. Sabía su nombre, sabía su aspecto... No quería pensar en ello. No quería ser él.

Oyo pasos en el pasillo y, al poco, la puerta se abrió.

—Hans..., ¿estás bien?

Iba a decir que sí, pero pensó que ella se merecía la verdad y negó.

—Me estoy muriendo. Me muero y siento que todo va mal.

Su voz volvía a ser normal a pesar del esfuerzo por sacar las palabras de la garganta, de cierto escozor en la base de la lengua y de una leve afonía.

—No digas eso. —Verónica se sentó en la cama, a su lado—. Tú sabes que es solo un proceso que...

—Vero... No me estoy transformando. Eso es mentira. Incluso creo que yo lo sabía. Esto no es una transformación sino, más bien..., una suplantación. —Tragó saliva—. He dejado de ser yo mismo—. Es lógico ¿no? Un alma no puede sustituir a otra. La mía y la de... el otro... son dos cosas distintas.

—Pero Matilda dijo...

—Lo sé. Dijo que mi alma es solo mía..., pero no tengo claro quién soy yo en este momento.

Dejó la botella de cerveza en el suelo, como un recordatorio de que ni siquiera el gusto por aquella bebida le pertenecía del todo. Enterró la cara en las manos y se vino abajo.

Se acordó de su ciudad, del frutero que siempre fue amable con él desde que era un niño. De sus aficiones. De su profesora de inglés, siempre paciente. Del conductor del autobús escolar. Los vecinos y su nuevo bebé. De Stella, Frank, Bert, su abuela, sus amigos, sus padres...

Pero había otra tristeza. Otra, más cruel y aplastante, no por lo que dejaba atrás, sino por lo que tenía delante: no quería ser el otro.

Convertirse en un malakh no lo aliviaba en absoluto. Era la angustia de ser arrastrado hacia un paredón en que lo ajusticiarían.

Verónica lo abrazó, pasándole un brazo por los hombros y luego tirando suavemente de su cabeza con la otra mano, incitándole a reposar en su cuello. Le llegó su perfume, su ropa, su cansancio y su tristeza. Notaba cómo la compasión que irradiaba lo iluminaba y anulaba por completo el dolor que le provocaba la pena de ella, que apenas llegaba a tocarlo.

Al rodearla por la cintura, notó su calidez a través de la ropa y, las manos delgadas y tiernas que lo ceñían y le revolvían el pelo con cariño.

Poco a poco, la puerta que tenía que cruzar se fue alejando de su mente. No le importaba.

Tampoco Sacher y sus temores. Tampoco el hospital y su profecía.

Ella respiraba a su lado y le decía que todo iba a salir bien, aunque ni ella misma se lo creyera. Junto a la desesperanza, surgía de los dedos de Verónica el placer que sentía al acariciarlo, al sentirlo cerca. Le extrañó: ¿no había sido ella la que llevaba marcando límites toda la semana? ¿Y ahora?

Le pasó un brazo por debajo de las piernas y, de un tirón, se la colocó sobre las rodillas. Ahora, si se comparaba, era bastante más alto y buscó su propia comodidad para abrazarla a gusto. Verónica se acomodó y se dejó manejar.

Podía no haber dicho ni hecho nada de no ser porque las emociones de ella eran un libro abierto para él. Aunque todavía tenía las mejillas mojadas por las lágrimas esos sentimientos habían pasado a mejor vida y, ahora, lo que más le preocupaba era el olor de la camiseta de ella, mezcla de suavizante, sudor limpio y su piel. Notó que la piel de sus piernas reaccionaba a través de los vaqueros, y que de su cuerpo emanaba un temblor mezcla de gozo y tristeza. Notó también que se tensaba.

Sentía su aura como un mecanismo: si apoyaba la mano en un lado, algo se disparaba por otro, si disipaba una sensación, otra ocupaba su lugar. Retiró la mano de la pierna al detectar que la incomodaba, y cubrió de caricias su espalda. Al llegar al cuello, la tomó por la nuca para mirarle a los ojos.

Ella abrió la boca para decir algo, pero se quedó quieta, muda, rendida a su magnetismo, a aquel gesto de morderse el labio que le era ya tan familiar. Él se echó a reír contagiándola a su vez.

Hans la miraba divertido, esperándola, como animándola a decir la gilipollez de que ella era mucho mayor. Ese pensamiento rumiado, masticado, y ya, carente de sentido. «Vamos, dilo, aquí te espero».

Ella se sonrió avergonzada, agitando la cabeza para ahuyentar la idea. Se mordisqueó los labios aún con dudas, pero le puso la mano en la cara y calló con un beso cualquier cosa que pudiera decir.

Fue un beso dulce y pudoroso. Incluso se permitió el lujo de besarlo en la frente con ternura maternal. Él, en cambio, le cogió la mano, le besó los dedos uno a uno, la tomó por la nuca y la atrajo hacia sí. El instante era suyo y no lo desaprovecharían, irradiando una suerte de calor que hizo que los labios de ella se abrieran y recibieran su lengua con hambre.

Cuanto más la besaba, más quería hacerlo. Saciaba la sed de no haberla tenido antes mientras ella se dejaba llevar y se comían el uno al otro. Iban pidiéndose permiso, provocándose con sutilezas, tentándose.

Pasaron así mucho rato, sólo sintiendo y deslizándose en la boca. Y él, que no se atrevía a tocar nada más que las partes más púdicas, se limitó a explorar esa aura delatora de placer únicamente hasta donde creía que se le permitía: el borde del sujetador, un leve tirón de pelo, un roce suave con la lengua en el cuello...

Cada vez que hacía aquellas cosas la energía de ella emanaba y le alimentaba, calentaba su piel y de esa forma cada vez estaba más excitado, casi al borde del orgasmo, notando su pene endurecido luchar contra el muslo de ella para ocupar el mismo espacio.

De pronto, ella se inclinó y lo empujó para que se tumbara. Se puso a horcajadas sobre él. Fue algo extraño y maravilloso sentir el calor del sexo de ella, aunque fuera a través de la ropa. Toda aquella energía sexual que brotaba de sus zonas erógenas fue una onda de choque que lo hizo jadear y arquearse.

—Espera... —suplicó él con su nueva voz, grave y profunda.

—Me encanta... tu voz —suspiró ella hundiéndose de nuevo en su boca.

Hans le quitó la camiseta y ella se dejó. La cogió de la cintura y de un ágil brinco cambió posiciones y se puso sobre ella. Se frotaba contra su cuerpo y jadeaba anticipando el momento de adentrarse en ella, presionado el pecho sobre el sujetador. Los gemidos de ella y los fogonazos áureos le franqueaban el paso.

Tuvo que parar, respirar y centrarse. Ella le quitó la camiseta y le acarició el torso desnudo. La oleada de placer era tan intensa que le costaba respirar.

«No es normal» se dijo. Sería porque podía percibir las emociones sexuales de ella o porque su propio cuerpo ahora se componía de forma distinta, pero el intenso placer que sentía ya le parecía mucho más potente que muchos orgasmos que había tenido. Notaba su pene endurecido palpitando aprisionado a través de la ropa. Verónica dio un paso más: le puso la mano en la entrepierna y tiró de él para que la besara.

Era la primera vez que alguien lo tocaba así. Lo licuaba, lo exprimía. Le entraba por la nariz, por los ojos, por la piel... Le detuvo la mano para que parase y poder perseguir su objetivo.

Le desabrochó el pantalón y ella, ansiosa, hizo lo propio con el de él. Pantalón y bragas cayeron a un tiempo y quedó apenas vestida por el sostén, prenda que ella misma se dio prisa en sacarse por la cabeza.

Extasiado con la visión de su cuerpo se inclinó de nuevo sobre ella.

—Eres preciosa —le susurró al oído, acariciando el fino vello de su pubis, recortado en una coqueta línea en el monte de Venus. Avanzó en su exploración hasta el encuentro entre los labios y empapó los dedos en la humedad que emanaba de ellos.

Ella dio un respingo y gimió. El dedo con el que la acariciaba ardía y le daba gusto al contacto. Nunca había sentido ese placer en otra parte de su cuerpo que no fuera su sexo, sin embargo, ahora todo él estaba extasiado y pletórico.

—Ven —gimió Verónica—. Te quiero dentro.

Ella terminó de arrancarle el pantalón y los calzoncillos con un ágil movimiento de los pies, le tomó el pene y lo palpó de arriba abajo; sus venas, sus líneas, como si quisiera memorizar cada centímetro.

Él nunca se había visto el sexo tan grande, ni sabía cómo debía hacer, pero ella tiró de él y lo colocó en su entrada húmeda, empujando, buscándolo.

El glande se le llenó de un ardor que le cortaba la respiración. Entrar en ella aprisionado y mojado mientras no dejaba de mirarla era una experiencia inenarrable. Movió la cadera para encajarse y jadeó con ella arqueándose debajo. Ya no paró de moverse, primero con torpeza y luego con cierto ritmo, al principio con todo el cuerpo y luego con un juego de la cadera que lo hacía delirar.

Su orgasmo tiró de él, gimió, respiró con urgencia y eyaculó. No se detuvo ahí y se concentró en darle placer a ella que, con los rizos alborotados y la boca abierta, le pedía más y más. Leía de continuo en cada susurro, en cada movimiento. Nuevos jadeos le enseñaron que debía empujar con más brío. La sintió encenderse y agitarse, notó el fluido etéreo, arremolinarse y estallar.

Ella gimió y dijo que se corría, reprimiendo un grito, y notó como seguía obteniendo un placer intensísimo durante unos cuantos segundos, mientras él, disfrutando de su belleza, seguía trabajándola con energía. Cuando veía que su orgasmo menguaba deceleró y le besó el pelo, la oreja, el cuello.

—Te quiero.

Llevaban un rato mirándose a los ojos, evaluándose, riéndose por momentos. Ella con el pelo enmarañado, las mejillas sonrosadas, perladas de sudor, y los ojos brillantes, sonreía asombrada.

—Y yo a ti.

Domingo de Resurrección,
23 de marzo de 2008

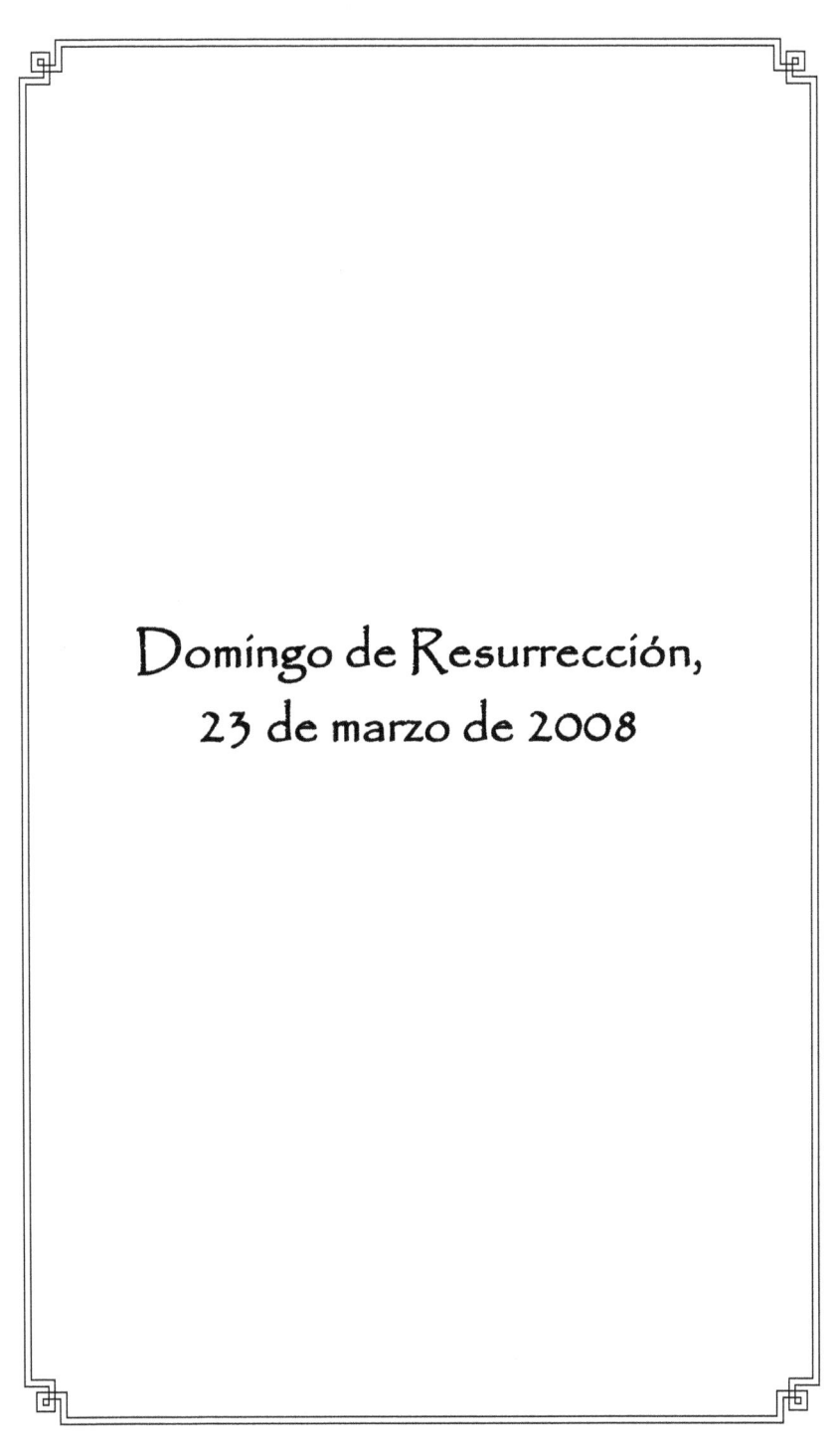

Capítulo 38

Existe entre los malakhim un evento que se conoce como «última ablución», obbo lahta, un proceso que marca el paso desde la inconsciencia humana a la cognición profunda de la existencia del malakh.

Es un proceso natural y progresivo, que comienza como una caída lenta de la mente y un goteo pausado de sensaciones y las emociones que despiertan y que dan lugar a pensamientos, y estos, a su vez, a recuerdos.

Es mental y físico: una vez ha empezado, el cuerpo humano del avatar está prácticamente eliminado, a excepción de la piedra ancla, y, cuando termina, junto con los recuerdos de vidas anteriores que fluyen al malakh consciente, el resto del material fisiológico que ha quedado se encuentra en un simulacro de estómago y debe ser expulsado.

Una limpieza. Una ablución. La última.

La noche anterior, algo en el subconsciente de Hans le decía que aquello prometía ser desagradable, razón por la que, cuando Verónica cayó dormida a su lado, ya de madrugada, decidió que renegaba de acercarse voluntariamente a esa puerta de conocimiento. Aun a sabiendas de que no tenía más remedio, no le daba la gana.

Apagó la luz y se quedó dormido.

No fue progresivo. Tal y como había vaticinado, se había saltado las horas intermedias y la racionalización de recuerdos, y fue más como una aplastante bofetada de realidad. Algo así como despertar con una tremenda resaca junto a una campana que tocara a maitines, lo que, desgraciadamente, ya había ocurrido en una ocasión.

—¡Mierda! —murmuró ya con su voz, la suya, grave e intensa, la que le había llevado más de cincuenta mil años modular a su gusto.

Tumbado boca arriba, tratando de no moverse mucho, recordó quién era, todas sus victorias y cada una de sus desgracias, sobre todo estas últimas, y antes de lanzarse de lleno a una espiral de autocompasión, puso en práctica su vieja técnica de apartar ese tipo de pensamientos con una patada mental, algo muy visible para otro malakh que lo observase: los pensamientos negativos flotaban en su ser como pequeñas volutas oscuras que se disipaban o intensificaban según lo consciente que fuera de ellos. La patada mental consistía en hacerlos rebotar dentro de sí mismo hasta que se disolvían y sus volutas se disipaban hasta volverse minúsculas o desaparecer, dependiendo de la importancia del pensamiento raíz. Esto, por supuesto, no hacía desaparecer la negatividad; solo la disolvía en su interior y enturbiaba su esencia. Cualquiera que contemplase el alma de un malakh con pensamientos negativos o que los hubiese tenido recientemente, podría percibir cierta falta de brillo, de lustre, en su cuerpo etérico.

La turbidez que tenía en aquel momento era muy desagradable. Ya no solo por el hecho de recordar quién era, sino que la última ablución que estaba a punto de sufrir sería una de esas agónicas que no deseaba ni a su peor enemigo. Y de hecho así era: en ocasiones, un malakh podía llegar a encontrarse con un avatar de yin, un niño repelente y retorcido que amargaba la vida a todo el mundo y que estaba en proceso de volverse uno de los seres más repugnantes de la tierra. Un malakh no tenía capacidad ni ganas de hacer daño a otra criatura, ni siquiera a un enemigo ancestral en una situación tan vulnerable. Había que eliminarlo, esto era así, era una guerra, pero hacerle sufrir no estaba en su naturaleza. Por lo general (al menos, él así procedía), les provocaban un pequeño lapso cerebral, casi como un desmayo, y caían muertos sin mayor drama.

Pero los yin no actuaban igual.

Los conceptos de compasión o respeto estaban fuera de lugar para ellos, algo para lo que (al igual que les pasaba a los malakhim con el sufrimiento) no tenían capacidad.

Pobre del avatar de malakh que se topase con un yin en el proceso. Cosas como violaciones, torturas o desmembramientos eran lo mínimo a lo que podían enfrentarse. De hecho, la muerte era raras veces contemplada o, si acaso, tenía lugar después de un profundo sufrimiento.

A los malakhim, morir no les importaba tanto, pero el proceso del avatar les producía tal angustia que procuraban evitarlo si no era estrictamente necesario.

Cortarles las glándulas alares era algo habitual, casi ritual, de tal forma que si el avatar llegaba a sobrevivir el proceso era fatigante y doloroso hasta la extenuación, no en vano se trataba de una parte de su cuerpo unida a su columna vertebral. Podría pensarse que, al ser un cuerpo «fingido», la diferencia entre la columna u otros apéndices no era tal, sino que todo formaba parte del mismo neuroesqueleto, sin embargo, al ser un malakh recién nacido, sin haber recabado suficiente energía y con una sensibilidad corpórea tan reciente, la diferencia entre las sensaciones humanas y las que tenían en tan tierna manifestación podía decirse que eran inexistentes.

Los dolores de la espalda eran una tortura. A sus incipientes ganas de vomitar, de echar fuera todo rastro del malparado cuerpo de Hans, se unía el suplicio de una masa putrefacta y gangrenada que seguía pegada a su ser y, su ser, con una intuición viva e inteligente, trataba de desprenderse de ella luchando como buenamente podía y empujaba con el apéndice que tenía más cerca: sus alas.

Trató de relajarse, de modular el dolor llevando la quemazón y las volutas insidiosas hacia la punta de los dedos, haciendo que se desprendieran de él, que se esfumasen en el vacío, en el aire de la habitación…, pero se le estaba dando fatal.

Se retorció un poco tratando de hacer un amago de levantarse, pero fue imposible. Sabía de antemano que era imposible. Un malakh recién encarnado a duras penas puede caminar, aun estando en perfectas condiciones, así que no digamos en su situación.

Iba a necesitar ayuda.

Miró a su alrededor y vio a Verónica dormida, dándole la espalda.

—¡Mierda! —repitió. Se había olvidado por completo de ella.

Soltó un ligero gruñido, muy leve, más por lo que deducía que se avecinaba que por el dolor. Ya le había pasado más veces, ya había tenido a humanas en su cama y las había amado... Siempre era la misma historia.

Verónica se movió remolona y se giró boca abajo. Él respiró hondo y miró a la ventana, como postergando lo inevitable, mientras ella se retiraba los rizos de la cara y abría los ojos.

Alzó la cabeza y lo miró, primero confusa, con el sueño en la cara, para un momento después estar desencajada.

Él la correspondió mirándola de reojo.

Se mascaba la tensión.

Ella se levantó despacio, con torpeza y, al verse desnuda, tiró de la sábana para cubrirse con pudor. Paseaba los ojos llenos de una mezcla de asombro, caos y espanto. A su lado tenía a un completo desconocido.

Para los humanos no era difícil asumir que a alguien le cambiase el color del pelo o el color de los ojos. Su cuerpo había cambiado, se había vuelto más alto, más ancho y más musculado. Ya no era el cuerpo de niño de hacía una semana, e incluso así, esos cambios resultaban tolerables.

Pero la cara no.

Siempre pasaba igual: ya podía ser su madre, su padre, sus amigos o gente que lo conociera de toda la vida. En cuanto cambiaba su cara, las personas a su alrededor adquirían respecto a él un distanciamiento frío e impersonal. Rara era la vez que tras el cambio podía mantener una relación normal con quienes habían formado parte de su pasado... Para hacerlo, tenía que volver a adoptar la cara de cuando era humano.

Decía Cicerón que la cara es el espejo del alma y los ojos sus intérpretes... Él no estaba de acuerdo con esto, básicamente, porque él tenía la cara que le daba la gana y su alma siempre era la misma.

—Te pareces a... —Ella misma se dio cuenta al momento de que no era un parecido razonable—. ¡Oh, mierda! ¡Claro... tiene sentido!

—¿Lo tiene?

Asintió con pesar. Era como si le costara mirarlo.

—Eres el padrino de Matilda. ¡Eres Bronte! Vi una foto tuya en tu casa, cuando Matilda nos llevó allí. —Sacudió la cabeza para despejarse y se frotó la cara, los ojos—. Tiene sentido porque Hans no dejaba de hablar de ti todos estos días..., como si te conociera.

—Yo mismo no dejaba de hablar de mí mismo. —Sonrió con sorna—. Eso suena un tanto ególatra, ¿no crees?

—No si no sabía que hablaba de... —aquello era obviamente confuso—, ¿de ti?, ¿de sí mismo?

La risa de él era mansa. Aborrecía la risa escandalosa o estridente o, tal vez, es que hacía mucho que no se sentía tan alegre.

Verónica estaba a todas luces incómoda, sin saber qué decir o cómo reaccionar. Eso afectaba a Bronte en su proceso y no se encontraba en situación de lidiar con más radiaciones complicadas.

Ahogó un quejido de dolor, pero se puso aún más tenso de lo que estaba. A Verónica no se le pasó por alto que, después de haber estado hablando, él continuara ahí tumbado, rígido como una tabla y sin erguirse.

—¿Qué te pasa? ¿Te encuentras bien?

—Me parece... que voy a necesitar que vayas a buscar ayuda.

—¿No te puedes mover? —dijo desesperada.

Como única respuesta él le alzó una ceja.

Verónica buscó a su alrededor sin saber qué, para después hacer una selección de las ropas de cama y coger el edredón y ponérselo por encima, con mucho procedimiento, a modo de toalla. Se levantó y rastreó su ropa de forma atropellada y torpe con tal volumen enrollado sobre sí.

—Tú sabes que anoche cuando hicimos el amor estabas desnuda, ¿verdad?

Ella resopló negándose a mirarlo.

—Mira..., no me hagas hablar.

Se metió en el baño con dificultades arrastrando el edredón que se quedó pillado con la puerta un par de veces.

Él suspiró.

Tenía que centrarse en eliminar el dolor, pero, por raro que pareciese, él era un malakh que sabía asimilarlo bien, convivir con el sufrimiento, y el hecho de que campase en su interior no le causaba demasiado problema. Lo complicado era sacarse a Verónica de la cabeza. Sabía de sobra lo que venía después; no en vano había pasado por ello tantas veces.

Un malakh se enamoraba tan rápido como rápido lo abandonaban.

Por algún motivo, natural o no, los seres humanos no se sentían capaces de soportar una relación con alguien que les lleva unos cuantos millones de años de experiencia y unos cuantos miles de relaciones pasadas. Había excepciones, como en todo, pero era algo poco habitual.

Lo mejor era guardar el secreto de su naturaleza el máximo tiempo posible, pero con Verónica ya no tenía remedio.

Ella salió del baño poniéndose la misma chaqueta que usaba desde hacía cinco días. Se la veía alicaída y algo disgustada.

—Voy a ver si hay alguien —dijo evaluándolo un momento de arriba abajo—. Enseguida vuelvo.

Bronte esperó a que se marchara y después alzó las manos hasta ponerlas paralelas por encima de su cara. Despejar la energía negativa de esa forma siempre le había gustado: convertía el éter cargado en energía eléctrica y dejaba que saliese en forma de plasma de sus manos. Era de los pocos que lo hacía. Otros malakhim preferían exudarlo por la calle como si se tratara de una ventosidad con la que no quisieran atufar su casa.

De sus dedos surgieron rayos que fueron conectándose entre sí, ionizando el aire y entrechocándose. Controlarlo era sencillo, aunque requería de cierto grado de concentración y esfuerzo, y el agotamiento no se lo ponía fácil. Dejó de hacerlo y casi al momento oyó pasos fuera de la habitación.

Cuando Sacher entró por la puerta, precedido de Verónica, era alguien muy distinto de quien había visto la noche anterior tan cargado de resentimiento. Estas emociones habían dado paso a algunas más amables como la comprensión, el apego e incluso el arrepentimiento. A Bronte no le cabía duda de que, una vez informado de la gravedad de la situación, Sacher admitiría que había sido demasiado duro juzgándolo.

No haría falta hablar de ello, aunque Sacher querría disculparse empleando palabras acordes, lo podía ver en su interior. Los malakhim eran así, capaces de captar cada sentimiento de sus congéneres hasta el punto de no tener necesidad de hablar, salvo que así lo escogieran.

—Bienvenido —dijo risueño con las manos en los bolsillos.

Bronte le dedicó una sonrisa tensa e histriónica.

—Déjate de bienvenido. Me dijiste que esto no me iba a doler.

—¿Crees que habría sido mejor haberte dicho la verdad? —dijo con su habitual talante risible.

Resopló y negó.

—No. Iba a ser una mierda de todas maneras.

—No sabes cuánto te entiendo.

Todos, en un momento u otro, pasaban por una última ablución así, y eso que las había mucho peores. Sacher, siendo el más pequeño y débil era el que, por lógica, pasaba más a menudo por el trance: lo mataban cada dos por tres. Para él, lo de morir y renacer era casi un hábito.

—Necesito que me ayudes a llegar al baño.

—¿No preferirías un cubo?

Él negó.

—No creo que pueda girarme —gruñó dolorido— y lo que tengo en la espalda va a dejar esto como un matadero.

Sacher se acercó y se inclinó a su altura para dejar que le pasara un brazo por los hombros.

—Tienes razón: se limpia mejor el azulejo que el papel pintado. Kio nos lo agradecerá.

No tuvo que hacer mucha fuerza para levantarlo: los malakhim, pese a que eran grandes, pesaban poco. Tras una maniobra, consiguió ponerlo de pie sin preocuparse por su desnudez e iniciaron un aparatoso camino al baño en tanto que Bronte ponía toda su voluntad para evitar vomitar allí mismo.

Verónica había permanecido en un rincón sin hablar. Parecía como si quisiese comprobar que Sacher lo reconocía y que ella, terriblemente confusa, no se había vuelto loca al deducir que aquel hombre y Hans eran la misma persona.

—Verónica..., esto no va a ser agradable, pero vamos a necesitar que nos eches una mano —le dijo Sacher mientras cargaba con Bronte que apenas se tenía en pie.

Ella titubeó, pero asintió.

—¿Qué tengo que hacer?

Sacher le indicó con un gesto que los siguiera y, como pudieron, se hicieron un hueco en el baño. El malakh hizo un comentario de desconcierto por el edredón que ella había dejado allí tirado al cambiarse. En cuanto Bronte estuvo delante del retrete, se dejó caer, levantó la tapa con esfuerzo y expulsó con alivio todo lo que llevaba contenido a duras penas en su interior.

Ya estaba acostumbrado al sabor de la sangre y a la sensación de aquel mejunje corriendo por su garganta, aunque en esta ocasión, la cantidad era considerable y lo que acontecía en su espalda le dificultaba aún más expulsarlo.

—Vas a tener que cortar —dijo entre una arcada y otra.

Sacher, detrás de él, parecía valorar la situación. En el ambiente había un olor nauseabundo entre la sangre y la carne infectada que ahora palpitaba e incluso supuraba. Verónica se tapaba la nariz y miraba hacia otro lado, murmurando un «¡Oh, Dios!» de vez en cuando y tratando de reprimir el asco.

Sacher estaba en una posición un tanto limitada. Se había quedado a un lado de Bronte, junto al bidé y encajonado entre el sanitario y la pared, por lo que no tenía por dónde pasar.

—En ese armario de ahí, bajo el lavabo, hay toallas. —Verónica se apresuró a obedecer—. Sí, ahí, en el estante de arriba. Date prisa.

La chica, conteniendo la respiración, rebuscó en el armarito lo que le había pedido y se lo dio. No tardó en taparse la nariz de nuevo, concentrada en respirar por la boca.

—Me tienes que ayudar —añadió Sacher—. Toma esta toalla y dóblala así, como yo. Eso es.

Sacher dobló la toalla por la mitad varias veces hasta que quedó un cuadrado bastante reducido. A Verónica le costó más trabajo y, para cuando terminó, Sacher ya había puesto el apósito sobre las heridas.

Bronte soltó un grito, más por la sorpresa del dolor que por el dolor en sí mismo. La carne presentaba un aspecto blando y acuoso, como el de una esponja. Apretarlo solo liberó humores desagradables, con lo que Verónica soltó un quejido de repugnancia cuando lo hizo Sacher, y otro más dramático cuando tuvo que hacerlo ella.

Aquello estaba abultado y era del color de las ciruelas muy maduras. Latía. La sensación, a través de la toalla, era de que algo quería abrirse camino a través de la humedad y la carne.

—Vale... Voy a cortar —dijo Sacher mientras un montón de esquirlas salían de su mano y se convertían en un afilado y fino cuchillo.

No le dio tiempo ni a tocarlo: el dolor de Bronte era insufrible y le brotaba de dentro. Empezó a gritar y a agitarse. Los alaridos de aquel malakh de voz profunda hacían vibrar el aire, lo llenaban todo, hasta el punto de que Verónica soltó la toalla y se tapó instintivamente los oídos.

—¡Verónica, la toalla!

Se agachó, pero en cuanto quiso colocar el apósito se oyó un desgarro húmedo, como el de una enorme uva al reventar. El grito de Bronte debió oírse a muchos metros de allí. Ella salió despedida hacia la bañera. La pared y la puerta quedaron salpicadas de sangre y carne mientras una masa plateada, imprecisa y alargada, se expandía y tomaba forma.

Sacher soltó el cuchillo y apretó, pero fue inútil. La misma situación se produjo por el otro lado: primero, un desgarro; luego, un empuje violento que Sacher logró contener mejor, en parte, porque ya se lo esperaba, pero también porque no tenía hacia dónde replegarse.

Aquellas «cosas» cada vez eran más grandes y extensas y cuando apenas quedaba espacio en el minúsculo baño, fueron cobrando forma y definiéndose las plumas, grisáceas y blancas, de un bonito tono nacarado.

—Creo que voy a necesitar una ducha —dijo Sacher, que tenía las manos y la ropa manchadas de sangre.

Bronte, como pudo, cerró la tapa del inodoro y se derrumbó allí mismo, de rodillas, babeando sobre la tapa como un alcohólico trasnochado.

Verónica, con las piernas colgando del borde de la bañera, tocó fascinada aquello que la cubría. Pasaba las manos por entre las plumas y las examinaba boquiabierta, atenta a cómo unas eran más grandes y otras plumones diminutos y perfectos. La terrible escena que acababan de vivir había quedado relegada a un segundo plano y, aunque el hedor de la podredumbre aún corrompía el ambiente, ya no parecía notarlo. Metía las manos entre medias y se deleitaba con su textura. Una lágrima emocionada se fugó de su ojo izquierdo.

Sacher, en cambio, tenía más problemas. Aquella enorme ala lo aprisionaba contra la esquina, y no por pesada, sino por aparatosa, se las estaba viendo y deseando para quitársela de encima.

Tras maniobrar para apartar el apéndice, logró colocarse sobre las piernas de Bronte e, inclinándose sobre su espalda, materializó un cuchillo con el que, ahora sí, de forma metódica, se puso a retirar restos de carne adheridos aún a la piel. Bronte gemía resignado. Salvo un quejido y un respingo de vez en cuando, el malakh no protestó ni hizo ademán de levantarse, derrotado como estaba sobre el inodoro.

Verónica también tuvo que pelear para poder zafarse de su prisión. Habló de la ligereza del ala: en cuanto adoptó la postura adecuada, levantarla fue pan comido. Lo difícil era manejarla en un espacio tan reducido.

—¿No puedes retraerlas? —preguntó Sacher.

Bronte balbució y dijo algo que interpretaron como «no las puedo ni mover».

Aun así, hizo un esfuerzo por levantarlas, algo que se tradujo en un leve temblor. A Verónica se le escapó un gritito de asombro.

—Te entiendo —dijo Sacher—. La última vez que estuve así, me quedé dos días tirado en mitad de un bosque.

—Un bosque al menos tiene vida —gruñó Bronte.

Verónica desconocía que el principal problema de un malakh recién nacido era que toda la energía acumulada durante el desarrollo del avatar se invertía en el proceso de toma de conciencia. Al completar la transformación, lo normal era que el malakh estuviese extenuado, sin energía positiva y con un éter deslustrado, casi translúcido. A ojos de otro malakh en ese momento Bronte era prácticamente transparente.

La idea de que un bosque era un lugar más idóneo para pasar ese mal trago tenía sentido: estaba lleno de vida, de animales y plantas que disfrutaban con el sol, la lluvia, la existencia...; seres que generaban energía para que él pudiera recuperarse. Un cuarto de baño carecía de vida de ningún tipo, a excepción de las cochinillas que reptaban por las noches entre los baldosines.

—Tenemos que moverte a la cama. Estarás más cómodo y te podrás ir recuperando tú solo. Aquí, si te dejamos, puedes pasarte un mes ahí tirado.

Bronte estaba de acuerdo, pero no dijo nada; Sacher ya decidía por él.

Entre Verónica y el malakh, lo levantaron. Pesaba poco, pero sacar las alas por la puerta fue toda una odisea. Hubo resbalones con los restos de sangre que salpicaban el suelo, problemas de logística elemental y tropezones. Con el último traspié, Verónica se echó a reír y señaló que aquello se parecía demasiado a trasladar un sofá.

Bronte estaba prácticamente inutilizado. No perdía la consciencia, pero apenas podía moverse ni articular palabra. De vez en cuando trataba de ayudar, pero no conseguía ni mantenerse erguido. Sacher se hizo cargo y dejó de pedirle que colaborase. Lo trasladaron a la habitación y lo dejaron caer, tan largo como era, encima de la cama.

—Descansa... —le dijo. Después se volvió a Verónica—: Le vendría bien que te quedaras y le hicieras compañía.

Ella no las tenía todas consigo, pero asintió diciendo que aprovecharía para recoger y limpiar el baño.

El agotamiento de Bronte apenas le dejaba fuerzas para abrir los ojos. No tenía necesidad de dormir. En adelante, reponer fuerzas ya no procedería más del descanso, sino del entorno. No le aportaría nada desconectar su mente, por lo que se mantuvo, quieto, con los ojos cerrados, percibiendo lo que pasaba a su alrededor. Verónica, entre tanto, iba de un lado a otro de la habitación.

Se negaba a entrar en los pensamientos de ella: bien sabía que le dolerían demasiado. Percibía sus dudas, su desconcierto... Ni siquiera notaba que tuviera tristeza por Hans, sino que parecía estar adaptándose a la nueva situación y se mantenía en ella el asombro por lo que acababa de pasar. No obstante, sí que se irradiaba algo bueno en ella: deleite.

Aquel cuerpo tendido boca abajo con las grandes alas desparramadas era una imagen lo bastante bella como para sacarle una sonrisa y levantarle el ánimo. Incluso un par de veces, mientras recogía, sintió sutiles caricias mientras contemplaba las magníficas membranas.

Al mismo tiempo, las emanaciones de su ánimo eran pura nutrición para él. Sacher ya habría supuesto que dejarla en la habitación sería una buena idea.

No supo el tiempo que había pasado cuando la oyó hablar con Sacher en el piso inferior, pero se desentendió. No era asunto suyo. Ella volvió al rato con utensilios de limpieza y se puso a fregar el baño.

Bronte yacía en la cama sin moverse, en la misma posición en la que había caído. Cualquiera que lo viera pensaría que estaba muerto: no respiraba y ni siquiera tenía pulso. El cuerpo de un malakh era un mero trampantojo animado.

Oía a Verónica fregar y rascar... En ocasiones, incluso maldecir con asco. Lo de limpiar era para ella un proceso de relajación y concentración especial, muy cercano a la meditación yogui, pero bastante más útil. Se mostraba absorta en su tarea, emanaba paz... a excepción de los momentos en que se encontraba con algo que le producía repulsión.

Bronte no podía quejarse. Tenerla cerca o alrededor le nutría, si no de forma óptima, en cualquier caso era mejor que estar solo.

Cuando ella dio por concluida la tarea de limpieza, se metió en la ducha.

Bronte hizo un esfuerzo titánico para retraer las alas. Lo que tenían que haber sido segundos le llevó cerca de cinco minutos. Al término de la proeza, logró girarse y sentarse en la cama.

Consiguió alcanzar los calzoncillos que habían sido de Hans y ponérselos cuando Verónica salía del baño envuelta en una toalla. Le pilló por sorpresa no tener que ir sorteando plumas por el suelo. Ahora, la de él era una espalda sin mácula ni rastro alguno de las feas protuberancias. Nada.

—¿Estás bien?

Bronte se sujetaba la cabeza como si se le fuese a caer. Sonrió de un modo tibio.

—Y tú, ¿estás bien?

Ella asintió con un mohín, no muy convencida, con sensaciones y emociones contradictorias: atracción, desconcierto, curiosidad, miedo.

—Hace un rato estabas totalmente K. O. He llegado a pensar incluso que habías... Ya sabes.

—Si hubiese muerto habría desaparecido... Solo estaba durmiendo —mintió—. Me hacía falta.

—Ya...

Ahora la percibía incómoda. Tenía que hacer algo para que su contrariedad no fuera a más. Aborrecía manipular a quien quería..., pero no le quedaba más remedio.

—Oye, Vero, mira..., te entiendo. Técnicamente soy un tipo al que no has visto más que en foto. Para ti no soy la misma persona con la que estabas anoche —ella se revolvió— ni el chico que llevas una semana conociendo. Pero te aseguro que soy yo desde hace varios días. Desde que me conoces, me comporto más como yo mismo, aunque era un yo sin recuerdos. En realidad, no podrías distinguir al uno del otro.

—Anoche Hans tenía miedo de morir. Eso es lo que dijo: que tenía miedo.

—No era eso...

—¿Entonces?

Él frunció los labios disgustado.

—No tenía miedo de morir... Tenía miedo de recordar.

Verónica lo miró sin comprender.

—Créeme: cuando has vivido tanto como yo, los malos recuerdos pesan más que los buenos. Cuando estaba a punto de recordarlo todo... no quería hacerlo.

Ella se movió hacia él. Titubeaba buscando las palabras apropiadas. Había atracción, lo notaba, pero no la suficiente como para acercarse a ella.

—Anoche... nos dijimos cosas... ¡Dios, se me hace tan raro hablar contigo pensando...! ¡Ya sabes! Se me hace raro pensar que sois la misma persona. Es muy extraño todo. Una semana para volver loco a cualquiera...

Él asintió comprensivo.

—Anoche te dije que te quería. Y lo mantengo.

—¿Me estás leyendo la mente? —dijo ella desconfiada.

—¡No!

Lo pilló por sorpresa, no sabía a qué se refería. Era verdad que percibir sus emociones podía tomarse como una pequeña forma de acceder a sus pensamientos, pero leer la mente era muy distinto.

—Cuesta trabajo hablar con alguien que sabes que puede ver tus pensamientos. Da la sensación de que te quedas desnudo. No te puedes esconder.

—Es algo que requiere de esfuerzo y yo no tengo energías ni para ponerme la ropa —sonrió—. Pero es muy habitual ese sentimiento, sobre todo, porque los humanos escondéis más de lo que decís... y a veces es mejor no mirar. Créeme, yo no lo hago con gente que me importa.

Hizo el amago de intentar levantarse. Tuvo que insistir tres veces para conseguirlo y ella a punto estuvo de devolverlo a la cama al ponerse en medio.

—¿Me estás llamando mentirosa?

—Mmm... Sí.

—No soy mentirosa. No me gusta mentir —dijo muy ufana—. Pero hay pensamientos que son íntimos, que no tiene por qué conocer nadie.

—Eso es un eufemismo de mentir —dijo acercándose a ella con

dificultad—: ocultar los verdaderos sentimientos por no herir a otros es mentir. Pero supongo que esta sociedad no podría soportar que todos nos dijéramos a la cara lo que pensamos, ¿no crees?

—Si quieres verlo así...

—¿Ni siquiera merecería la pena, aunque los sentimientos fueran buenos?

Verónica se sonrojó y asintió, aunque parecía que le costaba hacerlo.

—¿Y si te hiriesen? —preguntó.

Bronte frunció el ceño.

—¿Herirte? ¿Yo? Dime una cosa... ¿Quién crees que estaba enamorado de ti? ¿Hans o yo?

—Ufff... Menuda rayada.

Él se acercó y le quitó las manos de la cara para poder mirarla a los ojos.

—Eres tú quien dijo que estaba como un queso...

Verónica estalló en una carcajada nerviosa.

—¡Eso no vale! ¡No sabía que eras tú! Si lo hubiese sabido, no habría dicho nada.

Se había relajado. Parecía que recordarle algo que había compartido con Hans, verlo sonreír y sus gestos, más parecidos a los que había tenido Hans en los últimos días, hacía que se sintiese más cómoda.

—Me puse celoso.

—Ah, ¿sí?

Él asintió.

—Estar celoso de uno mismo es una experiencia totalmente nueva. Muy interesante.

Aún sujetaba las manos de ella y se las puso en el pecho, su precioso pecho desnudo y bien definido que a Verónica le hacía estremecerse. La cogió por la cintura.

—Qué raro es esto... —dijo acariciándole la barbilla.

—Mira que llevo cambiando el cuerpo una semana y ni te habías dado cuenta.

Ella se sonrió.

—Sí que me había dado cuenta.

—¿Sí?

La besó.

Hizo trampa. Sabía que aquello no era muy ético, pero le dio igual: le acarició el pelo desde la parte baja de la nuca activando la producción de hormonas en su cerebro.

Dopamina, endorfina y oxitocina empezaron a campar a sus anchas por el cuerpo de ella lo que le provocó un suspiro de felicidad absoluta. Era tan fácil.

Luego, con la mano que tenía acodada en su cintura empezó a emitir energía hacia su sexo. La chica gimió y se pegó a él, besándolo con desesperación. No le hacía falta acostarse con ella para darle placer y obtener lo que necesitaba, pero Verónica lo buscaba con ansia y él no se hizo de rogar.

La amaba. De una forma irracional y loca se había enamorado de aquella chica sensible y valiente que, pese a todas sus dudas, se había quedado con él hasta el final.

No quería perderla y le dedicó el tiempo que ella requería haciéndole sentir cosas que ningún ser humano podría darle. Fueron sosteniéndose la mirada, como habían hecho la víspera Hans y ella, retándose a ver quién sonreía antes. Le besaba el pelo, la frente, los pezones; describía rutas con los dedos como en una suerte de telepatía amorosa, de complicidad perfecta. Ella se dejaba hacer y hacía a su vez: le palpaba el pecho, se deleitaba con su sexo, buscaba el encaje de los cuerpos como si ambos fueran un único y perfecto mecanismo. El pudor se deshacía y reinaba el deseo.

No quería dejarla hablar, no quería que pensase o todas sus dudas, frustraciones y miedos se harían un hueco y se le escaparía. Ya lo había vivido otras veces.

Entrada la tarde, dejó que cayera dormida.

Capítulo 39

Eran más de las tres de la tarde cuando Bronte abandonó la cama y se dirigió a la planta baja.

Había recabado suficiente energía como para moverse libremente e incluso recrear su ropa, aun cuando no estaba del todo recuperado y era muy consciente de que necesitaba recargarse todavía más si quería hacer lo que tenía en mente.

Sacher lo recibió con una tenue sonrisa en el salón.

A su alrededor no vio a nadie más.

—Qué solitario está esto.

Sacher asintió.

—Sí —dijo inspirando repetidas veces, como si aquella soledad pudiera olerse—. Después de vuestra aventura de anoche han pasado unas cuantas cosas. —Hizo una pausa mientras esperaba a que Bronte se sentara en una butaca cercana—. Los demás se han ido a hacer otras gestiones. Yo ya he hecho las mías de madrugada.

—Has hablado con los profetas —afirmó. No era una pregunta. Sabía que era así.

—Son como un grano en el culo, pero son humanos y tienen buenas ideas. —Se lo veía preocupado y algo nervioso, con la mirada perdida—. En general, parece que todos estamos de acuerdo en que hay que sacar a los avatares de allí. El quid de la cuestión es encontrar la forma de hacerlo sin que haya una masacre.

—No la hay —dijo Bronte tajante—. Y no lo digo porque quiera zanjar el asunto, sino porque...

—Por la profecía —le cortó Sacher.

—Exacto —asintió él—. La profecía. El hospital va a arder... y no me es difícil saber por qué.

Sacher lo miró extrañado.

—¿Qué quieres decir?

—Que le voy a prender fuego al hospital.

Sacher resopló y se frotó la cara en un gesto de incredulidad. Soltó una carcajada nerviosa.

—Otro como Kio... Si es que estáis cortados por el mismo patrón. ¿Veníais del mismo eloha? ¿No? Pues sois tal para cual, y mira que unos cuantos ya han dicho que hay que ir allí y sacar a los avatares a la fuerza si es necesario, pero lo vuestro es reventarlo todo. Tirarlo abajo. Qué brutos sois.

—¿Y qué otra cosa sugieres? —Sonrió ante la exasperación de su amigo—. ¿Vamos allí y les pedimos que por favor nos devuelvan a los nuestros y aquí no ha pasado nada?

—No, ya sé que no es una opción. Además, los yin ya han empezado a concentrarse allí, así que la fórmula pacífica se nos va de las manos.

—¿Qué? —preguntó Bronte alarmado.

—¿Y qué esperabas? Os habéis colado allí, en su experimento maquiavélico, y os habéis cargado a Miah... No pensarás que se iban a quedar de brazos cruzados esperando a que tomarais el hospital como si nada...

Bronte estaba aturdido. Desde luego, esperaba una respuesta, una defensa en el hospital, pero no tanto como una concentración.

—¿De cuántos estamos hablando?

Sacher se encogió de hombros.

—Killa está allí y dice que ha visto a los del Gunti Koon... Por lo menos, unos veinte.

—Mierda.

—Me lo ha dicho a las siete de la mañana, así que supongo que ahora habrá alguno más.

Los del Gunti Koon, el Nudo Sur, eran una auténtica plaga. De las peores. Un grupo de yin desquiciados que solían ir en manada y que se movían siempre por zonas de conflicto causando estragos.

Solo de pensar en un nido de yin de ese calibre le producía una terrible aprensión.

—¿Cuántos somos nosotros?

—¿Sin contarme a mí? —Rio—. Unos dieciséis..., diecisiete si te contamos, aunque ya te puedes poner las pilas porque estás algo flojo.

—Ya... ya lo sé. Tendría que ir a algún sitio un poco más concurrido.

—Harás bien, porque no creo que puedas exprimir más a Verónica.

Lo dijo sonriendo, pero sin ningún tipo de malicia. Para los malakhim era muy natural tener relaciones con humanos. Eran su nutrición. Y era parte de su forma de ser: dar amor y ser amado. Sin embargo, también eran conscientes de las limitaciones que los seres humanos tenían a la hora de dejarse querer. El sexo, maravilloso, era como todo: de abusarse, dolía y agotaba.

—Es verdad. Está muy cansada.

—Ven conmigo —dijo de pronto.

Bronte le siguió y se extrañó de que le guiara hasta su viejo coche y le pidiese que se montara.

—¿Vamos a dejar a Verónica sola?

—Creo que dormirá bastante rato. Además, Kio no tardará en regresar.

Sacher se lo llevó lejos, enfilando por las mismas carreteras por las que había conducido él la tarde anterior, siendo todavía Hans. Hacía toda una vida.

Al mirar por la ventana, vio que el cielo libraba su propia batalla y una densa capa de nimbostratos se abullonaba en las alturas y se teñía de oscuro, algo que le provocaba nostalgia y también cierta inquietud. «Mal día para un incendio» se dijo.

—Tú sabes que tengo que pedirte perdón.

—Y tú sabes que no hace falta —replicó Bronte mirándolo de refilón. Sabía cómo se sentía y también que necesitaba decirlo, pero prefería restarle importancia. Sacher no le hizo caso.

—Mira..., no te voy a engañar. Es verdad que pienso que muchas veces las cosas que haces son por remordimiento, para expiar un sentimiento de culpa. ¡Yo te entiendo! Lo entiendo y te apoyo. Y también pienso que a veces esa actitud te lleva a actuar a expensas de otros...

—¿Me vas a echar otro sermón? Pensaba que te estabas disculpando...

—Déjame acabar, por favor. A veces, tratar de hacer un bien común... no está justificado si no tienes en cuenta a todos los que podrían salir perjudicados. —Bronte iba a cortarle otra vez, pero no lo hizo—. Es lo que te pasó la última vez, que te empeñaste en seguir a Buer por tu cuenta, sin contar con nadie... ¡Ya sé lo que me vas a decir! Que se lo dijiste a Gabriel y no te hizo caso, ¡y tienes toda la razón! Pero no siempre va a ser así, Bronte. No siempre has tenido razón y lo sabes, te ha pasado más veces. Pero ahora sí, ahora tenías motivos para seguir adelante y te dimos la espalda, y te puedo asegurar que yo lo siento más que nadie y te doy mi palabra de que, por mi parte, no volverá a pasar.

—Tampoco me hace falta tu fe ciega. Como dices, ya he metido la pata otras veces y ayer podrían haber matado a Verónica y a Kio por mi culpa.

—Lo de llevarte a la chica fue una estupidez. Entiendo que aún eras un crío, pero al menos Kio podía haber tenido dos dedos de frente.

—¿Kio? —Los dos rieron ante la obvia impulsividad del malakh.

—Y después de todo, tengo que daros las gracias. A ti, en primer lugar, por haberos colado allí. Si no lo llegáis a hacer, no sé qué hubiese pasado —dijo Sacher frunciendo el ceño mientras miraba por el retrovisor—. Podrían haber seguido acumulando avatares o... Quién sabe. Solo con que tantos de los nuestros estén allí ya es suficiente catástrofe. Tanto tiempo...

Bronte lo miró y notó cierto dolor en él. Al momento supo a qué se debía.

—¿Medb?

Sacher tomó aire.

—Empezaba a extrañarme... —Se mantenía atento a la carretera, pero su semblante era serio y su aura turbia—. Ya llevaba más de treinta años sin sentirla... No era normal. —Se volvió un momento hacia él y le sonrió con tristeza—. Te lo reconozco, te he tenido muy presente durante todos estos años en que el dolor era... difícil.

A Bronte no le pasó desapercibida la correlación: la mancha que Sacher había llevado en el pecho no era solo por una apuesta con Kio con el tabaco de por medio. La mancha debió haber sido muy dolorosa, a buen seguro, un mecanismo automático para evitar sentir dolor por otra cosa.

Medb y Sacher tenían un vínculo antiquísimo y no soportaban estar en un mundo en el que la pareja no estuviese.

Lo de solapar un sufrimiento con otro era algo que Bronte conocía bien, un proceso autodestructivo que debía remediarse antes de que se fuera de las manos.

—Así que crees que Medb está allí.

—Estoy convencido. En cuanto Kio me lo contó, lo supe. No es posible que tarde más de tres décadas en reencarnarse. No es lógico.

—No quiero desanimarte, Sacher, de verdad que no, pero es bastante improbable que podamos sacarlos de allí con vida.

Sacher agitó la cabeza. La desesperación se adueñaba de él.

—Ya lo sé, lo sé... Y aunque lo lográsemos, ni siquiera podrían salir de un coma tan largo. Pero sé dónde está. Ya es algo. Sé que no se ha perdido en un limbo o algo parecido.

—Ya.

—Lo siento... —murmuró Sacher sabiendo que había metido el dedo en la llaga.

—Tranquilo. Ahora mismo lo importante es saber cómo vamos a proceder, porque a mí la única opción que se me ocurre es ir allí y asaltar el hospital sin más. —Miró a Sacher que hizo un mohín—. Supongo que no es buena idea.

Su compañero negó.

—Los asesores que trabajan con Idos lo están planificando... Sea como fuere, hay que sacarlos de ahí o liberarlos. No hay más opción. Preferiblemente con vida, pero claro... Sería la primera vez.

—¿Y Gabriel?

—No va a venir.

—¡Que no...!

—No. Dice que nos las apañaremos muy bien sin él. —Se encogió de hombros—. Qué quieres que te diga: Gabriel está oxidado.

—Yo diría enmohecido.

Sacher rio.

—Puede que hace tiempo fuese de los mejores, pero no lo ha hecho como Kio o como tú. No se ha molestado en entrenarse ni en aprender técnicas nuevas. Lo suyo es más... ¿Cómo decirlo?

—Se ha convertido en un burócrata.

—No seas tan duro con él. Yo creo que intenta hacer algo bueno de un modo más pragmático.

—¿Con negociaciones? ¿A eso cómo lo llamas?

—Es igual, no se puede negar su labor ni tampoco decir que no está haciendo nada. Aporta a su manera, y aporta mucho, pero en estos casos, en un caso de encuentro físico en el que puede pasar cualquier cosa, no creo que sirva de mucho... Ja. Como yo.

Bronte frunció el ceño y refunfuñó.

—¿Que no puede hacer mucho? Ahora mismo es el más grande de todos. Di mejor que lo que le pasa es que no quiere morir para no dejar desatendidos sus negocios. Supongo que tiene mejores cosas de las que ocuparse que salvar a un montón de avatares...

—Todos tenemos nuestros miedos y nuestros asuntos pendientes. Él, como otros, ha valorado el riesgo y ha decidido que no merece la pena.

—Ya les merecerá la pena cuando los yin digan de hacer esto a gran escala. Tal vez en un lugar más seguro, con más centinelas, y poniendo a los cuatro malakhim que queden contra las cuerdas en un mundo manejado por ellos. Será muy bonito ver cómo funcionan sus negocios entonces.

Eran ideas que había tenido siendo Hans. De otro modo, habría tardado más en llegar a ese tipo de conclusiones.

—Bueno...

Se hizo un pesado silencio entre ellos. Sacher parecía no tener ganas ni argumentos para rebatirle.

Bronte no podía evitar pensar en la última conversación que había tenido con Gabriel por teléfono; un lamentable episodio en el que le había dado a entender que los humanos eran poco más que ganado, tanto para los yin como para ellos, y que en verdad lo que quiera que fuese a hacer o hubiera hecho Buer en ese hospital había que respetarlo. Ese modo de pensar se ajustaba más a la política de su hermana Veda que a la de Gabriel propiamente dicha, aunque con el tiempo parecía haber adoptado tendencias más diplomáticas. Daba la sensación de que a medida que avanzaba la civilización todo evolucionaba hacia las mediaciones más pacíficas o, cuando menos, más discretas.

Las guerras abiertas habían acabado, pero Bronte estaba convencido de que aquello no podía durar, de que era cuestión de tiempo que los yin se hartasen de operar en la clandestinidad e hiciesen algo retorcido y desmesurado que pusiese el mundo patas arriba.

Ese anonimato al que se habían visto abocados en el último siglo era muy inestable y ahora, con la llegada de los móviles y una cámara en cada mano, se estaba volviendo insostenible. Significaba que la diplomacia era solo algo temporal que, finalmente, no valdría para nada.

Gabriel solo seguía las normas del juego al que ahora tocaba jugar. Era otra forma de afrontar la realidad o de pasar el rato, por más que a Bronte se le antojase un tanto pernicioso.

—Ya hemos llegado.

Bronte se asombró de que Sacher le hubiese traído a una clínica privada. Mientras se preguntaba por el sentido de aquel viaje, siguió al malakh al interior. Recorrieron diferentes pasillos sin que nadie les diese el alto. Era como un déjà vu de la tarde anterior, cruzándose con enfermeros que no les prestaban atención y campando a sus anchas por pulcros pasillos con olor a desinfectante.

Llegaron al área de maternidad y entonces lo entendió. Era una zona agradable, y el aire estaba impregnado de un tenso silencio, risas y conversaciones en voz baja, algún que otro lloro de recién nacido y mucho amor. Había amor por doquier. Puede que flotasen en el ambiente algunas emociones contrarias como el miedo, las inseguridades, incluso envidias o rencor, pero las volutas de energía mayoritarias eran de cariño y ternura. Bronte no tardó en sentirse mucho mejor.

—¡Vaya! ¡Es todo un descubrimiento!

—¿Nunca has asistido a una madre?

Bronte asintió.

—Sí, claro, pero por lo general los aportes negativos de un parto no se compensaban con los positivos. Esto es distinto —dijo mirando a su alrededor—. Nunca vi un ala de maternidad con tanta paz ni con tanta concentración de madres en un solo sitio. Al menos, no madres contentas...

—¡Oh! Las cosas han mejorado mucho. Ni muertes innecesarias ni violencia obstétrica ni estrés...

—Antes nunca vi nada parecido.

Se paseó por allí, arriba y abajo, disfrutando del ambiente, absorbiendo sus nutrientes volutas de felicidad. No tuvo ningún reparo en meterse en alguna habitación e incluso en acercarse a un bebé. Era curioso como las mamás no les prestaban atención en ningún momento, salvo cuando se acercaban a los recién nacidos. Entonces les preguntaban, les sonreían y daban por sentado que eran médicos. El instinto materno funcionaba de una forma asombrosa.

De vuelta en el pasillo, a Sacher le sonó el teléfono móvil.

—Es Kio —dijo abriendo la tapa—. Moshi, moshi!

Bronte le dejó intimidad y siguió andando, curioseando a lo largo del corredor. Se metió en una de las salas y vio que el bebé que estaba allí tenía una pequeña arritmia provocada por un defecto cardíaco. Era algo en apariencia leve que ni siquiera lo habrían detectado los médicos, pero Bronte sabía de sobra que iba a acabar mal.

Mientras lo observaba, Sacher entró en la habitación.

—Y he aquí el dilema —dijo a su espalda—. Intervienes y le procuras al mundo otra boca que mantener o dejas que la naturaleza siga su curso.

Bronte se quedó mirando a aquel ser diminuto, cubierto de lanugo y costras que se movía dormido con parsimonia y hacía pequeños ruiditos con la boca.

Las dos opciones que proponía Sacher ya las había tomado en otras ocasiones, tenía esa experiencia, y eran tan válidas la una como la otra. Ninguna de las dos le repercutiría a él de forma directa, y para el mundo, ninguna tendría mayor relevancia: si vivía, podría ser buena persona y darles felicidad a los que le rodeaban... o no. Si moría, daría una lección de vida a los que le hubiesen acompañado hasta entonces.

—Nuestra falta de implicación, Sacher, es gran parte del problema —dijo con calma—. Tal vez dejar que los humanos se reproduzcan sin control sea un error, pero no hacer nada cuando sufren es algo mucho peor. Quién sabe lo que llegará a ser. Eso es asunto suyo. Pero si estoy aquí, no me cuesta nada ayudarle.

La madre del niño dormía cerca y del padre apenas quedaban ciertos remanentes de energía en la habitación, por lo que debía de llevar fuera bastante rato.

—La mantendré dormida —dijo Sacher.

Bronte también forzó al niño poniéndole la mano en la frente. Lo que quería hacerle era algo doloroso y nada fácil: convirtió su dedo índice en una aguja finísima que introdujo en el pecho del bebé hasta la anomalía del corazón. Una vez ahí hizo que se calentara la punta destruyendo una cuerda sobrante y reproduciendo células nuevas.

Fue apenas cuestión de unos minutos, pero funcionó. Cuando hubo terminado y liberó al bebé de su letargo, el crío echó a llorar como un loco. Le dolía.

Ambos malakhim se retiraron discretamente cuando la madre despertaba. Le esperaba una semana muy mala, de lloros constantes, preocupaciones y visitas al pediatra: el bebé tendría dolores y, tal vez, fiebre. Pero viviría.

—¿Qué quería Kio?

—Nada importante. Saber dónde estábamos.

Bronte no se dio cuenta, pero aquello era una mentira a medias.

Durante un rato estuvieron deambulando por ahí, alimentándose y escudriñando habitaciones y seres. A Bronte siempre le había fascinado la vida de los humanos. Sus pensamientos, casi siempre egoístas, de pronto viraban al altruismo más absoluto sin previo aviso cuando debían actuar. Rara era la vez que no pensara que estaban fantásticamente locos. Su forma de ser no había evolucionado demasiado en los últimos cincuenta mil años. Avanzaba la tecnología, las líneas de pensamiento, las religiones..., pero seguían enfrascados en la misma forma de actuar mediante impulsos.

Ninguno llevó la cuenta del tiempo que estuvieron allí y solo al sentirse satisfechos, salieron. Aún no había anochecido cuando iniciaron el regreso. Por el camino, Kio volvió a llamar y Sacher le pasó el teléfono. Bronte le miró extrañado y contestó.

—Moshi, moshi.

—Konichiwa senpai! ¿Cómo sabías que era yo?

—Lo pone en el teléfono... y me lo ha dicho Sacher.

—¡Ah! Vaya invento, ¿eh?... ¿Dónde está?

—Aquí. Conduciendo.

—Bien... Vale. Está claro que tengo que comprarme un móvil.

Aquella conversación de besugos le mosqueaba y cuando miró a Sacher lo vio algo alterado.

—¿Qué ocurre? —no preguntaba particularmente a Kio sino a los dos en realidad.

—Nada... sólo llamaba para decirle que al final he encontrado lo que buscaba, que va todo bien.

—No me hables en clave, Kio. No pienso darle ese recado.

Se hizo un tenso silencio de unos segundos y al final Sacher intervino.

—¿Qué dice?

—¿Qué es lo que no me has contado?

Sacher calló de nuevo y suspiró. Una voluta de incomodidad rebotaba en su interior y parecía columpiarse de un lado a otro. Nadie dijo nada, pero al final, al otro lado de la línea, se oyó una voz dulce que le pedía a Kio que le dejase el teléfono, algo que, al parecer, hizo con gran entusiasmo.

—Hola, cocodrilo.

—Hola, dodo —Se sonrió al oír la dulce voz de Eona que siempre le resultaba reconfortante—. ¿Qué ocurre?

—Hace un rato, cuando ha vuelto Kio, no había nadie en la casa...

—Pero...

—Verónica tampoco estaba. Kio ha llamado a Sacher para preguntar, pero al parecer no sabía nada. ¿No te lo ha dicho?

—No —dijo mirando a Sacher, que debía estar escuchando la conversación porque se encogió con gesto culpable—. Supongo que por el críptico mensaje de Kio, ya ha debido de volver.

—Bueno... Ese es el tema... El caso es que ella no estaba aquí porque me la he llevado yo.

Se quedó callado un momento, sin entender.

—¿Adónde?

—A su casa. Me lo ha pedido ella.

Casi podía ver la cara de remordimiento de Eona, mordisqueándose distraída un labio como siempre que se sentía causante de alguna molestia.

—¿Por qué no lo hablamos cuando volváis?

—Tengo tiempo ahora.

El hecho de que Verónica quisiese marcharse no le pillaba por sorpresa. Era un clásico. Lo que más le molestaba era la actitud de sus congéneres de sobreprotegerlo como si fuese un niño al que no se le pudiera hablar de cosas serias. Era algo que venía viendo en los malakhim desde hacía mucho tiempo, como si su mente fuera tan frágil que no pudiese soportar un golpe más.

—Bronte... Mira, ella no está bien. Le he ofrecido la tarjeta de mi clínica y la ha aceptado por compromiso, pero estoy casi segura de que tarde o temprano acabará por llamarme. Todo lo que ha pasado, lo que ha vivido estos últimos días... De verdad, he visto humanos que se han derrumbado por mucho menos.

—¿Le has dado el dinero? —preguntó cortándole.

Se hizo un silencio.

—Ah, sí. Al principio no quería cogerlo, pero la he obligado. Sé que los yin le vaciaron la cuenta y que perdió la documentación. Me parecía lo más apropiado.

Hubo una pausa en la línea mientras Bronte trataba de hilar la forma de ayudar a Verónica, pero definitivamente no era el momento de ocuparse de ello.

—Has hecho bien.

—Bronte...

—Hablamos en casa.

Se despidieron y colgó.

—¿Estás bien? —le preguntó Sacher.

Él asintió.

—No será la primera vez ni la última.

—Dale tiempo...

—El que ella quiera. Lo que más me preocupa ahora es que esté bien. Está estresada y sola. Eso... y que los yin puedan querer tomar represalias contra ella.

—Es una humana común. Una vez que ya estás tú aquí, no tiene por qué interesarles.

—No tiene por qué, pero podría. Necesito que me hagas un favor. Es verdad que Eona está más cualificada ahora mismo para tratar con ella, pero Verónica ha tenido más relación contigo estos días y le caes bien.

—Entiendo.

—Además, lo del hospital no tiene pinta de que se vaya a resolver de forma pacífica y tú no vas a luchar. Así que me gustaría contar contigo para que te asegures de que está bien. De que tiene lo que necesita.

Sacher aceptó encantado y él se quedó más tranquilo. Podía soportar el hecho de que ella ya no quisiera formar parte de su vida, de que se sintiera abrumada o tal vez herida de alguna manera por su culpa, sin embargo, no quería bajo ningún concepto que tuviera dificultades o que pudiera pasarle algo malo.

Cuando llegaron a la casa, Eona se lanzó a sus brazos y se abrazaron un buen rato.

—Te he echado mucho de menos —le dijo ella.

—Me tienes que poner al día.

—Ya habrá tiempo luego. Antes tenemos que hablar de lo de Verónica —dijo separándose un poco—. No me la he llevado a escondidas porque sí. Estaba muy alterada y me ha insistido en que la llevara a casa. He pensado que hacía lo mejor. Tanto para ella como para ti. Ahora mismo...

Bronte la hizo callar acariciándole la cara con un gesto cariñoso.

—Está bien donde está. Hay que arreglar lo del hospital cuanto antes y no estoy muy convencido de salir de allí con vida...

—No digas eso...

Se separó de ella y se acercó a Kio que le estaba ofreciendo una cerveza. Volvía a tener su aspecto de niña y le sonreía con cariño.

—Es la verdad. Es muy probable que nos maten y Verónica está desprotegida. —Se volvió hacia ella alarmado—. Supongo que te habrás asegurado de que entraba en su casa y de que los yin no estaban en la zona.

—Allí no había nadie, Bronte. No creo que ella les interese, no tiene nada que les sea de utilidad.

—Quizá no, pero me ha estado ayudando y eso es suficiente para que le guarden rencor. He hablado con Sacher —dijo señalando con un ademán de cabeza al malakh que se había sentado en el sofá—. Lo importante ahora es facilitarle las cosas. Que tenga dinero, que esté protegida y, si es posible, que la atiendan en tu clínica para que tenga un apoyo. Aparte de eso, lo demás... —Se encogió de hombros y bebió un largo trago de cerveza.

Estaba dolido. No tomaba todas esas decisiones por desapego, sino para ser pragmático. Los demás lo sabían, lo veían, pero la forma de actuar de un malakh ante un rechazo no era la de deprimirse, echarse a llorar y repantigarse ante la tele. Podían controlar esos sentimientos y hacer que se disipasen. Solo se quedaban con lo bueno.

—Saldremos con vida —se adelantó Kio—, ya lo verás.

Él se echó a reír.

—¿Cómo te las apañas para hacer una finta con esas piernas tan cortas? —se burló.

La niña entrecerró los ojos, retándolo.

—¿Quieres averiguarlo?

—Por favor, tenemos que centrarnos —dijo Eona.

Bronte le dedicó a Kio un gesto de suficiencia arqueándole una ceja a lo que la niña respondió enseñándole el puño, como una Escarlata O'Hara diminuta que pusiera a Dios por testigo de que le partiría la cara en un momento u otro.

—¿Has hablado con Killa? —preguntó Eona a Kio salvando la conversación.

Kio se centró en lo que le decían a regañadientes.

—Lleva allí todo el día, en una esquina, como una delincuente. Dice que por lo menos han entrado treinta y tres, pero no aparecen más desde las cuatro de la tarde.

—¿No hay nadie más allí? —se extrañó Bronte.

—Mientras he estado yo, ha aparecido Angus para ver cómo iba todo. Creo que están en casa de Idos esperando una decisión.

—No sé cuál... La cosa está clara. Hay que entrar ahí como sea.

—¡Para el carro! —cortó Sacher—. Como sea, no. Habrá que buscar la forma de llamar la atención lo menos posible y evitar que muera cuanta más gente mejor. Y no me refiero solo a los avatares; también hay humanos de por medio.

—Hablando con una amiga de la clínica, me ha dicho que lo mejor es despejar el hospital... —dijo Eona.

—Donde Idos dicen lo mismo —admitió Sacher—. Tal vez con un aviso de bomba o de incendio.

—¡Exacto!

Bronte negó con la cabeza.

—El problema es que no puedes entrar ahí y provocar un incendio controlado con todo el hospital infestado de yin. La idea del aviso de bomba me parece más acertada. —Todos asintieron—. ¿De ETA?

—O de Al Qaeda —terció Kio—. Después del 11-M, tienes donde elegir.

Pasaron el resto de la noche sentados a la mesa debatiendo sobre lo que se debía hacer, haciendo llamadas de asesoramiento y hablando con el otro equipo en casa de Idos sobre las decisiones a tomar.

Era de madrugada cuando acordaron que alguien llamaría a las cinco de la mañana —tres horas después— y daría un aviso de bomba. A las dos horas del mensaje, el hospital debía estar despejado y, si no, que fuera lo que Dios quisiera.

Capítulo 40

Era extraño ver a un tipo trajeado, con elegantes zapatos italianos y aire de yuppie, sentado en una herrumbrosa escalera de pared en lo alto de una azotea. Estaba, como poco, fuera de lugar.

No le incomodaba que se le clavasen los salientes de la escalera en el trasero, ni tampoco los despistados insectos que zumbaban cerca de él para morir de un síncope si se acercaban demasiado. Ni siquiera la lluvia que le había caído encima una hora antes le había resultado molesta. Lo malo eran las llamadas. Todas eran o de incompetentes o de tocapelotas; y si tenía muy mala suerte, de la suma de ambos.

Hacía un esfuerzo ímprobo para no rabiar y que la ira no le quitase el control. Las malas hierbas a su alrededor habían caído fulminadas de pura pena. Apenas llevaba allí una hora, pero ya había torturado a dos palomas y una de ellas todavía agonizaba en el suelo.

Abría y cerraba la tapita del teléfono móvil, tratando de seguir un ritmo, como un martilleo continuo. Pensaba que si hacía ese ruido, dejaría de oír sus mandíbulas mascando una y otra vez.

Veía a la chica deambular de un lado a otro de su habitación, como un alma en pena, evaluando si había hecho bien en marcharse, si tal vez debía volver. Pero Buer no la dejaría ir a ninguna parte.

Sonó el teléfono. Era la decimoquinta vez que cogía el teléfono y solo eran las cinco de la tarde.

—Dime.

Las llamadas de Rusia ya eran pura rutina. Ni siquiera se alteraba. Se estaba esforzando mucho para mantener un buen dominio de sí mismo y se le daba de miedo.

—¿Has llegado?

—¿Crees que te iba a coger el teléfono si no hubiese llegado? ¡Pues claro que he llegado, coño!

—Bien, escucha, ya he llamado a los del Nudo Sur, así que está hecho.

Buer profirió un bufido largo mirando al suelo. Esos cabrones del Nudo Sur, psicóticos de manual, se estaban dando un festín a su costa. No es que un proyecto más o menos pudiese inspirarle cariño o apego, pero le daba bien por el culo que Bronte fuese siempre el causante más probable de que todo se fuera a la mierda. ¿No era eso de lo que se quejaban los malakhim desde tiempos inmemoriales? Los pocos a los que había querido escuchar siempre decían lo mismo: que ellos creaban y los yin se lo cargaban todo. Parecían niños pequeños acusando a un hermano mayor. Cuarenta años de trabajo en un proyecto y se lo iban a echar abajo; ¿y se quejaba?, ¡no!, ¡no pasaba nada! Eran lances del juego. Pero no soportaba que la destrucción de su proyecto escapase a su control. Y para colmo, no podía estar allí para verlo.

—¿Se puede saber qué cojones hago aquí?

—¿La han dejado sola?

—Shamgo..., esta mañana tenía delante de mí a Bronte, que estaba KO y al inútil de Sacher, solos, con la chica.

—¿Y te crees...?

—Me habría cargado a ambos, me hubiera llevado a la chica y se hubiera acabado el cuento. ¿Qué cojones estoy haciendo aquí?

—No habrías podido con Bronte ni de coña.

Se hizo el silencio. Más por parte de él que de Shamgo, que parecía esperar el pistoletazo de salida para soltarle otra pulla.

—Te acabo de decir que estaba KO y que yo no soy ningún yin de medio pelo al que se pueda quitar de encima con un...

—Para, Buer, que ya nos conocemos. Tú sabes que no lo habrías liquidado. Te habría dado pena, habrías intentado traérmelo o cualquier ñoñería de las tuyas...

Le dio rabia que Shamgo lo conociera tan bien como para suponer sus intenciones. No pensaba reconocerlo.

—Olvídate de Bronte y olvídate del hospital, ¿está claro? Espérate a que la chica esté sola...

—Ya está sola. Eona se acaba de marchar.

—Bien. ¿Has hecho lo que te dije?

Él apartó un momento el teléfono y emitió un nuevo bufido.

—Si no lo hubiese hecho, ¿crees que estaría aquí perdiendo el tiempo?

—¿Has procurado que piensen que ha sido idea suya?

—¡Que sí, joder! Casi me cuesta que me pille Eona, pero lo he hecho. Se ha puesto histérica y Eona se la ha llevado. ¿Contento?

Shamgo le había dado unas instrucciones muy concretas y las había seguido al pie de la letra: esperar a que la chica estuviese sola, acercarse todo lo posible e inducirle un estado de angustia e inseguridad, sin malakhim que hubieran podido detectarlo. Era pan comido: una chispa, y los humanos solitos se ponían a imaginarse cosas. Con atender sus pensamientos de desconfianza y hacer que se regodeasen en ellos, era suficiente. Y, de últimas, potenciar que buscase argumentos para irse a su casa. Eso era todo.

—No puede verte nadie, Buer. Es importante que todos piensen que ella se ha ido por su propio pie.

Le empezó a sacar de sus casillas que lo tratara como a un idiota recalcándole evidencias.

—Joder, Shamgo, llevo todo el día en esa colina esperando a que se larguen y viéndolos follar. No me toques más las narices.

Se oyó una risotada al otro lado de la línea.

—¿Estás celoso?

A Buer le sobrevino un ataque de ira. Apartó el teléfono con toda la suavidad que pudo para no estrujarlo y romperlo. La cara se le tensó hasta el punto de casi deformársele, con los ojos desorbitados y los dientes amenazantes, temblaba y gruñía y todo se le volvía negro y rojo.

Una parte de él, un recuerdo, afloró para hacer que se calmara.

«¿Quieres ser el mejor de todos ellos? ¿Quieres hacer grandes cosas? Aprende a controlarte».

—No te consiento que te burles de mí. Como vuelvas a hacerlo, te juro que entro ahí y despedazo a esa chica. ¿Me has entendido? —dijo babeando aún con el cuerpo en tensión.

Shamgo no dijo nada, pero pareció evaluar la situación y, dado que Buer estaba allí y él a más de seis mil kilómetros de distancia, no era conveniente tocarle más la moral.

—¿Para qué quieres a esa zorra? Estás haciendo el payaso —dijo viniéndose arriba. Su voz era ronca y cruel—. Esos del Nudo Sur estarán ya destrozando ese proyecto que era la hostia de bueno, y tú lo sabes. Has dejado que Bronte se nos escape... ¿y para qué? Para coger a una puta que no vale para nada, solo...

—No me jodas, Buer —replicó con elegancia—. ¿Me vas a decir que era una coincidencia? ¿Un presentimiento? ¿De verdad crees que todo lo que ha pasado alrededor de esa chica ha sido una casualidad?

Buer calló. En realidad, si estaba enfadado, era por el proyecto. En su mente sonaba muy bien la idea de tener a los malakhim secuestrados y que todo el mundo le diera las gracias. Que Bronte hubiera estado allí, a la cabeza, como un supertrofeo. Como cuando lo vio en la camilla... Pero tuvo que admitir que Shamgo tenía razón.

—Me cago en... —respiró hondo—. Sería una serendipia la mar de cojonuda.

Asintió.

—Las serendipias así no existen, Buer. Esto era lo que tenía que pasar y vamos a adelantarnos para arreglarlo de la mejor manera posible. Manipúlala. Haz que haga las maletas y que se plantee sitios bonitos a los que marcharse. Que deje una nota...

—¡Qué sí, que ya lo sé!

—...y mañana la coges y me la traes.

—Alguno de ellos se va a dar cuenta...

—¿Cómo? Van a estar muy ocupados o muertos con lo del hospital. Es posible que no sobreviva ninguno y tú podrás cogerla sin más. Échale paciencia.

—Y luego, ¿qué?

—¿Luego qué de qué?

Buer puso los ojos en blanco.

—¿Qué piensas hacer con ella?

—No lo sé... Supongo que trataré de averiguar qué relación tiene con Veda y, si es necesario, la encerraré en uno de esos tanques o lo que haga falta.

—¿Crees que podrás?

Del otro lado de la línea se oyó un soplido.

—No lo sé..., pero tenemos que intentarlo.

Ese «tenemos» le sonó a Buer muy patriótico. No creía que lo dijera por ellos dos, sino más bien como si los yin del mundo tuviesen que ser una piña para conservar su estilo de vida.

—¿Y si no puedes?

Shamgo soltó una carcajada hueca, más rabiosa que alegre.

—Entonces no le dejaré nada por lo que merezca la pena luchar.

Capítulo 41

La mañana se le estaba haciendo eterna. En un ir y venir, de unos y de otros, Bronte había caído en la cuenta de que aquello era como un déjà vu, una representación remasterizada de la misma situación en distinta época: otra ropa, otro escenario, otra tecnología, pero la misma gente y el mismo maldito problema.

Era el cuento de nunca acabar.

Para colmo, ahora estaba amenazada su propia existencia, y eso era quedarse corto. La suya, la de los malakhim, la del planeta entero. Porque si Shamgo había encontrado la fórmula para quitarlos de en medio, el caos desatado y la destrucción no dejarían en el mundo nada que le permitiera perpetuarse. Y esa era, en definitiva, la naturaleza de los yin: destructora y despiadada.

¿De verdad eso le convenía a Shamgo? ¿Es que no tenía dos dedos de frente? Incluso los yin tendrían que cerrar la puerta al salir. Bronte tenía la teoría de que Shamgo no se había parado a pensarlo... O tenía, más bien, la esperanza, porque si se lo había planteado y su intención era dejar el mundo a merced de los suyos, o destruirlo sin piedad... no habría nada que pudiese pararlo.

Salvar a los avatares o liberarlos era solo poner paños calientes.

Veía a los malakhim haciendo cábalas y contactar con asesores para arreglar ese entuerto, entrar en el hospital y destruir las instalaciones. ¿Y qué? Nadie, de entre todos los que le rodeaban, se había dado cuenta de que aquello cobraba una importancia alarmante. De que el problema no era el hospital sino la idea... Y las ideas no se pueden destruir.

La mayoría de los asesores que tenían se mostraban muy

desmoralizados con la situación. El encarar unos cincuenta yin contra las dos docenas de malakhim con las que podían contar no era garantía de nada. Sin embargo, ser pesimista no estaba en la naturaleza de un malakh.

—Me las he visto peores —dijo Kio felizmente resignada.

Solo el tamaño de los yin y su falta de coherencia hacían de ellos un blanco asumible.

Que un malakh de tamaño medio se encontrase frente a frente con tres o cuatro yin era una situación poco deseable, aunque salvable. Lo habitual eran los enfrentamientos, uno a uno, en los que los yin tenían todas las de perder. Una diferencia de un solo kilo entre dos oponentes suponía una diferencia de fuerza enorme. Tal ventaja les impedía estar nerviosos o desanimados. Era más bien al contrario.

Salvo Bronte.

Tenía total confianza en la superioridad de los suyos, tanto física como formativa y, tal y como había dicho Kio, ya se las habían visto en peores situaciones. Pero le atormentaba la idea de que, además de los avatares, allí habría mucha gente en total indefensión y sabía, por experiencia, que los yin utilizarían el mal ambiente generado para ganar ventaja.

Una cosa era encararse con un yin solitario y desprevenido y otra muy distinta vérselas con una jauría que llevaba preparando el encuentro durante horas, puede que días.

La mañana del lunes había amanecido lluviosa y oscura. En otra época, Bronte habría deseado ver los interminables mares de bosques desde las copas mojadas de los árboles a prados sembrados nutriéndose de agua, el inconfundible petricor desperezando la tierra, las plantas, los animales arrebujados en sus madrigueras... Pero ahora que el asfalto lo cubría todo y la vegetación era tan escasa, le resultaba deprimente ese despliegue de agua sucia y, aun así, desaprovechada.

Iba en la parte de atrás del coche de Sacher mientras los otros tres malakhim charlaban como cotorras. Divagaban en su conversación, picando aquí y allá sobre temas intrascendentes, para luego volver a las imágenes que habían salido en la televisión hacía solo una hora, y cambiar de tema y decir algo sobre el sorbete de limón de cierto restaurante que a Sacher le gustaba. Parecían estar de buen humor.

Bronte callaba. La naturaleza del malakh no albergaba rencor... En cambio, alguna anomalía se daba en él, porque lo sentía. Su alma estaba perpetuamente turbia, razón de que se mantuviera distante o se apartara de lo que era habitual entre los suyos.

—Sacher es el más pequeño. Tú eres el más triste —le había dicho Kio aquella mañana mientras veían las noticias.

No le había ofendido. Decía la verdad. Se había limitado a encogerse de hombros, sonreír y seguir viendo en la tele a una reportera que, bajo la lluvia y visiblemente afectada, señalaba a unos enfermeros que empujaban una cama de la que colgaban bolsas y tubos hasta una ambulancia. El enfermo tenía todas las trazas de estar inconsciente.

Alguien en el consejo de Idos había llamado a las cuatro y media de la madrugada para dar un aviso de bomba en el hospital y exigir que lo desalojasen entero. Hicieron especial hincapié en eso. Quien quedase dentro moriría.

Hubo una especie de batalla de desinformación durante algo más de una hora, en la que un nuevo «alguien» desacreditó la amenaza, otro volvió a llamar para ratificarla y, poco después, se volvió a desacreditar.

Empezaron a tomarse las cosas en serio cuando una explosión hizo volar cuatro coches del aparcamiento.

—Fue Frey. Me lo ha dicho Killa. A ese chico le gusta demasiado reventar cosas —dijo Sacher apesadumbrado.

Durante la hora siguiente las imágenes del hospital coparon las noticias. La policía no se había movilizado aún, pero los avisos a la prensa terminaron por desatar el pánico que pretendían desde un principio. El hospital salía en los telediarios matinales de todos los canales.

Pasadas las ocho, se pusieron en marcha. Llegaron al hospital en el coche de Sacher y lo aparcaron tan cerca como el cordón policial les permitía. Hicieron el resto del camino andando, pasando por varios controles sin que nadie les diese el alto.

La llanura del parking se abría ante ellos y todo se asemejaba a un hormiguero, con gente de bata blanca o enfermeros con pijama verde que corrían de un lado a otro, policías que trataban de poner orden a voces, ambulancias por todas partes y cámaras de televisión.

Los malakhim se habían desperdigado por la zona o hacían pequeños corrillos aquí y allá. El grupo más nutrido de doce estaba en el extremo más alejado del hospital, como a cien metros de la entrada, acompañado por un grupo humano de cinco personas, presumiblemente asesores y visiblemente nerviosos.

Cuando se acercaron a ellos, algunos malakhim le inclinaron la cabeza a Bronte en señal de agradecimiento y disculpa. Idos se acercó y le tendió la mano.

—Tenía que haberte hecho caso. Lo siento —dijo con sus ojos negros llenos de arrepentimiento mientras le daba un abrazo.

—Anah laisan muhimat —dijo Bronte quitándole importancia. Y con un ademán de la cabeza, señaló hacia el edificio—. ¿Cuántos hay?

Idos se rascó la cabeza preocupado.

—Creo que más de sesenta.

—¿Y nosotros?

—Veintiséis. —Y se echó a reír—. ¡Creo que tenemos ventaja!

Algunos malakhim cercanos que oyeron la conversación rieron también. Bronte, para no desmoralizarlos, no dijo nada y sonrió lacónico.

Un humano con uniforme de la policía se les acercó desde la marabunta del aparcamiento.

—Me han dicho que está casi despejado, aunque aún quedan algunos enfermos algo complicados... Por lo visto no se los puede desconectar de máquinas y creen que es mejor dejarlos allí.

—Bueno —contestó Idos tratando de calmarle—, veremos qué ocurre. Haremos lo que esté en nuestra mano.

Bronte sabía que «lo que estuviera en su mano» no lograría resolver la papeleta ni de lejos. Lo veía en él y tenía la certeza de que también él lo sabía. El edificio ardería hasta los cimientos y no había nada que se pudiera hacer para evitar las muertes de aquellas personas.

—¿Y si...? No sé... ¿Y si hubierais entrado sin más? —preguntó otro hombre—. ¿Y si no hubiésemos hecho todo esto? Puede que nadie se hubiera enterado y se habría podido rescatar a los avatares sin armar tanto revuelo.

—Ahí dentro hay sesenta yin —le recordó Bronte—. Lo que un yin puede hacerle a un humano en cuestión de segundos bien vale la pena que pasen un poco de miedo.

—Son capaces de matar a esas personas solo para crear una mala atmósfera que nos impida movernos libremente —explicó Idos—. Mantener a gente cerca de una contienda contra los yin es una mala opción.

A Bronte se le revolvió algo en su interior y lo invadió una intensa pesadumbre, un sentimiento de culpa proveniente de un recuerdo. La batalla de Orkhon tuvo precisamente esa intención y acabó saldándose con la vida de más de diez mil personas. Crear una sensación de caos y de terror perjudicial para los malakhim gozó de un éxito rotundo.

Y había sido idea suya.

Respiró hondo y trató de apartarlo de su mente.

Para su desgracia, esa técnica no podía ejecutarse a la inversa. Si ya les era difícil crear un ambiente positivo en situaciones normales, pretenderlo en una batalla era imposible.

Lo que Idos no decía era que muy probablemente ellos mismos matarían a todos los humanos que encontrasen. Conociendo a los yin, a sabiendas de su forma de actuar y teniendo ya experiencia en este tipo de enfrentamientos, lo más piadoso era quitar de en medio a cualquier persona que hubiese dentro del edificio.

Los asesores congregaron a los malakhim a su alrededor. Habían conseguido los planos del hospital, los que Hans encontrara en casa de Bronte y que lo ayudaron a colarse allí, y fueron mostrándoselos a cada uno con sumo cuidado para que pudieran memorizarlos. Después de trazar un plan provisional y de responder dudas, los asesores les indicaron la mejor forma de acceder para llegar hasta abajo. No diferían mucho de la forma en que Kio y él habían entrado dos días antes, aunque el gran problema era prever cómo los yin defenderían el edificio, anticipar si se habrían agrupado en los sótanos o en algún otro lugar y si atacarían individualmente o en masa. Lo mejor que podían hacer era entrar en grupos pequeños de siete u ocho e ir despejando primero los niveles superiores para después ir bajando planta a planta.

Alguien les facilitó unos pocos auriculares comunicadores para mantenerse en contacto siquiera entre los miembros de los diferentes equipos. Bronte declinó usar ninguno; no se sentía cómodo con la idea de llevar un aparato que le fuera susurrando cosas cada dos por tres.

Eran casi las nueve de la mañana cuando avisaron que el edificio estaba casi vacío y se dispersaron en grupos de tres o cuatro. Andaban a paso firme, moviéndose entre el gentío alborotado y desplazándose sin que los pobres humanos sospechasen lo que se avecinaba.

Bronte miró por encima del hombro y vio a Sacher quedarse con ellos. Se despidió mentalmente. «Suerte».

Un pequeño grupo se desvió para investigar el resto de edificios colindantes mientras los demás se desplegaban por las entradas del edificio principal.

Bronte materializó su halo: una pieza de metal de unos cuatro centímetros de grosor que le cubría los ojos y el pelo, y que tenía aspecto de gafas futuristas. Puede que los pintores del barroco confundieran divinidad con practicidad, pero la finalidad del halo, lejos de ser un brillo sacro, era una herramienta de combate que les permitía a los malakhim una visión panorámica de 360º, muy superior a la que tenían un par de ojos humanos.

A medida que avanzaban, otros como él activaron sus respectivos halos y se adentraron en el vestíbulo del edificio. En aquella gran sala reinaba el caos, aunque había menos gente de la que esperaban. Apenas una treintena de personas se congregaban allí, alteradas y urgidas, entre enfermeros, enfermos y policías gritándose unos a otros. Al fondo, a la derecha, un grupo llamó su atención por sus uniformes y la impaciencia con que se conducían. Eran los geos, media docena de agentes, y aunque algunos estaban algo separados del grupo la mayoría se congregaba junto a una puerta cerrada.

Al aproximarse, pudieron ver que la puerta parecía pesada y que, por mucho que se empeñaban en abrirla, no cedía un ápice.

—¿Qué clase de hospital pone una puerta blindada en un pasillo? —vociferó entre maldiciones un agente.

Algo no iba bien.

A través de dos pequeñas ventanas, vieron que al otro lado de la puerta se encontraban ocho personas presas de una gran inquietud y dos de ellas, ancianas, tosían desplomadas en el suelo mientras una chica con uniforme de enfermera trataba de atenderlas entre toses y gestos. Los más cercanos miraban preocupados en su dirección o daban golpes a la puerta pidiendo socorro. La tensión era cada vez mayor.

—¿Qué es eso que hay en el aire? No parece humo —dijo Idos, que observaba la escena con atención a través de su halo.

Los humanos no veían nada, pero alrededor de aquella gente y con su visión potenciada, Bronte podía ver una extraña nube, algo sucia, que se adhería a la ropa y era aspirada por aquellas personas sin que ninguna se percatara de ello. Tanto el hombre como la mujer tirados en el suelo estaban parcialmente cubiertos por una humedad que desprendía aquel vapor.

—Joder... —murmuró Kio—, eso es sarín.

Todos la miraron y lo entendieron. Incluso uno de los geo que estaba cerca se volvió.

—¿Qué? —preguntó alarmado.

Ni siquiera reparó en que aquel no era lugar para una niña. La creyó y los nervios se adueñaron de él.

Idos mandó a Kio y a otros dos malakhim a urgencias en busca de medicación de auxilio y atropina y de alguna silla de ruedas o camilla, si es que quedaba alguna en el edificio. Un malakh manipuló a los geos para que se pusiesen sus máscaras antigás y otros apresuraron a los civiles y policías que quedaban en la recepción para que abandonasen el hospital.

De pronto, se fueron las luces, lo que provocó un grito generalizado y la puerta principal del edificio se cerró de golpe amurallándolo todo y dejándolos a oscuras.

Bronte se temió lo peor: aquello era una ratonera.

La puerta del pasillo por el que circulaba el gas, que se había mantenido cerrada hasta entonces, se abrió de golpe. Las personas del corredor que aún seguían en pie, entre toses y vómitos, salieron en tromba de su prisión para desembocar en otra habitación sin salida.

Los humanos no veían nada, pero los malakhim sí. Algunos crearon hachas de unu y se pusieron a despedazar la puerta de acero, otros se limitaron a guiar a la gente histérica y los apartaron de la puerta y del pasillo contaminado. Bronte mantuvo alejados de los demás a quienes habían estado en contacto con el gas y tenían la ropa impregnada dejando un rastro dañino. Sin embargo, el aire acondicionado dispersaba el vapor del pasillo que ya se esparcía por toda la sala.

Caos, gritos y angustia. Una mujer joven que lloraba en un rincón llamando a su hijo, otro hombre caía desmayado, un médico agarraba al primero que pasaba suplicándole que los dejasen salir...

Los malakhim lograron quebrar los seguros de las puertas y descorrerlas lo justo para que pudiera entrar la luz y el aire fresco, remozado por la lluvia. La visión de la libertad desató el pánico. Debieron retenerlos a la fuerza hasta que las planchas de acero cedieron lo suficiente. Entonces sí, los humanos corrieron a la salida, incluyendo los geos, que fueron los últimos en salir llevando consigo a las personas más débiles.

Pasado el tumulto, los malakhim se quedaron solos en el hall, mirándose unos a otros, aliviados y espantados a partes iguales, rodeados de aquella aura repelente mientras regresaban los que habían ido a urgencias.

—¿Dónde está todo el mundo? —dijo Kio.

No traían ninguna silla de ruedas, pero llevaban cada uno varias jeringuillas y frascos en las manos. Algunos dedos les señalaban la salida y, sin tiempo que perder, se encaminaron a la puerta para socorrer a la gente.

Eona paró a Kio y le cogió lo que portaba.

—Yo lo mío y tú lo tuyo —dijo invitando a Kio para que se quedase a luchar—. Ahora os veo.

Se trataba de una cuestión práctica: Eona podía atender a los heridos mucho mejor que Kio que además se moría de ganas de enfrentarse a los yin.

Eona le dirigió a Bronte una mirada dulce y él le contestó con una sonrisa lánguida: «Adiós, Dodo». Era probable que no se volviesen a ver en mucho tiempo.

Había diecisiete malakhim en aquel grupo. Al resto se les presuponía fuera o dispersos en el interior del edificio, así que estaba claro: debían seguir avanzando.

Franquearon el pasillo donde había estado prisionera la gente con el sarín y Bronte, que iba a la zaga, vio que la pesada puerta volvía a cerrarse. Alguien controlaba las puertas desde algún lugar.

Siguieron avanzando por los pasillos impregnados de gas líquido y se encaminaron hacia las escaleras que daban a la planta baja, donde estaba el ascensor.

A la vista de los primeros peldaños, los malakhim se horrorizaron.

El suelo era un revoltijo de sangre, tripas, brazos, piernas... Un cadáver desnudo, sin cabeza y sin otras partes del cuerpo, reposaba junto a una pared y sobre él, la palabra «Wellcome!» pintada con sangre resaltaba en el estuco blanco.

Hasta donde les alcanzaba la vista, los restos y cadáveres tirados por los pasillos presentaban un espectáculo indescriptible y hacían casi imposible el avance. Una orgía de sangre y emisiones de dolor se dispersaba por doquier.

—Malnacidos...

Su espanto iba en aumento y se les colaba como un viento emponzoñado. Sufrían, no ya por contemplar aquello o recibir las volutas de terror de los avatares asesinados, sino por un sentimiento añejo y vil que los enfrentaba a los yin, época tras época, sin solucionar nada.

Tuvieron que sortear cuerpos y miembros. La sangre volvía resbaladizo el pavimento y con cada traspié les ardía la piel y se les paralizaba el alma y los hacía más lentos.

—¡Aguantad! —gritó Frey.

Unos y otros se dirigían palabras de ánimo, algunos hasta se abrazaban, frente con frente, antes de animarse a seguir adelante.

Bronte solo mantenía la compostura. Aunque caminaba lento y el dolor lo sobrecogía, era capaz de controlarlo bastante mejor que sus congéneres. El dolor y él eran viejos amigos.

Llegaron junto al ascensor.

Allí, en medio de la masacre, vieron tendida en el suelo a una muchacha, el avatar de Toci, a la que habían despertado y tirado cual despojo tras amputarle los pies..., aunque las heridas las habían cauterizado. Bronte entendió que la única finalidad había sido la de mantenerla con vida y que sufriera un poco más.

Dos malakhim la socorrieron y llegaron a la conclusión de que si la sacaban de allí sobreviviría.

Burgko, un tipo grande, habló:

—No deberíamos seguir adelante. Ya lo habéis visto —dijo

dirigiéndose sobre todo a Idos—: los han matado a todos. Si bajamos ahí, nos matarán también a nosotros, sin necesidad.

Idos asintió.

—Voy a sacar a Toci de aquí. Vosotros haced lo que queráis.

El lugar quemaba como el infierno. Toda la negatividad que les devoraba se extendía a su razonamiento y a su pesimismo y les quitaba lo más preciado que tenían: la esperanza.

—Yo voy a bajar —dijo Frey.

—Yo también —se adelantó Kio.

Echó una mirada cómplice a Bronte, pero frunció el ceño al no encontrar lo que buscaba. La determinación de su colega iba por otros derroteros.

Unos cuantos más se les unieron, pero Bronte se quedó allí plantado.

—Tanto si están vivos como si no, mientras el hospital siga en pie no habremos avanzado nada —dijo convencido—. Creo que deberíamos centrarnos en destruirlo y si queda algo...

—¡Si queda algo! Los avatares están ahí abajo... —Kio meneó sus coletas—. No te entiendo. Se suponía que veníamos a...

—Veníamos a rescatar avatares. Si es que queda alguno con vida, estará custodiado. No somos suficientes y no estamos en las mejores condiciones, Kio.

La conversación fue interrumpida por el accionamiento del ascensor, que nadie había llamado. Se abría como animado por un espectro, como una invitación a entrar, a dar un paso adelante hacia un escenario, sin duda, mil veces peor. En el suelo había una plancha de hierro que parcheaba el estropicio creado al luchar con Miah. El suelo y las paredes estaban manchados de sangre y otros fluidos.

—No vayáis —dijo Idos manifestando los pensamientos de Bronte—. No merece la pena.

Burgko cargaba ya el cuerpo del avatar y se abría paso hacia la salida, demasiado rápido para la solemnidad que tal acto merecía. Aquella oportunidad de salir corriendo era la excusa que necesitaban. Un par más echaron a andar y otros dudaban aún si era una cobardía o una sensatez abandonar semejante cruzada.

—Voy a destruir el hospital —dijo él.

Kio asintió algo decepcionada y entró en el ascensor junto a otros siete malakhim. Ella, aun así, le sonrió.

Justo en el instante en que le devolvía el gesto, el ascensor se descolgó con un estruendo. Los que quedaban se apartaron de un brinco, consternados.

Bronte tuvo una nueva certeza: alguien dirigía sus pasos.

Miró en derredor. Tres cámaras de seguridad cubrían la zona desde diferentes ángulos.

Mientras sus congéneres se asomaban asustados al hueco del ascensor, abierto como un pozo, él ya daba media vuelta. Sabía muy bien dónde tenía que ir.

Se encontró con Burgko, Umai y Kuhane que, desesperados, intentaban hacer ceder la pesada puerta del pasillo afectado por el sarín. Habían dejado al avatar en una zona algo más limpia y, sin embargo, seguía siendo perjudicial para ella la contaminación del entorno. Como no podía ayudar con la puerta por falta de espacio, se inclinó sobre la chica y, aspirando aire, se lo exhaló por la boca ya libre de contaminación. Pasó así unos minutos hasta que la puerta empezó a ceder. Se abrió un pequeño resquicio y él los ayudó haciendo fuerza por debajo, entre sus piernas.

Cuando por fin quedaron libres, aparecieron otros malakhim por el pasillo, mientras que al otro lado había un par de geos que acudieron en su ayuda. La mayoría salió al exterior, desde donde llegaban gritos pidiendo un médico. Bronte se quedó.

Idos, que había aparecido con el último grupo, se dirigió a él:

—¿Crees que ha sido buena idea dejarlos solos? Me parece que no tienen muchas posibilidades. He oído gritos por el intercomunicador de Frey...

Bronte lo miró con expresión de lástima. Liberado ya de la mala atmósfera de aquel sótano, Idos empezaba a sentir la vergüenza de verse tan débil, de haber sentido miedo.

—Lo mejor que podemos hacer ahora es destruir todo esto. Busca la forma —mientras le decía esto, le puso una mano comprensiva en el hombro—. Habla con los asesores y que te den ideas para que quede inservible. Es la mejor manera de ayudarlos.

Dio media vuelta y se encaminó a la derecha, en dirección a unas escaleras.

—¿Qué harás tú?

No respondió de inmediato. No quería decirle lo que iba a hacer ni a dónde se dirigía. Optó por una verdad a medias.

—Empezaré por arriba. Ya se me ocurrirá algo.

Cuando subía, Idos ya salía al exterior.

Subir aquellas escaleras era abrumador. Allá en el sótano se había impregnado de mucha negatividad, pero, al contrario de lo que haría cualquier malakh, él no solo no se desprendió de ella, sino que fue absorbiendo más y más a medida que ascendía.

El hospital rebosaba vibraciones negativas. Si uno prestaba suficiente atención, podía oler el miedo, la tristeza e incluso el odio en los desconchones de la pared y en cada escalón roto o desportillado.

Se le agolpaban recuerdos de un pasado distante en medio de aquella ponzoña. Solo pensamientos amargos rondaban su ser y lo llenaban de aflicción, vergüenza y rabia por haber vivido de esa forma, siendo mitad malakh y mitad una sombra oscura imbuida de dolor.

Cada paso era una tortura, una carga pesada y, aun así, era muy capaz de seguir adelante. Por pura voluntad. El sufrimiento le daba fuerzas.

Llegó a la planta en la que había sido atendido como Hans, la misma en la que había conocido a Verónica hacía tan solo una semana. Habían pasado tantas cosas desde entonces...

Continuó subiendo hasta la última planta. A la derecha había una gran habitación con muchas camas y en tres de ellas yacían pacientes..., gente que en realidad ya no estaba allí. Una mujer se aferraba a la mano de una anciana conectada a varios aparatos. Bronte entró en la sala y se acercó a ella.

—Vete —le dijo con voz ronca, tal vez con demasiada frialdad—. Aquí no puedes hacer nada.

La mujer ni se volvió para ver quién hablaba. Bronte leyó sus pensamientos y eran erráticos, incapaces de centrarse ni de tomar una decisión, vagabundos entre optar por la propia supervivencia y marcharse, o la resistencia a abandonar a una madre que ya no le proporcionaba compañía, sino un modo de vida esclavo.

«Los humanos siempre encadenados a las costumbres».

La impaciencia le enfureció. No era él mismo. Luchó por calmarse y recuperar algo de la esencia pacífica de un malakh y alejó de sí parte de la oscuridad que ya lo dominaba para dejar paso a un poco de compasión.

«Vete» proyectó, imponiéndose en su mente. «Ya te has despedido. Márchate».

La mujer se echó a llorar, pero se levantó, no tan deprisa como él hubiera querido, y salió de la sala.

Al quedarse a solas con aquellas carcasas vacías, fue tocándoles frente y corazón, una a una, y con un pulso, absorbiendo la bioelectricidad que les quedaba.

Eso era la vida: unos pocos miliamperios moviéndose entre células.

Estando con la última, algo le llamó la atención: lejos, a su espalda, vio a través de su halo una sombra oscura que surgía fuera, al final del pasillo. Todo aire cercano a la sombra se enturbiaba, se contaminaba. La mujer había cometido el error de salir demasiado tarde y demasiado lenta y se acercaba a la figura sin percatarse de su presencia; antes de que pudiera sentir un escalofrío de alerta, algo la seccionó por la mitad.

Bronte resopló irritado, hizo emerger sus espadas y salió al pasillo.

Aquello era lo que había ido a buscar, aun cuando nunca esperó que el encuentro se produjese de aquel modo. Sabía por los planos que la sala de control de las cámaras de vigilancia estaba en los pisos inferiores..., pero con un análisis exhaustivo de aquellos mismos planos, había desvelado que existía un control secundario, más privado, que daba acceso a todas las cámaras y sistemas de seguridad en la planta alta del edificio. Los incidentes en el hall del hospital y en el ascensor no habían sido aleatorios; si alguien había manipulado las puertas de la entrada con tanta precisión debía de haberlo hecho allí arriba... y debía seguir ahí.

Cuando planeó subir, lo hizo con la esperanza de que hubiese sido Buer, pero se llevó una desilusión.

No descartaba que el hecho de haber dejado a la mujer lánguida junto a su madre no fuese una treta de Crowe para tener una fuente de malas energías que le diera alguna ventaja... O no sabía con quién se las iba a ver o fue un error de cálculo.

Una risa tontorrona se oyó desde el final del pasillo.

—¡Luuuuxferoooo! —canturreó.

La imponente figura de Crowe se deslizaba dejando huellas de sangre mientras a sus pies la mujer agonizaba entre intensos dolores y boqueaba sin poder articular palabra. Aún tardó unos cuantos segundos en morir.

Bronte ya no veía en Crowe un humano, como lo había visto Hans. Ahora veía un ser retorcido y oscuro, podrido de maldad. Lo miró con desprecio. Demasiadas veces se las había visto con a aquel ser inmundo.

—Luxfero —le dijo la sombra cuando se encontraron en el pasillo—, sacrílego, un poco más y estás como en tus mejores tiempos.

Soltó una carcajada que resonó como si ambos estuvieran en el interior de una campana. Era la risa de un loco. Dio dos dentelladas al aire.

—¿Buer te ha mandado para hacer su trabajo? ¿Desde cuándo eres su criado?

El engendro sonrió, aunque Bronte sabía que lo había disgustado.

—Estará abajo, destripando a esos avatares como a cerdos. Así —dijo señalando el cadáver de la mujer que tenía detrás—. Llevamos horas haciéndolo... igual que hice con tus padres. —Y chasqueó la mandíbula, dando a entender que sus muertes no habían sido nada piadosas.

Se sintió mal. Sabía que aquello era una treta porque ya lo había sufrido más veces, pero sabía también que no mentía: él había matado a sus padres. Pensar en ellos, en su dulce madre sufriendo una orgía de dolor... Le paralizaba de angustia.

La aflicción cargaba su alma y la tensaba aún más y eso mismo lo desquiciaba y lo violentaba. De su boca salió una sonrisa de perro rabioso que se volvió negra mientras la superficie de su piel se llenaba de vetas oscuras, como venas podridas. Su cuerpo se hinchó y se hizo aún más grande. Crowe se echó a reír por haberle trastornado.

—Voy a acabar contigo —dijo con una voz más gutural y sombría—. Y cuando lo haga..., buscaré a Matilda y me aseguraré de que no vuelvas a encontrarla.

A Crowe se le congeló la risa demente y se le desorbitaron los ojos. La locura se apoderó de él. Emitió un aullido desgarrador y sus apéndices se descontrolaron, destrozando paredes y puertas que se iban llenando de profundas incisiones, desgarraduras y rasponazos.

—¡No! ¡No! ¡Hijo de puta! ¡Ella es mía!

Se volvió contra el cadáver de la mujer y lo sableó: una, dos, tres veces. Bronte corrió a arremeter contra él. El engendro se defendió.

Detuvo su espada un instante para recobrar nuevos bríos y seguir dando tajos sin control a mucha velocidad, lo que le hizo retroceder por un momento.

A Bronte no le costaba demasiado repeler aquellas estocadas, tan violentas como caóticas. Usaba una espada demasiado grande, una enorme bastarda negra con la que arrasaba todo lo que había a su alrededor, aunque le restaba capacidad de maniobra. Bronte, en cambio, empleaba la técnica de Musashi, con una katana en una mano y una wakizashi en la otra, más manejables en lugares estrechos e igual de prácticas, y, combinándolas, podía repelerlo con más facilidad.

En un desvío del arma de Crowe, este dio un sablazo al aire que fue a parar a un brazo de Bronte. La extremidad quedó colgando, prácticamente amputada. Tuvo que seguir defendiéndose solo con la espada corta. Cuando vio la oportunidad, le dio una patada violenta que hizo al yin atravesar la pared.

Se dio prisa en aprovechar los segundos de ventaja para recomponerse el brazo, pero le costaba más que de costumbre. Estar tan cargado de energía negativa le daba una fuerza mayor que la de Crowe, pero lo hacía más lento y limitaba su capacidad para regenerarse. Logró anclar el brazo a duras penas antes de que su enemigo lo embistiese y lo ensartase en la enorme espada. Ambos atravesaron la pared opuesta del pasillo y fueron a dar a la sala donde yacía sin vida la madre de la mujer asesinada. Cayeron en una de las camas, sobre el cadáver de un anciano que también fue ensartado.

Crowe, situado por encima, le dio un mordisco en el hombro y le arrancó un trozo. Gritó, no de dolor, sino de rabia. Bronte le clavó la wakizashi en un ojo y le atravesó la cabeza. Aquello le sirvió para poder empujar y dejarlo tuerto durante el tiempo suficiente de coger impulso en una pierna y lanzarlo por los aires de una patada.

Crowe soltó una risilla nerviosa. Se levantó no sin esfuerzo y Bronte vio que de la cuenca negra rezumaba brea.

—Puto sacrílego...

Eran dos seres de una talla similar, pero el yin sabía que con la carga negativa Bronte le sacaba ventaja y, aun así, por rabia, se había enfrentado a él.

En otro tiempo, tal vez con el dolor más arraigado, Crowe no habría tenido ninguna oportunidad. Lo habría despachado más rápido y sin esforzarse demasiado, pero ahora era más puro y le estaba costando trabajo derrotarlo.

Bronte se levantó de la cama concentrado en curarse la herida del pecho, pero su oponente no le dio tregua y arremetió contra él. Lo esquivó como pudo saliendo por la puerta y fueron a dar de nuevo en el pasillo. Siguió redoblando su rabia y su malestar y absorbiendo cuanta negatividad estaba a su alcance. Solo así podría vencerlo. Giraron. Empujó a Crowe contra una pared y se pegó a él, con las espadas en las manos, forcejeando para cortarle la cabeza.

Pasaron así unos cuantos segundos, en tensión, mientras no le dejaba moverse ni zafarse.

—¡Cabrón! —exclamó el yin al darse cuenta de lo que hacía.

Él le sonrió histriónico. No solo intentaba decapitarlo, le estaba absorbiendo la energía pegándose a su cuerpo, haciéndose más fuerte y debilitándolo a él. En un arranque de ira, Crowe se zafó. Lo empujó, le hizo una llave que Bronte no esperaba y que lo lanzó a través de una pared. Ahora que se sentía más fuerte, decidió que aquello tenía que terminar. Se levantó y se sacudió el polvo mientras veía al yin enfilar el pasillo, buscando a su alrededor reponer la energía que le había quitado el malakh. Casi parecía que huía de él.

Pero ocurrió algo con lo que no contaba...

Apareció Eona por las escaleras al final del pasillo y lo miró espantada.

—¡Bronte, no! ¿Qué haces?

Crowe se paró sorprendido y lo miró. No se amedrentó por estar entre dos enemigos y en clara desventaja, sino que aprovechó la sorpresa para correr hacia ella. Su intención estaba clara.

Bronte, consciente de que no podría alcanzarlo, no lo dudó un instante: concentró toda la energía oscura que circulaba por su cuerpo en un punto entre sus manos, fluyendo de sus venas negras y del fondo tenebroso de su ser. Fue transformándola en electricidad y conteniéndola hasta alcanzar una potencia inusitada. Después, la proyectó por el suelo.

Era como si un rayo hubiese caído sin contención en mitad del edificio: un fogonazo y un sonido ensordecedor lo cubrió todo. De la detonación, salieron volando trozos de energía oscura en forma de metralla, que desgajó suelos, techos y paredes. Los cristales del ala estallaron y parte de la estructura salió despedida por los aires.

Cuando emergió de entre los escombros, no se extrañó de sentir que una fina lluvia le caía sobre los hombros.

Ya no había en él el menor rastro de locura ni de rabia... La energía oscura se había disipado. Tan solo le quedaba cierta tristeza y mucho cansancio.

Se levantó tambaleante y se acercó al yin.

Crowe estaba recobrándose, intentando salir de entre un enorme trozo de techo que le aprisionaba las piernas y sin entender qué había pasado. Cuando notó su presencia y se giró a mirarlo, Bronte apoyó el pie en la piedra que lo aprisionaba para mantenerlo inmóvil, vio el desconcierto en su cara y le cortó la cabeza sin dudar. Su cuerpo seguía en movimiento, pero sin visión, desorientado. Una nueva espada emergió de su mano y la fue sacudiendo de un lado a otro, presa de la desesperación, pero Bronte la esquivó y le amputó el brazo. Sin más demora y de un gesto rápido, le introdujo la espada en el pecho, la giró y rajó de abajo a arriba dejando al descubierto la piedra ancla. La arrancó... y el cuerpo de Crowe fue deshaciéndose lentamente.

De un giro ágil de la espada, un chiburi, se deshizo de los restos emponzoñados del arma y la guardó.

—Me habías asustado —dijo Eona, con los ojos llorosos, tirada en un rincón.

Él se quitó el halo y le sonrió.

—Todo va bien.

Dos semanas después...

Capítulo 42

En penumbra, a primera hora de la mañana, aún seguía agazapado sobre el ordenador que había instalado en el salón. La luz de la pantalla bañaba su cara serena concentrada en la lectura. Lo normal habría sido ponerlo en el despacho, pero aquella biblioteca, su sancta sanctórum... mejor no tocarla demasiado; algunos legajos podrían no soportar los tejemanejes de un técnico instalador de ADSL. No. Era mejor el salón. Meter los cables hasta allí y poner un pequeño escritorio con el ordenador y el router en un rincón... Total, tampoco recibía visitas a las que pudiera incordiar una mesa en la sala de estar.

Llevaba encorvado sobre el teclado más de una semana. Apenas había salido para comprar el ordenador nuevo, un móvil, y para dar un par de paseos hasta al supermercado y aprovisionarse de cervezas. Las llamadas que recibía eran puntuales y las veces que encendía el televisor, escasas. Todo su tiempo lo pasaba pegado a la pantalla nutriéndose de las maravillas de internet. Se había perdido una década y media, pero la estaba absorbiendo con voracidad: Kosovo, Ruanda, Afganistán, las Torres Gemelas, la muerte de Lady Di, la de Teresa de Calcuta, la oveja Dolly, la viagra, el genoma humano, los móviles, las redes sociales, Wikipedia... y seguía y seguía.

Los humanos habían inventado una forma de que el tiempo entre una reencarnación y otra para los malakhim no fuera un punto ciego en la historia, una etapa perdida. Y cuando le apetecía divertirse un rato, cogía una cerveza y leía sobre historia antigua, mitología y civilizaciones extintas. No paraba de reír con los disparates que encontraba. Aquella meca del conocimiento era algo asombroso.

Ahora, para momento extraño, el que le tocó vivir para hacerse una cuenta de correo electrónico: «Completa el captcha para comprobar que eres humano», rezaba el cartel.

«Menudo sistema de seguridad» pensó.

Se había estado evadiendo del mundo exterior todo lo posible, aunque de vez en cuando, por curiosidad, se aventuraba a encender la televisión por si había novedades. Desde hacía dos semanas, y cada vez que ponía el aparato, tarde o temprano acababa por salir el hospital. Las noticias, los avances informativos, incluso las tertulias de toda índole hablaban de lo mismo. Siempre las mismas imágenes, una y otra vez: una toma aérea del hospital desde un helicóptero y otra frontal donde se podían ver los dos grandes boquetes en el edificio en forma de L, como una muela astillada de la que salía humo y caían cascotes.

El socavón de la izquierda era obra suya: había barrido tres plantas y el techo, y estallado todos los cristales de esa ala dejando los pisos a la vista como en una casa de muñecas. Todavía se extrañaba de que no hubieran salido volando por los aires los que se encontraban a su alrededor. Y eso que no era ni de lejos lo más llamativo.

Al otro lado del complejo, a la derecha de las imágenes, un edificio completo había dejado de existir. En los informativos insistían en el antes y el después, una comparativa para que el espectador pudiese comprender el alcance de la devastación.

No era la intención de nadie llegar a eso. De nadie que no fuera un yin.

Después de haberse cargado a Crowe y de comprobar que no había nadie más allí, Eona y él bajaron a toda prisa para ayudar en lo que pudieran. En los pisos superiores ya no quedaba nadie.

Se lanzaron a la carrera para ayudar a sus compañeros en los sótanos, pero antes de que llegasen a la planta del ascensor una terrible sacudida los pilló desprevenidos. De inmediato, el suelo cedió bajo sus pies.

Las siguientes horas fueron confusas. Se encontró de pronto sepultado en tierra y, cuando fue consciente de lo que pasaba, lo único que podía hacer era intentar salir, reptar entre los escombros y el hormigón que lo cubrían a base de empujar, usar todo su poder y fabricar herramientas para abrirse camino. Muy cerca, Eona hacía lo propio hasta que, como hormigas desprevenidas tapadas por arena, fueron emergiendo a la superficie cubiertos de polvo. A su alrededor, el edificio había desaparecido.

Ni que decir tiene que no sabían nada de los compañeros que habían bajado a los sótanos.

Aún tardaron algún tiempo en saber que los yin habían detonado explosivos en los cimientos para provocar el derrumbe y sepultarlos a todos. Si lo habían hecho con ellos mismos dentro, aún era un misterio.

Pasaron dos días más hasta que alguien le informó de que habían conseguido autorización para llevar máquinas y retirar los escombros. Y otros dos días más en los que algunos malakhim habían estado retirando piedras de forma clandestina y amparados por la oscuridad de la noche a resguardo de humanos curiosos, para destapar la entrada al ascensor de bajada que Miah había destrozado con sus garras dos días atrás.

Vista la obstrucción que presentaba el hueco del ascensor, las previsiones habían sido malas, y se estimaba que si quedaba algún malakh ahí abajo no conseguirían rescatarlo hasta, por lo menos, pasadas tres semanas.

Se levantó de la silla y se desperezó. Echó un vistazo al cuadro sobre la chimenea, el boceto de Miguel Ángel de una preciosa sibila. Enseguida lo asaltó el pensamiento de que si quería echar una mano, no debía pararse a pensar o no se iría nunca.

Viajar en metro le trajo recuerdos no tan antiguos. Recordaba a Matilda, más ajada y marchita que cuando él la había conocido de adolescente. Los años y el miedo no la habían tratado nada bien. Veía a la gente del tren, los grupos de amigos despreocupados que hablaban y reían sin saber que el mundo era otra cosa, un todo distinto a las rutinas de casa, los estudios, la familia o las relaciones sociales. Sus pensamientos al respecto no divergían demasiado de los que había tenido siendo Hans, el chico perseguido y traumatizado. ¿Habían sido el estrés y las dudas existenciales las que habían llevado a Hans a tener pensamientos tan paternalistas, o era el malakh Bronte, con su comprensión de milenios, el que le había inspirado esas ideas al adolescente?

Visto así... ¿Quién amaba a Verónica?, ¿el ángel o el humano?

Era más especial de lo que ella creía, más hermosa de lo que se pensaba y más inteligente de lo que su estima, vapuleada por los traumas, le dejaba ver en sí misma. Había sido muy valiente al soportar aquellas semanas a su lado, con todas las cosas que su mente, anclada en convenciones sociales, había tenido que tragar de forma tan abrupta. Verónica le fascinaba aún más ahora que siendo humano, porque podía ver en ella muchas más cosas que el adolescente Hans no había sido capaz de percibir.

Una cosa tenía clara y era que seguía enamorado. De algún modo inexplicable, aquella chica le inspiraba una ternura infinita. Había hecho planes con ella, siendo Hans, que le hubiese gustado llevar a cabo y, siendo ya un malakh, con conciencia de ello, lo único que le preocupaba era que fuese feliz, pese a que lamentaba no ser él quien le procurase esa felicidad.

A Bronte lo hería que no fuese capaz de ver que, en el fondo, no eran tan distintos.

Le pidió a Eona que se pasase por su casa y le diera su nuevo número de teléfono para que se pusiese en contacto con él si le apetecía. No quería ser él mismo quien se acercase, no quería incomodarla. Pero Eona le había dicho que Verónica se había marchado; que, tras el altercado, había hecho las maletas y se había ido, dejando indicación de que mandasen sus cosas a casa de sus padres. Su compañera de piso estaba afectada: no entendía una reacción tan abrupta. Él, en cambio, sí que la entendía. Quién podía saberlo... Tal vez, algún día volverían a encontrarse. Tendría que ser paciente.

La línea de metro ya no llegaba al hospital. Por desperfectos en los túneles tras el atentado, habían tenido que cortarla y todo el mundo debía bajarse dos estaciones antes.

Hizo el resto del camino dando un paseo por un barrio obrero con edificios de pisos de ladrillo y tiendas pequeñas en los soportales. No había nada destacable, salvo algunos grafitis bien hechos y algún parque infantil mal cuidado. A lo lejos, vislumbró la explanada del aparcamiento y, más allá, el hospital, hecho un amasijo de hormigón, con vigas de acero retorcidas como nervios al aire.

Había un cordón policial y un par de patrullas vigilaban la zona para alejar a los curiosos. Ya no quedaban coches en la explanada y no parecía el mismo lugar que dos semanas atrás era un hormiguero lleno de gente corriendo y ambulancias que no daban abasto. El único vestigio era un cordón interior en el perímetro y cerca de la entrada al edificio; donde habían estado tratando a los afectados por el gas sarín, en el suelo, aún había un polvo blanco, posiblemente talco, que lo usaban para aglutinar el líquido e impedir que se expandiese.

Las autoridades cifraban en quince los fallecidos por el gas y otros cinco por las explosiones y los desprendimientos. Tres de ellos eran los pacientes en estado vegetativo que él había atendido en el piso superior y un cuarto, la mujer que había matado Crowe..., aunque los medios no hacían distingos.

Mientras contemplaba las máquinas excavadoras moviéndose entre los escombros, oyó un silbido suave. No provenía del exterior, sino que se reproducía en su cabeza. Levantó la vista y ahí estaba, subido al tejado de un edificio cercano.

En otra época tal vez se habría limitado a trepar, o quizás a sacar las alas y volar..., pero los tiempos habían cambiado. Se acercó al portal del edificio y subió por las escaleras.

Arriba hacía frío y a pesar de que no había suficientes nubes la humedad de días pasados permanecía. Una brisa suave revolvía los tirabuzones de Sacher, que había prescindido de su coleta habitual. Su alma, algo turbia, denotaba preocupación.

Se puso a su lado y se asomó a la cornisa. Las vistas que se ofrecían sobre el edificio derruido eran desoladoras: las excavadoras apenas habían empezado a adentrarse en la estructura y, aun así, los camiones salían llenos a rebosar de escombros y gravilla.

A lo lejos, dentro del gran agujero y disfrazados de operarios, un puñado de malakhim se movían aquí y allá.

—No sabía que estabais tan afanosos. De haberlo sabido, habría venido antes. Lo siento.

Sacher se encogió de hombros.

—No importa... —Se quedó callado un momento, dudando, y añadió—: Ha salido Satet. Lo ha hecho por su propio pie a través del hueco del ascensor.

A Bronte no le sorprendió.

—Tarde o temprano tendrían que salir si seguían con vida. Eso es buena señal, ¿no? Significa que no debe quedar un solo yin ahí abajo.

—No, no queda ninguno. Al menos eso es una buena noticia... o lo sería si hubiesen sido muchos.

—¿Qué quieres decir?

—Fuimos contando a medida que iban llegando. La cuenta arrojaba casi sesenta. —Sacher chasqueó la lengua y negó con la cabeza—. Siendo optimistas, habremos matado unos diez. Como mucho.

—¿Tú crees?

—¡Como mucho! Y creo que en realidad fue un cebo sin más. Algo un poco chapucero. De hecho, si querían fastidiarnos, bastaba con dejar las puertas abiertas y detonar los explosivos cuando estuviésemos abajo.

—Nunca han sido muy listos.

—O es que les puede la rabia. En mi opinión, los que se quedaron a luchar lo hicieron por vicio, por puro apego a la violencia, y no por defender nada. Es la teoría más lógica.

Bronte elucubraba.

—Oye, pero si escaparon tuvieron que hacerlo por una vía lateral y...

—Ya lo hemos pensado. Satet dice que en algún momento pareció que se escabullían por un pasillo secundario. Pero al final todo eran escombros... No había un lugar desde donde nosotros pudiéramos acceder para ver si quedaba alguien con vida.

607

Se hizo un breve silencio entre ambos mientras una excavadora vaciaba su carga en un camión y repetía el movimiento una y otra vez. Sacher volvió a hablar.

—¿Fuiste a casa de Kio?

Bronte se revolvió algo incómodo.

—No, he estado haciendo otras cosas. Además, quería esperar a ver si aparecía por algún lado. Por si acaso...

—No la esperes.

—¿No?

Sacher negó.

—Batet dice que cayó ahí abajo. Según ella, solo quedaron dos.

Bronte abrió los ojos consternado.

—Eso quiere decir...

—Eso quiere decir que hemos sobrevivido quince —dijo palmeándole el hombro—. ¡Sin contarme a mí! No está mal.

Se hizo un silencio, más por turbación que por respeto. La incursión había sido un desastre aun cuando no fue nada que no se esperasen. Una pregunta más le rondaba la cabeza y dudaba si formularla. De antemano conocía la respuesta y no era de su agrado.

—¿Y los avatares?

Sacher se quedó mirando al horizonte y al poco lo miró a él sin articular palabra. No hacía falta.

Fue Bronte quien habló.

—Sabíamos que habría de pasar. No teníamos nada que hacer al respecto... Una profecía no se puede cambiar. Así funciona. Lo sabes.

Sacher volvió a mirarlo con los ojos bien abiertos y el ceño fruncido. Negó.

—Ahí está el problema... que no era esto lo que tenía que pasar.

—¿Qué?

Su amigo se giró. Con los brazos en cruz, se encaró al lugar del incidente como si pudiese acogerlo.

—Mira bien, Bronte: ¿dónde ves tú el fuego? ¿Dónde está el edificio quemado hasta los cimientos? ¡No hay nada de lo que decía la profecía!

—Pero... pero... ¿y las víctimas? ¿y las dos mil víctimas de los sótanos que...?

—¡Tenían que morir quemados! Tenía que ser un acontecimiento mundial, algo tan terrible que alterase las emociones de la humanidad a tal escala como para producir una enorme pulsión en el Cambio. Sin emociones, sin alteración ¡la profecía no se produce! Y mira —dijo barriendo el aire con el brazo—: aquí no hay nada de eso. Según los medios, han muerto diecinueve personas y hay cuarenta heridos. ¿Dónde está el resto?

Bronte estaba perplejo.

—Tal vez cuando desenterremos los cadáveres...

—¿Cadáveres? ¿Qué cadáveres, Bronte? ¡Ahí no queda nada! —Echó una risotada histérica—. La mayoría eran avatares con partes ya licuadas, y los que no llevaban a remojo muchos años. Eso, sin contar con que a los que no han despedazado los yin los habrá aplastado el derrumbe. Hazte cargo: ahí nadie va a encontrar nada.

Bronte lo miró confuso.

—Entonces... ¡No lo entiendo!

—Únete al club.

Sacher asintió, riendo y casi llorando al mismo tiempo. Se encogió de hombros resignado.

—Esta mañana se ha suicidado un profeta.

—¿Qué? —dijo alarmado.

Sacher asintió sin retirar la vista del frente.

—Los profetas siguen teniendo pesadillas. Es normal que las tengan, por supuesto. Siempre que tienen visiones de este tipo los acompañan sueños recurrentes durante meses que... pero esta vez, en lugar de difuminarse, van a peor. La visión sigue apareciendo como si todavía no hubiese ocurrido y por lo visto es aún más cruel.

—No tiene sentido, Sacher. La visión era sobre el hospital y el hospital está destruido. Había gente que moría y ha muerto. ¿Estás queriendo decir que hemos cambiado el curso de una profecía?

—No, no, eso no puede hacerse.

—¿Entonces?

El viento le agitó la melena y por un momento tuvo un aspecto soñador.

—¿Y si no era todo?

—¿Qué?

—Esto... ya ha pasado otras veces. Pocas, gracias a Dios, pero ha pasado antes.

—¿Cuándo?

—Cuando una desgracia no era más que el comienzo de otra mayor: como los pogromos en Rusia, el principio de la peste negra...

—Venga ya... No jodas.

—La teoría no es mía, desde luego, pero no me parece descabellado pensar que esto —dijo señalando las ruinas— solo es parte de algo más, de algo que no ha pasado aún.

Bronte quedó pensativo sin saber cómo tomárselo. Si aquel hecho espantoso no era todo lo que tenía que pasar, ¿qué más les deparaba el futuro?

—¿Quieres decir que no ha terminado todavía?

Sacher negó risueño.

—Qué va, amigo mío. Yo diría que solo acaba de empezar.

Muchas gracias, lector, por haberme acompañado hasta aquí en mi aventura. Espero de corazón que la hayas disfrutado.

La creación de esta novela ha sido un camino largo y difícil, lleno de dudas, problemas, quebraderos de cabeza, y a punto ha estado de no ver la luz en más de una ocasión. A mí me gusta considerarlo mi pequeño milagro.

Si te ha gustado el libro deja una reseña, compártelo, regálalo, recomiéndalo... para que no quede en silencio.

Puedes seguirme a través de mi blog y de mis redes sociales con este código QR o a través de la web:

mensajesdelmundoinfinito.blogspot.com